劇場の迷子

戸板康二

「千駄ヶ谷の小父さん」と，敬愛の念を抱いて訪ねてくる後輩役者や竹野記者が持ち込む，様々な謎を解いてみせる老歌舞伎俳優・中村雅楽。長い人生経験，舞台経験に裏打ちされた老優の推理力は，その芸に劣らず一流で，歌舞伎の世界で起る難問を芸道指南よろしく，鮮やかにそして優雅に解決していく。歌舞伎座で迷子になった，能楽師の一人息子が巻き込まれた事件を描く「劇場の迷子」をはじめ，女形と舞踊家の弟子との恋模様にまつわる「家元の女弟子」，著者最晩年の作品「演劇史異聞」に加え，単行本未収録作「元天才少女」「留め男」「むかしの弟子」など滋味ある謎解き全28編。

中村雅楽探偵全集4

劇場の迷子

戸板康二

創元推理文庫

THE COMPLETE SERIES OF
NAKAMURA GARAKU DETECTIVE STORIES

Vol. 4

by

Yasuji Toita

目次

中村雅楽探偵全集4

劇場の迷子

日曜日のアリバイ

一

千勝かの子は、華道の家元の娘である。兄が一人いたのだが、父のあとをついでこの道に進む気がなく、幼い時から親のすることを見様見真似《みようみまね》で、才能を着実にのばして来た妹のかの子が、やがて次代の家元になるだろうという予想を、千勝派の一門の弟子たちは、持っていた。

かの子は、立川秋峯に日本画を習っていた。そして、やはり同じ師についている川田雅代と親しくなった。

雅代は年が二つ若いので、かの子を「お姉様」と呼んで、慕ってくれていた。

笑顔の美しい雅代は、若井真佐代という芸名の日本舞踊の名取で、若いのに才能を、批評家たちから高く評価されている。

かの子も派手な顔立ちで、これも美人である。秋峯の画塾は、毎週木曜日に、姉妹のようにむつまじい二人の美女があらわれると、座敷が急に明るくなるのだ。

秋峯は四十六歳だが、眉目秀麗《びもくしゆうれい》の好男子である。

妻の雪子とのあいだに、小学校六年の娘がいて、可愛らしい。秋峯は、このひとりっ子を溺愛しているように見えた。

かの子の最も得意にしている思い出は、二年前の千勝流華道の展覧会の時、秋峯の描いてくれた扇を、自分の製作のひとつに添えて展示したことだ。

歌舞伎の「朝顔日記《あさがおにっき》」にちなんだ趣向で、大井川の蛇籠《じゃかご》に秋草をあしらい、その奥に、露の干《ひ》ぬ間《ま》の朝顔を秋峯が描いた、芝居の小道具そのままの白扇を置いた。これは父親の立案だった。

秋峯は、朝顔が得意で、同じ年の秋の日展で銀賞をとったのも、同じ花であった。

この扇をかの子が描いてもらったのを、同門の女性たちが、大変羨ましく思った。中には、あけすけに、厭味《いやみ》をいった者もある。

「いいわねえ、華道の家元のお嬢さんともなれば、先生も肩の入れ方が、ちがうじゃないの」

きこえよがしに、こんな話を、する人妻もあった。

この展覧会のあと、雅代の態度が微妙に変りはじめているのに、かの子は、やがて気がついた。

かの子は秋峯を思慕していたが、妻子があり、しかも師と仰ぐ人に対して、いつも或るへだたりを置いて、対していた。

新年会の時に、飲めない酒をむりに飲んで、秋峯にしなだれかかったりする年上の女弟子を見ると、かの子は、「どうして、こう、物事のけじめがわからないのかしら」と、眉をひそめた。

　だから、自分が先生に扇の絵を描いてもらったのをやっかむ女たちの心の中に、恋愛的な感情のからむ嫉妬がひそんでいるとは、ゆめにも気がつかなかった。

「よかったわね、こんなにいい朝顔を描いていただけて」と、明るい声で一緒に喜んでくれた雅代が、芝居をしていたのだとは、むろん、考えもしなかった。

　誘うと、どんな無理をしても都合をつけて、つきあってくれていた雅代が、三度に一度、それからしばらく経つと三度に二度、理由をもうけてことわるようになっていたのを、かの子は単純に、おどりの仕事が忙しいのだと思っていたのだ。

　秋峯がひとりで、アメリカに行った。ロスアンゼルスにいる以前の門人が、わざわざ航空券まで用意して、招待したのだ。

　秋峯がいないと、欠かさず毎週画塾に来ていた女弟子の中に、休む者ができたりする。現金なものである。

　かの子にしても、先生の顔が見えないのがものたりなかったが、花を教えている立場で、弟子が怠けるのを固く戒めたりしている自分に対しても、勝手に休もうという横着な心を起すまいと、つとめて画塾にゆき、高弟の秋水に、代稽古をしてもらっていた。

　雅代が、ずっと来ていないのに気がついたので、家に電話してみると、若井流の内弟子が出て、「はい、先生は、アメリカに行ってらっしゃいます」と告げた。

「まアそう」と受話器を置いたが、五分ほどして、かの子の顔色が変った。

もしかすると、秋峯と打ち合わせて、別々にアメリカに行き、向うで会っているのではないかという邪推が、黒い雲のように湧き上った。

羽田を日航機で出発する秋峯を見送りに行った時、雅代も来ていて、「水が変りますから、お気をおつけになって」と大きな声でいっていたのを思い出すと、あれもわざとらしい狂言だったような気がする。

かの子の声は、雅代の内弟子もよく知っているはずだから、頻繁《ひんぱん》に電話で様子を聞くわけにもゆかない。親友と皆が思っている二人の片方が、片方の渡米を全然聞かされていなかったと知れたら、それだけで見っともないという反省もあって、かの子はじっと我慢して、毎日をすごした。自分の家の花の稽古はしかし休むわけにゆかないから、弟子とは会っていたが、いらいらしているので、つい悪口をいいたくなってしまう。

お気に入りの弟子の真山梢が、桔梗をアッサリ生けて、うれしそうに見せた時、「こういう花は、うまいでしょうという風に生けたって駄目よ。その位のことがわからないの。三年も私についていて、あなたも駄目ね」と叱ったので、梢がべそをかいてしまったこともあった。自分で、大きな水盤に盛り花をしている時、剣山で右の薬指をしたたかに突いて、水に血がしたたった。その色を見て、「これが私の涙なんだわ」と思った。

おさえにおさえて来た秋峯への傾斜が、雅代がアメリカに行っていると聞いた日に、せきを切ったようにはじまり、いまのかの子は、まさしく、恋に狂い、嫉妬にもだえる女になっていた。

十日ほどして、雅代から、電話がかかって来た。弟子が取り次いだ受話器をしずかに受けとると、努力して冷静にしゃべろうとした。

「ひどいわ、雅代さん。何もいわずに日本を離れるなんて」

「御免なさい、お姉様。ニューヨークに、私の姪が行っているんですの。いちばん上の姉の娘ですけれどね、主人が銀行の支店長なんです。お産をするので行ってあげたのよ」

「はじめて聞いたわ、そんな話」

「話さなかったかしら」

「ええ」

「ごめんなさい」

「アメリカで秋峯先生と会わなかったの」

思い切って尋ねた。

「お目にかかるわけがないじゃありませんか。先生はロスだし、私はニューヨークですもの。アメリカという国は広いのよ」

「それもそうね」

「どうして、そんなことが、気になるの」と雅代が軽い口調で訊いた。

「気にしているわけじゃないわ」

「それよりも、私は、月末の日曜日に、舞踊会があるのよ、大正座で。一日だけですけれど、三つ私がおどるんです。その二つ目に、大井川の朝顔の狂乱を、義太夫《ぎだゆう》の地で、おどります。

お姉様が展覧会で趣向なさったのを思い出して、この出し物を考えたんです。許して下さいますわね」

「まア、『朝顔』をおどるの？　もちろん、結構よ、私が何もいうことはないわ」といった。

電話を切ってから、展覧会の時、いまロスアンゼルスにいる秋峯が自分のために、すばらしい朝顔を白扇に描いて、花を生かしてくれたのを思い出して、かの子は、機嫌を直した。

「そうそう」とベルを押して、同じ家に住んで秘書の役もつとめてもらっている白戸愛子を呼んだ。

「あの、私に色紙を描いてほしいっていう方があったわね。岡山支部の方だったかしら」

「先生、あれ、私がかわりに描いておきましたわ」

「まア」

「一昨日、どうしましょうって伺ったら、いま絵なんか描く気にならないから、あなたかわりに描いておいてちょうだいって、おっしゃいました」

「そうだったかしら」といったが、すっかり忘れていた。かの子は二三日前、取り乱していた自分が、はずかしかった。

愛子だからいいが、弟子たちに感づかれなかったかと、心配になった。

「じゃあ署名だけするわ」

秋峯に教わったいくつかの画題を、手をとって教えているので、愛子も、結構、色紙ぐらい描けるようになっていた。その愛子が目を見はりながら、いった。

「私が先生のお名前も、絵のわきに、書いておきました」

「まア私の名前まで」

「先生が名前もあなた書いて下さいっておっしゃいました」

「そうだったわね。でも、ちょっと見せて下さいね」と、やさしくいった。

持って来た色紙を見ると、柿が美事に描かれている。さすがに、どこか稚拙ではあるが、習った絵に、とにかく見えた。

署名を見て、びっくりした。かの子が書いたとしか思われない字で「千勝かの子」という家元の娘の名前が、りりしく記されている。

二

川田雅代が、会いたいと申し入れて来た。

「何なの？　急に」

「ちょっと、お話ししておきたいことが、あるんです」

「明日じゃだめ？　今日は私、新橋のホテルで、新聞社のいつもお世話になっている方の出版記念会にゆかなければならないのよ」

「どうしても駄目？」

「そんなに急いでるの？」

「じつはね、私の月末の会のことについて、東都新聞の若い記者が取材に来たの。私がいない時に、弟子がいろいろ話してしまったんだわ」

「それで」

「だから、そっちのほうから、お姉様の耳にはいって、誤解があるといけないので、一刻も早く会って、お話ししたいの」

かの子には、雅代が何をいおうとしているのか、全く見当がつかなかったが、声だけ聞いているうちに、やっぱり美しい雅代の笑顔が久しぶりで見たくなったので、会うことにした。

弟子の白戸愛子に「悪いけど、第一ホテルの宴会場に行って、毎朝新聞の中林さんのパーティーの受付に会費だけ届けて下さいな。そして、私が書いたように、私に似た字で署名をして下さい」と命じた。

それから、かの子は、わざと洋装をえらんで、雅代が指示した皇居の近くのホテルの十二階のグリルに行った。

雅代も、まるで申し合わせたように、洋装だった。

「まアふしぎね、二人とも相談したように、洋装にしたなんて」と顔を見合わせて、笑った。

ロゼのワインをとり、魚の料理を食べた。デザートのクレープ・シュゼットをとってから、はじめて、雅代が本論にはいった。

「こんどの舞踊会に、私、三つおどるんです。お琴で『花いかだ』、義太夫で『朝顔』、最後に長唄で『鷺娘《さぎむすめ》』」

「たいへんね」と、かの子は、雅代の意欲に感心した。

「それでね、お姉様。『朝顔』に使う小道具の扇なんですけどね」と、雅代が顔色をうかがうように切り出した。

終りまで聞かずに、かの子がさえぎった。

「私が秋峯先生に描いていただいたあの扇を使いたいっていうんでしょう？　いけないわ、おどりに使うために描いていただいたものではないし、舞台に持ち出したら、痛むでしょう。折角のお話だけど、雅代さん、これはおことわりするわ」

「そうじゃないのよ、お姉様」

ボーイが振り返って通るような見幕で、早口にまくしたてたかの子の言葉の終るのを待って、ゆっくり、雅代がいった。

「そうじゃないの。私も、秋峯先生に扇の絵を描いていただくことになったんです。舞踊会の前の日に、先生はロスからお帰りになって、その晩、描いて下さるというお約束になっているの」

「どこで、そんな約束を、あなた、したの？」

「東京をお発ちになる前に、お宅に行ってお願いしたんです。おどりに使う扇はどうも苦手だと、おっしゃったんだけれど、私、二時間もねばって、とうとう承知していただいたんだわ」

「まア」

「お姉様に早くこのことをお話ししたかったのは、新聞社のほうから耳にはいって、気を悪くなさると、いけないと思ったからよ」

「気を悪くするわけがないじゃ、ありませんか」

「そんならいいけど、でもねえ」と、雅代が悪戯《いたずら》っ子のような表情でいった。「ああいう扇は世の中にたった一枚でなくては、いけないんじゃなくて？　先生から朝顔を、私までが描いていただいたということを聞いたら、あまり愉快じゃないでしょう」

「そりゃアそうよ」と、かの子は声高《こわだか》に、開き直っていった。扇を貸してくれとたのむのかと思って、べらべら先手を打ったつもりで話したのが、たまらなく恥ずかしかった。

「許して下さいね」

「わざわざ、呼びつけて、あやまられて、それはよかったわとも、いえないわね」

「御免なさい」といいながら、雅代がクスクス笑い出した。

「何がおかしいの」

「お姉様が、あんまり、むきになるんですもの」

ドミタッスのコーヒーを無言で飲んで、二人は気まずく、別れた。

別になって、一人でとめたタクシーに乗ってから、ゆっくり考えると、止め処もなく、腹が立って来る。

どうしても、これは許せない。そう思った。

第一、月末の舞踊会の前日に秋峯先生がアメリカから帰るというのが、いかにも不快である。

門人の雅代のおどりのために、万障繰り合わせて、駆けつける感じが、異様だと思う。

やっぱり、二人はアメリカで会って、このことを相談したのだろう。疑心暗鬼が、又しても、かの子をとらえた。


秋峯の帰国の予定が、当然画塾で、夫人の口から告げられ、日航機の着陸の時間がわかったので、かの子は迎えに行った。

あれっきり会わなかった雅代と国際線のロビーで会った。ニッコリ笑って挨拶するので、こっちも、笑顔でこたえた。

そばにいる同門の仲間たちの手前もある。二人は格別の仲よしということに、秋峯塾では、なっているのだ。

すこし日にやけた秋峯が、長身の姿をあらわすと、拍手がおこった。

「お帰りなさいませ」「御無事で」と、門人たちが声をかけるのに、鷹揚《おうよう》にこたえて、秋峯は夫人とひとり娘をつれて、階段をおりようとした。

そこに立っていた雅代が、どこに置いてあったのか、大きなバラの花束をさし出した。うれしそうに何か話している。花を忘れたのを悔い、かの子は、胸がかきむしられるような思いで、それを遠くから見ていた。

その夜、かの子は、眠られぬまま、あれこれと考えた。

今夜早速朝顔を秋峯先生が白扇に描いたのを、雅代がとりに行くだろう。そして、それを明日、「朝顔」の舞台で使うのだ。どうしても、そんなことは、させてはならないと思った。

翌朝、日曜日なので、白戸愛子が、ちょっと姉の家まで行って来たいと申し出た。

「いいわ、でも、その前にお願いすることがあるの。あとで話すわ」といって、とりあえず洋菓子を買いに外に出した。

バスに乗って二十分ほどの所にあるモンブランのケーキを買って来るように命じ、すぐ電話を大正座にかけた。じつは、この電話を、愛子には聞かれたくなかったので、外に出したのである。

きょうの若井真佐代（雅代）さんの会は、何時にはじまるのかとまず尋ね、次に、花を届けたいので念のために訊くが、会主の真佐代さんのおどる時間は、何時と何時かと質問した。

劇場の事務所には、そういう予定が、キチンと出来ていて、正十一時に開演、真佐代の舞台でおどる時間は、こうだと教えてくれた。

メモをとった。

「花いかだ」二・〇五―二・二五
「朝顔」三・四〇―四・〇〇
「鷺娘」六・一〇―七・〇〇

というわけである。

かの子は、こう考えた。

おどりのことはよくわからないが、着て出る衣裳、かつら、舞台で使う小道具は、演目別にそれぞれひとまとめにして、楽屋の部屋のどこかに置いてあるにちがいない。

二時五分に雅代が舞台に行った直後に、そっと部屋に行って、「朝顔」の衣裳と一緒に置いてあるはずの扇を持ち出そう。

部屋に誰かいるかも知れないが、うまく隙を見て、扇を、家から持って行ったのと、すりかえるのだ。

似た扇がありさえすれば、怪しみもしないはずだ。おどりが終ってから、よく見て、先生の描いた朝顔ではないとわかった時の、雅代の顔を見てやりたい。

多分、自分の描いてもらったのと同じ大きさだと見当をつけて、居間のけんどんの中に絵の勉強のために買い溜めておいた白扇のひとつをとり出し、秋峯先生に描いてもらって大切にしている扇を手本に、かの子は、朝顔を描いた。

一心不乱に、手本を見つめて描いた朝顔はわれながら見事だった。かの子と署名してみようかと思ったが、考え直して、やはり秋峯と、先生の落款《らっかん》をまねて書いた。

こんなことをしている自分が、情なかったが、いつも舞踊会の招待状をくれる雅代が、今度に限って、何ともいって来ないのを思い出し、そうなった原因にまでさかのぼると、雅代が憎くてならない。

にせの秋峯の朝顔をこしらえ上げた時に、愛子がケーキの箱を持って帰って来た。このケーキも、劇場に持って行くつもりである。

きょう、これから、どうするか、スケジュールは、明確に、かの子の脳裏に記されている。

ケーキの箱をちりめんの風呂敷に包み、扇子をハンドバッグに入れ、かの子は、目立たないような、地味な着物を箪笥から出して、姿見の前で着た。

三

かの子は、すっかり服装がととのうと、愛子を呼んだ。

「私は十二時に家を出て、親戚をたずねます。一時半に一度電話を外から入れるから、それまでは、ここにいて下さい。一時半すぎたら、出かけていいわ。あなたのお姉さんの家は、高円寺だったわね、丁度よかった。新宿の歩行者天国の、紀伊國屋書店のまん前で、身体障害者のための義捐金《ぎえんきん》を集めている大学生のグループがあるの。その中に、私の従兄の子がいて、この間会ったら、叔母さんぜひ寄付してくれよなんていっていたから、私の代りに、一万円持って行って、署名もこのあいだと同じように、私に似せた字で書いて下さい。お願いします」

「御親戚の学生さんは、何とおっしゃる方ですか」

「今日いるかいないかわからないのだから、別にあなたに名前をおぼえて貰わなくてもいいわ。午後二時から募金の受付をするといっていたから、その時間を見はからって行って下さいな」

「はア」

「署名を忘れないでね。親戚の子に、私がたしかに寄付したのを知ってもらうために、ぜひ必要なの」

「わかりました」

周到に考えた通りを、スラスラとしゃべった。一時半まで、愛子を家にいさせるのは、二時に新宿に行って貰うためだ。

従兄の子がやっているというのは嘘だが、新聞で見ると募金はまちがいなく、毎日曜しているという話だから、一万円を出して、署名してもらうことだけは、たしかにできる。

二時に、自分そっくりの署名をした文字が義捐金の受付に残ることを、かの子は計画したわけだ。

その時間に、かの子は、大正座の楽屋に行く。自分の顔を知っている雅代の内弟子たちは、脇から舞台を見ているか、後見《こうけん》をしていて、部屋の留守をあずかっている者は、おそらく自分を知らないはずである。

扇が紛失したら、雅代は自分を疑うにきまっているが、その自分には立派なアリバイがある。シラを切り通せる。かの子はこう考えながら、タクシーを浜町《はまちょう》の方向に走らせた。

人形町のうなぎ屋で、ゆっくり食事をして、愛子に電話をかけて、二時すこし前に大正座に行った。ケーキの箱を、風呂敷をほどいて、わざと見せびらかすように腕にのせ、受付を避けて、地下室への階段をおりた。

舞踊会の時は、ふだんの興行とちがって、出入りが比較的自由なので、玄関でもとがめられず、地下室から楽屋にぬける通路にも、誰もいなかった。その通路は、花道の反対側にあって、駕《かご》だの花槍だの杖だの、多分きょうの会で朝から弟子たちのおどる時に使ったらしい小道具が、長々と敷いたござの上にならべてあるので、そこだけ華やかである。

「おどりで使ったあとに、ここに持って来て、小道具の会社に返すのだわ」と思った。一瞬ここに「朝顔」の扇があるのではないかと考えたが、すぐ打ち消した。そんなはずはなかった。

楽屋の入口に近い部屋に、見知らぬ中年の男がいたので、ケーキの箱を持ち直して、「会主の雅代さんのお部屋、どこでしょう？　ちょっとこれを、お届けしたいんですけれど」というと、親切に立って来て、階段を指し、「そこを上ったら、とっつきの部屋です。しかし、今、雅代さん、きっといませんよ」といった。

時計を見ると二時三分である。二時五分にはじまる「花いかだ」に出るのだから、もう舞台に行っているのは、たしかだ。

万一、雅代がいたら、計画は中止する気でいた。楽屋見舞だといってケーキの箱を置いて、「どこかで見せてもらうわ」というふうに、チャンネルを切り替えるつもりだった。

「若井真佐代」と墨書した札が貼ってある部屋をのぞくと、やはり見知らぬ老女が、番をしていた。

「雅代さんは？」

「いま舞台のほうにいらっしゃいました」

「そうですか。じゃアこれを、さし上げて下さい。私、雅代さんのお友達なの」と名のった。

ケーキをさし出したので、老女は警戒心を持たなくなった。それを見たかの子は、抜け目なく
「ああ、疲れた。お茶を一杯いただけないかしら」といってみた。

「はい、よござんすとも」と、老女がうしろを向いて、茶筒をさがしているあいだに、扇子をとり替えようと思い、チラッと見ておいた衣裳と小道具の置き場所を、ゆっくり見直すと、狙っていた扇がない。

そこには、絵で見た白拍子《しらびようし》の着るような水干《すいかん》と烏帽子《えぼし》、御所どきの振袖があり、もうひとかたまりは、白の羽二重《はぶたえ》と黒い帯、蛇の目の傘である。

「茶筒をさがしていたので、お待たせしました」と老女がいきなり、茶を湯吞で出したので、ドキッとした。

「おどる人って、お茶を飲まないのかしら」と、あわてた様子をごまかすため、独り言のようにいった。

「いえ、あの、先生はさっき、お薄《うす》を」

と老女が、弁解した。

「これ何の衣裳?」と振袖を指さした。

「それは『花いかだ』のでございます」

「あら、『花いかだ』がこれからはじまるんじゃなくて?」

「いえ、順序が変ったんです。横浜にお住いのお琴の方が、車でいらっしゃる途中、交通の渋滞でまだお着きにならないんです。川崎から電話で大分おくれそうだといって来られたので、急に変えて、『朝顔』が先になったんです、そろそろ、幕があくはずですよ」といった。

かの子は、礼もろくにいわず、立ち上ると、舞台裏のほうに行った。

幕だまりのところで、劇場の中で連絡し合うインターフォンを耳にしている青年が、

「おかしいね、まだ揚幕《あげまく》まで行かないんだって」と叫んでいる。

もしかすると、朝顔は、花道から出るのかも知れない。出てしまったら、折角立てた計画がなんにもならない。そう思ったかの子は、奈落への階段をかけおり、花道の真下の通路を走ってゆくと、揚幕のほうに踊り場をまわりながら上る階段のいちばん下に、肩に模様のある衣裳を着て、島田のかつらをかぶった雅代が腰かけて腹をおさえて、苦しそうにしている。

ハッとして、われを忘れて、「どうしたの、雅代ちゃん」と声をかけた。

「苦しいの、せつないの、おなかが痛い」と、俯いたまま、雅代が低い声でいった。

かの子は、雅代が自分に気がつかないでいると思った時、反射的に、そばを離れた。

まず、かの子の思ったのは、これは急病だということだった。

神経のこまかい雅代が、緊張すると、よく頭痛や腹痛をおこすのを、知っていた。それが、きょうもおこったのだろう。

そう思ったあと、もし誰かが、薬でも盛って、雅代を苦しがらせたのだとしたら、ここにいては危ないと感じた。死なないにしても、故意に腹痛をおこさせたというのは明らかな犯罪で

あり、事件が捜査されれば、自分が疑われるのに充分な動機がある。

幸いにアリバイをこしらえてあるからいいといっても、このへんに自分がいたのを誰かに見られたら、かえってアリバイ工作が裏目になる。

かの子は、地下室をそっと抜け、急いで大正座の外に出ると、横町を二度三度右折したり左折したりして、久松町《ひさまつちょう》の通りに出た。そしてタクシーをすぐ拾って帰宅した。

介抱するようなふりをして、あの雅代の帯にはさんであった小道具の扇、秋峯先生揮毫《きごう》の扇をそっと抜いて来ればよかったとも思ったが、苦しんでいる雅代を見たら、もうそんなことは、今はどうでも、よくなっていた。

気になるので、家に帰ると、すぐ大正座に電話した。

それとなく様子を聞こうと思い、交換台に、「舞踊会は今どのへんまで進行していますか」と尋ねると、「事故があったので、一時半から、ずっと休憩のままです」という返事である。

まさか死にはしないと思ったが、こうなると雅代に対する昔からの友情が戻って、心配になり、もう一度かけ直して、大正座の頭取部屋を呼び出してもらうと、散々ベルが鳴って、やっと先刻会ったらしい男が出て来た。

「会主の若井真佐代さんが、食あたりで、苦しみ出しましてね、いまとりあえず、お弟子さんたちに順々におどってもらうことになったので、てんやわんやです」という。

「それで、容態は。私は雅代さんの友達の千勝かの子と申します」

すこし声を変えて訊ねた。

「医者が来て、今見てもらっているんですが、別に大変なことには、ならないようです」

「巣鴨の家からかけているのです。すぐには伺えませんので、よろしく。お大切に」といった。

名前と自宅の場所を、記憶してもらうのは、この際、決してマイナスの材料ではない。

四

（東都新聞竹野の手記）

若井真佐代の舞踊会で、「朝顔」というおどりに出演しようとした会主が、急に激しい腹痛に苦しみ、とうとうその日、一度も舞台にはあがれなかったという話を、私は月曜日の朝、社の文化部で、おどりを見に行っていた記者から聞いた。

「個人の会で、会主がそんなことになるなんて、気の毒だね」とはいったが、病気ならば仕方がないと思い、聞き流していた。

昼になったので、社の近くのレストランに行ってスパゲティを食べていると、電話がはいって、社に千勝かの子が私を訪ねて来ているという。

私はこの二年ほど、千勝流が出している雑誌に「歌舞伎の花」というエッセイを書かせてもらっていて、かの子とも二三度会っていた。

わざわざ社まで家元の娘が来たのは、どういう用件なのだろうと、急いで帰ると、受付の前のイスに、派手な顔立ちのかの子が、何となく打ち沈んだ表情で、私を待っていた。

「何か急な用事でも」と尋ねると、「御相談したいことがありまして」という。

重役室を借りて、さし向いになると、かの子がいきなり話し出した。

「じつは、きのう、私の親しくしている若井真佐代さんが、自分のおどりの会で、急に苦しみはじめて、何もおどれなくなってしまいましたの」

「その話は、大正座に行っていた、若い記者から聞きました」

「私もきのう大正座に行ったのですが、その騒ぎのおこる前に、都合があったので、家に帰りましたの」

「ほう」

「でも、電話でそのことを知り、心配だったので、今朝雅代さんの家に行ってみますと、ゆうべのうちに、痛みはとれたといって、かなり元気になっていました」

「それは、何よりでしたね」と、私はその若い舞踊家については何も知らないのだが、一応、そういう挨拶をした。「それで、何か」

「じつは、これからが、御相談なんです。雅代さんが寝ている部屋に通ると、雅代さんが私を見て、ひどいわ、いくら何でも、こんな目にあわせなくてもいいじゃないのと、私を怨めしそうに見つめるのです」

「よくわかりませんね」

「じつは私は、今度の会のために、私と雅代さんが一緒に日本画を習っている立川秋峯先生が、雅代さんに『朝顔』の扇を描いてあげたのが、おもしろくなかったのです」

「立川さんは、あなたの展覧会の時に、朝顔の扇を描いたじゃありませんか。私はあの大井川の趣向の花を、今でもハッキリ覚えています」

「はい、正直にいいますと、私は、私に描いていただいた朝顔と同じものが、雅代さんのために描かれたのが、おもしろくなかったんです。それも、一昨日、舞踊会の前の日に秋峯先生がアメリカから急いで帰って、その絵を描かれたというのが、くやしかったんです」

おやおやと私は思った。これは結局、先生の寵《ちょう》を二人の女弟子が争うという、きわめて平凡なケースではないか。

「私は、その扇を舞台で使わせたくなかったんです。それで、意地悪がしたくなって、きのう、そっと大正座のあのひとの部屋に行きました」

「何をしに」

「『花いかだ』に雅代さんが出ている時間を見はからって、部屋に行き、用意して行ったにせものの扇と、そっとすり替えるつもりだったのですわ」

「しかし、部屋には人がいたでしょう？　不用心だから、誰か留守番がいたはずだ」

「年配の女の人がいました。それでも、隙を見て、すり替えることはできると思っていたのですが、じつは琴を弾く人の到着が遅れたので、順序が変更になって、『朝顔』がはじまろうとしていたんです」

「なるほど」

「私はケーキの箱をそこに置いて、すぐ部屋を出て、舞台に行ってみると、雅代さんが花道から出る演出だとわかったので、揚幕のほうに行ってみようと、走りました。その時、階段に腰かけて、苦しそうにしている雅代さんを見たのです」

「介抱したのですか」

「はじめ介抱するつもりでしたが、小道具の扇をすり替えようという心持で大正座に行っていただけに、私が雅代さんを腹痛で苦しめたと他人から誤解されるのが、こわかったんです。不人情とは思いましたが、すぐ大正座を出て、車を拾って帰ったんです」

「というと、あなたは、扇をすり替えることも、しなかった」

「はい。あの時、雅代さんの帯に、その秋峯先生の扇がはさんであったのだと思いますけれど、そんな時に、それをとったりはできません」

「それじゃア、雅代さんが苦しがったことについて、あなたは何も知らないんですね」

「もちろんです。でも、雅代さんは、私が何かの方法で、そういう風にさせたと思いこんでいるのです」

「何が、腹痛の原因なのだろう」

「わかりません。ただひとつ、雅代さんの部屋にいたお年寄りが、すこし前に、お薄を飲んだといっていいました。それが私には、気になるのです」

「なるほどね」

「私自身、雅代さんを憎み、雅代さんを困らせようという考えを持っていたのですから、威張った口は利けませんが、何ぼ何でも、あのひとを病気にしようとまでは、考えたこともありません。秋峯先生の扇でおどってだけは、もらいたくなかった。ただ、それだけです」

「御相談というのは」

「なぜ、雅代さんが、あんなことになったのかが、知りたいのです」

「別に妙なことをした誰かがいると考えているんですね」

「はい、私以外に、誰かがいるにちがいありません」

「私には全く見当がつきませんが、折角のお話なので、しかるべき人に、事情を話して、推理してもらいます」

「竹野さんが、千駄ヶ谷の雅楽《がらく》さんに、いつも知恵をお借りになるのを知っていたので、伺ったんですわ」と、はじめてかの子は、笑顔をとり戻した。

中村《なかむら》雅楽のことを知っていて、相談に来ながら、ひと言も、その名前を今の今まで口に出さなかったかの子が、これでなかなか、複雑な人間だと、私は思った。

それで、気を引いてみるつもりで、こう訊いた。

「あなたは、きめこまかく、物を考え、物を計画する方らしいですね」

「はア」

「きのう大正座に行くつもりになったとして、何かのことがおこった時のために、ほかの用意をしたのじゃありませんか。たとえば、その時間に、ほかにいたように見せかける工作をしたとか」

「まア、よくおわかりですね」と、かの子は目を見はった。

「高松屋《たかまつや》（雅楽の屋号）と十何年もつきあっているので、門前の小僧、そんな風に頭がすこしは廻るようになっていますよ」

「おどろきましたわ。私、きのう、家に住みこんでいる白戸愛子という弟子に、新宿の歩行者天国で義捐金を募集している所に、午後二時に行って、私のかわりに寄付をして署名して来るようにたのんだんです。その白戸という子は、私とそっくりの字を書くんです」

千勝かの子が帰ったあと、きのう大正座に行った若い記者に、かの子が来て話した内容をかいつまんで聞かせ、その記者に、私のかわりに、若井真佐代を見舞わせ、いくつかのデータを集めてもらった。

真佐代はもう床から出ていたらしい。当人と、内弟子から聞いて来たことの中に、次のような話がある。

○真佐代も内弟子も、かの子の姿を見ていないが、モンブランの菓子箱があったので、これを巣鴨の先の町でよく買っていて、二三度貰ったこともあるので、かの子が来たのだと判断した。
○「朝顔」に出る直前に、まんじゅうを半分食べ、抹茶を、真佐代はのんだ。順序立てて記すと、真佐代は「朝顔」がはじまると、弟子たちがみんな舞台に行くので、部屋がからになって、不用心だと思った。そう話し合っていると、隣の部屋にはいっている十六歳の少女、武井るり子の所から初対面の老女が来て、留守番をしてあげようといってくれた。それから扮装にかかって、衣裳を着け終った時に、るり子の母親が抹茶を立てて持って来た。老女が「ちょうどおまんじゅうがあります」といって、箱から出したのを、半分だけ、真佐代は食べた。
○そのまんじゅうの残った半分が、どこかに持ち去られていたし、箱もいつのまにか、なくなっていた。真佐代も内弟子も、このまんじゅうの箱を、ケーキと一緒に、かの子が持って来たのだと、固く信じている。
○苦しんでいた真佐代を抱えて、内弟子が部屋に帰った時、さっきの老女はもういなかった。
○朝顔の小道具として、真佐代が持っていた扇が、いつのまにか、なくなっていた。

五

私は、これらのメモを持ち、千駄ケ谷の自宅に、老優中村雅楽を訪ねた。

雅楽に、かの子が社に来て私に語ったことを、直接話法で話し、メモを見せると、「おもしろい、大変おもしろい」といって、うれしそうに手をこすった。

千勝かの子にも、若井真佐代にも、雅楽は会ったことがないが、聡明な人だから、その姿や顔を、自然にイメージとして、とらえているようだった。

「まだ、これだけでは、材料がたりませんね。かの子さんという人が、あなたの所に来て、何もかも打ち明けた上で、自分が真佐代さんの腹痛については何も知らないといっているのだから、これは、まず信じていいでしょう」

「はい」

「とすると、別に犯人がいる。まさか若井真佐代を殺そうとも思いはしなかったが、会をめちゃめちゃにする位の狙いはあったのでしょう。つまり、真佐代を憎んでいる人が、もう一人いた。多分、それは女だと思いますよ」

「はい」

「竹野さんに、お願いします。立川秋峯という絵かきには、当然秘書のような、側近の弟子がいるはずです。その人に会って、三つのことを尋ねて下さい」

「何を聞けばいいのですか」

「秋峯氏が帰国した土曜日の日、羽田から帰って、夜床にはいるまで、どういうことをしたか、詳細に思い出してもらって下さい」

「その次は」

「どこかに、朝顔の絵を描いた扇がないか、あったらちょっと借りたいといって借りて来て下さい」

「もうひとつは」

「武井るり子という、おどりを習っている少女の家の住所を、さりげなく質問して下さい」

「わかりました」ちょっと納得の行かぬ点もあったが、何もいわずに、承知した。

「それから、お宅の若い記者に、新宿の歩行者天国で日曜日に義捐金を集めている団体を探させて、千勝かの子という署名がしてあったか、一万円たしかに受けとったかを、調べてもらって下さい」


中村雅楽が、千勝かの子に会いたいといったのは、私が立川秋峯の秘書をしている浮田という青年から、三つの質問の答えをもらい、秋峯のネクタイや小物を入れた引き出しにはいっていた扇を借りて来たという電話を入れた時である。

新宿の歩行者天国の義捐金の署名簿から、社の記者は、ゼロックスで写しをとって、すでに手渡してくれてもいた。

かの子は、すぐ社に飛んで来た。私は、かの子とタクシーで、千駄ケ谷に行った。

私の話を聞き終ると、雅楽は、かの子に、やさしい笑顔でいった。

「想像した通りでした。秋峯氏のところにいる浮田というお弟子さんは、武井るり子の住所を即座に教えてくれています。世田谷区赤堤《あかつつみ》一ノ一三ノ二。真佐代さんの十六歳の女弟子の住所を浮田さんが知っていたのは、るり子が秋峯氏の親戚だったからです」

「まア」

と、かの子が驚嘆した。

「それも」と雅楽は続けた。「それも、秋峯夫人の近い血縁と見ていいでしょう」

「では、こんどの事件は」と私は、ようやく霽が晴れた思いだった。

「そう、秋峯夫人の、若井真佐代に対する嫉妬です。もともと、夫人は、真佐代さんがニューヨークの親戚のお産の手伝いに行ったのが、秋峯氏の渡米と同じ時期だったことに、いやな感じを持っていた。二人の関係はどうかという詮索は、私はしませんし、それは立ち入る必要もありません。ただ、同じ時に、先生と、美しい女弟子が、アメリカに行ったというのが、気になり、やがて、その仲を疑うところまで発展したのです」

「私と同じですわ。私も、それで、苦しんだんです」

かの子が、率直に告白した。

「土曜日に羽田に帰って来た秋峯氏と、夫人は久しぶりに食事のあとの団欒《だんらん》をたのしみにしていました。ところが、浮田さんの話だと、食後すぐ秋峯氏は画室にはいって、絵を描くという。なぜ急いでそんなことをするのかと尋ねると、明日の若井真佐代の会のために、扇に朝顔を描くという返事で、夫人はもうすっかり逆上したようです」

「わかるような気がしますね」と私はいった。その夜の立川家の空気が、手にとるように理解できるのだ。

「本草《ほんぞう》の薬で、ひまし油と同じ作用があり、腹痛を催させる薬があった。いつか竹野さんに『一人二役』で書いてもらった、あの薬を秋峯夫人は使ったのでしょう。親戚の武井るり子の母親に、細工をしたまんじゅうを持ってゆかせ、お茶を立てて、まんじゅうを老女がうまく食べさせたんです。その老女はそっと真佐代さんの扇をぬきとり、立川家に持って行った。それが、これです」と、雅楽がかの子に渡した。

朝顔はたしかに描いてあったが、秋峯の落款もなく、絵も秋峯らしくない。

「私の朝顔の扇より、何となく、大きいような気がしますわ」と、かの子がそれを手にとって、しげしげと見た。

雅楽が笑い出した。

「そりゃアそうですよ、舞台で使う小道具で、それも幕切れに目があいた時、深雪《みゆき》がかざして喜ぶんですから、普通の扇では、姿が引き立ちません。これは、藤浪の倉庫にあって、いつも役者が使う、芝居のための寸法でできている扇です」

「では、秋峯先生のは」

かの子が尋ねた。

「多分描いていただいたのを、真佐代さんが大切にどこかにしまったのでしょう。あのひとは、かの子さんが、花の展覧会に、先生に描いてもらったのが口惜《くや》しくて仕方がなかった。それで、こんどの会に、わざわざ『朝顔』という出し物を考え、扇をねだる口実にしたんです」

「そうでしたの」

と、かの子は、いささか気の抜けたような返事をかえした。

「秋峯氏も夫人も、あの扇を、舞台で使うと思っていたんでしょうね。夫人は、大正座にはもちろん行かず、親戚の武井るり子の母親と、おそらくその一族の老女に、指図だけしたのでしょうが、大さわぎをして手に入れた扇が、秋峯氏の描いたものではなかったのだから、まったく無意味なことをしたものです」

「でも、ひどいわ」とかの子が、美しい眉を曇らせた。「餡に薬をまぜて、苦しい目にあわせるなんて」そういってから、

「でも、私も、他人のことはいえませんわね。雅代さんを、困らせようと考えた点では同じなのですから」

「ところで、若井真佐代の会に、秋峯氏は行かなかったのかしら」と雅楽がつぶやいた。

「それなんですがね」と私は苦笑しながら答えた。「秋峯画伯は、日曜日は、ずっと横になっていたそうです。アメリカから帰ったばかりで疲れたから、一日うちにいるといったそうです」

「ほほう」

「夫人は、秋峯画伯が大正座に行くものと思いこんでいたので、びっくりしたようですと、浮田さんがいってました」

「大正座に行かないとハッキリわかったのは、いつごろだろう」と雅楽が私に訊いた。私はその質問の意味を解しかねたが、「午後になってからだそうです。二時ごろじゃないのですか」と答えた。

「これで夫人の疑いが、ひとり角力《ずもう》だとわかった。秋峯氏と真佐代さんの間は潔白ですよ」

「そう思います」とかの子も、ホッとしたようにうなずく。

「ひる前に、秋峯氏が、きょうは夜まで家にいると夫人にいったとすれば、誤解がとけて、急いで大正座に電話をかけ、武井るり子の母親に、おかしなことをさせないですませたはずなの

に、ほんとうに残念だった」と、雅楽は天を仰いだ。

「しかし」と雅楽が続けた。「老女に持って来させた扇を、秋峯氏のネクタイのはいっている引き出しに入れたというのは、どこまで行っても、女の人の心持だな。大正座に秋峯氏が行かなかったので、一応安心しながらも、アメリカから帰った晩に、私や子供をほうりっ放しにして描いた扇というのに、こだわりが残っているんですよ。じつは、その扇は、秋峯氏の朝顔じゃないのにね」

「女って、ほんとうに罪の深いものですわ」と、しみじみかの子が述懐したので、座がちょっと白けた。

こういう時の雅楽の気配りは、まことに見事である。

「そうそう、竹野さん、新宿の署名の写しは、どうしました」と、大きな声で、私に問いかける。

「……」かの子は、あっけにとられているようだった。

私が雅楽に、若い記者がゼロックスで写した署名を手渡すと、老優は急に笑い出した。そして、かの子にいった。

「かの子さん、あなたは日曜日の午後二時のアリバイを用意したつもりだったのですが、駄目でしたよ」

「はア」

「きっと愛子さんというお弟子さんが、自分も寄付をしたくなったんでしょう。一千円　白戸愛子と署名しています。そして、その一行前のところに、この署名があるんです」

私はつい気がつかずにいたのだが、身体障害者のための義捐金の署名の写しを見直すと、愛子の名の前に、こう書かれていた。

「一万円　千勝かの子、代理」

灰

一

地下鉄の駅を出たところにあるスナックバーに、新聞記者の小出がはいってゆくと、このごろ時々会って話をすることのある喜谷より江がカウンターの前に腰かけて、浮かない顔をしている。

「ひとり?」

「ええ」

「ここにかけていい?」というと、「どうぞ」と答えて、小出のほうを全然見ずに、うつむいている。

いつも派手な服を着ているより江が、きょうは薄い紺のスウェーターに白いパンタロンで、人がちがったようだ。

小出が水割りを半分ほど飲んだ時、より江が急にいった。

「男の人って、やはり時々ヒステリーみたいになるものですか?」

「さァね」唐突な質問なので、小出は即答しかねた。

「なぜ、そんなことを訊くんですか」

「職場で、いきなり、どなられたんですもの」

「あなた、勤めているひとだったの？」

「そうよ、何だと思っていたの？」と、より江が、はじめてニッコリ笑った。

「ぼくは、芸能界のひとだと思っていたんです。何となく、ふんい気があるもの」

「まァ」

「歌手か、タレントか、そのどっちかと思っていたんだ」

これは、うそいつわりのない言葉だった。じつは独身の小出にとって、至るところに目につく女性がいて、関心を持つとすぐ、この女と夫婦になったらどんな家庭ができるだろうと考えるくせがあるのだが、そういう空想のヴィジョンに数多く登場させるのが、今ならんで酒を飲んでいる相手であった。

住んでいるマンションに近いので、週に二三回は社のかえりに寄っているこのスナックバーで、はじめて見た時から、印象が強い女だった。初対面の夜、小出が名刺を出し、女は「私、喜谷より江といいます。キタニは、よろこぶ谷、おかしな苗字《みょうじ》でしょう？」といった。

それから何回も会っていて、何をしているのかとは思っていたのだが、ぶしつけに尋ねるのが、何となく、ためらわれた。

去年までいた熊谷の通信部のそばのバーで、「何をしているんですか」といって、いきなりビールを顔に引っかけられた苦い思い出がある。

その女はしたたか酔ってもいたのだが、何をしているんですかといわれて、返事をしかねる境遇だったのだろうと、東京に転任して来てから、小出は、やっと気がついた。

そんなことがあったから、より江にも、何も訊かなかったのだが、いまがいいチャンスだと思った。だが、こっちから切り出す前に、より江が続けていった。

「私の職場って、わからないでしょう?」

「そうね」と小出は水割りのグラスを手でゆすりながら、「当ててみようか」といった。

「当るもんですか」

「貿易会社の社長秘書」

「ふふん」

「ちがったかな。では六本木あたりの、ぜいたくなブティックのマネージャー」

「まさか」

「わからない。降参します」

より江はショルダー・バッグから黒い手帳を出して、チラッと見せた。

「あッ」と小出は目を見はった。「あなた婦警さん」

「そうよ」

「おどろいた」

「非番の日には、わざと、こんな格好をしているの。何となく、欲求不満なのね」

小出には、サツまわりをした経験もある。しかし、こんな魅力のある婦人警官は見たことがない。

「風紀のほうを担当しているんです」

「では、あなたを、どなりつけたのは、刑事さんですか」小出の言葉が、こころもち丁重になったのは、やむを得ない。

「母の日の話をしていたの。きのうは、赤いカーネーションを母に届けたといったんです」

「ほう」

「すると、そばにいた私と同じ婦人警官の堀田さんが、私は白なのよといった。母の日の花に赤と白とわけるなんて、変ねと私がいった時、そばにいた牛塚さんという刑事がどなったんです。神聖な職場で、くだらん話はよせって」

「ほう」

「二人とも、びっくりして、顔を見合わせたんです。ふだん、ごく静かな人なのに、どうしたのかしら」

小出は、しばらく考えてから、いった。

「喜谷さん、その刑事さんは、自分のお母さんについて、何か人にいえない、厭《いや》な思い出があるのじゃないでしょうか」

「あら」とより江は小出の横顔を注視しながら、「そうかも知れないわ」といった。

それから、しばらく黙っていて、「牛塚さん、かわいそう」と、つぶやいた。

見ると、目に涙がうかんでいる。

小出は、この喜谷という警官が、牛塚刑事をひそかに愛しているにちがいないと、確信した。

二

A署の調べ室に、女のスリが拘引されて来ていた。

牛塚刑事が訊問していた。

映画館の暗い客席で、隣にいた紳士の紙入れをぬきとろうとしたところを現行犯で逮捕された女であった。

たまたま、この映画館で麻薬の受け渡しが行われているという噂が耳にはいったので、張りこんでいた刑事が、女を見つけたのだ。

前科はなかった。「ほんの出来ごころです」と女はくり返していい、泣きじゃくった。身なりも、そんなに悪くない。

黒いツウ・ピースを着て、薄く化粧をしているが、まず美しい容貌と呼んでいいだろう。

スラスラと姓名や本籍や生年月日を述べたが、家庭の状況を尋ねると、口をつぐんだ。

「結婚しているんだろう。子供はいるのか」牛塚がいった時、下を向いてしまって、ずっと沈黙の中に浸っている。

「子供がいたとする。お母さんが、こんなことをしたと知ったら、何と思うだろうね」と牛塚が十分ほど経って、ひとり言のようにいった時、女は急に泣き出した。

「子供がいたんだね」

「はい」

「こんなことをしなければならなかった事情を何もかも話して、早く家に帰るんだね」と刑事はいった。

犯行を重ねた悪質なスリとも思われなかったから、釈放される時がそんなに遠くはないと牛塚刑事は内心考えていたので、そんなふうにいったのだ。

すると、女は首をふりながら、泣き声をあげて、牛塚に訴えた。

「夫も子供もいるんです。でも私は、その家に帰れないんです」

「なぜだ」

「十日前に、家をひとりで、勝手に、飛び出したんです」

「どうして、そんなことをした」

「刑事さん、おはずかしいんですが、私は男にだまされたんです」

「何だって」と牛塚は目を見はった。

「夫は丸の内の商事会社の課長です。子供は小学の一年生です。松戸の団地に住んで、しあわせに暮らしていたんですが、魔がさしました」

「……」牛塚は女を、にらみつけていた。

「団地に時々来る化粧品のセールスマンと親しくなりました。その人が、私の初恋の男と似ていたのが、いけないんです」

「間ちがいを起したんだな」

「誘惑に負けたんです。そして、その男が、家をすてて来いといったので、つい、男のいう通りにしたんです」

「それで」

「ところが、二人で上野のホテルに泊って三日目に、男がいうんです。じつは自分には女房子供がいるんだって」

「ばか！」と牛塚が女の頬をいきなり、引っぱたいた。

「ひどい、ひどいわ」と女は顔を痛そうにさすりながら、刑事を見あげた。

われに返って、牛塚は詫びた。

「すまない、すまなかった」

「警察は、こんな暴力を振うんですか？　こんなことをしてもいいんですか？」

「私が悪かった」と刑事は調べ室を飛び出し、年下の浦部刑事に、交代してもらった。

机の前にすわり、頭をかかえながら、牛塚は、自分があの女スリを痛い目にあわせたのを、反省した。

きのう婦人警官の喜谷と堀田とが、五月の第二日曜の母の日に、生きている母親とこの世にいない母親に、それぞれ赤と白のカーネーションを贈るという外国から来た慣習についてしゃべっているのを聞いて、「神聖な職場で、くだらん話はよせ」とどなりつけてしまった。

喜谷という警官が自分に、いつも細かく心をつかってくれるのを、牛塚は知っている。時々出勤すると、机の一輪ざしに、花がさしてあったりするのが、多分、あの喜谷より江のすることだろうという見当もついていた。

そういう喜谷が、母の日の話をしたりするのが、どんなに自分を苦しめるかを知らないのに、たまらなく腹が立ったのだが、考えてみれば、それは無理というものであった。

牛塚には、生みの母がいたが、生きているか、もう死んだか、わからないのだ。

牛塚の父親は、静岡県の原《はら》という町の小学校の教師だった。母親は小学校の前にある文房具屋の娘だったと、ずっとあとになってから、親類に聞かされた。

母親は牛塚を可愛がってくれた。ひとりっ子で、母親が甘やかすので、牛塚は、のんびり育った。

小学校三年までの月日の中で、母親とともに過ごした時間の記憶は、牛塚の中に、いつもばら色の回想になっている。

しかし、その三年生の夏に、急に母親がいなくなった。

教師をしている者が、妻に出奔されたというのでは、体裁が悪いと思ったのだろう。父親は牛塚に、何もいわなかった。

「お母さん、どうしたの」と尋ねる息子に、「お母さんは病気なので、よそに行って、そこで病気を治すのだ」といった。

この父親の説明を、牛塚は、はじめから、うそだと見ぬいていた。いかにも苦しそうにいった口ぶりからもわかったし、第一、その前日までの母親に、病人らしいところが、全くなかったのを知っていたからだ。

二年目に、父親はべつの妻を迎えた。その新しい母親は牛塚を実の子のように愛してくれた。今も生きている、その義理の母には、牛塚はいつも好意を持っていた。

同時に、自分を生んだ母親については、或る時から、憎しみを抱き続けた。

というのは、高校にはいった年の夏、三島の大社の前で陶器店を開いている父の弟の家に遊びに行っている時、かき氷を盆にのせて持って来た叔母が、声をひそめて、「今のお母さんは、あんたに、よくしてくれるの?」といったのだ。

「ええ、とても」

「よかったわね、いいひとがお父さんの所に来て」

「叔母さん」と牛塚はすわり直して質問した。「前のお母さん、どうして急にいなくなったんですか」

「まァ知らなかったの?」

「何も知りません」

「よその男の人が好きになったのよ。その人と一緒になるために、家を出たのよ。可哀そうに、まだ小学生のひとり息子を残して」

その時、いつの間にか部屋にはいって来ていた叔父が叔母を叱りつけた。

「どうして、そんな下らないことを、ベラベラしゃべるのだ」

叔母は赤面してすぐ席を立ったが、この日のショックは、いまだに、牛塚に、残っている。

そして、その日から、牛塚は、家をすてて別の男と生活するような女を、決して、許せなくなっている。

喜谷より江に突然罵声を浴びせたのも、女スリの顔を打ったのも、自分を生み、自分を小学三年の年まで育て、その上で自分をすてて家を去った母親に対する憎悪からだったのである。

三

母の日というもののある五月から、三ヵ月ほど経った。

牛塚が署に出勤すると、刑事部長が、

「君、面倒だが、たのむよ、酔っ払って暴れていたばァさんを保護して、ひと晩泊って貰ったんだが、説諭して帰宅させていいんだ」といった。

「ばァさんですか、ばァさんが酔っ払ったんですか」

「うん」

「苦手ですね、女はどうも」

牛塚はいつか、女のスリの頬を打って以来、女と調べ室で話すのが、おっくうになっていた。

「何をいってるんだ。警察官は職務を忠実に行わなければ、いかんよ」と刑事部長はわざと、固苦しい言葉で、牛塚を説得した。もっとも、目は笑っている。

せまい調べ室に呼び出した女は、厚化粧をしていた。一度あずかって今朝になって渡してやったハンドバッグの中に、紅や白粉《おしろい》が入れてあるのかと思われた。

「酔っ払って暴れたんだって」と訊いた。この程度の軽犯に、あんまり強い口調では、ものをいわないことになっている。

「むしゃくしゃしたからですよ。腹が立って仕方がなかったからですよ」

「何があったんだ」

「源太郎に女ができたんですよ」

「源太郎っていうのは、息子か」と訊いた。六十三だというこの女に、年ごろの男の子がいるとも思われない。多分、世帯を持って何年にもなる息子が、家庭にトラブルを起したのだろうと思ったのだ。

すると、女はニヤッと笑って答えた。

「息子じゃありませんよ。源太郎ってのは、私の男ですよ」

「私の男って、あんた、家があるんだろう？　主人がいるんだろう？」

「結婚したこともあるんですが、今はひとりで住んでます。勤めてるんです」

「どこに」

「池之端の鳥屋ですよ」

「私の男って、どういう意味だ」

「ですから、私が惚れて、何かと面倒を見てやっている男なんです」

「源太郎というのが、その男なんだね」

「ええ」と目の前にいて、六十を越したのに顔に濃く白粉を刷《は》き、不気味な紅を口にさしている女が、妙に色っぽい目つきをして、うなずいた。

「その源太郎ってのは、いくつなんだ」

「私の店の近くのすし屋の職人でしてね、二十九です」

牛塚刑事は呆然とした。

六十三の女に、二十九の男がくどかれて、とにもかくにも関係するということが、ほんとうにあるのだろうか。源太郎がほかに恋人を持っても仕方があるまい。

「ばかにしてるじゃありませんか。ぬけぬけと、私に女のろけをいって聞かせるんだから」

「それはひどいな」と、牛塚は、やむなく、相槌を打った。

「あんまり口惜《くや》しいから、友達が開いている店でゆうべは酔っ払って愚痴をいっていると、居合わせた若い男が、婆さんの年でほれたはれたでもあるまいなんていうので、なぐりつけてやったんですよ。それからさァ、何が何だかわかりません。気がついたら、こちら様の御厄介になっていたんです」と、女は悪びれなかった。

牛塚は、女の身柄を自由にするつもりになり、聞きとった顚末《てんまつ》を文字にして、署名の下に拇印を押させた。

それをしながら、牛塚が六十三歳の女に、質問した。

「女の人って、いくつになっても、男を求めるものかね」

「何をいってるんですよ」

妙にしなを作って、女はいった。

「どうして、そんなことをお訊きになるの」

「いや、あんたが、三十いくつもちがう年下の男を持って、恋人だと思っているというのが、いかにも、不思議な気がしたからさ」

「女って、どうにも仕様がないものですよ。ほかの人は知りませんけどね、私は今でも、夜中に目がさめた時、男に抱かれたいと思うことがありますよ」

「ふうん」牛塚は腕を組んだ。

「何だったら、大岡さんのおっかさんに訊いてみたら、いいわ」といって、女は椅子から立ち上った。

女を送り出して、刑事部長の所にゆくと、大分前に退職した江川という先輩がいた。もう何回も会っている人で、歌舞伎俳優の中村雅楽《なかむらがらく》と親しいこともわかっていた。

この刑事なら、教えてくれると思ったので、牛塚は挨拶に近づいた時、すぐ尋ねた。

「大岡さんのおっかさんに訊いてみろと、いわれたのですが、どういう意味ですか」

「江川さん、牛塚君は、六十三歳の女の調書を作っていたのです」と刑事部長が説明した。

「その女が、そんなことをいったんですか」

「はァ。痴話げんかの話の揚句です」

「それならこうだ。大岡越前守《おおおかえちぜんのかみ》が、ある時年をとって色恋沙汰で事件をおこした女をとり調べて家に帰り、自分の母親に、女はいつまで男を求めるものかと尋ねたら、黙って火鉢の灰を指さしたという話がある。そのことをいったんでしょう」

さすがに江川元刑事は、あざやかに即答した。

小出がスナックバーに、その夜はいってゆくと、婦人警官の喜谷より江が、カウンターにいた。

めずらしく浴衣《ゆかた》を着ている。きょうは、明るい顔をしていた。

「元気そうですね」と声をかけた。

「うれしいことがあったの」と、より江がうなずいた。そして、付け加えた。

「刑事の牛塚さんが、こう私にいったんです。ぼくは母親を許すことにしたって」

元天才少女

一

中村雅楽《なかむらがらく》の場合、若い時からの弟子の数を数えたら、おもな人だけでも、二十人はくだらないであろう。

ずっとそばについていた楽三《らくぞう》が私の知っている中では最古参だが、その楽三に聞くところによると、楽二郎《らくじろう》、楽四郎《らくしろう》、楽五郎《らくごろう》、楽六《らくろく》、楽七《らくしち》、楽八《らくはち》と、雅楽の楽をもらって、数字を下につけた門弟が、昭和十年代には、ズラリと揃っていたそうである。

そういう中に、戦死したのもいる。まったく違う仕事に転身したのもいる。その中で、楽七という男が変り種だと、私は、楽三から教えられた。

この楽七は、ドスの利く声を持っていて、弁もよく立つ。旅をまわる時には、「河内山《こうちやま》」の通しで、北村大膳《きたむらだいぜん》と丑松《うしまつ》をしたり、「忠臣蔵」で六段目のぜげん（一文字屋お才と同行して来る判人源六）をさせてもらったりすると、びっくりするようにうまかったという話である。

戦争がはじまって、兵隊にとられて帰って来たあと、芝居をやめて、まったくちがう世界にはいった。はじめは雅楽をひいきにしている弁護士の秘書になっていたが、浅草の区会議員に立候補して、二期当選した。そのうちに下町にチェーン店を手広く持っている企業家の顧問という名刺を見せて歩くようになった。

とりとめもない世渡りに見えるが、いつも、ふところには、かなりの金を入れていて、楽屋に訪ねて来ると、むかしの弟子仲間をつれて、豪遊したりする。

気の弱い連中の多い役者たちは、「服部（本名）には、かなわない」と苦笑しながらも、喜んで御馳走になっていたが、楽三だけは、決して誘われても、ついて行かなかった。年も楽三がずっと上だから、ホクホク楽七に笑顔を見せたりする気に、なれないのだ。

ある時、雅楽の部屋に来ていて、「楽三兄さん、たまには、私と一緒につきあって下さいよ」と、その楽七が声をかけた時、楽三が黙って横を向いた。

「師匠、これですよ。どういうわけか、楽三さんは、私とどこにも行こうとしない。あんなに、酒が好きなのに」と楽七はいった。

雅楽がふり返って、楽三に話しかけた。

「たまには、服部と飲んでやったら、どうだい」

「いえ、結構です。渇《かっ》しても盗泉《とうせん》の水を飲まぬのが、義者のいましめ」大まじめで、楽三が答えた。

「おやおや、盗泉の水になってしまったか。冗談じゃない、とんだ不破数右衛門《ふわかずえもん》だ」とそれでも楽七は上きげんで哄笑した。

「よく、六段目のセリフを、おぼえていたね」雅楽が笑った。

「ひどいなア、これでも、以前は、役者です」

「ほんとに、風上《かざかみ》に置けないやつだ」嚙んで吐き出すように、楽三が独り言をいったと、この時のやりとりを、ずっとのちに私は雅楽から聞かされている。

そんなふうに、一徹者《いってつもの》で、芝居ひとすじ、師匠大事の楽三と、派手な世渡りをしているように見える楽七は、どこまで行っても、反りが合わないらしい。

この夏、国立小劇場で、若い役者のコンクールがあり、私は雅楽の弟子たちの出る勉強芝居を見に行った。出し物は「先代萩《せんだいはぎ》」の通しに、「野崎村《のざきむら》」である。

昼夜、おなじ演目を二回くり返すことになっていたので、私は、ひるの「野崎村」から夜の「先代萩」まで見ることに、させてもらった。昼すぎに、行かなければならない告別式があったからだ。

実際には、予定より早く国立に行けたので、「先代萩」の対決から見た。刃傷がおわって廊下に出ると、予期したように監事室から雅楽が出て来た。

私は、真砂蔵《まさぞう》という大和屋《やまとや》の弟子が演じた勝元《かつもと》がよかったのをほめて、雅楽に、「あれは誰の型ですか」と尋ねた。テッキリ、この老優が指導したと思っていたからである。

すると、雅楽が大きく手を振った。

「竹野さん、勝元は、私は教えません。私ももちろんこの役は何度もしていますが、どうも、舞台に出ていて、もうひとつ自分の役になったという気がしないんでね、一度も自信のあったためしは、ないんです」

「ほう、なぜでしょう」私は、本心から疑問を持って質問した。

「仁木弾正《にっきだんじょう》に、上のほうから、どうじゃどうじゃ、恐れ入ったかと、高飛車《たかびしゃ》におさえつけるのが、私の性分《しょうぶん》と合わないんでしょうね」と雅楽がいった。「私は、どうも、小言をいうのが、へたな役者で」

それはよくわかった。雅楽は、劇界の周辺に起った事件の謎をといたことがずいぶんあるが、犯人を追及するのは他人にまかせて、スーッといつも消えてしまうのである。

「あの男がしたにちがいない」と思った時でも、刑事に直接はいわずに、何となくそう察してもらうような云い方をするのが、雅楽の癖であった。

そんな会話をしたあと、「野崎村」を見るために客席に着くと、楽三が私の席に来て、「昼夜の入れかえに、楽屋にいますから、ぜひいらして下さいと、師匠が申しております」という口上であった。

私もそのつもりでいたので、喪章のついた黒い上衣を右手で抱えて、楽屋を訪問した。いちばん大きな部屋に、雅楽がいた。

隅の拡声器をオンにしていると見えて、舞台を片づけている大道具の騒音が、人声と一緒に聞こえている。戦後、どの劇場にも、舞台と楽屋とをつなぐ、こういう仕掛があり、それを聞いて、役者は扮装し、舞台に行くタイミングを確認することになっている。私が書いた「車引殺人事件」も、このマイクと拡声器とによる伝声装置が犯罪のヒントになっているのだ。

私は、拡声器から聞こえて来るノイズを、耳にしながら、一種の感慨を味わっていた。

ろくに雅楽と話もしないでいる時に、楽屋の外で、大きな笑い声を立てる男がいた。楽三が、私に出そうとする茶の盆を持ったまま、「服部が来たようです」と顔をしかめながら、雅楽を見た。

ぬうッと顔を出したのが楽七であった。私は、ほとんど初対面といってもいい。以前遠くで顔を見て、それが楽七だと教えられてはいたが、口を利いたことはなかった。

「どうも、師匠、御無沙汰をしまして」と恰幅のいい男が、ズボンの膝をキチンと折って、ていねいに頭をさげた。赤ら顔で、いかにも選挙演説でもさせたら似合いそうな人物である。

雅楽が私を紹介すると、「お名前は、いつも伺っています」といんぎんに名刺を出した。服部礼吉と刷った大きな名刺の肩書に「大日本心理研究所」とある。

「心理研究所って、どういう仕事ですか」と私が訊くと、「いや、ハッタリですよ。昔からハットリのハッタリといいましてね、大げさに物をいうので、師匠には叱られてばかりいましたが、こういう名刺を持っていると、何となく誰でも、会って下さるのです、はい」といった。

「はい」と付け加える口調が、往年鞍馬天狗《くらまてんぐ》で鳴らした時代劇映画のスターに似ているので、おかしかった。

「竹野さんには、一度お目にかかりたいと思っていました。私は方々の新聞社に友達がいましてね、いろんな情報を貰っているんですが、みんな政治部や経済部の連中ばかりで、文化の方面には、知っている人がいないんです」

私には雅楽が、「ハッタリ」と自認しているこのむかしの門弟の、いささか傍若無人の話し方を寛容しているらしいのが、ふしぎに思われたが、じつは雅楽という老優は、誰に対しても窓を開くのである。もっとも、それだからこそ、江川刑事も、私も、千駄ケ谷の家を木戸御免にしてもらえたのだろう。

「きょうは、芝居を見てやってくれるのかい」と雅楽が尋ねた。

「見ますとも、九州の旅から急いで帰って、駆けつけたんです」

「それはありがとう」楽三は、おうむ返しにこういったが、何となく、よそよそしい話し方だった。

「それは、どうも、ありがとう」と雅楽が楽三の言葉にかぶせて、楽七を立てた挨拶をした。

夜は「先代萩」の床下《ゆかした》まで見て私は劇場を出ることにしたが、監事室をのぞくと、雅楽と楽七がならんでいて、楽七が「竹野さん、今夜は、おひまですか」と訊いた。「私につきあってくれませんか」

私はこういうタイプの男は苦手なので、ことわろうと思っていると、「いやね、いま師匠を誘ったんです。すると、師匠が、竹野さんが来るなら、私もお前につきあうよといわれるんです」

私は雅楽の顔をじっと見た。老優は、ニッコリして、大きくうなずいた。

それで私は、今日はじめて会った、大日本心理研究所という名刺を持っている、えたいの知れない男と、その夜、飲むことになった。

そして、思いもかけない事態のそもそもの発端《ほったん》に、立ち会う結果になったのである。

二

私も職業柄ずいぶんいろいろなタイプの人物に会って来たが、過去に中村楽七といった、この服部のような男を、はじめて見た。会って調子がいいという点だけあげれば、芸能人には、決して珍しくない。

頭の廻転がいいとでもいうのか、悪くいえば気が散るのか、次から次へと話題が飛ぶ。それから好奇心が旺盛で、子供のように何でも卒直に訊きたがるのだ。

監事室にいる時でも、舞台からセリフが聞こえて来る装置をおもしろがって、私がいる時に、ボリュームを上下させたり、スイッチを切ったり入れたりしてみていた。

「さっきの楽屋でも、舞台の音が聞こえていましたね。昔はあんなものはなかった」と首をかしげて感心している。

「文明の利器もいいがね」と雅楽が軽くいなすように答えた。「あれがあるんで、かえっていけない。出をトチったり（タイミングを誤ったり）する」

「だって、あれは、出をトチらないためにあるんでしょう」と私が脇から口をはさんだ。じつは、誰かの失敗談を引き出そうという魂胆《こんたん》がないわけではなかった。

「そりゃァそうですよ」と雅楽がいった。

「いま舞台でどんなところをしているのか、進行状態がマイクを通して、手にとるようにわかる、そうした便利があるというので、戦後はどの小屋にも、この仕掛をすることになったんです。拡声器から聞こえて来るセリフがどこまで来たら立ちあがって、揚幕《あげまく》にゆけばいいのか、大体見当がつくわけだ。しかし戦争がおわって間もないころ、これで私が大失敗をしたんですよ」

おやおや、雅楽自身の話だったのかと思って、私は楽しくなった。

『弁天小僧《べんてんこぞう》』で、浜松屋《はまつや》の幸兵衛《こうべえ》をしていた時です。毎日こしらえをすませて一服し、番頭が小僧に襟を持って来いようッと命じるセリフで立ち上って、ゆっくり歩いて行くと、やがて南郷力丸《なんごうりきまる》があるじを呼べというセリフになる。その時に、あるじ幸兵衛只今それにまいりますといって戸をあけるという寸法が、毎日きまっていました」

「私も高松屋《たかまつや》さんの幸兵衛はおぼえています。あとで弁天小僧に意見するところが、よかった」

と私はいった。

「いや、あの小言のところは、少々物々しすぎたと、どこかの劇評で叱られました」

「それで、師匠、その出をトチった日があったんですか」と楽七が訊いた。

「ある日、いつもの番頭のセリフで立ち上って、舞台まで行こうとすると、進駐軍のMPが来てDDTを撒いているんだ。戦後は、発疹《はっしん》チフスとかいうはやり病があって、それを予防するために、白い粉を強制的に撒いて歩いたんですよ。私はそんなものを頭からかけられたら大変なので、急いで道を変えて、張物《はりもの》の裏をまわって行ったんだが、戸のところまで行く前に、南郷のあるじを呼べという声が聞こえた。五秒おくれました。しかし、五秒という穴は大きい。私は平あやまりにあやまりましたっけ」

「そんなことがあったんですか」と私は、はじめて聞いた老優の失敗談を、帰ったらノートに書いておこうと思った。

「もう、それからは、マイクから聞こえる声をあてにしないことにしました。昔、そんな機械のなかったころと同じように、早目に行って待つんです。それなら決してまちがいはない」

私は雅楽の話術に魅せられてつい腰をおろしてしまった椅子から立ち上るのを忘れていたが、間もなく、「先代萩」の対決がはじまる廻りの柝《き》がはいったので、後刻を約して、監事室を出た。

私は社に帰って短い原稿を書いた。国立小劇場の夜の芝居がおわったところで、雅楽をのせた楽七のハイヤーが社に寄って、私を連れて行ってくれるという打ち合わせになっていた。私は今夜が当直の若い映画記者と最近見たSF映画の話をしながら、時間をつぶしていた。予定した時刻に、車が社の前に着いた。

楽七でなく、服部と書いたほうがいいのだが、行きがかり上、昔の芸名にして、書いて行く。楽七が案内したのは、西銀座のビルの六階にあるいかにも高級と思われるクラブであった。

照明が暗く、広いフロアにスペースをタップリとって、ぜいたくなソファが散在している。美しい女性が大きなピアノで、ショパンの小夜曲を弾いていた。

あずけてあるボトルをとり寄せて、自分で楽七が雅楽と私に、水割りを作ってくれた。席にはべるホステスも、すばらしい服を着ていた。

「君、この服は、何というの」などと、楽七は馴れ馴れしく、肩に手をふれて、尋ねたりしている。

目が馴れて来ると、そのへんにいて、低い声で話しながら飲んでいる客の姿が見えて来たが、雅楽が隣のボックスにいる女客に軽く手をあげて会釈しているのに気がついた。

痩せた四十前後の女で、厚化粧である。髪は大正時代にさかんに行われた耳隠しのようで、一見現代人とどこかちがった、何者とも知れぬ感じである。まず、私の観察では、花柳界ではあり得ないし、女優でもなさそうだ。

内心、老優が挨拶を交わした女について、関心を抱いている私の心理を見ぬいたらしく、小声で雅楽が説明した。

「竹野さんは知りませんか？　あのひとはね、昔よく楽屋に来ていた娘です。天才少女といわれた。占いがよく当るんで、皆がいろんな相談をしたものです。芙蓉《ふよう》のかみさんの遠縁だというので、芝居を見に来た帰りに、私の部屋にも、時々顔を出しました。浦姫という名前で、去年あたりテレビに出たりしていましたがね。今でも、この近所に占いの店を張っているんじゃありませんか」

「浦姫という名前は知ってます。そういえばテレビのモーニング・ショウに出て、千里眼みたいなことを、実験して見せましたよ」と私は、すぐ思い出した。たしか、見てもらいに来た客の顔を穴のあくほど見つめたあとで、スラスラ答えるという評判も、耳にしていた。

たしか、答える時に、「あなたはこの十月になると、運が向いて来るんですって」というのが口癖だったと思う。「ですって」というのが、いかにも耳もとで神様が教えているようで、うまいセリフを考えたものだと思った記憶が、私にはあった。

そんなことを思い出していると、当の浦姫が自分の席を立って、雅楽に改めて挨拶に来た。歩き方がすこし酔っているらしくもあった。雅楽が私たちを紹介し、浦姫はすすめられて、楽七の隣にすわった。雅楽が訊いた。

「あい変らず、御繁盛なんだろうね」

「それがね、おじさん」とカン高い声で、浦姫が訴えるようにいった。「さっぱり駄目なの」

「どうして」

「だって、当らないという評判が立ってしまったんですもの。占いってものはね、おじさん、当らなければ、おしまいですよ」

「当るも八卦《はっけ》、当らぬも八卦というじゃないか」と雅楽がいった。「それに、当ったか当らないかって、そんなにすぐわかるものじゃないだろう」

「私のところはね、いきなり相手の顔を見て、年を当てたり、生れ故郷を当てたり、病気を当てたりするのが、営業の目玉だったのよ。よそ様では、生年月日を訊いたり、墨で一という字を書かせたり、ソロバンを使ったり、筮竹《ぜいちく》を使ったりして、もっともらしいことをいうわけでしょう。でも、私は子供のころから、なぜかカンが働いて、何も訊かなくても、相手が何に悩んでいるのか、何を考えているのか、わかったんです」

「それは知っている。だから、天才少女といわれた」

「こわいように、わかったものよ。小学五年の時、夏休みがおわって、受持の先生が教室にはいって来たのを見て、お母さんが病気で心配しているんだということが、何となく、わかったんです」

「ほう」

「それで、授業がおわった時、その女の先生のそばに行って、先生のお母さんお悪いんでしょうといったら、びっくりして、どうしてわかったのと目を丸くしたわ」

「何て、いったんだね」

「先生の顔を見たら、何だかそんな気がしたといった時、先生がおそろしそうな顔をして、私をにらみつけたのを、今でも、おぼえています」

「それで、占い師になったんだね」

「女学校に行ってからでも、何でもわかってしまうの。家にいた母の妹が近所にいる大学の先生と関係があることがわかったり、父親の会社が倒産しかかっているのがわかったり、可愛がっていた犬が二三日のちに自動車にはねられることがわかったり」

「すごい霊感なんですね」私は思わず嘆声を発した。

「女学校は卒業させてもらったんですけれど、父の会社の状態が悪くて困っていたので、私は私のそういうふしぎな力をお金にしようと思って、占いをはじめたんです」

「楽屋によく来たのは、そのころだったね」

「ええ、豊島屋《てしまや》のおじさんが、みんなに紹介して下さったんで、いろいろな役者衆の運勢を見てあげました。大てい、当ったんです」

「大したものだったよ。ほら、誰かの部屋にあった小さな彫刻が盗まれた時に、みんなが劇場内部の者のしわざといった時、あなたが、そうじゃないと断言した。そして、持って行ったのが、電気工事に来た若い男で、品物はその男のアパートの押入にかくしてあるというところまで、当てたんだから」

「でも今はだめ。何をやっても、だめなの」

愚痴をこぼしているうちに、酔いがまわったのか、厚化粧の浦姫は、しどけない格好で頭をソファの縁《ふち》にのせて、大きな溜め息をついた。

三

「たとえば、どんなふうに当らないんですか」今まで黙って、雅楽と浦姫の問答に耳を傾けていた楽七が質問した。

「つまりね、私のところは、黙ってすわれば、いつもピタリと当てたのよ。私、よその占い師のところに勉強がてら行ったことがあるんだけれど、まず何の御相談ですかって訊くものよ」

「そう、そう」楽七がうなずいている。

「身の上相談とか、お金のこととか、健康のこととか、お客がいうのを聞いてから、次の質問に移るんだわ」

「なるほど」

「生年月日を訊いたり、住んでいる所を訊いたり、そんなことをしているうちに、相手の顔色を見て、雑談の中から材料を拾って、適当な助言を与えるわけ」

「浦姫さんは、ちがうんですか」と私が訊いた。話がうまいので、私も思わず、引きこまれていたのである。

「私のところは、何の御相談ですかなんて愚問は発しないことになっているんです。だって、目の前にいる人の顔を見ると、どういうことを訊きたくて来たのか、すぐわかったんですもの。頭の調子が冴えている日なんか、いきなりその人を見て、この人、東大を出てから役所にはいって三年前にやめて、いまは自分の家に事務所を開いているなんてことまで、わかったりしたんですよ」

「失礼ですが」と楽七がやさしい目をして、浦姫にいった。「あなたが占いに自信がなくなったのは、いつごろからですか」

「この五月ごろです。お客が来て、目の前にすわった時、何にもひらめかないんです。いつもなら、誰かがささやくように、この人は息子のことで困っているのだと教えてくれたりするのに、ある日、そういう声が、まるっきり聞こえなくなってしまったんだわ」

「浦姫さんの占いは、段々よくなるんですってとか、来月の半ば過ぎると危険はなくなるんですってとか、いう話し方をしたんでしょう。いつかテレビで、あなたがそういう話し方をして、密封された品物を当てるところを見せてもらいましたよ」と私がいった。

「夢のようですわ。あんな時でも、耳のところで、この中にあるのはビールの栓ぬきとか植木ばさみとか、教えてくれる声がしたんです」

「失礼ですが」とまた楽七が訊いた。「あなたの占いをしている場所は、どこですか」

「銀座の二丁目にある興産ビルの三階にあるんです」

「三階には、ほかの事務所もあるんですか」

「はい、私の隣に歯医者さんがいて、あとは大藤建設という会社です」

「その会社の人で、あなたと会った時、挨拶をする社員がいますか」楽七が奇妙な質問をした。

「さア」と浦姫はすこし考えていたが、「一人だけいます」と答えた。

「あなたより、すこし、若い人でしょう」

「ええ、四つ下です」といったあと、浦姫が反問した。「でも、なぜ、そんなことをお尋ねになるんです」

「浦姫さん、あなたの占いがだめになったわけがわかりましたよ」と楽七が、じっと相手の目を見つめながら、いった。

「はア?」

「あなたは、恋をしているんです。多分、相手は、その建設会社の、あなたより四つ若い社員だと私は思う」

「まア」浦姫が真っ赤になった。白粉《おしろい》を厚く塗っている顔が赤面すると、火が燃えたように見えるのだということを、私は、はじめて知った。しかし、初対面の時とちがって、楽七に図星をさされて狼狽《ろうばい》している浦姫は色っぽく見えたし、異様に美しくもあった。

「いつの間にか、あなたは、その社員を好きになってしまった。おそらく、あなたの所にも若い男の人か女の人がいるはずだ。時々エレベーターの中で会ったりして、何となく口を利いたりしているうちに、忘れられなくなったその人のことを、あなたのところの人に命じてさぐらせてみた。すると、その情報は、あなたにとって、おもしろいものではなかった」

「まア」目を大きくあけて、唖然《あぜん》としながら浦姫は、滝が堂々と落ちてでもいるような楽七の言葉を聞いていた。

「その社員には、年相応の愛人がいた。婚約していたかも知れない。とにかく、やきもきしてもどうにもならないということがわかって、あなたは失望した。それが五月ごろじゃないんですか」

「その通りですわ」肩で息をしながら、浦姫がうなずいている。

「自分が失恋したと知った時、占いは、てきめんに当らなくなった。というよりも、早くいえば、あなたは他人の身の上について診断をくだしたりする興味を失ったというほうが正しい。こっちが身の上相談をしたい時に、他人のことなんか、かまっていられるかというわけだ」

「すごい、すばらしい」うっとりとした浦姫がとり乱して、手をのばして、私の前の水割りのグラスをとりあげて、グイッと飲んだのには、おどろいた。

「服部は、占い師になれるね」はじめ皮肉な表情で、むかしの門弟の弁舌を聞いていた雅楽も、さすがに感に堪えたように、いった。

「ほんとよ。私以上よ。服部さんて、すごい方」ますます浦姫はとり乱した。

私は、楽七が小鼻を動かして得意そうになっているのを見て、ひと言いいたくなった。

「浦姫さん、じつは服部さんの推理能力は、師匠ゆずりなんですよ」

「およしなさい」と雅楽が苦笑しながら、私に目くばせした。しかし、私は、浦姫に教えてやりたかった。あんまり、この女が服部にのぼせているので、焼き餅を焼いたという感じも、ないわけではなかった。

「高松屋はね」と私がいった。「ある日、午後訪ねて行った時、日比谷の音楽堂の前のベンチは、塗りかえて、きれいになっているだろうねなんて、いきなりいうんですよ」

「だまって、だまって」と雅楽は、あいかわらず照れている。

「私は、しじゅう、そんな風に、いきなりいわれて、面くらうんです。だって、私は、たしかに、その日、社の近くの日比谷公園の音楽堂のあたりを散歩しているんですから」

「どうしてわかるのかしら。やはり誰かが、ささやくんですか」浦姫が、ぽうっと目もとを赤くした顔を老優のほうに向けて、だるそうな声で訊いた。

「種はあとですぐわかるんですよ。高松屋の前で私が煙草を吸った時に、松本楼の新しいマッチを使ったわけです。松本楼で食事をしたのなら、当然音楽堂の付近を散歩するだろう。音楽堂の前のベンチを塗りかえたらしい、その証拠に私の上衣の袖のところに、かすかにペンキがついている。そういう風に推理して行くんです」

「おどろいたわ」と浦姫は、自分の前にいる二人に、自分とはちがう透視能力があるのに、さも呆れたような顔をして、こんどは楽七の前にある、いまホステスが注ぎ直したばかりのグラスを飲み干した。

そのあと、浦姫は酔っ払ってしまった。浦姫とはじめ飲んでいた男はいつの間にか立ち去っていたので、浦姫はそのまま、私たちの席に居すわった。

「そろそろ失礼しましょうか」と雅楽がいった。「服部は、もうすこし、ここにいなさい。私は竹野さんと先に帰る」

二人を残して、私は老優と外に出てタクシーを拾い、千駄ケ谷をまわって、帰宅した。

次の月、木挽町《こびきちょう》の劇場で、「天一坊《てんいちぼう》」の通しが出た。

私は招待日に見に行った。網代問答《あじろもんどう》と俗称される場面がおわったので、廊下に出ていると、監事室から雅楽が出て来た。思いがけない出会いだった。

「山内伊賀亮《やまのうちいがのすけ》がうまいですね」と私はいった。病気で久しく休んでいた獅子丸《ししまる》が演じている役である。

天一坊が徳川吉宗《とくがわよしむね》の落胤《らくいん》だと称して江戸に乗りこんで来る前から、参謀として黒幕になっている、したたかな男で、大岡越前守《おおおかえちぜんのかみ》が最後に一味の計画を見破って仮面をはぐまで、天一坊をあやつる人物だ。

南町奉行所に呼び出され、越前守から故実についてどんな質問をされても、弁さわやかに答え、相手をけむに巻いてしまう。しゃべり方のまずい役者では、どうにもならない。

獅子丸のセリフを聞きながら、私は先月、国立劇場の楽屋で会い、銀座のクラブに案内してくれた楽七を何となく思い出していた。

あの能弁なら、山内伊賀亮もさぞうまいだろうと、ふっと考えたりもしたのだ。

獅子丸をほめると、雅楽は、内緒ばなしをする時のくすぐったそうな顔で、私に小声でいった。「竹野さん、びっくりするような話があるんですよ」

「何ですか」

「服部のやつ、二三日前にうちにやって来て、あの時出会った浦姫のところで、しばらく采配をふることになったというんです」

「ほほう」私は驚嘆せずにはいられなかった。「じゃア浦姫とは、もう」

「見ていると、あの晩の浦姫は、服部にすっかり度肝をぬかれていたようです。つまり、女がまず惚れて、女のほうから持ちかけたんでしょう。服部は服部で、何とかを食わぬは男の恥というやつで、すっかりいい気持で、浦姫の本拠にのりこんだわけです」

「おどろいたな、早わざですな」

「男女の仲なんて、そんなもんですよ。竹野さん、服部はね、私がついているから大丈夫、浦姫の占いは、もう百発百中ですなんて気焔《きえん》をあげて、帰ってゆきましたっけ」雅楽は、おかしそうに笑った。

「えらいもんだなア、それで大日本心理研究所というわけですか」

「そう、いい替えれば女天一坊のかげについている山内伊賀亮ですよ」

二人は顔を見合わせて笑った。意地わるく、開幕を知らせる劇場のベルが鳴った。

四

間もなく知ったのだが、浦姫という女占い者のいわゆる「易断本部」は、楽七の指図で八丁堀のほうに移転したという。

ある弁護士の事務所だった建物を、楽七が顔を利かせて借り入れたわけである。

なぜ、今までいた銀座のビルからそこに越したのかという理由は、だいぶ経って判明するのだが、とにかく、浦姫は目の前にあらわれたたのもしい男に魅入られていて、すべてその言葉に従ったのだ。

今までは、「浦姫人生相談所」という看板をかけていたのを、こんどは前の二倍ほどある大きな看板に、「黙座軒浦姫人生指南本部」と書いた。

指南というのは、大正時代までよく町で見かけた文字で、琴三味線あるいは碁将棋の手ほどきをする意味だった。浦姫が相談相手になるばかりでなく、人生の手ほどきをするというのだから、大げさだ。

楽七がこんどは浦姫をつれて、わざわざ雅楽の家をたずね、名刺を置いて行ったという。雅楽が「黙座軒というのは、目をつぶってじっと瞑想《めいそう》にふけるとでもいう意味かね」と訊いたら、楽七が「いえ、だまってすわればピタリと当てるの上半分を漢字にしただけです」といった。何となく、ふざけていると思うが、そういう時の楽七は大まじめなのだ。

風のたよりに聞くところによると、浦姫の占いは、以前にもまして、評判が高くなったようである。よく当ってもいるらしい。

もっとも、宣伝にも、楽七が金をかけた。新聞販売店にたのんで、朝刊に広告を折りこんでもらったり、浦姫の顔を写真で入れたポスターを電柱に貼ったり、あげ句の果てに、テレビのコマーシャル・スポットにまで、浦姫を売りこんだ。

中村雅楽先生御推奨という字を広告に入れていいでしょうかと虫のいいことをいって来た時だけは、老優も承知しなかったそうである。

しかし、いくら名前が広まっても、肝心の占いが当らなければ、話にならない。

私はもともと、占いだの方位だの手相だのというものを信じないたちなので、野次馬根性で、名誉を挽回した女易者の様子を見たくはあったが、そのままにして、半月ほど経った。

ところが、思いもうけぬ機会が、私を八丁堀の「指南本部」に行かせることになったのだ。

十月のお会式《えしき》の翌日、雅楽から電話がかかった。

浜木綿《はまゆう》という女形《おんながた》の妻女が来て、このごろ夫がソワソワしているが、いくら尋ねても答えてくれない、そうなってからハッキリ舞台の上でもいい仕事がない、何で悩んでいるのか当ててもらいたいのだが、いい易者を知らないかと、雅楽にいった。

そんな時に、ふだんなら、雅楽が浜木綿を呼んで、一時間も話していると、事は解決してしまう。黙っている人間に口を利かせたりするのに、この老優は絶妙な技術を持っているのだ。

しかし、雅楽はこういった。

「八丁堀にある浦姫という易者のところにいらっしゃい。浜木綿も知っているかも知れない、少女のころに楽屋に来ていた女で、芙蓉の親戚です。いま、ふしぎな縁で、楽七というあなたも多分顔を見れば思い出す、私の昔の弟子が、内縁の亭主になっています」

「当るんでしょうか」と心もとなさそうにいう妻女に、キッパリ雅楽は断言した。

「絶対に当ります。私が太鼓《たいこ》判《ばん》を押します」

そういって妻女を帰宅させたあと、私のところに電話をかけて、「まことに御手数ですが、浜木綿のかみさんを八丁堀まで案内してやってくれませんか」とたのんで来たのだ。

思うのに、雅楽は、弟子だった楽七が道具立てをこしらえて浦姫が占いをしている場所を見物させて、私から報告が聞きたかったにちがいない。ほんとうなら、自分で足をはこびたいという、年に似合わぬ好奇心もあるのだろうが、そこまではできないので、私をレポーターにしたわけであろう。

私はよろこんで応じた。

浜木綿夫人なら、この女形の血縁が開いている店が三原橋にあってよく行っているので、そこで何べんもあっている。

まず社に来てもらって、私は妻女とタクシーで八丁堀に出かけた。

ビルの一室ではなく、二階建のかなり古めかしい洋館で、その一階が、浦姫の「本部」であった。二階が住居なのだろう。

前もって連絡しておいたので、楽七が受付に立っていて、私たちを丁重に出迎えた。

「いま三人ほど先約の方があるので、私のプライベート・ルームで、お茶でもあがって、お待ち下さい」と英語まじりでいう。

右手の奥に浦姫の部屋があるらしい。楽七の和室は玄関をはいって左手にある小部屋だった。白い布をかけたテーブルの中央に、ベコニヤの大きな鉢がおいてあった。

「奥さん御自身のことですか」と楽七が訊いた。

「いえ、主人が何となく落ちつかなくて、あんなに機嫌のいい人が、家に帰っても、ふさぎこんでばかりいるんです」

「それは御心配で。奥さんは、浜木綿さんとは、いくつ年がちがうんですか」

「私が四つ年下です」

「浜木綿さんは、お酒はあがるんでしたね」

「好きでございます。日本酒よりも洋酒が。でも、身体が大切ですから、あまり飲ませないようにしています」

「七月に舞台を拝見しました。浜木綿さんの尾上《おのえ》。お初《はつ》がうまかった、金四郎《きんしろう》、若いけど達者ですね」

「ほんとに」といって、妻女が肩で大きな呼吸をした。「尾上って大変な役なんですってね、揚幕にはいってから、じっとうつ向いたままいて、次の幕に出るんだという話ですね」

「あの時の尾上は結構でした」と私がいった。

「お初もよかったが、尾上がいいから、お初もよくなるんですよ」

「そういって下さるのは竹野さんだけよ」と妻女が私をふり向いた。「七月の新聞の劇評は金四郎さんのお初しか、ほめなかったんです」目に涙がたまっている。

二十分ほど待たされた。ほかの部屋にいた先約の三人のための占いがすんだと見えて、若い娘が呼びに来た。

私も付き添って、浦姫の前に出た。

いきなり、妻女を見ると、浦姫がいった。

「御心配なことというのは、御主人のことですね」

「はい」

「御主人に悩み事がありそうだと、おっしゃるんでしょう」

「はい」

「ちょっと待って下さい」と目をとじて、口の中で何かつぶやいていた浦姫がカッと目を見はって、「七月のはじめ、そんなころからじゃありませんか」

「はい、その通りです」と、浜木綿の妻女は驚嘆しながら答えている。

いつか銀座のクラブで見た時とは、すっかりイメージ・チェンジが行われている。化粧をせずに、髪も短く切っていた。服も地味なワンピースである。紅やおしろいを使っていない顔は、端整な鼻すじが見えて、初対面の時よりも、魅力があった。

男っぽい口調で、浦姫がいった。

「奥さんの御心配になっていることを申しましょうか」

「はい」

「女のことかお金のことじゃないかと。そうでしょう？」

「はい」

「この両方とも、関係はないんですって」

「そうですか、でも、どうして、浮かない顔をしているんでしょう」

「芝居のことです、芸のことですって」

「はア」

「浜木綿さんは、自分よりずっと若くて、人気のある女形のことが、気になっているんですって」

「まア」

「劇評がその若い女形のことばかりほめるので、やきもきしているんですって」

「はア」

「でも心配しなくてもいいんですって。十一月には、劇評でほめられるんですって。だから、もうすこし待つといいんですって」

「はい」

「いまのところ、ほかにして上げることもないでしょう。好きなように、させてあげるといいと思います。お楽しみになっているウィスキーの量を制限なんか、しないほうがいいのじゃないかしら」

嫣然《えんぜん》とほほえみながら、浦姫がいった。

私は、ほんとうに、おどろいた。浦姫は、何から何まで当てた。浜木綿の好む酒まで当てた。この女の魔力につられて、私は十一月の劇評で、どうしても浜木綿を絶讃することになるのではないかと考えた。

見料《けんりよう》五千円を支払い、二人は楽七に見送られて車に乗った。

「こわいように当りましたね」と私がいうと、妻女は肩をすくめて、「あの人、ほんとうの天才なのね、でも安心したわ。十一月に舞台でいい仕事が出来るわけですね。竹野さん、よろしくお願いします」と頭をさげる。

タクシーの中で、私は大きな下駄をあずけられた。

五

噂の伝わり方の早さにはおどろいた。

みんなが少女の時から知っている浦姫が、いまは大先生になって、だまってすわれば何から何まで当てるという評判が立つと、役者の妻女がわれもわれもと、八丁堀に出かけて行ったらしい。

誰にも不安や人知れぬ悩みがある。そして何かを頼りたくなっている。以前なら神仏にすがったのだが、現代人はむしろ占いに賭けようとする。おもしろい傾向だ。

いつ誰が行っても、別室でしばらく待たされる。それほど、はやっているらしかった。

とにかく、浦姫の前にすわると、心配事が何かを向うから切り出したり、現住所や年齢をいい当てたりする。それがもう相手を呑んでかかった結果になり、あとの助言が効果的になりもするのだろう。心理研究所の楽七が説得のし方に演出をつけてもいるようであった。

狂言作者の竹柴杉助が、株で損をしてどうしようと相談に行った時、浦姫は「何か持っている大切なものを手ばなしたらいいんですって」といった。それで、親ゆずりで家宝のようにしている九代目團十郎《だんじゅうろう》の押隈《おしぐま》と明治初期の錦絵二百五十枚を持って行って、誰に売ったらいいか、占ってもらった。

楽七が待たせている部屋でそれを見て、「いいものを持っていますね」とよだれを垂らさんばかりに感嘆の声をあげたそうだが、「こういうものを高く買ってくれる人に見せます。しばらく預らせて下さい」といったという。

浦姫は「きっと高く売れるんですって」と教えたそうだが、二ヵ月経っても三ヵ月経っても音沙汰がなく、催促したら、見せた先方が考えさせてくれといっているという返事で、杉助は困り果てて、雅楽に訴えた。

雅楽は私をつれて、その日、八丁堀に行った。そして、自分の運勢を占ってくれといった。楽七もすこし迷惑そうだったが、きょうは待たされずに浦姫の前に案内された。

「私のところにきょう泣きこんで来た男がいる。誰だか当てて下さい」と、雅楽がいきなりいった。

「待って下さい」浦姫は目をとじていたが、青い顔になって、「わかりません」と頭を垂れた。

「服部が品物を預って返さずにいる男だよ。誰だろう」雅楽が畳みかけた。

「さア」と首をかしげていたが、浦姫は「ちょっとお待ち下さい」といって出て行った。

雅楽は浦姫が腰かけていた腕木のついた廻転椅子にかけ、腕木の右側の先端にある黒いボタンのようなものを押した。

すると、部屋の隅の小机の上に載っている卓上ランプのあたりから、ノイズがはいって来た。浦姫の声がきこえる。

「あなた、杉助さんから預ったものを、そのままにしてるんですか」

「あれが欲しくてね、でも相当まとまった金を渡さなければだめだ。そんな金はないから、ほうってあるんだ」と楽七が答えている。

「悪いじゃありませんか」

「あの錦絵を見たら、どうしても欲しくなった。この執着ばかりは他人にはわかって貰えない。気の毒だが、あずけておいた家が火事になったとか、盗難にあったとかいって、あやまって、私の物にするつもりだ」

「どこにおいてあるの？」

「二階の戸棚の奥においてある。杉助さんがこの間から電話を何度もかけて来たが、まだ先方から返事が来ないといって胡麻化《ごまか》しているんだ」

「劇場の仕掛で思いついたんだ」雅楽がスイッチを切って、私にいった。「別室に待たせてさりげなく楽七が雑談する。その会話が筒ぬけに、ここに聞こえるというわけです。ここにはいって来る者が何の相談に来たか、現住所でも何でも、チラリと耳にはいった話の切れっぱしを浦姫がおぼえておいて、いきなり当てて見せる。それが暗示になって、当てずっぽをあとのほうでいっても、全部的中したように、思いこむ。さすがは心理研究所の先生が考えた、手のこんだ仕組みですよ」

「呆れたものですね」

「いつか国立劇場の監事室で、スイッチを動かしたりして、装置をしきりに感心していたが、服部は全く頭がいい。銀座からここに越して来たのも、別の部屋が必要だったからですよ」

「なるほど」

「いつも先客がいると称して待たせるのは、マイクを仕掛けた部屋にまず通して、服部がおしゃべりをするためです。竹野さんが浜木綿のかみさんと来た時だって、特別に待遇したわけじゃなかったんですよ」と雅楽は笑った。

そこに、浦姫と楽七が、はいって来た。雅楽が自分がいつも腰かけて、客と応対する椅子にすわっているのを見て、二人は息をのんで、立ちすくんだ。

「浦姫さん、まア、そこにおかけなさい」と雅楽が、さっき自分のかけた椅子を指す。浦姫は蒼白になって、おずおずと腰をおろした。

「私がこんどは、見てあげよう」と老優が浦姫を見すえた。

「あなたが、いや、あなたと服部と二人といってもいいが、何か人に恨まれていることがあるのではないかな」

「そんなことはありません」と楽七が、ためらった口調でいった。

「服部は、だまっていなさい。私は浦姫さんと話しているのだ」と雅楽が制して、もう一度尋ねた。「覚えはないかな」

「さア、わかりません」

「当ててみよう。芝居に関係した男が浮かんで来た。角刈りにした、六十五六の男だ。株か何かに手を出して失敗して、金に困っている。手放したいものがあって相談に来たら、服部が品物を預って、そのまま、返事をしない。猫ばばをきめるつもりだ」

「師匠」と楽七が叫んだ。「私が説明します。それなら作者の杉助さんです。成田屋《なりたや》の隈と明治の錦絵をたしかに預りました。それを買ってくれそうな人に見てもらっているんですが、いつまで経っても、返してくれないんです」

「ほう、そうだったのか」とぼけた顔で、雅楽が楽七を見あげ、「しかし、それなら、この建物の二階の戸棚にしまってある、かさ高な品物は、あれは何なのだね」

「師匠、どうしてそれを」楽七は悲鳴に似た声をあげた。

「私の耳もとで、二階の戸棚に、杉助の家宝がしまってあるという声がしたんだ。わるいことはいわないから返しておやり。その押隈と錦絵は、私がいい人を知っている。その人に相当な値段で、買ってもらうことにしよう」

浦姫と楽七は、うなだれたまま、沈黙していた。


その日、雅楽と私は千駄ケ谷に帰り、杉助に電話をかけた。

「明日、服部に電話をかけてごらん。きょうあたり品物が返って来るといっていた。しかし、それは引きあげて、私のほうに持って来なさい。悪いようにはしないから」

電話を切ってから、雅楽は私に、悲しそうな声でいった。

「きょうはとうとう、『先代萩』の勝元みたいなことをしてしまった。どうじゃどうじゃ、恐れ入ったかをやってしまいましたよ。ああいう、きめつけ方は、どうも苦手です」

「しかし、なぜあの家の仕掛がわかったんですか」

「服部が誘導訊問をすると聞いた時、それが浦姫のところに聞こえるようになっているのじゃないかと思ったんですよ」

「いつか通された部屋に、ベコニヤの鉢がありました。その鉢がマイクをどこかに隠しているんですね」

「多分、その鉢が曲者《くせもの》でしょう。だから、浦姫のいるところに、スイッチらしいものはないかと、部屋にはいるなり、私は物色した。すると、あの廻転椅子の腕木の一方にだけ、ボタンのようなものがあったし、椅子の足からコードが隅の小机に延びていた。ははア、これだと思ったんです」


その後、浦姫と楽七が、どうしているか、私は知らない。べつに興味もない。

ただつけ加えておきたいと思うことが、ひとつだけある。

十一月の顔見世興行に、浜木綿が「ひらがな盛衰記《せいすいき》」の神崎揚屋《かんざきあげや》の梅ヶ枝《うめえ》に扮した。これは過去に七回も演じて、いつも好評だった当り芸である。

このところ若い女形金四郎のブームで、出し物のなかった浜木綿のひとり芝居が実現、当然劇評は、どの新聞も最大級の讃辞を呈していた。私も「演劇界」でほめた。

マイクを通して聞き、浜木綿が金四郎を気にして悩んでいるといい当てたのは、浦姫の金星だし、十一月にはほめられるといった占いも、この場合たしかに的中した。

私がそれを雅楽に話すと、老優は顔を赤らめていった。

「梅ヶ枝を浜木綿の出し物にさせなさいと、劇場にすすめたのは私ですよ」

なつかしい旧悪

国立劇場で「桐一葉《きりひとは》」を見た。幕間《まくあい》に、W大の老教授がいたので挨拶すると、

「竹野さん、こんどの芝居の作者の坪内先生には会っているんですか」という。冗談ではない。坪内逍遙の死んだ年、私はまだ大学の予科生だった。

「存じません」と答えると、教授がいった。「坪内先生は謹厳を絵に描いたような人といわれていますが、あれでシャレを時々おっしゃることがあったんですよ」

「ほう」

「若いころに、先生は春の家おぼろという筆名で、戯作《げさく》を書いています」

「それは存じています」

「ある時、先生に、そのころの小説の話をしかけると、手をふって、その話はしないで下さいといわれました」

「はア」

「そして、春の家おぼろで書いた本は、私にとって、旧悪全書ですといわれた」

やはり、逍遙も、シェークスピアを訳した学者だから、言葉あそびの楽しみを知っていたの

だろう。

私はこの会話を交わしたあと、二十年前に歌舞伎俳優中村雅楽《なかむらがらく》に聞いた話を思い出した。それを、書いておくことにする。

一

あれは、たしか昭和三十三年の五月の中ごろだったと思う。千駄ケ谷の近くを通ったので、私はぶらりと雅楽の家を訪ねた。

そのころは、雅楽も年に三四回は舞台に立っており、四月には当り役の「引窓《ひきまど》」の十次兵衛《じゅうじべえ》を演じたばかりであった。

私が玄関にはいると、沓脱《くつぬぎ》に草履《ぞうり》が揃えてある。来客らしい。取次に出た弟子の楽三《らくぞう》に「お邪魔じゃないでしょうか」というと、「どうぞ別の部屋でお待ち下さい。すぐすみます」といわれた。

来ているのは、当時人気絶頂の女形《おんながた》の藤川英次郎《ふじかわえいじろう》だという。来月の役について、雅楽の話を聞きに来ているらしい。

二十分ほど待つと、庭に面した座敷から雅楽が立って来て、「英次郎が竹野さんにお目にかかりたいといっています。こっちへいらっしゃい」と声をかけてくれた。

座敷に行くと、さっぱりした絣《かすり》に袴《はかま》を着けた英次郎がいた。

「来月、『勘当場《かんどうば》』の千鳥《ちどり》をするんです。それから、『播州皿屋敷《ばんしゆうさらやしき》』のお菊《きく》をいたします」といった。

私は、そのことは知っていた。

「英次郎君は、先輩の京五郎《きようごろう》に、二つの役を教わるんだが、この人は熱心で、私に源太《げんた》と平次《へいじ》の型を聞きに来たんですよ」といった。

これは珍しいことだと思って、私は感心した。先輩の所に行って、自分が演じる役について教えを乞うのは、常識である。この場合、その役を長年手がけている人に聞くのが普通だ。しかし、自分の役とからむ男の役のことまで女形が知っておこうというのは、よほどの芸熱心である。

千鳥というのは、梶原景時《かじわらかげとき》の館につとめている腰元で、長男の源太景季《かげすえ》と恋仲になっているという設定で、横恋慕《よこれんぼ》をしているのが次男の平次景高《かげたか》である。

千鳥を追いまわす平次の役は、にくまれ役だが、どこかユーモラスな気分があって、いわば儲け役だ。だから、昔から、この平次には、おもしろい型が伝わっている。

源太は典型的な二枚目で、宇治川の先陣争いで佐々木高綱《ささきたかつな》に先をこされて帰宅すると、平次が早飛脚《はやびきやく》の通報で兄の負けたのを知って、侮辱する。その合戦の模様を兄弟で語り、あいだに千鳥が口をはさむ。のちに源太と千鳥が勘当されて家を出て行くので、「ひらがな盛衰記《せいすいき》」二段目のこの場面を「勘当場」ともいうが、別に「先陣問答《せんじんもんどう》」とも称する。おもしろい芝居だ。

「いま、橘屋《たちばなや》（十五代目羽左衛門）の源太と音羽屋《おとわや》（六代目菊五郎）の平次の型をひととおり教えたところです」

雅楽は、ホッとしたように微笑しながら、私に説明した。

「そうそう」と雅楽がいった。「これは、京五郎も話すだろうと思うが、五代目半四郎《はんしろう》が千鳥をした時、源太が花道から出て来て本舞台にすわると、千鳥がお茶を持って出て来る」

「はい」英次郎は、神妙にうなずいている。

「半四郎は、茶托にのせた湯呑をさし出す時、小声でお帰りなさいましといってニコッと笑ったそうだ」

「いい話ですね」と私は耳を傾けた。

「その時源太をしていたのは、三代目の三津五郎《みつごろう》だが、お客にこの半四郎の心づかいを話して、お帰りなさいましといわれた時は、女房よりも可愛くなるといったそうだ。これは、君も、そうしたらいいと思って、話しておく」

「ありがとう御座います」といって、英次郎は革表紙の手帳に、シャープ・ペンシルで書きとめていた。

「英次郎君の人気は大変だね。大阪に行く時、東京駅に女の子が大勢で見送りに行ったというじゃないか」と私がいうと、若い女形は頬を赤らめて、

「うれしいことですけど、困っちゃうんです。急行が動き出してから、まわりのお客様から、おさかんですねなんていわれるので」といった。

「そう声をかけて下さる人が、また君のファンなんだから、無愛想にしていては、だめだよ」

と老優がさとした。

「はい」

「英次郎君」と私は思い出して尋ねた。「こんどの千鳥の役は、はじめ京吉《きようきち》君がするはずだったんじゃないか」

「はい、京吉ちゃんにきまっていたんですが、源太をなさる獅子《しし》丸《まる》兄さんが、私じゃないと」といいかけて、低い声になり「情《じょう》が移らないとおっしゃったそうで」と、英次郎は間《ま》が悪そうに答えた。

「そんなことがあったんですか」と雅楽は私をキッと見た。そして独り言のように、

「それじゃ、英次郎君としても、具合が悪かろう」といった。

「ええ、困っているんです。明日千鳥の話を伺いに行くのが京吉ちゃんのお父さんなので」

「京五郎のことだから、大人気なく、厭味《いやみ》をいったりもしないだろうが、内心はおもしろくないだろう。まア、よく挨拶しておくんだね」と雅楽は嚙んでふくめるような話し方であった。

「お菊のほうは、やはり、京五郎に教わるのかね」

「はい、お菊は、きのうお訪ねして、こまかく教わって来ました。あの役には難しい宙吊りがありますから、一日でも早く、手順を伺っておいたほうがいいと思って」

「お菊は大変な役だよ。私は青山鉄山《あおやまてつざん》は二度しているが、舞台に出ていて、いつも相手の女形のお菊の息のつかい方を見ていて、毎日ハラハラする。そのくらいの役だ」

「京五郎兄さんは、ていねいに、呼吸のことまで教えて下さいました」

「それはよかった。京五郎は、京吉のことなんか、何とも思っていないのだね」雅楽は安心したようにいって、妻女を呼び、茶菓を運ばせた。どこの家でもそうらしいが、役の口伝《くでん》を教わる時は、話がスッカリすむまで、茶を出さないことになっているのだ。

「サア、座蒲団を敷きなさい」と雅楽が英次郎にすすめた。なるほど、今まで、この女形は、座蒲団を脇に寄せて畳にじかにすわっていた。これも、歌舞伎役者のマナーなのであろう。

女形は、それから、急に口が軽くなって、前の月大阪に出演している時、住吉神社にはじめて行ったという話をした。

「住吉の鳥居前というのが、『夏祭』の芝居の序幕に出て来るでしょう。私は、子役の時からあの幕の役を五つしているんですよ」と雅楽がいった。

「団七《だんしち》の伜《せがれ》の役ですか、最初は」

「むろん、そうです。親父の団七の時に、その伜で出ました。徴兵検査の年に一寸徳兵衛《いっすんとくべえ》をはじめてしました。それから団七と三婦《さぶ》、これは両方とも竹野さんも見て下さってますね」

「あとの一つは何ですか。磯之丞《いそのじょう》、それとも琴浦《ことうら》ですか」

「まさか、まさか」と雅楽は口をほころばせながら手をふった。「つっころばし（若旦那）や女形は、私の柄じゃない。いつか、旅に行った時、御馳走のつもりで、団七に赦免《しゃめん》を申しわたす役人をしたことがあるんです」

「それは見たかったな」と私は嘆息した。

「珍しいことを何かなさったんでしょうね」

「引っこむ時に扇子をひろげて、頭にかざす型を思い出してやってみたんです」

「今は、大抵の人が、しますね、それを」

「私がしたのが評判になって、それから、みんながするようになったんです。あれは、たしか、上方《かみがた》の、そう、浅尾奥山《あさおおくやま》か誰かの工夫じゃありませんか」

「高松屋《たかまつや》（雅楽の屋号）さんは、わき役にまわった時に、そういう型をいろいろ見せて下さるので、たのしみです」と私がいった。

「それはそうと、英次郎君、先月大阪では何をしたの」と雅楽が訊いた。

「はい、獅子丸兄さんの与右衛門《よえもん》で、かさねをしました」

「与右衛門のことをここへ聞きに来たんだろう」と私がいうと、英次郎は一瞬戸まどったようにチラッと老優を見て、「こちらへは、上りませんでした」といった。

「だって、高松屋さんは、与右衛門の」と私がいいかけると、英次郎は、ますます困ったような顔になって、うつむいてしまった。

私には、そういう顔を、若い女形がしたわけがわからなかった。

二

英次郎が急にそわそわして帰って行ったあとで、雅楽は女形に代って、私に詫びた。

「英次郎が口ごもって、ろくに竹野さんに返事もせずに帰って行ったので、おかしな男だと思ったでしょう。しかし、それには訳があるんです」といった。

「千鳥をするのに、源太と平次の型を教わりに来るほど熱心な英次郎君が、かさねの時に与右衛門を大正時代にしているあなたの話を教わりに来るのは当然だと思って、ただそういっただけなんですが」

私はまだ得心が行かなかった。

「いや、それには、わけがあるんです。行きがかりで仕方がない。まア聞いて下さい」と老優はすわり直した。

「あれは大正のはじめでした。『かさね』というおどりは、明治時代には誰もおどらなかった。それを復活したのは、新橋の芸者ですよ」

「そうですか、私は十五代目羽左衛門《うざえもん》と先代梅幸《ばいこう》が復活したのだと、今まで思っていました」

「芸者がおどったのを見て、市村《いちむら》（羽左衛門）と永田町《ながたちょう》（梅幸）が歌舞伎座の舞台にのせたんです」

「清元《きよもと》は名人の延寿太夫《えんじゅだゆう》ですね」

「ええ、あのころは家元の声も絶好調でしてね。いいおどりでした。そのあとで、私が与右衛門をしたのです」

「一度見たかったと思っています。高松屋さんのそういう役を全然知らないから」

「そこで、これからが話なんです。私が先代の浜木綿《はまゆう》と、『かさね』をおどった翌年の春に、花柳の会が帝劇で開かれることになり、新橋の雪栄というのがかさね、敏子というのが与右衛門をおどることになりました」

「ほう」

「雪栄は浜木綿に教わりに行った。とすれば敏子には私が教えるべきですが、私は市村さんに訊けといって、何も教えなかった」

「なぜですか」と私は反問した。

「おはずかしい話ですが、そのころ、私は敏子とねんごろな仲になっていたんです。それを浜木綿も、雪栄も知らなかった。だから、敏子さんは高松屋に教わるといいと、浜木綿がいったんでしょう。でも私はいやでした。自分の女に役の心得を教えるというのが、ひどく気障《きざ》な気がしたんです」

「わかりますね、いかにも高松屋さんらしい」と私は首を振った。

「敏子も私の心持がわかったと見えて、市村の兄貴の所に教わりに行った。もちろん、兄さんも、私と敏子のことは知らない。そして、教えたあとで、敏子を誘って、これから箱根にでも行こうかといったそうです」

「ほほう」

「敏子は困ってしまった。私のことをいってことわるわけにも行かない。さりとて、役を教わったあとで、あれだけの役者に声をかけられて、邪慳《じゃけん》な返事もできない」

「どうしたんです」

「ごめんなさいと謝ったそうです。私には、きまった人がいるんですというと、市村の兄さんは、サバサバして、そうかい、そうかいと笑ったという話です」

「ああ、よかった」

「それが、ちっとも、よくないんですよ」と雅楽は、クスクス笑った。「市村さんて人は、なかなか頭がいい。しばらく黙っていたあとで、その人って、役人かい、銀行の人かい、それとも会社の人かいと訊いたわけです」

「ほう」

「敏子が、困ってしまって、うつむいていると、まさか役者じゃないだろうねと念を押したというんです」

「はア」私は雅楽のうまい話術につりこまれて、思わず膝を乗り出した。

「敏子は、仕方がないので、嘘をついた。役者じゃありませんといったそうです」

「はア」

「その次に私に会った時、敏子がいいました。市村の兄さんに嘘をついたことになるのが、私としてどうもすまないから、これで別れましょう」

「おやおや」私は呆れた。

「しかし、私は敏子のそういう考え方が、気に入りました。じつをいうと、もう一度惚れ直したくらいなんですが、敏子のいうとおりにしました。もちろん、その後も座敷では会いましたが、二人っきりになることはしなかったんです」

「その敏子さんは、どうしたんです」

「竹野さん」と雅楽がくすぐったそうな顔をしながら、わざと呼びかけた。「その敏子が、さっき帰った英次郎の母親なんですよ。私と別れた翌年に、歌舞伎座の囃子部屋《はやしべや》にいる杵屋勘十郎《きねやかんじゅうろう》と結婚して、子供が三人できました。英次郎は末っ子です」

「それでは、英次郎君は、与右衛門をお母さんから教わればよかったんですね」

「まさか、もう教えられもしないでしょう。ただ、ここに与右衛門の話を訊きに来なかった英次郎が、何か聞いているのではないかという気はする。何ぼ何でも、敏子が自分の息子に、余計なおしゃべりをするはずはないと思うが」

「さっきの様子は妙でしたね」と私は雅楽の次の言葉を促した。

「多分そうじゃないかと思います。私と同じ年配の役者の誰かが、ごく遠まわしに、与右衛門は市村型のほうが本格だ、高松屋のはいい型じゃないとか何とかいって、英次郎をここには来させないようにしたのだと思う」といった。

「ということは」

「私に敏子のことを思い出させまいというわけです。われわれは、お互いに、そういう思いやりを持っているんです」老優は続けていった。「私だって、友達だの、その昔の女が、困るような目にあわせまいと、いつも考えています」

「では、敏子さんのことを、知っている人もいるんですか」

「それはいますよ。十年ぐらい経つと、まア時効ですから、旅先なんかで友達と飲んでいる時に、昔のノロケをいうこともある。先代の浜木綿が、私からざんげ話を聞いて、ひどい男だと怒ったのを、おぼえています」

「いい話を伺いました」

「とんだ旧悪が、ばれてしまいました。あと十年経ったら、書いて下さっても、よござんすよ」となつかしそうな目をしながら、雅楽がいった。

しかし、私はそれを書く機会を逸していた。

坪内博士の「旧悪全書」というシャレを大学教授に教えられたので思い出して、二十年目にやっと公開するわけである。

三

しかし、その話だけではない。雅楽と私は、その日、もう一度、英次郎と会うことになった。そればかりでなく、私は、さっき話が出ていた敏子の四十年後の声を聞いたのである。

「かさね」の与右衛門についての、めったに聞かせて貰うことのなかった老優の打ち明け話を聞いたあと、私と雅楽は、さらに雑談を交わしていた。

「さっきの話のかさねをした雪栄という芸者は、いい女でしたよ。私はどちらかというと美人でございますって顔をしている女の人を好かないので、雪栄には関心がなかったんですけれど、ずいぶん雪栄にはファンが多かった。役者でも、熱を上げたのが、数人いました」

「そんなに、きれいだったんですか」

「そうだ。私の所に、写真が残ってます」といって、雅楽は書斎から、古い「文芸倶楽部」を持って来た。口絵に、新橋雪栄という活字を下に、丸窓のような所に片手をのせている写真がのっている。


なるほど、美女である。ちょっと、先代の松蔦《しょうちょう》に似ている。もちろん、大正時代だから髪は島田であった。うっとりとしたような表情が色っぽく美しい。


一ページめくると、その雪栄が扮装した「鏡獅子《かがみじし》」の前シテ女小姓弥生《やよい》の写真があった。さらに雑誌をめくっていると、雅楽がいった。

「探しても、敏子の写真はありませんよ」私は内心を見すかされて、赤面した。

「この『鏡獅子』は評判でしたが、そのあとで可哀そうに、雪栄は病気をしましてね」

「はア」

「のちジテで毛を振ったのが、こたえたんでしょう。あの時は、誰に教わったのかな」といったあとで、雅楽は何となく青ざめた顔になって、じっと考えこんだ。私は何事だろうと思って、じっと見ていた。

「四十年も経って、今ごろ気がつくなんて、まったく迂闊《うかつ》だった」と雅楽がこわい顔をしながら、私にいった。

「何ですか、私には、よくわかりませんが」

「雪栄に、『鏡獅子』を教えたのは、音羽屋の弟子の音蔵《おとぞう》だったのを、今思い出したんです。

音蔵には、そのころ、婚約していた女がいましてね、やはり新橋から出ていたんですが、雪栄に人気が集まっているのを、やっかんでいたんです」

「はア」私はこれから何が話し出されるのか、皆目《かいもく》、見当がつかずにいた。

「そんなことを知らない雪栄は、六代目に直接教わる伝手《つて》もないので、弟子の音蔵の所に行ったんです。音蔵は喜んで教えた。自分もおどりの会では、『鏡獅子』を二度おどっている男ですから」

「はア」

「しかし、いま気がついたんです。のちジテの毛を振る時の姿勢を、音蔵が、正しく教えなかったんじゃないかって」

「えッ」私はびっくりした。そんなことが、あるのだろうか。

「自分が女房にしようと思っている女が、年中ひけめを感じている雪栄に、何となく、痛い思いをさせようと思ったにちがいない。私は女形ができないから、『鏡獅子』は一度もおどりませんが、『連獅子《れんじし》』は、親のほうも子獅子のほうも、たびたびおどっているから、毛の振り方は知っています」

雅楽は、せきを切ったように、早口でしゃべり続けている。事件が解決する直前に、犯人を推理する時と同じような能弁だった。

「腰を入れなければ、毛は振れないんですが、その腰というのも、微妙なものでしてね、ことに女の場合、男とちがって、ふだん足を大きくふんばったりする生活がないから、よほど稽古をしないと、振れないんです。その腰の入れ方を音蔵が教える時、女であることをわざと忘れたふりをして、男の腰の入れ方をいきなり教えたとしたら、身体はまいってしまいます。雪栄は大柄な女だったけれど、女ですから、それは大変だったでしょう。かわいそうに、やっかまれた結果、おどりの会のあとで、半月も寝こむような目にあったのです」

「音蔵がまちがった教え方をしたのは確かなんですね」と私は念を押した。

「今ごろ気がつくなんて、どうかしている。じつは、おどりの会で、私も雪栄の『鏡獅子』を見ているんだが、毛の振り方がおかしかった。それを私は、雪栄が技術が下手だからだとばかり思っていたが、じつは、そうじゃなかったんだ」

「ほんとに音蔵が、雪栄を病気にしたんでしょうか」私は何か納得できないので、疑い深い尋ね方をした。

雅楽は、キッパリ断言した。

「今はそう信じます。だって、雪栄の毛の振り方を見て、幕がおりてから、どう教えたのか訊こうと思って、音蔵を探したのを思い出しました。ところで、音蔵は会に来てなかったのです。さすがに気がひけたんでしょう」

大正八年五月号という雑誌である。その時から四十年経っている。そんな昔のことを記憶している雅楽の頭脳は、凡人ではない。

私はジョセフィン・テイの『時の娘』ではないが、古い出来事を突然分析して結論を出した雅楽の歯切れのいい話し方に、ぼんやり聞き入っていた。

その時、急に老優が叫んだ。

「すみません、あなた、英次郎の家に電話をかけて下さい。私がかけてもいいんだが、母親が出ると、私として何かいろいろいわなければならないので、お願いします」

私は何の意味かわからないまま、あわただしい雅楽の声につりこまれて、忙しく電話機のダイヤルをまわした。

出て来たのは、果たして英次郎の母親だった。「英次郎さんは」と訊くと、「まだ帰りませんが」と答えた。

老優は、「もう一度、千駄ヶ谷まで来てもらいたい」という伝言を、私にいわせた。

「何ですか」私は、電話を切ったあとで、質問した。

「英次郎に来てもらってから、説明します」といったあと、雅楽は書斎に行き、先代梅幸の芸談『梅の下風《したかぜ》』という本を持って来た。この本は、私も持っているが名著である。

三十分ほどして、英次郎が再びあらわれた。

「出先から、家に電話を入れましたら、おじさんが、もう一度来るようにとおっしゃったと母が申しましたので」という。

「君は、きのう、京五郎の所に行って、『皿屋敷』のお菊の型を聞いたといっていたね」

「はい」

「宙吊りの手順を、くわしく教わったという話だったね」

「はい」

「教わった通りに、私に聞かせてくれないか」と雅楽がいった。じっと相手を見つめている。その目は、きびしい。

「京五郎兄さんは、こうおっしゃいました。井戸に吊されるところは、お客様のほうから見ると車井戸の綱で吊されているように見えますが、じつは奈落から足をのせる台が出ていてそれに乗っているということです」

「そうだ、そのあと一度井戸の中におろされて、カツラや衣装に水をふくませたあと、吊りあげられて斬られるわけだ」

「はい、斬り落されて、井戸に落ちる時が、いちばんこわいと兄さんは、おっしゃいました」

「もっとあとのほうを訊こう。幽霊になってから、どんなことをするといわれたね」

「ジョウゴという灰色の衣装に早ごしらえして、太鼓橋のような仕掛に腹ん這いに出るんだそうです。この車をまわして、さかさまに一度なり、車をはなれる時、素早く忠太《ちゅうた》の肩に手をかける」

「その時の呼吸は」

「息を吐いて、肩に手をかけるんだそうです」

「いけない、いけない。やっぱりいけない。来てもらってよかった」と溜め息をつくように、老優はいった。「竹野さん、京五郎は、正確なことを教えてません」

私は呆然としていた。

「英次郎」と重々しく老優がいった。「君にはショックかも知れないが、ほんとのことをいおう。世の中のいやな面、芝居の世界にいる人間の心のみにくさ、そういったものを若い君に知らせたくないけれど、仕方がない。君は人気がある。当代随一のスターといってもいい。君自身は、ひいきにもてはやされて、おもしろおかしく、くらしている。しかし、君をねたむ人間が、いろいろいることを、知っておくほうがいい」

英次郎は青ざめて、先輩の言葉を聞いている。この先何が出て来るだろうかという不安で、唇がこまかく、ふるえている。

「君が来月、『勘当場』の千鳥をすることになった。君にとってはうれしいことだ。獅子丸が君の千鳥じゃなければいけないといってくれたというのを、君はさっき遠慮しながらいっていた。しかし、同時に、君は、はじめ千鳥をするはずだった京吉が、役を奪われて、どんなに口《く》惜《や》しかったかを考えなければいけない」

「それはわかっています。いずれ、京吉ちゃんには、挨拶しようと思っていました」

「京吉だけじゃない。京吉の親の京五郎が、もっと口惜しがっただろうと思う。獅子丸が何といったかを、京五郎は聞いていなくても大体見当がつくものだ。きっと、京吉じゃ困ると、源太の役者がいったに違いないと思っている。役者の敏感な嗅覚で、ちゃんと察しているはずだ」

「はい」英次郎は、かすかな声で応じている。

「そういう気持を持っている京五郎のところに行って、君は何かいったのかい」

「申し訳ないとは思いましたが、こちらからいうべきじゃないと思ったんです」

「そうだね、率直にわびても、相手は気が悪かろう。しかし、黙っているのが、気に入らないという感じは、免れない。君にお菊の口伝を授けている時に、つい違うことを教える気になったのだろう」

「はア」

「宙吊りは、息のつかい方が、ほんとうにむずかしい。そして、それをまちがっておぼえたりしようものなら、セリフがいえなくなる。舞台をしくじるにきまっている。まかりまちがえば、病気になる」

「こわい話ですね」私はつい、脇から口をはさんだ。

「よかった、よかった。気がついて、ほんとうによかった」と老優はやっとニッコリした。そして『梅の下風』を見せ「この中に、昔の梅幸さんが、くわしく、お菊の呼吸のつかい方をしゃべっている。これを持って行って、ゆっくり読みなさい」といった。

その日は、そのあと、英次郎と私は、雅楽の家で夕食を御馳走になって帰った。

食卓について、ビールを飲みはじめたころ雅楽がふと尋ねた。

「お母さんは、元気かね」

「はい、元気にしております」

「何年も会わない。お母さんは若いころの私を知っているんだが」

「伺っています」と英次郎は微笑した。「母は、いつも私がおじさんの所から帰ると高松屋さんはどうしておいでだったと、かならず訊きます」

雅楽は赤い顔をした。それはほどよくまわったビールの酔いのためだけでは、なかったようである。

老優はいった。

「お母さんにいっておくれ。きょう、お母さんは元気かねと私が訊いたって」

私は不覚にも、目頭《めがしら》があつくなった。

さっき、旧悪と雅楽はいったが、これは、「悪」なんてものではない。

しかし、好意を持ち合いながらも、久しく会わずにいる男女の仲というものが、この世の中にあることをも、きょうの英次郎は、芝居の世界のおそろしさと同時に知ったはずだった。

――あれから二十年経つ。英次郎はもう、片はずし(中年)の役しかしない。雅楽は舞台に立たないでいる。

祖母の秘密

一

若い役者が襲名披露の前月、浅草の観音様に参詣するという。劇場の宣伝部から連絡があったが、東都新聞文化部の現役記者があいにく風邪で休んでいるので、私がピンチヒッターを命ぜられた。

その前日、ちょっと尋ねたいことがあり、千駄ヶ谷の中村雅楽《なかむらがらく》の家に電話すると、私も久しぶりに弁天山の美家古ずしに行きたいから、用事がすんだら寄ってくれないかという。三原橋のすし初の主人は、美家古の出身なので、雅楽は前から、浅草に出かけるとこの店に行っていたのである。

四時に役者の参詣が、物見高い群衆のとりまく中で終った。私は時間があったので、花川戸《はなかわど》の台東会館で開かれている古書展をのぞいてみた。前の週に郵送されていた目録の中で、あったら買っておこうかと思ってチェックしていたものが二つある。

一つは岡鬼太郎《おかおにたろう》の花柳小説、一つは俳優名鑑十冊というのだったが、両方とも売れてしまっていた。それぞれかなり高い値段だったが、初日とはいえ、午後行ったのでは、珍本は手に入れにくいのだろう。

売れてしまったと聞くと、何となく未練らしい気持が残るものだ。私は顔見知りの古本屋で、その本を出品していた谷中の鳴海屋の主人に、「どんな人が買って行ったの」と尋ねた。若い女性が、朝開場早々、ひったくるように買って行ったというので、近頃古書展には欠かさず来ている世田谷の女子大の文学研究グループのひとりだろうと思った。

値段が値段だから、戦後の「演劇界」や「幕間《まくあい》」の増刊ではなく、すくなくとも、大正の関東大震災以前の俳優名鑑だと思って訊いてみると、まさしくそのとおりで、しかも明治のが二冊あったという。私はだんだんくやしくなって来た。

目録を見て、申しこんでも、希望者が多ければ抽籤で誰にゆずるかをきめるシステムになっているが、初日に来て持って行ったのだとしたら、競争者は私だけだったわけで、それなら鳴海屋に電話を入れておけば、五〇パーセントの確率で、私の手にはいったかも知れないのだ。

明治に刊行された俳優名鑑は、私も一冊持っているが、それ以外に、もう一冊あったともいえるし、あるいは、二冊とも未見の本だったかも、わからない。

こうなると、それ以外の八冊の中にも、大正の珍本があったのではないか。よく芝居で「三百おとした心持」というが、私は釣り落した魚がますます大きくなったような感じを胸に抱きながら、雅楽のいるすし屋ののれんをくぐった。

当然、そういった話題がでたが、雅楽が笑いながら、いった。

「近頃の俳優名鑑は、紳士録のようにキチンと箇条書にして、一人一人の故事来歴が書き出されてます。しかし、私の若いころは、名鑑を作るほうも、仕事がゾロッペで、役者に会って確認するわけではなく、何となく知っていることを書きこみ、住所や電話、生年月日は組合の事務所に調べてもらうといった編集が多かったんですよ。ですから、時にはとんでもない間違いを書かれたりしましてね。私の当り役というところに、弁天小僧《べんてんこぞう》と書かれたことがあった。ちょうどその前の年に、南郷力丸《なんごうりきまる》で大へんほめられたことがあったのだが、多分、弁天小僧の芝居の南郷とでも誰かにいわれた若い記者が、とりちがえたんでしょうね。おかげで、その後に旅に行った時、私に弁天小僧をしてくれという話があって、面くらいましたよ」

俳優名鑑というのは、芝居好きに喜ばれるもので、いろいろな出版社が、昔はこしらえたものである。

私の持っている一番古い、明治三十年代に刊行された名鑑は、データの中に、役者にアンケートを記入してもらい、趣味、愛用の化粧品といった回答が印刷されていて、おもしろい。

また大正に玄文社から出た「役者の素顔」では、アンケートの回答に、尾上伊三郎《おのえいさぶろう》が最近作った俳句を書いて送ったのが、そのまま印刷されていて、これは珍しい資料である。

最近は、「演劇界」が三年に一度ぐらい、増刊として、「歌舞伎俳優名鑑」を発刊しているが、カラー写真、グラビアのページ、俳優論など盛りだくさんな読み物があって、明治大正の名鑑とは、多少性質の変った、別冊である。

もちろん、三分の二ほどのページを占めている資料編は、出版社からの問い合わせに応じて役者の返送した回答が、芸名の五十音順で、顔写真とともに掲載されている。

データとしては、本名、代数（何代目か）、住所、電話、屋号、俳名、舞踊の名取名、定紋《じょうもん》、替紋、生年月日、出生地、父の名とその職業、最終学歴、師匠の名、宗教、趣味、舞踊音曲など稽古事の師匠の名、身長・体重、初舞台以来の（改名をふくむ）芸歴、演劇賞といった項目がある。

くわしく一人一人読むことをしないが、いつぞや大分前に出た「演劇界」の名鑑を持って新幹線にのり、アト・ランダムにあけたページの項目を見ていると、思いがけない商売をしている家の子が女形《おんながた》になっていたり、この人にこんな趣味があったのかと思ったりして、次から次へ興味がひかれ、あっという間に名古屋まで行ってしまった経験が、私にはある。

ところで、古書展で大魚を逸した思いにひたっていた私が、その時売れた十冊の名鑑を、たまたま十日ほどのちに見る機会を与えられたのだから、ふしぎである。

そのいきさつは、こうである。

久しぶりで会った老優と、美家古ずしで、ゆっくり飲み、地下鉄で外苑前まで行って別れて間もなく、雅楽から電話がはいった。

「女子大の学生で、演劇史を勉強している娘さんが、私にいろいろ質問したいといって来ました。それが、俳優名鑑の考察という題でレポートを書くというんです。最近手に入れた名鑑が十冊あって、それを見ていて、ちょっと妙なことに気がついたので、事情を知りたいというのが、何となく私にも、食指が動く。しかし、今時の若いお嬢さんと二人きりで会うのは、先方も窮屈だろうし、こっちもどう対応していいかわからないので、その席に来てくれませんか」という申し入れである。

最近名鑑を十冊手に入れたというのは、古書展の初日に鳴海屋に、六千円支払って、品物を持っていった「若い女性」にまちがいあるまい。

私は、とにもかくにも、初めて手にする名鑑が楽しみなので、喜んで、雅楽の頼みを承諾し、次の日曜日に千駄ヶ谷へ出かけて行った。

午後二時ごろ、女子学生が玄関に立った。案内されて、老優の前に姿を見せた娘は、浜中のり子と名のったが、国文科の筈見教授のゼミで近代文学を一年の時から専攻していたが、大正の劇作家をしらべているうちに、演劇史がおもしろくなったと、丁寧な口調で、スラスラ話した。

私は雅楽がこののり子にいい感じを持ったらしいのが、すぐわかった。

「あなたは、私の若い時に、おなじ女子大にいた友達の妹によく似てなさる」などと、雅楽はいった。

もともとフェミニストではあるが、気に入らない相手に、こんなことをいう人ではない。

「じゃア美しかったんですね」と私は、雅楽に相槌を打った。じつをいうと、会った瞬間に、派手な花びらを持ったバラのような印象を受けた美少女だったのである。私も、フェミニストである点、ひけをとらない。

「じつはこの俳優名鑑なんですけど、雅楽先生の若い時のお写真も出ているんです」

「先生はやめて下さいよ」

と老優がいった。

「むずむずする、ねえ、竹野さん」

「さア」と私は笑った。

「私も貴女をのり子さんと呼びますから、あなたは、高松屋《たかまつや》さんでもいい、小父さんでもいい。ざっくばらんに呼んで下さい。先生だけは願い下げです」

「ではそうさせて頂きますわ、小父さま」と、のり子が素直にいったが、いかにも聡明で、魅力のある女の子であった。

私は雅楽が見てはまわしてくれる一冊一冊を手にとったが、十冊のうち、初見の名鑑が六冊もあり、わくわくした。

ことに大正九年、十年、十一年と、それぞれちがう出版社から出て、名称も「役者かがみ」「俳優細見」「大正歌舞伎役者節用」とちがっている三冊が、二十代の雅楽のちがう写真をのせているのが、おもしろかった。

私からもう一度受けとって、その三冊を、拡大鏡を使ってゆっくり眺めていた雅楽は、

「なつかしい連中がいるな。錦三郎《きんざぶろう》、先代の葉牡丹《はぼたん》、そして英次郎《えいじろう》」とつぶやいている。

「三人とも死んでしまった。私は錦三郎が、いちばん親しかった」と雅楽がいった。「錦三郎は明治座に出ていた役者です。どういうわけか、ほかの小屋には出なかった。震災の年に二十八の若さで死んだが、これは、もてた役者でね」

大正十一年に出た「節用」で見ると、松本《まつもと》錦三郎は、習字の先生の息子で、大幹部の錦昇《きんしょう》の芸養子になり、二枚目の当り役が多かったらしい。時次《ときじ》郎《ろう》、勝頼《かつより》、弥助《やすけ》、小猿七之助《こざるしちのすけ》と列挙されている役を見、鼻筋の通った顔を写真で見ただけで、女のファンを騒がせたであろう様子は、充分想像される。

大正十年の「細見」、十一年の「節用」と、二つの名鑑で変っているのは、項目として、妻の名、妻の履歴という回答をとっていることであった。

回答がなくて空白の人もあったが、雅楽は大正九年に千鶴子という女性と結婚、新橋小峯家と書いてある。花柳界の出身なのである。

雅楽と同じ世代の役者で、今も健在の老優をふくめて、当時の二十代十三名の役者が、十二名まで結婚しているのに、もてて仕方のない錦三郎は、未婚としてある。

大正十二年に死んだというのだから、とうとう世帯を持たなかったらしい。

三十代あるいは四十代の役者でも、「妻はおりません」と回答しているのが六名いるが、そのうち一人は病弱、あとの五人は女形であった。

「女形で妻君をもらわない人は、昔も今もいるが、錦三郎は、女が好きで、ずいぶん遊びもした。それが結婚しなかったのには、わけがあったんだよ」と雅楽が私にいった。

「小父さま、じつは私、この錦三郎という人のことを、くわしく知りたかったんです」と、のり子が思いつめたような表情でいったので、私は老優と驚いて、顔を見合わせた。

二

浜中のり子は、語りはじめた。

「私の祖母は、一昨年八十二歳で死んだのですが、菊五郎《きくごろう》とか孝夫《たかお》とか玉三郎《たまさぶろう》とか、いろいろな若い人たちにも熱をあげて、テレビでよく見ておりました。十年ぐらい前までは、脚も丈夫だったので、劇場にも行き、私もついて行ったものです。うちには、大正時代の『演芸画報』や『新演芸』という雑誌も残っていて、祖母の若いころは、それを楽しみに見ていたらしいのですが、演劇史を私が勉強しはじめ、祖母が私ぐらいの年にどんな方をひいきにしたのかと思うようになりました。当然二十代の祖母は、同じ年ごろの俳優さんに注目するはずですから、小父さまはじめ今、小父さまのおっしゃった方々の誰かに夢中になったのではないかと思ったんです」

「『演芸画報』や『新演芸』が残っているというのだったら、二十代から芝居好きで、芝居好きなら、当然お目あてがいたでしょうね」と私はいった。

「俳優名鑑十冊というのに、六千円も支払うのは、学生としては身分不相応な贅沢だと思ったんですけれど、私はこの大正の九年から十一年の三冊が何だか欲しくて仕方がなかったんです。ここにのっている二十代の俳優さんをしらべて、祖母がその中の誰をひいきにしたのかと思って」

「なるほど」と雅楽は腕を組みながら、じっとのり子を見ていたが、表情が真面目で、異様に深刻だったのに、ふと私は気がつき、奇妙な胸さわぎがした。

「俳優名鑑で、そのころ二十代の方々の名前をノートに書き出し、三冊の中にのっている項目を整理してみると、若い娘が好きになりそうな名前が、いく人も挙げられます。もちろん高松屋の小父さまも、そのお一人ですわ」と、上目使いに、のり子はいたずらっ子のような顔をした。

「この名鑑の素顔の写真を先に見てから、私は『演芸画報』や『新演芸』をあけてみました。今でもそういうことがあるのですが、こういう雑誌の写真の数を数えると、その人気の判断ができるものですね。つまり、騒がれている役者の写真は、表紙になったり、色をつけた口絵に大きく顔が出たりしています。同じ年ごろの役者が『忠臣蔵』で勘平《かんぺい》とおかるに出ていても、おかるの女形のほうが人気があるとすれば、勘平が二枚、おかるに七枚の写真がのっている場合もあります」

「よく見ていますね」私は、のり子の緻密な推理に感心した。しかし、その程度のことで感心するべきではなかった。

のり子は、もっといろんな問題を、十冊の俳優名鑑と、大正時代の演劇雑誌から、掘りさげ、発見しようとしていたのだ。

「私は順々に、大正九年から十一年、祖母の年でいうと、二十五歳から二十七歳という時にいた、二十代の方々について、名鑑を読み、当り役として挙げられている役の写真を見ようと思ったんです」

「私も、そのころは、若狭助《わかさのすけ》だの勘平をしているんだからね、若い時というのは、いいものですよ」と老優は感慨深そうだった。

「それで、あなたは、おばアさまのひいき役者をつきとめたのですか」と私はのり子に訊いた。

「いいえ、全然、わからないんです。ただ、変なことがありました」

「何ですか」と、雅楽と私が、いきおいこんで、異口同音に反問した。

「『演芸画報』と『新演芸』の大正九年、十年、十一年のを見ていると、錦三郎さんの写真がほとんどないのです。私は、はじめ、錦三郎さんが御病気だったのかと思いました」

「とんでもない」と雅楽がいった。「錦三郎がなくなった時、病気は肝臓だったんだが、今まで芝居を休んだこともないほど丈夫な男だったのにと、みんなで話し合ったんだ。夏に一ヵ月休むぐらいで、あとは年間十ヵ月以上は舞台に出ていましたよ。震災前のこのころは、私もよく明治座に出たので、一緒にいろんな芝居をしてます。錦三郎が十次郎《じゅうじろう》で、私は初役の光秀《みつひで》をしているし、たしか私が団七《だんしち》をはじめてした時の一寸徳兵衛《いっすんとくべえ》も錦三郎じゃなかったかと思います」

「すると、大正九年から十一年という間に、毎月のように、芝居には出ているんですね」

「まちがいありませんよ。『明治座物語』という本に年表がのっている。何だったら、うちにあるのを、持って行って御覧なさい」

「そうでしたわ。私、『明治座物語』を引いて見るのを、うっかりしていました」と、のり子がいった。「だめだなア、これだから」と、あとは独り言であった。

「おかしいな、しかし、錦三郎は、写真嫌いでもなかったはずなのに」と雅楽がいい、「待ってて下さいよ」と納戸に、はいって行った。

私も老優のあとを追って行き、納戸の戸棚に、合本されて積んである大正時代の雑誌を、茶の間に運んだ。

「もう一度よく御覧なさい」といって、雅楽が、大正九年、十年、十一年の「演芸画報」をのり子に渡す。のり子は黙って、写真をゆっくり見ていたが、顔の色が見る見る蒼ざめて行き、大げさにいうと、肩がわなわなとふるえるようだった。

「どうしました」と私は思わず、声をかけずにはいられなかった。

「どうしたらいいのかしら」と、のり子が思い余ったように、雅楽をじっと見ていった。「うちにある雑誌にない写真が、ずいぶんあります。この錦三郎さんも、この錦三郎さんも、今私のはじめて見る写真です」

「ということは」と雅楽が、慎重な口調で、のり子にというよりも、私に問いかけるいい方で、いった。「のり子さんの家の『演芸画報』と『新演芸』の、錦三郎の写真のところが、破りとられていることになる」

「はい」

「これには三通りの解釈ができる。まずおばアさまが錦三郎が好きで、錦三郎のページだけ切りとって、別にとじこんだ一冊をこしらえたのではないかということです」

「ああ、そういうことがあるのですか」と、のり子はちょっと明るい顔をした。

「古書展に時々ありますよ。一人の特定の役者のページだけ、もとの雑誌から、とじこんでいる針金をはずして集め、丹念に一冊作ったのがね。表にその役者の紋を散らした千代紙か何か作って、題簽《だいせん》に、何の何がし写真帳なんて書いてある」と私は説明した。「おばアさまが、そういう一冊をこしらえていらしったとすれば、この疑問は氷解する」

「あと二つ、解釈がある」と雅楽がいった。

「二つ目は、考えられないことではあるが錦三郎を、おばアさまが嫌っていらしたという場合もないことはない。見たくないから、切りとってすててしまう。もっとも、その嫌いだったという理由に、錦三郎とはげしく競争していた当面の敵を、おばアさまが大好きだったという場合もあります」

「そうですわね」と、のり子は複雑な顔をした。「今でいうと、菊五郎のファンが、玉三郎に好意を持たないとか、その逆とか」

「そう、そう」と雅楽は早口で返事をしながら、「もうひとつの解釈は、今は保留しておきましょう。のり子さんは利口だから、レポートを準備しているあいだに、何か思い当るにちがいない」といった。

のり子のほうは、まだ考えていることがありそうだったが、雅楽が今までの上機嫌と打って変った無口になったのを敏感にさとり、「また伺います」といって、帰って行った。

美しくていかにも頭のよさそうな娘が立って行ったあとというものは、一種の余情があるので、私はぼんやりしていたが、雅楽は何となく苦い顔をしている。

「いい子ですね」

「いい子だ。私の昔知っていた娘と似ている。竹野さん、お手数ですが、あの娘さんのおばアさんの名前と、実家を、それとなく尋ねてくれませんか」と老優はいった。

三

それから三日経つと、新聞社に、浜中のり子が電話をかけて来た。

「もう一度、高松屋さんをお訪ねしたいのですけれど、その前に、ちょっとお話ししておきたいことがあるんです」という。

こっちから、のり子の祖母について問い合わせなければと思っていたところなので、私は「よかったらすぐにでも会いましょう」といった。のり子はタクシーで、飛んで来た。

「俳優名鑑って少しふしぎですわね。何度も読んでいると、いろんなことが出て来ます」

とのり子がいった。

「たとえば?」

「十年、十一年のこの二冊に、俳優さんの奥さんのことをのせていますわね。十年に結婚した人が三人、十一年に五人います。高松屋さんは九年に千鶴子さんという方の名をあげ、新橋小峯家としていますから、芸者さんだったんでしょう」

「今もその千鶴子さんは、元気なのですよ。この間は留守だったので、顔を出さなかったけれど」と私は説明した。「今でも可愛らしい、おばアさんです」

「いやだわ、おばアさんだなんて」

「だって結婚してから六十年も経っているんだから仕方がない」

「ところが」とのり子は話題を本論に戻した。

「大正十年、十一年に結婚した八人のうち、花柳界の人がたった一人で、あとの七人は、みんな女学校を出たりしているんです。中には、会社の社長を父親に持っている方もいます」

「それは気がつかなかったな」と私はいった。もともと、この俳優名鑑そのものを今まで見ていないのだから、知らなくても当然といえば当然だが、雅楽がそうだというだけでなく、明治大正の俳優の妻のほとんどが、かつて一流の名妓といわれた誰それであることを知っていたので、近年のように普通の家庭から嫁をとることが震災前にはほとんどないと漠然と考えていたのだった。

「偶然そうなったのかしら、なぜ花柳界が敬遠されたのだろう」と私はつぶやいた。

「私はこんなふうなことを考えたんです。ある俳優さんが、普通の家庭のお嬢さんと結婚して、スイートホームを持ったので、みんながそのまねをしたのだと」

「なるほど、ブームというやつだね」と私は笑った。「甘い新婚生活というのを、羨ましがって」

「そうじゃないんです」と、のり子は真剣な顔をしていった。「そのころ、女学生が俳優さんと遊ぶということがあったのだと思います。もちろん山の手のつとめ人とか、軍人とかの娘にはありえませんが、下町の商家の娘が楽屋を訪ねたり、夏休みに海岸で知り合ったり」

「そうだな、丁度大正九年あたりは、役者に対しての偏見が、なくなって来ていた時代だからね。下町の娘さんが、若手の役者と恋をしたということもあるのだろう」

「じつは、私の祖母が、錦三郎さんと、そういう風な親しい仲になったのではないかと、思ったんです。そして、親に反対されて、あきらめて、祖父と一緒になったのではないかしら。祖母の結婚が二十七歳というのは、そのころとしては遅すぎると思います。つまり、もう少し若い時に、恋をして、何年かをすごしたのではないかしら」

「錦三郎さんの写真を別に一冊アルバムにしていたという可能性も考えられるな」と私は自然にいった。

「そして、いつの日にか、その一冊を、祖母は焼いたのではないでしょうか」とのり子はいった。「祖父と結婚する前に、錦三郎さんの思い出を、忘れるために」

「おばアさまのおさとはどこです。何という名前だったんですか」まことにいい具合に、私は、雅楽にいわれた質問を提示した。

「祖父は新川《しんかわ》の酒問屋の息子でした。そして祖母は茅場町の薬問屋の二番目の娘でした。見合いをして結婚したといっていました。祖母の名前は、のぶ子、旧姓は白井です」よどみなく、のり子は答えた。

私は、のり子がもう一度雅楽に会う前に、私に何をいいたかったのかと思った。今いった程度の話なら、わざわざ前もって、私に相談するには及ばないからである。

私は「よかったら、これから二人で千駄ケ谷に高松屋を訪ねましょう。都合をきいてみます」といった。

のり子は一寸考えていたが、「お願いします」といった。タクシーに乗ってから、のり子はうつむいて、余りしゃべらなかった。

のり子は、私に新聞社の応接室で話したとおりのことをいった。大正十年と十一年に結婚した八人のうち七人が普通の家庭の娘を貰ったことは、雅楽がよく知っていた。そして、それに気がついたのり子の慧眼《けいがん》をほめた。

「おばアさまが錦三郎の写真だけ、別の一冊にしていた。そして、それを、おじいさまの所にお嫁に行く時には持ってゆかなかった。これも正しい見方でしょう」といった。

私がいうより前に、のり子がいった。「祖母は茅場町の薬問屋、白井の娘で、のぶ子と申します」

「やっぱり、そうだった。じつをいうと、あなたを見た時、六十年前のおばアさまの顔を思い出したんだ」

「祖母をご存じだったのですか」

「知っていた」と雅楽が大きくうなずいた。

「美人で評判だったもの、白井のぶ子といえば、若い役者が誰でも知っていた」

「まア」

「錦三郎のファンだったことも、みんな知っていた。そして錦三郎のほうも、のぶ子さんを好きだった」

「やっぱり、そうだったんですね、祖母は個人的に、錦三郎さんと、親しくしていたのですね」

「そのころは組見《くみけん》といって、今でいうファンのクラブのようなものがあった。みんな、好きな役者の紋のついたカンザシだの湯呑だの、ぜいたくな女の人は、着物や帯にも、ひいき役者の定紋・替紋を染めたのを、身につけたりしたものです」

「錦三郎さんの紋は何だったのでしょうか」

「花菱、それから替紋がたしか折鶴じゃなかったかな」

「そうですか」

「そんな紋のついたものも、多分、お宅にはなかっただろうな。そういうものを、持たずに、おばアさまは、浜中家にとついでいかれたわけだ」

「私、何だかこわい」と、のり子は肩をすくめるようにした。

「こわいって、どういうことかな」と私がいった。

「あけてはならない戸をあけたような気がします」キッパリと、のり子がいった。

「錦三郎さんの話を、おばアさまは、のり子さんにしなかったの」と私が訊いた。私は鈍感だった。

「一度もしませんでした」と、のり子は目に涙をためて、私を見た。

「俳優名鑑でわかったんですが、芸者さんとこの時代に結婚しない俳優さんが多かったのは、なぜですの。やはり、誰かが普通の家の娘さんと結婚して、それを見習って、流行になったのでしょうか」ゆっくりと、のり子が雅楽に尋ねた。言葉を選んでいたようでもあった。

「そのとおり、そのとおりですよ」と老優はいった。

のり子が間もなく帰ったあと、老優がベルを押すと、千鶴子夫人が出て来た。

「竹野さんにビールを」という。まだ早いからと私は遠慮したが、雅楽がのみたそうだったので、つきあうことにした。

二杯目のコップにビールを注ぎながら、老優がいった。「竹野さん、私は白井のぶ子という娘が好きだった。しかし、錦三郎にとられてしまった」

「何ですって」と目を丸くした私に、雅楽は笑いかけながら「おそらく、あののり子という孫娘は、そこまで気がついていると思うんだが、錦三郎とのぶ子は深い仲になった。そして、のぶ子は身ごもった。幸か不幸か、流産したが、のぶ子は錦三郎に、結局はすてられて、自殺をはかったりした」

私は絶句して、雅楽の口もとを、呆然と眺めているだけだった。

「私はまもなく千鶴子と夫婦になった。錦三郎は、のぶ子がそんなことをしたので、こわくなって、それからは素人の娘とはつきあわなくなった。もっぱらお茶屋で遊んでいた。死ぬ前の二年ほどは、千鶴子と親しかった小春という芝居に出て来るような名前の女と、蜜のように甘いつきあいをしていたが、家を持とうとはしなかった。のぶ子に対して、それはできないと思ったのだろう」

「そうだったんですか」

「のぶ子の自殺未遂事件は、何となく、みんなにわかっていた。だから、そのころ、親しくつき合っていた娘を、みんな女房にする決心をしたわけだ。のぶ子の二の舞をされては、たまらないからね」

「なるほど」

「あの子が俳優名鑑を見て、この疑問を提出したのは、えらいものだ」と雅楽はいった。「竹野さん、浜中のり子なら、事件の謎ときも、きっとできるにちがいない」

私は、のり子と若い日のその祖母のぶ子とのイメージを、重ね焼きの写真のように思いうかべていた。歌舞伎の役者と、下町の娘とのつきあいというものが、大正のおわりには、かなり大胆な形になっていたのを、はじめて教えられた。

「おばアさん、白井のぶ子の秘密を、あの孫娘は、漠然と知っていたにちがいない。しかし、それをさすがに私に尋ねる勇気はなかったのだろう。私はそう思いますよ、竹野さん」

「ビールはまだありますか」と、夫人が襖の向うから声をかけた。

「もう一本持って来ておくれ」と雅楽は返事をしたが、チラリと私を見て小声でいった。

「あの子のいるあいだ、お茶も出さなかったくせに。まだ、焼き餅は焼くんだからね。ばアさんも、すてたものじゃない」

弁当の照焼

一

大分前のことだが、中村雅楽《なかむらがらく》と私が三原橋のすし初で飲んでいる時、カウンターにいる客が、京都から買って来た片手桶《かたておけ》を、大切そうに鞄からとり出して、おかみさんに見せているのが目にはいった。

戦争前までは、どこの荒物屋にも売っていたような日用品が、材質も製法もすっかり変った別なものになった現代、むかしのような桶だの、ざるだの、壺だのが、稀少価値を持ち、当然値段も高く、貴重品あつかいにされているのである。

それをこっちの話題に貰っているうち、私は、いまの劇場の弁当が、子供のころ食べたのにくらべて、何となく物足りないという話をした。

「私の舌が幼稚だったのかも知れませんが、二重弁当の玉子焼にしても、照焼にしても、いまより何だか、おいしかったような気がします」というと、雅楽もうなずいた。

「竹野さん、それはそうですよ。以前と同じような弁当を仮にいま売ると、かなり高くとらなければ採算が合わない、ブリの照焼では値が張るので、シャケにするといった、中味の変化が、弁当全体の感じを別のものにしているのです」

「高くてもいいから、昔と同じ弁当が食べたいと思いますね」

「そういえば、ついこのあいだ、三千円の親子どんぶりを食べる会というのを、上野の貸席で催したそうです。鳥も玉子も、三つ葉も最上のものを使うと、どうしても、それだけ費用がかかるというのです」

「おどろきましたね」

よその客の京都みやげを横目で見ながら、弁当論がはじまったが、考えてみると、しゃべっている場所は一応すし屋なのだから、店の人に対しては、いささか無遠慮に過ぎたかも知れない。

そういう話をしてから三年ほど経った去年の夏、大正座の夏芝居に、久しぶりに雅楽が出演することになった。

「夏祭」の釣船《つりふね》の三婦《さぶ》をつとめる予定だった老優の市川忠七《いちかわただしち》が急病になったので、劇場に懇願されて、七年ぶりに舞台を踏むことになったのである。

楽屋もいちばんいい部屋を用意し、万事至れり尽せりの待遇だったので、雅楽も上機嫌だったが、もうひとつ、この老優を喜ばせたのは、いきのいい働きざかりの役者と共演することだった。

雅楽の隣の部屋には、坂東門造《ばんどうもんぞう》の父子がいる。四十歳の門造が一寸徳兵衛《いっすんとくべえ》、その子の十九歳の門次《もんじ》が磯之丞《いそのじよう》に出ていた。

門造は妻女を病没させてからずっと独身である。その妻女、つまり門次の母親は、師匠の娘であった。

門造は若い時から親しかった娘がいたのだが、師匠にうちの娘を貰ってくれといわれ、いろいろな事情がからんで、ことわりきれずに、その娘とは別れたという話を、私は以前耳にしていたが、どういう家のどういうひとなのかは聞いていなかった。

雅楽がつとめる役は二番目狂言だが、この老優は、出演する月は、自分の出場の三時間も前に楽屋にはいる。

ひとつには、芝居に出ているという喜びを、全身で味わうといった心境でもあり、もうひとつは、一番目や中幕《なかまく》の芝居をできるだけ見て、気のついたことを助言したいという考えがあるからだ。

その月は、「鎌倉三代記《かまくらさんだいき》」が一番目、中幕が「勢獅子《きおいじし》」という、すっきりした立て方であった。

大正座の近くには、関東大震災にも、空襲にもあわなかった町が残っており、花柳界もあるので、うまいもの屋が何軒も栄えている。そういう中に、桔梗屋という小料理屋が近年、味覚の雑誌に作家が筆をそろえて紹介したりしたので、評判になっていた。

雅楽は年のわりに健啖家《けんたんか》だし、おいしいものならどこへでも出かけてゆく意欲を失っていない。大正座に出演したのをいい機会だとばかり、私をさそって、興行の三日目に、さっそく、その桔梗屋に出かけた。

つきだしの小鉢のあえものからして、なかなかおつな味で、焼き物や煮物もうまいが、ちょっとした箸休めがたまらなくいい。酒も吟味してある。

「気に入った、今月はちょいちょい、お邪魔しますよ」と、雅楽は愛想よく声をかけて、店を出た。月がかがやき、川風のこころよい宵だった。

門造父子は九月に同じ大正座で、「妹背山《いもせやま》」の三段目と四段目、べつに「筆屋幸兵衛《ふでやこうべえ》」という、珍しい演目の芝居に出ることになっていた。

「妹背山」の三段目は花満開の吉野山が舞台なので季節ちがいということになるが、四段目は菊の咲いている秋である。

門造が大判事《だいはんじ》と入鹿《いるか》、門次が久我助《こがのすけ》である。門造は一座しているのを幸いに、雅楽から自分たちの役の秘伝をしきりに聞こうとしていた。

雅楽が久我助が切腹してから、幕切れに落ち入るまでの姿勢について教えている時に、たまたま私は行き合わせた。

雅楽の部屋に来て、門造も門次も、神妙に座蒲団をはずしてその講釈を聞いていたが、私も傍聴してたのしかった。

年配の老人が、刀を腹につき立てた若者の姿かたちをして見せると、そこに久我助らしいイメージが完成される。いつものことながら、老練の芸のみごとさに、私は改めて感服した。

久我助を教えてもらった門次が、ていねいに挨拶して廊下に出て行くと、入れかわりに、部屋ののれんをちょっとあげて、ベレー帽の高島音也が「こんにちは」と声をかけた。

高島はすし初の常連で、私も親しい男である。新劇フリーの演出家で、去年の秋は、「マリウス」、ことしの春は「ロミオとジュリエット」の演出をして、ともに好評であった。

近ごろの前衛劇は、飛躍的な演出が多く、むろん、それなりの楽しさはあるのだが、私のようにリアリズムの芝居を見て育った者には、正統派の舞台がなつかしい。

まだ三十六歳だというのに、高島の演出はきわめて穏健で、そのぶん若い批評家から「なまぬるい」という見方もされているが、俳優の演技をひき立て、もりあげる力は持っていた。

高島は、この秋の公演に、若い歌舞伎役者を引っ張り出す希望があり、白羽の矢を門次に立てて、くどきに来ていたのである。

その日、午後六時ごろ、大正座の社長から、楽屋のおもだった役者に、弁当が配られた。あらかじめ前ぶれがあって、「近ごろ珍しくおいしい弁当ができるというので、試食していただきます」というのだった。

劇場側は如才なく、大幹部の部屋には、人数より多く、弁当を届けて来た。たまたま居合わせた私もその相伴《しょうばん》にあずかったわけだが、私は重箱の蓋をとって、夢かとばかり喜んだのである。

それは前々から、もう一度口にしたいと思っていた通りのおかずが並べてある、数十年昔の弁当そのものであった。

津軽塗りの二重で、むろん下は白米の御飯である。上の菜《さい》入れの部分は、三通りに仕切られていて、玉子焼、かまぼこ、ブリの照焼、べつの一角に椎茸、竹の子、ふき、高野豆腐の煮物、もうひとつの一角に、白胡麻であえた春菊と、奈良漬がある。

そのひとつひとつの味が、まったく昔のうまさなのだ。ことに照焼の味は、無類であった。タレの味といい、焼き方といい、箸で崩して身がはなれてゆく感触といい、近ごろ食べる機会のない珍味だった。

「どこでこしらえているんです、こんな贅沢な弁当を」と雅楽が支配人に尋ねていた。

「贅沢というほどのものでも、ないでしょう」と支配人は笑っていたが、老優は大まじめに、

「こういうものを今は贅沢というのですよ」と答えていた。

私は雅楽が門造父子に山の段の親子の演じ方を口伝《くでん》している現場にたまたま来合わせたあと、冷たくした秋田の地酒で、この弁当をゆっくり食べさせてもらって、何ともきょうは豪華な一日だと思った。

雅楽も私も、照焼の皮を残しただけで、きれいに弁当をたいらげた。老優は割箸を折ったあと箸袋におさめ、箱に入れ、蓋をした。

高島はどうしたかと思って、門造の部屋をのぞくと、「夏祭」の序幕に出る徳兵衛の顔をこしらえている門造が、門次に小言をいっている。

「磯之丞が駕籠《かご》からおりる時の格好が、どう見ても町人だ。あれは武家の息子なんだよ」

「はい」

「何度いったらわかるんだ」

もうこしらえをすませている門次は、素直に返事をしているが、内心おもしろくないと見えて、いささか、ふくれた顔である。

チラチラと高島を見て、救いを求める視線を投げているのだが、こういう話に介入するわけにゆかないので、演出家はハラハラしているようだった。

私もその空気を感知したので、すぐ出て来たが、入口の近くに弁当の重箱が三つ重ねてあるところを見ると、父子で高島にもすすめ、三人で食べたにちがいない。

こんなにうまいものを食べたあと、門造が門次にきついことをいっているのが、何となく不自然だったが、翌日別の用事で、雅楽を訪ねた私は、前日父親に散々叱られたわけを、息子から聞いた。

二

「きのうは大変、お父さん、おかんむりだったじゃないか」というと、門次はしかめた顔をわざと作り、「よくわからないのですが、弁当を食べてしまって、これはどこからとったのかと支配人の部屋に問い合わせたあと、急に雲行きが変りましてね」

「どこなの、その店は」

「桔梗屋だったんです。ぼくはあの家の娘の時枝さんと森村で一緒だったので、前から行っていたんですが、父は行ったことがないらしいんです」

「ほう」

「桔梗屋と聞いたので、ぼくはあの家でこんな弁当をこしらえるのかなと独り言のようにいうと、父はお前桔梗屋を知っているのかといいました」

「ほう」

「だから、初日の日から、ちょっと寄ったりしているというと、黙って返事をしないんです。それからぼくは、初日の晩に滝の屋の梅ちゃん（同年の女形）と寄った時、酔っ払った客がいて、おばさんにつまみ出された話をしたんです」

「おかみさんが男の客を追い出したというわけ？」

「威勢よく啖呵《たんか》を切ってましたよ」

「気のつよいひとなんだなア」と私は、先日見かけた、色白の丸顔の女将を思いうかべていた。

「その男が出て行ったあと、妙な電話がありましてね、うちの若い者がお前の店で恥をかかされたという報告があった、おれはいま大阪にいるが帰ったら、七日の日に、さっきの若い者と二人で挨拶にゆくといったそうです」

「つまり、脅迫じゃないか。外道《げどう》の逆恨《さかうら》み」

「おばさんは笑ってました。そんなおどしがこわくて、女手ひとつで、店を開いていられるものですか、いつでもいらっしゃいといって、電話を切りました」

「大したものだ」と私は舌を巻いた。

「父にそんな話をすると、黙って聞いていましたが、七日といえば明日じゃないかと壁のカレンダーを眺めながら、つぶやいてました」

私とそんな話をしたあと、頭取部屋の前のソファから立ち上った門次は、自分の部屋へ帰って行った。

私はすぐ雅楽の部屋に行ったが、雅楽はきのうの夕食がよほどおいしかったと見えて、まだその味をたのしむような口調で、桔梗屋の二重弁当を賞《ほ》めそやしていた。

その時、隣の門造の部屋から弟子の門吉《もんきち》がはいって来て、「高松屋《たかまつや》さん、きのう召しあがった弁当、何ともありませんでしたか」と、心配そうに尋ねた。

「どういうことなんだい」

「うちの親方が、いま急におなかが痛いといい出しましてね、きのうの弁当があたったにちがいないというんです」

「ちょっとお待ち」と雅楽は失笑した。

「ゆうべの夕食に食べた弁当で、今ごろになって、中毒の症状があらわれるなんてことはないはずだよ。もし、あたったとすれば、夜中に腹痛なり何なりがおこるはずだよ」

「私もそう思うんですが、親方は弁当のせいだといって、お聞きになりません」

「変ですね」と私は雅楽の顔を見た。

「私に電話しろとおっしゃるんです、親方は」と門吉がいかにも当惑した表情で、老優を見あげた。

私と雅楽と二人でのぞいてみると、門造が横になって、苦しそうである。私たちを見ると、それでも起き上って、横腹をおさえながら、「どうも妙なことになって、失礼しますよ」といった。その形が、「妹背山」の久我助が脇差を腹に突き立てている格好になっているのが、おかしかった。

「とにかく、高松屋さん、桔梗屋に電話して、きのうの弁当をいつこしらえたのか、聞かせてみようと思います」

「ほかの何かが原因じゃないのかね」

「いえ、じつはブリを食べた時に、何となく、へんな匂いがしたのに気がついていたんですが、私も意地が汚いので、つい口に入れてしまって」

「おいしかったじゃないか、むろん私も竹野さんも喜んで食べ、無事息災だよ」と雅楽が微笑しながらいうのに、おっかぶせるような口調で、門造が云い張る。

雅楽は部屋に帰ると、門次をそっと呼び、小声でいろいろ尋ねていた。ゆうべ帰ってから父親が何を飲み何を食べたか、きょう大正座に来る前に何をしたのか、そんなことを質問しているのだと私は思った。

門次が去ったあと、雅楽は支配人を呼んでこういった。

「きのうの桔梗屋の弁当、おいしかったことはたしかだが、門造がそれで腹痛をおこしたといっている、そんなことをいわれると、神経のせいか、私も何となく、おなかの具合がおかしくなっているようです」

「まさかと思いますがね。あの弁当は三十人以上が食べているんですが、門造さんのようなことは、誰ひとり、ありません」

「そこで私が思うのは、とにかく桔梗屋で、あの弁当をこしらえた職人の健康状態だの、調理場の衛生管理だのを一応たしかめたほうがいい、そう考えます」

「今、これからですか」

「早いほうがいい、きょうは休業させたらいいんです。こういう検査は都の保健所から専門家がゆくのだが、そんな立ち入ったことをされたとわかると、店の信用にかかわって気の毒だから、私の心やすい人をあの店にやります」

「はア」

「桔梗屋は今日は臨時休業させましょう」と、キッパリいう。老優のそういう独断的な態度が私には解せなかったが、口をはさむ場合ではないので、黙っていた。

支配人が行ってしまうと、雅楽は私を見て、「すまないが竹野さん、江川さんに連絡してくれませんか」といった。

江川刑事はいろいろな事件で老優とつきあい、いまでも時々同席して小酌《しょうしゃく》をたのしむ雅楽のよき飲み友達である。

しかし、刑事は犯罪を捜査する職責にある警察官で、保健とか衛生とかの分野とは、まったくかかわりがない。つまり、いま江川刑事の出る幕ではないという気がするのだ。

だが、とにかく警視庁に勤務している老練の刑事だから、こういう問題に対処してくれると思ったのだろうと私は推察した。

用事で外出している先をやっと突きとめると、江川はさっそく大正座に飛んで来てくれた。事情を聞いて、「そいつはどうも、私の縄張りではないから」と刑事も苦笑していたが、雅楽は「門造があんなにいうのはよくよくのことだから、江川さんと竹野さんとで、桔梗屋に行き、保健所とそっと相談するから、きょうは店を休むよう、おかみさんにすすめて下さい」といった。「私も芝居がおわったら、桔梗屋に行きます」

「だって休んでいるんですよ。あの店は」

「だから、検査の結果を聞きに行こうというわけです」

何だか狐につままれているような気がしたが、私と刑事は劇場の支配人をさそい、三人で桔梗屋に行った。それが「夏祭」の序幕の切れる頃だったから、夕方の五時すこし前である。

おかみさんはキョトンとしていたが、「うちの弁当で門造さんがおなかをこわしたなんて、とんでもない。あの人、うちの商売にけちをつけるつもりですか」とはげしい見幕でしゃべっていたが、警察官に似合わぬやさしい口調で刑事に説得されると、しずかになり、「ではきょうは休みます。ほとんど正月三ヶ日と盆の二日と、そんな時しか休まない店なのにね」とつぶやき、ホロリと泣いている。

私と刑事だけしばらく店に腰かけていた。いつもなら、看板の灯を入れ、客を待つ時間だが、のれんをはずしているのに気づかずに、はいって来る常連がいて、店の中が半明りで、しいんとしているのに驚いて帰って行った。

「おビールでもどうぞ」とおかみさんが運んで来たので、二人で飲んでいた。

「保健所の方はおそいですね」と門口に立った店の者が私に声をかける。

六時半すぎに、いきなり戸をあけて、三人の男がはいって来た。それは保健所の役人ではなく、先夜酔っ払ってあばれ、おかみさんに追い出された男と、男の仲間の者らしかった。

「おかみはいるか」と怒鳴った。

「私ですが」とおかみさんがいうと、いきなり三人の中の一人が胸倉をつかもうとした。

刑事が立ち上って中にはいる。三人は「余計なことをするな」と叫んだが、刑事の手帳を見せられて、にわかにシュンとなった。

「どういういきさつか知らないが、こういう店に来て、おかみさんに暴力をふるったりしてはいけない。何なら私と一緒に警察に行って、くわしい話をしてもらおうか」と刑事はおだやかにいった。

三人は打って変った低姿勢で、すごすご帰って行った。

「夏祭」の三婦の内が終って三十分ほどすると、雅楽が門次をつれて、桔梗屋に来た。

おかみさんと若い役者がいかにも親しそうに話している。やがて時枝という、森村の高校に進学している娘が帰って来て、門次と店の隅で小声でたのしそうにしゃべっていた。

「門造さん、苦しそうだったが、徳兵衛、大丈夫でしたか」と私は気づかいながら、様子を聞いた。

「役者というのはえらいもんだ。あぶら汗を流して、七転八倒していたというのに、舞台に出ていると、その気《け》も見せず、役をキチンと演じるのだから」と雅楽がいった。

「高松屋さん、保健所の方がまだいらっしゃらないんですよ」と、前掛けで手をふきながら、おかみさんがいった。

「もういいんだよ、もういいんだ」と老優はそっと手を振った。

私と刑事は顔を見合わせた。

三

雅楽は私たちのそばに腰をどっかと据えて動こうとしない。

休業させた店で飲んでいるのも異なもので、ほかの客が来たら何と言いわけをするつもりだろうと私は思っていた。そのうちに、老優が私と刑事をさそって、三原橋のすし初にでも行こうといいだすだろうと推測していた思わくとはうらはらに、雅楽は、ゆっくり、そこにあるビールを自分でついで飲んでいる。

三十分ほどしてから、思い出したように、雅楽が向うで店の娘と対話に没頭している門次に声をかけた。

「門次君、まもなく、お父さんと高島さんがここへ来るよ」

その声を聞くと、おかみさんが、顔色を変えた。

「だって門造さんは、具合がわるいんでしょう。お医者様にでも行かなくちゃ」

「大丈夫ですよ、おかみさん」と老優がいった。「鳥居前の立ちまわりを息も切らさずにやってのけたのだから、腹の痛みなんぞ、とっくに忘れてるんです」

「でも」とおずおずした口調で、おかみさんが私たち三人の顔を見くらべるようにしながらいった。「それにしても、今夜、なぜ、あの人、門造さんが」

「桔梗屋へ来るというより、伜《せがれ》のガールフレンドの顔を見に来るつもりじゃないのかな」

「さア大変だ」と思わず口走ったおかみさんは小走りに奥に駆けこみ、娘の時枝も、そわそわして、そのあとを追った。

江川刑事は、何だかよくわからない話の渦中にいきなり連れこまれたような表情だったが、雅楽が丁重にわびた。

「あなたには申し訳ないことをしました。御用繁多の最中に、手間をとらせてしまって」

「いや、それはいいのです。緊急の用向きがあるわけではないんですから。しかし、どうも私には」とさすがに、捜査を職務にしている人だけあって、納得のゆかない事情は、ぜひ説明してもらいたいという顔つきである。

「門造がやがて来るまで、待っていて下さい。万事は、それからお話しします」

「夏祭」は長町裏《ながまちうら》の義《ぎ》平次《へいじ》殺しでおわる。徳兵衛の役があがった門造が、まもなく、高島と桔梗屋に着いた。

出迎えたおかみさんが、いつになく、薄化粧をし、髪も目立たないが、ちょっと直したらしいのに、私は気がついた。

「しばらくでしたね」と門造がいった。

「ほんとうに、何年ぶりかしら」

「お二人は前から知り合いなんですか」と高島が目を見はった。

「ええ、私のまだ若いころ、存じ上げていたんです」

目のウロコがとれたような気がした。そうだ、門造とこの店のおかみさんは、むかし恋人だったのではないだろうかという感じが電流のように走った。

「高島さん」と雅楽がいった。「あなたが演出した赤毛物《あかげもの》は二つとも、私は見ています。偶然だが、ロミオとジュリエット、それからマリウスと、竹野さん、あの娘は何といいましたか、そうそうファニーだ、マリウスとファニーは、両方の親同士が不仲なのに好き合っている。私は門次君とこの店の時枝さんとが仲のいいのを見て、内心芝居というのはよく作られていると思っていました」

「はア」

「門造君が先代の娘と縁組をすることになり、藤川当升《ふじかわとうしょう》という芸名を返上して、師匠のあとをつぐようになってから、おかみさんは二度と門造君と会うまいと決心したらしい」

わきの椅子に腰かけていたおかみさんは、無言でうなずいている。

「桔梗屋というこの店に、門造君はどうも来にくかった。おかみさんの御主人、門造君の妻君、二人とも死んでいる。それだけに、かえって、敷居が高かった」

「その通りです、やもめ同士で、つきあうという気になるためには、たとえ廻り道でも順序が必要です」と、同じようにうなずきながら、門造が答えた。

「ところで、竹野さん、江川さん、二人にはいろいろ迷惑をかけたが、私は門造君の腹のうちが読めたんだ」

「ぜひ高松屋さん、絵ときして下さい」と江川刑事は、いつものように、雅楽にねだった。

「あの弁当が桔梗屋さんのものとわかっただけなら、こういうことにはならなかったかも知れないが、たまたま初日の夜、門次君がいる時に暴れる客を追い出したあと、おかみさんが脅迫されたのを聞いて、門造君は、この店のことが心配になった。だから七日という予告された夜、店を休業させればいいと思った。それで弁当で中毒したような狂言をした」

「いや、どうも」と門造は頭を掻いた。

「本職の芝居はうまいが、この人、狂言はへたでね、見舞に行った私の前で起き上っておなかをおさえた形は、どうしても、舞台で腹を切ったさむらいの形になっている、あんなのんきな、中毒患者があるものか。第一、前の晩の弁当が二十何時間経って、腹痛の原因になるはずがない」

「はい」なぜかおかみさんが、この時、相槌を打った。

「私はおかみさんが、この店の名前を、御主人が亡くなってから変えたことを知っていたが、ふと気がついたら、門造君の前の当升時代の替紋が桔梗だった。門造君が店を案じているのを知ったので、門次君と時枝さんのためにも、双方の親同士が、またつきあいはじめてもいいだろうと考えたわけです」

みんなが、雅楽をじっと見て、整然と続く話を聞いていた。

「来月の『妹背山』の大判事と定高《さだか》は、双方の息子と娘が死んでから和解するのだが、幸い、いいキッカケができた。それには、今夜、何とかさせたいと思った。予告したようにならず者があらわれる。これはのれんをおろしていたって、暴れこむことはするわけだから、放っておけない、気のつよいおかみさんが手ぐすねひいて待っていて、さア来いと相手になったりして、怪我でもしたら大変だ、そう思ったから、私は門造君のあと押しをして、警察の力を借りようと思った。しかし、この近くの署にたのむと大袈裟になるので、江川さんに御出馬を願ったというわけです」

老優の話をうれしそうに聞いている店の隅の若い男女が、何となく肩を寄せ合っているけしきが、私の視野のはずれにあった。

「どうもありがとうございました」

「ほんとうに」

門造と、桔梗屋のおかみさんが、同じタイミングで、雅楽に礼をいったのも、おかしかった。

高島が目を輝かしていった。

「私は去年『マリウス』というフランスの芝居の演出をしました。幸いに評判は悪くなかったので、得意になっていたんですが、何だか、きまりが悪い」

「どうして」と私は卒直に訊いた。

「マリウスの父親のセザールと、ファニーの母親のオノリーヌが、マルセイユの港町で、意地を張って突っ張っている。私は若い息子と娘の愛情は一応演出できたと思っていますが、もうひとつ、両方の親の心持がわかっていなかった。セザールとオノリーヌは、あれで何となく、惚れ合っていたのだということが、今わかりました」

「とおっしゃると」と時代がかった調子で、門造が隣の高島をかえりみる。門造が上機嫌なのが、よくわかる笑顔である。

「門造さんと、おかみさんの顔を見ていると、なるほど、こういう感情がマルセイユのあの二人に、あったのかと思ったんですよ」

江川刑事は、事件が解決した時に必ず示す満足しきった表情で、私にいった。

「竹野さん、われわれ二人はひと足先に失礼しようじゃありませんか」

雅楽は「私と高島さんもつれて行って下さいよ」といった。桔梗屋の母と娘を門造父子にあずけるつもりである。

高島がいつの間にか、いつものベレーを脱いでいた。

「おや、ベレーをとるなんて珍しい」と私がいったら、演出家が笑った。

「脱帽してるんですよ」

銀ブラ

国立劇場の夏の青年歌舞伎祭に出演するため、大阪から若い女形《おんながた》の嵐文里《あらしぶんり》が上京していた。「伊勢音頭《いせおんど》」のおこんが、この勉強会での初役だが、ふとした話から、文里の父でやはり女形の文朝《ぶんちょう》が、仲居の万野《まんの》を助演することになった。

この親子は茅場町の親類の家に十日という短期間の公演のあいだ泊っていたが、劇場へは親子別々に楽屋入りしていたらしい。

東都新聞の古い記者の竹野が、三原橋のすし初で、老優の中村雅楽《なかむらがらく》と付け台の前に並んで飲んでいると、ガラリと戸があいて、文里がはいってきた。雅楽を見て、急いで駆け寄って挨拶した。

「小父さん、お久しぶりです、文里です」

「おお、大きくなったな、お父さんは達者かね」

「小父さん、国立で父の万野、私のおこんで、『油屋《あぶらや》』が出ているんです。見て下さい」といっているのを、脇で聞いていた竹野は、雅楽が「達者かね」といったのが、何となく、よそよそしい応対のような気がした。

そして、ハッと気がついた。文朝という、うまい女形が大阪に行ってしまった理由の中に、この雅楽と芸の上での論争があったのを思い出したのだ。おさななじみで、ずっと同じ一座の舞台で共演して来た雅楽と文朝が、四十代の働きざかりに、「忠臣蔵」が出て、雅楽が七段目の平右衛門《へいえもん》、文朝がおかるを演じた時、この妹が兄にささやく場面の型が、雅楽には気に入らず、手順を変えてくれとたのんだのを、文朝が「苦心して人形の動きからこしらえたんだから、これは変えられない」とことわり、それが親友の仲の溝を生じたという、いきさつがあったのを、竹野は大分まえに、雅楽から聞いたのを思い出したのだ。

竹野は、文朝の舞台を、雅楽がまだ見に行っていないということの中に、やはり役者同志の意地くらべの後遺症が何十年のちまで残っているのを、もっともだと思う一方、ちょっと淋しい気もした。「それで、お父さん、毎日、どうしてるんだ」と雅楽が文里をとりあえず隣の椅子に招いて尋ねたのを見て、竹野は救われたような気がした。

「毎日、銀ブラをしています」

「銀ブラとは、なつかしい言葉を聞くもんだ」と猪口《ちょこ》を若い女形にさし出して、老優が微笑した。「ねえ、竹野さん」

「そうですね、ぼくらの学生のころは、銀座を目的もなくブラブラ歩くのを、銀ブラといったものです。しかし、文里君、よく、そんないい方を知っているね」と竹野がいったら、文里がおかしそうに口もとを抑えながら答えた。

「父の口癖を真似ただけなんです。父は大阪に長く住んでいても、東京っ子の気質を忘れずにいて、年中、アア銀ブラがしたいなアといってました。こんどこっちに来る気になったのも、私の舞台を助けてくれるというほかに、銀座を歩きたいという気持があったはずです」

関西で育った役者だから、上方《かみがた》の訛はあるが、比較的歯切れのいい口調で、文里は話し続けた。「でも、父はガッカリしてました。もう銀座は昔の銀座じゃないって」

「なぜだろう」と竹野は思わず、つぶやいた。「どこが変ったというのかしら」

「父は以前、年中、銀ブラをしていたそうですが、歩いていると、毎日かならず知った顔に出会い、目礼をして通りすぎたものだといってます。それが銀ブラの楽しみのひとつだったそうです。こんど歩いても、知っている人にまるで会わないって」

「そりゃアそうだ。豊島屋《てしまや》（文朝の屋号）の、ないものねだりだ。第一、世代が変っている。町を歩いている人数が多い。知っている人に会えるわけがない」

二日のちに竹野が同じすし初にいると、雅楽が来て、国立を見て来たと語った。「万野も、おこんもよかった。ねえ、竹野さん」と至極御機嫌である。

手に大きな伊東屋の包み紙を持っていて、雅楽はそれを卓におきながら、「けさ芝居の前に買物に銀座に出て、文朝に会いました」といった。

「ああ、そうですか。しかしよく、まア、偶然会ったものです」

「ふしぎな気がした。伊東屋から出て向う側に渡って京橋のほうにゆきかけた時、バッタリ会ったんです」雅楽はニコニコ笑った。「やアやアといい、立ち話して別れる時、豊島屋が耳もとで、わざわざぼくのために歩いてくれてありがとうといいました」

「ははア」竹野は思わず、うなった。

「しかし、あの男も頑固ですよ。大むかし、七段目のおかるの自分の考えた型で、私にささやいているんです」

不正行為

一

夏休みで静岡から泊りに来ている姪の娘の中学生が、電話をかけていて、いつまでも、話をやめない。

用事を思い出したのだが、娘の長電話を待ちきれず、近くのマンションのロビーにある赤電話を使おうと思って、私はサンダルをつっかけて出かけた。

その電話の位置は、建物の一階にあるスナックの前なのだが、私が話を終って帰ろうとすると、ガラス越しに私を見つけて飛び出し、呼びとめた男がいる。

丸の内の劇場の宣伝部長の雲井で、かなり酔っているようだ。

「ちょうどいい、竹野さん、ぼくの話を、聞いて下さい」と、私の左腕をつかまえて、店の中に引っ張りこんだ。

私もたまに、家の者のいない日の昼の食事に来る店だが、雲井がこのマンションの七階に住んでいるのに、まだ一度も、ここでは、会ったことがなかった。

自分のボトルを卓においていた雲井は、グラスを取り寄せて、私にドクドク注ぐ。「だめ、だめ、そんなに濃くしてもらっては困る」と制するのだが、すぐまた自分のグラスにも入れ、「ねえ、竹野さん、ぼくはもう、どうしていいのか、わからない」と、いささか呂律《ろれつ》のまわらなくなった口で、べそをかいている。

雲井には、十五になる美千子という娘がいて、四谷のミッション・スクールの中等部三年である。

美千子の母親は四年前に病死し、親子二人でいた雲井が、一昨年、美しい女性と結婚した。その話は、演劇ジャーナリズムにも当然伝わったが、再婚ということで特に披露の宴も催さないというので、演劇記者会の幹事が世話人になり、それぞれいくらか出して、祝いの品を届けたはずである。私も応分のことはさせてもらった。

雲井夫妻とは、町のスーパーで、時々出会ったりしてもいた。口数のすくない、しずかな夫人で、豪放なタイプの雲井と対照的な淑女という印象だった。

こういう母親なら、先妻の子の美千子ともうまく行っているのだろうと考えていたのだが、この夜酔った雲井から聞いた事情はかなりちがって、現在の家庭があまり平穏ではないというのである。

ミッション・スクールは固い学校で、信心深い教師に指導されて、生徒はみんな、白百合のごとく清らかな日々を送っているような気がするが、現実は、かならずしも、そうではないらしい。

反抗期で年ごろの生徒の中には、育った環境のためもあって、根性のひねくれた娘もいる。一般に富裕な家の子が多いのだが、そういう家庭で両親が不和だったり、放漫に小づかいを与えたりする父兄がいたりして、学校のかえりに、さかり場をほっつき歩き、へんな男の子と知り合って髪を染めたりする非行少女もいく人かいるらしい。

美千子は可愛らしい娘なので、そういう変にませて、生活のぐれてしまった同級生に愛され、誘われて夜の新宿や六本木をさまよったりするようになってしまった。

「美千子の様子が、このごろ、おかしいと思わないか」と、雲井は妻にいうのだが、「そうねえ、でも、夜の食事を外でする時は、かならず連絡して来るし、仲のいいお友達の家に遊びに行っているという言葉を信じているんですけれど」という返事である。

雲井は妻があんまり落ちついているので、一応懸念は晴らしたのだが、この春風邪をこじらせて五日ほど家に引きこもっている時、四晩も、外で夕食をとっているので、妙だと思った。

もう一度念を押すと、妻はしずかにいった。

「私もじつは大分前に、どうもおかしいと思って、美千子にきいてみたのですが、へんなことをしているわけではないから、あまり心配しないで下さいというんです」

「ふうん」

「私は、くどくどと物をいうのが嫌いなので、そういわれれば、そうなのというだけで、あまり深追いはしないんです」

「だが、私は仕事の関係で、夜がおそい。私自身、飲んで夜おそく帰る日の方が多い。どうしたって、目が届かない。君がしっかりしていてくれなければ困るよ」と雲井はいった。

「はい」と素直にいうが、妻は雲井のいる前で、美千子に小言をいったことは、決してないのである。

雲井は直接話法で聞かせたあと、

「家内は、あれは頑固というのでしょうか、私とちがって、小言を一度いって口ごたえをされると、もうそれっきり、二度といわないところがあるんです。意固地といったらいいのか、とりつく島のないようなところがある」といった。

そういえば、口数の多くない、しっとりとした感じの雲井の妻には、そういう性格がありそうだった。

「私はね、竹野さん、家内に惚れてるんです」と突然、雲井は話題を変えた。

「そりゃアそうだろう、恋女房だという話はかねがね承っている」私もさすがに、単刀直入にのろけられたので、こうとでも答えるほかはない。

「好きで、もらいました。前の家内の三回忌を待って、来てもらったんですが、さて、一緒に住んでみると、ものたりないことがいろいろありました」

「……」

「私はこの通りおしゃべりなのに、家内が無口だというのが何となく妙な工合《ぐあい》です。二人で旅行をしたこともあるんですが、いい景色だなアと私が大声でいうと、向うは小声で、そうですねという」

「まアまア、その程度のことは、あっても仕方がない。ごく性質がしずかな方なんだろう」

「しかし、それは何となく、よそよそしい冷淡な女だともいえるんです」

「冷淡なんてことはないだろう」

「この女、私が気に入らないのだが、今更どうにもならないから、あきらめて、私の家内の役を厭々《いやいや》つとめているんじゃないかという気がしたりする」

「まさか」と私は大きく手をふった。「うちの家内なんか、君たちが連れ立って歩いているのを見かけて、お似合いの一対だって、羨ましがっている位だ」

「そういう女ですから、娘とも、うまく行っているように見えて、じつは、そうではなかったのではないかという気がして来たんです」

「というと」サンダルのまま電話をかけに出た私がいつまでも帰らないので、家で案じているだろうと内心思いながら、つい相手になってしまった。

「美千子が中学にはいったばかりの時に新しい母親が来ることになり、娘の気持を、たしかめなければと思ったので、まず二人を会わせて食事をしたんですが、その時は美千子も喜んでいました」

「ほう」

「きれいな方じゃないの、ああいうお母さんなら美千子もうれしいわといってくれました」

「それで」

「ところが、家内が来て二三ヵ月たった時です。家内の手鏡を美千子が落して、割ってしまったことがあります」

「奥さんは何といったんです」

「美千子がすみません、お母さんの大切な品物を粗相《そそう》でこわしてと、一しょうけんめいあやまっているのに対して、家内は、何もいわず、いいのよ、こういうものは、いつか割れるのだからといっただけで、だまって鏡のかけらを拾っているわけです」

「よくできた奥さんじゃないか」

「ところが、娘は、まア私の大切な鏡をこんなことをして、気をつけてちょうだいと、きつく叱ってもらいたかったらしいんです」

「そういう娘心があるのかな」と私は首をかしげた。

「竹野さん、それからしばらくして、美千子がいったんです、私、あの鏡をわざと、落したのよ、私をお母さんがはげしい声で叱ってくれるのを楽しみにして、というんです」

「おやおや、とんだ『番町皿屋敷《ばんちょうさらやしき》』のお菊だな」

と私は苦笑した。

「娘はそれから急に、母親とあまり話さなくなった。そしてそんな風のまま二年生になり、三年生になったころから、家内と二人で夜の食事をするのが、いやになったらしいんです」

私は雲井の家庭が、娘を非行に追いやる条件を持っているという成り行きを、はじめて知った。

「私はきょう、家内と娘と三人で夕飯を食べたんですが、冷たい表情で向い合ってまずそうに箸を動かしている二人を見ていたら、何だかたまらなくなって、ここに降りて来てしまったんですよ」

雲井はなおもウイスキーをグラスに注いでいる。

「あんまり飲んでは、毒だぜ」私はたしなめたが、耳を傾けようとしない。しまいにテーブル越しに私の腕をつかんで、泣きだしてしまった。

三十分ほど、雲井の愚痴を聞き、家に帰って来ると、妻が怪訝《けげん》そうに尋ねた。「どこにいらしたんです、今まで」

二

翌日、雲井が劇場から電話で、前夜の非礼をわび、「これからも時々私の話を聞いてください」といった。私も反射的に、「いいよ、こっちの工合の悪い時はことわるが、同じ町内にいるんだから、話を聞いてあげるくらい、お安い御用だ」と、ついいってしまった。

しかし、これが運のつきで、雲井としては、今まで誰にも打ち明けられずにいた家庭の秘密を訴えられる相手ができ、すっかり安心したと見えて、何かというと、電話で「今日はいかがでしょう」「夜の九時ごろ、あのスナックでお目にかかりたいのですが」などといって来る。時には、自分のかわりに劇場の営業事務所の若いＯＬに伝言をさせたりする。

家では家内が何となく、頻々《ひんぴん》たる電話を怪しむようになった。「また若い女のひとの声でしたよ」と、留守中にかかった時など、伝え方がツンケンする。

雲井のおかげで、平和だった二人ぐらしの老夫妻が気まずくなったのではたまらないから、とうとう真相を説明して聞かせた。

「まアそうでしたの」と、五十をこした妻がホッとしたらしいのには私も呆れたが、「しかしお前、私だって三十年位前には、多少、お前の気に入らないこともしたんだよ」と、余計なおしゃべりをした。

「大抵のことはわかってましたよ」と妻はうっすら笑っていった。「でも、あなたは、大したことはなさらないから、安心していましたよ」随分、見くびられたものである。

それから数日経って、雲井がぜひ会ってくれというので、例のスナックに行った。

ところが、これが、おかしかった。うちの妻に私が話したのと似た話を、雲井の口から聞かされたのである。

「あれから竹野さん、私も考えましてね、美千子が叱ってもらいたいのに、叱ってもらえない欲求不満というのを、私の身につまされてみようと試みたんです」

「話がよくわからないが」

「つまり、私が家内に怒られた経験が一度もないことに気がついたので、家内の反応をためそうとしたわけです」

「というと」と私はゆっくりウイスキーをふくみながら、解説を待った。

「こうです。私が仮に浮気をしたとすれば、家内はどうするだろうと思ったのです。動物実験みたいですが、それで、美千子の気持も理解できやしないかと思って」

「少々都合のいいようなところもあるが」と私は苦笑した。「何かしてみたのか」「まさか」と雲井は早口で否定した。

「こんな時に、遊びにしたって、相手にえらばれた女には気の毒ですから、それは、しません。しかし、わざと連日おそく帰り、バーのマッチを机の上に抛《ほう》り出したりして見せました」

「ほう」

「劇場の仕事で、私が人を案内する店が日比谷や有楽町界隈に、七八軒はあるんですが、その店の番号は、うちの電話リストにも書いてあるんで、珍しくありません。わざと銀座の高級バーに五日間もかよって、毎日のようにそのクラブのマッチを見せびらかしたんです」

「奥さん、気にしたかな」これが私の最大の関心だった。

「いいえ」と雲井は悲しそうに首をふった。

「この時義経《よしつね》、すこしも騒がず」

劇場の宣伝部に十八年もいる雲井は、さすがに、こんな洒落たことをいうのだった。要するに、雲井の妻は、夫が何をしようと一向に動じないというふうだった。

「私はね」そろそろ酔っている雲井が、目を赤くして、その目をこする。どうも泣き上戸《じょうご》のようだ。「私はね、あいつが、精神的に不感症じゃないかと思うようになったんです」

この会話のあと、二週間ほど連絡もなかったので、何となく雲井の家もうまく行っているのかと思ったら、雲井がいきなり夜、私の家にあらわれた。

スナックで話したくないというので、あがって貰い、酒を出したが、あまり飲もうともしない。

「おどろきましたよ、いやもう、びっくりしました」とまずいって、しばらく黙っている。

聞いてみると、なるほど、意外な展開がおこったのだ。

雲井の話を要約すると、あのあと、美千子も早く帰る日が多くなったので安心していたら、学校から速達が来て、「御両親のどちらかに来ていただきたい」と、週日の放課後の時間を指定している。

この場合当然母親がゆくべきだと思ったので、雲井が「何だかわからないが、行ってくれ」というと「いやです、あなたが、いらして下さい」という。

なぜ行かないかと詰問したのだが、「どうしてもいや」と、しまいに泣きだしそうになる。

仕方がないので、その日の午後、劇場を早退して、四谷に行き、美千子の授業時間の終るのを待って、担任の先生と応接室であった。

その先生は六十代のおだやかな女性であったが、雲井を見ると、いきなり「奥さまは、お元気ですの」といった。

「家内を御存じで」と訊くと、目を丸くして、「だって私、富塚さん（妻の旧姓）を美千子さんと同じように、私のクラスで、受け持っていたんですもの」といった。

雲井の妻は、かつて、美千子と同じその四谷のミッション・スクールにいたのだという。それを、雲井は、はじめて、学校に行って知らされたのだ。

隠しようもないショックだったので、自分は今まで聞いたことがないと卒直に話すと、先生はちょっと無言で考えていたが、

「そうねえ、そうかも知れませんわね」といった。

さらに、おどろくような話が続いた。

妻は中等部三年の一学期の期末試験の時、数学の時間に教室で使っていたセルロイドの下敷に、基本方程式のような文字を書きこんでいたので、監督の先生にとりあげられ、教員室に呼び出されて、叱責《しっせき》された。

「私はその先生の脇にいたのですが、つきつけられた下敷をのぞくと、どうも方程式らしくないんです。だから富塚さんが、これは別のことをいたずら書きしたのだとおっしゃればいいと思っていたのですが、うつむいたまま、何の弁解もしません。美しいあのころの富塚さんのどこに、こんな強い気質があるのかと思いましたが、とうとう、申しわけありませんでしたと深深と頭をさげるだけで、早くいえば不正行為を自分で、みとめたことになってしまいました。もちろん、そうなると、私が第三者として傍聴していただけに、数学の先生も、富塚さんに点は上げられません。大変な事態になったと私は当惑していましたら、結局次の日に、富塚さんのお母様が見えて、退学させてくれとおっしゃるのです。私はいろいろ申しあげて引き留めたのですが、娘はあの通りの我儘者《わがままもの》で、こうと思いこんだら、てこでも動きません、といわれます。まア学校をかわって、新しい学級で、やり直したいといわれるので、私も承知しました。

それからたしか富塚さんは」と先生は口ごもった。

「九段の精華へ移ったのですね」と雲井はいった。「私は、家内がはじめから精華にいたのだと、今の今まで、思いこんでいたわけです。精華の時の同級の友達とは時々会っているようですから」

美千子が無断で一日欠席したという話を、そのあとで先生から聞かされたが、雲井としては妻が美千子と同じミッション・スクールに二年以上も在学していたことを、退学した事情がどうあろうと、ひた隠しにしていた態度のかたくなさに、むしろ衝撃を受けたので、美千子のとんでもない行状《ぎょうじょう》を、身にしみて聞きもしなかった。

もちろん、厳重にこれから気をつけて、二度とこんな不始末のないようにといわれ、頭をさげて外に出た。

タクシーを拾うと、美千子がいつになく明るい笑顔で、雲井にいった。

「私、救われたわ」

「なぜだ、どういう意味だね」

「でも、お母様だって、昔、不正行為をしたんですもの、お母様にそういうことがあったのを知って、うれしかったわ」

三日のちに、雲井が電話で知らせて来た。妻に話すと、いやな思い出があるから申しあげなかったのよといって、素直にわびた。二日目に、先日会った先生が、電話をかけて来て、たまたま出た妻とかなり長い話をしていたが、こんどは三日前と打って変って、いそいそと、四谷に私行って来ますと、いい着物を着て出かけた。

帰った妻が、「あの先生に二十何年ぶりでお目にかかった。うれしかったのは、私が持っていた試験の時の下敷を先生が戸棚の奥に私たちのお友達の卒業アルバムと一緒にとっておいて下さったんですよ」といって、ピンク色のセルロイドの下敷を見せた。

なるほどAだのBだのと書いてあるが、方程式らしくもない。

「あの先生、お前が可愛かったんだね、きっと」と雲井はいつになく、心がなごんでいた。

美千子もそばで、うなずいていたという。

私も二十何年も前の下敷が奇蹟のように戻ったのを「いい話」だと思った。富塚という姓に何となく思い当る気がしたが、私はそれ以上、考えずにいた。

三

二週間ほど経って、三原橋のすし初で、久しぶりに老優の中村雅楽《なかむらがらく》にあったので、私は雲井から聞いた話をくわしく伝えた。

後半の担任の先生との面会がなければ、雲井の内輪の恥をおしゃべりするのは憚《はばか》るべきだが、救いのある話に発展したのだから、いいだろうと思ったのだ。

「ちか子さんも、ホッとしただろう」と雅楽がいった。

「え、ちか子っていうんですか、雲井夫人」と私はおどろいて反問した。「どうして、高松屋《たかまつや》さんは、そんな名前まで」

「竹野さん、知らなかったの、ほんとうに」

「ええ」

「雲井の奥さんは、嵐光男《あらしみつお》の娘ですよ、豊島屋《てしまや》の。私は小人数で行われた婚礼に招かれて出席してるんですよ」

私は迂闊《うかつ》を恥じたが、今更仕方がない。

雅楽は話し続けた。

「ちか子は、光男の最初の細君の生んだ娘です。その母親が病死してから、やがて二度目の細君が来て、ちか子はその人に育てられたわけだ。ちか子がのちに、雲井君の嫁になって、先妻の子を育てることになったのも、ふしぎなまわり合わせだと思いますよ」

「そうですね」

「ちか子はつまり、自分の母親とも、娘とも、生《な》さぬ仲ということになる」

代りの銚子を卓にのせたすし初のお景ちゃんが、「生さぬ仲って何ですの」と、つい口をはさんだ。

「血のつながらない義理の親子という、昔の言葉だよ」と私が教えた。「新派の古い脚本《ほん》に、そういう芝居がある」

「そんなことといったって、竹野さん、無理ですよ」と雅楽が手をふった。

それから、なぜか、老優がしばらく、考えこんでいる。こういうことは、酒の席ではめったにないのだが、じつは雅楽が黙っている時は、頭の中の歯車が途方もなく早く回転しているのを、永年見て知っているので、声をかけずに、私も無言で、独酌《どくしゃく》していた。

「竹野さん」ちょっと改まった感じで、雅楽がいった。「ふと、思い当ったことがあるんです」

「というと」

「前にちか子が女学校の数学の試験の日に、書きこんだ下敷を教室に持ちこみ、カンニングをしたといわれた(雅楽は今ではむしろ古めかしくなった英語を使った)。それに対して、何の弁明もせず、退学したのは、ちか子がたとえ潔白でも、疑われそうな字をその下敷に書いたのを反省したからだと思う。俗にいう李下《りか》の冠《かんむり》というやつです」

「ええ」

「そして、そのことがあってから、ちか子の中に、くどくどしゃべっても仕方がない、できるだけ口数すくなく、嵐が通りすぎるのを待とうという性質が、頑固に根をおろしたんだと思う」

「はア」

「雲井君にそういって、その下敷を見せてもらえないかしら」と老優はいった。キラキラ目が輝いている。

それで私は雲井の家に連絡して、ちか子の例の下敷を借りて来て、雅楽の家に翌日届けた。

二十年も前の、すっかり古めかしいものに今では思われるセルロイド製の文房具には、こんな幼い文字が書いてあった。

A＋B＝N
C＝H
C＝K
A＝K
B＝DK

これだけである。これは、方程式でも何でもない。わけのわからない、暗号のように見える。

雅楽はじっと見ていたが、ゆっくり点火したホープの煙をゆっくり吐き出すと、「おもしろい、これはカンニングでないことだけはたしかだ。竹野さん」

「何の意味でしょう」

「私は雲井君の一家三人を、すし初で今夜御馳走したいと思う。あなたも立ち会って下さい」

私が段どりをつけて、雲井夫妻と娘の美千子は、夕刻、三原橋のすし屋の小座敷にあらわれた。

雅楽はすこしおくれて来たが、いつもの手さげ袋のほかにたずさえたちりめんの風呂敷に、ちか子の下敷と小冊子が入れてあった。

「美千子ちゃんも、もう大人なんだから、しずかに聞いて下さいよ」

美千子はうなずいている。

「この下敷に書いてあるのは、数学とはまったく関係のないアルファベットだ」と雅楽はいった。アルファベットという表現が、高松屋の場合、とってつけたように聞こえないのは、イギリスの探偵小説を、ウイスキーを少しずつ飲みながら読みふける生活を持っているからだろう。

「ちか子さんは、この字が方程式ではないことを、決して弁解しなかった。それは、ちょっと恥ずかしかったからでしょう」

「えッ」と大きな目を見はって、ちか子が雅楽を正視した。「おわかりですの」

「中等部三年のあなたは、そのころ、悩んでいた。そして、こんな字を下敷に、らく書きしたんです。カンニングでないと思っているからそのまま教室に持ちこみ、先生にとりあげられた。しかし、それはこういうわけだとは、いいにくかった。そうだね」

「はい」

美千子が興味深そうに、老優と母親の問答を聞いている。

「四谷の中学から高校まで行って卒業した人が、私の近所にいるので、同窓会の名簿を借りて、きょうここに持って来た」と雅楽は最前の小冊子を示した。

「貴女のいた学年は、昭和三十七年に、高校を卒業しているはずです。ちか子さんは名簿にはのっていないが、たしか旧姓で馬場さんという人がクラスにいなかったかな」と雅楽がいった。

「いました、馬場和子さん、忘れもしませんわ」とちか子は少し頰を赤らめ、遠い空を見るような目つきで答えた。

「もうひとり、安西という子もいた」

「ええ、安西みどりさん、きれいな人でしたわ」

「私は名簿と、この下敷とを見くらべながら、こんなふうに考えた。あなたは安西さんも馬場さんも好きだった。仲よくしたいと思っていた」

「ええ、たしかに、そういう気持がありました。親しくしたかったんですが、私気が弱いので、それがいえなかったんです」

「ところが、その安西さんと馬場さんが、親友になってしまった。それを見て、あなたは悲しかった」

「まア」

「あなたは、ローマ字のかしら文字だけで下敷に書いたんだ。A＋B＝N、C＝H 安西さんと馬場さんは仲よし、ちか子はひとりぼっち。そうでしょう？」

「おどろきましたわ」上気したちか子は、両手を頬にあてて、目を見はっている。

「C＝K、A＝K、B＝DK、つまりそのあと、ちか子さんは、こう続けたわけだ。（Cはひとりぼっち）Cは悲しい、Aは嫌い、Bは大嫌い」

「その通りです、こんど下敷を返していただいて、そのころの心持が、きのうのことのように、まざまざと思い出されていたんです」おとめのころの同級生に寄せた思慕の情を、ちか子は、うっとりと嚙みしめているようだった。いかにも美しい女性である。

「このことが先生に話しづらくて退学したあなたは、それから、何か辛いことがあっても、じっと我慢する癖がついてしまった。雲井君の前でこういっては何だが、しじゅうおそく帰る雲井君は、ちか子さんと、この美千子ちゃんとの間に、いつのまにかできていたうっとうしい雰囲気がわからなかったんだと思う」

「いや、どうも」と雲井は神妙に頭をさげている。

「美千子ちゃん、お母さんはあなたを、大切にしているんだ。しかし、あなたを手きびしく叱らずに、じっと耐えてしまう。そういう性格が二十何年むかしのこの下敷の時からできてしまっていた」

「はい」と美千子はまっすぐに顔をあげて、雅楽に答えている。非行があったと到底考えられない聡明そうな少女だ。

「お母さんはカンニングをしなかった。むしろカンニングではないとその時いわなかったのが、いつまでも尾を引いてひとつのわだかまりを生む結果になった。でもそういう事情があるのだから、わかってあげなさい」

「美千子、私、これから精々あなたを頭ごなしに叱りつけるわよ。高松屋の小父さんの御小言、身にしみました」

「お母さん」と美千子がちか子の肩にもたれかかった。涙があふれている。

今までそういう母子像を見たことがなかったのだろう、雲井は感動して、拳《こぶし》で目をこすりながら泣きだした。

この宣伝部長、酔わなくても、つねに泣き上戸なのであった。

写真の若武者

一

大阪に近く開場する劇場を下見に行った時、支社に寄ると、若い演劇記者の長谷川君が、私を誘って行った店のカウンターの席で、ちょっと声をひそめるようにしながら、

「竹野さん、雅楽《がらく》さんに孫がいるという話、お聞きになったことがありますか」といった。

私は思わず飲みかけていたグラスを、卓に置き、「ほんとうかい、それは」と目を丸くして反問した。

中村《なかむら》雅楽という老優とは、何十年も懇意にしており、芸談を新聞のために聞き、その後、いろいろな事件の推理をした雅楽の物語を書いて来た私は、プライベートなつきあいも長い。

千駄ケ谷の家にも、私の勝手ではあるが前ぶれをせずに行くような、いわば親類のようなつもりでいた。その私は、雅楽夫妻が、金婚式をとうの昔に過ぎた生活のあいだに、子を作らなかったのを知っている。子供のない老優に、孫が存在するはずがないから、びっくりしたのである。

長谷川は、すこし得意そうな顔になって、話を続けた。

「私のいるマンションに、高校の女の先生がいるんですが、その教え子の、たしか山田とかいう少年が、竹野さんの書いた小説を先生に見せて、この役者はぼくの祖父ですといったそうですよ」

山田というのは、雅楽の姓ではない。もっとも孫という場合、母親が山田にとついだという考え方もできるが、雅楽の夫人は若い時病弱で、とうとう妊娠できなかったということは、雅楽の口から、ハッキリ大分前に、私は聞いていた。

山田というその高校生のどちらかの親が、もし雅楽の子供だとしたならば、それは夫人以外の女性に生ませたということになる。

雅楽の年譜を数年前作って、定本として校閲してもらった時、ほとんど完璧だと老優はほめてくれたが、その家庭について、子はなかったと私は明記している。

こうなると、雅楽は他の女性とのあいだに、子供を持ったという秘密を、私にも隠していたということになるのだが、これはいかにも、不自然であった。

うぬぼれるようだが、雅楽は私の前に、すべてを見せてくれたと私は信じており、第一、あの雅楽が、若い時は派手に遊んだとはいっても、そういう隠し子を持っているような人とは思えないのだ。

その夜、宿に帰ってから私は考えた。「この話を、雅楽老人に尋ねていいものか、どうか」

ということである。

事情を知りたい好奇心は、私をわくわくさせたが、その一方、敬重している劇界の古老の私行にさぐりを入れるのが、いかにも、ためらわれる。

雅楽ほど冴えていなくても、私にも多少の推理力と、探索の手段はある。老優を長いあいだ見て来たために、自然に感化を受けた、門前の小僧の読経とでもいうわけだ。

だがそっと推理を働かせて、事の真相に近づこうとするのは、卑劣な気がする。結論として、私は、卒直に、大阪でこんな話を聞きましたと笑いながらいってみることにして、東京へ帰った。

こういう話は、切り出すタイミングも、むずかしい。わざわざ出かけて行って尋ねるのもおかしい。

それで、機会を当分待つつもりでいたら、帰京して四日目、三原橋のすし初にいると、雅楽がはいって来た。おくればせだが、歌舞伎座の「血笑記《けっしょうき》」を見て来たという。

向い合って小部屋で飲むことになり、私は折を見て、大阪支社の長谷川記者から耳にした話を、さりげなく話した。

「いや、竹野さんがさっきから、いつになく、もじもじしているのが、わかっていたんですよ。あなた、わさびもつけないで食べていたから」と老優は笑った。

「いや、どうも」と頭を掻くほかない。

雅楽はたのしそうに、猪口《ちょこ》をおき、手をこすり合わせながら、いった。

「とうとう、見つかりましたか。いや、悪いことはできませんな」

「しかし、高松屋《たかまつや》さんも、人が悪い。そんな大きなお孫さんがいることを、私に一度もいわないんだから」

「話せば長いことながら」と、いつになく、舞台のセリフのような云いまわしを導入部に雅楽は、ニッコリ笑って、くわしい話を聞かせてくれた。

それは、昭和二十八年の秋に、五十代の雅楽がめぐり合った女性との話であった。

私は、雅楽のたくみな直接話法で、次にそれを書くつもりでいたが、近頃は録音テープが普及したために、そういう話し方を筆におこす手法が、苦心する割に、読者には高く評価してもらえないのを、最近さとっていた。

だから、すし初で聞いた話を、次に、私は小説体にして書くことにする。もちろん、最後に、私の感銘を記すつもりである。

二

戦後の劇界もおちつき、雅楽の舞台も、壮年期の半ばを過ぎて、脂の乗りきったといわれた時代である。

九月の興行で、雅楽はめずらしい「藤弥太物語《とうやたものがたり》」を演じることになった。先輩の大和屋《やまとや》にもいろいろ教わったが、明治時代の文献に、古人の舞台の型が出ているかどうかを知りたくて、早稲田の演劇博物館に行った。

館長に挨拶したあと、展示場を歩いていると、本を抱えた女子学生らしい溌剌《はつらつ》とした少女が、近づいて来て、「失礼ですが、雅楽さんではいらっしゃいませんか」と訊いた。

「はい、そうです」そのころは、堅苦しい気質がぬけずに、この役者は、こういう時、こんな生硬《せいこう》な返事しか、できなかったのである。

「ふしぎですわ、ここで、雅楽さんにお目にかかるなんて」

「というと」

「ほんとうに、ふしぎだわ」と少女は、目を輝かせて、じっと雅楽を見ている。俗に穴の明くほど見つめるという表現があるが、美しい少女にそんなふうにされると、年はかなり違うのに、雅楽は上気して、つい顔を赤らめた。

ゆっくり語りたそうに見えたので、すすめて、展示場の外の廊下の長椅子に、ならんで腰かける。

少女は折鞄《おりかばん》から、大切そうに和紙で包んだ一枚の写真をとり出した。

渡されたのを見ると、大分前に死んだ先代の獅子丸《ししまる》の扮装写真で、若武者と手をとり合っている鎧《よろい》姿の役であった。

「何の芝居だったっけ」と、つぶやく雅楽を怪訝《けげん》そうにのぞきこみながら少女がいった。

「これ、『太功記《たいこうき》』十段目ではありませんの」

なるほど、獅子丸の扮装は光秀《みつひで》で、しし皮のかつらも、眉間の傷も、目のふちの隈《くま》も、あきらかに十段目の主人公であった。それを「何の芝居」かと思った理由は、一緒に写っている若武者が、うしろ姿で、こっちを見ている光秀と手に手をとり合って、顔を見合わせている形をしていたからだ。

雅楽は若い時から「絵本太功記」十段目尼《あま》ヶ崎《さき》の段と、人形浄瑠璃で呼ばれているこの古典劇に、数え切れないほど出演している。正清《まさきよ》、十次郎《じゅうじろう》、久吉《ひさよし》、そして光秀と四つの立役《たちやく》を次々に演じた。

光秀は七代目中車《ちゅうしゃ》、七代目幸四郎《こうしろう》、十一代目仁左衛門《にざえもん》、初代吉右衛門《きちえもん》といろいろな人のを見もし、共演もしたが、まちがいなく息子の十次郎のはずであるこの若武者が、戦場から手負いで帰って来て、父親とこんなふうに互いの顔を見、手をとって別れを悲しむ形をした例はない。十次郎は合戦の模様を報告するあいだ、一瞬うしろ姿を見せることはあっても、落命する前、父の光秀に、つねに背後から、声をかけられ、はげまされるのが、約束である。

何となく納得のゆかない表情で写真を見つめている雅楽に、少女は重ねて問いかけた。

「これは前の獅子丸さんの光秀ではありませんの」

「たしかに、そうだ」

「すると、この背中を向けている十次郎は、雅楽さんですわね」

「いや、これは私かな、ちょっと待ってください」となおも、見つめる。

そういえば、雅楽は、この獅子丸の光秀で、たしかに十次郎を一度つとめた記憶がある。昭和のはじめ、まだ三十になったころの夏芝居であった。

「しかし、こんな写真を撮ったかな。別の人じゃありませんか。私は、こんな型で、芝居をしてはいない。獅子丸さんの光秀の別の時の写真ではないかと思うが」といった。

「そんなことはありません」と、少女は自信ありげに断言した。

「獅子丸さんは、一回しか、十段目の光秀をなさっていないのです。たった今、私、図書室の索引で調べて来たばかりです。昭和五年の七月の大正座、中幕《なかまく》の十段目でした」

雅楽には、どうも、合点が行かなかった。

「そうかなア。とすると、十次郎に出ているのは、たしかに私ということになる。しかし、こんな形で、写真をとってもらった覚えは全然ないのだが」

「たった一度の先代獅子丸さんの光秀。操《みさお》が先代の浜木綿《はまゆう》さん、十次郎が雅楽さん、初菊《はつぎく》が若女形の梅太郎さんと、念のため、その月の筋書も見て来ました。終りのほうについているミツワ文庫の芸談にも、十次郎の性根《しょうね》を、高松屋さんが語っていらっしゃいますわ」

「高松屋という私の屋号まで、よく御存じですね」と雅楽は改めて隣にいる女子学生に興味を持った。

「だって」と少女は遠慮がちな表情になって、声を低くして答えた。「だって、私たち、しじゅう高松屋という云い方で、お噂しているんですもの」

「私たちというと」

「私の親友の相原喜代子さんと私です」

「ほう」

「もし、これが高松屋さんなら」と少女はいいかけ、ちょっと口をつぐんでいたが、「私の親しい喜代子さんのお父様ということになります」といった。

「何だって」

「喜代子さんは、つまり雅楽さんの娘さんというわけです」

雅楽には、まったく、青天のへきれきであった。若い時から、役者仲間とずいぶん遊んだ経験もあり、結婚前に女性との交渉がなかったわけではない。

しかし、万一、子供ができたら、不しあわせな結果になるのが、目に見えている。げんに、ふとした火遊びを、家庭を持ったのちにしてしまい、生れた子供を連れて来られ、あわてて養子にしたという、何となくおかしいが、或る女形《おんながた》の深刻な話も知っている。

雅楽はプレイボーイのタイプではないから、一度に何人もの女性とつきあうといった器用な真似はできなかった。

ついに結婚とまで発展できずに、しかしかなり真剣に惚れ、かなり続いた女性が、柳橋の芸者と、幼なじみで何年ぶりかに会ったおどりの師匠の娘と、二人いた。それぞれに、愛情をこめ、まじめに会っていたが、何となく、離れたのは、若いころの雅楽が、融通の利かない窮屈《きゆうくつ》さを持っていたためかも知れない。

しかし、この二人とは、その後もずっと気持よく会えるし、お互いに嘘をついた覚えがないと信じている。この二人以外には、まず子供のできるような機会もなかったし、酔った酒の上でも潔癖な気質の消えない雅楽が、自分を見うしなって、狼藉《ろうぜき》に及んだ気づかいはないと確信できる。

そういう雅楽が、知らない場所に、血をわけたじつの娘がいたと聞かされ、驚くのはもっともであった。しかし、同時に、ぜひ真実を究明しておかなければならないと思った。それは自分のためでもある。


「失礼ですが、貴女の名前は」

「この大学の国文科一年にいる水島安江と申します。名のるのがおくれてすみません」と、若い娘に似合わぬ、折り入った挨拶をした。

「ここでは何だから、ゆっくり話を聞かせて下さい。その喜代子という」といいかけて「私の娘」ともいえず、雅楽は途中で、黙った。

こんな唐突な話をいきなり聞かされれば、大ていの男は絶句するであろう。女嫌いか、欠陥のある例外は別として、青春の日に甘美な回想を持たぬ男がいるだろうか。

雅楽が育ったのは、ことに異性との深い交際が、たとえ浮気であろうとも正当化され、むしろ芸のこやしになるといわれる世界で、十代から色恋の手習草紙《てならいぞうし》を、書く感じで、近寄って来る娘と、濃淡さまざまに交際していた。

だから、雅楽が直接聞かされずにいたとしても、同じ世代の役者のそれぞれが、ひょんな所で、むかしの女に会ったり、いきなりお父さんと呼びかけられたりもしていたにちがいないと、改めていま、雅楽は考えた。きわどい時なのに、微笑がうかんで来る。

大学の正門の近くの喫茶店にはいり、美しい女子学生と向い合った。

「喜代子さんは、私より三つ年下ですが、同じ町内に住んでいるので、もうずいぶん前から知り合っていました。学童疎開の時も、小学校の学年はちがいましたが、おなじ渋川《しぶかわ》に行っていて、終戦を迎えたんです」

安江は、こんなふうに、順序立てて、説明をしはじめた。きびきびとした口調で、声もいい。雅楽の好きな聡明な女であった。

「喜代子さんのお父さんは、お気の毒に、戦病死されました。うちは文房具屋さんで、幸いに空襲にもあわず、お店はお母さんがお父さんの出征したあと、ずっと守り続けていました。お父さんの御両親がおられ、いまもお元気なのですが、じつは、喜代子さんのお母さんが、去年なくなったのです」

「お父さんも、文房具屋を、長く」

「いいえ、文房具屋は、どちらかというと、その御両親と奥様にまかせていたので、お父さん御自身は、若い時からの志望で、役者になったのです」

「新劇のですか」と雅楽は反問した。文房具屋がその家だということから、何となく、そんな気がしたのだが、安江にすぐ否定された。

「いいえ、六代目の俳優学校にはいったあと、歌舞伎の舞台に出たのです。美男子だったので、校長先生が、お前は新劇よりも旧派が向いているといわれたそうです」

安江はもちろん、聞いて知ったのだろうが、「旧派」という今は廃語になった、めずらしい名詞を発音した。

「ほう、何という芸名だったのだろう」

「大和屋の弟子になって、シュウゾウという名前で出ていたそうです」

「シュウゾウ？」

「秀吉の秀に、数字の三です」

「というと、秀調《しゅうちょう》さんのところにいたのだね、悪いが、私は覚えていない」

「秀調さんの芸養子の梅太郎さんとは、仲がよかったそうです」

「梅太郎か、なつかしい名前だ。私は、あの女形とは、お神酒徳利《みきどつくり》で、いろんな芝居をしたよ」

「早くなくなったそうですね」

「胸を悪くしてね」といったあと、雅楽は、膝をたたいた。「そういえば、獅子丸さんの光秀で私が十次郎に出た夏芝居の二十四日目に、私はチブスにかかって休演することになった。それを思い出しましたよ」

「まア」

「あと一日頑張ればいいので、かかりつけの先生にたのんだのだが、何しろ四十度近い高熱で、フラフラになっている。これで舞台に出たら死んでしまうと叱られて、仕方がないので休ませてもらった。たしか、千秋楽は、十段目だけぬいて、そのかわりに、獅子丸さんが口上《こうじょう》をのべてくれ、浜木綿さんと梅太郎とで、タップリおどって貰って、見物の方々にわびたということにしたと聞かされた」

「そうでしたか」

「しかし、この写真は、一体何なのだろうね」と雅楽は依然、わけのわからぬまま、不審そうに改めて一枚の印画を眺めていた。

「これは、喜代子さんのお母さんがなくなる前に、先日見つけたのだと前置きした上で、よく見ておくのだよ、これがお前のお父さんだと、背中を見せている十次郎を指さしたというのです」

「ほう」

「私が思ったのは、喜代子さんのお父さんが高松屋さんだということを、長い年月ひた隠しにしていたのですが、さらに御主人が戦死されたりして、なおさら喜代子さんに話しそびれたままになっていたのだと思います。なくなるすこし前にアルバム以外のところに大切にしまっておいたのを、急に見つけたという云い方をしたのでしょう」

「そうかも知れないね」

「でも、自分のいのちがそんなに長くないのを知っていたお母さんは、やはり喜代子さんに、ほんとうのことを話して死にたかったのだという気がします。何しろ自分が喜代子さんを生んだ相手の人が、今を時めいている劇壇の人気役者だというのに誇らしい気持もあったのでしょう」

「……」

「そういっては何ですが、秀三さんとは、まるで比べものにならない高松屋さんですから」

皮肉なひびきを全く伝えず、ごく素直に、安江はこういった。それが長い話のしめくくりであった。

三

雅楽としては、こういう話を耳にした以上、聞き流しておくことはできない。

自分としては身におぼえがないのだが、気になることは、一刻も早く解決したいと思うのだ。

さっそく、筋向うにいて、時々血圧をはかってもらいに行ったりしている主治医を訪ねた。

健康でも月に一度は行っているのだから、病気はなくても、訪ねやすいわけだ。

「一三〇に八五、上等じゃありませんか」血圧の数字をメモでもらったあと、雅楽は、医師に、質問した。

「つかぬことを伺いますが、酔って前後不覚の時に、女のひとと接することができるものでしょうか」

セックスという語彙《ごい》を持たない役者は、こういう云い方をした。

「ふしぎな相談ですな」と医師は口もとをほころばせて答えた。「女の場合はとにかく、男はまず不可能でしょうな。まれには、そういうことのできる豪《ごう》の者《もの》がいるかも知れないが、常識からいえば、生理的にあり得ないことです」

「そうでしょうな」

溜め息をついた雅楽をチラと見て、うつむいた医師が、クスリと笑った。

「高松屋さん、何かお心当りでも」

「いえいえ」と手を振った。「とんでもない」

帰宅してから、こんどは、以前大正座の楽屋の頭取をしていた沢野に電話をかけた。役者をして善五郎と名のっていた経験のある沢野は『大正座物語』という本ができる時に、克明な日記を提供したという男である。

それを知っていたから、雅楽が昭和五年七月、「太功記」十段目が上演された時のことを教えてもらいたいというと、日記を見て、わかることがあれば何でも、という返事である。

酒が好きな沢野を銀座の小さな店に誘い、持って来た日記も見せてもらった。

「どういうわけで、この月のことを調べているんです」と訊くので、「いや芸談をするので、この時の十次郎の型を思い出したくてね」というふうに話した。

「高松屋さんの十次郎もよかったが、獅子丸さんの光秀も見事だった。なぜ一度しか、しなかったのだろう」

「初菊も悪くなかった」

「そうそう、梅太郎、あの女形が売り出した芝居でしたね」

「惜しい役者だった」

「日記で見ると、この七月、梅太郎後援会の総見（団体）が初日からラク（千秋楽）まで、十八もあったと書いてあります」と沢野は拡大鏡で、こまかい文字を筆で記した日記を見ながらいう。

「そうだ、あなたは、この時、チブスになったそうでしたね」

「ラクの前の日に病気で倒れて、迷惑をかけた。病院にかつぎこまれて、ハッと気がついたら、三日経っていたというわけだった。沢野さん、あの時のラクは、私が休んだので、獅子丸の小父さんが口上をいってくれて、操と初菊をしていた前の浜木綿さんと梅太郎が、雪月花でおどったんじゃなかったのかね」

「思い出しましたよ。そうでした、あなたが、あと一日だから、舞台に出るというのを、みんなで止めて、獅子丸さんがそういう代案をあなたに話し、それであなたも入院してくれたんだと思います」

「ラクの日のおどりは、何だったのか、日記に書いてありますか」

「はてな」と沢野は仔細に見ていたが、「書いてありませんな、書きおとすはずはないんだが」と首をかしげている。

「あの時の十段目、沢野さんおぼえているかどうか、ふだんあまりしない珍しい型を見せたんじゃなかったかな」

「ひとつだけありましたよ、あなたの十次郎が」と沢野がいった。

「どういう型だったかしら」と雅楽は、目を輝かせた。

「手負いになって帰って来る時、一人の雑兵《ぞうひょう》と、立ちまわりながら花道を出て来て、途中で押し戻すんです。揚幕《あげまく》に一度戻って、それからいつものように、よろぼいながら出直して舞台へ来る」

「ありがとう、そうそう、それはね、新派の喜多村《きたむら》さんに教わった上方《かみがた》の豊島屋《てしまや》、嵐璃珏《あらしりかく》の型だった」

「評判でしたよ、いい型だって」と沢野は若き日の雅楽を思い出すように、目をつぶった。

「珍型《ちんがた》は、それだけかしら」

「あとは、いつものやり方でした。梅太郎さんの初菊が、振袖の袂《たもと》に十次郎のかぶとをのせて、のれん口にはいるところを、タップリしたがるので、高松屋さんが奥でいらいらしていたという話を聞きましたよ」

「そんなことがあったっけ」と笑ったが、雅楽の心持は、片づかない。

まだ、何かあったといって、もらいたかったが、それ以上、沢野に求めても、無駄なような気もする。

話は打ち切って、久しぶりに、ゆっくり飲んで別れた。

五日経った。約束した朝の十時キッカリに、安江から電話がはいった。

雅楽は、こういうふうに、キチンとしてもらうのがうれしい。来週のきょうと同じ木曜日の午前十時に、といい、手帖に書いた通り、電話をかける少女が気に入った。

「あの子が、じつは私の娘なのじゃないか」とベルが鳴った直後、十秒間考えたが、すぐ打ち消す。「そういうことは、あるはずがない」

「喜代子さんに会っていただけるのでしょうか」

「会いましょう。喜んで会いましょう」と答えた。じつは沢野と会ってから、その日までの間に、雅楽は、一度も今まで会ったことのない、その喜代子という娘と対面する腹をきめていたのだった。

考えた末、銀座に最近開店したばかりの菓子のしにせの和風喫茶店に来てもらうことにした。電話の次の日の夕刻五時であった。

早稲田で会った安江と連れ立って、おとなしそうなセーラー服の女学生が、緊張した表情で、店にはいって来た。

テーブルをはさんで、かけた。

何と挨拶していいのか、喜代子は戸まどっている。雅楽のほうも、声をどうかけていいのか、困っていた。書きぬきなしの、ぶっつけ本番である。

すると、気転の利く安江が口を添えた。

「喜代子さん、さっき教えたでしょう。その通りおっしゃい」

「ええ」とうなずき、雅楽を正視しながら、喜代子が小さな声でいった。

「母から聞いていました。十次郎の写真を見せてもらってから、一度お目にかかりたかったんです。なつかしく思っていました」

「ありがとう」

「お父さんと申しあげて、いいですか」

雅楽は両手を出して、喜代子の手を招き、その手を重ねた上、自分の手でぐっと握った。

「いいよ、これから、私をお父さんだと思っていいんだよ」

喜代子はホロホロと泣いた。かたわらにいる安江も、目を真っ赤にしている。

雅楽もつりこまれて、溢れて来た涙を、大きなハンカチで拭いた。新派の狂言を演じているような気持だった。

四

そこまで話を聞いたので、私は、つい、口をはさんだ。

「やっぱり、そうだったんですか」

「ふふ」と雅楽が笑った。「そうだったかどうか、いま話します」

ゆっくり杯を乾《ほ》して、いつもの絵ときをする老優の顔になっている。

「安江という早稲田の学生にあってから、八日目に、その喜代子に会ったわけだが、はじめの四日は、正直いって、半信半疑でしたよ」

「はア」

「主治医の先生から、そんなことはあるまいといわれたが、例外も、ないわけではないといわれた。私は、先生のいう豪の者じゃないが、神様ではないから、これはまちがっていると、太鼓判を押すわけにもゆかない」

「はア」

「沢野に会ったあと、四日のあいだに、私はこの話の謎を自分でといたんです」

「どういうことですか」と私は、次の説明が待ち遠しく、ひと膝乗り出す。

「克明な日記をつけている沢野が、私の病気について書きとめたのに、ラクの日に二人の女形が、何をおどったのか、まるで書いていないのが、おかしいと思った」

「はア」

「それで考えた。ラクの日に、やはり、十段目は、出たのです。私を休ませるために、私を安心させるために、代案を考えたといって、じつは最後の一日だけ、十次郎は代りの役者にさせた。ところで一座に、梅太郎と釣り合いのとれる、二枚目がいない。そこで、梅太郎とも親しい秀三を起用したのでしょう。今でいう特訓をして、とにかく一日だけ、秀三の十次郎というものが見物の前に示されたのだと思う。梅太郎の総見がおそらくラクの日も、かなりの人数、あったと思うから、初菊のかわりのおどりでは、納まらないと、大正座でも考えたのだろうし、梅太郎自身も、本来なら相手にしない秀三に、一応十次郎をつとめてもらった」

「なるほど」

「そのことを、私には報告しなかった。これは私をいたわる大正座の心づかいです。むろん、梅太郎も、その後一言も、私には、秀三の代役の話はしなかった」

「わかりました」

「ところで、例の写真です。秀三としては、とんだ勧進帳《かんじんちょう》の弁慶のセリフだが、一期《いちご》の思い出、金看板の獅子丸という人の光秀の息子の役で共演した記念に、二人でならんだ写真をとっておきたかった。しかし獅子丸の小父さんが、私の思惑《おもわく》をおもんぱかって、ことわったのでしょう。ただ、考え直して、顔が出ないならいいだろうというので、十次郎をふり向かせ、親子が手に手をとっている姿を仮に作って、撮影したにちがいありません」

「そうでしたか」と私は何となく、ホッとして、息ごんでいた肩の力をぬいた。

「つまり、あの写真の背中の十次郎は、まぎれもなく坂東《ばんどう》秀三だったのですよ」

「ええ」

「これがお前のお父さん、そういって、一世一代の役の夫の写真を、なくなる前に、喜代子のお母さんが、娘に見せたんです」

「安心しました」と、私は笑った。

「安心されても困るが」と雅楽は苦笑した。

「そういう結論が出た上で、私は、その娘に会ったわけです。お父さんと呼んでいいかといわれたら、いいと答えるつもりでした。いいぐあいに、これから私をお父さんと思っていいんだというセリフが、会った時、フッと浮かんだ。これなら、嘘をついているわけではないし、向うも喜んでくれたでしょう」

「では、それからあと、喜代子さんとは」

「今でも時々便りをくれますよ。山田という会社員と結婚して、男の子ができたと喜んでいたのが、ついこの間のことかと思ったら、もう高校生になったのだから、私も年をとるわけだ」

おいしそうに、好物の壺焼のさざえを箸でさぐりながら、老優が述懐した。

すし初の門口から、つい目と鼻の先の劇場の支配人がはいって来て、「お早うございます」といった。夜でも、こう声をかけるのが、芝居の世界のしきたりである。

「来月の狂言がやっときまりました」

「何だい」

「二番目に、『天一坊《てんいちぼう》』が出ます」

「ほんとうかい」と雅楽は私に目くばせをしながらつぶやいた。

「いま御落胤《ごらくいん》の芝居の話を聞くのは、少々できすぎている」

「と申しますと」と生真面目《きまじめ》な支配人が妙な顔をした。

「いや、こっちの話さ」

雅楽の笑った顔が、思いなしか、さびしそうだった。

機嫌の悪い役

一

片岡孝夫《かたおかたかお》が「ハムレット」を演じるという話を聞いて、二十年前に同じ芝居が、いま新派にいる安房山昇《あわやまのぼる》によって主演された時のことを思い出した。

中村雅楽《なかむらがらく》が、その稽古を見にゆき、この安房山昇に助言したのを、私は知っている。

安房山は、歌舞伎役者市川緋牡丹《いちかわひぼたん》の三男で、子役の時から父親の一座に出ていたし、周囲の誰ひとり、この昇という男の子が、別の分野の人になるとは思っていなかった。

もっとも、近ごろは、新派に歌舞伎のほうから役者が助演にゆくのは珍しくもなくなっている。水谷八重子が晩年、相手役に、青年俳優のいわゆる御曹司を招くことがよくあったし、大幹部の歌右衛門《うたえもん》や、若女形の玉三郎《たまさぶろう》が参加して、鏡花だの荷風だのを女優と共演したりするケースもしばしばあった。

だが、二十年前には、歌舞伎と新派は、もっとよそよそしかった。そういう時に、緋牡丹の息子が、他国と呼んでもいいところにゆくのは、勇気のいることだったわけだ。そうなったのには、しかし、キッカケがあった。

研究的な自主公演を当時二十二歳だった昇が試みたからだ。当時、昇は市川深見《ふかみ》という芸名だった。深見草《ふかみぐさ》が牡丹の異名なので、この一門では、いい芸名なのであった。

その公演は「ハムレット」だった。大学で、シェイクスピアを学んだので、この芝居を、ぜひ一度演じたいというのが、昇の夢だったが、ほかの家系では比較的、親が開放的で、何でもしてみたい役に息子たちが挑戦するのをむしろ奨励する傾向があるのに反し、緋牡丹は保守的な頑固者だったから、「赤毛物《あかげもの》なんかしたって、役者の勉強にはならない」と、はじめは反対していたらしい。

緋牡丹は雅楽には若い頃から可愛がってもらったので、いつも丁重にこの先輩を立てていた。そして三人の息子の面倒を見て下さいとたのんでもいたので、昇も二人の兄と、千駄ケ谷の家にはよく行っていたはずである。

三兄弟が「車引《くるまびき》」と「賀《が》の祝《いわい》」を通して演じた時も、若手の「忠臣蔵」で六つの役を交代で演じた時も、雅楽がくわしく、手順を口伝《くでん》している。

昇の深見は梅王丸《うめおうまる》と平右衛門《へいえもん》が、ともに、よかった。

この二役がうまかった理由は、役が昇の性格とピッタリ合致したからである。

舞台に出ていながら、昇はスポーツが好きで、テニス、スキーに長じていた。また器用にギターを弾いた。

芸界の兄弟というのは、どの家でも、ふしぎにタイプがちがう場合が多い。ことに緋牡丹の家では、長男の獅子丸《ししまる》が重厚型、次男の花蝶《かちょう》がすこし神経質、そして三男の深見が明るくて、のんきな坊ちゃんかたぎというぐあいであった。

末っ子で甘やかされたせいか、屈託がなく、いつもニコニコしている。愛想がいいから、先輩にも後輩にも、好感を持たれた。

私もこの昇は、小学生のころから知っているが、「竹野先生、こんにちは」と楽屋で声をかけられて、おどろいた記憶がある。

名前をこんな風に呼んで、新聞記者に挨拶する子役なんか、めったにいないからだ。

子役のころ、昇の演じたのでは、「盛綱陣屋《もりつなじんや》」の小三郎《こさぶろう》、「寺子屋《てらこや》」の菅秀才《かんしゅうさい》、「先代萩《せんだいはぎ》」の鶴喜代《つるきよ》などをおぼえているが、悲劇のからまない、おっとりした芝居には、持って来いの子柄だった。

大学を出て、父の舞台にも立役《たちやく》（男役）として参加したが、平右衛門や「菊畑《きくばたけ》」の智恵内《ちえない》がよかったのは、そんなふうに、明朗快活タイプの若者だったからだといってもいい。

こういう役を、俗に「機嫌のいい役」という。東映の市川右太衛門《うたえもん》の「旗本退屈男」がいい例だが、人間像を精密に分析して演じたりせず、うまれたままの役者の持ち味を、精一杯ふくらませて活用し、スタスタ出て来て、楽しく演じれば、観客が喜ぶといった、そういう役も、歌舞伎の数多いジャンルの中には、存在しているのである。

私がいろいろ明治の芝居を知っている古老から聞いた中では、初代の市川左団次《さだんじ》が、そういう役者だったようである。

その古老は、二十歳になるかならない昇を見て、「この役者、このまま育つと、初代左団次のようになるかも知れない」といっていた。「昭和になってから、こういう型の役者がいなくなった。珍重していいよ」とも、いった。

昇の機嫌のいい役がおもしろいのは、第一印象からして、春風が吹いて来たような、あたたかな雰囲気が、作った役のまわりを包んでいることだった。

智恵内にしても、平右衛門にしても、原作を読み、台本を検討すると、それぞれ、苦悩を秘めて、つらい思いをさりげなくとりつくろっている、身分の低い武士の役である。

だが、そういう内面的な心理を眉間のしわに表わしたりせず、悠々と登場して、愛嬌をタップリふりまくのが、これらの役の本質であった。

雅楽は昇が智恵内を青年歌舞伎祭で演じた時、幕明きに床几《しょうぎ》にかけて毛抜でひげをぬいている顔と姿が、近ごろ見たこの役の誰よりもよかったのにびっくりして、「お父さんに教わったのかね」といったら、「ぼくが工夫したのです」と答えた。

「どういうつもりで、あの形をしているのか」と畳みかけて質問すると、「優勝したチームの監督が、自分の育てた選手の打ったホームランを見ているつもりです」といったので驚嘆し、「そんな役のはいり方のできる子が今時いるんだ」と私に伝えたことがあるのだ。

昇は、そういう青年だから、女の子にも、大変もてた。大学時代にも、蝶が花にむらがるように、ガールフレンドがとりまいていた。失恋なんか、したことがない。

ほしいものは、何でも買ってもらったし、したいことは、何でもできた。

緋牡丹の妻女が苦笑して、「困るんですよ、昇がものをねだる時に、ついうなずいてしまうのは、親にことわられたり、たしなめられたりするということを、あの子が、全く考えてないからなんです。いえば、その通りになると思ってニコニコしながら話しかけられるので、いう通りにしてしまうんです。私の育て方がまちがっていましたわ」と私にいったことがある。

そういいながら、母親もニコニコしているのだから、まことに、天下泰平だった。

この昇が大学でシェイクスピアの講義を聴いた先生は、英文学者の山脇元だった。

山脇はイギリスに五年も留学し、ロンドンやストラットフォードのシェイクスピア劇を数多く見て来てもいたが、昇が学生のころ、たのまれて新劇の銀河座の「真夏の夜の夢」の演出をした。

テーブル稽古と称して、本読みを一回したあと、ほんとうの稽古にはいる前に、座学の形式で約一ヵ月、俳優たちに講義をしたのが、評判になった。

おびただしい登場人物の一人一人について、それを演じる俳優に研究させ、自分の考えた設定で、その役を主人公にした短い小説を書かせるということまでさせた。

森の王様や、妖精の役をする俳優なんか、この宿題には、ほとほと困ったという話だったが、そういう下ごしらえをしてから、いよいよセリフをいわせ、立って動かすというふうに運ばれると、充実した舞台がやがて出来て来るのは、たしかだった。

演出家にもいろいろ芸風があって、「稽古日数はあんまり長くない方がいい、二十日ぐらいが丁度いい」とハッキリ宣言する野辺地五郎だの、「稽古の真髄は、つまりはカンですよ」と勇敢にいってのける楠田不二夫だのもいる。

山脇元から見ると、この野辺地や楠田の言葉は、まるで怠け者の寝言のように、聞こえるかも知れない。

ちょうど、その「真夏の夜の夢」の上演のころに、新劇の雑誌の「テアトロ」に山脇と野辺地と楠田の鼎談《ていだん》がのったのを、雅楽が読んで、「新劇の先生たちは、むずかしいことをいうものだな」と笑っていたのを忘れない。

「カンですよ」というのも大ざっぱ過ぎるが、雅楽の役づくりの秘訣の中には、スタニスラフスキーの理論と根本的には共通しながら、そんな表情をすこしも見せずに、役の核心をピタリとおさえるとりくみ方があるのを知っている私は、雅楽の感想がよく理解できた。

山脇演出の「真夏の夜の夢」は、好評と不評とが半々だったが、不評の理由のひとつは、軽い端役《はやく》までが妙に重々しく見えるという奇妙さがあったと思う。

雅楽はこの舞台は見ていなかったが、私から話を聞いて、「そりゃアそうですよ。『忠臣蔵』の伴内《ばんない》だの六段目の猟師だのが、どんな心理でいま出ているのかと理路整然と説明されても、迷惑ですよ」といっていた。

ちょうどこの公演の最中に、三原橋で女形《おんながた》の浜木綿《はまゆう》の妹が開店したばかりのすし初の店で、雅楽と私が飲んでいる時、新劇の女優と山脇が来て、カウンターに腰かけている。

「すしを食べるのには、大体順序があるんだよ、好きなものからというふうな単純な食べ方では、魚の味が充分にわからない」と高い声で説明している。

若い女優がいきなり「穴子《あなご》」といったのを注意したわけだが、私は、すし屋に来てまで稽古《けいこ》場《ば》めいた理論をならべるのもおかしな話だと思った。

私は何もいわなかったが、雅楽が十五秒ぐらい経って、「こういうのが竹野さん、つまりテーブル稽古ですよ」といったので、ふき出してしまった。

二

山脇元も酒が好きらしいので、すし初でよく会い、雅楽とも口を利くようになっていたが、歌舞伎の長老というのは、自分の人生とはまったくかかわりのない人間だといった、顔をしていた。

態度は至って謙遜だが、こんな年寄りに、こういう話をしたってはじまらないというふうに、それまでしていた話題を打ち切ったりする。

雅楽は心の広い人で、あんまり好悪を持たないほうだが、私は、山脇のような「先生」を、あんまり好いていないような気がしていた。

その想像は当っていたらしく、昇が山脇の演出で「ハムレット」をするという話がきまったのを聞いた時、浮かない顔で、「そう」といっただけであった。

たまたま「ハムレット」の二ヵ月稽古というのにはいったころ、新聞社の主催で、演劇に関するシンポジウムというのがあった。

いくつかの議題の中に、「役づくりの理論と実際」と称する項目があり、学者でもあり、演出家でもある山脇が、大学講堂の演壇の右側の理論派のキャプテン格ですわっていた。

歌舞伎俳優でおどりの家元の子である坂東秀山《ばんどうしゅうざん》が、山脇の隣に着席したのには、傍聴に行った私も呆気《あっけ》にとられたが、この秀山は若い時、「八百屋お七」の櫓《やぐら》の場面を、スタニスラフスキーの考え方で演じて失笑されたという話のある、劇壇では学者と綽名《あだな》されていた人なのだから、新聞社の人選は結局まちがってはいなかったのだ。

別のテーブルには、江戸の世界を二番目狂言に書く名手の宇部さんと、女形の中村雀枝《じゃくし》がいた。

司会を劇評家の村部秋一が受けもち、例として、「忠臣蔵」の由良助《ゆらのすけ》、ギリシャ劇の「エディポス」、「娘道成寺《むすめどうじょうじ》」「ジャンヌ・ダルク」などを引きながら、そういう役をどうしてこしらえてゆくかについて、滔々《とうとう》と論戦を交わしていた。

しかし、こういうシンポジウムでは、理論をいつもしゃべり馴《な》れている人のほうが、有利である。宇部さんも話の巧妙な作家ではあるが、話し方が人情ばなしの口調になるし、さらに女形に至っては、もともと秀山と二人でいても、太刀打ちできず、たじたじとなる気弱さのある役者なので、つっこまれると、しどろもどろになる。

「娘道成寺」の「恋の手習」のひとくさりを、どういう性根《しょうね》でおどるのですかといわれ、即答しかね、あいまいな返事の揚げ足をとられて、泣きそうになっている雀枝を見ながら、「新聞も、罪なことをした」と私は思った。ことわっておくが、主催の新聞社は、私のいる東都ではなく、もっと進歩的な大日刊紙だった。

一時間ほどで休憩になったので、廊下に出て煙草を吸っていると、人波の向うに、雅楽がいた。

「おや、見えていたんですか」と声をかけると、「秀山と雀枝の両方からいわれたので、来ましたよ。もっとも、私にも、多少の弥次馬根性があるからね」といった。

二十年前、雅楽は年に三回ぐらいは、舞台に出ていたので、秀山とも、雀枝とも、共演している。そして、雀枝は熱心にものを尋ねるが、秀山のほうは何ひとつ質問をしないのだからむしろ立派だとよくいっていた。

後半の話し合いで、偶然、その秀山と雀枝とが、対立する結果になった。

「忠臣蔵」七段目の由良助とおかるのくだりについてである。中二階《ちゅうにかい》にいた遊女おかるを由良助が梯子《はしご》伝いにおろす時、抱きしめようとしたりしながら戯れるところは、文楽の義太夫《ぎだゆう》で聴いていると、いかにも、いちゃついているような、色っぽいムードのもりあがる個所であった。

ここは、ふだん夫婦や恋人になっている座がしらと立女形《たておやま》が客席の視線を集中させながら芝居をするのだから、二人の持っている芸の色気をタップリ発揮していいのである。雀枝が、「先輩から、そう教わっています」といった時、秀山が、「京屋《きょうや》、それはちがっているよ。おかるは勘平《かんぺい》の女房だ。由良助はこの時、手紙を盗み読まれた女を殺すつもりで、庭伝いにおろそうとしている。だから、表面は明るく見せていても、心持は暗いのだから、そういう内面が、感じられなければ嘘だ」といったのだ。

雀枝が何かいおうとすると、山脇がそばから、「困るんだなア、歌舞伎の教え方はテキストを深く読みもせずに、うわべだけの型だの手順だので処理しようとする。つまりほんとうの人間のあり方が出るというふうな分析を無視している。そういう無智の解釈で長年芝居をして来たんですかね」といった。

これには私もムカムカした。酒席でこんなことをズケズケいったら、気の短い私は、引っぱたきたくなる。それほど、腹が立った。

雀枝が赤面して、うつむいたので、私は気の毒になった。聴衆の中に、ただ役者の顔を見に来たというファンもかなりいたらしく、山脇の発言のあと、へんに白けた空気がよどんだ。離れた席にいる雅楽を見たら、腕を組んで、天井を見あげている。温厚な老優が、こんな顔つきをしたのは、よくよくのことだと思った。

帰りにどちらからともなく誘って、飲みに行ったが、すし初にゆこうとは、二人とも思わなかった。あの足で、山脇が秀山とでも、威勢よくやって来られたら、たまらないという気持があったのだろう。

私たちは京橋の中通りの小料理屋へ行き、その店のお惣菜風の小皿をいろいろとってしゃべっていると、たまたま、深見の昇がはいって来た。

「ああ、小父さん、いいところで会いました」と、ホッとしたような口調でいう。「毎日山脇先生にしごかれているんで、息がつけません。きょうはシンポジウムで、テーブル稽古が休みなので、ひとりで飲もうと思っていたところですが、高松屋《たかまつや》の小父さんの顔を見て、救われたような気がします」と、それでもニコニコ笑いながらいう。

昇も酒量はかなりあるほうで、何でもよく飲み、決して悪酔をしない男だった。むろん杯《さかずき》を重ねるたんびに、声が半オクターブぐらいずつあがってゆき、ひたすら陽気になってゆく。芝居の話をわざと避け、友人の失敗談だの、遊び仲間の突飛な経験だのを、うまい話術でするので、せまい店の気温がどんどん上昇し、料理や酒をはこんで来る娘なんか、涙をこぼしながら、腹を抱える始末であった。

「しかし、昇」と雅楽がいった。「まことに話も面白いし、この座も浮き浮きとして楽しいが、昇のそういう性質で、ハムレットがうまくゆくかね」

「じつはそれなんです。竹野先生も聞いて下さい」と昇はいった。

「ハムレットがどういう人間かという短編を書けといわれて、山脇先生に提出したんですが、三回書き直させられました。第一、ハムレットがほんとうに狂気なのかどうかという問題で、私は播磨屋《はりまや》の小父さんの当り役の大蔵卿《おおくらきょう》を頭において書いてみたんですが、これではだめだというんです。それならほんとに狂気なのだということにしたらこれもいけない。結局、フロイトの精神分析だの、病理学の本だのを読まされて、ハムレットは周期的にやるせなくなって、生きているのがいやになる病人であり、何でもない時でも、機嫌の悪い男ということになったんです」

「平右衛門や智恵内のうまい役者には、つらいところだろうね」と私は思わずいった。「君は、挫折という目にあったことがないからね」

「それなんですよ。旅行にぼくがゆくと、長雨がさアッと上ったりします。車に乗っていても、ほとんど渋滞という目にあったことがない」

「いい星の下に生れた、ラッキーボーイなんだな」と私は笑ったが、雅楽が深刻な顔で昇をじっと見ながら、「これから初日まで、苦労させられるね、気の毒に」と、溜め息をついたので、昇の様子に同調して、こっちも上機嫌になっていたのが、いかにも軽薄だったという気がした。

忘れることができないのは、その夜、雅楽が煙草に火をつけようとして、手さげ袋からライターを出した時である。

このライターはその少し前に、大正座が改築して久しぶりに開場した日に、招待客に配ったダンヒルの上等な品だった。

雅楽がそれを使おうとしたが、なぜかスラッと火がつかない。

「マッチを下さい」と雅楽がカウンターを振り向いていうと、「小父さん、私に貸してごらんなさい」と昇がライターに手をのばした。

「だめだめ、このライターは人見知りをするんだから」

「大丈夫ですよ、ホラッ」というと、昇の指で、火がついた。

「すごいね」と私は舌をまいた。他人の調子のよくないライターを蘇生させる昇は、この時、魔術師のように見えたのである。

さすがに照れたらしく、昇はポケットから、全く同じライターを出して、「じつは、ぼくもダンヒルは使い馴れているから、コツがわかっているんです」といった。

そういいながら、満更《まんざら》でもない、得意そうな表情もあったが、これは到底、ハムレット王子の持っている、北欧風の憂愁とは、遠い顔であった。

三

いよいよテーブル稽古から、立って動作を考え、舞台と同じような広さの空間で、「ハムレット」が毎日、本《ほん》いきの稽古をはじめたというのを、若い記者が取材に行った。

すると、昇が小声で、「どうも山脇先生とシックリゆかないんで困ります。ちがっているとか、まずいとか、露骨に指摘して下さるといいんだが、黙って見ていて、何もいわず、時々溜め息をつくのだから、こっちはそれが気になってね」とささやいたそうだ。

それから五日ほどして、すし初で偶然、山脇と、雅楽と私と、顔を合わせた。

こういうタイミングの時には、「うまく行ってますか」と声をかけるのがマナーである。それに対して、山脇はめずらしく低姿勢で、「いやもう散々です」といった。

「ここにすわらせて下さい」というのを、ことわるわけにもゆかない。三人で小さな卓を囲んで、二三杯のんだ時、山脇がいった。

「いろいろ考えたあげ句、昇君にもう一度マンツーマンで講義をしたわけです。つまり、こういうことです。ハムレットには二つの大きなテーマがある。ひとつは〝憎しみ〟、ひとつは〝虚脱〟だ。憎しみのほうは、むろん自分の父を殺したクローディアス（王）に対する憎悪、その心持をどう駆り立てるかについて、たとえば毎日のように君をいじめているこの山脇をのろってみたらどうかねといったんです」

「ほほう」と雅楽はおもしろいといった顔つきでうなずいた。

「山脇さんが、そんなふうな教え方をするのは、意外だけれど、私としては悪いやり方だとは思わないな」

「そういって下さると、うれしいですね」ときょうの山脇は、すなおであった。

「虚脱というテーマは、どんなことで、つかまえるんですか」と私は尋ねた。

「二つあります。王子という自分の身分についてのむなしさ。もうひとつは、オフィーリアに対する失恋です」

「なるほど」

「それでまず、いささか誘導訊問だったのですが、名門の御曹司といわれている君は、自分の家柄に対して、終始満足なのかと聞いてみました」

「何といいましたか」雅楽はこんども、興味深そうに、むしろ乗り出す姿勢になっている。

「ところが昇君がいうのには、何のかのといっても、歌舞伎の世界で、市川緋牡丹の息子だというのは大きな力です。若い時から、いい役はもらえるし、親の光で、どんな先輩からも、ねんごろに指導してもらえる。父親のおかげで、いろいろな稽古事も第一級の師匠につくことができた。文句をいったら、罰が当りますというんです」

「ほう」

「つまり、現状に満足しているわけです。これではハムレット王子の心持とは、はるかに遠い」

山脇は苦しそうに、酒を飲み干した。

「失恋のほうは、どうしました」

「そこでまた考えました。笑わないで下さい」と山脇がいった。「昇君は、もういつも女の子には、騒がれる美青年です。品行は悪くないにしても、ガールフレンドにはたえずとり巻かれ、自分のほうから積極的に出れば、どんな娘でもコロリと彼の云いなりになる、そういう男です」

「その通りだね、竹野さん。だからあの子は智恵内がいいんだ」と雅楽は私に向っていった。

「そこで、雅楽さん」山脇が次に話し出した方法というのが、奇想天外だった。「もう初日も近いのに、このままではどうにもならないので、私が思いついたのは、昇君につらい失恋の味を知らせることです」

「といっても山脇さん」と私がいいかけると、雅楽が目顔で制した。黙って聴けという、合図である。

「稽古場の隅でプロムプター（セリフを教える役）をしている石坂という研究生がいます。オフィーリアの女優の弟子ですが、何とも美しい少女で、昇君も大分関心があるらしく、用もないのに、近づいて話しかけたりしている。珍しく、昇君のほうが熱をあげているような感じがしたので、私はその石坂に耳打ちをしました。誘われたら、どこかへつれて行ってもらって食事でもつきあい給え。そしてずっと愛想よく応対し、昇君を夢中にさせてごらん。君は酒ものめるのだから、二人で酔ってもいい。そうして、もし昇君が君をくどいたら、一応承知したようにしておいて、いざという時手きびしくことわるんだ、こういいました」

「うまく行きましたか」

「石坂は深刻な顔つきで、私からいわれたことを嚙みしめているようでしたが、すぐそのあと、二人で食事をしにゆき、ホテルのバーで飲んだそうです」

「どうなったんです」と私も思わず固唾《かたず》をのんだ。

「いやもう、しまらないんです。そんなことをしているうちに、石坂が昇君が好きになってしまって、こっちから、くどいてしまったというんです。そうしたら、昇君が、まだ若いのに、ぼくのようなプレイボーイに接近して、だまされることはない。ぼくは君と御飯を食べ、酒がのみたかっただけだといって、ハイヤーを呼んで家まで送ってくれたというのです」

「恐れ入ったな」と雅楽が破顔一笑した。

「それでは、憎しみのほうは、どうです」

「自分に新しいことを教えて下さる山脇先生を憎むなんて心持には、なれませんというんです。このほうも、失敗でした」

「一度昇と話してみましょう」と老優がいった。

翌日、稽古場のかえりに、すし初で昇を、雅楽と私と二人で待っていた。

昇が二合ほど飲んで、いつものような、いい機嫌になったころ、あれは午後六時半だったが、電話がかかったといって昇は付け台のそばまで行き、受話器をとったが、話をせずに戻って来た。

「切れたようです」といった。

「竹野さん、大正座の改築したのは、何年何月でしたかね」と雅楽が訊く。「さア、あれは、二年前だから」と私が考えていると、昇が「小父さん、わかります。このライターに文字が彫ってあります。三十七年九月ですよ」といって、ポケットから出した、ダンヒルのライターを渡した。

ゆっくり老眼鏡で見て、雅楽は年月をたしかめ、「いや、芸談の中で、あの時私がした弥陀《みだ》六《ろく》の話をしたのでね」といった。

また電話が鳴った。「お電話ですよ」と再びいわれて立った昇は、こんども対話をせずに席に戻り、「また切れてしまった、気味が悪いな」といった。

私が雅楽と大正座の時の弥陀六の話をしているあいだに、二度電話がかかり、そのたんびに受話器をとると、先方からは、何もいわないらしい。昇はあきらかに、不安そうに、いらいらしはじめた。

そのうちに、なぜか、「おかみさん、この店のマッチを下さい」といい、レッテルの電話番号を見て、じっと考えたりしている。

その夜、昇は珍しく悪酔をした。

私たちに遠慮せず、しまいに湯吞で飲みはじめて、おかみさんに「大丈夫ですか」といわれたほどであった。

その三日のち、もう初日が目の前にせまっている夜、山脇がすし初に来た。この日は、雅楽と私が一中節《いっちゅうぶし》の会のかえりに寄っていたので、偶然の出会いだった。

「どうです」と又もや私は挨拶した。

「ふしぎですね、長いトンネルをぬけた感じです。昇君は、機嫌の悪い憂鬱な人間がやっとできました。テーブル稽古と、あとから考えさせた二つのテーマの設問が、いつのまにか、昇君の中で醗酵《はっこう》したんですね」と山脇は自分の演出方針の成果を評価して、意気揚々と飲んでいる。

「久しぶりに、もう一軒この近所のバーに寄ってゆきます」と、山脇が先に帰って行ったあと、私は雅楽が、手をこすりながら、会心の微笑を洩らしているのに気がついた。事件の謎を絵ときする時の顔と同じなのである。

私はいった。「高松屋さん、何か、おっしゃりたいんでしょう」

「竹野さん。山脇先生が喜んでくれたので、何よりです。しかしね、昇がやっとハムレットらしくなったのはね、先日ここにいる時、電話が何度もかかって誰も出ないという、へんなことがあったのが、はじまりですよ。あれは私が弟子の楽三《らくぞう》にいいつけて、電話をさせて、昇が出るとガチャンと切らせたんです」

「なるほど。しかし、そんなことでよく」

「もうひとつあるんだ。昇が電話に立ったあいだに、私は自分のダンヒルのライターと昇のとをすり替えておいたんです。私のはもともと調子の悪いライターだったが、念のため石をとって、油をぬいたのを渡した。だから昇がどう苦労しても、つかない。あのあとで、マッチを昇が店からもらった時、気がつきませんでしたか」

雅楽はたのしそうだった。

私は、とてもそうまで頭の回転するはずのない自分を笑う前に、雅楽のちょっとした療治で、昇のゆき詰ったハムレットに目鼻をつけた雅楽の才智に、舌をまかずにはいられなかった。

昇はこのハムレットが大好評だったので、やがて新派にゆくことになる。さすがの雅楽も、そこまでの予想はできなかったようである。

いつものボックス

一

千駄ヶ谷の中村雅楽《なかむらがらく》の家も、最近ちかくに国立能楽堂ができ、新しいマンションが二つも建てられたので、十年前にくらべると、すっかり町の様子が変り、訪ねてゆく道筋のふんい気も自然にちがったものになってしまった。

雅楽自身も、前には犬を連れた散歩に出る時以外は、茶の間でしずかに、老夫人のいれる茶を飲むのが日常のしきたりだったが、このごろは、毎朝外出して、一時間ほど経って帰宅するという、変り方である。

それは、去年からこの町にそそり立つマンションの一階にあるアカンサスという店が、気に入っているからだ。

同じ経営者によって作られた二軒のマンションは、三メートルほどの道をへだて、一方がアカンサス、もう一方の建物の一階には、小体《こてい》だがいつもいい花を揃えている花屋がある。

アカンサスの開店の挨拶のビラを見て、さっそく行ってみた雅楽は、コーヒーがうまいので喜び、その日、名刺をくれた主人にこんなことをいった。

「村崎さんですか、それでアカンサスとしたのですね」

「どうして、おわかりになりました」

「あかねさす紫野ゆき標野《しめの》ゆき、という万葉の歌から枕詞《まくらことば》にもなったんでしょう。しかし、あかねさすでは一般にピンと来ないし、第一、云いにくいので、ギリシャの壺の模様によくある西洋草花の名前にしたんだろうと、考えたんです」

コーヒーを運んだまま、立っていた主人は顔をほころばせて、「いや、さすが名探偵の高松《たかまつ》屋《や》さんですな、おそれ入りました、おっしゃる通りです」

「おや、私のことを御存じで」と雅楽が尋ねた。

「知っていますとも、うちの息子の孝雄なんか、近いから雅楽さんがきっと来て下さるだろうと、大さわぎをしていたんです」

「歌舞伎がお好きなんですか」

「そうではなくて、推理小説の熱烈なファンでしてね、じつをいうと病が昂じて、刑事になりたいなんて、夢のようなことをいいだしているので、困っているんです」

そこへ、その孝雄がニコニコしながら、奥から出て来て、ていねいに挨拶した。あこがれていた老優に会って、上気している。

「こんど江川さんや、竹野さんとも、ぜひ、いらして下さい」と頰を紅潮させ、早口でいう。

「なかなか、くわしいんだな」と雅楽は目を丸くした。

「だって先生、いろいろな事件の小説、みんな読んでいますから」

「先生はいけない。高松屋といって下さいよ」と雅楽はわざわざ、ことわった。

はじめて行った日の印象がよかったのか、雅楽はこの店の常連になった。

用事があって、これから訪ねるというと、「アカンサスに来て下さい」というくらいだ。

午後の時は、朝一度来てコーヒーを飲んでいるので、ココアを雅楽はとる。いつの間にか、腰をかける席もきめてしまった。

それは、大きなガラス窓をへだてて、花屋を見るといった角度の、入口からゆけばいちばん奥の右隅の四人がけのボックスである。

アカンサスの入口をはいると、そういうボックスが右側に三つあり、左側はカウンターに、足の長い高椅子が四つならび、床に、椅子が小さなテーブルをかこんだ席が、さらに二組ある。定員は二十四名というわけであった。

私もこの店のモカ・コーヒーがうまくいれてあるので、前ぶれなしに訪ねて、雅楽がいない時も、アカンサスには、ちょっと寄って帰るくせがついていた。

孝雄は、コーヒーを卓にはこぶたびに、愛想のいい声をかける。私と雅楽とが話をしているのを、カウンターの向うから、目を輝かして見ている。そばに来て、話を傍聴したいという表情である。

劇場で、観客の連れて来た小学生が幕間《まくあい》にいなくなったという事件が発生した時、いまは捜査一課の相談役になっている江川刑事が、雅楽の意見を求めに来て、アカンサスで話している時なぞは、孝雄の昂奮のしかたは、少々異常であった。

とうとう、父親と二人で、いつものボックスに向い合って低い声で懇談している二人の脇に立ち、「刑事になりたいなんて、できない相談をしかけている不肖な伜《せがれ》でございます」と紹介してもらっていた。

私も江川にさそわれて、その場にいたので、「江川さん、この孝雄君のことは、一応、おぼえていて下さい」と口添えをした。

ひと通りの話がすんだあと、サービスの果物を持って来た孝雄に、江川がいった。

「刑事志望は結構だが、大変だよ」

「わかっています」

「テレビの刑事物がはじまってから、もう二十年以上になるが、それを見て、刑事になりたいといってやって来る若い人たちは、数えきれない。もちろん、刑事になるには、それなりの正規の教育を受けなければならないし、まず素質があるかどうかという大きな前提がある」

「むずかしいんでしょうか」

「むずかしいとも。首尾よく警察官になっても、挫折《ざせつ》し、落伍する人間のほうが多い」

「素質といいますと」孝雄は立ったまま、江川を食い入るように見つめて、子供が質問するように、根掘り葉掘り、問いかける。

「根気、体力、慎重な目くばり、人を見る眼力、それからやっと推理力ということかな」

「はア」

「テレビに出て来る刑事は、作者が書いた謎ときの結末をはじめから持って出ているんだから、みんな利口で、事件の結末まで、見とおしている」

「ええ」

「実際は、そうはゆかないんだよ。ぼくだって何十という事件にかかわり合って、満足したのは、ほんのわずかだ」

その日、雅楽の与えた暗示で、小学生の失踪事件は、あっけなく解決したのだが、じつは雅楽と私は、江川刑事が「刑事になるための条件」を若い者に語るどころに居合わせたという、新しい経験をしたわけだ。

おそらく、勤め先にも、自宅にも、江川刑事に「何とかして刑事にして下さい」という「大志」を抱いた青年が来ては、こんな言葉で説得されるのだろう。

孝雄が去ったあと、江川は、いかにも照れくさそうに、云い訳した。

「あの孝雄君は、本気で刑事になりたいと思っているらしいが、こういう立派な店のひとり息子が、私たちの世界にはいるなんて、無謀なことですよ、よしたほうがいい。そう思ったから、強い口調で、あきらめさせようと考えたんですがね」

「きょうは、しかし、江川さんの話は、私にも何ともいいことを聞かせてもらったという気がします。ねえ、竹野さん」と雅楽がいった。「刑事さんでも、いうことは芸談とおなじだな」

雅楽の言葉に、江川は狼狽して、手をふった。「とんでもない、おはずかしい」

こんなことがあったあと、しかし、孝雄は、一向に、断念しようとはしなかったようである。

雅楽が毎朝ゆくのを待って、いつものボックスを確保しておき、コーヒーも、午前十時というきちんときまってしまった老優の日課に合わせて、吟味していれ、軽いクッキーをそっと小皿にのせて、サービスにつけてくれるといった気のくばり方に、雅楽は気をよくしていたが、四日に一度ぐらいは、「江川さんはお元気でしょうか」と尋ね、十日に一度ぐらいは、「何かまた事件はありませんか」と質問するのだそうである。

「事件なんて、そんなに、あってはたまらない」と老優がつぶやくと、「でも、そういうことがないと、江川さんにお目にかかれませんから」と真剣な顔でいうのだった。

どうやら、この青年は、雅楽のなみなみならぬ推理力について敬服はしているが、実際に自分をその道に入れてくれるのは江川だと思っているので、ひたすら、江川とまた会いたいと思っているらしかった。

国立劇場の養成所にいて、ことし一応教程を修了し、芸名をもらって、大幹部の門弟になるということしの八人の中に、たまたま江川の遠縁の青年がいた。それで、どの役者につけばいいか聞きたいというので、私は五月の連休明けの月曜日の朝、刑事、青年と雅楽を三人で訪ねることにした。

その下話をしたあと、アカンサスに行き、よせばいいのに、「この七日の朝、江川さんが来て、この店で、三人で会うんですよ」と、いったのが、よくなかった。

孝雄は、その時、コーヒーにつけて私にもサービスしてくれるクッキーを運んで来ていたのだが、「竹野さん、江川さんに一度、ぼく、テストしてもらいたいんですが、いけないでしょうか」と訊いた。

「テストって、どういうの？」

「ぼくの推理の才能を見てもらおうと思うんですが」

「トリックでも出してもらって、謎をとくのかな」

「さア、それはまだ、考えていませんが」

そういいながら、元気のいい孝雄は、わくわくしている顔を露骨に、私に示した。

あまりの熱心さに、私は少々辟易《へきえき》する思いだった。

二

五月七日の月曜日の朝、まず私が雅楽を迎えにゆき、二人がアカンサスにはいってゆくと、いつものボックスが、あいにく、ふさがっている。

黒い服を着た、目つきのよくない男が三人いて、ひそひそ話をしていた。

決して我儘《わがまま》な老人ではないのだが、雅楽は何となく、いつも自分のとる席に、人がいるので、顔をくもらせたようだ。

とりあえず、カウンターの前にかけたが、私はよくても、老優にはあまり快適ではない。

前もって、この日、十時前にゆくといっておいたのに、席を確保してくれなかったのも変だと思ったので、私は向うの客に聞こえないように、主人にいった。

「いつも、この時間、こんなに混んでいるのですか」

ほかのボックスも、中央のテーブルも、満席なのである。やむなく、私たちは、カウンターの、脚の長い椅子にかけたのだ。

「あいすみません」と主人は頭をさげた。

「予約席という札をおいておいたのですが、だまって、おすわりになってしまったのです」

小声で、こういった。乱暴な、マナーの悪い客のようだ。

そのあと、さらに声をひそめて、「孝雄がいうんです。何となく気味が悪いので、あまりつよいこともいえないって」

振り返ってもう一度見ると、なるほど、一般の人とはちがって、殺気のようなものを感じさせるムードが、ボックスにある。服のせいかも知れないが、一見、善良な市民とは思われないのだ。

「今までいらしたことがないんですがね、あのお客様」主人は小声で、ひとり言のようにいう。孝雄がそばに来て、「高松屋さん、すみません、あのお客様の機嫌を損じるのが、こわいんですよ」という。

うなずいて雅楽も私も、指定席のことはあきらめ、カウンターにおかれたコーヒーを、ならんで、飲んだ。

それが九時五十分であった。

孝雄が隅のボックスに、注文された水を、氷を入れた水さしに入れて持って行ったと思うと、あわただしく戻って来て、いった。

「変ですよ」

私がそっちを見ると、ボックスの卓に、ひとりの男が頭を抱えた形でいる。ちょうど、夜ふけの酒場で酔っ払った客が寝てしまったという格好であった。

「どうしたんでしょう」

「変ですね」と孝雄は首をかしげる。

雅楽は、主人のうしろにある大きな鏡に映ったボックスを、黙って見ていた。二人で振り返ったりしないほうがいいと、即座にきめたのであろう。それは礼儀というよりも、自然に雅楽の持っている節度なのかも知れない。さすがに人生の達人であった。

「どうしたんでしょうね、まさか、毒薬を、のまされたのでは」孝雄が蒼白な顔で、つぶやいている。「様子を見ていて、あんまりおかしかったら、派出所にいかなければ」

こんなことをいうころには、昂奮したと見えて、孝雄の声の調子が上り、ボックスの客の耳にはいるのではないかと、私はハラハラした。

十時になった。ラジオの時報の音が、どこかから聞こえた。

その時、電話が鳴り、受話器をとったのは孝雄である。「はい、アカンサスでございます。はい、お客様は大勢おいでですが、はい、安藤様ですね」と念を押し、「あの、安藤様、いらっしゃいますか」と、店の中を見まわした。しかし、返事はない。

電話を切ったあと、「おや」と孝雄がさけんだ。「あの三人、いなくなってしまった」

見ると、さっきいた三人の黒服の男が、いない。

出てゆく時には、カウンターの脇を通らなければ、外に出られないのだから、雅楽か私が気がつきそうなものだが、私は主人と雑談をしていたから、まったく客の動きは注意できなかった。

雅楽は何となく皮肉な表情で、「私もうっかりしていたんですよ。孝雄君が電話の受けこたえをしている応対を、何となく聞いていたものだから」といった。

「変だなア、変だなア」と首をかしげる孝雄は、ボックスにさっそく行こうとしたが、そのへんにいた客が、急に立ってキャッシャーで払おうとするので、レジの前にずっといる。

しかし、一人の客に、釣をすくなく渡して、あわてて詫びたりしている。孝雄がうろたえているのが、わかった。

そこに、江川刑事が、いかにもおとなしそうな若者を連れて、はいって来た。

刑事がこの養成所を卒業した青年を、雅楽に紹介している。

孝雄がボックスにゆき、「あッ、こんなに置いて行きました」と父親に見せに来る。伝票の上に五千円札が一枚のっていたというのだ。どう考えても、そんな勘定にはならない大金を卓にのこしたのは、キャッシャーで払うということがしたくなかったからだろうと、私は判断した。

こっちの様子を見ていた孝雄が、私たちを今あいたばかりの手近なボックスに案内したので、さっそく席を移動したが、腰をおろした江川に、孝雄が「刑事さん、不可解な事件があったんですよ」といきなりいった。

江川もびっくりしている。

「事件？　どこに？」

「いま、あのボックスに」と雅楽の定席を指さし、「黒い服のお客が三人いましてね、何となく様子がおかしいので気にしていたんですが、そのうちに一人のお客様がテーブルに俯してしまったんです。お酒にでも酔ったように」

「ほう」

「どうしたのかと思っていると、電話がかかったので、ぼくが出ているあいだに、その三人の姿が消えたんです。そして、大金がおいてありました」

「なるほど」

「まだ何かあるかも知れません。見て来ます」といって、ボックスにゆき、「ありました、ありました」といいながら、わざわざハンカチで拾いあげた品物を、江川の前においた。

いささか、常軌を逸しているとしか、考えられない。

今来たばかりの客、しかも尊敬しているはずの刑事が持って来た用件を話しあうタイミングさえ無視して、裁判所で検事が披露する「証拠」とでもいったように、いくつかの品物を、注文も聞かずに、陳列するなんて、非常識で、かつ無礼である。

見かねて主人が、近づいて、「孝雄、失礼じゃないか、そんなものをあのボックスからここへ運んだりして。それよりも、高松屋さん、そっちのいつものお席に行っていただきましょうか」といった。

「いや、もう結構、二度も、引っ越すことは、ありません」と雅楽が首を振る。温顔の老優が、いつになく不快の念を隠そうとせずにいる。

「申しわけありません。この子は、異常に昂奮するたちでして」と恐縮する主人に雅楽はつめたく答えた。「そんな御様子ですな」

ところで、ボックスから持って来たのは、客が置き忘れて行ったライター、二つに引きさかれたメモ、そして小さな薬瓶のようなものである。

何となく、今までいた三人が何者であるかを知る手がかりになりそうな、遺留品であった。

江川は苦笑しながら、しかし、職業柄、せっかく孝雄が見せに来た品物を、一応、仔細らしく見ている。

「刑事さん、ぼく、この三つの品物から、推理してみたいと思うんですが」と孝雄がいった。

「あとで伺いましょう。その前に、こっちは、大切な話があるのだから」と江川も、鼻白んでいる。

孝雄は、もう一度ハンカチで、たいせつそうにボックスのテーブルにあったものを、カウンターに運び、いろいろ考えているように見えた。

雅楽が、それでも、機嫌を直して、大先輩の前で緊張している若者に、おだやかな口調で、助言を与えているのを見て、私もホッとした。

なぜか、帰り風でも立ったように、一せいにお客の出て行ったあと、次の客が来ず、四人は落ち着いて、ゆっくり話ができた。

主人も気を利かして、店内を流れている有線放送のボリュームをさげてくれた。

アカンサスの向い側の花屋の店が、すっかり開いて、店員の少女が、表を小さなほうきで掃いているのが見える。

むかし映画で見たアナベラのような、可愛い娘であった。

三

国立劇場へゆくといって、若者がひとりだけ先に帰った。

孝雄はあとから来た二人にコーヒーをはこんで来てからは、私たちの席に近づかなかったので、やれやれと思っていた。

すると雅楽が、「江川さん、あの息子さんは推理ということがしてみたくてたまらないんですよ」といった。「さっきの品物を見て、何を考えたか、聞いてみましょう」と、笑顔でいった。どうやら孝雄に、興味を持ったように見える。

江川はあんまり気乗りのしない顔だったが、ほかならぬ雅楽が、そういうのだから、「そうですな」とうなずいている。

雅楽が招いたので、孝雄はいそいそとやって来た。そして苦い顔をしている父親のおもわくも考えず、中央のテーブルについている椅子をひき寄せて、私たちのボックスの脇に腰かけるのであった。

「何か、思いついたことがあるのかな」と、雅楽が尋ねた。それは、親切な質問のしかたで、同時に小児科の先生の口調にも似ていた。

孝雄は、大道の手品師がならべるような手つきで、ライター、破れたメモ、薬らしい瓶を置いた。ごていねいに、手袋をはめているのが、愛嬌だ。

「このライターに、指紋が残っていると思うんですが、それはあとまわしにして、このメモで、ここにいた人たちのことが、わかるのではないでしょうか。三井銀行の用紙が二つに裂かれていますが、寄せてみると、字が読めます」

「なるほど」江川も何となく、この孝雄に関心を寄せたようであった。

「吉野（ヤスケ）八日十九時五名とあります。ヤスケというのは、すし屋のことを符牒《ふちょう》でいうのですが」と説明する。

私は内心おかしかった。すし又はすし屋をヤスケというのは、「義経千本桜《よしつねせんぼんざくら》」の三段目のつるべずしの芝居に、三位中将維盛《さんみちゅうじょうこれもり》が下男に身をやつしている名前で、語源は丸本《まるほん》歌舞伎から来ているのだから、雅楽や私は百も承知だし、江川刑事にしても、この隠語が芸界だけでなく、特別な集団にも行われているのを知らないはずがないからだ。

しかし三人とも、大人気《おとなげ》ないから、黙って耳を傾けていた。

「吉野寿司というのは、都内にかなりあるかも知れませんが、この店に八日つまり明日の十九時、五人の席を予約した人がいるかどうか、あたってみれば、ここにいた人たちの名前がわかるのではないでしょうか」

「なるほど」刑事はすこし笑みをふくみながら、うなずく。

「三つ目は、薬の瓶ですが、レッテルが剝げています。無理にはがしたような感じです。この中にあったものを、コーヒーに入れて、三人連れの中の一人がそれを飲み、苦しくなって俯せになっている。怪しまれぬうちに連れ出そうと思っていると、父が竹野さんと話をし、私が電話に出ている。そのタイミングをうまく利用して、二人が苦しんでいる一人を抱きかかえて連れ出したのだというふうに、ぼくは考えるんです」

「それは君がそう思うだけで、薬の瓶は何でもない、ただの空き瓶。俯せになっていたのは、薬をのまされたりしたわけではなく、単に気持が悪くなっていたのだと考えれば、別に犯罪と関係があるとも思われないのじゃないか」

「ええ」孝雄は刑事を正視している。

「この程度のことで、たとえば君が、警察に告げても、相手にはしないだろうよ。げんに三人は、いなくなったのだから、君の店とはもう無関係、忘れてしまったほうがいい。メモと瓶はすててしまってもいいくらいで、ライターはもしかすると、問い合わせがあるかも知れないから、とっておきなさい」

江川刑事は、早とちりで警察に連絡され、現場にかけつけると、事件でも何でもないことがしじゅうあると、いつも語っていた。そういうあわて者に訓戒する口調で、それでも、おだやかに、孝雄に話している。

「まアまア」笑いながら、雅楽がいった。

「孝雄君が、何かおこった時に、その場所に残っていたものを拾いあげて推理を組み立てる手順を知っていることだけは、よくわかりましたよ」

「はア」孝雄は、キョトンとしている。私も老優が、これから何を云い出すのか、見当がつかなかった。

「さっきの三人は、孝雄君の筋書に従っただけで、つまり、孝雄君がたのんで、ここに私の来るすこし前から、いてもらった御連中だと思う。そうでしょう」

「……」

「まさか、人をあやめたりするといった事件を、アカンサスで、朝お客の立てこむこの時間に、作ってみせるわけにもゆかない。刃物だの飛び道具だのを仮に使って、何かの粗相《そそう》があったら、大変だ」

「はい」孝雄は真剣な表情で聞いている。

「私と江川さんと竹野さんが、今日十時に、ここで落ち合うのを知って、孝雄君は、何となく胡散《うさん》くさく見える三人を、私のすわる席にかけさせ、まずいつもとちがう状況をこしらえた」

「……」

「予約席の札を無視して、むりやりにかける。三人とも黒い服。これだけで、もうあるふんい気は用意されます」

「……」

「私が来るころ、三人の中の一人が、苦しんでいる芝居をする。孝雄君が変だなと思って、私たちに告げる。その直後、十時ちょうどに電話が鳴った」

「ええ」

「私はいま、このアカンサスの電話番号を見たんだが、四二三の一六六八ですね」

「はい」

「十時に、この店の前の、あのガラス窓から斜めに黄色い電話機のある公衆電話にはいった一人の男が、プッシュボタンを押している指先が、遠目の利く私には見えていました。七つまでは見えなかったが、その人がかけた電話が、四・二・三・一とまでボタンを押したのがわかった。というのは、このごろ、私のところでも、電話をプッシュにしたからです。押す場所がダイヤルとちがって、遠くからもわかるんです」

「……」

「四・二・三・一というので考えると、あの男が、外から店の中を見て、誰も使っていないのを確かめ、アカンサスにかけた。そしてお客の呼び出しをたのんだ。そう思うんだが、どうだろう」

「何で、電話を十時に、かけたんですか」私は反問した。

「十時、電話に孝雄君が立つ。このすきに三人は脱出して、コーヒー三人前の代金としては法外な五千円を伝票にのせてゆく。どう見ても、何かあったのだというにおいを残してね」

「ふ、ふ、ふ、ふ」と江川刑事が口をおさえて笑った。「そういうことでしたか」

「テーブルには、ライターと裂かれたメモと薬瓶、この三つがあったというのは、大正のころの探偵小説のようで、何ともおかしいが、まアこんな小道具が、推理力を孝雄君が小手調べをして見せるのには、ちょうど程のいい品物でしょう」

「なるほど」私がこんどは、こういった。

「孝雄君は刑事と私の前で、三つの品物を調べてみるくらいのことは、自分にもできますと証明して見せたかったのでしょう。一応推理のしかたは知っていると私も思う。しかし、探偵ごっこだね」

「まアそういってしまっても気の毒ですよ」と刑事がなだめた。「ねえ、孝雄君」

孝雄は赤面して、身を縮め、椅子を片づけ、「現場遺留品」をそれでもさっきのようにハンカチに包んで、カウンターに戻って行った。

「でも可愛いじゃありませんか。あの子、刑事さんの前で、何かいってみたかったのですよ」

刑事はそれには答えず、「しかし、高松屋さんは、どうして公衆電話のほうを見ていたんです。それに、私の目では、プッシュボタンが見えませんが、よくわかりましたね」

「いや、あれは、私が多分そうだろうと考えて、鎌をかけてみただけなんですよ。案の定、外の男はアカンサスにかけていたんです」

私があいかわらずの老優の話の持ってゆき方のうまさに感心していると、江川がクスッと笑った。

「高松屋さんが、電話のほうを、あの十時に見ていたというのだけは、私も信じますよ」

「ええ」

「しかしね、竹野さん」と刑事はわざと、私に話しかけた。「この雅楽さんが見ようと思って、あっちを向いたのは、向うの花屋が十時に鎧戸《よろいど》をあげて開店するからですよ」

「いや、どうも」不意をつかれて、雅楽は舞台で責め立てられて、「さアそれは」と返事をする役者のような顔をした。

「雅楽老人がお好きな娘さんが、あの花屋にいる。私はそれを知ってました。毎朝十時に、かならず来て、表のよく見えるボックスにかけてコーヒーをのむという日課に、何かわけがあるのかと思って、じつは内々聞きこみをしていたのです」刑事はうれしそうに、故意にもっともらしいいいまわしを用いて、老優を見た。

「おやおや」

「今あすこで、カーネーションの束を揃えている、あの子が、高松屋さんのマドンナというわけですよ」

私は思いがけぬ新事実を得て、急にうれしくなった。「いいなア、ちょっといい話だな」

「竹野さん、高松屋さんがこのアカンサスをひいきにしているのは、コーヒーがうまいというだけではないんです」

「どうも弱ったな。たしかにあの子はいい子です。私は好きです。何という子かまでは知らないが」

「うそ発見器を持って来ましょうか」かさにかかって刑事がいった。「私はわざわざ、先日あの店で花を買い、その時にあのお嬢さんに尋ねたんです。この近くに有名な中村雅楽さんという役者がいるのを知っているかって」

「……」老優が真っ赤になった。

「すると、じつはこの間、俳句を書いた色紙をいただきました。名前を申しあげたら沖村雅子という四つの文字の中に、中村雅楽と二字まで同じなのがうれしいといって、雅子君のためにとわざわざ俳句の脇に、あなた、書かれたそうでは、ありませんか」

雅楽はますます赤い顔をして、うつむいたが、たのしそうに、クスクス笑っている。

「高松屋さん」刑事がいった。「私もこれで、敏腕な刑事なんですよ」

劇場の迷子

一

五月十九日の午後、木挽町《こびきちょう》の劇場の受付に、血相を変えて中年の女性があらわれ、「うちの坊ちゃんを知りませんか」と、大声でいった。

こういう表現はめずらしい。いかにも、あなた方が「坊ちゃん」の顔を当然知っているはずだというような、云い方である。

それは一時五分と、受付の愛原さんが記憶しているのだが、それというのも、劇場は初日からいく日か経つと、それぞれの演目の開幕閉幕の時刻がキチンときまり、受付のひとたちには、休憩のあとの芝居がはじまって何分経ったかという感じが、正確に把握されているからだ。

そして、フロントの大机の隅におかれている時計をいつも見ているので、あとから訊かれても、何かがおこった時点についての記憶は、ほとんど狂わないのである。

話が長くなったが、「坊ちゃん」といわれた男の子について、やっと落ちついたその女性が、それは能楽《のうがく》の家元の分家の末弟滝田《たきた》貞之丞《さだのじょう》のひとり息子の隆一《りゅういち》といって、まだ六歳の男の子だと説明した。

この日、じつはめったにないことなのだが、急に父親の貞之丞が劇場に行くといい出し、知っている俳優のマネージャーに席をとってもらって、息子と弟子の吉岡祐介をつれて来たのである。

その女性は、滝田家に五年前から住みこんでいるおつねさんというひとで、隆一の二歳の時からずっと世話をしている、昔ふうにいえば、「ばアや」であった。

おつねさんが長々と愛原さんに話して聞かせたところによると、滝田はほとんど歌舞伎を見ることをしないのだが、今月はたまたま「船弁慶《ふなべんけい》」が上演されていて、若い音羽屋《おとわや》が静御前《しずかごぜん》と平知盛《たいらのとももり》の霊という、まったく人格も芸もガラリとちがう前後のシテをどんなふうに演じるかが見たくなったためだと、劇場に来る車の中で、話していたという。

この日、隆一は留守番で、隆一の両親の滝田夫妻が観劇するのかと思ったら、夫人は都合がわるいので、三枚とった席に、貞之丞と吉岡、そして隆一をつれておつねさんがゆくことになった。

父親は、そして、隆一も「船弁慶」の義経《よしつね》をいずれ子方《こかた》として能舞台で演じることもあるだろうから、一度見せておきたかったと、わざわざ付け加えた。

ところで、「船弁慶」がはじまる直前に、滝田がおつねさんに、「一時になったら、うちに電話をかけて、家内に至急に劇場に来るように伝えてくれ」といった。

次に時計を見て、「出たりはいったりしては近所に迷惑だから、子供とおつねは、電話をかけてしまってから席に来たらいい」といった。

それでおつねさんと隆一と、劇場のロビーの長椅子で一時まですごし、廊下の赤電話で白金の家を呼んだのだが、誰も出て来ないのだ。たしかに奥様は在宅のはずなのにと不審に思い、とりあえず一階よの28という席にいる滝田の所に、隆一を廊下においたまま、そっとはいって行った。

舞台が進行中なので、気の利くおつねさんは、腰をかがめながら忍び足で滝田に近づき、さっきまで自分のいた通路際の29の椅子にすわると、滝田の耳もとで、「お出になりませんが」とささやいた。

滝田は眉をひそめ、「おかしいな」といい、腕組みをしてちょっと考えてから、「それではもう三十分したら、もう一度かけて下さい」と小声で答えた。

おつねさんはそういわれるとすぐ立って、周囲に気を兼ねながら、廊下に出たのだが、さっきまでいた長椅子に、隆一がいない。

おかしいと思ったが、もしかすると小用に行ったのかと考え、長椅子の奥にある男子用の手洗をのぞき、念のために戸のあるほうも見たが、誰もいない。

それでこんどは女子のほうにはいり、いないので、別の側にある二つの手洗を見たが、そこにもいない。びっくりして、受付に来たというわけであった。

休憩の時はフロントに三人の女性が観客に応対するために立って、「よろず承り」をするのだが、幕があいてしまえば、だれかひとりいればいいので、あとの二人は一応部屋に帰る。

ちょうど、一時五分は、食事をする時間でもあった。愛原さんだけが残り、たまたまかかった電話で話していたので、そのすこし前に、そのへんに男の子がいても、気がつかないといった状況でもあった。

隆一がわざわざ遠い手洗にゆくとは考えられないが、さらに、念のために、愛原さんは控室に行っていた二人を呼び、おつねさんと四人で、別館や二階の手洗も見た。また隆一が、ほかの扉から座席のうしろのほうにはいっているのではないか、まちがえて監事室あるいは花道の揚幕《あげまく》の戸をあけてはいってはいないかという可能性も考え、それぞれの場所をていねいに見たが、どこにも隆一はいなかった。

これが駅とか公園とか百貨店のように、群衆のいるところで迷子になるというのは、めずらしくない話だが、開演中はガランとしている劇場のロビーにいた子供が不意に姿を消したのは、いかにもふしぎであった。

「その坊ちゃん、表に出られたのではないかしら」と愛原さんがいうと、おつねさんは首を振って、「坊ちゃんは大変気の弱いお子さんで、知らない町をひとりで歩くなんてことは、なさらないはずです」といった。

受付の女性たちは、さらに食堂や喫茶店、売店とずっと見てまわったが、そこにも男の子はいない。あるいは誰かが隆一を連れ出したとしか、今は考えられない。

こうなると、滝田にも急を告げなければならないと思って、もう一度席に行った。それは一時半をちょっとまわったところで、「船弁慶」も終りに近かったようだ。

「ちょっと旦那様、外に来て下さい」というと、「もうすぐすむから、待って下さい」という。そんな悠長なことはいっていられる場合ではないと思ったが、こういう事態だとその場でいうわけにもゆかないので、おつねさんだけ先に出て、外で立って待っていた。

まもなく「船弁慶」が終り、滝田は吉岡とゆっくり、座席を立って廊下に来た。

おつねさんが早口で、隆一の失踪を告げる。さすがに顔色が変ったが、「とにかく、うちに電話をしなさい」といった。

そういわれれば、おつねさんは、一時半にもう一度かける電話を忘れていたのである。

こんどはすぐ出て来た滝田夫人はあわてた声で、「まア隆ちゃんが！　先生（滝田のこと）を呼んで下さい」といった。滝田が受話器を受けとって、長々としゃべっている。その間、おつねさんは吉岡と、おろおろしていた。

一時四十五分に、劇場の入口のほうから、隆一が歩いて来て、おつねさんの袖を引いた。「まア、どこに行ってらしたんです」とさけび、それでもホッと安堵《あんど》の息をふきかえした思いで、おつねさんは滝田がまだ話している赤電話まで隆一をつれて行った。

「あ、いま帰って来た。よかった、よかった」と滝田が叫び、電話を切った。

二回目の二十分の休憩がおわると、滝田は「もう帰ろう」といった。

息子の隆一に、「どこに行っていたのだ」と尋ねもせず、すぐ帰宅しようというのは、帰ってからくわしく事情を訊こうというのだろうと察し、おつねさんはしっかり隆一の手を引き、タクシーに乗った。

車の中でも、父親は何もいわない。隆一もだまっている。ただし、さっき来た時とちがって、何となく冴えない顔色でもあり、まったく口を利こうとしないのが、変だった。

気が弱く、どちらかといえば腺病質の少年で、はしゃいだり騒いだりは決してしない男の子ではあったが、ずっと自分についていてくれるおつねさんには、いろいろ話しもするのだが、車の座席で、父とおつねさんの間に腰かけて、白金まで帰る途中、ずっとうつむいたままでいる。

長年見ているから、おつねさんは、隆一が今、どこかが具合が悪いか、よほど精神的にショックを受けたかでなければ、こんなふうにはならないのを知っていた。

すべては帰宅してからと思って、おつねさんも何もいわずにいたが、家に着くと、「どうしていらしたのか、お父様やお母様に、お話しになって下さい」と、滝田夫妻の前でわざといった。

滝田が先に、「どこかへ行ったのかね」と質問した。

すると隆一は、かなり長く答えずにいたが、やがて「お母さんがそこにいるからといわれて」とだけいった。そして、それ以上は、詰問されても、ついに口を開かないのだ。

「だって、お母様は、ここにいらっしゃったじゃないの」というと「うん」とうなずきはしたが、目を伏せたままである。

「まアいいわ、いいわ。とにかく隆一は、しばらく横になっていなさい」と、滝田夫人がとりなし、息子を寝室のベッドに行かせた。

そして、目くばせをしながら、おつねさんに、「何となく昂奮しているようだから、今はそっとしておいてちょうだい」といった。

じつはいろいろ訊いてみたい気がしていたおつねさんも、そういわれたので、隆一をパジャマに着かえさせ、ベッドに休ませ、部屋のカーテンを引くと、静かに外に出た。

二

以上の経緯は、十九日の夜、滝田の家を訪ねた江川刑事に、おつねさんが話したこのふしぎな小事件の一部始終を、私が刑事から聞いて、書いたのである。

隆一が約四十分、いなくなったというこの時間、偶然私は江川刑事と、劇場別館の喫茶室にいたのだ。

カウンターの前にならんですわり、コーヒーを飲みながら話していたので、受付の女性が隆一をさがしに来たのには、気がつかなかった。

この日は、刑事が自分の遠縁で国立劇場の養成所を卒業した青年を、どの役者に入門させたらいいだろうという相談で、用事でいた私を劇場までたずねて来たのだ。

三幕目の「筆屋幸兵衛《ふでやこうべえ》」がはじまってしばらくして、劇場では「大間《おおま》」と俗称している正面玄関に歩いて行った私に、愛原さんが駆け寄って、「竹野さん、お連れ様は、刑事の江川さんでしたわね」といった。

「そうだよ、しかし、どうして」と私は、もう何年も前から何かと厄介をかけている愛原さんの顔をのぞきこむようにして答えると、「いま、おかしなことがあったんです」といった。

男の子が短い時間、迷子になり、四十分ほどして外から帰って来たと、その時は、私も刑事も、データなしに聞いた次第だが、刑事は二人になると、長椅子に私を誘い、「すこし気になるから、私はその滝田という家に行ってみよう」といい出した。

江川は次に、こういった。「劇場では、男の子がまもなく戻って来たので、もうこれは、忘れてしまってもいいこととして、受付のあのひとも、支配人に報告もしないかも知れない」

「そうだな」

「しかし、ぼく個人としては一応、警察がのりだす必要はないと思われるこの小さな事件が、案外裏に大きなものを持っていると考えてみるわけだ。それは、ぼくの癖でもあるが、そういう配慮をしたために、犯罪を予防したケースも、今まで何回もあったんだ」

「ほう」

「まずひとつは、そのばアやさんといわれる女性が、ひとりで芝居をしていたという疑いだって、持たれないことはない。つまり、その女性が、別の人物とあらかじめ打ち合わせて、男の子を連れ出すように、段どりをつけたという場合も、まったくないと、断定はできない」

「なるほど」

「だから私は滝田家に行って、そのひとに、くわしい事情を話してもらうことにする」

「しかし、すぐ帰って来たのは事実なのだからね」

「それだって、いろんな考え方ができる。男の子がうまく逃げ出したのかも知れないし、男の子がある人物といる時に、大声で助けを求めたので、あわてて、手放したのかも知れない」

「なるほどね」

「もうひとつ、手のこんだやり方としては、わざとすぐ帰して、その親たちの反応を見る、めったにない失踪事件として、はじめ大さわぎをしている家庭に、まもなく無事に子供が帰ったからといって、安心できるものではない。ハシカとはちがって、免疫にはならず、次にもう一度同じ犯人がうまく連れ出した場合、当の男の子も家族も、前と同じようにアッサリ片がつくと思いこむ傾向が、じつはあるのだ」

刑事は続けた。

「だから、警察は、営利を目的とした犯人が二重三重のプランを持っているおそれもあると仮定して、実際には捜査活動をしなくても、ちいさな事件を聞きすてずに、前より一層用心をするように忠告する建て前を、とって来ているんだ」

「いい話を聞いたな」と私も、そういう、表面には出ないが、きめのこまかい目くばりを警察がしている事実を知って、感心したのである。

結局、刑事のおつねさんについての観測はちがっていたわけだが、私と別れた江川は、その足で白金の滝田家を訪問し、すぐ社に戻っていた私に、電話でこういった。

「滝田さんは、御忠告はありがたいのですが、もう大丈夫だと思いますし、当の息子もこわがっていないようで、警察に御心配をかけたくないのです。どうか、もうこのことは、お忘れになって下さいというのだ。しかし、どうも、奥歯に物がはさまっているようで、いかにも歯切れが悪い。それがおかしいので、門の所に送りに出た隆一少年のばアやさんに、何か子供がいわなかったかと小声で尋ねたら、しゃべりたくてむずむずしていたらしく、そっと私について表に出て、大通りまで出るあいだに、くわしくその日のいきさつを話した。その中で、子供が、お母さんがいるといわれて、何者かについて行ったというのが、ことに怪しい。その子が嘘をいったのでなければ、これはかなり胡散臭《うさんくさ》い事件と見ていいと思うんだ」

私はちょっと考えたあとで、「千駄ケ谷に行って、高松屋《たかまつや》（中村雅楽）の意見を訊こうじゃないか」というと、刑事は喜んで、「いやじつは、私もそれを考えていたのだ。とにかく、これは木挽町の劇場で発生した事件だから、雅楽《がらく》老人に話して、謎にアタックしてもらうのが当然だろう」と、急に元気な声になっていた。

都合を問い合わせたら、「すぐ来て下さい」と愛想よくいわれ、二人は待ち合わせて食事をしたあと、同道して中村《なかむら》雅楽の家をおとずれた。

江川刑事は、おつねさんと、劇場のフロントの愛原さんから聞いたことのすべてを、整理して、雅楽の前にさし出した。

老優は、しばらく目をつぶって、熟考している様子だったが、やっと目をあくと、「私には興味のある事件ですね。まずその男の子の顔が見たいな、写真を竹野さん、手に入れて下さい」といった。

私はさっそく社の文化部に電話を入れて、資料室に多分『能楽名鑑』という本があるはずだ。それはおもな能役者、狂言師、囃子方《はやしかた》の家元クラスから各流のあるランク以上の人たちの写真をのせた本だが、それがあったら至急千駄ケ谷まで届けてくれと、デスクに当直している記者にたのんだ。

五分のちに、「ありました」という電話がはいり、オートバイでヘルメットをかぶった少年が、『能楽名鑑』と物々しい文字で宮様が題字を書いているアルバムを持って来た。

家元分家の末弟、滝田貞之丞のところには、その父親とともに、隆一という少年の顔が、オフセットで掲載されている。

急いで開いて見ていた雅楽は、大きな目をして、私を凝視した。

「私のカンが当りましたよ。すぐ、この本が見られて、ほんとうによかった」といった。つまり、いい換えれば、雅楽には滝田隆一の顔をぜひ知りたかった、何かの理由があったらしいのである。

雅楽は、「江川さん、この隆一君を誰が外に連れ出したか、その人物を犯人というふうにはきめつけるわけにもゆかない。しかし、隆一君がその人物、むろんそれは男だと思うが、その人物とどこに行ったかという見当が私にはつくのですよ」といった。

「ほう」刑事も私も、呆然として、顔を見合わせた。一応のデータを聞き、子供の顔を確認しただけで、そうした明快な結論が出るというのは、私にはどうしても理解ができなかった。

雅楽は茶の間の戸棚をあけ、その中にならんでいる本の中から、「演劇界」の増刊の、「歌舞伎俳優名鑑」を出して来て、パラパラと頁を繰っている。

「お能の世界では、名鑑がこんなに立派な本なのに、そこへゆくと歌舞伎のほうは、チョクでいいですね。第一、編集も垢ぬけしているし、こっちのほうは、六百円、『能楽名鑑』のほうは八千円というのだから、まるでケタがちがうんですね」

苦笑しながら、雅楽は増刊のほうを、戸棚にしまい、「私は滝田さんが、ふだん歌舞伎を見ない人なのに、今月に限って、木挽町に行ったというのが、おかしいとまず思うんです。それも、おつねさんという隆一君のばアやの話では、急に思い立って席をとらせたというし、今度の芝居が『船弁慶』だから、やがて子方で義経をつとめる息子に見せておきたかったというのは、まことに奇妙な云い訳です。能の舞台を、歌舞伎の役者が見に行って、能を材料にした松《まつ》羽目《ばめ》物《もの》の参考にするという話ならあるが、能役者が歌舞伎を見て何かおぼえるという気持は、伝統として考えられないのですよ」

「そんなものですか」と刑事は、しきりにうなずきながら、耳を傾けている。

「江川さん、お手数ですが、ひとつだけ、警察のほうで調べていただきたいことがあります」

「何でしょうか」

「木挽町の小屋（劇場）から歩いて精々《せいぜい》十分といった輪の中にある病院にあたって下さい。そして、きのう病気が悪化して、近親の集まっている婦人の患者がいなかったか、たしかめていただければ、ありがたいのだが」

これも、私には全く見当のつかない、雅楽の持ち出した宿題であった。

なるほど、しかし、こういう調べは、警察の力でなければ、どうにも埒《らち》があかない難問である。

「承知しました」

なぜこんなことを調べさせようというのかを、刑事はすこしの詮索もせずに、引き受けた。

そのあと、雅楽はテーブルにのっていた「演劇界」の五月号のはじめのほうを、見ていた。

「多分、私の考えは、そう間ちがってはいないと思う。江川さん、これは大事件になるといった懸念はおそらくありませんよ。しかし、私は一役買って出ることになりそうです」といった。

今度も、私たちは、何も問い返さずにいた。老優の聡明そうな顔を見ただけで、ひとつの安らぎを得た思いが、刑事にも、私にも、あったのだ。

三

翌日、刑事は雅楽から依頼されて調べた結果を持って、千駄ケ谷にゆくと、私に知らせて来た。

むろん、私は刑事ともう一度老優の前に出て、いつもの事件の時にしてもらったような、老優独特の話術による絵ときを聞かずにはいられない。

ほんとうはこの日、社にたのまれた用事で新派の女優に会う予定があったのだが、それを延期させてもらって、雅楽の茶の間に、飛んで行った。

刑事の持参した用箋には、二人の婦人の名前が書いてあった。

一人は名和数江（五十二歳）

一人は八代泰子（三十九歳）

となっている。前者は、築地病院の分棟に入院している婦人科の患者で、後者は、胸の病で旧東銀座二丁目の南村病院に入院している患者であった。ともに、病勢が進んで、危険な状態というのである。

用箋を見つめながら、「この二人のうち、あとのほうの八代泰子が、いるところに、隆一という男の子がきのう行ったんです」

「といいますと」

「滝田隆一君が、連れて行かれたのは、この泰子さんの病室だと思います」キッパリとした口調で、雅楽はいった。

「はてな」刑事は、いつも、こういう時、最初の相槌を、谺《こだま》のように、こんなふうに打つ。それが雅楽の次のたのしい推理談をひき出すリズムになるわけだ。

「私はきのう、演劇界のおわりのほうの新聞になっている頁を見て、嵐芙蓉《あらしふよう》が、いま文化庁の移動芸術祭で、北陸のほうを旅しているのを知ったので、けさ楽三《らくぞう》（弟子）に、泊っている宿をさがさせ、電話で芙蓉と話をしましたよ」

「はア」私は、ポカンとしていた。

「芙蓉の子の、竹野さんも御存じの、去年から子役で舞台に立っている容三郎《ようざぶろう》が、この旅で、『寺子屋《てらこや》』の菅秀才《かんしゆうさい》に出ているんです、父親が松王丸《まつおうまる》でね」

「そうでしたね」私も、何となくまだ、間のぬけた返事しか、できずにいた。

「容三郎の本名、御存じでしょう?」

「いや、ちょっと、おぼえていませんが」と私は正直に答えた。じつをいうと、芸名としてだけなら、いろいろな家系のつながり方、親子や兄弟の関係なぞ、すぐスラスラいえるのだが、人間国宝級の大幹部は別として、本名を、くわしく記憶はしていない。

「石井隆二というのです」

「はア」

「つまり、容三郎も、隆ちゃんなのです」

「……」

「私は、きのう江川さんの、おつねさんというひとから聞いた話を耳にしながら、りゅうちゃんという名前で、ハッと思い当った。そこで、『能楽名鑑』の子供の写真を見たら、やはり想像が的中していたんです」

「というと」

「つまり、滝田隆一と、石井隆二は、ふたごなのです。私は芙蓉の男の子が、よそから貰った養子だと知っていた。たしか、生れるとすぐ、俗にいう藁《わら》の上から石井(芙蓉)の家に行ったのだが、能役者が歌舞伎の役者に子供をやるというめずらしいことがおこったのは、滝田夫人と、石井のそのころの妻君が従姉妹だったからだという事情は、さっき石井から聞いて、はじめて知ったわけです」

「そうですか」と刑事と私は異口同音にいった。

「私は、何か理由があって別れた、その前の石井の妻君が、赤坂で小さな料理の店を開いているという話は、誰かに聞いて知っていました。そのひとがつまり、八代泰子です。泰子が胸の病で入院して、思わしくない。まわりについている者が、泰子から、四歳の秋まで目に入れても痛くない思いで可愛がって育てた隆二を自分は石井において来たが、死ぬ前に一度会いたいと切望され、泰子が滝田夫人に相談してくれというので連絡した結果、思いついたのが、こんどの短時間の迷子の一件というわけですよ。

口実を作って、急にとってもらった席で、滝田の親子が木挽町の小屋にゆく。おつねさんは何も知らないんです。打ち合わせておいて病院から迎えに来た男が、滝田さんの席に行って、おつねさんのいないあいだに、連れ出したわけだ。一時にうちに電話をするようにと命じ、それには滝田夫人が出ず、どうしたらいいか、席までおつねさんが訊きにゆくということ、そして開演中だから、そういう時、子供は廊下においてゆくはずだということまで、計算してある。もし滝田貞之丞さんが考えたとしたら、これは冗談だが、完全な知能犯の才能を持っているといってもいいな」

こういいながら、雅楽は話の途中で火をつけたホープを、もう一度うまそうに吸った。そんな時に老人の前にただよう紫の煙は、話のアクセサリーのように見えるのだった。

「子供は、お母さんがいるといわれたので、ついて行った。連れ出した男は、そういえとセリフを与えられていたし、ことによると、病院にいる泰子がこの子の生みの親だと思っていたかも知れないが、隆一君がここで替え玉になって、隆二になって、泰子に会ったということは知らなかったでしょう」

「菅秀才の身がわりというわけですね」と私は口をはさんだ。

「もちろん、隆一君は、お母さんとちがう女のひとが横たわっている病室につれられて行き、大人だって重圧を受ける異様なふんい気に圧倒されて、ろくに口も利けなかったでしょう。容三郎の隆二が東京にあいにくいなくて、呼び戻すことは絶対にできないので、こんな窮余《きゅうよ》の策をとったのだが、子供がぼんやりして、だまっていたとしても、泰子のほうは、まだ頑是《がんぜ》ないころ別れたのだから、そして今は別の立派なひとが育てていてくれるのだから、子供が自分を母親だと思わなくてもいい、顔をひと目見ただけでも満足して、すぐ帰してくれたのだと思います」

「やっと話のすべてが、納得できましたよ。おそれ入りました」と江川刑事は、目をしばたたきながら、雅楽に深々と、頭をさげた。

「こういうことだろうと思うので、これ以上、妙な事件がおこる気づかいは全くないといえます。ただ隆一君がかなりショックを受けたのが気の毒だが、すぐ忘れるでしょう。

滝田の家も、芙蓉の家も、泰子が石井を出てしまったので、ほとんど、つきあってもいないだろうから、こんなことがなければ、交渉もないのだけれど、絶縁のようにしてしまわないでいるかも知れない。自分の生んだ容三郎の舞台をそっと見ているだろうと私は思うが、貞之丞さんは自分のあとをつぐ男の子に、きょうだいが、歌舞伎の子役だというのを、むろんまだ教えてはいないと思う。あるいは、できるだけ、歌舞伎を、ことに芙蓉の出ている芝居を見せまいとしているかも知れない」

「そんなものでしょうか」と私は首をかしげた。

「ふたごの一人が養子に行った先に、もう一人がしじゅう遊びにゆくということは、なぜか、あまりしないものですよ。年ごろまで一緒に育ったのなら別だが、幼いころに別れさせた場合は、私もいくつかの例を知っているが、みんな、そうでした」

「これもひとつ、伺いました。大切なことをね」と刑事がわざわざ手帳を開いて、メモをしている。

「だが、私はこういう機会に、滝田と石井の家が、何となく、むかしのように、親類づきあいをするようになってもいいのではないかと思う。私の若いころは、能は歴史的にも歌舞伎より数段格が上というので、先方は威張っていたが、今はそんなことはありません。二つの伝統芸が交流して、いろいろな舞台を作って見せたりしている時勢だ。いつの日か、成人した隆一兄弟が共演することがあっても、いいじゃないか」

雅楽がいつになく、こんなふうな話まで、熱を入れてしたが、自分の推理を確信しているからこその発言なのである。

刑事が何ともたくみに、もう一度会った滝田貞之丞から「告白」を聞きだしたが、それは雅楽の考えていた通りだったということである。

貞之丞が、刑事が雅楽の名を出したら、一も二もなく恐れ入ったと答えたという。江川は私に、「滝田さん、大小を投げ出して、頭をかいていました」といった。

こういう表現も、雅楽からしじゅう話を聞いているので、江川の身についてしまっているのである。

隆一にも、幸い、後遺症は残らなかったらしい。幼児はそんなものかも知れない。

さらにうれしいのは、子供の顔を見てから、八代泰子がもう一度生きたいという気持になり、精神力で持ち直して、どうやら快方に向いつつあるということである。

私は、巡演から東京に帰って来る芙蓉親子が、六月に大正座に出る予定なので、来月は初日を見にゆきたい気持になっている。

必死の声

一

従弟の家が豊島区要町にある。その娘の田鶴子がある朝、私に電話をかけて来て、こういった。

「御相談があるの。パパもママも相手にしてくれないので、竹野の小父さんに話せば、何とかしていただけるんじゃないかと思って」

ついこのあいだまで小学生だったこの娘が、おとなびた口調で話すのが、私には、たのしいことだった。

「説明してごらん」

「うちのマンションの二つ隣の部屋に二三日前から、へんな声がきこえるんです。その部屋にいるのは、池袋の中学の校長さんの夫婦で、ほかに誰もいないはずなのに、若い女のひとの声で、泣いたり叫んだりしているのよ」

「へんだな、それが田鶴子にきこえるのか」

「ええ、お願いだから、私を救って下さいとか、あなたが冷たくすると私あなたを殺すわよなんて、いってるの、そうしたあとで、わアわア泣いたり、しくしく泣いたり」

「一軒おいて隣の声が、よくきこえるね」

「いえ、気になるので、その部屋の前に立って聞いてみたから」

「ふん、なるほど」

「パパが気になるので、その校長先生に尋ねたら、大したことじゃアありません。お耳ざわりだったら、お許し下さい、大きな声を出さないように申しつけます、といったんですって」

「ほう」

「しかし、御夫婦しかいない部屋に、若い女の声がするというのは、おかしいと思わないこと」

「録音テープか何かじゃないのか」

「いいえ、あれは、たしかに肉声よ」といったあと、田鶴子は声をひそめて続けた。

「私の想像だけど、校長先生の学校の非行の女生徒を、親がもてあまして、あずけたんじゃないかと思うの、その生徒が監禁されていて、奥さんに訴えているんじゃないかしら」

「校長の家庭で、悪い生徒をあずかるというのは、ちょっと考えられないね。親戚の娘か何かなら、別だけど」

「こうも考えてみたわ。その若い子が叫んでいたのは、夕方で、奥さんが買物に行った留守だったの。部屋には校長さんだけがいたはずなのよ。そんな時、あなたが冷たくすると殺すなんていう娘の声がしたとすれば、もしかすると」

「何だい」

「校長先生が奥さんのいない時に、恋人を引き入れて」

「まさか、第一、買物に行った奥さんなら、間もなく帰って来るんじゃないか」

「いえ、買物といって出かけて、夜おそくまで帰らないことがあるの。あの奥さん、お友達とよくマージャンをしているらしいから」

「ばかに、くわしいんだな。まるで私立探偵だ」

「だって気になるんですもの。パパやママは、そんなことを心配していたら、人間がこんなに多い東京に住んでいられない、放っておきなさいというんだけど」

「ぼくは多少興味を持つな。しかし、その部屋の主人が、あまり立ち入ってもらいたくない感じなら、お父さんがいうように、しばらく様子を見ることにするか」

「ねえ、小父さん」

「何だ」

「小父さんは、ほら、歌舞伎の中村雅楽《なかむらがらく》さんと親しいんでしょう。こんな話をその方にして、考えを聞いていただけないかしら」

「そうだな」と私はひと息入れて、答えた。

「こういうことを高松屋《たかまつや》に持ちこんだことはないんだが」

電話を切ったあと、私は、従弟の娘が、雅楽老人に話してみてくれといったことについて、急に乗り気になった。

というのは、劇場でおこったこと、俳優あるいは芸能人とその周辺で発生したことしか、今まで老優には話したためしがないのだが、些細な事件とはいえ、マンションで隣近所をさわがせている奇怪な状況についての判断を、きかせてもらうのも、おもしろいと思ったのだ。

私は田鶴子に改めて電話をかけたりせず、千駄ケ谷に行った。

このごろは、雅楽は、町内のアカンサスというコーヒー店で会おうといってくれる。「いつものボックス」という小説に書いたように、店の前の花屋の少女の姿が見えるその店の指定席で、老優は、私を待っていてくれた。

「おもしろい、大変おもしろい」

私の話を聞いたあと、雅楽は腕をこまねいた形で、しばらく黙っていたが、そのあと、こう、つぶやいた。

「どういうことなんでしょうね」

「まず、竹野さん、その女の声が肉声だとすると、三通りの考え方ができます」

「ほう」

「その貴方の御親戚の娘さんの考えているようなことが、その校長先生の家にあるはずがないというふうにも、断定はできません。近ごろは自衛官や警察官がとんでもない刑事事件をおこすこともある。教育者といえども、なま身の人間なんだから、秘密があるかも知れない。しかしそれはまア何十分の一の確率としましょう」

「はア」私は、次の話が待ち遠しかった。

「次はごく平凡だが、その家に若い女性が現実にいるとする。誰かからたのまれて、あずかっているとします。親類の娘さんが上京して何ヵ月か、マンションのその部屋に逗留《とうりゅう》していると する。ただし、どこか異常な女性で、そんな妙な声を立てたり、泣いたりする。これはつまり、狂っているわけだから、近所の人にどうかなさったのかと訊かれて、校長さんが、御心配なくどうぞという素《そ》っ気《け》ない挨拶をして、ごまかすことになりましょうな」

「気が変なら仕方がありませんね」

私は何となく、気落ちした声で、相槌を打った。

「しかし竹野さん、もうひとつ」と雅楽が私をじっと見た。

私はわくわくした。雅楽はそういう時、ほぼ確信している結論を最後までとっておく癖があるからだ。

「何でしょう」私は思わず口もとをほころばせたくなって、質問した。

「その女性は、若い女優じゃないでしょうか」と老優はいった。

「要するに」と雅楽は私がいった言葉をキチンと記憶していて、続けた。「お願いだから私を救って下さい、とか、あなたが冷たくすると私あなたを殺すかも知れないと大声で叫んだりそのあとでわアわア泣いたり、しくしく泣いたりというんでしょう。私は感情に激した女のひと、今そういういい方があるかどうか知らないが、ヒステリーの女のひとをずいぶん見ているが、そういう女性は、わアわア泣いたあと、次にしくしく泣くなんて、泣き方はしないものです。泣くとすれば、どっちかの泣き方をするものですよ」

これは私のはじめて聞くことだが、そういえば、たしかにそうだ。

「あるいは二通りの泣き方をしたとすれば、しくしく泣くのが先で、それから大きな声で泣きます。もし貴方の親類のそのお嬢さんが聞いた通りの順序で、あなたに正確に伝えたとすれば、これは普通にはあり得ないことで、私は前のほうがセリフの稽古、あとは泣き方の訓練ではないかと思いますよ」

「なるほどね」

「セリフといったけれども、これは舞台の台本ではなく、小説の中の女の言葉かも知れませんね」

「はア」

「というのは、これも順序の問題ですが、私を救って下さいという哀願のし方のあとで、殺すわよと威丈高《いたけだか》になるのも、女ごころとしては不自然です。これも逆なら、まだわかる。相手を威嚇してから反応がないので膝にすがって泣き落しにかかるのが心理としては、私にも納得できる」

「はア」

「新劇のほうで、ロシアの演出家の作った教則本がありましたね、たしか」と老優がいった。

「むかし、小山内薫《おさないかおる》先生から伺ったことがあります」

「スタニスラフスキーですか」

「そうそう、その人が、役者の訓練は心理学を土台においたものでなければといって、セリフや動きの裏に、その人間のその時おかれている状態をいろいろ仮にきめて、稽古場《けいこば》で演じさせたという話でしたっけ」

「今でも、俳優養成所では、そういうテキストを使っているようです」

「この女の声は、泣き方の練習、気味のわるいおしゃべりは、特殊な悩み方の中で必死に足掻《あが》いている切実な叫びというふうに考えられますね」

「はア」私は、雅楽から演劇実習の講義を聞かされているような気がした。独占していては勿体ないようだった。

雅楽がつけ加えた。

「もしかすると、これは女が愛されていた同性の女から捨てられかけているとでもいう立場の発言ではないかと思う」

「どうして、そんなことが」

雅楽が苦笑しながら、いった。

「私はそういうのをずいぶん見ているが、これは女形《おんながた》が惚れた男に対していう話し方と似ているんです。もちろん、今はもうこんな風ではないでしょうが」

私には、中村雅楽の若かった大正時代の歌舞伎の世界の裏の妖しい雰囲気をチラと、のぞかせてもらったような、ドキッとする思いがあった。

二

私が雅楽の推理を田鶴子に話すと、さっそく校長夫人に、

「お宅にいる方、女優さんですか」

といってみたそうだ。

するとと、夫人は、「よくわかったわね。あの子はじつは私の遠縁の子なんですが、こんど丸の内の劇場の近松《ちかまつ》シリーズで、鬼界ケ島の海女《あま》の役をすることになり、夢中になって稽古をうちでもしているんです。その子の弟にいま受験の準備をしている高校生がいて、自分のところでは、セリフの訓練もできないというので、しばらくあずかっているわけです」

こういったと田鶴子から報告があった。

そういえば、この十月に近松門左衛門《もんざえもん》の「俊寛《しゅんかん》」を現代語で、新劇の俳優が演じるという予告を、ついこのあいだ聞いたばかりで、潤色する作者も演出家も女性だという話だった。そして、演出家のほうは、独身、スラリとせいが高く、パンタロンが似合う、一見宝塚の男役のような女性で、若い女優をいつも愛しているという評判も聞いている。

雅楽が「女が女に訴えている」と観察したのが、演出家の名前を聞けば、何やらピタリと雰囲気が合致するのだ。老優のそういうカンのするどさは、無類である。

私は、新聞社の演劇記者にたのんで、現代語「俊寛」の台本をとりよせて読んだがその中に、

私を救って下さいとか、冷たくすると殺すとかいうセリフはなかった。

とすると、美少女好きの女の演出家が、自分で勝手なセリフをレッスン用に与えたのかも知れない。そう思うと、妙になまなましい感覚がある。

記者にしらべてもらったら、その「俊寛」の唯一の女の役である千鳥《ちどり》という娘は、はじめかなり年配の女優が演じることになっていたが、年が四十近いので、うまくはあっても、みずみずしさがない。

そこで演出家は、劇の中に設定されている十九という年とそう遠くない娘で、南国の日にやけ、小麦色の肌をしていて、果実のように新鮮な娘をオーディションでつのることにし、応募した六十八名の中から、南明座という劇団でついこのあいだまで研究生だった吉村理栄という女優の卵をえらんだのだという。

私が熱心に情報を求めるので、記者もすっかり話に乗り出し、吉村の素顔の写真も届けてくれた。

髪が長く、鼻筋が通り、口もとがしまっている美少女だが、表情にどこか、やるせないような、自堕落《じだらく》な笑顔があって、それが魅力だ。ナポリの港町にでもいそうな、エキゾチックな印象がある。

私は演出家がこの吉村を見て、胸をときめかせたにちがいないと思った。男が男を愛する話はどうも苦手だが、女の同性愛者には、すくなくとも私は興味を持つのである。

「いちど会ってみますか、その吉村理栄に」と記者がいった。

私はふと気がついて、雅楽と稽古場を見にゆこうかと思った。というのは、俊寛を当り役のひとつにしていた役者なのである。

三十六で初演して、七回も演じ、いつも好評だった。私はそのあとの三回しか見ていないが、古典のいわゆる型物《かたもの》の見事な技巧のほかに、悲劇のヒーローの心持がじつによく裏づけられていて、原作は近松だが、どこかギリシャの芝居を見ているような昂奮さえ与えられたのだ。

俊寛を持ち役にしていた老優が、現代語で新劇俳優の演じる同じ芝居を、何かの形で助言できればいいのではないかと、私は口実を思いつき、劇場の支配人に話した。

すると、「願ってもないことです。じつをいうと、歌舞伎の『俊寛』を見ている出演者が一人もいないのです。もちろん歌舞伎とは全くちがうやり方をするわけですが、一応、歌舞伎でどんなふうに役づくりをするのかを知った上で舞台に出ると、大分ちがうと思っていたところです」といった。

作者も演出家も、大変喜んで、ぜひ老優に稽古を見ていただきたいと、正式に申し入れて来たので、七月の中旬に私は雅楽を誘って、丸の内の劇場のビルの六階の広い稽古場に行った。

海女の千鳥というのは、俊寛とともに鬼界ヶ島の流人《るにん》になっている二人のうちの二枚目役の丹波少将《たんばのしょうしょう》成経《なりつね》の恋人で、いつしかわりない仲になり、夫婦約束をした素朴な娘である。島に都から赦免《しゃめん》の使者が来て、三人が舟にのりこもうとする時、成経は千鳥をつれてゆくつもりでいたのだが、使者は島から出る人数が三人ときまっているのだからといって、そうした勝手をみとめない。

無理やりに男たちだけを舟に乗りこませ、今にもとも綱をとこうとする時、浜辺にとりのこされた千鳥が、大声で泣き叫ぶ。

坂元道子という作家のセリフは、「お願いです、私をひとりにしないで下さい。何も知らなかった時なら別ですけれど、成経様に愛されてしまった私は、男のひとがいなくては、もう生きてゆく張りも、力もなくなってしまっています。お願いです」と叫ぶことになっている。歌舞伎では、義太夫《ぎだゆう》の節《ふし》にのって、馬のしっぽと俗称されるカツラをつけた娘方《むすめがた》が、おどるような形で、せつなく哀れな島の娘のはげしい情《じょう》を表現するのが型だが、こんどの公演では、そんな演出ではあり得ない。

老優と二人で着いた時、ちょうど、その千鳥の見せ場がはじまったところであった。まだ個人的に会ったことがない演出家の野上ひで子は、怒ったような顔で、じっと吉村の演じる姿を見つめていた。

「お願いです」と二度いうセリフのいいまわしを、二度ともちがう感じでいうようにとこまかく指示しているらしかったが、若い女優がそれをなかなかうまく表わせない。

同じセリフを私たちが行ってからでも、十回以上いい直させ、それでも満足しないので野上ひで子は立ち上るとツカツカ吉村に近づき、肩を両手でおさえ、「こんなに力を入れてはだめよ」といい、女優の身体をゆすぶった。

吉村は今にも泣き出しそうである。

「泣きなさい、わんわん泣きなさい。くやしかったら、いくらでも泣けばいいんだわ」すてゼリフのようにいいすてて、野上は自分の椅子に戻る。チラリと私たちを見たが、会釈もしない。きつい演出だと私は舌をまいた。手順をテキパキきめて、どんどん進行する歌舞伎の稽古場とはまるでちがっていた。

休憩になってから、居合わせた作家と、演出家に、挨拶した。野上はそれでも愛想よい顔になったが、吉村のほうをふり返り、「特訓しているんですが、どうも必死の声が出ないんですよ。あの子はきっと自分の生活の中で、困ったとか、どうしようとかいう風なせっぱつまった思いをしたことがないのかも知れませんわ」といった。「どうしたらいいのか、私もくたびれてしまって」と、さびしく微笑している。

雅楽は吉村をしばらく観察していたが、ポッンといった。「余計なおせっかいでなければ、私にセリフの特訓をさせて下さい。ただし五日間です。そして、稽古場にお返しします」

野上は大きくうなずき、「お願いいたします。私としても、大助かりです。あの子の見せ場ばかり稽古しているわけにもゆかないんですから」といった。

三

劇場の支配人が吉村をつれて、すぐ近くのホテルのコーヒー・ラウンジに来た。

女優は、見るからに若さがみなぎっている、という印象を私に与えた。しかし、口の利き方も知らないし、どこか、生意気にも見える。

「南明座にも、戦争前から舞台に出ている大先輩の女優がいるんでしょう」と雅楽がいった時、吉村は、「ええ、溝口夏江先生という方がいらっしゃいますけれど、もうお年ですし、あまり出演もなさいません。私はチェーホフの芝居で、ばアやの役をしたのだけしか、見てないんです」と、それでも慎重に丁寧語を西洋人の日本語のようなテンポで使いながら答えた。

「公演ならともかく、まだテレビや映画にも出ているはずだし」と私がいうと、吉村は、「テレビでは、連続ドラマのおかあさんの役で、聟どのと、のべつに小言をいうのが、溝口先生の毎週の持ち役なんですよ」といった。

溝口の若い人妻の役から見ている私は、正直にいって今のこのベテラン女優の演じている役が、いろいろな事情があるのはわかるが、気の毒な気がしていたのだ。

ところが吉村は「先生」とは呼んでいるが、溝口がどんなにいい女優だったかについては、ほとんど知識がなく、いまテレビの時代劇ではじめとおわりにちょっと出る、与力の義母のイメージでのみ知っているらしかった。

「溝口先生って、お上手だったのですか。舞台のほうでも、主役をなさっているのでしょうか」と無智な質問をする。

雅楽も少々呆れたらしく、「南明座の女優が、そんなことをいったら笑われるよ」とたしなめる口を利いている。

劇場の支配人がいった。

「野上先生は、この子が気に入って選ばれたので、大劇場のデビューを何とか成功させたいと考えていられるんですが、なにしろむずかしい役ですからね」

「そうそう」と老優が尋ねた。「吉村さんがうちでセリフの訓練をひとりでする時は、台本以外に何か使っているの？」

「野上先生が小説からぬき出して、千鳥のような、追いつめられた女の叫ぶ声を書きならべて下さったものを、感情をこめてしゃべってみているんです」

「小説って何だろう」と私がつぶやくと、

「フランスの作家フランソワーズ・ジゼールの〝必死の声〟という長編だとか。公演がおわったら読ませて下さるそうですが、少女と女の先生の愛の物語ですって」

私は雅楽がたったセリフでいえば二言を聞いただけで、これをレズビアン（もちろんそんな表現はしなかった）の口説《くぜつ》といい当てた炯眼《けいがん》に改めて舌をまかずにはいられなかった。

「中村先生（と吉村が雅楽を呼んだ。これも妙な呼び方である）、私、何かまだレッスンしたいんですけど」

「歌舞伎のセリフまわしなら、女の役のでも、いくらでも教えられるわけだが、現代語の千鳥を、女形に習ったって、仕方がないでしょう。やはり、リアルな写実のしゃべり方を、もっともっと掘りさげて勉強するんだね」といったあと、雅楽がふと思いついたようにいった。

「そうだ、こんなことはどうだろう。すこし人の悪い話だが、吉村さんが自分の表現力を試すのに、もって来いのものがある」

「何だろう」と私は老優の顔を見た。

「東京の局には電話相談室という特別な番号があってね、身の上について、出て来た女のひとにくわしく話すわけだ。その相談の中には、自殺を考えているといった、ゆき詰った境涯の人間もいる。男女誰でも番号をまわすと、出て来た向うの女性が、しみじみと耳を傾け、こうしたらいいとか、こうすれば気が晴れるだろうとか、やさしく、応対して、なだめてくれるわけだ。その女性の話し方が、何ともいえない味がある口調で、心がこもっていて、ついつい、うっとりと、今まで鬱屈していたものを吹き払ってくれる。吉村さんも一度そこに電話を入れて、綿々と自分の苦しみを訴えてごらん。そうすると、先方が反応をするわけだが、にせものということもすぐ見ぬくという話だから、吉村さんは、ほんとうに困っている女の、それこそ必死の声をふりしぼって話してみなさい」

そういえば、二十年ほど前にアメリカから来た「いのちの紐」という映画があった。ニューヨークのそういう相談電話に自殺をはかってすでに睡眠薬をのんでしまっている若者からかかり、いま死ぬ前に誰かと話がしたかったというのである。

逆探知で市中をさがし、とうとう、どこからかかった電話かつきとめ、救急車がかけつけて、若者のいのちをきわどいタイミングで救うというスリリングな場面を、あざやかにおぼえている。

雅楽は支配人に、とり寄せたメモにスラスラと書いて、小声で「この電話の番号をしらべて、あとで千駄ケ谷に知らせて下さい」といった。

「やってみます」と吉村は思い切ったように、口をきりっとひきしめていったが、

「でも、相手の方に悪いかしら」

「いま自殺するつもりで、くすりを飲んだなんて嘘をつき、人さわがせをしなければいいだろう。じじつ、あなたは今、大いに悩んでいるんだから」

名案を思いついた雅楽は、どこか嬉しそうにいった。その目は、まるで孫娘を見ているような視線の表情だった。

四

あとでその電話相談室の呼出番号を、私も聞いた。「杉並局の四××」というのだ。(いまここにそれを正確に書かないのは、読者がついダイヤルをまわしてみたくなったりするといけないからである)
吉村理栄は、自分で電話口で何としゃべろうかという言葉を、あれこれと考え、何回も何回も練習して、やがて雅楽から聞いた電話番号でかけたということである。
雅楽が、「私に聞いて、こういうことをしたと、野上さんにはいわないで下さいよ、しかし、うまく話せて、向うにあなたの苦しみが伝わったら、それはあなたがセリフのむずかしい呼吸を会得《えとく》したことになる。古風にいえば、つまり、試金石だ」と念を押していたので、吉村は五

日かけて、電話口でのものいいをこしらえあげ、夜九時ごろに、ダイヤルをまわしたのだという。

あとで聞いたのだが、出て来たのは、二十四五ぐらいの女性で、じつにいい声だったという。

「それはもう、何ともいえない、さわやかな口調で、やさしく、私をいたわってくださったんです」と、雅楽と私が六日目に、もう一度会った時に、吉村はいそいそと、報告した。

「どう話したのかね」

「先生には悪かったんですが、話しているうちに、私、感情がこみあげて来て、つい泣き出して、しまったんです」

「うん」

「すると向うの方が、よくわかるわ、あなたの落ちこんでいる気持がわかるわ、私だって、そういう時がついこのあいだまで、あったんですもの、というんです」

「それで」

「でも、私、立ち直って、いまはボランティアーとして、この相談室のお手伝いをして、人生をやり直すことができたわ、こういいました」

どういうことがあったのか、それは失恋だったのかと、私は吉村の話をききながら、美しい声の持ち主の若い顔と姿を勝手に想像していた。

「ところが、私、人生のやり直しといわれた時に、つい、そんなことが私にできますかしら、私いままでも、死のうという気持がどこかにあるんですけどといってしまいました」

「すると」と雅楽がじっと見ている。吉村は涙ぐんで、こういった。

「向うの方が、しばらく黙っていたと思うと、すすり泣いているんです。つまり、私のために、その方、泣いて下さったんです。貰い泣きをして下さったんです、いま思うと、罪の深いことをしたような気がして、自分の千鳥の役づくりに、そんな電話を利用したりして」

いかにも悪いことをしたという後悔の念を全身で吉村は示した。

見るからに南国の島の娘の役に当てはまる潮の香のするようなこの若い女優が、喜びと申しわけないという心持とを複雑にからみ合わせて、訴えるように私たちを見あげる顔は、美しかった。

きっと、この千鳥の役は、うまくいくだろうと私は確信した。

これから稽古場にゆくといって、吉村はこの前と同じコーヒー・ラウンジを去った。

私は雅楽にいった。

「よかったじゃありませんか。そういう電話をしたというだけで、彼女、すっかり自信を持ったらしい」

「そうね」と雅楽はたのしそうに、両手をこすり合わせながらいった。

「竹野さん、一度あなたも杉並局の四××にかけて御覧なさい」

「だって私はべつに、いま、悩んでいるわけではないし」

「なるほどね」と老優はつまらなそうに横を向いた。

その翌日、木挽町《こびきちょう》の昼の部を見たあと、三原橋のすし初に寄ると、雅楽がひとりでのんでいた。「お宅に電話をしたら、芝居に行っているというから、きっと帰りに寄るだろうと思って、網を張っていましたよ」

二人でとりとめもない話を交わしながら飲んでいるうち、雅楽が、「そうそう、竹野さん、杉並局の四×××のダイヤルをまわしなさいよ」といった。

めずらしく同じことを今日もいう。へんに執拗だと思ったが、酔いにまかせて、何か軽い相談でも持ちかけてみようと考え、私は店の電話器をとった。

七けたの番号をまわすと、五十代の女性の声で、「はい、こちら溝口の宅でございますが」といった。

あわてて、間ちがいをわびて一度席に戻ると、老優がいった。「その番号は南明座の溝口夏江さんの家ですよ」

「えッ」と私は目を丸くした。

「二十代の声で、吉村に応対したのは、溝口さんです。私がたのんで、出てもらったんです」

「そうでしたか。そうだったんですか」

「吉村は溝口さんの芸をまるで知らない。芝居が初日を迎えてから、私はこの種明かしをするつもりです。あの子も大先輩を、これで心から尊敬するでしょう」

老優は何となく、はしゃいでいるように見えた。

芸談の実験

一

小春日和で気持のいい日だった。

国電でたまたま千駄ヶ谷を通ったら、しばらく中村雅楽《なかむらがらく》に会わずにいたのを思い出し、急に訪ねたくなって、下車した。

向うへ着く前に、コーヒーを飲もうと思い、国立能楽堂の手前のビルの一階にあるアカンサスという店にはいると、偶然老優がボックスで、若い女子学生らしい娘と話している。

しかし、雅楽は空いていれば、大きなガラス窓に近いボックスに、入口に背を向けてかけるのが普通なのに、きょうは、その隣のボックスで、こっちに向いて、席をとっていた。

だから、私がすぐ目にはいり、老優は手をあげて、私を招いた。

「よく私がここにいるのが、わかりましたね」と、愛想よくいった。

「お宅に伺うつもりで、ちょっと寄ったのです」というと、前にかけている女性を、紹介した。

雅楽と向い合って腰をおろし、見るからに聡明そうな娘である。目が輝いていて、微笑しながら、名刺を出して、ていねいに頭をさげた。

「関寺真知子」という名前である。

「珍しい苗字《みようじ》ですね」

「いつも、そういわれるんです」と答える。

「竹野さん、このお嬢さんはね、この春、三田の美学科を出て、いまは雑誌のレポーターというのを、仕事にしているんです」

「まだ学生かと思った」と私はもう一度、真知子の顔を見直した。

「私の芸談をとるように『演劇界』にたのまれて、先月から時々来ているひとです」と雅楽はニコニコしながら語った。「はじめて会った時、セキデラマチコと名のったんで、いい名前だな、関寺小町のようで、といったら、でも、その小町では困ります、あれは老女ですよ、というんだ。なかなか気転が利く」

雅楽が当人を前において、こう賞《ほ》めるのは、よほど、気に入っているように思われた。誰にでも不快な感じを見せない人だが、それでも、相手によっては、いつも機嫌のいいわけではない。ことに、心のよくない人物に対しては、手きびしい批評を下す、じつはこわい役者でもあった。

「ところで、高松屋《たかまつや》さん、隣のビルの花屋にいた可愛らしいマドンナは、店をやめたんですか」

と私は尋ねた。

「どうして、わかります」と雅楽は、すこし頬を赤らめて反問する。

「だって、前にはこのアカンサスに、朝の十時に来て、隣のボックスの指定席にかけ、コーヒーをのみながら、花屋のよろい戸のあがるのを待つという日課があったじゃ、ありませんか」

「おやおや」

「ちがうボックスに、ちがう時間に来ているのは、前からの席だと、さびしくなるからですよ、きっと」

「こいつは、お株をとられた。竹野さんも、だんだん、人が悪くなる。じつはあの雅子という子、親類が開いている喫茶店を手伝うことになったんです。やめる前に、うちにも来てくれました」と雅楽はくわしく説明する。

だまって聞いていた真知子が「その雅子さんの話は、竹野さんがお書きになったので、読みましたわ」といった。そして、続けてこういった。「私は、高松屋さんの舞台の芸談ばかりでなく、お若いころからのプライベートのお話も、たっぷり伺いたいんです」

「そんなに、おもしろい話はありませんよ。歌舞伎の世界に、十五の年からずっといるので、師匠や先輩に教えられた役の話、若い者に聞かせた話なら種は尽きないが、あとはごく平々凡凡」

「だって、高松屋さんには、好きな方がいろいろあったはずですわ」

「それは私たち役者だから、女の人とは、ずいぶんつきあいましたよ。いまいうプレイボーイという柄ではないから、浮気っぽい、その場その場の色恋はしなかったが、私も木石《ぼくせき》じゃないから、人並みにね」

雅楽が過去の歳月をふり返って、こんな打ち明けた話をするのは、珍しいことだった。私はここにいる関寺真知子が、何となく、老優の口もとをほころばせるような、雰囲気を持っているのだと直感した。

私も東都新聞に入社して間もなく、三回ほど続く短い芸談をきかせてもらって以後、この数十年のあいだに、おびただしい量の芸談をとって来た。事件の謎ときのことばかり書いているように思われるのは、芸談をまだ一冊の本にしていないためでもあるが、こんなに親しくなってしまうと、かえって順序立てた回顧談は、改まって聞きにくくもあるのだ。

関寺真知子の聞く芸談の内容はわからないが、いい機会だから、ゆくゆく本にするような引き出し方をしてもらいたいと思った。

真知子は、三十分ほどすると、「来週御都合を伺った上で、お宅にゆきます」といって、帰って行った。

「あの子は、芸談のとり方がうまい。鐘をつく撞木《しゆもく》がよくないと、音色が悪いというが、関寺さんは、いい撞木です」といった。

少々ねたましいような、手放しの賞讃である。当分、雅楽は、たのしい月日を持つにちがいないと思って、しかし私はホッとした。

二ヵ月ほどのちに、雅楽が歌舞伎座にゆくと聞いたので、私もその日、監事室で見せてもらうつもりで出かけて行った。

昼の部のおわりに、久しぶりに、お半長右衛門《はんちようえもん》の「帯屋《おびや》」が出ている。雅楽はこの芝居では、長右衛門を三回演じ、あとで舅《しゆうと》の繁斎《はんさい》もしているはずだ。

大体「桂川連理柵《かつらがわれんりのしがらみ》」というこの浄瑠璃のこの一幕は、いろいろな役に、型や口伝《くでん》がたくさんあり、芸談の数々がギッシリつまっている抽斗《ひきだし》のような世話物だ。長右衛門を四十になったばかりの光太郎《こうたろう》が初役でするのに当って、雅楽が教えたということだった。

多分きょうは二度目か三度目に見るのだろう。この老優は、教えた時は、稽古に立ち会い、初日に見てダメ(文注)を出し、四五日して、もう一度、中日《なかび》ごろさらにもう一度見るのだった。

ちょっとおくれて、暗い監事室の戸をあけると、ガラス越しに舞台を遠望する椅子に、かけているうしろ姿があった。気がつくと、隣にひかえているのは、いつぞやアカンサスで会った関寺真知子のようであった。

はじまっているので、短い挨拶だけして、終るまで、だまっていた。

幕が引かれ、場内が明るくなった時、真知子が改めて、折り目正しい挨拶を、私にした。

「あいかわらず、話を伺っているの?」

「ええ、もうこれで、千駄ケ谷にも六回寄せていただいているんです」と、うれしそうに、うなずく。

「おもしろいでしょう。芸談というものは」

「私は、歌舞伎のお話を話していただくのは、はじめてなんですけれど、いつも、宝の山にはいっているようで、お話のひとつひとつが、勉強になります。それに高松屋さんは、外国の芝居まで、よく知っていらっしゃるんで、びっくりしてます」

「いやいや」と雅楽は私にわざと説明するといったいいまわしで、こんなふうにいった。

「私の知っている赤毛物《あかげもの》は、文芸協会や自由劇場でしたものと、このごろ若い歌舞伎の役者が時々するシェイクスピアぐらいでね、大したことは知りゃしない。ただ、坪内先生の『お夏狂乱』が『ハムレット』のオフェリヤにそっくりだとか、『リチャード三世』は南北の敵役《かたきやく》に似ているとか、そんなことは、何となくすぐわかるんだ」

こんな断片的な会話でも、真知子は目立たないように、膝の上に出している小さなメモに、大切そうに、ノートしていた。

「長右衛門が四十二、お半が十四という年で、恋人になるなんて、いまなら何でもないが、昔は町中が大さわぎをするような事件だったんだね」と雅楽は真知子と私と二人にむけて、話した。

「いま、長右衛門が自分の年、お半の年を、お絹《きぬ》さん（女房）に話す時に、そろばんを入れましたわね、ああいうやり方は、昔からあるんですか」と真知子が訊く。

「私がこんど光太郎に教えたんだ。だが、いま遠めがねで見ていたら、光太郎が正確に四十二というはじき方をしているが、ああまですることはないんだ。『金閣寺』の松永大膳《まつながたいぜん》の碁と同じで、それらしいサマになっていればいいんです」この話は、私も初耳であった。

帰りに、雅楽がすし初に寄ろうといい、真知子もさそうと、喜んで、ついて来た。

ビールを真知子もすこし飲み、真っ赤になったが、そのあと、小座敷の座蒲団の上でちょっとすわり直すと、こんなことをいいだした。

「いまのお半と長右衛門を見ていて、思い出したのですが、私が養女だということを先だってまで知らなかったんです」

「ほう」こういう話をきく時の雅楽のマナーには、いつも感心する。

身の上話をつい甘えてしたくなるような人なので、私の居あわせた時にも、ずいぶんいろいろな男女が自分の話をしてしまうのだが、深刻な相談なのか、気楽に聞いていい雑談なのかを、最初の口の切り方や表情ですぐ判断して、相槌の打ち方が変るのである。

真知子は明るい笑顔で、話し続けた。

「私からいうのもおかしいのですが、ついこの間、母の親戚が来て茶の間で話している時、その人が真知子ちゃんはきれいになったねといっている声が、隣の部屋にいた私に聞こえました。すると母は、あの子は両親の年が離れていたので、そういう子は美人になるんだそうよといっているのです」

「ほう」

「母は私が隣にいるとは知らなかったのでしょう。何しろ、お父さんが四十ぐらいの時、お母さんが二十だったというのですからねといいました。私はびっくりしました。だって、私の家の両親は、三つしか、年がちがわないんですもの」

「なるほど」

「息をひそめて聞いていると、母が申しました。それに、あの子の親は二人とも俳優です、舞台に立つ人は、みんないい顔をしていますものって」

「そういったんだね、お父さんとお母さん、二人とも役者だって」

「私はそれっきり、だまっていたんですけれど、そういう親の子が、どうしていまの両親に預けられたのかが、やっぱり知りたくなりましたし、俳優だった二人が誰なのかも、聞きたくなりました」

「切り出しにくいだろうね、そういう質問は」

「さんざん考えた上で、私はある日、両親と三人で食事をしたあと、こんなふうにいってみました」

「どういったの」と雅楽は興味をいかにもそそられたという顔で、真剣に、次の言葉を待った。

「私は両親の誰とでもなく、独り言のようにこういいました。私の名前の真知子というのは、映画にもなったNHKのあの真知子からとったのかしら、それとも野上弥生子《のがみやえこ》さんの小説からかしら」

「そうしたら」

「父がしばらく返事をせずにいて、ゆっくり話し出しました。もう真知子も大きくなったし、これは前から話しておくつもりだったんだが、真知子のお父さんとお母さんは、べつにいたんだ」

「初耳という顔を、あなたはしなかったんだろうね、へんな芝居をすると、おかしいからね」

と雅楽がいった。こういういい方も、やさしく、情《じょう》がこもっている。

「ええ」

「それで」

「母がしずかにいいました。あなたのお母さんとは、無二の親友だったの。お母さんはお気の毒に、あなたが生れてすぐに、産後の肥立ちが悪くてなくなった。それで、お父さんが育てるというわけにもゆかない事情があったので、私たちが、赤ちゃんの時から、ずっと。ありがとうと私はすぐいってしまいました。それ以上、何もいえなかった」

「うん、うん」

「私の父と母は、深く愛し合っていたと、父がいいましたが、それ以上は申しません。ただ、真知子という名前が、父と母の名前からとって、母が死ぬ前にきめたというんです。私はそれっきり、何もいいませんでした。でもしばらくしたら、俳優だったという二人がどうして知り合い、どうして私が生れたのかを知りたいという願いが、せつないほど、私に迫るんです」

「無理もないな」

「俳優としての芸名なのか、それとも本当の名前なのか、それはわかりませんけれど」

「劇界の人だとすれば、多分二人とも、私の知っている役者だろうな」

感慨ぶかげに、雅楽は首を傾け、やっと、目の前の猪口《ちょこ》に手をのばした。

「親をさがして下さい」と真知子は一言もいわなかったが、しばらく無言で杯を重ねている雅楽の表情をチラッと見ると、自分で真知子の親を推理してみたい興味を持った様子が、長年会っている私には、手にとるように、わかったのだ。

私は美しい真知子の実の両親が、愛し合っていたという養父の証言は、まちがっていないと確信した。

ただ、お半と長右衛門ではないが、二十ほど年がちがっていたということが、真知子の生れた昭和三十年代のおわりごろ、世間にいくらもあるカップルともいえなかったと思う。

父親が引きとらなかったということで考えると、父親のところには、妻がいたのだろうと、推理できる。

二

浮気というのでなく、深く互いに愛情をもち、子供ができたといっても、父親がすでに家庭を持っていた場合、何から何まで、幸せというわけにはゆかない。

ことに父のところに、真知子と大分年が当然離れた兄や姉がいたとすれば、母を失った幼子が連れてゆかれ、うまくゆかない場合は、みじめな結果になるのがわかっている。

母親が産後間もなく死んだのは、むろん不幸だったが、性質のいい、母の親友夫婦が養女にしたというのは、何よりもよかったと思う。真知子のあの顔や姿を見ていると、両親がどんなにあの娘を可愛がって育て上げたかが、ハッキリわかる。そう思う一方、私もまた真知子が誰と誰のあいだの子なのだろうかと、詮索してみたくなった。

こういう時に、私はのどが渇いて水がほしくなるように、いつも雅楽に会いたくなるのだ。それで、すし初でまたお目にかかりたいと、電話を入れた。多分千秋楽までに、もう一度「帯屋」を見にゆくにちがいないと思ったからでもある。

私ももう一度、雅楽とならんで、光太郎の長右衛門を見た。年をそろばんではじく時、教わったように変えていた。女房のお絹がそのそろばんをあまり見ないようにしているだけ、この前見た時よりも、この女の感情が示されていて、おもしろかった。女形《おんながた》の葉牡丹《はぼたん》が工夫したのか、それとも、これも雅楽の助言だろうか。

同じ芝居でも、初日から二十五日のあいだに、きめがこまかくなってゆく過程を実感するのも、たのしいものである。

表に出ると、もう暗くなっている。夏とちがって、このほうが、飲みにはいりやすい。おかしなものだ。

「竹野さん、私はこのあいだ中から、あの関寺さんの両親について、いろいろ考えてみた」

「私もそうでした。でも、真と知という字というから簡単にすぐ解決するかと思ったんですが、ことに女優のほうが、新劇なのか、新派なのかそれもいまのところ見当がつきません」

「私は昭和四十年ごろの新劇の俳優の名前をほとんど知らない。しかし、芸名だと、たしか藤田真砂という人がいたと思う。朝のテレビドラマの主役をしていた。しかし、このひとはいまも健在のはずだから、話はちがう。あとは私には手がかりがない」

「そうだ、『新劇便覧』という本が社の資料室にありました。さっそく見ましょう」と私はいった。「それより、真知子のお父さんのほうは」

「いや、私は父親は、歌舞伎の人だと思う」と雅楽がいった。

「芸名に、知の字を使ったのはいないが、昭和三十年ごろの『演劇界』の『俳優名鑑』を見てゆくと、本名で、知の字の人が三人います、それも、みんないま六十前後で、数えてみると、真知子の父親と同じ年ですよ」

「誰ですか」

「それがおかしいんだ。三人とも、女形なんですよ」

雅楽は手さげ袋から、手帖を出して、私に見せた。細い字で、ていねいに書いてある。
○嵐松之丞《あらしまつのじょう》（樋口知章）昭和二年生れ
○市川右女次《いちかわうめじ》（山本知守）昭和二年生れ
○中村萩之助《はぎのすけ》（米川孝知）大正十五年生れ
「三人とも私は知っている。右女次はよく私にものを聞きに来る勉強家で、息子は大学を出て銀行につとめている。父親は役者にするつもりだったが、別の道にはいって、結構、うまくやっているらしい」

「右女次は私もお宅で会ったことがありますよ」

「右女次の父親は大分前に死んだが、立役《たちやく》（男役）でね、たしか『千本桜《せんぼんざくら》』の知盛《とももり》をしている時に子供が生れたんで、字を一字替えたが、トモモリとしたんですが、ところでこの子育ってゆくうちに父親の頑丈な身体つきとはまるでちがった優形《やさがた》な人間なので、女形になったわけ。知盛はむろんしていない、典侍局《すけのつぼね》は二度して、私が型を教えた」

「そうでしたか」

「ところで、この三人の中で、子供がいるのは右女次だけで、まずあの真知子さんを引きとるわけにもゆかなかったのだろうと考えられるが、あとの二人だって細君がいれば、スラッとはゆかない」

こういう話をしている雅楽は、謎を次々にといてゆく喜びを、かくさない。酒の味を、おいしそうに味わいながら話してゆく。

「三人の役者に私がズバリと尋ねれば、話はすぐすむのだが、それでは、つつしみが薄い。何かいい手だてを考え、別のさぐり方をしたいのですよ。第一、こういう話は、いかに心やすくても聞き出そうとするのは、相手に失礼だ」

それは、雅楽のいう通りであった。

「仮にこの三人の誰かが父親だとして、真知子が幸せに育っているのを知っていても、遠くから見ているだけなのだろうと思う。そういういたわりを持っている人間の心をかきまわすのは、酷ですからね」と雅楽は続けた。


私は演劇協会がつい最近の女優祭の時にこしらえた「女優一覧」と、二十年前の「新劇便覧」を、次の日社へ行って見た。

すると女優祭の小冊子の物故者の中に、昭和四十年に死んだ小杉真津江というひとがいるのがわかった。

「新劇便覧」は四十年版のに、この女優の名前がのっていて、昭和二十一年生れとある。つまり、真知子を生んだ時十九だったというわけだ。いかにも哀れである。

私は電話を千駄ヶ谷にかけて知らせた。

雅楽は、「多分その人にまちがいないと思います。しかし、歌舞伎役者のほかに、男優でも新派や新劇にいろいろあるから、父親のほうは、まだ何ともいえませんね」

「ええ」

「しかし、私はこの三人の中だと仮にきめて、いつものように、絵ときを心がけてみます。竹野さん、たのしみにしていて下さい」

雅楽は、いそいそというのだった。電話では見えないが、そのうれしそうな顔つきが、想像できた。

三

露骨に、人の神経をどう撫でてもいいというふうなやり方をすれば、この疑問は、たちまち氷解する。

真知子を育てた親は、当然知っているから、問い詰められなくはないが、いまの二人の親の心情としては、愛している娘のじつの親の名前なぞ、思い出したくもないだろう。

また、役者の世界で最長老の雅楽が、三人の女形をつかまえて、尋ねれば、恐れ入って、答えるかも知れない。

だが、雅楽は、そんなことは、決してできない人である。老優がいかなる方法で、絵ときをするのかが、たのしみだった。

「演劇界」の芸談の第一回が、老優の風貌姿勢をたくみにとらえた描写ではじまった。関寺真知子の筆力は、かなりすぐれたものであった。

私がとって発表した芸談は、あくまで男のジャーナリストの書き方だから、一応内容としては豊富でも、味がない。

それに、雅楽独特の話術をそのまま使うと、おもしろくなる半面、話題の焦点が拡散してしまう。

真知子の場合は、若い女性が、いわば祖父ぐらいの年配の老人に、やさしい、いたわりの目を向けて、しっとりと聞いた話を、うまいリズムで展開してゆくので、読んでいて、こころよい。

まず経歴からはじまってという型通りの形式でなく、老優が随時思いついたことを、将棋の桂馬のようにあちこち飛びながら口に出す呼吸も、真知子はうまくとらえていた。

千駄ケ谷から電話が来て、「竹野さん、例の関寺さんのためにする私の話、こんどは歌舞伎の顔のつくり方を聞かせることにしました。これはあなたにも、ほかの人にも、話したことがない。よかったら、関寺さんの来る日、あなたも来ませんか」という。

なるほど、女性だけあって、化粧の話は、好適な主題だと思った。私は衣裳をふくめて、扮装については、まだ一度も雅楽からくわしく聞いていない。願ってもない機会なので、次の日曜日の昼間、雅楽を訪ねた。

間もなく真知子が来た。きょうは、和服である。洋装の時よりおとなびて見えるが、まことに美しい。ふだんとちがって、千駄ヶ谷の家の茶の間が、パッと明るくなった。

雅楽は、一般の女の化粧が徳川時代から、明治大正といろいろ変ってゆく話からはじめたが、舞台女優の川上貞奴《かわかみさだやっこ》や松井須磨子《まついすまこ》、森律子《もりりつこ》のメーキャップのちがいまで出て来て、直接歌舞伎の話でないにしても、じつにたのしい。

次に、雅楽自身が、子役の時から、老年に至るまでに演じた役々の顔のこしらえの話になり、力弥《りきや》、定九郎《さだくろう》、松王丸《まつおうまる》がそれぞれ白粉《おしろい》をどう使うかといった話が、具体的に示された。

「ところで女形の顔のことです。これは、私がしゃべるよりも、実際に見てもらったほうがいい。関寺さんはうまく書く人だから、なまじ写真なんか入れないで、文章で書いて下さい」といい、立ち上って呼び出したのが、女形の楽七《らくしち》である。この人は楽三《らくぞう》という古い弟子の甥で、芸名は雅楽からもらったが、芸はよその家の女形に師事していた。

手鏡、紅や白粉、いろいろな刷毛《はけ》というふうに、楽屋の鏡台のいわゆる化粧前《けしょうまえ》に揃える品物が運ばれて来た。

そして、雅楽が解説しながら、楽七が娘の顔、中年の女の顔を順々にこしらえて見せてくれた。

どちらかというと、素顔はそれほど目立つ美男ともいえない四十前後の役者が、眉を引き、目ばりをし、口に紅をさすと、花のような娘になる奇蹟を、目の前で見ていると、なまめかしいムードになる。

白粉《おしろい》のにおいというものも、日常私はほとんど感じることがないので、その香りだけで、目がくらむようだ。

「楽七、お前の顔を見て、竹野さんが、うっとりしているよ」と雅楽がクスクス笑いながらいった。

「まア」と女らしく口に手を当てて笑う。そういうポーズも、化粧していると、不自然でないのだから、ふしぎである。

「関寺さん、どうだろう。あなた、顔をこの楽七にこしらえてもらったら」と、不意に雅楽がいった。私もおどろいたが、真知子はもっと、おどろいたらしい。

「私が女形の顔になるんですの」と目を見はる。雅楽は大きくうなずいて、「してもらいなさい。あなたなら、きっと美しいお染《そめ》のような顔ができあがるはずだから」

真知子は何となくもじもじしていたが、思い切ったと見えて、前に出た。

みんなのいるところで、着物をぬぐわけにもゆかないので、大きなタオルを奥から持って来て、上半身を包み、楽七が、羽二重《はぶたえ》をつけた、さっきの奥づとめの局の顔のまま、真知子の顔をつくりはじめた。

自分の時はごく手順よく、さっさと化粧したのだが、相手が若い娘で、それも素人だから、きわめて慎重だ。楽七の手がすこし、ふるえたように見えたら、雅楽が、「おいおい、大丈夫かい、真知子さんがあんまりいい器量なので、のぼせているんじゃないか」といって、からかった。

十分ほどのちに、関寺真知子は、どこかへ行ってしまい、江戸の町娘の顔に、変身していた。整形手術以上の魔法であった。

雅楽は、そういう真知子を、じっと眺めていた。そして目を細くして、何とも、うれしそうであった。

高齢の老優でも、芝居の世界の人だけあって、生活の上の色気を忘れていないのだと、私は思っていた。

「御苦労さま」と声をかけ、楽七が席を立ち、品物が片づけられた。真知子も楽七につれられて洗面所で顔を落して、戻って来た。

「どうでした」と私が訊くと、「生れてはじめての経験ですけれど、女として、こんなことをしていただいて、幸せでした」と微笑していた。

舞踊でも習って、温習会《おんしゅうかい》にでも出る者なら別だが、まったく芸の仕事にかかわりのない女性が、こういう思いをすることは、まずないだろう。その変貌を目近に見たのも、私にとっては、いい勉強だった。

真知子が帰ったあと、雅楽はビールを出してくれたが、乾杯の時に、こういった。

「竹野さん、関寺さんの父親がわかりましたよ」

私は迂闊《うかつ》にも、雅楽の計画が読めずにいたのを、はじめて知った。

雅楽は真知子の顔を女形の化粧で変え、その目鼻立ちをたしかめたのである。

「見ていたら、あの子の顔が見る見るうちに、萩之助生き写しになったので、私はそうだったのかと思いました」

「そういえば、萩之助が大分前にした、お染に似ていました」と私は合点《がてん》した。「しかし、よくも、こんなことを」

「どうしようかと考えていたんだが、先週巡業で旅にゆく若い役者が挨拶に来て、『野崎村《のざきむら》』を出しますといった時に、ああこういう手があったかと思いついたんですよ」

「実験のついた芸談というのは、はじめてなので、これも珍しいが、こういうことで、あの真知子さんの親がわかるとは、まったく考えもしませんでした」と私はいつものように、頭をさげた。

「竹野さんが、いつ私の思いつきに気がつくかと思っていたんだが」

「いやいや、毎度のことです。どうもありがとうと、真知子さんに代って、お礼を申しあげます」とわざと切り口上《こうじょう》でいい、ぐっと飲みほしたビールは、格別においしかった。

一週間ほどして、雅楽とすし初で会った。

月が替わった別の芝居を見た帰りである。

「あれから、どうなさいました」

「中村萩之助が、あなたのお父さん、そして、小杉真津江があなたのお母さんといってみても、仕方がない。いうべきでもないと思うので、一昨日訪ねて来た時、私はあのひとに、こんなふうに話しました」

「何とおっしゃったんです」

「じつは、いろいろ考え合わせて、多分この人があなたの親だろうと見当はつけてみたのだが、お母さんはあなたを生んで間もなくなくなり、お父さんはいまも健在らしい。しかし、その人を訪ねて芝居のような対面をするよりも、いま幸せにくらしている御両親との生活を、あいかわらず、しずかに守るのがほんとうだと話すと、ちょっと涙ぐんでいたけれど、納得してゆきました」

「それはよかったですね」

「最後に私はこういいました。何もいわずに、お父さんがこの世の中で芸の道をはげんでいると思っていなさい。そういう考え方こそ、いい芸を役者が演じる精神の基本です、これが私の芸談です」

「ええ」

「そして別れる時に、一言付け加えたんですよ。関寺さん、御両親を大切になさい。それから、もうひとりのお父さんのかわりに、私でよかったら、私に甘えなさい、とね」

かなしい御曹司

一

木挽町《こびきちょう》の劇場のロビーの右側に、受付があって、「よろず承り所」という札が立ててある。観客がいろいろなことを訊いたり、たのんだりする場所だが、原則的には、プログラムの販売、常連の予約した券の保管、上演時間の確認、場内の案内などがおもな仕事である。しかし、迷子が出たり、遺失物があったりする場合も、詰めている女性が対応する。時々若いファンが役者の楽屋にゆきたいといって来たりするが、これはだめである。

ただし、サイン程度のことは、人数が多くなければ、廊下にいる役者の支配人にとりつぐことはする。以上のいろいろな「承り」が結構、三人交代で立っている女性たちを休ませる暇もない。

七月の中ごろ、私は中村雅楽《なかむらがらく》と、劇場で夏芝居の夜の二幕目まで見て、いつものように、近くの三原橋のすし初に寄って、しずかに飲んでいた。

そこへ受付主任の愛原さんがはいって来た。「ああいらした、多分ここだと思って」という。

気をよく配って愛嬌のあるこの女性は、老優のごひいきだから、ニッコリ笑顔で迎えたが、

「急なことがおこったのかね」と、まじめな表情にかえって尋ねる。

劇場の制服のままなので、まだ勤務中わざわざ外出したのは、おかしいと思ったわけだ。

「会って頂きたい方がいまして」

「誰だい」

「栄之丞《えいのじよう》さんのお母さんです」といった。

「栄之丞のおっ母さんなら、おときさんだろう。知らない仲じゃなし、直接うちに電話でもくれればいいのに」と雅楽はいったが、「いま、そこにいるの?」とさらに尋ねる。

「戸口の外まで、来ていらっしゃるんです」

「何だ、すぐはいってもらいなさい」

私も顔見知りのおときさんが来て、愛原さんは出て行った。先代栄之丞の妻だったこのひとは、人形町の大きな薬屋の娘である。

「御用なら、私は中座しましょう」と声をかけると、おときさんは、「いいえ、竹野先生も、ここにいて下さったほうが」といった。

「高松屋《たかまつや》のおじさん、申しわけありません。おくつろぎのところを」

「水臭いじゃないか、愛原さんに口を利かせたりして」

「でもちょっと、こみ入ったお話だし、おじさんに、思い余って、御相談するんです」

おときさんの話はこうであった。

この九月の若手の興行で、「忠臣蔵」の通しが出ることがきまり、由良助《ゆらのすけ》、おかる、平右衛《へいえ》門《もん》は、それぞれこの役を持ち役にしていた役者の息子が分担することになり、栄之丞には、これも先代のした勘平《かんぺい》の役が来た。

「でも、本人は、出たくないというんです。会社の社長がうちまで見えて、説得して下さったのですが、自信がないの一点張りで、しまいには泣きそうになるという始末。でも勘平は死んだ主人の当り役でしたし、あの子も父親の舞台はよく見ているわけですから、親ゆずりの型で、できると思うんです」

先代は七年前に病死した。五十歳というのだから、早死である。跡つぎの栄吉が去年の七回忌に、六代目を襲名した。

先代とよく似た美貌の若者である。父親は五代目菊五郎《きくごろう》系統の役がすばらしく、勘平のほかに、片岡直次郎《かたおかなおじろう》、福岡貢《ふくおかみつぎ》もよかった。柄がそのまま遺伝されているわけだから、条件は申し分ないのだが、どうも演技は充分でない。それに、同年配の人たちにくらべて、覇気《はき》がない。ライバルに対抗して何かしようという意欲に欠けているのを、私も前から、知ってはいた。

「どうしたらいいものかと、この二三日、考えぬいた揚句、これは、おじさんのお力で、栄之丞の気持を変えていただけないかということにしたのです」

腰かけたおときさんは、出された茶碗をとりあげもせず、切々と訴えた。

「そうだね、まだ二十五六の年ごろだと、悩む時があるものだよ。ことに、お父さんがうまかったからね。自分が父親のようには、できないと始終思って、この何年もすごしたんだね、可哀そうに」と雅楽は、目をしばたたかせていた。

「いや竹野さん、私たちと同じ時代にも、これとそっくりの役者がいた。いまは引退したが、まだ元気でいて、釣りばかりしている安五郎《やすごろう》がそうだった」

「ほう」と私ははじめて聞いた。

嵐《あらし》安五郎といえば、時代物が得意で、私も「逆櫓《さかろ》」の樋口《ひぐち》だの、「安達原《あだちがはら》」の貞任《さだとう》の立派な舞台を、忘れることができない。

先代の沢村栄之丞が花形《はながた》で、この安五郎の佐々木《ささき》で、三浦之助《みうらのすけ》をした時の芝居などは、当時の葉牡丹《はぼたん》の時姫《ときひめ》と、「当代の三絶《さんぜつ》」とふだん批評の決して甘くない岡さんが、絶讃している。

「豊島屋《てしまや》に、そんなことがあったのですか」

「あの男もやはり、親より自分がよほど劣っていると思いこんでいてね、不肖の伜《せがれ》だ不肖の伜だとしきりにいうのだ。役者で実力がないくせに、うぬぼれる奴もいるが、安五郎は私たちが一緒に出ていて、相撲でいうと、力で土俵をはじき出されるような思いをさせていながら、溜め息をついては、ああどうしておれはこうまずいんだとぼやくわけさ」

「わかりませんね」

「親父もうまかったが、あの男は、決してひけをとらない。ぼやいてぼやいて、神経衰弱になって、とうとう夏、舞台を休んでしまった」

「ほう」

「あのころはね、大幹部は七月八月と山や海に行く。その留守に若いものが、帝劇や歌舞伎座で、ふだんはできない大きな役をしてみるのが、毎年の恒例だった」

「そうでしたね」

「私がはじめて団七《だんしち》をしたり権太《ごんた》をしたのも、夏の興行だった。休んでいる安五郎が歌舞伎座の座席にすわって、じっと私を見ているのがわかっていた。しかし、その日、終って楽屋に来て、こういった。いけねえ、見に来るんじゃなかった。お前を見ていたら、おれだってこのくらいの芝居はできるって気がした。来月は親父が『安達』の貞任をするから、俺も宗任《むねとう》で出してもらうぜ」

「いいですねえ」と私は、知らずにいった。こういう「いい話」がサラリと、出て来るのがたのしみで、雅楽ともう三十年も、つきあっているのだ。

「栄之丞にも、心機一転の魔法があるのでしょうか」と、さっきより大分明るい顔になったおときさんが目をあげて、老優をじっと見た。

「心の病なんてものは、持ってゆき方でコロリと、狐がおちたように、直るものだ、まア私が何か考えてみるから、しばらくだまっていなさい。稽古にはいるころまでには、勘平に出ようという気にさせられると思うから」

雅楽は、いつものように、しずかであるが、強い口調で、おときさんに宣言した。

おときさんは、安心して帰った。

いまはどうか知らないが、雅楽の年代の役者は、後輩に芸を教える以外に、人間の生き方を、さりげなく知らせる役目を果したものである。女との問題がある。不和の家庭についての愚痴も聞いてやる。そうした身の上相談に対して、適当な処方箋を書くのだ。自分たちが若いころ、先輩にいわれた小言や忠告が、身について、自分を成長させた人たちが、順送りで、こんどは若い者の面倒を見るのだった。

二十五歳の栄之丞にとっては、この雅楽はお祖父《じい》さんのような年の開きはあるものの、雅楽が一向に老化せずにいて、だから、五十代六十代の人よりも、話しやすいということは、私も若手から聞いている。

偶然居合わせて、栄之丞の苦悩を知ったと同時に、雅楽がどういう方法で若い役者を翻意させるか、それが興味ぶかかった。

「車引殺人事件」「奈落殺人事件」に私が書いたような劇場の中で起った血なまぐさい事件の犯人を、雅楽が知恵の輪をとくようにして解決した時も、私は江川刑事とともに、初めから立ち会っていたが、近年は幸いに、忌《い》まわしい騒ぎはない。

しかし、役者や裏方の職人、そういう人たちがあることで行きなやんでいる時に、何とも巧妙な手で、それを解決しようとするこの老優の冴え切った手段については、数知れぬ経験で、いつも私は讃歎しているのだ。

その日は千駄ヶ谷まで雅楽を送って帰宅したが、この次会うのは、きっと雅楽にひとつのめどが立った時だと思うと、私ははじめて高松屋が演じる役の初日を待って劇場にかけつけた時と同じ、心おどりを覚えずにはいられなかった。

「うれしそうね」と老妻が私をひやかしたが、たしかにうれしいのだ。

「とかく世間に事なかれ」というが、心配ごとを持ちこむ者がいる時、雅楽の存在は、大きく感じられるので、私には、何かあったほうがいいといういささか不謹慎な考えが浮かびもするのだった。

二

ところが、予想に反して、雅楽から何の連絡もないまま、二週間経過した。

おかるの女形《おんながた》が旅に行っているので、八月までは稽古がはじまらないにしても、あんまりおそくなったのでは困ると思っていたが、まさか、こちらから催促するわけにはゆかない。

七月のおわりに、銀座の和光の画廊に、アメリカの報道写真の展覧会があり、見に行っていると、栄之丞が会場にはいって来た。

向うから挨拶されたので、私は誘って、近くのコーヒー店にはいった。

「いま、何してるの」と訊くと、笑顔で答えた。「脚本を書いているんです」

「おや、君はそんなことが好きなのかい」

「ええ、私ははじめから、ペンを持って、何か書いてみたいと思い、早稲田の文学部にも行かせてもらったんですが、親父は、やはりお前は、蛙の子なんだから、蛙にならなければだめだと、いつもいってました」

「ほう」

「結局親父の言葉に従って、舞台に出たんですが、どうもいけません。脚本は、時々大学で教わった先生にお見せしているんですが」

「どんなものをいままで書いたの」

「史劇です。私の仲間に演じてもらうことができれば、うれしいんですが」

「何か見せて下さいよ」と私は単なるお愛想ではなく、栄之丞にいった。

次の日、速達が届いて、中に栄之丞の原稿がはいっている。おどろくような、達筆だった。昔から、字のうまい役者、筆の立つ役者は芸はだめだという言い方が、劇壇にはあったが、じつは字が下手で文章の書けない者の負け惜しみのようでもある。

しかし、栄之丞の場合は、私もそういう俗説にやや共感をしないわけには、ゆかなかった。脚本は、どうも、いただけない。私はまず、題が「小夜嵐古城公達《さよあらしこじようのきんだち》」という、稚拙な七字外《げ》題《だい》なのに、少々呆れた。

中味を見ると、何のことはない、「ハムレット」そっくりなのである。父のような英雄になれずにいる息子の苦悩が書かれ、名前まで焼き直した葉室丸《はむろまる》が、家老の娘のお笛と恋仲になっている。「オフェリヤのお笛か」と私は苦笑しながら、三幕五場仕立ての物語を読んでゆくと、シェイクスピアの王子の悲劇を自分の境遇と重ね合わせてもいるのだった。

周囲の家臣から弓、馬、剣法などの習練をすすめられ、思うようにできない若者はついにお笛を誘い出して、城から出る。このへんは「ハムレット」から離れているが、この二人の男女が、道行というわけで、これもきわめて不つつかな常磐津《ときわず》の文句が綴られているのだった。

　斬新な主題で新劇が上演してもいいようなドラマでも書いてくれたら、それなりに評価もできようが、これでは栄之丞は所詮、歌舞伎の枠の中に生きているのが、ハッキリした。仲間に演じてもらいたいといっていたが、この程度の脚本では、興行の演目にとりあげてもらう可能性はむろんない。

　電話がかかって、「先生、読んで下さいましたか」というので、私は率直に、「まア、君はやっぱり役者を自分の天職と考えたほうがいいな」といったら、「そうですか」と心細そうな声になった。

　雅楽は時にどうしているのかと思ったら、月末の舞踊会で、「演劇界」で去年から雅楽の芸談の聞き書を毎号書いている関寺真知子に会った。

「高松屋に来週会うんです」

「二十日ほど前に会ったきり、連絡もないし、どうしているのかと、じつは案じているんだけど」というと、「何だか夏休みで大学生が泊りに来ているので、おちつかなくて、と電話でいってらしたわ」といった。

　大学生というのは、多分、雅楽夫人の甥の子供の勇君だろうと思う。九州の大学にいて、時時東京に出て来ると、しばらく千駄ケ谷に泊ってゆくので、私も二三回会ったことがある。

　何でもサッカー部にいるとかで、色の浅黒い、たくましい青年であった。

私の所に、栄之丞の母親のおときさんが訪ねて来て、「高松屋さんから、何もいって来られないので、困っています。あと十日で稽古がはじまると、会社のほうから日程が届いているんです。まさか、勘平ができないからといって、おことわりするとは、夢にも思っていらっしゃらない様子なんです」

こういう状態であることが、おときさんを不安にさせているのは、よくわかる。

たまたま、おときさんのいるところに、関寺さんが来た。

「高松屋さんのお言伝《ことづて》を持って来たんです」という。

関寺さんに、千駄ヶ谷から電話があり、「こんどは、ふけ役のいろいろな口伝《くでん》を、話そう」といったそうだ。

「竹野さんに、ずっと前に、芸談をした時、ふけ役の話はとうとうしなかったので、ちょうどいい時だから、来てもらって、私の話を一緒に聞いてもらってもと、いわれたんです」

大体、芸談のようなものは、公開の講演は別だが、原則として一対一で聞かせるのが普通だ。後輩に役について話す時でもそうで、若手が偶然東京と大阪で同じ月に同じ役をするというような時、雅楽は、同席させず、一人ずつ話すことにしている。

ひとつは、相手の力がわかっているので、できる役者には、むずかしい型も教えるのだが、演技力の弱い者には、それ相応の演じ方を教えるという考え方なのだと、これは雅楽から以前、聞いたことがある。

私に関寺さんと一緒に聞くようにというのは、私は目下、雅楽芸談を書いているわけではないからでもあるし、私に聞かせなかったことを、いい機会だから話そうというつもりだろう。おときさんが、「高松屋のおじさんの芸談はおもしろいでしょうね、話がお上手だし、いろんなことを知ってらっしゃる方ですから」といった。「私も、芸談が伺いたいわ、お相伴《しょうばん》させていただけないかしら」と甘えた口調でいう。

私が返事に窮していたら、関寺さんが、「私からお願いしてみましょう」といい、さっそく電話をかけている。テキパキとした娘である。

「栄之丞のお母さんと、竹野さんの所でお目にかかったんですけど」と前置きして、おときさんの希望を伝えると、「いいとも」ということだったという。

ただ「その時、栄之丞をつれて来るように」と付け加えたらしい。

八月の初め、関寺さんの聞き書をとる日に、私は千駄ケ谷に行った。関寺さんはもう来ていたし、栄之丞も母親とともに、間もなくあらわれた。

事件の絵ときの時に、雅楽は、はじめからわかっている犯人をなかなかいわないでいて、何ともいいタイミングで、最後に私たちの前に指名する。そういう話の段どりは、半七捕物帳やシャーロック・ホームズと同じだった。

しかし、芸談は、謎の絵ときとはちがうので若い役者に、若い時に自分が見た昔の役者の舞台のおもしろさをまず思い出話として、ゆっくり聞かせ、一服して自分がその役をはじめて手がけた時に、どこがむずかしかったか、どういうことに苦労したかを、きわめて具体的に話してゆくのである。その時には、むろん、雅楽は、自分で本イキでセリフもいうし、扇を小道具がわりにして、動いて見せるのが、常だった。

しかし、私は雅楽のふけ役の話はまったく知らないので、前に聞いたいろいろな立役《たちやく》の時とちがい、どんなふうに話されてゆくのか、見当がつかなかった。

雅楽はみんなに冷たい麦茶を出したあと、うしろの小だんすから白い大きな手拭《てぬぐい》を出して、卓上にのせた。

その卓には、『歌舞伎名作全集』が二冊出ていた。

「時代狂言」と、「世話狂言」の巻である。

つまり、時代物のふけ役と、世話物のふけ役の両方について話すのだろうと思うと、私はわくわくした。

むろん、この十年ぐらい前から、年に一二回たまに舞台に立つ時の雅楽のふけ役は、いろいろ見ている。

「賀《が》の祝《いわい》」の白太夫《しらたゆう》、「布引滝《ぬのびきのたき》」の九郎助、「夏祭」の釣船《つりふね》の三婦《さぶ》など、それぞれ、いいものだった。

雅楽がそういうふけ役で出ていると、桜丸《さくらまる》や実盛《さねもり》や団七がじつにおもしろくなるのが、よくわかった。事実、雅楽の後輩たちが、そんな時、劇評で、「見ちがえるようにいい」とほめられた時、異口同音に、「おじさんのおかげですよ」というのだった。

前から雅楽は、年寄りになったらふけ役を喜んでするつもりで、年より若い役は決してしないつもりだ、と語っていた。

知っていることを口伝はできても、舞台でした時に昔のようにはゆかないのがわかっているので、以前に見てくれた観客にもすまないという心持があったのである。

そんな建て前を頑固に守っているのも、雅楽らしい潔癖であった。

三

「じゃアはじめようか」と、雅楽は浴衣《ゆかた》を薄い単衣《ひとえ》に着がえた。縞《しま》が派手で、婦人の着そうな感じがある。

そういう着物を着ると、老人ではあるが、撫で肩の雅楽の姿が、いつもとちがって何となく色気がある。そういうことが、役者のおもしろさかも知れない。

「まだあんまり話したことはないが、歌舞伎の役者も、能役者と同じで、年をとってゆくにつれ、節目《ふしめ》節目で、その年配相応の時分《じぶん》の花というものがあるんです。女形は娘形から人妻、つまり中年まで行き、時代物でいえば片はずし（中年の女のかつら）のかつらの年ごろ、そのあとが当り前ですが、ふけ女形と、大きくわけても、三段階」

関寺さんが緊張した顔で、せっせとノートに書いてゆく。速記でもないが、筆がじつに早いのに、私はびっくりした。

聞き書をとっている者は、話し手に、いい印象を与えなければならないのだが、心持上気して脇目もふらず、書きとっている姿が美しく見える。

「女形でない主役でも、『忠臣蔵』の役でいうと、力弥《りきや》の年ごろ、千崎弥五郎《せんざきやごろう》の年ごろ、それから勘平だの定九郎《さだくろう》の年ごろ、さらに由良助から白髪の本蔵《ほんぞう》と年をとってゆくわけです。私だって若いころは、千崎だったが、十年経つと不破数右衛門《ふわかずえもん》ということになって行った。人によっては、まだ千崎がしたいと頑張る役者もいるが、早く見きりをつけて、一段上ったほうが、いさぎよいと私は思う」

　これは雅楽らしい、いかにも人柄のわかる姿勢だと思って、私は聞いていた。

「はじめて私のしたふけ役は、『逆櫓』の権四郎《ごんしろう》だったが、樋口をずっとしていたので、やりにくいことはなかった。樋口をしている時、うまい先輩の権四郎を見ていたからね」

「その先輩って誰ですか」と関寺さんが口をはさむ。「前に話した安五郎の親父です」といった雅楽が、「きょうはしかし、権四郎ではなく、六段目のおかるの母親のおかやの話をしましょう」

「おかやは、しかし、高松屋さんは、していないんでしょう」

「じつは旅で九州を歩いた時、おかやの役者が急病になったので、私が代った。たしか十日出てます。その時の勘平が、栄之丞君、きみのお父さんなんだ」

　雅楽ははじめて気がついたように、同席している若い役者に声をかけた。栄之丞がハッとして、雅楽を見て、うなずく。

「そういえば、主人から伺ってました。病人が出たために、高松屋のおじさんのおかやと同じ舞台で勘平ができたって。そしてこういってました。悪いけど、代ったおじさんのほうが、呼吸を合わせやすかったって」

「そうかい、それはうれしい話を聞いた」と雅楽は目を輝かせた。

「私も一緒に芝居をしていて、栄之丞がうまいのにつくづく感心したんですよ。竹野さんはむろん前の栄之丞の勘平は何度も見ていると思うが、お才《さい》の財布と自分の財布を見くらべ、自分が与市兵衛《よいちべえ》を殺したと思いこんで、うつむいているあいだが、じつに、ていねいな芸になっているんです」

「そうですか、私はそこまではくわしくわからなかったが」

「まア勘平は、花道でおかるにあう、猟人の女房がお駕籠《かご》でもあるまいから、いくつか見せ場が、切腹まであるんだが、役者によっては見せ場はうまくても、何もしないように見えるところで、息ぬきをしている人がいる。てきめんに、その勘平はよくないんです」

関寺さんは、こういう話になると、乗り出して、たのしそうな顔になり、ボールペンを走らせている。

「与市兵衛の死骸が届けられたあと、おかやが見ていると、勘平の様子がおかしい、もしやと思って、訊きただそうとする。そばににじりよって、尋ねる。その時の栄之丞がビッショリ冷汗をかいているという感じがあって、のがれぬ証拠はこれここにと懐中の財布をつかみ出す仕草がじつに楽にできたんです」といった雅楽はふり返って、大きな声で呼んだ。「勇、ちょっと来ておくれ」

奥から夫人の甥の子の大学生が顔を出し、みんなに挨拶した。

「おじさん、何か」と訊く。

「ああ、お前ここに来て、勘平になっておくれ」といった。

「できませんよ」と勇君が手をふる。

「いや、そこにすわって両手をついて、うつむいていてくれればいいんだ」

勇君は赤面しながら、雅楽の命令に従って、いわれた通りにする。

雅楽は卓上の白い手拭を頭にのせ、単衣の襟《えり》もとをちょっとぬいた。すると、手拭が白髪のかつらに見え、老優の全身が、六段目のおかやになったではないか。私は思わず、溜め息が出た。そして「大したものだなア」と考えた。

「これ聟どの」と雅楽はサッカーの選手だという、たくましい青年のそばに寄って、おろおろ声をかける。

「勇、口の中で、蚊の鳴くような声で、ハイといってみてくれ」

「だめですよ、ぼく、そんなこと」と躊躇《ちゅうちょ》していたが、結局、いわれるままに、ハイといった。ここで勘平がおかやに小声でハイと返事をするのも、じつは口伝らしい。

それから、勇君を相手に、おかやの泣きながらのくどきのセリフがはじまった。それを聞いている勇君はもじもじしている。

勇ましいスポーツをしている大学生では、第一、サマにならない。

突然栄之丞がいった。

「おじさん、私に勘平をさせてみて下さい」母親が栄之丞の思いがけない発言に、目を丸くしたが、しかし、息子の肩を押して、前に出した。

栄之丞は白い半袖のシャツに紺のズボンという姿だったが、勇君の引きさがったあとにすわり、同じポーズをとったら、さすがに、サマになっていた。

それから、雅楽は精魂をこめて、おかやの演技を、栄之丞を相手に続けた。

「ここへ二人侍《ににんざむらい》が来る、門口で声をかける、うろたえた勘平が、体《たい》をおこし、門口のほうを見る」

栄之丞は、いわれた通りにした。

「それから与市兵衛の死骸を囲って枕屏風をさかさに立てる」

栄之丞は、手まねでその様子を見せた。

「自分の刀を鞘《さや》から半分出し、鏡にして、顔をうつす。そして髪を直し立ち上るわけだ」

そういう老優の言葉が、人形つかいの操作で動く人形のように、栄之丞を動かした。栄之丞は刀を抜き、顔をうつす仕草も、きちんとした。

「このあと、不破、千崎とのやりとりがあって、腹を切るわけだが、おかやは立ち上った勘平のうしろにつかまって、逃すまいとするところで、一応、二人侍に勘平との仕事を預けて休むんだ」

雅楽は立ち上った栄之丞のうしろにまわり、しっかりと腰をつかまえた。すると、栄之丞が本イキで、「これはこれは御両所には、ようこそ御入来《ごじゅらい》」とスラスラ、セリフをいった。その姿といい、口跡《こうせき》といい、先代のおもかげがそのままで、じつに美しい。

「ちょっと一服しよう」と雅楽がいった。

栄之丞は雅楽の前に手をつき、「おじさん、私、九月の勘平、させてもらいます」と、キッパリいい、母親をふり返って「お母さん、御心配をかけました」と、柔和な表情で詫びた。

おときさんの両眼から、涙がハラハラとこぼれ、私には、それが大粒の真珠のように思われた。

それにしても、こういう方法で、栄之丞の迷いをふっきらせた雅楽のみごとな計らいに、私は舌をまいた。

「演劇界」の芸談を一回分、関寺さんのために、完全に話しおわり、しかも、その聞き書の現場に、私と栄之丞親子を立ち会わせて、こういうめでたい結末を生む老優の叡知には、舌をまかざるをえない。

おかやの演技がはじまり、関寺さんも私も、名優の名舞台を劇場で見ているような陶酔境にいた。

手拭を頭上にのせただけで、老婆が実現する雅楽の芸は、決して衰えていないのだ。

栄之丞はうれしそうに、母親とともに、いそいそと帰って行き、関寺さんと私は顔を見合わせて、何となく長い狂言の一幕を見おわったような、何とも気持のいい疲労感に浸っていた。

「恐れ入りました」それ以外に、私のいうべき言葉はなかった。

雅楽はたのしそうに煙草を吸い、「よかった、ほんとうによかった」といった。

老優は突然、さっきから奥にはいっていた勇君を呼んだ。

大学生があらわれ、ピョコンとお辞儀をした。

「御苦労だった。よくやってくれた」と、ねぎらい、雅楽が私にいった。

「竹野さん、この勇は、子供の時から十年ばかり、花柳の家元のところでおどりを稽古しているんですよ」

「ほう」私は青年を見直した。

「私のおかやの相手をしてもらうことは、あらかじめ、たのんでおいたんだが、一つだけ、念を押したんです」

「といいますと」と私は反問した。

「うっかり、サマにならないように、できるだけ、不器用にとね」

雅楽はもう一度、たのしそうに笑った。こういうのが、ほんとうの、会心の笑《えみ》なのであろう。

家元の女弟子

一

私は長年演劇記者で、毎月劇場にゆく日が若いころは月に二十日もあり、おどりの会には、ゆくひまもほとんどなかった。

だから、舞踊家は、数えるほどしか知らない。新聞社には、その分野を担当する女性の記者がいまはいて、取材と批評の仕事をしている。

しかし、例外として、藤川流の家元とは、最近たびたび会う機会があった。

というのは、嵐英二郎《あらしひでじろう》という人気絶頂の若い女形《おんながた》が、いままで稽古をしてもらっていた花柳流の家元の所から離れてこの流派に入門したのが話題になったからである。

一般のファンにはわからないだろうが、英二郎ぐらいの役者になると、入門されたほうが喜ぶ反面、去られた師匠は打撃を受けるのである。会を催す時に、英二郎がおどるというだけで、観客動員にも大変なちがいがあるわけだ。

ところで、この藤川流にゆくようになった事情は、さだかではなかった。

たまたま芝居のほうのことで、英二郎と会う必要がおこり、自宅に電話をかけたら、父親の英之丞《ひでのじよう》が「きょうも藤川の稽古場《けいこば》なんですよ」という。急ぐ用事でもあり、私は浜町《はまちょう》の藤川辰弥《たつや》の家に行った。

その日は、辰弥が英二郎を、柳橋の料亭に案内する予定があり、「竹野さんも、おひまだったら御一緒に」といわれたので同道、それがキッカケで向うも酒が好きなので、三原橋のすし初にも誘ったりして、短期間にすっかり親しくなった。

料亭には、辰弥と夫人のつま子、ひとり娘の弥生も来て、五人で会食したが、弥生がじつに美しいので、私はおどろいた。

父親はどちらかといえば、きつい顔立ちだが、娘は母親似なのかも知れない。

おもしろいのは、英二郎の場合も実子なのに、父親には似ていない。父親は何しろ、当り役が「俊寛《しゅんかん》」の瀬尾《せのお》とか、「忠臣蔵」なら師直《もろのお》の柄で、敵役《かたきやく》の名人である。その子に英二郎のような華奢《きゃしゃ》な女形が生れたので、「鳶《とんび》が鷹《たか》をうんだ」と噂され、英之丞もそういわれて喜んでいた。

会食の席で、弥生がいかにもうれしそうに、いそいそと、英二郎のために気を配っているのがまるで若妻が夫にかしずいているようだ。

私はハタと思い当った。

英之丞父子が、成田屋《なりたや》の一座とともに、ハワイからアメリカ本土まで去年の秋に巡業したのだが、ちょうどそのころ、ハワイに、藤川父子が、「二世三世のおどり教室」というので行っていたという。

多分ホノルルあたりで、英二郎は弥生と知り合い、弥生に夢中になり、その結果、弥生としじゅう会うために、藤川流に移ったのだ。

そして、弥生のほうも、英二郎に愛されているのがひたすらたのしく、上気したようにして、この女形を見つめているまなざしにも、思いつめた心持が読みとられた。

おそらく私の推理は当っていると思った。やがて、それは芝居の仲間にも評判になっているらしく、たまたますし初で会った英二郎と同世代の音松《おとまつ》に、「英二郎の初菊《はつぎく》がいいね。このごろ、何だか色気が出て来た」といったら、「あいつ、女にのぼせてしまって、手がつけられないんです。もっとも色恋は役者の芸の養分になるといいますから、悪くもいえませんが」と苦笑している。

「君だって、そっちのほうは、さかんだというじゃないか」とからかうと、手をふって、「だめですよ、『太功記《たいこうき》』でも正清《まさきよ》役者じゃ、もてません」と豪快に笑っていた。

しかし、そのあと、まじめになって、「でもね、先生、花柳のほうじゃカンカンですよ、恩知らずだって。こんどの会で、藤川弥生さんと英二郎が、松風《まつかぜ》と村雨《むらさめ》をおどるんですが、その松風だって、花柳で教わったんですからね」

松風・村雨という須磨の海女《あま》の姉妹が、在原行平《ありわらのゆきひら》を恋するという物語は、美しい女性が二人、あるいは女形が二人でおどるのが普通だが、こんどは英二郎と弥生が、男女での共演で、ともに美貌だから、目がさめるような舞台になると思って、私はたのしみにして、見に行った。

木挽町《こびきちょう》の劇場の楽屋にゆくと、二階のいつも大幹部のはいる部屋に家元、下の二つの同じような部屋に、英二郎と弥生が、のれんを並べていた。

私は両方のぞいたが、英二郎のほうには豊島屋《てしまや》一門の門弟が三人詰めている一方、弥生のほうは、女弟子が一人いて、来客に茶を出したり、弥生の身のまわりを片づけたりしている。

私はその日はじめてこの女弟子を見たのだが、これも美人だった。どちらかといえば、弥生は華やかな大輪のダリアのような感じなのに対し、この女弟子は秋草にでもたとえたいような、おとなしく、しとやかなタイプであった。

私はつい、「お弟子さんも師匠にまけずにきれいですね」といい、「あなた、名前は何というの」と尋ねた。

しかし、うつむいて、顔を赤くしただけで、返事をしない。そばで、弥生が「このひと、しげ子というんですよ、ねえ」と、その顔を見た。すると、しげ子はニッコリ笑うのだった。

その日、次の幕間《まくあい》に家元の辰弥を訪ねて、帰りに階段で、しげ子とすれちがったが、この時も、何もいわずに、微笑しているだけだった。

よっぽど無口な娘なのだと思った。

中村雅楽《なかむらがらく》が藤川の会の後半を見に来ていたので、私はいつものように、すし初に同行した。英二郎が花柳から藤川に移ったわけがわかったと、私は音松から仕入れた情報を話した。雅楽は「そうかい、それはよかったねえ、あの英二郎は二十五にもなるのに、女の噂が一度も立たなかった。よくあるやつで女嫌いじゃないかと案じていたんですよ」といった。

「女よりも男のほうがいいという女形が、時々いるが、これは竹野さん、じつをいうと、役者としてはよくないんです。つまり色気を芸で作らずに、立役《たちやく》にぶつけてしまうから、ある程度情合《じょうあい》は出ても、どこかに芸の弱点があるんです」

雅楽はそういって、若い時から知っている、そういう七八人の女形の話をしてくれた。

「英二郎が弥生さんに熱をあげているって話は、私としては、ホッとした思いです」

そういう口調から、雅楽が、若い女形に、特別に肩を入れているらしいのを、私は察した。

もっとも、その父親の英之丞が、いろいろな役を初演した時、この大先輩から秘伝を熱心に聴き、その持ち役のいくつかを継承しているといったせいもあろう。

会のあと、十日ほど経った時、銀座の資生堂の三階に上ってゆくと、レストランの向うのテーブルに弥生はいず、女弟子のしげ子と英二郎がいて、食事をしている。

しかも、二人はたのしそうに、笑いながら、話しているではないか。

私は目を見はった。あのおとなしい女弟子が人の変ったような、はしゃいだ様子で、英二郎と同席している。

私はそっと別のテーブルにすわったが、向うがあとで気がつくよりは、こっちが声をかけたほうがいいと思い、二人のテーブルに近づいて、もう一度おどろいた。

二人は、英語で話しているのだった。英二郎の英語は、見事であった。

私が近づいた時、英二郎がふり返って、「ああ竹野先生、先日は」と悪びれずに挨拶し、しげ子は私を見て、劇場で会った時と同じように、だまって微笑んでいるだけだ。

私がつい不審そうな表情になったのを、敏感に知った女形は、こういった。

「このしげ子さんは、まだ日本語がうまく話せないので、はずかしがって、皆さんの前では、何もいいたがらないんですよ。ですから英語で話しているんです」

「というと」と私は妙な合の手を入れた。

「去年、藤川の家元がハワイに行った時、このひと、おどりをもっとゆっくり仕込んでもらいたいといって、家元について、日本に来たんですが、三世でしてね、英語でしか話せないんですよ」

「ああ、そうか。じつはどうして、こんなにおとなしいのかと思っていた」と私がいうと、英二郎は私の言葉をさっそくしげ子に、英語で伝えた。

「しかし、君の英語も大したものじゃないか。いつおぼえたの?」

「成田屋とアメリカにゆくことになったので、友達の紹介でアメリカ人の女の方について、特訓したんです」

「昔はそんなことをする役者はいなかった。時代も変ったね」と私は、立ち上って挨拶したままの英二郎と二人で、立ち話をすませ、その日は、それで別れた。

二

中村雅楽とその次に会った時、資生堂の話をした。

すると、雅楽は腕を組み、首をかしげ、「少々面倒なことになりそうですね」といった。

「面倒なことというと」と、反問すると、「竹野さん、英二郎が藤川流に行ったのは、弥生さんじゃなくそのハワイから来た女弟子に惚れたんだ」といった。

私は、少々、きまりが悪かった。その程度のことぐらい、考えられなくては、おかしい。しかし、いい訳ではないが、ここ数十年、雅楽といると、推理は高松屋《たかまつや》に一切まかせ、向うの結論をだまって傾聴すればいいといった慣習のようなものが、私にはできてしまったのである。

ひとりで赤面しているあいだに、雅楽は、早口でいった。

「弥生さんが英二郎を好きで、英二郎が自分がいるので、藤川流に移って来たと思っていたのが、じつは弟子のほうにひかれてとわかったら、当然がっかりもするだろう。それと同時に、しげ子をいじめて追い出すかも知れない。この場合、しげ子に何の罪もないのだから、何とかして、弥生さんがカッとなるのを、あらかじめ防がないといけない。美しくても、女は嫉妬に狂えば、いつでも岩藤《いわふじ》になるといったものです」

「そうですね」

「尾上《おのえ》が岩藤に様《さま》変りして、お初《はつ》をいびったらどうします」

「ええ」

「竹野さん、まず、藤川弥生というひとの人柄がどんな性質なのか、それからいままで舞台で、どんなものをおどって、評判のよかったのは何かしらべてくれませんか」

私はこの老優が、紛糾のおこる前に、何とか手を打っておきたいとしている気持がよくわかった。それは、嵐英二郎という女形の舞台によくない影響が及ばないようにといった愛情でもあろう。

私はとりあえず、東都新聞に電話を入れて、舞踊を担当している唐沢という女記者にたのんだ。

「竹野さんがどうして、そんなことを」と、不審そうにつぶやいていたが、さっそくくわしいメモが私の家に速達で届いた。

見ると、藤川辰弥のひとり娘弥生は、ことし二十八、父に教わって六つの年からおどっていたが、会に出たのは、十九歳がはじめてであった。最初の三年は、誰もがおどるような「手習子《てならいこ》」「藤娘《ふじむすめ》」「浅妻《あさづま》」をおどったが、同い年で偶然女子高校で同級だった花柳寿徳の娘の沙美子が、芸術祭に参加して、芥川龍之介の「奉教人の死」をおどりにした新作を演じたのを見て、はげしい競争意識を持ち、父にねだって、父と親しい荻野幸子という女流作家に、自分のために、「踏絵《ふみえ》」というおどりを書いてもらった。

それに刺激されてかどうか、沙美子のほうも、翌年の秋、こんどは長与善郎《ながよよしろう》の「青銅の基督」をおどる。すると、弥生は、また荻野幸子にねだって、「かくれ切支丹」という作品を演じた。

私は前にも書いたように舞踊の世界とは遠かったので知らなかったが、花柳沙美子と藤川弥生のライバルが毎年問題作を舞台にのせるのが、邦舞界の若手として、注目されていたようだ(ことわっておくが、英二郎が稽古していたのは、家元で、寿徳に師事したわけではない)。

毎年の弥生の演目の一覧表をここに列記するのは省略するが、要するに、弥生は向うっ気がつよく、自分のできないことをしている同年配の者には、いつも、むきになって、挑戦しようとする性質らしい。

仮に、弟子のしげ子が英二郎に愛され、しげ子のほうも、その愛にこたえようとしているのがわかれば、ただ事ではあるまい。

知らないあいだはともかく、わかったら、大変だ。

唐沢記者のメモを私は千駄ヶ谷の雅楽の家に届けた。

雅楽はすぐ英二郎を呼んで、尋ねたという。はじめはもじもじしていたが、果せるかな、しげ子が好きで藤川の稽古場に行ったのだと答えたそうである。

「竹野さん、私はね、英二郎にしばらく資生堂で食事を二人でなんかしないほうがいいといったら、竹野先生に見つかったのが、百年目だといってましたよ」電話の向うで老優がクスクス笑った。冗談じゃない。

雅楽が続けた。「女弟子と外で会わないほうがいいといっただけで、英二郎は私の真意はわかったと思う。あの男は、ばかじゃありませんから」

二三日経って、唐沢記者に社で会ったら、「藤川弥生さんのところに、内弟子でハワイから来たしげ子という三世がいるのは、御存じですね」という。

「いつか、会の時、楽屋で見たけど、おとなしくて、ハワイ育ちとは思われない。日本の娘のほうが、もっとずっとお転婆だ」

「ところがね、竹野さん、こんどはホノルルから男の三世が来て、藤川のところに入門したんですよ。背が高くて、立派な青年なんです」

私は、ちょっと、おどろいた。

その男がじつは、しげ子と前からかなり親密だったということも、まんざら、考えられなくはない。となると、ここにまた、新しい綾《あや》ができる。

雅楽に知らせたら、「おやおや、だんまりみたいにとんだ人物があらわれたものだ。しかし、私も竹野さんも、遠巻きにして、当分知らん顔でいましょうよ」といった。

何となく、釘をさされたような思いであった。

ところで、次の月、木挽町の劇場で、英二郎が「妹背山《いもせやま》」のお三輪《みわ》を初役ですることになった。娘役の中でも、おそらくいちばんむずかしい大役で、父親が成駒屋《なりこまや》にたのんで教えてもらうことになった。

私がおどろいたのは、いじめの官女に、英之丞が出るというのだ。鱶七《ふかしち》を何回もしているほどの役者が、わが子のために、入鹿《いるか》の御殿にいて、鱶七とからみ、あとで可憐なお三輪を責めさいなむ、官女になるのは、まさに「御馳走」でもあるが、「親馬鹿」といった感じもする。

私は英之丞の談話を、若い記者にたのまれてとりにゆくと、そばに英二郎もいて、ニコニコしながら私を迎えた。

大役を前にして考えこんでいるわけでもない、この女形の機嫌のよさに私はちょっと戸まどったが、芸談を聞きおわって帰ろうとする私を呼びとめ、座敷にすわらせると、こういった。

「ハワイから、またお弟子が藤川流に来たんです。それがこんどは冨男という男の人なんです」

私は初耳のような顔をして聞いていた。

「先日はじめて会ったので、どうして東京に来たのかと尋ねたら、ホノルルで父の商社を手伝っていたんだけど、どうしても東京で会いたい人がいたので、思い切って来た。当分おどりを稽古し、歌舞伎を見たり、京都や奈良を見物したりして、一年ぐらいしたら、また父のところに帰るというんです」

「ほう」

「それで、東京で会いたい人って誰かと訊きますと、こういいました。藤川弥生さんです。ハワイの教室にはゆかなかったけれど、ホテルのホールでおどるのを見た時から私のあこがれの人ですと、堂々というんです。三世なんてのは、明るくて、あけっ放しでいいですね」

私は英二郎がニコニコしている理由がわかった。内心、安堵《あんど》したのであろう。すし初で雅楽と私が飲んだのは、劇場の初日の二日前で、お三輪の稽古が、いよいよ仕上げというところだった。

ところが、意外に早く稽古がとれたらしく、英之丞父子が店にはいって来た。

「ちょうどよかった。あるいは、このへんにおいでかとも思ったんですよ」と英之丞が大きな目をギョロリと光らせ、破顔一笑した。立派な顔だ。

「とにかく、ここへいらっしゃい」と雅楽もうれしそうに迎え、さっそく酒をすすめる。二人ともかなり、飲める役者なのである。

「お三輪はどうです」と雅楽が訊いた。

「まあ何とか、見ていただけるようなものになりそうです」

「それはよかった」

「じつはね、高松屋のおじさん」と英之丞がいった。「英二郎が私に、嫁をもらいたいと、はじめて、いってくれたんです」

「ほう」英二郎はうつむいていたが、うれしそうに、父の言葉にうなずいている。

「藤川の内弟子でハワイから来ているしげ子という娘さんをぜひ、というんです。私はじつをいうと、弥生さんの名前をいうかと思っていたんですが、そうじゃなかった。それで、しかし弥生さんの思惑は考えないでもいいのかといったら、これ（英二郎）がこういうんです。大丈夫です。あのひとも私には親切にしてくれましたが、いま、あのひとには、もっといい人がいるから」

「何だって」と雅楽もつい、そんな風に反応してしまった。老優としてはいささか、声が高すぎたが、英之丞はそれには気づかない様子で、「英二郎、お前から話してあげなさい」といった。

「はい、じつは、この間、お稽古にいきましたら、家元が私に、娘の弥生がプロポーズされましてね、弥生のほうも大体承知するらしいんですといいます。それは結構ですね、それでお相手はと訊いたら、先日ホノルルから来て入門した葛岡富男という若者で、三十歳ですが、弥生が好きで、わざわざ東京に来たといわれたら、弥生もすっかり喜びましてね。多分この話、まとまりそうです、とこうです」

「それはおめでとう」雅楽も私も口を揃えて祝福した。台風は来ず、青空がいきなりパッと見えたような気がしたのだ。

「私も安心して、しげ子さんのことを、父に話せました」

「これもよかった」

「おかしいんですよ」と英二郎は、さもたのしそうにいった。「弥生さんは、あの富男君といろいろ木目《きめ》のこまかい話もしたいらしくて、いま英語を猛烈におぼえようとしています。私が習ったアメリカ人の先生を、紹介しました」

三

私は雅楽に誘われて、お三輪を、初日に見た。予想以上に、よくできた。

監事室に、走り書きの手紙が英二郎から私宛に来て、「高松屋が何といってられたか、父も私も心配です」と書いてあった。

雅楽に見せると、「部屋へ行こう」といって立ち上った。この老優が出演していない時に楽屋へゆくのは珍しいので、奈落や廊下にいる人たちが、おやっという顔で、しかし丁重に道を開く。うしろについてゆく私まで、いい心持であった。

藍《あい》ののれんを押してはいると、まだ頭の羽二重《はぶたえ》をとらずにいた英二郎があわてて「あ、おじさん」といった。

隣に鏡台を並べている父親のほうも、やや不安そうな顔だったが、雅楽が笑顔ですわったので、ホッとしたようだった。

「大出来、大出来」雅楽は二人に等分にいう。

「そうですか。ありがとうございます」

「初役で、このくらいできれば、申し分ないよ」とほめた。「この調子で、ことしは、何かもうひと役でも、ふた役でも、やってみるんだね」といったあと、「来月は何だい」

「まだ全部はきまってないんです。私にはお三輪の出来次第で、出し物をさせるかも知れないと、会社からいわれているんですが」と答えたあと、「そうそう、きのう、父が藤川流に行って、しげ子さんに会い、正式に申しこんでくれました」

「喜んで、すぐ返事をしてくれました。大分日本語も話せるようになっているので、通訳なしで」と父親がいった。

「そりゃあよかった、何もかも、上々吉じゃないか」

「ハワイからしげ子さんのお祖父さんと、お祖母さんが来週来るそうで、英二郎の舞台を見てもらうつもりです」

案ずるより産むは易かった。良縁がこれで結ばれると思っていたが、意外な事態が起ったのである。

雅楽のところに英之丞から電話のあったのは、十日ほど過ぎてのことであったが、「厄介なことになりました」というのだった。「しげ子さんのお祖父さんたちが見に来たあとで、この結婚には反対だといったんだそうです」

「英二郎に会ったんだろう」

「いいえ、芝居の時は、あと別な用があるとかですぐ帰ったらしいんですが、当人にまだ会いもせずに反対というわけが、私にはわかりません。英二郎もメソメソして、ゆうべのお三輪はまるで不出来でした」

雅楽と私が心配して、しげ子にわざわざ、会って、理由を尋ねた。

「じつは、うちのお祖父さんたち、あんなこわいお父さんのいる家に、私を嫁にやることはできないというのです」

私たちは、ややたどたどしいしげ子の言葉を聞いて、はじめは顔を見合わせ、キョトンとしていたが、雅楽がふきだした。

「竹野さん、わかりましたよ」

「ハテ」

「『妹背山』で、英之丞が、いじめの官女の筆頭《ひっとう》をしているでしょう。目玉のギョロリとしたこわい顔をして、伜《せがれ》のために、懸命に、お三輪をにらみつけ、笏《しゃく》でたたいたり、責めさいなんでいるんだから。英之丞のうまさが、つまりお三輪の哀れになっているわけで、それを見た年寄りが、英之丞があんな人じゃァ、可愛い孫娘はやれないと考えたんだと私は思います」

しげ子の前で、こんなふうにいったのだが、単純な話ではないので、しげ子は、だまってそれを、耳に入れているだけだった。

二人はその足で、木挽町に行き、会社の社長に会った。

まずお三輪の上々の舞台をほめちぎったあと、「どうだろうね、この勢いで、来月もうひとつ、大きな役をさせてみたら」といった。

「何がありましょう」

「『酒屋』のおその」

「なるほど」

「半兵衛《はんべえ》、つまり、おそのの舅《しゅうと》を英之丞にして、私が久しぶりに出て、宗岸《そうがん》をしようじゃないか」

そばで聞いていて、私は耳を疑いたくなった。もう三年も舞台に出ないでいた老優が、おそのの父親で出ようというのだ。雅楽の宗岸は、大正の中ごろまでいた、先々代の段四郎《だんしろう》に教わったというので、二十何年前に、成駒屋の時もしている役だ。

自分の娘が夫の半七《はんしち》のところから帰されているのを、半七が追われていると聞いて、おそのと茜屋《あかねや》にかけつけ、復縁してくれとたのむ表情が、じつにうまかった。

成駒屋の時は、半七の父親の半兵衛は、八代目の三河屋《みかわや》だったが、嫁に対するやさしさが出て、これもよかった。

「しかし、英之丞さん、半兵衛は私の仁《にん》じゃないと、いうんじゃありませんか」と社長がいうと、「役は私が納めるよ、英二郎のために納得させます」と雅楽は、キッパリいい切った。

果せるかな、英之丞は、「私はこんなきつい顔をした男ですから、やさしい半兵衛はどうも」とためらったが、直談判《じかだんぱん》で、雅楽は、こういった。

「わからないのかい、こわい舅と思われた君が、やさしい舅を精魂をこめて、してごらんなさい。たちまちハワイの年寄りは、縁談を承知するから。宗岸を私がして、半兵衛も私がていねいに教えます」といった。

「そりゃ、おじさんが、そうおっしゃるなら、してみましょう。なるほど、そこまで深く考えて下さったんですか」と大きな目をうるませた。

翌月の「酒屋」の上演は、こういう動機から企画がきまり、雅楽久々の舞台と、英之丞の珍しい役柄という二つの話題が英二郎の二ヵ月続いての大役ということに、上乗せされて、東都新聞の演芸面には、大きく記事が出た。

もちろん、英二郎としげ子のことは、書くわけにもいかないが、英二郎は、雅楽の心持に、泣いて喜んだということである。

しばらく東京に滞在するしげ子の祖父母は、招かれて「酒屋」を見に来たら、前月のこわい官女と打ってかわって、何ともいえない情《じょう》のあふれる英之丞を見て、たちまち意見をひるがえしたというのである。

こんども私は初日にかけつけたが、宗岸はすばらしかった。それから、英之丞がギョロリとした目玉を細めて、いかつい印象を消そうと努力しているのがわかって、ほほえましかった。

そういう二人にはさまれてのおそのは、お三輪とまったくちがううぶうぶしい若妻の役をしんみりと演じて見事だった。

私は、おとなしいしげ子がもし嫁に来たら、きっとこのおそののようになると思った。

楽屋に「酒屋」のあとで行ってから、雅楽に私は尋ねた。「英之丞の目玉がまるで気にならないのは、なぜでしょう」

「竹野さん、それは私が教えて、中眼《ちゅうがん》にさせたからですよ」

「中眼といいますと」

「近眼の人がものを見る時、目を細くするでしょう。ああいう目をするのを、中眼というんです」

「はじめて知りました」

「『忠臣蔵』の四段目では、敵役の薬師寺《やくしじ》以外は、みんな中眼で芝居をするようにというのが口伝《くでん》です」

「はア」

「英之丞は薬師寺がうまいが、こんどは、中眼というのを、はじめておぼえたということになります」

こういう経過で、英二郎としげ子は、晴れて夫婦になることになった。そして藤川弥生も、同じハワイから来ている冨男と結ばれることになった。

雅楽は正に月下氷人《げっかひょうじん》(仲人)というわけである。こんな巧妙な方法が、男女をとりもった結びの神なんて、めったにあることではない。

秋の快晴の日、銀座の百貨店の六階に開かれた絵の展覧会を、雅楽と私は見に行った。舞台装置家十人が洋画日本画をとりまぜて出品している珍しい催しである。

そのあと、私たちは大食堂にはいった。

雅楽という人は、百貨店で食事をするのが昔から好きだったという。いまは名店が出て、それぞれの自慢の食事を用意しているが、そうでない大きなフロアに卓がならべられた席で、相客とまじって食べるのも嫌いではないらしかった。

「気取った店で食べるよりも気楽だし、サンドイッチなら無難ですよ」というのだ。雅楽らしい考え方だろう。

「おや」と雅楽は遠くの席を見て、いきなり立ち上り、一人で歩いて行った。

美しい女性が隅の卓で、笑いながら、食事をしていた。よく見ると、藤川弥生としげ子らしい。

戻って来た雅楽は、さもおかしそうにいった。「二人に祝いの言葉をのべに行ったんだが、二人はじつに、仲よく、肩を叩かんばかりにして、しゃべっているんですよ」

「いいですね、ある時期そんな風にならない雲行きを案じたのですが」

席についてハンカチを目に当てて、また雅楽はクスクス笑った。おかしいので涙が出たという感じである。

「二人のしゃべっている会話が、しかし私にはまるでわからなかった」

「いまの若い人たちの言葉は、私にも、まるでわかりません」というと、老優は咳こむように笑いながらいった。

「竹野さん、そうじゃないんだ。二人はペラペラ、英語でしゃべっていたんです」

京美人の顔

一

朝、顔を洗っていると、電話が鳴って、妻が出たが、「まア栄ちゃんが、そりゃ大変だわ」と、大きな声でいっている。

ふだん、あまりこんな話し方をしない妻が、おどろいて、叫んでいるので、私は何事がおこったのかと思った。

かけて来たのは、妻の従妹で、京都にいる高尾冬子だったが、そのひとり娘の栄が、無断で外出して、昨夜はとうとう帰宅しなかったというのである。

栄は、むろん幼女の時から知っている。幼いころはそれほどにも思わなかったが、少女期に入ると急に美しくなった。もっとも、この娘はおとなしく、起ち居《たい》も静かな子だから、桜がパッと咲いた感じではなく、形容すれば、秋の花のような印象だった。

その栄が女子高を出てまもなく、父親の親友で民放局のプロデューサーをしている男に懇望され、大阪制作の日曜夜のテレビドラマに出演した。

京都の薬問屋の娘という設定だったが、いかにも日本的な顔だちだったし、生れた時からしゃべっている京言葉が、ほかのどの俳優よりもいい耳ざわりだったので、評判はよかった。しかし当人は、そのドラマが終ったらげっそりやつれ、「もういやや」といっていたそうである。

それが二年前の話で、栄は女子短大にはいり、この四月に卒業した。

つとめるという気もなく、ずっと家にいて、花や茶の湯や琴の稽古をしている。父親は器量のいい栄が自慢で、自分が経営している商事会社の新年会、遠足などに連れてゆきたがるが、娘のほうはいやがっていたらしい。

その栄に、東京に行っている友達から部厚い手紙が届いたあと、別の手紙が来て、浮かない顔をしていたのを母親は知っていた。しかし気にせずにいたらしいが、急に外出して一夜家をあけたとなれば、何か重大なことが書かれていたのではないかと気にして、昨夜帰らぬ娘の身を案じ、冬子は夫とともに、まんじりともせずに、朝を迎えたというのだ。

「あなた、社の京都の通信部の人に、電話を入れて、捜してもらえないかしら」

妻は私にそう訴える。私は苦笑して、「警察じゃないのだから、新聞社では、そんな、まるで雲をつかむような、迷子さがしは、できないよ。まさか間違いもなかったと思いたいし、友達の家に泊って、帰れなくなったのじゃないかね」といった。栄の家は、鹿《しし》ヶ谷《たに》の暗い竹林の奥にあるので、夜更けて女のひとり歩きは危険だといわれているのを、私は知っていた。

三十分ほどしたら、冬子からの電話で、栄が夕刻南禅寺近くの疏水《そすい》のほとりで、サングラスをかけた男と立ち話をしていたのを見た人があると告げ、そそくさと電話を切った。この時は私が出て話したのだが、冬子はおろおろと動転して、ろくに口も利けない様子であった。

三度目の電話が二十分経ったころかかり、妻がすぐ出て、「無事だったの、それはよかったじゃないの」といったが、「どうして、帰りたくないのか、訳を尋ねても、答えないんですか」などといっている。

いまし方、栄からの電話で、昨夜は三条寺町《さんじょうてらまち》にいる高校も大学もずっと一緒の仲よしの初風久子の家に泊ったという。「いま、帰りたくない、初風さんの所にいるけれど、このことは、お父さんもお母さんも、どこへも秘密にして頂戴」といったというのだ。

年ごろの娘だから、親の知らない男の友達がいたって不思議はないが、私の知る限りで、そんな栄とは思われなかった。

四度目の電話が午後はいった。それを聞いて私はおどろいた。高尾の家に、カメラをかついだ若者を連れて二つの民放局の芸能ニュースのキャスターがあいついで訪れたというのだ。何事かと質問すると、「御両親は御存じなかったんですか、お嬢さんに大変うれしいお話がおこっているのを」と口々にいったという。

かいつまんでいうと、こんどフランスの俳優と日本の女優を共演させ、ピエール・ロティの「お菊さん」を、日仏両国の映画会社が提携して作ることになり、パリから来たプロデューサーが、女主人公にふさわしい女優をさがすために、NHKと民放局に保存しているファイルの写真スチールを五日かかって丹念に見た揚句、「これがお菊さんだ」といって指さしたのが、二年前の「祇園宵山」というドラマの時の栄の顔だったというのだ。

こういう話を間接に、人を通じて持ち込んで、うまくゆかない場合があるので、東京の映画会社でこの企画に制作者として名を出す名和という重役が、栄に紹介者と別便で直接手紙を書いたらしいのだが、気の弱い栄は、あまりに重大な話を持ちこまれ、悩んで、両親には何も告げなかったらしい。

ひとつには、自分がテレビに出た時、喜んで、すっかりはしゃいでいた父親を知っているからだろうと冬子はいっていたという。

「じゃア、そのテレビ局のキャスターは、栄ちゃんの談話をとりに来たんだな」

「そうでしょうね」

「とすると、疏水のところにいたサングラスの男も、どこかの社の記者かも知れない。つまり、栄ちゃんは、家にいると、いろいろな人がやって来ると思い、姿を隠したんだ」

私は一応納得した。そして、東都新聞の文化部の映画担当の峯村君に問い合わせたら、「高尾栄は、竹野さんの御親類だったんですか、どういう娘さんだったのか、これから伺いますから、聞かせて下さい」という。

私は返事を保留したが、次の日の朝、テレビを見ていると、6チャンネルのモーニングショウの芸能ニュースに、栄の「祇園宵山」の時の写真がまず出て、そのあとフランス映画パリ撮影所のプロデューサーが、「私は千八百枚の美女のスチールの中から、最も日本的で、最も美しいこのひとを選び出した」と、通訳入りで話しているではないか。

こうなると、栄が届いた手紙の内容を胸に秘めたまま、家を離れていても、どうにもなるものではない。

あいまいな返事をしただけで放っておいたら、社の峯村記者が社旗を立てた車でやって来た。いろいろ逆に尋ねてみると、この「お菊さん」の候補女優は、最終段階で、三人にしぼられ、そのあと栄と内定したのだそうだ。

「あとの二人というのは、わかっているの？」

「会社は部外秘だといって、答えなかったんですが、文化部長が自分でのりこんで行き、大学の同期だった重役から聞き出して来たんですよ」

「ほう」

「ところが、ちょっと厄介でしてね、二人のうち一人は、歌舞伎の坂東橘三郎《ばんどうきつさぶろう》の娘、もう一人は朝蔭流の家元の娘なんです。家元の娘のほうは、父親があらゆる点で世話になっている鎌倉のホテルの社長のところに、娘自身が最後にえらばれるときめこんで電話で知らせて喜んでもらっただけに、どうしていいのかと泣きそうになっていたという話です」峯村の情報は、詳細をきわめた。

私は栄がこんな企画の主演女優に起用されたのを、手ばなしで喜ぶ気にもなれなかった。第一、当人がその話を、この上ない吉報と全然思っていないらしくないのだから、これは、ことわったほうがいいと思った。

しかし、栄の父親は、きっと大喜びをして、娘を懇々と説得し、実現に持ってゆこうとするにちがいないのだ。

もうひとつ、まことに面倒なのは、栄がえらばれたために「鳶《とんび》に油揚をさらわれた」とそんな風に考え、歯ぎしりして口惜《くや》しがっている女形《おんながた》と、家元の二人の性格を、私はともに、よく知っているからだ。

このごろは、どんな事件がおこるかわからない、物騒な世の中である。つまらない些細なトラブルが原因で、人が殺されたりするのだ。

まさか、栄の身の上に異変がおこるというふうな危惧はなかったとしても、内気な栄の多感な青春が、このことで傷つけられるのを、回避したいと私は考えた。

だが、うっかり妻や冬子にそれをいえば、冬子の夫は激怒するだろうし、妻と従妹が気まずくなっても困る。

いちばん面倒なのは、「こういう話に、日本のひとりの娘が、とびつかないはずはない」と、パリ撮影所のプロデューサーが安心しきっていることだった。

栄はいま悩んでいる。苦しんでいる。そう思うと、可哀そうで、仕方がなかった。

当の栄の思惑、私の懸念とまったくかかわりなく「お菊さん」についてのニュースは、パッとひろがり、いろいろな週刊誌やスポーツ紙に、テレビにも出ていた高尾栄の顔写真が大きく掲載されている。

私が頭をさげてたのんだので、東都新聞では、夕刊の隅に、日仏合作の「お菊さん」の企画が目下進行中、主演男優はフランスのロベール・プレミエ、日本の女優は目下慎重に人選中と書いてくれた。他紙にくらべると、まるで取材が立ちおくれたように見えるが、これでいいのだと思った。私は何とかして、この降って湧いた話を、しずかに揉み消し、無事に結着させたいと念じていた。

だが、そのために、作戦を立てるのには、私の知恵はそれほど、ゆたかではない。

思い余った末、とうとう、私は千駄ケ谷の中村雅楽《なかむらがらく》の門をたたくことにした。きっと、正確な指針を、老優は示してくれるにちがいない。

二

雅楽が栄の写真を見たいというのがわかっていたので、私はうちにあるアルバムを持って、千駄ケ谷に出かけることにした。

アルバムには、母親に抱かれた幼女のころのが一枚、セーラー服を着た女生徒姿が二枚、どこかにハイキングに行った時の両親といるカラー写真、これは軽快なTシャツ姿であった。そして、もう一枚が、テレビに出たあと、友達とならんで撮したものであった。

おもしろいと思ったのは、二枚目と三枚目、要するに少女期の栄は、歯をむきだしにするような笑い方をして、カメラに収まっているのだが、「祇園宵山」の出演後の顔は、口をきちんととじ、かすかに微笑していることだ。まるで性格が変ったようだが、一般の娘は、思春期を迎えると、持って生れた気質まで微妙に変化するといわれるのだが、ことに栄はテレビに出て女優と一応いわれた経験で、すっかり人柄にも、前になかったような様がわりがあったのだろう。

「おい、この女学生の時の栄ちゃんは、キッキと笑って撮してもらっている。この友達とのは、おすましだ。こんなふうに、年ごろになると、変るんだな」と私がいった。

妻はしかし、「私は何度もあれから会っているけれど、そんなに人が変ったとも思わなかったわ」といった。

雅楽は私からくわしく事情を聞いた末、「竹野さんは、この娘さんと同じように、この話が解消するのを望んでいるんですか」と訊いた。

「ええ、でも、厄介なのは、父親です。鼻高々と会社や取引先の人たちに吹聴している顔が目に見えるようなんです。もっとも、栄という子のように内気でなければ、どんな娘だって、この話には、積極的になるだろうと私は思うんですが」

「身上《しんしょう》も莫大なんでしょうね」いわゆるギャラを高松屋《たかまつや》が「身上」といったのが、いかにも歌舞伎役者らしかった。

「竹野さんは、京都まで、ゆくつもりですか」

「ええ、とにかく、父親に会って、この話はことわるほうが無事だといってみるつもりです。正直にいって、たった一回出たテレビの後は、京都の言葉がよかっただけで、あとはいわゆる柄に合ったということが、何とかみとめられたのでしたから。このごろの新聞のテレビ評も、美しい女優にはめっきり点が甘いんですが、若い記者がコロリと参ってしまうためだと思います」

　私はつい、新聞社の者だという身分を忘れて、うっかり放言したのを恥じたが、雅楽が「劇評だってそうですよ」と相槌を打ってくれたので、ホッとした。

「竹野さんに、そのお父さんに会った時の話し方の段取りを伝授しましょう」と雅楽がいった。そんなふうに、台本でも渡されるように、発言を指示されるのは、ずいぶん長いあいだに、一度もなかったので、私は、うれしくなったが、同時に緊張した。

「まさか書きぬきを渡すわけにもゆかないから、私がこんないい方をしたらと考えることを舞台のセリフのようにして話します。竹野さんは、それを書きとめて下さい」

　こう前置きして、老優が膝を正し、しばらく腕を組んで考えていたあと、やおら咳ばらいをしてから、はじめた。

「そうそう、あなた、お父さんを何と呼んでいるんです」

「家内の従妹の主人ですから、伸夫《のぶお》というのを、伸さんといっています」

「じゃアはじめます。伸さん、どうも、栄ちゃんは、こんどの話に気乗りがしないらしいので、私はそれを察して、こうして京都まで来たんです。ゆっくり聞いて下さい」といったん私への口伝えをとめて、

「多分、一応伺いましょうとはいうでしょうな」

「むろん、いうと思います」

「あなた、その話がおわるまでは、ビールなんか出されても、口をつけてはいけませんよ」と

雅楽が、皮肉な顔をして笑った。

「これはどうも」私はもっともだと思った。仲夫も私も会うといきなり酒にするのが常で、こんどだってわざわざ東京から行った私に、とりあえず一杯というだろうが、歯を食いしばって我慢するのがほんとうだ。雅楽のいう通り、いい気持になって、仲夫のペースにまきこまれたら、何のために出かけたのか、わからない。

私は頭を掻いた。

「私は栄ちゃんのこれからの人生を考えてみましたが、芸能界という生きるか死ぬか食われるかという修羅場《しゅらば》に立たせるのが、何とも不安なんです」

私は思わず「はア」とうなずいた。この時私は、雅楽が私で、私が仲夫の役を演じているような錯覚をしていた。

というのは、雅楽のリアルな近代劇の役のセリフのような改まった声を、はじめて聞いたためである。いいかえれば、じつに何とも巧みな、実感をこめた、しみじみした口跡《こうせき》なのだ。

考えると無理はない。大正の十年代ぐらいまでは、歌舞伎役者がいまでいう新劇を研究公演と称して、いろいろ演じた。むろん、私の子供のころだから、見ているはずもないが、雅楽は高島屋《たかしまや》（二代目左団次）の自由劇場のおわりのころに、「夜の宿」の巡礼のルカを演じたことがあるそうだ。

それは歌舞伎の本興行の中幕《なかまく》で、ゴリキーの戯曲の二幕目だけをはさんだという、あまりほかの国では考えられない企画が立てられ、本郷座の舞台にのった時の話で、一座のわき役の左《さ》升《しょう》がずっと持ち役にしていたルカが、左升の急病で、たまたまその月参加していた雅楽にまわって来たのである。年代記を見ると、この時雅楽は団七《だんしち》を演じて、左団次《さだんじ》が一寸徳兵衛《いっすんとくべえ》であった。

近代劇をずっとあとで、雅楽は、井上正夫ともたしか「富岡先生」を共演している。そういう時の高松屋の口跡はいまとちがってビデオにもフィルムにも残っていないので、それが聞けたのも、私には思いがけない収穫であった。

「この際、一時の降って湧いた話をうけて、こういう大作に出すというのは、栄ちゃんには、荷が重すぎると思いませんか」

「はア、しかしですな、せっかくこういう国際的な晴れの舞台に立てるということも、誰でもあるわけではないし、竹野さん、親の身としては、私は栄に、お菊さんをさせたいんですよ」

あんまり話し方が真実をこめ、迫力があったため、私はつい、仲夫のつもりになって、仲夫のしそうな返事を口にしてしまった。

茶を新しく入れかえに来た老優の夫人が、呆れたように、私たちを見て、だまって出て行った。

「仲さん」強い口調で雅楽は呼びかけ、私をグッとにらんだ。

「栄ちゃんを一度こんな大作に出したら、もう映画界や劇界が、放しませんよ。とにかく見物を呼ぶ一枚看板になりますから、引く手あまたです。仲さんは栄ちゃんをこのまま女優にしてしまうだけの勇気がありますか」

「……」

「そういう世界にはいったら、美しい栄ちゃんは、狼の群の中にほうり出された小羊ですよ。甘い言葉で近づいて来る美しい役者もいます。たいていそんな男は、手練《てれん》手管《てくだ》に長《た》けていて、うぶな栄ちゃんは、コロリとだまされます。そういう場所にいると、いまの栄ちゃんとして到底考えられぬような、とんでもない心持が、年ごろだけに出ないとも限らない。そういう男に、惚れてしまうかも知れない。そしてつい、身を任せ、赤ん坊をつくり、捨てられるかも知れない」

「ま、まさか」

「仲さんとしては、娘にそんなことがあろうはずはないという自信があるかも知れないが、こればかりは、思案のほかだ。私はそう思う。私は芸能関係の記者を何十年もつとめ、そんなことで、一生をめちゃめちゃにした女を、いく人も知っている」

「どうだろう、『お菊さん』の映画に一回出て、それっきり、やめるというのは」

「まアそれは、無理だと思いますよ。そういう仕事をした以上、フランスの会社に対する義理がしがらみになる」

「というと」

「仲さんは、お菊を上手に演じて、この写真（映画）が成功すればいいと思っているでしょう」

「そりゃアそうだ。失敗させたくはない。立派に演じてもらいたいです」

「そう、うまく演じた。となると、そのまま、もう一本パリの企画の作品にといわれないとも限らない。第一、仲さん、パリでロケーションもあるにちがいない、ひとりで向うに栄ちゃんをやっておけますか」

「そうですな」と私は首を傾けた。

「仲さんも会社がある。つきっきりに向うに行っていたら、本業がおろそかになる。栄ちゃんを送って行ったにしても、ひとり置いて帰ることになる。フランス人たちは、日本のスタッフを丸めこんで、パリで栄ちゃんを、好き勝手に接待する。旅行、食事、贈り物、それはいい。そうしてくれるフランス人の中の一人に、栄ちゃんがもし心を奪われ、その人を恋人にしないと誰が保証します」

「そんなことになったら、大変だ」

「そうでしょう」と雅楽は目を据えて、私をじっと見た。私は雅楽と歌舞伎の舞台で芝居をしているような心持になった。

老優が私といる時に見せたことのない、はげしい眼光で、私を威圧する。

「どうです、どうです」

雅楽が畳みかける。

「さアそれは」とついいってしまったら、雅楽は吹き出した。「くりあげは、おやめなさい。仲夫さんという人に、芝居ごころがあっても、せっかくの意見が、竜頭蛇尾になってしまう。百日の説法何とかではいけない」

私はしんから、敬服した。

この通りにいえそうもないが、雅楽の仲夫に対してそういえという話の内容は、まさに仲夫を説き伏せる力を持っている。

雅楽は、破顔して笑い、奥に向って大きな声でいった。

「おいおい。竹野さんにビールを持っておいで」

グラスを二人であげて、のみ干した最初の一杯は、何とも、たとえようのない、快い味だった。

三

私はさっそく、翌日新幹線で京都に行き、仲夫を訪ね、雅楽のいった通りの順序で話した。

仲夫ははじめはなかなか首をたてにふろうとはしなかったが、芸能界のおそろしさを聞かされると、すこしずつ軟化してゆき、とどめともいうべきフランスの男との危険な関係の話になると、もう闘志を失い、とうとう、「おっしゃる通りです。残念ですが、あきらめましょう」といって、二人のいる席に、冬子と栄を呼び、ことわることにしたと宣言した。

栄が私を見て、だまってうなずき、ホロリと泣きそうになった。そういう顔が美しかった。

ところが、これで一件落着と安心していた私は、ふしぎな話を耳にして、びっくりしたのである。

正式に出演をことわろうとしている時、パリにプロデューサーが帰っていたので、返事がおくれた。この間、十日ほど、候補にのぼって栄に立ちおくれた二人の女優の側から、工作がはじまっていたのだ。

ことに悪質なのは鎌倉のホテルの社長の部下が、写真週刊誌の一冊に、こういう話を、売りこんだ。

それは「京都の高尾栄は、テレビに出る直前、東京に来て、ひそかに、二重まぶたを一重に整形、鼻をすこし高くした」というデマであった。

事あれかしと八方に眼を配っている週刊誌が、飛びつかないはずはない。競争がはげしく、売り上げをきそっているから、広く興味を持たれる芸能界の、ことに女性の場合、ホテルのレストランで男と食事をして外に出て来るところでも、二人で一泊したように書く。

三十人でパーティーが開かれ、たまたま出口で出会った男が、うしろからコートを着せかけでもしようものなら、あとの二十八人は無視され、二人の仲はただならないと来る。

けれども、恋愛あるいは情事のほうは、笑って黙殺していれば、七十五日よりずっと早く、噂は消えるが、「整形手術」ということになると、致命的である。

女優としてでなく、ひとりの女性として、それが嘘だったら、強硬に取り消さなければならない。

娘を女優にするのをきっぱりと断念していただけに、伸夫は激怒した。しかし、そういう話は、否定すればするほど、逆効果になるケースが多いのだ。

栄は、自分の例の顔写真が、日仏合作映画のニュースとちがって、ただ何となく、週刊誌の見開きのページにのり、そのわきに、まことしやかに書き立てられる記事を見て、泣き出したという。

仲夫が、商用もあったらしいのだが、上京して、私の所に来た。そして、「どうしたらいいのだろう」と頭を抱えていた。そして、「あなたの懇意な雅楽先生の知恵を借りられないだろうか」といった。

じつは私は、仲夫を翻意させに行った時、どうしゃべるかを、老優に演出してもらったとは一言もいっていなかった。だから、こういわれると、ことわりきれなかった。

それで二人で千駄ケ谷に行った。雅楽はむろん、私にセリフをつけたことなど、おくびにも出さない。

「そうですね、何となく、この噂を流した連中がいささか無気味だから、へたなことはできません。ちょっと考えさせてください」

そういったあと、ふと膝を叩いて、「そうだ、竹野さん、御面倒でも、例の顔写真を拡大して、ポスターのようにして二三枚作って下さい」といった。

新聞社に関係していると、こういう仕事は、あっという間にできる。翌日私の家に、社から大きな写真の左右に幅広くスペースをとった厚手のポスターが三枚届いた。

「もうできましたか」と、電話を聞いて、老優は驚嘆している。

雅楽はこういった。このあいだ、整形手術のことを書いた週刊誌とせり合っている別の週刊誌の記者に、「整形手術という誤解が生れたわけは、こういうことだ、真相を知らない記者の勇み足だと告げ、このポスター三枚を持って、院長に事情を打ち明け、病院の待合室の壁の三ヵ所に貼ってもらうこと、そしてうまいアングルで、三ヵ所を同時にいれた写真を作ってもらうこと」というのだった。

「そうして、どうするんです」と私が訊くと、雅楽はこう指示した。

「いま、こういう日本風の顔が流行《はや》っている。前は日本的な顔をバタ臭い顔にするのが主だったが、いまは二重まぶたを一重にし、日本的な美人になりたがる女性が多い。ところで、その顔を作る時、典型的な京美人の高尾栄の顔が、テレビ以来、この病院では、手術前に推薦する顔として、ここ数年、使われていたのだ、とこんな風に記者にいえば、いいでしょう」

私は別の週刊誌に社のほうから声をかけてもらった。

すると、編集者がニコニコして、「そうでしょうね、どう見たって、この栄さんの顔は、作った顔じゃアないと、私は思っていました」といった。

何種も出ているから、こういうふうに、話がすぐ運んだともいえる。

次の週の号に、病院の廊下の写真が出て、「高尾栄は整形病院の顔見本だった」という見出しで、こんな記事がのった。

「日仏合作映画の女主人公に起用された高尾栄が、整形手術を受けたという虚報が巷間《こうかん》に流れたが、これは真っ赤な嘘であった。じつはこの顔が、病院の中に貼り出されていると、どの女性も、うっとりと眺め、自分もこうなりたいと思うわけである。げんに、高尾栄が、『祇園宵山』というドラマに出演してから、現在まで、二年のあいだに、これと同じ顔になって出て行った女性が四十八名もいる。銀行にも、会社にも、高尾栄そっくりのOLがいるということになる。パリの映画プロデューサーは、じつにうまいさがし方をしたのであった」

この記事は、映画入りをことわる前日出たので、栄がお菊さんを演じるという前提で書かれている。

家元の娘の後援者の作戦は、この記事で、火に水を注いだようになり、鎌倉のボスの側も、シュンとなってしまった。

病院では、「しばらくこのポスター貼らせてくれませんか、そういう顔にしてくれといわれたら、私たちも勉強だから、こしらえてみたいと思います」と真顔でいった。

伸夫に取り次いだら、「まアいいだろう、ただし、そんな希望をのべる娘はいませんよ。やっぱりいまでも多くの女性は、西洋人の顔、混血の顔にあこがれているのだから」といった。

しかし、その次の月に、伸夫が東京に来る時、グリーン車の座席の隣に、栄そっくりの娘がいたので、危うく声をかけそうになったという。

「まさか、そのあなたの顔は、うまれつきですかとも尋ねられないしね」

それがこしらえた顔なのだというふうには決めかねるが、私は案外、ポスターが、この第二の栄を誘発したのかも知れないと思っている。

まもなく、栄が母親と東京に来て、私に「いろいろありがとうございます」といった。見ちがえるように、明るく快活な娘になっていたので、私もうれしかった。

「千駄ヶ谷の雅楽さんの所にも、母子づれでお礼に伺いたいのですが、竹野さん、連れて行って下さる?」

冬子にそういわれて、私は三人連れで、老優を訪れた。

「いいお嬢さんですね、京都の典型的な顔ですね」と目の前でほめると、栄は口もとをすこしほころばせ、しずかに笑った。

アルバムの昔の写真の笑い方とはちがって、これこそ京美人の微笑だと思って私は見ていた。

「女優になれなくて、よかったと思いますよ、私は」と雅楽がいった。「あなたはおとなしすぎる。女優になるには、痛々しい」

「まアまア、でも、この子も、はしゃぐ時ははしゃぐんでございますよ。いたずらっ子のようなところもありましてね」と母親がいった。

その時、栄はうつむいてクスクス笑っていたが顔をあげると、「高松屋の小父様」といった。

「ええ」雅楽が聞き返すと、栄はそれこそ、いたずらっ子の顔で、こういった。

「私、決して整形手術はしませんでした。でも、テレビに出る前に、歯ならびを直したんです」

女形の愛人

一

三原橋のすし初は、劇場の帰りにかならず寄る店で、この十年、私専用の猪口《ちょこ》やぐい呑みも置いてくれている。

去年の三月だった。

昼の部の芝居だけの日は、終演の四時には酒でもないし、第一店がまだのれんを出していないから、買物をしたり、百貨店の絵の展覧会を見たり、ゆっくり歩きまわってから、すし初にゆく。

そんなふうにして、すし初にはいると、カウンターや床のテーブルと別に、たったひとつだけある三畳の小部屋の沓脱《くつぬぎ》に、見おぼえの草履《ぞうり》が別の草履とならんでいた。

見おぼえのというのは、中村雅楽《なかむらがらく》のである。この老優は目立ったおしゃれは若いころからしない人らしいが、履物がじつに贅沢である。おもに阿波屋で注文して作らせるのだが、上等な畳に草色の鼻緒のは、見ているだけで、高松屋《たかまつや》の芸風を、何となく思わせる風格がある。

私が手まねで、ぴったり閉ざされた障子をそっと指さしたら、女あるじのお初さんが近づき、低い声で、こういった。

「いまは、およしになって」

私はうなずき、カウンターの前に腰かけ、近ごろしきりにいろいろ工夫してくれる小鉢を三つほど前に置いて、独りで飲みはじめたが、二十分ほど過ぎると、障子があき、出て来たのは、今月も昼夜一役ずつ出ている女形《おんながた》の京太郎《きょうたろう》であった。

中村京太郎は、京屋《きょうや》の門弟で、美貌の役者である。

振り返って私が軽く右手をあげると、うつむいて頭を下げたが、目が泣きはれているように見えた。どうしたのだろうと、私はいぶかしく思った。

三十二歳になる京太郎は、師匠に愛され、早くからいい役に起用されて、三年前に、芸術祭参加の興行の「すしや」のお里《さと》で、優秀賞を贈られた。

美しいので、女性のファンも多く、その年の羽子板市に、お里の大きな一枚が作られたので、私はびっくりしたものだ。

去年あたりから、娘役専門の若女形時代がようやくおわり、まだ時代物のいわゆる「片はずし」（中年の武家の女のかつらの名称）の奥方や局《つぼね》はしていないが、世話物の女房役は時々演じている。

今月は、昼の部の二番目の「桂川《かつらがわ》」の帯屋《おびや》の長右衛門《ちょうえもん》の女房お絹《きぬ》と、夜の最後の「湯殿《ゆどの》」の長兵衛《ちょうべえ》の女房お時《とき》の二役で、丸本《まるほん》ものの京都、黙阿弥《もくあみ》狂言の江戸の町女房を演じわけるのだから、苦労も多いだろう。

私もさっき、お絹を見たばかりだが、監事室に雅楽はいなかった。すこし前に見た二つの役についていて、きびしいことをいわれたのではないかと想像した。となると、相手がいなくなったからといって、障子をあけて声をかけると、ぶしつけだと思って、私はしばらく、そのままにしていた。

何本目かの酒を運んだお初さんが何かいったのだろう。「竹野さんがいるの。呼んであげてください」という声がした。

障子屋台の中でセリフをいうことのある役者の声量が、こんな場所でも、かなりひびく。十何人が飲みながら談笑している店の騒音のあいだに、りんと通るのだから、おもしろい。「待ってました」でもないが、ホッとして、私は小部屋へ通った。

「いえ、竹野さん、いまね、京太郎に、お絹のダメ(文注)を出していたんです」

「いけませんか」と、私は訊いた。

「別にとりたてて、そんなに見っともないお絹ではないいんですが、情愛がたりない。というより、色気がありません」

私は老優が「劇評」をするのを、ごくたまにしか聞かないので、うれしくなって、そわそわした。『五代目菊五郎自伝』という明治の本に、音羽屋《おとわや》が若き日の十五代目羽左衛門《うざえもん》の実盛《さねもり》を見てダメを出した談話が出ているが、それを私は思い出していた。

このお絹という役は、もちろん、紙屋治兵衛《かみやじへえ》の女房と同じような貞淑な妻で、夫が二十いくつも年のちがう隣の信濃屋のお半《はん》と旅先でひょんなことから、男女の仲になったのを、表面嫉妬するわけでもないという姿を見せる役である。

まったく思いがけなく、参宮の折、石部《いしべ》の旅籠《はたご》で、供につれた丁稚にくどかれて逃げこんだ長右衛門の部屋でおかしなことになるわけだが、帯屋の場で長右衛門がいろいろいい訳をする時、つい のろけのようなことを口走っても、それに耐えるお絹である。むろん、「私もおなごの端《はし》じゃもの」と、チラリと怨みがましいひと言も、いわないわけではないが、まず立派な女というほかない。

私は京太郎がそういう女房役を一応ていねいな演技で見せているのに、感心していたのだが、俳優の目はちがうのだ。

雅楽は続けた。

「私は長右衛門は五回もしていて、大正のはじめから、いろいろな女形と舞台に立ったが、みんな、もっと色気があったんですよ。近ごろは色恋の当人同士以外は、あんまり色気というものを気をつけて見せようとしませんがね。第一、長右衛門は、お絹が嫌いではないが、あやまちを犯してから、何となく抱きにくい。『炬燵《こたつ》』のおさんが、女房のふところに鬼が棲むか蛇が棲むかというのだってそうだが、俗にいう空閨《くうけい》の妻の、ほらいまよくいう欲求不満が、熟した女の身体から感じられなければ、ほんとではないんです」

私は目を見はるような思いで、老優の「お絹論」を聞いていた。

「しかし、京太郎は精一杯、勉強していると思いますが」

「竹野さん、京太郎は恋女房を持ってから、どうもいけません」

「そうでしょうか」私は首をかしげた。「女を知ってから、色気が出ると、よくいいますが」

「それは立役《たちやく》（男役）の話でね、男のほうは、遊んでもそれが芸のこやしになる。しかし女形は、かみさんを貰い、その細君に夢中になっていては、だめなんです」

よく自分の扮装した顔に似た妻を女形が持つと、いわれる。私はあらゆる役者の妻女の顔を知っているわけではないが、六代目梅幸《ばいこう》、五代目福助《ふくすけ》、三代目梅玉《ばいぎょく》の夫人の顔かたちや姿が、それぞれの芸風を作っているような気がする。

京太郎が前年のいまごろ妻に迎えたのは、日本橋本町《にほんばしほんちょう》の糸屋の二女の文子という娘で、その父親が京屋びいきということから、知り合ったのである。町家のしにせに育ったといっても、いまのことだから聖心を出て、フランス語もできるという才媛だった。幼いころから知ってい た少女が二十になると、花がパッと咲いたように美しくなり、京太郎はそうなった文子が親子で楽屋に来たのを見たら、上気して目がくらんだというのだ。

それから、それこそ落語の「崇徳院《すとくいん》」の若旦那のように、文子に恋いこがれ、食も進まず、舞台もうわの空、師匠が聞きただすと、素直に答えたので、京屋も苦笑いして、親に会い、弟子にかわって申しこみ、首尾よく話もまとまったというわけだ。

私も帝国ホテルの結婚披露宴に招かれたが、綿帽子に白無垢の姿は、「九段目」の小浪《こなみ》のようにういういしく、来会の人たちに溜め息をつかせた。

思いをとげたのだから、式をあげたあと、半年に演じた「野崎《のざき》」のお染《そめ》だの、「妹背山《いもせやま》」の橘姫《たちばなひめ》だの、「賀の祝《がのいわい》」の八重《やえ》といった役々は、可憐で、花がひっそり蕾《つぼみ》をひらいたとでもいいたい余情を残した。

「京太郎格段の進歩」「演技に開眼」という評も新聞に出、若い女形は有頂天だった。しかし、娘役が、女房役になると、話がちがうらしい。

もともと固い男で、花柳界やバーで、女性とつきあうことも、仲間と大ぜいでゆく時はあっても、ひとりではしなかったという京太郎だから、初恋のひとは大分前にいたかも知れないが、多分、文子によって、女を知ったのだと推測させる。

文子をどう可愛がるか、まさか夜の生活までは何ともいいようがないが、それこそ、おしどりのように、いつも一緒だし、文子も夫の出ている月は劇場にほとんど行き、廊下に出て、ひいき客に挨拶をし、楽屋に来る客の接待にもぬかりがない。

商家の娘だから、店に出たかどうかは知らないが、いまの若い役者の妻女の中では、いちばん愛想がいいという評判でもあった。

「そこまでいったのだから、ついでに竹野さんにはじめて話しますがね、舞台に出ている時は、どんなにほしくなっても、細君とはあまり、ふしどを共にしないというのが、ほんとです」雅楽もさすがにセックスという言葉は使いたくなかったと見えて、優雅な古語を使ったのが、何だかおもしろかった。

「女とナニした翌日、一緒に出ている相手役者に、ゆうべナンだろうとひやかされることがあるもんだが、まア千秋楽までは、芸ひとすじということにしないといけません。これは体力だけの話では、ないんですよ」

雅楽がこんな役者のあいだだけの私生活の上の教訓を聞かせてくれたので、私は拾い物をしたような気がした。

「そうそう、どうしても女がほしければ、その時は、外で遊べとよくいわれました。これは心持のつかい方の問題なんです」

いいおわると雅楽はすわり直して、新しく来た酒をたのしそうに味わっていた。

二

私は夜の「長兵衛」をまだ見ていなかったので、十日ほどしてから、劇場へ行った。

思いなしか、お時は、お絹にくらべると、艶《あで》やかで、長兵衛が水野の屋敷に出かけるのを見送る目つきなんか、何ともいえない魅力があった。

劇場の宣伝部に帰りに寄って、この月の舞台写真を二枚、京太郎の役の出ているのをもらって帰ったが、その日見たお時の雰囲気は感じられない。

ということは、先日すし初で会った日、雅楽は京太郎に、かなり立ち入った訓戒を与えたにちがいない。

四月になって、北京から京劇が来た。国立劇場へゆくと、この月は昼のはじめに一役だけ初役で「寺子屋《てらこや》」の戸浪《となみ》をしている京太郎が文子と来ていた。

この夫婦は、新婚旅行に、中国に行った。大体役者のハネムーンといえば、箱根とか伊香保とか、せいぜい遠くても別府といったところなのに、観光ツアーに参加して北京へゆくというのだから、ずいぶん世の中も変ったものだという評判であった。

あとで聞くと、劇場に行った時、案内した新聞特派員が、京劇の俳優を楽屋に訪問しようとすすめ、歌舞伎の有望な女形だと話したので、大変な歓待を受けたという話である。

いまの京劇には女形がもういないので、女形というものに、みんな一種の郷愁があるらしい。

翌日京劇院を見学にゆくと、大きな部屋にテーブルをならべ、俳優と目下勉強にはげんでいる学生たちが、拍手して迎えてくれた。そして、特にたのんだらしい、料理の豊富な皿が運ばれ、日本では味わえないような上等の紹興酒が卓に出た。

三十年前に、当時の猿之助《えんのすけ》一座が、国交の正常化に至らない早い時期に、中国に「勧進帳《かんじんちょう》」と「吃又《どもまた》」を持って行ったが、その時同行した劇評家や、中国の三つの都市の劇場に出演した先輩から、かねがね、中国で受けたもてなしについて聞いてもいたし、梅原画伯の絵を見たりして、あこがれていた中国の土をふみ、こんな晴れがましい思いをしたので、新婚の京太郎と文子は感激した。

「あなたって、大した人なのね」

文子がそういったので、京太郎も、得意である。しかし、

「ぼくがえらいんじゃないよ、歌舞伎が立派なものだと、みとめてくれているのさ」と殊勝に答えた。

結局、ツアーから離れ、五日ほど長く二人だけで北京にいて帰って来たのだが、京劇を見た日以後は、文化連合会の通訳である胡麗芳という女性が、つきそってくれたわけだ。

そして、その胡さんがいま来ているのであった。

休憩時間に私がロビーに腰かけていると、裏からその胡さんが出て来て、京太郎夫妻に駆け寄る。

西欧人はもちろんだが、中国の人たちでも、なつかしい人に再会したという激情を、大袈裟に示す。肩を抱いて胸に身を寄せる動作が見ていても、美しい。

文子にもそうしたが、胡さんは京太郎にも、抱きついた。まわりにいる観客は、微笑しながらも、目を丸くしている。

目鼻立ちのととのった、何とも聡明そうな三十代の中国の女性と、この女形が、どうしてこんなに親しいのか、新婚旅行のことを知らぬ人々は、不審に思ったかも知れない。

京太郎はふり返って、私を招き、胡さんをひきあわせた。流暢な日本語である。ほとんど、訛《なまり》もない。

あとでわかったのだが、胡さんは北京大学の日本語科を出たあと、日本大使館にアルバイトでつとめたというのだ。

文子は、胡さんと笑いながら話をしていた。しかし、どこか浮かない顔をしているように思われた。だが、私には、この時は、原因も思い当らなかった。

胡さんを御馳走したいが、二人だけで招くのもすこし気分的に荷が重いので、「寺子屋」で源蔵《げんぞう》を共演している獅子丸《ししまる》と、雅楽と、そして私を誘ってくれた。

団体についている通訳が個人的に一人で外出をするのはむずかしいのだが、一年前から知っていて、楽屋にも挨拶に来てくれた京太郎からの招待なので、喜んで時間を与えてもらい、胡さんもいそいそと、あらわれた。場所ははじめ香蘭亭の中華料理を考えていたのだが、胡さんの希望で懐石料理の藤の家の日本座敷をえらんだ。

私は中国の女性、ことに賢そうな美女と同席するのがうれしかったが、雅楽も、ニコニコしながら、その席で、いつものように、健啖《けんたん》に食べている。

胡さんが私の書いた雅楽の話をすでに読んでいたのでびっくりしたが、だから雅楽の人柄や、推理の見事さ、人生処理の立派さを知っており、時々雅楽にも、質問したりした。

私は同時に、獅子丸と京太郎との間がしっくりしているのが、よくわかった。今月は二人とも「寺子屋」だけなので扮した一役に全力投球をしてもいるのだが、私が見た源蔵夫婦の深い情愛がよく出ていた。この手習師匠の夫婦は、菅丞相《かんしょうじょう》（道真）の家に仕えていて、わりなき仲になり「お家の法度」というので、勘当されて、京の芹生《せりょう》の里にわび住いをしているのだ。

原作「菅原伝授手習鑑《すがわらでんじゅてならいかがみ》」の二段目の「伝授場」で、そういう恋仲だったという説明があるが、普通は、「寺子屋」に、そうした男女の過去を示さない役者が多い。

だが、こんどは、獅子丸に対して京太郎が示す女形の立役に寄せる特殊な色気がわかり、こういう席でも、この女形が獅子丸にこまかく気を配り、猪口の酒がなくなるとまめまめしく注いでいる姿は、見ていて、好ましかった。

雅楽も、自分がやかましく叱ったあと、京太郎がこんなふうになったのを、うれしそうに見ている。

京劇の休演の日、「寺子屋」を見に来る予定ときいて、雅楽は二人を目の前において「この二人の夫婦の気持がよく出ているのを見てやって下さい」と胡さんに話していた。獅子丸は三十四歳だが、未婚である。文子のことを、よくひやかしていたようで、胡さんに、「この夫婦はね、おしどりといわれるほどなんですよ」と笑いながらいった。

それを聞いて京太郎はうなずいていたが、文子がだまって、まじめな顔でうつむいているだけなのに、私は気がついた。

前夜の劇場のロビーでもそうだったが、文子が健康を害しているのではないかと案じられた。

胡さんが雅楽に「高松屋さん」と呼びかけたのにも、驚いたが「一度、京劇を見に来ていただき、そのあと、楽屋においで下さい」といった。

二日のちに雅楽がBプロの「覇王別姫《べつき》」（虞美人）を見にゆくと聞き、私もAプロしか見ていないので、同行した。

Aプロの「水漫金山」も立ちまわりが多い、おもしろいスペクタクルだが、「覇王別姫」は、歌唱も舞踊もたっぷりあって、堪能させられる。昭和三十一年に中国から来た袁世海《エンセイカイ》と梅蘭芳《メイランファン》の名舞台をしのんだが、女優も堂々とこの至難な女主人公を演じていた。

楽屋にゆくと、全員が拍手で出迎えた。雅楽がはいってゆくと、さらに拍手は大きくなったが、老優が自分も拍手しながら部屋の戸口をくぐったので、私はこういうマナーまで知っているのに目を見はった。

楽屋にはズラリと並んだ鏡台があり、椅子にかけて、中国人たちが、顔をおとしている。いつもの歌舞伎の時とちがい、衣裳も小道具も派手で異国風だから、雰囲気は一変している。私は中国にゆきたくなった。

胡さんは小声で私に、「座長が竹野さんに歌舞伎の女形の心得を、高松屋さんから伺いたいといっているのですが、よろしいでしょうか」といった。

雅楽に直接話さずに、私に訊くというのも折り目正しいことだ。

雅楽はそれを聞いて、すぐ、「お話ししましょう」といった。

もちろん胡さんがうまい通訳をしたのであるが、雅楽はこう話した。

「中国では以前女形がいたわけですから、大体、歌舞伎と同じだと思いますが、女形は、女に扮する前に、まずその役を男がしているという建て前があります。

私は女形ではなく、いつも女形と共演して来ました。ずいぶん多くの女形を妻にし、恋人にしました。うまい女形はみんな、私のする演技を、引き出してくれたものです。

いい女形は、男として観察した女を自分の芸で美しく、魅力的に作ってゆきますが、だからいつも、女性をじっと見て芸の栄養にするわけです」

この話に耳を傾けている京劇団の人々の顔は、まったく真剣であった。

雅楽のほうも、そういう反応がよくわかり、帰りの車の中で、「みんな、熱心だし、芸がよくわかるね、話していても、張り合いがある」と喜んでいた。

それから間もなく、新聞社にゆくと、文化部の記者が、「竹野さん、歌舞伎が九月に中国にゆくそうです」

「ほう」

「銀右衛門《ぎんえもん》、葉牡丹《はぼたん》、獅子丸、京太郎、菊平《きくへい》というメンバーです」

「何を持ってゆくのかしら」

「『曾我《そが》』の対面に『寺子屋』とおどりとか」

思いがけなく、私も誘われて、秋に中国にゆくことになった。

座長以下、全員が家族をつれたりせず、男ばかりの一行であった。

三

その前に、こんなことがあった。

六月に、葉牡丹の先代の二十三回忌の法要があって、その夜赤坂のホテルに、六十人ほどが招かれた。

雅楽はメインテーブルで、劇場の社長や劇作家たちと同席、私は故人を知っている古い記者たちとテーブルを囲んだ。

食事がまだ終らないうちに、ボーイが来て雅楽の耳もとで何かいうと、老優は顔色を変えて立ち上り、近所にいる人に挨拶して、あわただしく去った。

何かおこったにちがいない。

閉宴後、私と京太郎夫妻が、ホテルの地下室のバーに寄った。

「高松屋のおじさん、どうなさったのだろう」というので、私が立って、電話を千駄ケ谷の家にかけてみた。

雅楽が出て来たので、「御病人でも？」と尋ねたら、クスクス笑っている。それで私は安心した。

老優はおかしそうに話した。

「いやどうも、竹野さん、うちの楽三《らくぞう》が、とんだしくじりをしたんですよ」

翌日すし初で会って聞いたのは、つまり、こういう話なのだ。楽三は高松屋では古い弟子で、還暦もすぎているのだが、よせばいいのに、劇場で場内を案内する二十二三の若い娘をつれて、ちょくちょく飲みに行ったりする。まさか、それ以上の交渉はなかったのだろうが、私も知っているその女性はたしかに魅力があり、誘うと来てくれるので、楽三もうれしくてたまらない。まア精一杯のこれが、「源氏《げんじ》店《だな》」の藤八《とうはち》や「忠臣蔵」の伴内《ばんない》を持ち役にしているこの役者の浮気といえるわけだ。

しかし、年のいくつもちがわぬ細君には、秘密にしていたのだが、先日二人で食べに行った小料理屋に楽三が眼鏡のケースを置き忘れ、表の受付に届けて来たのを、その場内係の娘が楽三の家に電話で知らせた時、「いつも御馳走になっております」と挨拶したので、「そういうことがあるんですか」といわれた。細君は軽い気持でいったつもりだが、楽三はうろたえて、口ごもったりした。

　ところできのう予定より早く帰宅すると、細君の机の上に大きな睡眠薬の瓶があり、細君が眠っていた。それを自殺でもはかったのかと思いこんで、医者を呼んで、大さわぎになったというおかしな話である。

　楽三はとにかく妙な形で師匠の耳にはいっては困ると思い、ホテルに電話をかけ、「急にお目にかかりたい」と切ない声で訴えたのだという。「とんだ、権九郎《ごんくろう》（「黒手組助六」に出る三枚目）ですよ」と雅楽は話した。

　その話をしたくて、すし初に、私は招かれたのだが、前日のホテルのバーで、京太郎夫妻の前に戻って、「心配はないんです、楽三君が女のことで、しくじったとか何とか、高松屋は何となく、たのしそうに、笑っていました」といった。

　京太郎は「そうですか、でもあの楽三さんだって、役者なんだから、色っぽい話が二つや三つ、あったって、いいじゃありませんか」と明るい声で笑ったが、隣にいる文子はニコリともせず、「あなた、ほんとうに、そう思ってらっしゃるんですか」と夫に向っていった。

　何となく面詰しているような口調で、私は、こんな夫婦の会話を露骨に聞き、白けた気持で、すぐ立って、遠慮する女形が紙入れを開こうとしたのを制止し、二人に別れてタクシーで帰って来たのである。楽三の「事件」があったために、蜜のように甘い夫婦仲に不安な影がさしているのを察しないわけには、ゆかなかった。

そして私には、そうなった原因がわかっているだけに、多少の心苦しさもあった。

ところで私は、京太郎という女形の性格が、融通の利かない窮屈さを持っているのを、すこしのちに知って、驚いたのである。

四

九月に、歌舞伎が中国にゆき、北京と上海で十日ずつ公演を持った。二ヵ所とも定員の多い劇場だったが、連日満員で、役者たちも熱烈な歓迎を受け、大喜びだった。

私も長年行ってみたいと思っていた中国に、やっと行けて、いろいろな経験をした。

出発の日も成田にそれぞれの家族が送りに来ていた。京太郎にも、文子がむろんついて来て、空港で私に、「主人のことを、くれぐれもお願いします。あの人はそそっかしいところがありますから、失敗したりすると見っともないので、よく見ていて下さい」と、美しい目つきで、私にたのむのだった。

その京太郎は「寺子屋」の戸浪と、「対面」の化粧坂《けわいざか》の少将、それと獅子丸と二人でおどる「吉原雀《よしわらすずめ》」と三役である。

素顔もいい器量だから、中国では、若いファンが大ぜいできたようで、楽屋口に立っていて、劇場からホテルに帰る京太郎にサインを求める少女もいた。

ついこのあいだまでの中国にくらべて、そんなことがあるので、この国も変ったと私は、リラックスした感じを持った。

前に東京に来ていた胡麗芳さんも、ずっとつきっきりで、北京から上海にまで、一座を離れることなく、公的な会合の時の挨拶の通訳から、友誼商店という外国の旅行者のための大きな店での買物の世話まで焼いてくれる。

この胡さんも、獅子丸と京太郎には、気楽に話せるらしく、自分も泊りこんでいるホテルの食事でも、座長や立女形《たておやま》の卓は別の男性の通訳にまかせ、若い役者のほうに席をとっている。

私も時々、座長の銀右衛門の卓を離れ、京太郎と並んで食事をしたが、胡さんがビールを飲みながら、「京太郎さんの奥様は、恋女房なんでしょう」とひやかした。

日本語が達者とは思っていたが、「恋女房」というような言葉まで知っているのに、私はびっくりした。いまの若い日本人でさえ、こんな言葉は知らないはずである。

「おっしゃる通りですよ」と笑いながら、獅子丸がいうと、京太郎は赤面して、「いやですよ、そんなことをいっちゃ」と、あわてて手をふる。

雰囲気がすっかり自由になっているので、私もわざと、「胡さん、この人、きっと、いつも文子さんの写真を持って歩いているにちがいありませんよ」といった。

食事のあと、わざわざ京太郎が私の客室に来て、こういった。

「先生、私は文子の写真なんか持って来ていません」

真剣な表情で、こういわれて、私も困ってしまった。

だから、「持って来たっていいじゃないか。それが夫婦の情愛というものだと、私は思うけどね」とこっちも、真顔で答えた。

「だって、そんなことをしたら、高松屋のおじさんに、すみませんもの」

「うん」

「私は東京の家のことなんか忘れて、こんどの旅のあいだ、獅子丸さんの女房のつもりでいるんです」京太郎はキッパリと断言した。

私は、京太郎が去ったあと、床にはいったが、異様な心持がした。

そんなことを考える私が変なのかと反省したが、今夜、京太郎がそっと、獅子丸の部屋の戸口をノックする姿を妄想したりした。

そう思ってしげしげ見ていると、京太郎の獅子丸に対して、まめまめしく尽している様子は、大袈裟にいえば、ただごとではない。

劇場は一回公演だから、昼間は名所へ行ったり、見学に行ったりする。ホテルのロビーで待ち合わせ、マイクロバスに乗りこむ前に、京太郎が獅子丸に外套《がいとう》をうしろから、かけたりする。

そして、そういう行動が、ごく自然なのだ。

銀右衛門がある時、苦笑しながら私に、「戸浪役者は源蔵をこんなに大切にするけど、千代《ちよ》のほうはさっぱり」といったあと、「なァ高野（葉牡丹の本名）」といった。

「冗談じゃない」と伝法に葉牡丹が応対したので、みんな吹き出した。

京太郎が雅楽のために、教えられ、開眼した効果はてきめんで、芸を見る目の肥えている中国の俳優は、特に京太郎を、絶讃する。胡さんもうれしそうに、それを私に通訳してくれた。

いよいよ上海で打ちあげ、その空港から帰国することになって、その上海の俳優や劇作家が送別の宴を開いた。

私はそうした席では、団長格で、いったん帰ってまた出直して来た興行会社の社長とならんで、いちばん上位の卓につく。

興行会社の社長は、この訪中公演の成功が日本でも大きく伝わったとささやいたが、さらに声をひそめて、「竹野さん、京太郎の奥さんがちょっと変なんですよ。ノイローゼとでもいうのか、毎日のように会社に電話をよこして、主人から便りがないけれど、無事なんでしょうか。何かあったとしたら隠さずにいって下さいというんです」といった。

私は、京太郎が東京に何通も、航空便でいろいろ書き送っていると思いこんでいたので、これには、仰天した。

いくら何でも、薬が効きすぎたようで、家を忘れ、妻を忘れて、中国での芝居にすべてを賭けているという女形の心持は立派だが、舞台を離れた時、「元気でいる」くらいのことを書いてもいないとすると、少々京太郎が、禁欲に徹しすぎたと思った。

「そしてね、竹野さん」と社長は、ホテルに帰ってから部屋にはいる前に玄関のソファに私を招き、「とうとう、私を会社に訪ねて来て、京太郎が自分をもうまるで捨ててしまったんです、と怨めしそうにいうんですよ。まさかといったら、芝居がラク（千秋楽）になって一週間ほど遊んでもいい時でも、そばへゆくと、いま来月の役のことを考えているんだから向うへ行っていてくれ、というし、次の日からもう、稽古だから自分の仕事の邪魔をするなといったりするんですと、泣きはじめる始末。あれが京屋の細君とわかっているからいいけれど、そうでなければ、若い、器量のいい女が社長室に来て、泣きじゃくっているなんて、とんだぬれぎぬを私は着なきゃアならない。あれは、どうかしていますよ」といった。

それでじつは誰にもいわずにいた、「桂川」のお絹の時に女房役をうまく演じるには、相手の役者に女房としての心からの情愛をもたなきゃいけない、そのためには、興行中は細君との夫婦生活もひかえ目にしろと、雅楽が戒めた話をしたら、「なるほど」とうなずいていたが、笑いをこらえている様子もうかがわれた。

しかし、のんきに笑ってもいられぬ、深刻な事態に立ち至ったのである。

歌舞伎の一行が九月のおわりに帰国した時、成田の空港には、座員の家族が迎えに来ているのに、文子の姿が見えない。

「奥さん、いないね」と私がいうと、京太郎も目でさがし、見当らないので、不安そうな顔をしている。

結局、来ていないのがわかったが、なぜ来なかったのか、その日はわからなかった。

翌日、京太郎から電話があって、「文子は風邪をひいていたので、来なかったんです」といったので、私も安心したが、じつは京太郎が、とりつくろって、そういったのが、まもなく、知れた。

あとで聞いたのだが、文子は不眠症になっていて、痩せ衰えていたそうである。京太郎によると、帰って文子を抱擁しようとしたら、拒否したという。興行会社の社長は、あいだに東京に帰った時文子が泣いて訴えた話を、旅先では、わざと、京太郎には聞かせなかったようである。

京太郎は、だから、夫に抱かれようとしない妻に対して、短い期間、疑惑を持ったらしい。妻が夫を疑い、夫が妻を疑っているという状況は、最悪である。

平凡ないい方だが、あんなに琴瑟相和《きんしつあいわ》していた、あたたかい家庭が、険悪になったのを聞いて、私もこれは放っておけないと思った。

千駄ケ谷に雅楽を訪ねて話すと、さすがに、老優も咄嗟《とっさ》に返事もしかね、腕組みをしていたが、やがて、「京太郎も、ほんとうに、一途《いちず》な男ですね」といった。「私は、女形として、舞台の色気を出すために、細君にべったり溺れるなとはいいましたが、『忠臣蔵』の師直《もろのお》じゃないんだから奥方のところにいたがるのが悪いとはいわなかったつもりです。京太郎に芸のためには細君を犠牲にしてもいいといったつもりはない。ところで、竹野さん、戸浪は、どうでした」

「東京で見た時より、もうすこしました、源蔵に対する表情がうまかったと思います。はじめに小太郎《こたろう》の手をひいて、源蔵の前に出て、夫を見る目つきなんか、あそこは色模様の雰囲気はないのに、目に艶があり、見ていて私もハッとしたくらいです」

雅楽はようやく微笑し、「それはよかった。たしかに私の注意したことがむくいられたのだから、うれしいことです」といった。

「獅子丸君もいっていました。このごろ京太郎と会っていると、好きな女といるような気分になるって」

「悪いことじゃアありません。むかし、『勘当場《かんどうば》』の源太《げんた》が戦場から帰って来た時、前から恋人にしていた腰元の千鳥《ちどり》をつとめている五代目半四郎《はんしろう》が、源太の三代目三津五郎《みつごろう》の前にすわり、お茶を出す時、口の中で、お帰りなさいましといった。それを聞いて、三津五郎が、自分の女房よりも可愛くなったといっていますが、それですね」

「いい話ですね」

「獅子丸も、女とはかなり遊んでいるようだが、そんな女はいなかったんでしょう」

「まアいま時、そういないでしょうね」

「となると、女形が、いまはいないような女の姿を、心持の上でもこしらえたのだから、手柄ですよ」

こんな話をしたが、雅楽はその次の日、すし初に京太郎を呼んだ。私も、そういわれたので、同席した。

中国での話をひと通り聞いたあと、老優がいった。「竹野さんから聞いたが、戸浪が何ともいえない女の味を見せていたというじゃないか」

「ええ、おかげさまで、舞台の上で獅子丸さんといると、夫婦になったような心持なんです」

「しかし、文子さんという人がいるのだから、獅子丸にばかり打ちこむことはないんだよ。私はこの前、お前さんに、女房を可愛がってばかりいると、女形としての色気がなくなるといったが、さりとて、文子さんを悲しませることはない」

「はい」

「妙なことを聞くが、文子さんは、お前さんに抱かれると、やはり、たのしそうにしているんだろうね」

「ところが、おかしいんです。私が文子の肩に手をかけようとすると、首をふるんです」

「おかしいね」

「まさか、私を裏切っているとは思いませんが、冷淡には、なっているんです」

「すねているんだろう」

「それと、疑りっぽくなりましてね、北京の空港で貰った向うの縫いのはいった財布をおみやげだといって渡したら、誰にもらったんです、胡さんじゃないでしょうねといいました」

「ほう」

「美しい通訳と、ずっと行動を共にしたのを、文子は気にしているんです。そういえば、東京に京劇が来ている時、文子のいないところでも、胡さんとは会い、食事をしたりしましたが、それを思い出したのか、あの人とは、中国でも親しくしたんでしょうと、切り口上《こうじょう》でいいました」

「困ったものだな」

「だから、胡さんと親しくしたって、あの人にも、北京大学の先生をしているご主人がいるんだし、おかしなかんぐりはよせといいましたが」

「夫婦仲の問題は、私たちで、どうしようもない。できるだけ、ゆっくり話し合って、解決するほかないね」

　こういうことで、その日は別れた。

　それから十日ほど経ったら、文子が突然私の家にあらわれた。遠い所からわざわざ来たのは、ただならないことだし、顔つきも、硬《こわ》ばっていた。

「竹野さん」というなり泣き崩れたので、迎えに出た家内も、おろおろしている。

「何事です」

「竹野さん、とうとう、京太郎がほかの女とねんごろにしている証拠をつかんだんです」

「どうしてそんなことをいうんです。京太郎君は、そんな人じゃない」

「男同士で、かばい合うんでしょう」

「冗談じゃない、証拠というのは何ですか」

「北京の胡麗芳さんから、手紙が届いたんです。はずかしいけれど、私は胡さんと京太郎の間をあやしいと思っていたので、あの人に無断で、封筒をあけて、中を読みました」

「むろん、日本語の手紙ですね」

「きれいな字で、立派な日本文でしたが、いろいろあって、最後に、どうかあなたの愛人によろしく、と書いてあるじゃありませんか」

「そんなことって」と私も言い淀《よど》んだ。

「あの人、私にずっと冷たくなってしまっていて、私もそれと同じに、たまに抱かれても、身体が熱くなったりしないんです。これは、その愛人のためです」

文子は、「私、京太郎に渡したくなくて、その手紙、ここに持っています」という。

見せてもらった胡さんの手紙の文末の一行に、たしかに「愛人によろしく」と書いてある。

私の知らないことがあったのかと思った。

私はとにかくこういうふうになったのは、もともと雅楽なのだから、千駄ケ谷で直接文子に訳を話してもらおうとして、タクシーを呼んで老優を訪れた。

雅楽は手紙を見たあと、破顔一笑して立ち上ると、次の部屋から、前進座の瓵右衛門《かんえもん》が書いた本を持って来て、文子の前においた。

「これは春子という奥さんの思い出を書いた本、ほら、愛人之記という題がついてるんです。中国の人は、配偶者を愛人、アイレンというんだ。胡さんは京太郎君に、あなたの奥さんによろしくと書いているんだよ」

「まア」暗かった文子の顔が、急に晴れ晴れとした。そして微笑が戻って来た。

私は思った。「これで大丈夫、雨降って地固まるというわけだ」

後日、雅楽がしみじみと述懐した。

「文子さんも辛かったろう。しかし京太郎は、修業の五年分ぐらい、女形として、うまくなったのだよ」

一日がわり

一

私の若いころとちがって、歌舞伎のファンの年齢層が、平均して低くなっているそうだ。むろん、歌舞伎に関心のない若者は多いが、いったん見はじめて好きになると、夢中になる女子学生、ＯＬがすくなくない。

そして、その対象は、二十代三十代の役者である。父親の大幹部の「藤娘《ふじむすめ》」よりも、息子の同じおどりのほうが、技術とは別に、いかにも娘らしくていいといった感想を聞かされる。そういう見方を、私たちの世代はしなかった。

劇場も、そうなると、老練の人たちの興行とべつに、若手一座だけの芝居を考えるようになり、かなりの実績をあげる。

いま人気のある若い立役《たちやく》の役者三人は、中村丹四郎《なかむらたんしろう》、坂東好之助《ばんどうこうのすけ》、市村録蔵《いちむらろくぞう》だが、ライバルではあっても、じつに仲がよかった。

三人とも酒が好きで、一応グルメでもある。だから芝居の帰りに、小料理屋の店のカウンターで、ならんで、たのしそうに飲んでいる姿を、いつか偶然見て、気持がよかった。

三人の中で、年がいちばん上なのが丹四郎、そして二つずつちがって好之助、録蔵である。いちばん上の丹四郎は、おっとりして、三兄弟にたとえると、総領の甚六《じんろく》ふうな、やや鈍重型、あとの二人は二枚目に近く、女形《おんながた》としても、当り役があるが、丹四郎は男の役しかない。

三人共演の「車引《くるまびき》」の時は、丹四郎が松王丸《まつおうまる》ときまっていた。「三人吉三《さんにんきちさ》」だと、和尚吉三《おしょうきちさ》ということになる。

仲よしの三人が、ちょっと気まずくなって来たという噂を、東都新聞の若い記者が耳にして、私に話した。その時は原因がわからなかったが、三ヵ月ほどのちに、ハッキリ真相が知れた。三人が、同時に、ひとりの美女を恋してしまったのである。二十代後半、独身の三人のうち、いちばん先に誰が結婚するかといった話題も若いファンのあいだでささやかれていた時に、三人が偶然知り合った女性の魅力を、同じような感じで受けとめ、熱をあげたのだ。

ところが、いままでもいく人かのガールフレンドとの艶聞を持っていて、いやな表現だが、手が早いといわれていた録蔵を呆然とさせたのは、録蔵がたまたま銀座を歩いている時に会ったので、「お茶でものみましょうか」といったら、「これから『毛谷村《けやむら》』を見にゆくんです」という返事を聞いたからだ。

この月、歌舞伎座に丹四郎、国立にあとの二人が出ていた。丹四郎は大幹部の演目のあいだに、若い女形の英二郎《ひでじろう》と「毛谷村」を共演し、六助《ろくすけ》が好評であった。

いい忘れたが、この女性は、日本橋の葉茶屋のしにせの二女、照子といって、慶應の国文科を卒業したが、父親と三越の名人会に行っている時、父親がひいきにしている英二郎が「浅妻《あさづま》」をおどるのを見に来ていて、終演後、この女形の楽屋に行っているところに、三人が顔を出し、三人と一度に初対面の挨拶を交わしたのであった。

私がその照子を見たのは、三人がひとりの女性に思慕したという、歌舞伎役者としてはいま時珍しい純情の話を知った直後だったが、劇場の廊下に立っている姿が端正で、やや面長で髪をひっつめにした顔がぬけるように白く、目鼻立ちのととのった、しかも愛嬌のこぼれるような笑顔に、あっとおどろいた。

女子学生だったという感じよりも、大正のおわりごろまでいた美女という印象で、近ごろの女優にもあまりない、におうような美貌というほかない。

三人がみんな、ほかの二人も照子に惹かれているのを知っており、それだけに何となく、綾《あや》とりの紐を引き合っているような形で、もじもじしているうちに、この照子が前から丹四郎の熱心なファンだったというのが、女形の英二郎の口から洩《も》れた。

美しいばかりでなく、聡明な照子は、ひとりの役者を好きだと公言するのも何となくはばかられ、両親や弟にもいわずにいたが、丹四郎の出ている劇場を昼夜見たあと、丹四郎の出し物だけ三回ほど一幕見で見直すということがやがてわかって、母親が英二郎に、つい、しゃべってしまったのである。

たまたま、照子の父親の従兄で、同じ日本橋の鰹節屋の主人が、丹四郎をひいきにしていた。そして軽い口調の茶話に、照子に向って、「丹四郎が好きなら、お嫁に行ったら」といった時、照子が真っ赤になり、しかしうれしそうに笑ったというのがはじまり。縁というのはふしぎなもので、半年後に照子が丹四郎の妻になるという話がトントン拍子でまとまったのである。丹四郎はもちろん、照子が自分のファンだったのを知って間もなく、こういうことになったので、天にも昇ったような喜びに包まれたが、残る二人は、ショックが大きかった。

ことにプレイボーイで、三人の中でいちばん男前だと自負していた録蔵は口惜《くや》しがるまいことか。ひとりで、劇場街と遠く離れた町のバーで、酔って胸の思いを紛らわしていたらしい。十月に丹四郎が挙式と聞いたその録蔵が、自分が照子のことで負けたと思いたくないために、丹四郎よりも前に結婚しようと思いついたというのだ。

あんまり話がおもしろすぎるが、劇作家の古寺貢さんと三原橋のすし初で会うと、録蔵が誰にプロポーズしようかと、指を折って数えながら、書きつけたメモに女の名前が、七人あったとさという話し方で、たのしそうに私の顔を見た。

この古寺さんは若いころから落語が好きで、高座の話芸に似た話し方をする人だ。だから、話にも説得性があるが、一説によると、まことしやかでも彼の作ったフィクションの場合が多いともいわれる人だ。

この録蔵の話は、しかし人数の点もふくめて、大体いかにも、ありそうなことだと思って、私はだまって傾聴していた。

好奇心の旺盛な七十三歳の劇作家は、わざわざ情報網をひろげ、録蔵メモの七人の女性のデータまで入手したという。劇作家が、執筆前に取材するのは必須条件だが、この場合はあくまで弥次馬らしい興味に駆られたのであった。

古寺さんは、手帖をふところから出し、「名前と年齢は、半分わかっているが、全部伏せておきます。竹野さんはジャーナリストだから、私がしゃべると、若い記者に話したくてたまらなくなるでしょうからね」といった。

気を持たせたいい方だが、「とにかく、お聞きなさいよ」という顔で、自分の徳利の酒をしきりにすすめるので、私も笑いながら聞いていた。

「新橋の芸者、赤坂のバーのホステス、ホテルのコーヒーショップの少女、OL、早稲田の演劇科の女子学生、ファンレターがキッカケの鎌倉にいるペンフレンド、そして但馬流のおどりの家元の娘の不二子。ヴァラエティも、いいとこですよ。もっとも、七人のジャンルが全部ちがうというのも、役者らしい一種の考え方でね、つまり同じ月はもちろん、三ヵ月ぐらいのあいだは、演じる役も、あまり似たものでは、気が変らず、舞台も一向、栄《は》えなくなるのを警戒するのが、役者の心得のひとつですからね。私はこの七人と会っている時の録蔵が、相手によって話題や、一緒にいる時の態度や、おそらく三人ぐらいとはかなり深い仲になってもいるにちがいないと思うので、そういう色とりどりを寸劇風にして、ヴォードビルを書きたいという気に、ちょっとなっているんです」

「ぜひ、やって下さい」と笑っていたが、まもなく、録蔵の迎える妻が、早稲田の可愛い女子学生とわかって、みんな、びっくりした。

私は、多分新橋の花街のひとというのが自然だと考えていた。

戦前でも、梅幸《ばいこう》のように、普通の家庭のお嬢さんと結婚するケースがあったが、これはむしろ例外で、役者の大部分は、花柳界の女性を妻にした。

歌舞伎の世界では、やはり芸者として客をもてなすのに馴れており、愛嬌やゆき届いた心くばりができる点では、そういうひとたちが、適当なのであろう。

このごろは役者が他の役者の娘と結ばれるということも多くなったが、これも、普通の家庭の娘よりは、育った環境が環境だけに、うまくゆくのである。

浮気な青年俳優として、一応定評のようなものが喧伝《けんでん》されていた録蔵が、ごくアッサリしたつきあい方をしていた正森和歌子という稲門の女の子をえらんだのは、おもしろい。

劇場に近いすし初で、老優中村雅楽《がらく》に会ったら、向うからその話をはじめ、上機嫌でこういった。

「昔なら、年貢の納め時なんてからかったものだが、録蔵がこういう人ときめたのは、私は、よかったと思う。あの男の父親は、もう舞台に出ないが、至って地味な芸風だし、母親は柳橋にいた美代鶴という美人だったが、これも内気な、どちらかというと素人くさい芸者だった。だからその和歌子さんの両親がよく承知したと思うのと同時に、きっと嫁に行っても、うまくゆくだろうと思います」

雅楽はこういった。

しかし、丹四郎が照子を貰うと聞いた時の残る二人がショックを受けたのと同じように、録蔵がつきあっていたほかの六人、中でも結局は自分が妻にしてもらえると思いこんでいたいく人かは、目を吊りあげて、やりきれない思いに悩んだらしい。

長々とした前置きになったが、こういうゆくたてのあったことを、先に書いたのは、これからあとの物語の真髄を、読者に理解してもらうためだったので、許していただきたい。

嫉妬に狂った女が酒を浴びるようにのみ、酔った揚句、刃物三昧で、男に切りつけるという芝居があるが、私がこれから書くのは、まさか流血の事件がおこったわけではないが、録蔵が復讐されるという、ちょっとした「事件」で、老優がこれを解決するまでの話である。

二

むかしから「役者子供」という言葉がある。舞台では、大星由良助《おおぼしゆらのすけ》のような知的な役を演じる座がしらでも、日常の生活では、まったく何もわからぬ、頑是《がんぜ》ない子供みたいだということであって、明治の團十郎《だんじゆうろう》より前の四代目芝翫《しかん》という人は、金の価値もわからず何から何までおかみさんにまかせっきりだったというような、突飛な逸話がいろいろ伝わっている。

自分で車を運転したり、外国に遊びに行ったりする近代的な歌舞伎役者でも、まったく同じような気質があり、それはそれで、逆にいえば、だから古典の世界にも、抵抗なく飛びこめるのだと説く人もいる。

丹四郎に張り合って、女子学生と婚約した録蔵がまさにそうだった。

私は、じつは、目を見はり、次におかしくて、吹き出しそうになった経験が、まもなくあった。

日本橋の百貨店から程近いところにあるしにせのそば屋は、私の好きな店なので、名人会にゆく前に寄ったりしているのだが、初夏の日の午後、そこへはいって、いつものように隅の椅子にかけていると、あいかわらず繁盛している客の視線がある個所に集中するのに気がついた。

ふり返って見ると、別の一角の椅子に、若い男女が向い合って、せいろうを食べている。男はたて縞《じま》の単衣《ひとえ》で、頭は角刈に近い。下町には、こういう商家の息子といったタイプがよくあるので珍しくもないが、連れの女性が矢がすりに海老茶《えびちゃ》の袴《はかま》を穿き、しかも履物は靴なのである。頭は心持ひさしの出たお下げに、真っ赤なリボンをつけている。

女子学生が卒業まぎわに、申し合わせたように、ぜいたくな振袖と帯を窮屈そうに着て謝恩会に出たりする流行が、数年前からあるのは知っているが、若い娘が、こういう服装、しかも袴に靴という姿は、明治から大正のはじめならともかく、もう世の中から消えたと思っていたので、おどろいて、男を見ると、何と録蔵ではないか。

そういえば、きょうは国立が夜だけなので、昼間女性とデートをしていたのである。

婚約したのに、またこんなことをしているのかと思って、ふと気がついたら、その女性はどうやら、早大に在学している、こんどの結婚相手らしい。

私はこんな所で見かけても、こちらから声をかけたりはしないようにしているが、この日はつい好奇心をおさえかね、二枚目のそばの来るまでの短い時間、録蔵に近づいて、「やア」というと、「先生、気がついていたんですよ、あとで御挨拶するつもりでした」と、白い歯を見せて、録蔵は笑った。さすがに役者だけあって、いい顔である。

「これがこんどうちに来る正森さんです」といったので、やはりそうかと思った。

女子学生に、録蔵は、「婦系図《おんなけいず》」の酒井妙子の姿をさせたのである。そういえば、録蔵が去年の秋、招かれて、明治座の新派の「婦系図」の通しに特別参加、早瀬主税《ちから》に扮したのを思い出した。

その時、中村屋の娘が妙子の役で、序幕の飯田町の家の場で、主税は妙子と舞台に立っている。

泉鏡花のこの芝居では、水谷八重子がそうだったが、はじめ妙子を演じ、やがてお蔦、それから小芳と順送りに役を次々に演じてゆくのだ。

和歌子が女の学生というので、ぜひ明治時代に紫式部をもじって「海老茶式部」と呼ばれた娘姿をさせようとしたのだろう。そういえばいつも派手なスーツをうまく着こなしている録蔵のきょうのいでたちは、つまり早瀬主税なのだ。

主税と妙子になって、六月の町を散歩するという趣向は、何とも役者らしく、はた目を一向気にせずにこんなことをするところが、まさしく「役者子供」というほかない。

和歌子は悪びれもせず、「正森でございます」と名のった。頰にえくぼのできる、可憐な娘である。

その日はそれで別れたが、あのあと街を歩いた時もみんなが二人をじろじろ見たにちがいないと思うと、おかしくなった。

じつは、その月のおわりに、また、こんなことがあった。

新橋演舞場で、但馬流のおどりの大会があり、婚約以前から親しくしていた家元の娘の不二子が、昼の部で「汐汲《しおくみ》」と新作の「額田女王《ぬかたのおおきみ》」、夜の部で「道行」のおかるをおどるのである。「額田女王」のほうには、大海人皇子《おおあまのみこ》の役で、好之助が出る。そして、「道行」の勘平《かんぺい》は、録蔵というのである。

但馬流は、若手の役者がみんな世話になっている流派だから、たのまれれば、ことわるわけにはゆかない。

録蔵の場合は、不二子自身が何となくつきあっているうちに、録蔵が好きになっていて、自分が申し込まれれば喜んで承知するつもりだったらしく、こんどの婚約の話を聞いて、がっかりしたらしいのであるが、そういうことになる前からの約束なので、「もう出ていただかなくても結構です」ともいえず、予定通りの勘平ということになったのである。

それに、歌舞伎の人気役者が出ると、ファンが来てくれるという思惑もあるのだ。

録蔵はケロリとして、稽古場《けいこば》にあらわれたが、あとで私が好之助から聞いた話は、こうである。

衣裳あわせで、不二子が、いつもの御所どき模様の振袖を見ていると、録蔵が、「不二子さん、おかるの衣裳、矢がすりではいけませんか」といった。

にこやかに録蔵を迎え、「御婚約おめでとう」と明るく挨拶した不二子が、急に顔色を変え、

「うちの流派のおかるは、ずっと御所どきですのよ」といった。

しかし録蔵が「うちの祖父は、当り役の勘平の『道行』では、いつも女形に矢がすりを着てもらいましたよ」といった。

しかし、不二子は頑として、首をたてにふらなかった。それ以上強制もできないので、録蔵も承知したが、敏感な不二子は、明治の女学生の矢がすりを自分に着せ、婚約する娘と色模様を演じようとしたのだという、録蔵の心境を察知したのであった。

私も但馬流の会はいつも行くことにしているし、吉川昇の書いた「額田女王」がなかなかいい作品だと聞いていたので、たのしみであった。

しかも、丹四郎は別だが、仲のよかった二人が、録蔵の婚約公表後、立ちおくれた点で好之助が録蔵に対しても、つよい意識で腕を競おうとしているらしい気配もあるのだった。

不二子は大熱演で、美しい男女のおどりが、家元のプランで、バレエのような振りがはいっているのも、おもしろかった。

女王が振る袖の領巾《ひれ》が優美であった。

次に録蔵の勘平だが、前半は、おかるのクドキの時、ほとんどじっとうつむいているだけだが、伴内《ばんない》が花四天《はなよてん》と出て来たあと、群集を相手に所作《しょさ》ダテのはじまる前、黒の紋付の肌をぬいで緋のじゅばんで両手をひろげて見得をするところ、さすがに橘屋《たちばなや》直系の役者らしいさわやかな二枚目だった。

歌舞伎の人でないと、なかなか、こうはゆかないのである。

おもしろかったのは、普通のおどりの会とちがった二人の役者の若い女性ファンが大ぜい来ていて、拍手は好之助に対する方が大きかったのである。掛声も「橘屋」というよりは、「大和屋《やまとや》」という方が多かった。録蔵は女性ファンの熱烈な関心の枠の外に置かれたようである。

気がつくと、正森和歌子が前から五列目の客席にいた。むろん、録蔵が送った切符だと思うが、不二子が知ったら、心中、おだやかではなかったであろう。

私は好之助と録蔵が一生けんめい、つとめているのを見て、事情はともあれ、若いライバル同士の競演は気持がいいと思った。

しかし、仲よし三羽烏《がらす》といわれた丹四郎、好之助、録蔵が、共演の芝居をこれからして前のようにしっくりとした雰囲気を持てるだろうかというふうにも考えた。

興行会社は、役者のプライバシーを、つねに探査している。企画を立てたあと、役もめや不平がおこると困るからで、ことに女性の問題、結婚の問題は、役者同士もしくは、役者をとりまく人たちの不和を招くので、慎重に調べ、対策を講じる。そういうことを、専門にリサーチする係まで、おいているのだから、おもしろい。

丹四郎、録蔵の結婚についても、会社は、いろいろ聞きこもうとした。

結局は、録蔵がサバサバと、ほかの女性に求婚したのだから、一応めでたしめでたしと手をしめてもいいはずだが、こだわりは好之助にあったようで、九月の興行の大切《おおぎり》に、「鞘当《さやあて》」を出したいと思い、プロデューサーが好之助を訪ね、「名古屋《なごや》（三山）をお願いします」といった時に、「不破《ふわ》（伴左衛門）は誰です」というので、「丹四郎さん」というと、妙な顔をしたそうである。

　この南北原作の吉原仲の町の一幕は、敵役《かたきやく》の不破と、葛城《かつらぎ》という遊女をとり合って勝つ二枚目の名古屋が出るので、役者の柄からいっても、二人それぞれ妥当なのだが、好之助は、「いま丹四郎君が目下は名古屋で、私は不破みたいなもんだからね」といって、首を振ったらしい。

　会社も、一人一人人気があるが、三人まとまると、なお若いファンの喜ぶトリオが、しっくりしなくては困ると思い、悩んでいた。

　すし初に私がいた時長井社長がぶらりとはいって来て、「竹野さん、どうも面倒ですよ、三人の芝居をぜひ秋にと思っているのだが、『三人吉三』の二年前のあの調和が、いまはとれそうもなくてね」とつぶやいている。

　そこへ、雅楽が折よく来たので、社長は、事情を訴えた。

　雅楽は、「そういうことは、私の若い時にも、よくあったもんですよ。そのころは、花柳界のひとが多かったが、時には、二人の役者とわけがあったという過去を、二人とも知っていて、その一方と結ばれるのがわかると、もう一人は、いまべつな女とつきあっている癖に、へんに鼻白んだものだ」といった。

「高松屋《たかまつや》さんの時もそうですか」

「からかっちゃいけません」と、老優は笑っていた。

　酒をおいしそうに、この店に自分のを置いているぐい呑みで飲み干して、雅楽がいった。

「そうだ、これなら大丈夫という名案がある」

「何ですか」と社長は目を輝かした。

「三人で『忠臣蔵』の一日がわりというのはどうです。これなら芝居が芝居だし、三人の力くらべでもある、ファンの中には三日見ようという人もいる。二十五日のところ、四十五日興行にしても、これはきっと当ります」

「それがいい、そうきめましょう」

「ただね、長井さん、いまの『忠臣蔵』は大体、由良助は九代目團十郎、勘平は五代目菊五郎《きくごろう》の型ですることになっている。

しかし、こんどは、三人の家系がちがうのだから、めいめいのいえのやり方で見せるようにしてもらうほうがいい。私は『忠臣蔵』なら、三通りでも四通りでも型を知っているから、一人一人に来てもらって、ていねいに教えますよ」といった。

三

演目が発表になったら、早くも前景気は、上々だった。

私が八月のはじめに、すし初に夕方寄ると、店の一隅の葭戸《よしど》を立てた小部屋に、雅楽と若い娘がいて、たのしそうに話している。

「竹野です」と声をかけると、「さアどうぞ」というので、はいると、女性は、「演劇界」連載の芸談をずっと聞いている関寺真知子であった。

利口で美しいこの娘は、雅楽がすっかり気に入っているらしい。それだけに、私の前で老優がすこしてれくさそうにいった。

「一日がわりの話をいましていたところですよ。このひとが話を引き出すのがうまいので、ついつい、いろいろ話が出て来ます」という。

一日がわりというのは、いま、歌舞伎界の長老になっている役者が五十年前に、「忠臣蔵」で、それを経験した。私も見ているが、おかると顔世《かおよ》と力弥《りきや》は、成駒屋《なりこまや》、松島屋《まつしまや》、いまの京屋《きょうや》の三人が持ち役で、男の役の由良助、若狭之助《わかさのすけ》、判官《はんがん》、師直《もろのお》、勘平、定九郎《さだくろう》、平右衛門《へいえもん》といった役々を四人の役者がかわるがわる演じたのであった。

ふだん演じることのない、たとえば沢潟屋《おもだかや》の判官が意外によかったりして、毎日かようたびに、発見があり、たのしい芝居であった。

「明治のはじめの六二《ろくに》連《れん》の評判記に出ているんだが、團・菊・左、中村宗十郎《そうじゅうろう》なんて人たちが、『菅原《すがわら》』や『千本桜《せんぼんざくら》』を一日がわりでして、玄蕃《げんば》だの、『車引』の金棒ひき、『千本桜』の川連館《かわつらやかた》に出て来る『化かされ』といわれる僧兵までかわっているんです」という話を雅楽がする。

関寺真知子が熱心にノートに書きつけている姿は、教室にいる女子学生のようだった。

「私も、一日がわりの経験がある。『車引』の松王、梅王《うめおう》、桜丸《さくらまる》を同じ年配の仲間とした。それから『夏祭』の団七《だんしち》、徳兵衛《とくべえ》、三婦《さぶ》をかわったこともある。若かったのだが、私はふけ役の三婦がいちばん好評で、内心不服でしたよ」老優は笑いながらいった。

私が、そばから、「でも、つい十年ほど前の高松屋さんの三婦は絶品でした」

「そうですか、まア私も、あの役は自信がある。あの役は、彫り物（入れ墨）がありそうな商売だが、団七が殺し場で、裸になって彫り物を見せるので、遠慮して、彫り物がないことになっている。そのかわり、三婦の仏壇の脇にかけてある着物に、竜の模様がついているんです」

一日がわりの話から、そういうおもしろい歌舞伎の約束事が語られる。雅楽の芸談は、こんこんと清水が湧いて来るようだった。

前売りがはじまると、三日のうちに、いい席の大半は売り切れたそうだ。

前売りの主任と劇場の廊下で会ったら、

「三日ずつ買う方が多いんです、ですから、いつもの二十五日を五日のばし、三人が十回ずつ、いろいろな役に出ることになりました」

「なるほど」

「ところでおかしいのは、三日に一枚、かぶりつき（最前列）をぜひといって買う方がいるんです。ということは、いつも丹四郎さんなら丹四郎さんが由良助、録蔵さんが勘平と同じものを、十回見るということになり、そうなさる訳が、私たちにはわからないので、そんなふうになってもいいのですかと念を押すと、それがいいんですといって、買ってゆかれました」

「どういうことだろうね」

「若いきれいな女の方でした。手の切れるような新札を置いてゆかれたんですよ」といった。

一日がわりは珍しいので、各紙の演芸面も大きく扱ったし、「演劇界」は「忠臣蔵」特集を企画、私も「むかし見た忠臣蔵」という原稿をたのまれた。

私の見たのでは、先代の河内屋《かわちや》の師直がじつによかったし、この役者は、五段目で与市兵衛《よいちべえ》と定九郎と勘平の三役をかわったのである。

六段目の勘平の家の前に、小川が流れていて、それで家にはいる前に、足を洗ったりしたし、切腹の前のセリフに、「わが運命をためさんと」といったりした。そんなことを書いた。

老優が丹四郎と好之助と録蔵を一人ずつ、千駄ヶ谷の家に呼んで、型と口伝《くでん》を、教える。そういう貴重な光景を、「見にいらっしゃい」といわれたので、「喜んで伺います」と返事をしたが、「関寺さんにも来てもらっていいですか」とわざわざいったので、おかしくなった。

しかし、「演劇界」には、九月号に「忠臣蔵」だけでいつもの倍のページが高松屋芸談としてのるわけだから、読者も大喜びだろう。

いつも外出の時は洋服の三人が、こういう時は申し合わせたように、涼しそうな単衣で来る。教わりながら立って演じるわけで、洋服では、さまにならないからだ。

雅楽は型の話の途中で、自分もひとしきり演じてみせたりする。

もう本興行で見ることのあり得ない、老優の勘平の二つの財布を見くらべる姿が見られ、私は宝物を拾ったような気がした。

好之助がテープレコーダーを持って来て、雅楽の話をとろうとした時だけは、きびしく、「いけないよ」と叱った。

「このごろはとかく、テープにとって行こうとする人がいるが、私は、やめてもらう。頭にしっかり入れて帰ってもらわないと、身にしみないものだ」というのだ。

真知子がそういう小言の時も、ノートをとろうとしたら、「こんな話まで、書き残さなくてもいい」と苦笑した。しかし、真知子にそんなことをいう時、目が細くなるのだ。

つい先ごろまで、この千駄ケ谷のビルの一階のコーヒー店に毎朝行き、ガラス戸の向うの花屋の開店を待ち、つとめている少女を見るのを楽しんでいた雅楽は、孫のようなマドンナをつねに求めている。それが若さと健康をたもつ秘訣かもしれない。

私は三人がいろいろな役の心得を傾聴し、自分も演じて見せるのを見ながら、やはり丹四郎は由良助、好之助は平右衛門、録蔵は勘平の役者だと思った。

偶然おかるを演じる英二郎が話をききに来て、好之助の平右衛門と二人で、七段目の兄妹のからみを演じるのを見たのも、おもしろかった。

「英二郎は平右衛門が由良助に、東《あずま》のお供を許され、脱いだじゅばんの肌を入れる時に、おかるがやさしく介添えするといいよ」といい、雅楽がそのおかるを演じて見せたのだが、やはり女になっているのにも、おどろいた。

果せるかな、三人はそれぞれ、自分の役を、見物に喜んでもらおうとして必死になった。

初日に私はさっそくゆき、監事室で雅楽と見たが、録蔵の勘平がさすがによかった。

雅楽が見ながら、「ああ、いけない、こんなことをしてはいけない」と時々大声でいう。監事室の青年が、帳面にそれを書きとる。それを「駄目帳《だめちょう》」といって、終演の後、老優の伝言として、それぞれに伝える。これはいつもの初日の恒例だが、今月はつまり初日が三回あるのだから大変だ。

四

劇評家の招待日も、三回あるわけだ。どの新聞も、比較評をのせるために、いつもの倍以上のスペースを使った。

ところが四日目から六日目にわたって見たベテラン記者の評で、「録蔵の勘平が案外生彩を欠く」とあった。

私は初日に見たので、あと二日は、劇評家たちと同じ席で見たのだが、録蔵の勘平は初日はじつによかったのが、どうして、こんなふうに書かれるのか、ふしぎだった。

劇評を読んで心配した雅楽が、七日目にゆくと、この日の勘平はほんとうによくなかったという。

はじめおかるの父親を誤って撃ったと思いこんで狼狽する勘平が、おどおどするのは、芝居の筋なのだから当り前だが、勘平でなく、録蔵という役者が、おどおどしているようだったというのだ。

「どうしたんだろう」と雅楽は思ったのだが、すぐ注意するとかえっていけないので、その日はだまって帰ったと聞いた。

十日目の昼間、千駄ヶ谷に電話が録蔵からかかって来て、「御相談したいのですが、今夜、はねて（終演して）から、伺っていいですか」といったから、

「いや、私も五段目と六段目だけ見直すから、すし初に来るように」といい、私も誘われ、監事室で、勘平をもう一度見た。

　五段目はとにかく、六段目で花道でおかると会ったあと、家の前に戻って来た勘平が、格子戸をはいりながら、客席のほうをチラッと見たのが、わかった。

　そのあと、前夜の雨洩りのあとを見あげたりして、猟師の縞の衣裳をぬぎ、おかるに紋服を持って来させて、すてゼリフをいいながら着かえ、かわらけ茶の色の帯をしめる。この芝居をしながらも録蔵はまた客席にチラリと目をやり、視線の定まらないような顔をしている。

「へんですねえ」

「へんですよ、録蔵、どうかしている。元来この男は舞台で客のほうを見ない、行儀のいい役者として定評があったんだがね」

　雅楽はふしぎがっていた。

　楽屋に走り書きで、老優は、こう書いた。「今日、六段目見直した。約束どおり、すし初に来ておくれ　高松屋」

　私を相手に、雅楽は飲んでいたが、いつになく、屈託のありそうな表情で、酒も二三杯でやめ、小鉢の料理にも、箸をつけない。

　私もだまっていた。真意はわからないが、録蔵の取り乱し方を、案じているに、ちがいなか

った。

店の戸がそっとあいて、録蔵がはいって来た。勘平の顔でわからなかったのだが、化粧を落したのに、顔色は青ざめきって、病人のようだった。

「おじさん、申し訳ありません。見苦しい舞台をお目にかけて」

「どうしたんだ」いつもなら、さっそく猪口《ちょこ》を手渡して注ぐのを、きょうはせず、心配そうに尋ねている。「竹野さんも、気にしている。遠慮なく話しなさい」

「はい」録蔵は、神妙に返事をして、こんな話をした。

今月、三日に一枚ずつ、かぶりつきのほとんど中央の席を前売り開始の日に買って行った女の人のいることを聞き、はじめは何とも思わずにいたが、その「いの二十一」という、きまった席の番号を知って、ふと考えると、それは六段目の勘平が、おかるが行ってしまったあと、ずっといて、前夜鉄砲で誤って自分がおかるの父親を撃ったのではないかと思いこみ、ひとりで苦悩する時にいる定位置のまん前であるのがわかった。

初日にその居どころについた時、見ると、女性の客で、薄いショールを肩にして、膝に何か掛けているので、まだ寒くもないのに、どうしてこんな格好をしているのかと思ったが、初日だから、そんな思いは一瞬で、忘れていた。

やがて母親が来て、勘平のふところから、財布をとり出し、「与市兵衛を殺したのは、こなたであろう」と責められ、その折檻《せっかん》を甘んじて受けた時、チラッとさっきの女性を見ると、肩のショールと膝掛をとり、下から、矢がすりの着物が出て来ていた。

つまり、昼の部のおわりの「道行」で、おどったおかると同じ模様なのである。ハッとしたら、胸の動悸がはげしくなった。

二人の武士が門口に立って声をかけた時、立ち上って、「これはこれは御両所には、ようこそ御入来《ごじゅらい》」というセリフが、いつものように、すぐ出て来ない。

「忠臣蔵」でこんな絶句をしたのは、大の不覚であった。

切腹して、二人侍《ににんざむらい》に介抱され、起き直った時、つい見てしまったが、まったく見おぼえのない顔であった。

なぜ、矢がすりを着ているのかと思ったが、歌舞伎のファンが、舞台で女形の着る衣裳と同じような姿をしたがるという話は聞いているし、いま時まさか黄八丈は着ないが、矢がすりは復古調流行の昨今、女子学生が着る可能性もある。まして、つい先ごろ、自分がすすめて婚約した相手に、矢がすりを着せて、連れて歩いているのである。

四日目、同じ女性が来たとすれば、自分の勘平の日をえらんでいるのだから、うれしいファンだと思い、外からはいって、紋服に着かえながら、チラッと見ると、きょうも同じ席に、矢がすりの女がいる。しかし、三日前の女性とはハッキリちがっていた。

初日の客は丸顔だったが、きょうのは、面長だった。ちがう女性が、矢がすりを着て、ここに来るというのは、どういうわけだろう。

しかし、初役の由良助がまだキチンと固まらないのが気になっているから、その日は特に深くも考えなかったが、七日目に、同じ席に、矢がすりの別の、前の二人よりも若い女子学生のような娘がいたのに、ギョッとした。しかも、前の二人がひっつめの髪だったのに三度目の客は、「婦系図」の妙子のように、ひさし髪でリボンをつけているではないか。

謎はその夜はとけなかったが、ゆうべハッと気がついた。これは、勘平を見に来ているのではなく、勘平を演じている自分に対する、いやがらせだということである。

「おじさん、私もこんど女子学生を妻に迎えることにしました。いままで勝手なことをしていたので、おはずかしいんですが、私の女房になろうと思っていた女も、いく人かいるような始末です。遊んでいる相手と、ねんごろになったとしても、結婚しようといったことは一度もありませんし、向うから、念を押されたこともなかったんですが、何もことわらずに、早稲田に在学していた正森和歌子との婚約を発表したんですから、おじさんにはこんなことをお聞かせして申しわけありませんが、私をへんに恨んでいるひとも、いないではないと思うんです」

一杯の酒も口にしないまま、一気に、録蔵はこう話した。

「まア、とにかく、すこし、おやりよ」とはじめて雅楽がすすめ、やっと録蔵も苦そうに飲んだが、老優は、やさしく訊いた。

「それで、きょうは、どうだったんだい」

「やっぱり、いたんです、矢がすりが」

「ほう」

「きょうは、またちがう顔で、目が大きく、派手な顔立ちなんです。三日おきに、ちがう矢がすりのひとが来るのは、たしかに異常で、私はもう、それがつい気になって、きょうも、何だか、うわの空で、勘平をすませてしまいました」

「夜だけなのかしら、そのかぶりつきの女の客というのは」と私は質問した。

「ええ、昼の部の席は、買っていないんです。『道行』の勘平に出ているんですが、夜だけなんです」

「おかしいね」

ふと雅楽を見ると、さっきまできびしい顔をしていた老人が、たのしそうに目を細めて、

「録蔵、持ち役でおかやに出ている喜久治《きくじ》を呼んでおくれ、たしか新富町にいたはずだが」といった。

録蔵はふしぎそうに一瞬、返事をためらったが、すぐ劇場に電話して、喜久治を呼び出してもらった。

まもなく、六十三歳のわき役としては巧者な喜久治がとんで来た。押っ取り刀といった気配で、タクシーで来たらしい。

「ゆっくり飯でも食べていたのじゃないかと思ったが、お前を安心させたくもあって、来てもらったんだ、まアとにかく、駆けつけ三杯」と雅楽は、この新しい客のためにとり寄せておいたうにの小鉢をそっとその前に置き、酒をついだ。

「十三日目から、録蔵の六段目の幕切れをちょっと変った型にしておくれ」

録蔵と喜久治は怪訝《けげん》そうに顔を見合わせている。老優がいった。「録蔵の勘平は、音羽屋《おとわや》の本格的な型だが、おわりだけ変えて、二人侍が門口に立つまでに、おかやが急いで戸棚をあけ、

畳紙《たとう》から出して、おかるの着ていた矢がすりを勘平の前へ持ってゆく。その振袖を、勘平が抱いて、口の中で、おかるといいながら死ぬのだ。これは、上方《かみがた》の型だ」

「へえ」喜久治は目を見はっている。

「録蔵がていねいに、うまく話してくれたんで、聞いているうちに、こんな妙なことをした人間の見当がついたんだよ」

雅楽はうれしそうに、杯を重ねながら説明する。

「このいたずらをしたのは、但馬不二子だろう。むろん、おどりの会の『道行』で、録蔵が矢がすりのおかるを主張した時に、その和歌子さんのことを考えているんだと思って、不二子はカッとなったのだ」

「はア」録蔵はうつむいて、うなずく。

「そこで、こんどは、逆に、おかるの矢がすりを着せた若い娘を、いちばん前の列にすわらせて、勘平の舞台を混乱させようとしたのだ」

「そうですか」と私は、明確な絵ときのいつもの口調に、酔っていた。

「でも、二回目、三回目、ちがうひとでしたが」

「そりゃそうさ。誰でもいい。録蔵に見せるのは、女ではなくて、矢がすりなんだ。矢がすりが目の前にいたら、どぎまぎするに、きまっている」

「はア」録蔵は大きくうなずいた。「たしかに私は気もそぞろにさせられました」

「おそらく、矢がすりを着て行ったのは、但馬流の女弟子だよ。その娘たち、中には奥さんもいるかも知れないが、その人たちには、多分、不二子がこういったんだと思う。うちの会で『道行』だけ見せた録蔵さんが、五段目と六段目で、きっといい勘平を見せるから、あんた方のために見やすい前の席をとってあげたんだよ、ここにある矢がすりを着て、かわるがわる行って下さいな。矢がすりはおかるの衣裳だからちょうどいい」

「そういえば、不二子は、おどりの会のあと、矢がすりっていいものね、あれでおどったほうがよかったかも知れない。私も矢がすりで、街を歩こうかしらなんていってました」

「それで勘平の幕切れを変えますのは」喜久治がおそるおそる尋ねると、雅楽はこう答えた。

「忘れていた。録蔵の勘平の日の原と千崎《せんざき》の二人にそういって、喜久治が振袖を出して勘平に抱かせる間《ま》を作るために、格子戸の外に、ゆっくり歩いてもらうように、いっておくれ」

私は十三日目、珍しい型が見たいので、また監事室に行った。変った演出なので、見物がざわめいたような気もする。

矢がすりの色が鮮やかで、いかにも色気があって、悪い型ではない。

この日、やはり五人目の女が矢がすりでいたそうだ。薄目をあけて、録蔵が見たら、あきらかに動揺したらしかったと、その夜私は録蔵から聞いた。

雅楽の解決の仕方は、つまり矢がすりを以て、矢がすりを制したのである。

十六日目の夜、千駄ケ谷の老優の家に、録蔵から電話がかかった。「きょうは、いつもの席に、誰もすわっていませんでした」

「不二子が弟子から聞いて、録蔵にやられたと思ったんだろう」雅楽は笑った。

一件落着と考えた録蔵が、丹四郎と好之助を翌日誘って、芝居の帰りに、食事をしながら、こんどの話を聞かせたそうだ。

好之助は、おもしろがって、「高松屋のおじさんがいい知恵を出してくれて、よかったね」というと、丹四郎はわざと、そっぽを向いて、「おれの知ったことじゃねえ」

「勝手にしろ」録蔵はそういい、三人は、一斉に吹き出した、という。

荒療治

一

「演劇界」に連載されていた「中村雅《なかむらが》楽《らく》芸談」が十二月号で完結されたので、雑誌社で老優と筆記をした関寺真知子という若い女性を、銀座の「岡田」に招いた。そして、私もそのお相伴《しょうばん》をすることになった。

もう二日でクリスマスという押しつまった夜だったが、でき上ったばかりの新年号を、女性の編集長がもって来て、三人に配った。

見ると巻頭に、立役《たちやく》（男役）五人、女形《おんながた》三人の代表作が、美しいカラー写真で出ている。

三十代から四十代のいわゆる中堅の役者で、前年は若手八人、その前の年は長老八人のが出た。中堅が三回目になったのは、長老と若手とのあいだの谷間にいる人たちが、もうひとつ、人気のもりあがらないということである。全部がそうとはいわないが、何となくそれを不満に思い、いらいらしている役者がいるのも、私は知っていた。

「真知子さんは、この八人の中で、誰が好きですか」といきなり、雅楽が尋ねた。

この関寺さんは、聡明で美しい上に、マナーがじつによく、雅楽は毎月一回千駄ヶ谷の家に来て、話を聞いてゆく女性が、だんだん、気に入って、孫のように年がちがう相手の顔を、うれしそうに眺めるようになっていた。

すし初の女主人で、女形の浜木綿《はまゆう》の妹のお初さん、自宅の近くの花屋で働いていた少女、そういう女性に好意を持っているのを、私は長年見ていたが、その純な心持が、いつまでもあるのが、若さを失わない理由かも知れない。

質問された関寺さんが、おどろいて「はア」というと、雅楽はこういった。

「私にも、特別に気に入っている役者がいないわけじゃないが、それを明言するわけにはゆかない。この竹野さんにしても、新聞社の人だから、誰がいいとハッキリはいえない立場です。しかし、あなたは自由にそれをいっても、誰はばかることはないんだよ」

「ええ」とうなずくと、すずしい眸《ひとみ》をまっすぐに老優に向けて、「平六《へいろく》さんが、私は好きなんです」、そういうと、関寺さんは、すこし頬を赤らめた。

「ほう」雅楽は目を見はる。私も意外な気がした。

八人がそれぞれ、定評のある役で、そこには出ているのだが、立役のうち四人は、勘平《かんぺい》、め組の辰五郎《たつごろう》、実盛《さねもり》、蘭平《らんぺい》という、いずれも、スッキリした「いい男」の役で、嵐《あらし》平六だけ、吃《ども》又《また》なのである。

平六の又平《またへい》は、きわめつきといってもよく、なかの誰よりも、この大津絵の絵師の人間像がうまく表現され、もう四回も演じたのだが、いつもほめられた。

しかし、平六は、又平のほかには、いまあげた四人のような当り役がないのだ。

実父で数年前に死んだ嵐平五郎《へいごろう》は、技巧に長じた名優で、芸域も広く、女形もできた役者である。小手《こて》が利き、動きが敏捷、口跡《こうせき》がよく通り、しかも美貌で姿もよかった。

平六は父の顔立ちはうけついで、決して器量の悪いほうではないのだが、体格はずっしりと肥えているし、全体の印象は鈍重だった。

若手のころ、親ゆずりの役をいくつかしたが、つねに父親と比較され、評判はよくなかった。口の悪い劇評家が「不肖の子」と書いたりしたので、平六はすっかり、落ちこんでしまっていた。

興行師のほうも、バランスの上でも、毎月、平六に主役をさせたいのだが、「吃又」のほかには、「五重塔」ののっそり十兵衛《じゅうべえ》とか、「鎌腹《かまばら》」の弥作《やさく》とか、そういった役をつい与えるので、ファンも好感は持っても、この平六にうちこむような観客はすくなかった。

個人的には、会っていても、人あたりもよく、愛嬌もあって、私はいつもたのしく話して別れた。しかし、しゃべり方のテンポもおそく、早口で歯切れのいい話し方をするほかの同世代の役者の中では、異色であった。

ことに女性のファンの多くは、容姿を芸よりもまず採点の基準にするのだから、「演劇界」の投書欄にも、「私の大好きな平六様」といった感じの文章は、のったこともない。

雅楽も私も関寺さんの答えを聞いて、つい顔を見合わせてしまったが、編集長もさすがに自分たちの見解に、一本釘がさされたような顔で、

「意外でしたわ」という。

関寺さんは、重ねていった。

「私は、平六さんのようなタイプの人に、役者でなくても、強く惹かれるんです。大学でも、自分のようにもてる若者はいないというように、うぬぼれるプレイボーイみたいな人がいますが、私は、誘われても、そんな人とは、話をする気にもなれません。平六さんは、見ていると、善意そのものが、暖かく舞台からいい雰囲気を流してくれる役者だと思っています」

「あなたのそういう言葉を聞いたら、平六は、どんなに、喜ぶかわかりませんよ。自分が父親よりすべて劣った、どじな男だと思いこんで、ずっと来たんだから」

老優がそういうと、関寺さんは、「そんなふうにしたのは、会社もいけないんです。『忠臣蔵』だと薬師寺《やくしじ》、『菅原《すがわら》』だと寺子屋《てらこや》の玄蕃《げんば》、『千本桜《せんぼんざくら》』だと渡海屋《とかいや》の弁慶、そんな役しかふらないんですもの。私は若狭助《わかさのすけ》や平右衛門《へいえもん》だって、源蔵《げんぞう》や銀平《ぎんぺい》だって、平六さんにさせれば、決して悪くはないと思いますわ」

具体的に役まで挙げていったのには、私も感心したが、こういう考え方が、興行師のほうにはないのが、そういわれると、ふしぎな気がして来た。つまり、関寺さんの提案で、固定した会社の観念の誤りが指摘されたわけで、話し方も説得力があった。

「こいつは、私も参ったな」と雅楽は腕組みをした。「平六は私も子供の時から可愛がってる男だから、ふだん何かにつけて相談されればいろいろ知恵を出したりもして来た。あの細君のおときさんを貰う時も、たのまれて媒妁をしたほどだ。だが、当人が、こんな役をしてみたいなんてことを、私にいったことは一度もないし、いわば舞台に欲がないんだとばかり思いこんでいたんですよ」

「そんなことは決してないと思います。ほかの人たちは、積極的に会社に、こんどはこの役をさせて下さいというそうですし、役をつくるために先輩の家へ行って、くわしく話を聞いたりするようですね。でも平六さんは、そういうことがないというのは、若い時から、自分は父親のようにはできない、自分はだめだ、役者にならなければよかったというふうな悲観的な考えがあったので、それをまわりが、救ってあげなければ、いけなかったんじゃありませんの」

「ふん、なるほど」

「それはお父さんの平五郎さんのような体つきではありませんが、顔はそっくりですし、歌舞伎のように、化粧をし、かつらをつけて出るのですから、ずいぶん、ふだんの平六さんとちがう人間の姿ができあがるのだと、私は思いますわ」

「盛綱《もりつな》のセリフじゃないが、負うた子に教えられて浅瀬を渡るというのは、このことだ、ねえ竹野さん」

雅楽は、じつにうれしそうに、私をかえりみていった。

「こりゃア私も、迂闊《うかつ》だった。私は、これまで会社に、平六にこんな役をさせてみたらどうだと、唯の一度もいったことはない。また会社のほうでも、何か平六にいい出し物はないだろうかとも、尋ねて来なかったんです」

「それは高松屋《たかまつや》の小父様も、いけませんわ」

はじめは雅楽を「先生」とよんでいたのだが、やがて、「小父さんでいいじゃないか」といわれ、近ごろは、こうした呼びかけ方を関寺さんはしていた。

「ここで、何か思案して、まるで慢性の病気のように、自分の力を低く見ている平六を救いものだな」

「ぜひ、そうして下さい」せきこむように、関寺さんは老優に訴えた。

「岡田」の前で編集長と関寺さんと別れた私たちは車を拾い、千駄ヶ谷まで雅楽を送ったが、車の中でも、老優は腕をくみ、目をつぶって、何か考えていた。

事件があった時は、その鍵をとく前に、雅楽はこうして、だまっていることがある。そういう場合、私は決して声をかけずにいる。これも「車引殺人事件」以来の習慣であった。

自宅が近くなった時、「竹野さん、私は平六の病気をどうやら治して、活発な活動をする役者に作り直す工夫がやっとつきましたよ」と明るい表情でいった。

「いろいろなことを、私はして来たが、役者のたて直しはしたことがなかった。みんなサッサと自分で、道を開いて行ったからね」

「そうですね」

「だから、平六についても、何ひとつしてやれなかったんだが、いま考えると、少し冷淡だったという後悔もあります」

「はア」

「私は平六にはわざと会ったりせずに、そっと段どりを立てて、ある意味では、難事業かもしれないが、やってみますよ」

私は雅楽が劇場の裏や表、役者の周辺のちょっとしたトラブルを見事にそのするどい見識で解決したのを、これまでも、いろいろ書いて来たが、こんどの平六のようなケースははじめてなので、高松屋一流の庖丁さばきがどうなるのか、たのしみだった。

車を降りしなに、雅楽はそのまま家に帰る私にいいおいた。

「私は、平六の病気を療治してみせる自信がつきました。あの真知子さんの喜ぶ顔がみたい」

老優がそういった言葉が、余情として、残った。老優のそんな話し方にはふしぎな色気があった。

二

それから六日ほどして、銀座の和光の画廊で、雪の写真を長年撮している永井巴の展覧会があるので、私はそれを見たあと、三原橋のすし初へ行った。

もう年内いく日もないので、街はあわただしかったが、この日は飲んでいると、いく人も役者がはいって来る。

正月の木挽町《こびきちょう》の舞台にでる人たちで、雅楽もやがて来た。

私はカウンターから立ち上って、老優と小部屋へ上った。

「きょうは何です」

「正月に、『逆櫓《さかろ》』が出て、彦七《ひこしち》が権四郎《ごんしろう》をするので、見てくれといって来たので、いままで稽古場《けいこば》にいたんですよ」といった。「そうそう、平六にも会いました」

「正月の役は、何でしたっけ」

「大切《おおぎり》の『乗合船《のりあいぶね》』の才蔵、あの男にすれば、大きな役です」

「平六の才蔵は大分前に一度見ましたが、飄逸《ひょういつ》な味があって、悪くなかったと思いました」

「才蔵は六代目の太夫とおどっていた大和屋《やまとや》のが無類だった。そういえば、大和屋は『吃又』もよかった。平六は、大和屋のしたようなものなら、きっとおもしろいでしょう」

「藤弥太《とうやた》なんかどうでしょう」

「いいでしょう。しかし、私はもうすこし、考えていることがあります」

がらりと障子をあけて、「小父さん、こんばんは」と浜木綿が挨拶した。「見えていると妹がいったので、ちょっと。おや竹野先生も御一緒でしたか、毎度すし初を可愛がって頂いて、ありがとうございます」と、愛想がいい。

この女形も五十を越したが、近ごろ、「片はずし」の役が何ともいいので、十一月にはじめてした重《しげ》の井《い》も大成功だった。

「ちょうどいい、劇場の頭取の所に電話をして、『乗合（船）』の稽古がおわったら、平六に寄って飲んでいかないかといわせて下さい」

三十分ほどすると、平六が来て、雅楽に挨拶する。私を見たらニコニコ笑って、「先生の俳句を読みましたよ、このあいだ」といった。

　私が秋に中国に行った時の俳句を、雑誌をつくっている同級生の俳句誌に十五句のせたのを、いっているのだ。

「『桔梗』（雑誌の名前）なんか、どうして見たの」

「英二郎《ひでじろう》の部屋にあったんです。あの表紙を、あの男の姉さんがかいているんですよ」

大袈裟にいうと、悪いことはできない、私は頭をかいた。

「そういえば、私はもう何年も作らないが、それよりかおあがりよ」というと、

「じつは、おときも来ているんです」

「二人でどうぞ、ちょっとせまいけれど、ここのほうがおちつくと思う」

平六とその細君のおときさんがはいって来て、すわった。

「まア小父さん、すっかり御無沙汰してしまってもうしわけございません。小母さんが風邪で休んでおいでと伺ったのですが、電話でもさしあげようと思いながら、ついつい失礼をいたしました。竹野先生もお変りなく、いつも、うちの人が何かとお世話になっております。ねえあなた」と早口でスラスラと淀みなく話す口調もハキハキとしていて、私は圧倒された。

「来月は才蔵だってね、しばらくぶりじゃないか」

「ええ」

「才蔵は太夫とピタリといきが合わないといけないから、やさしいようで、楽じゃない。そうだろう」

「ええ」

「まア何です」とおときさんがいう。「この人は、元気なくせに、舞台でおどることになると、何となく不器用でしてね。いまもそっと稽古をかげからのぞいていたんですけれど、私は気が気じゃありませんでした」

「稽古場をのぞいたりしたら叱られるよ」と平六が苦い顔をした。

「でも、心配なんですもの」

下谷の七軒町の生薬屋《きぐすり》の娘で、下町の東京っ子だから、声もいいし、話し方も威勢がよかった。

それに対して、平六のほうは、おときさんの半分もしゃべらないのだ。

おときさんは、結構飲めるほうだし、運ばれて来た桶のすしを、おいしそうに食べ、食べるあいだも、あとからあとから世間話をする。おもしろい話をたくさんもっていて、役者の失敗談だの、巡業先の椿事だのを、いろいろ聞かせてくれた。

平六が夏の旅先で、西洋人に道を訊かれて困ったという話もおかしかった。

平六は高校までは行っているので、一応英語はできるはずだがと私は思っていたら、「アメリカの女の人から話しかけられたんですが、英語に馴れないので、キョトンとして、ノーノーと手をふったら、その人が、エイゴハニガテデスカといったので、おどろいたそうです」

二人は吹き出した。

「エイゴヲハナスヨウニミエタノデといったというのですが、どうして、そんなふうに考えたのでしょうね。この人は、日本語だって、あんまり上手じゃありませんから」

さすがに平六は苦笑して、「ばかな、日本人が日本語がへたなものか、それじゃア、セリフも満足にいえないはずだ」とおときさんをたしなめた。

雅楽がいった。

「おときさん、平六の身を案じて、何かと口を出すようだが、あまり小言はいわないほうがいいよ。私たちだからいいけれど、世間の人たちは、この平六がよほど鈍《どん》な男だと思うかも知れない。お前さんだって、それは、本意じゃアあるまい」

「ええ」とおときさんはうつむいて、襟《えり》元を引き合わせ、神妙にうなずいていた。

三十分ほどいて、夫婦は席を立った。おときさんの独演会だったから、台風が通りすぎたような気がした。

「竹野さん、気がついたかい。あのおときは、つまり『吃又』のお徳《とく》だ。あの芝居を見ていると、又平がほとんど、ろくにしゃべらない。むろんどもるからべらべらしゃべるはずもないが、それを補うために、お徳が亭主の代弁をするというばかりでなく、お徳が多才で多弁なので、又平はだんだんものをいわない男になったのだと、私は思う。いまも、まるで、お徳と又平だった。平六の『吃又』がうまいのは、かみさんのせいだが、舞台を離れたところでも、又平にされていたのじゃ、たまらない」

雅楽は憮然として、こんなふうにいった。

「竹野さん、平六の慢性の病気、つまりおっくうそうなところ、芸に欲がないように見えること、それを治すには、まず第一条件として、おときに少々口数をすくなくしてもらうように、意見することだね」

「なるほど」

「親父の平五郎の細君は、葭町《よしちょう》から出ていた人だったのだが、無口で、芸者だったとは思えないような人だ。いまも元気だが、気品があるので、山の手のいいうちのお嬢さんのように思っている人も、多かった」

そういう姑に、嫁のおときさんがどんなふうにつかえているのか、私には興味があった。

雅楽は、お初さんを呼んで「まだいていいかい」と念を押してから、「社長の秘書に電話をかけて、ここに来てもらうようにいって下さい」といった。

稽古もきょうの予定がほとんど終ったので、すぐ伺いますという返事が伝わり、まもなく社長があらわれた。

この人も酒は好きなので、さっそく「かけつけ三杯」で話がはじまった。

「いままで、平六がいたんだが、才蔵はどうだね」

「いいですよ。私としては意外でした。あの人は、やればできるんです」

「そうとも」と雅楽はうれしそうにいった。

「やればできるとわかっているなら、もっといろんな役をさせてごらんよ」

「どうも欲がないんでね、自分から、こんなものをさせてくれといったことはありませんよ。すこし大きな役をふると、ぼくにはできそうもありません、なんていうんです」

「社長としてそれを直接君にあの男がいうのかい」

「いいえ、いつも、おときさんから、そういって来るんです」

「ほらね」と雅楽は私を見ていった。「つまり、役の話を持ってゆくと、まずおときさんが、これは無理だと考え、一存でことわったりするんだよ」

「そうですか、私は当人がだめだと思っているんだとばかり」

「そうじゃないんだ、いまもね、ここに夫婦でいたけれど、おときがひとりでしゃべり、あいだに平六がポツンポツンと何かいう、見ていて気持のいいものじゃない」

「そういえば、二人でいると、いつも、そうですね」と社長がいった。

「こうなると、あのおときは、良妻のようで、むしろ悪妻だ」

　雅楽は苦そうに杯を飲み干した。そして、

「二月はたしか、若手だけの芝居だったね」

「若手が三人、ほかにちょっと年上の人が二人出ます」

「平六は」

「出てもらいます。丹四郎《たんしろう》と二人で」

「丹四郎は何です」

「またかといわれそうですが、『毛谷村《けやむら》』で、こんどは京太郎《きょうたろう》のおその。杣《そま》（きこり）の斧右衛門《おのえもん》に平六に出てもらうつもりで」

「斧右衛門だけかい」

「ええ」

「そりゃア気の毒だ、出し物をさせておやんなさいよ」

「はア」社長はおどろいたようだった。「たとえば何を」

「野晒悟助《のざらしごすけ》でも」

「えッ」といったあと、「平六にできますか」

「させてみなきゃわからない、引き受けさせもするし、私がミッチリ教えます」雅楽がキッパリ、いった。

三

社長が平六に、「野晒悟助をやってみないか」といったら、おどろいて、その顔を、穴のあくほど見ていたそうである。

そして、「冗談でしょう」と、はじめは、とりあわなかったそうだ。

それは予想通りだったが、雅楽にいわれた通り、社長はゆっくり説得した。

結局、「考えさせて下さい」といったと聞いた雅楽は、平六の家に電話をかけ、千駄ケ谷に招いた。そして、その時、「きょうは、おときさんを連れないで、来ておくれ」とことわった。

私が行って二人で待っているところに、平六がなぜか、洋服であらわれた。いつも、一般の役者にくらべて、地味な柄の和服で外出し、それだけに年よりもふけてみえるこの役者が、大変、若くみえた。

赤いネクタイをした紺の背広の平六は、きょうは颯爽《さっそう》としていた。私は何となく、この役者が役をひきうけるつもりになっているのではないかと予想した。

しかし、平六はこういった。「社長から、小父さんがすすめて下さったと聞いたので、まじめに考えました。しかし、自信はありません。第一、ここ数年白塗りの役といえば、『勘当場《かんどうば》』の平次《へいじ》ぐらいで、ほとんど砥《と》の粉《こ》か、赤っ面《つら》ばかりしているので」

「『演劇界』で仲間とならんで出た色の写真でも、平六ひとり地味な姿で、見ていて淋しかった。自分では、そう思わないのか」

「そりゃア、あんな役をしてみたいと思うこともありますが、自分の柄じゃないと、あきらめてしまうんです」

「どっこい、それが弱気なんだよ」と声をはげまして、雅楽がいった。「お前は、顔立ちもいい。おとっつァんゆずりの澄んだ目もしている。そりゃア平五郎より身体つきは肥っているが、お前ぐらいの体格で生締《なまじめ》（かっら）や二枚目をして、おかしくない役者は、いままでにもいく人もいる」

「だって、芸がちがいます」

「それがいけないんだ。会社が、いつも地味な役ばかりさせていたのも、目がないと思うが、当人がその気にならなきゃアだめだ。こういう機会に、新しい嵐平六を、みんなに見てもらお

う と考えなさい」

じつに雅楽の話し方は、見事であった。はたで聞いていても、ほれぼれした。手とり足とり自分が教えるから、悟助をしなさいと命じられ、やっと承知した。帰ろうとする平六に、「おときさんが何かいっても相手にしなさんな。すこし、亭主関白にならなきゃア、生れかわったことにならないよ」と懇々と念を雅楽は押した。

翌日、電話で、「小父さん、お願いします。会社にも返事しました」といって来たそうだ。

「おときさんが何かいわなかったか」と尋ねると、

「あなたにできっこないわ、またやってみて、評判がいいはずもないと申しました」と答えたあと、「それで、どなりつけました。だまって、俺の悟助を見ろといいました」といったそうだ。

「竹野さん、もう平六は又平ではなく、悟助になっているんだよ」と老優は、うれしそうにいった。

千駄ヶ谷に、毎晩のように来て、野晒悟助の役づくりがはじまった。

私は三日目ぐらいに千駄ヶ谷へゆくと、いつもより派手な和服の平六が、啖呵《たんか》をきるところを稽古していた。

「峰の松風ざわざわと」という黙阿弥《もくあみ》独特の名調子を、平六はいい声でセリフにしていた。こんな口跡があったのかと、私は思った。

十五分ほど経って、関寺真知子さんが来た。

雅楽は稽古をひと休みして、平六に彼女を紹介した。

「稽古をこういう女の人に見せることは、あまりないんだが、このひとは、平六、お前さんのいいところを見抜いて、もっとスッキリした役をさせたらといってくれた人だ、それに私の芸談をずっと筆記してくれた人だから、いわば内輪なんだ。勘弁して下さい」

平六は美しい関寺さんを見つめて、ほんとうにたのしそうに頭をさげた。

この稽古を見ている関寺さんの目はキラキラと輝き、時にはうっとりしたように見ている。私は、雅楽の教える言葉に、関寺さんが大きく、うなずくのを見て、すこし、ねたましくなったくらいであった。

平六が帰ったあと「しかし、セリフもしっかりしていますね」、雅楽は「もともと、やれるんだよ。やらせなかったり、当人がやらなかったりして、十何年も経ってしまったんだから」といい、「あの七五調のセリフをあんなに調子よくいう点では、ほかの人よりもうまいくらいです。又平がおわりのほうに来て、舞の太夫の語り方をすると、どもらないのと同じで、黙阿弥のセリフのおかげでもあるのだと思います」と満足そうに語っていた。

平六がこんな役にはじめて挑戦するというので、会社も新聞の大きな広告に、扮装をさせたスチール写真を出し、東都新聞の芸能欄には、私がいったわけでもないのに、「平六の百八十度転換」と大見出しで、五段の記事が出た。

気持がよかったのは、丹四郎はじめ同じ年ごろの役者が、「平ちゃん、よく決心したね」とほめ、丹四郎は自分で提婆《だいば》の仁三《にさ》という敵役《かたきやく》を買って出たことである。

稽古が進むにつれ、平六の表情は、うっとうしい雲が晴れてゆくようにあかるくなり、舞台稽古でかつら衣裳をつけて姿見の前に立つ姿は、立派で堂々としていたと、雅楽がわが子のことのように喜んでいた。

おときさんがいそいそと、毎日切り火をして玄関に送り出したとも聞いた。

初日の日に、おときさんが楽屋にいたので、私はのれんをあけて挨拶すると、「うちの平六って、こんなに男前だったんでしょうか」と、ぬけぬけといったので、おかしかった。

招待日は三日目だったが、劇評家や各紙の記者が、芝居のあとで、「ひとり役者を拾ったようだ」と異口同音にいった。

私の隣に、滝村秋也という劇評家がいて、私に、「私は前から平六はこういう役のできる人だと思ってました」といった。

私はこんどもおかしくなった。この滝村は、いつぞや、「君は役者をやめて、ボクサーにでもなったらいい」と書いた人物なのだ。

私はしかし、この際、いちばん大きな貢献を、平六に対してしたのは、関寺さんだと思っている。

歌舞伎の観客の中に、熱心なファンは多いが、親身《しんみ》になって、平六のために提言し、その芸域の開拓を実行させたのは、関寺さんの誠意である。しかし、私はこれは、ファンとしてよりも、女としてひとりの男に傾けた情熱だと思った。

平六にはそれがひしひしとわかったらしい。おときさんには、一言も関寺さんの話はしなかったそうである。うれしい秘密を、胸にじっと抱いていたかったのであろう。

社長が、千駄ケ谷に来て、深々と頭をさげ、「今月の入りは前の月の大顔合わせの時より多かったくらいです」といった。

「演劇界」は三月号の表紙を、平六にした。はじめてのことだ。野晒（しゃりこうべ）の模様の濃紺の衣裳、鬢《びん》にお祭りというにぎやかな飾りをつけた白塗りの平六は、「新人出現」という印象を与えた。この雑誌の編集長が私にいった。

「『岡田』での食事の時から、はじまったことです。そして、それは高松屋の芸談を関寺さんが筆記したために、あの会食があったんです。世の中の歯車というものは、うまくゆく時はびっくりするほど、うまくゆくんですね」

雅楽と次に、すし初で会った時に、

「竹野さん、ふしぎだよ、平六は、すっかり調子づいてね」

「どうかしましたか」

「この次は大口屋《おおぐちや》暁雨《ぎょうう》をしてみたいなんていうんだ」

「へえ」

「すこし、薬が効きすぎた」老優はクスクス笑っていた。

会社も、ぬけ目がない。

暁雨ではなかったが、もっと大変な御所《ごしょ》の五郎蔵《ごろぞう》をぜひ五月にといって来た。平六は、即座に承知し「できたら丹四郎の土右衛門《どえもん》、京太郎の皐月《さつき》に願いたいものです」といった。共演者の配役まで注文するなんてことを、平六がするとは誰が考えたであろう。

私は千秋楽に監事室でもう一度、雅楽とならんで見ていた。

「悟助の立見が、いちばん多いんですよ」

と、その日、支配人が話していた。

「ところで高松屋さん、『野晒悟助』なんて、もう三十年も誰もがしなかったこの狂言を、どうして思いつかれたんです」と私が質問したら、

「わかりませんか」という。

「ええ、なぜかと考えていました」

「それはね、いまいる同じ年ごろの誰もが知らないし、むろん演じたことがない役だからです」

「というと」

「つまり、弁天小《べんてんこ》僧《ぞう》や辰五《たつご》郎《ろう》なんかとちがって、比較していい悪いをいわれずにすむからですよ」

手を揉みながら、老優は微笑した。

「酔菩《すいぼ》提悟道野晒《だいごどうののざらし》」という狂言は、嵐平六の生涯忘れがたい演目となるだろう。

そうそう、書き忘れたことがある。

しかし、おときさんは、やはりお徳だった。関寺さんの家に、大きなカトレアの鉢が届いた。添えてあるカードを見ると、「悟助の家内より」と書いてあった。

市松の絆纏

一

歌舞伎座の百年記念祭が行われた日、劇場で演劇出版社の野々宮君が私に、「こんな企画を立てているんですが」といった。

それは、「演劇界」の増刊として「歌舞伎座百年ちょっといい話」というのを作ってみようかというのである。

「それはおもしろいね、ぜひ出版して下さい」

と私はニコニコしながら答えた。

「竹野さんには、まずどういうふうに、話を集めるか、指導していただきたいんです」

「喜んでお手伝いしますよ」と私はいった。私は芸能人の逸話を長年ノートに書きとめて、それが十数冊にも及んでいる。その半分は、私が新聞記者現役のころ、取材の時に知った話で、それ以外は、芸談の本や、ほかの人から耳にしたものだが、中村雅楽《なかむらがらく》からも、百近いおもしろい話を教えてもらった。

私が乗り気になるのを、野々宮君は予期していたらしく、数日後に、三原橋のすし初の小座敷で、老優をも招き、編集会議のようなものを開いた。

雅楽は私と同じように、この企画は名案だといい、「私も二十五の年から、木挽町《こびきちょう》の舞台には四十年近く出ているので、思い出す話は、ずいぶんありますよ」といった。そしてすぐおもしろい挿話を聞かせてくれた。

たとえば、こんな話である。

十一代目仁左衛門《にざえもん》は癇性《かんしょう》で、舞台に小さな紙屑が落ちているのを見つけると、その近くまで何となく動いて行き、それを拾う癖があった。この松島屋《まつしまや》が「沼津《ぬまづ》」の平作《へいさく》をしている時、雅楽は若かったので、呉服屋重兵衛《ごふくやじゅうべえ》をしていたが、幕になって楽屋に挨拶にゆくと、そっぽを向いて、返事もしない。さてはきょうどこかで、いきが合わず失敗したのだと思い、「小父さん、何かきょう、まちがったことでも」とおそるおそる尋ねると、こっちを向いてニヤッと笑い、「私の不機嫌なのは舞台で拾うごみがなかったからや」といった。それで雅楽が考え、翌日開幕前に、幕明きの街道のところと、千本松原の松の木の下に、紙屑を小さく丸めて置かせた。もちろん街道では自然に拾えたが、松原の時は困ったらしい。しかし、重兵衛の前までゆく途中、ちょっとよろめいた形で手をつき、パッとつかんでふところに入れた。その日の平作の落ち入りは、共演していて、うっとりするほどの出来だった。

あるいは、五代目歌右衛門《うたえもん》が「鎌倉三代記《かまくらさんだいき》」の時姫《ときひめ》をした時、三浦之助《みうらのすけ》を相手のクドキの「短い夏のひと夜さに」で、枝折戸《しおりど》をそっとしめるしぐさがすばらしかった。雅楽は次の幕の出し物の支度を早くすませ、揚幕《あげまく》から毎日見ていたが、ある日大道具の手ちがいで、枝折戸がきりっと、うまくしまらなかった。しかし、それをそっと振袖の袂《たもと》を使ってしめたが、そういうことをしながら、三浦之助と二人の姿を外から見せまいとする時姫の心持のあせっている感じを出したのだから、大したものである。成駒屋《なりこまや》はしかし、「私も悪かった、あしたから幕のあく前に、うちの弟子に一度枝折戸の具合を確かめさせることにするよ」といい、大道具に小言はいわなかった。

まアそんな話を、小鉢の二皿を、二合ほどの酒で食べるあいだに、巧妙な話術で、よどみなく話すのだから、雅楽の記憶のよさ、頭のよさに、私たちは改めて驚嘆した。

その日、雅楽は、「私と同じ年ごろの役者はもうあまりいないが、私の女房役でずっと出ていてくれた嵐梅三郎《あらしうめさぶろう》が、引退してから、遠縁のいる上州《じょうしゅう》の安中《あんなか》に住んでいて、毎年年賀状をくれている。まだ元気だと思うから、話を聞きに誰かに行ってもらうといいんだが」といった。

私はすかさず、「うってつけのインタビュアーがいるじゃ、ありませんか」といった。

野々宮君は芝居ごころがある。わざと、とぼけて、「ハテ誰だろう」といった。

雅楽は名優だから、もちろん、芝居ごころの達人だ。「そうさね」と腕をわざと組んだりしている。

「真知子さんですよ」と私がいうと、「ふうむ」と気が向かぬような顔をしたので、私たちは吹き出した。

老優は頰をちょっと赤らめて、「仰せに従いましょう。あの子なら人に好かれるから」と、うれしそうに微笑した。

関寺真知子は卒業論文に歌舞伎の女形《おんながた》についてというテーマをえらび、いろいろな役者を歴訪して材料を集めて、いいレポートを作ったのだが、女形だけを訪ねず、雅楽のような立役《たちやく》に会って、相手をした女形を語らせたというのが卓見だった。

見るからにいかにも聡明らしく、目のパッチリとした女性で、「演劇界」に連載した雅楽芸談も好評だったことは、前にも書いた通りである。

嵐梅三郎という女形は六十歳になってまもなく身体を悪くしたが、妻女のお栄さんの叔父が磯部《いそべ》で旅館をしているので、保養に行き長逗留《ながとうりゅう》をしているあいだに、すっかり上州が気に入り、惜しまれながら、役者をやめて安中に家を建て、住みついている。

梅三郎は美貌で評判だった。その美しさは、ちょっと女優のような印象があり、私の目に残っている役としては、いわゆる新歌舞伎の娘役が多いのだが、古典でも「沼津」のお米《よね》、「先《せん》代萩《だいはぎ》」の高尾《たかお》といった傑作がある。雅楽の団七《だんしち》の時のお辰《たつ》、雅楽の長右衛門《ちょうえもん》の時のお絹《きぬ》なども、見事だった。

お辰が焼けた鉄の串を顔にあてると、客席で溜め息がもれたぐらいだ。「もったいない、こんないい顔を」と思わせたのだから、大したものだった。

もちろん、女のファンが多かった。梅三郎が三十歳で葭町《よしちょう》から出ていたお仲（お栄さん）という芸者と夫婦になった時、自殺をはかった女学生がいたという話も、私は大分前に聞いた。

二

雅楽は、すし初で、すっかり興に乗って、かなりおそくまでいた。もう「看板」にしたのだが、高松屋《たかまつや》は例外で、すし初のおかみの兄の浜木綿《はまゆう》がちょうど来たので、兄妹が私たちの部屋に目白押しにならんで、お相伴《しょうばん》をしながら、かなりおそくまで、老優の話を聞いたが、この日思いがけない秘話を、雅楽は語ってくれた。

それは、梅三郎の人気をねたんだある女形が、梅三郎を困らせようとして、梅三郎のひいきがわざわざこしらえてくれた、世話女房の帯を、隠してしまったという事件である。

その時は、劇場は大正座だったが、昼夜二部制で、昼の二番目の「湯殿《ゆどの》」の長兵衛《ちょうべえ》の女房お時《とき》を梅三郎がしていた。

雅楽はいった。「役を話せば、竹野さんにはすぐわかってしまうと思うが、これはまア仁義として、ある女形とだけにしておく。その人のほうは、夜の芝居で、『先代萩』の沖《おき》の井《い》と、『鞘当《さやあて》』の留め女だった。

昼は出ていないので、その女形は午後三時ごろ楽屋入りするのだが、ある日、もうそろそろ『湯殿』の山村屋の幕が明こうというころ、支度にかかろうとした梅三郎が、ふと見ると、部屋の隅に重ねてあるお時の衣裳の帯がないのに、気がついた」

「おやおや、それは大変でしたね」とすし初のおかみが、眉をひそめた。

「大騒ぎになった。ひいきがこしらえてくれた好みのいい昼夜帯《ちゅうやおび》なんだがそれがどこかに行ったのだから、弟子も男衆《おとこしゅ》も、真っ青になった。楽屋にはいつも誰かいるんだが、男衆だけがいる時たまたま頭取部屋に電話がかかったので、部屋をあけた短いちょっとしたあいだになくなったというのだ」

「誰からの電話だったんです」と私が尋ねると、雅楽も手を打ち、「さすが竹野さんだ、私もすぐその疑問を持ったが、私はその日は水野《みずの》と『鞘当』の不破《ふわ》をしていたんだが、これはむろん男衆を部屋から出すための工作だと考えた。衣裳方が急いで在庫のいつものお時の帯をとり出して舞台には出られたが、この帯の行方が心配だったので、頭取にどんな声だったと訊くと相手は女だったという。すこし低い声だが、色っぽい口調で、梅三郎さんのところの男衆の常さんを呼んでちょうだいといったという。

私はこれは泥棒ではなく、梅三郎へのいやがらせだと思ったから、すぐ気がついたのは、梅三郎の人気をやっかんでいる別の女形のしわざだと信じた。とすると、その女形がどこかの女に電話をかけさせたのかと思った。しかしそのあとで、事によると、弟子の女形の誰かにいわせたという可能性もあると思った。

その女形には三人の女形が門下にいて、特に器用でセリフのうまい男が一人いた。きっとそれだと考えたが、その女の声の正体をつきとめるよりも、まず帯を探さなければならない」

「尊像紛失事件」というのを私は雅楽に聞いて、もう三十年も前に書いている。この時は、行方不明の仏像が、「双面《ふたおもて》」の女船頭の小道具から発見されている。しかし、帯はそんなに小さくはないし、包まずに持ち歩くわけにはゆかない。畳紙《たとう》にでも入れて、わざとそれを堂々と見せて歩くという手を使ったのかと思った。

「どこへ持ち出したんでしょうね」と浜木綿が首をかたむける。

「頭取はしじゅう前を通る人を見ているが、風呂敷包みや畳紙を持って通った人はいない。すると、劇場の中にあるはずだ。

仮に女形の弟子の一人とすれば、『湯殿』の前の『菊畑《きくばたけ》』の腰元に出ていない、たった一人の名題《なだい》の女形が、梅三郎がこしらえにかかる前に、かならず手洗にゆくのを知っていて、『菊畑』のおわるまでに、電話をしたわけだ」

「電話をどこから、かけたのですか」と私が訊くと、雅楽は、「劇場の表の赤電話からかけたのだと思う。ロビーの隅に、ボックスになっている電話があるので、そこからだろう」といった。

男衆が出ると、「梅三郎さんにお会いしたいんですけれど、いつごろがおひまでしょうか」と訊いたというのだ。

「常さんは、女形の声だとは思わなかったのかしら」すし初のおかみがいった。

「男衆にいわせると、梅三郎には、いろいろな女が電話をかけてくる、まさか女形だとは夢にも思わなかったらしい。それで、昼と夜のあいだ、二十分くらいならと返事をし、お名前はと訊くと、ちょっとためらったあと、お照ですといった」

「お照といったんですね」

「それが大笑いなんだ。名前を尋ねられると思っていなかったので、即答できず、うっかり答えた名前がお照、何だか、わかりますか」

「さア」

「その女形の留め女の役の名前だったのさ。まるで、これで、犯人は私ですといったのと同じです」

みんなが笑った。

「竹野さん、私はその日、夜の芝居がはねる前に、帯の行方を突き止めたんですよ」と老優はいった。

「さア、どこにあったのかな」浜木綿は目を輝かせた。

「エドガー・アラン・ポーの小説に『盗まれた手紙』というのがある。あれと同じで、目と鼻の先にあったんですよ」

「ほう」

「その日、『鞘当』に出ていて、留め女があらわれる。私の不破と獅子丸《ししまる》の名古屋《なごや》が、絆纏《はんてん》で刀をおさえられて見得をする。ふと見ると、その女形がしめている帯が、それだった。幕が引かれたので、私は、きょうは帯がちがっているねといったら、小さな声で、すみませんといった」

「それで一件落着ですか」

「私がそんな風にいったので、相手もすなおに詫びに行って、帯を返した。しかし、困ったことに梅三郎がそれ以来、へんに神経質になり、被害妄想という後遺症が出たんです。弟のように可愛がっていた女形に、そんな事をされたので、人が信じられなくなり、とかく物事を気に病む人間になってしまった。困ったものです」

三

関寺真知子が、安中に梅三郎を訪ねたのは、十日ほどあとであった。

安中の町の旅館に二泊して、三日目に帰って来たが、梅三郎から聞いた話を原稿に書く前に、一応雅楽に話しておきたいという連絡があったので、雅楽と私と二人だけで、とりあえず、三原橋のすし初で会うことになった。

待っていると、すこし遅れて真知子が来たが、何となく暗い顔をしている。

「どうだったの?」と私が訊くと、「いろいろ話して下さったんですけれど」といったあと、「高松屋の小父様、私何となく悲しくなりました」といった。そういいながら、目に涙が浮かんで来ている。

「どうしてまた」と老優が気づかわしそうに尋ねた。

「梅三郎さんは、あまり元気ではなく、話し方にも、声に力がないんです。でも私が訪ねたことは、喜んで下さって、休み休みしながら、十五六の話を聞かせていただきました」

「おかみさんはほんとうの名前は、何といったっけ、そうそう、お栄さん、あの人も無事かい、さすがに老けたろう」

「白髪でした」

「考えられないね、あの恋女房のお栄さんがね、『太功記』の初菊が、皐月になってしまったのか、でも、梅三郎は役者だから、そんなに老けてはいないだろうね」

「いいえ」と真知子が首を振った。「私、向うへゆく前に、若いころの舞台の扮装写真と、素顔の写真を、大谷図書館で見て行ったんですが、あまりの変りように、びっくりしました」

「ほう、梅三郎は私より大分若いんだがね」

「小父様は別ですわ」と真知子は、やっと微笑した。私はこの少女の笑顔がじつにいいと思うのだが、雅楽もホッとしたように、真知子の表情が明るくなったのを見て、うれしそうに、目を細めている。

以下、真知子が安中の梅三郎の家へ二日続けて行った時のてんまつを、私なりに描写して、紹介する。

梅三郎の家は、信越線安中駅からタクシーで七八分という山に近い高台にあった。

町を見晴らせる眺望のいい北向きの土地に、木口の凝った家であった。下が四間、二階が二間という感じで、庭にもいろいろな木が植えてある。

引退した一流の女形がゆっくり余生をたのしむために建てた、いかにも役者らしい家だった。雅楽の家も、建物としては決して見劣りのするものではないが、千駄ケ谷の環境があまりにも変ってしまったので、空気もよく、上州の山が手にとるように見える梅三郎の家には到底及ばない。

あらかじめ連絡しておいたので、妻女が愛想よく出迎え、「御苦労様ね、あなた、わざわざ来て下さって」とねぎらってくれる。

梅三郎の居間にゆく前に、妻女が茶の間に招じ入れてこういった。

「高松屋さんからの御紹介だし、あなたが感じのいい美しい方だと聞いて、主人もお会いすると御返事したのですが、じつは半年ほど前から、昔のように食事がおいしくないといったり、毎晩欠かさなかったお酒も、きょうはやめておこうといったりするんです。何となく案じられるので、私は村田先生という、安中の方で内科のほうでは名医といわれている方に来ていただき、くわしく見ていただいたんですけれど、別にどこが悪いというわけでもない、食が細くなったとか、お酒が飲めないようになるというのは、老人としてはよくあることだというお見立てなので、私は安心しました。しかし、主人は、そのあと、先生とお前は、申し合わせて気休めをいっているんだろう。じつは悪性の病気なんじゃないかとうるさく申すんです。ずいぶん前に、ちょっとしたことから、あのひとは人の話をまともに信じられない、神経衰弱のような心持になりましてね。取越苦労をいつもしては、くよくよ、考えこんでいるんです。あなたに昔話をするといっても、気持をたかぶらせて、泣いたりするかも知れませんが、どうぞお許し下さい。それと、身体がだるいというので、寝椅子に寝たまま申しあげるかと思います。これも許して下さいね」

じつにていねいな挨拶で、真知子はすっかり恐縮した。と同時に、たのしみにしていた初対面の役者と会うのが、すこしこわくなってもいた。

案内されて、二階の六畳の居間にゆくと、真知子を迎えるために、梅三郎は、紺縞の対《つい》の着物を着て、待っていてくれた。

だが、真知子は梅三郎を見て、内心動揺した。東京で見て来た十数年前あるいは数十年前のおもかげと、目の前にいる老人とが、同一人とは思われなかったからである。

それは舞台で活躍した役者だったという印象ではなく、老衰した年寄りでしかなかった。真知子は、つい、おろおろとした声を出してしまった。

しかし、弱々しい声ではあったが、梅三郎の思い出話は、実のあるものだった。というよりも、失敗した話、先輩に叱られた話、手きびしく劇評でやっつけられた話がほとんどなので、興味は尽きなかった。

梅三郎は、芝居の通称や役の名前について、親切に「ガッポウというのは、一合二合の合に、邦舞邦楽の邦と書くんです」と付け加えたりする。もちろん、真知子は「知っています」といったりはしない。

真知子は、雅楽芸談の聞き書の時に、一年かかってすっかり会得《えとく》した「談話筆記」の要領を駆使しながら、梅三郎の言葉に、うなずいたり、笑ったりしながら、サインペンを走らせた。

「私は高松屋の兄さんとは、いろいろな役をしましたが、いちばん気が合ったのは、『忠臣蔵』の七段目の平右衛門《へいえもん》とおかるでしたよ。私が花道まで逃げて行ったあと、呼び戻されて、兄《あに》さん来たが何じゃいなアというと、私を見おろして、抱きしめ、髪のかざりや化粧《けわい》してというセリフの時、目に一杯涙をためているんです。ほかの人の平右衛門とは、そこがちがってます。だからほんとうの妹のような気持になっているので、幕切れにじゅばんの上に着付をし直す時、わきで介錯《かいしゃく》してあげたくなるんです。でもあの人は、私に全然ダメ(文注)を出さないんですよ、私がどうでしょうと訊いても、いいよいいよ、わるくないよというだけです。そのくせ、ほかの役者には、こまかく教える、私、だから、いくらいって聞かせてもだめだと思っていたんじゃないかというような気がいまでもしているんですよ」

「こんなことがありましたよ。私がまだ娘だのお姫様だのしていたころ、大先輩の成駒屋の『孤城の落月』の千姫をさせてもらいました。その時風邪をひいてましてね、咳が出そうになるのをじっと我慢していたら、ポロポロ涙が出た。劇評で千姫が泣いていた、感心だと書かれたら、成駒屋が、お前さん、ほめられているね、怪我の功名だねといわれたので、キョトンとしていると、その役の人間になりきっていたら、咳をしたって、クシャミをしたって、いいんだよ、私は政岡《まさおか》で鼻をかんだおぼえがある、もちろん、きれいにかむんだが、我慢していたらそれこそ水洟を垂らしかねないからねといわれたんです」

そんな話を聞かせてもらったので、真知子はすっかりうれしくなって、「いろいろ伺わせて頂き、ありがとうございます」と丁重に礼をのべ、いそいそと帰ろうとしたら、梅三郎に呼びとめられた。

「関寺さん、私を見て、病人だと思いませんか」という。

「いいえ」

「ほんとうですか。あなた私にはじめて会った時、ギョッとしたような顔をして、すぐうつむき、しばらく黙っていたでしょう」と梅三郎は、真知子を見つめた。

真知子は、初対面の瞬間を、緊張していたために忘れていたので、「さア、そうだったかしら」とつぶやくと、畳みかけるように、こういわれた。

「この部屋に来る前に、家内と五分ばかり話していたでしょう」

「ええ」

「何を聞かされたんです」

「別に」と首をふると、「いや、きっと、こういわれたんでしょう。顔色が悪いのは病気のせいですけど、あのひとに、自分が病気だと思わせたくないので、顔色のことや、面《おも》やつれのことなど、決しておっしゃらないでね、と」

「そんなお話、出ませんでしたわ」

「いいや、きっと出たんだ、私にはわかってます。私は治る見こみのない病人になっているんだ」

真知子は驚いた。

「そんなことは、ありませんわ」

「気休めをいってもだめです、私にはわかっているんだから」

「……」

「私の顔色が土気色になっているのを見せまいとして、家内は鏡をこの部屋に置かないんです。ひげを剃ろうとすると、電気かみそりでといって、鏡台も手鏡もどこかへ隠してしまった」泣きそうな顔で、女形がいった。

四

千駄ヶ谷の雅楽の家に私が行っていると、関寺真知子がまた来た。

たまたまそこに、安中の梅三郎から電話がかかった。

雅楽の声を聞くと、泣き崩れて、こういったそうだ。

「兄さんの話を、関寺さんにして聞かせたら、なつかしくなってかけたんですよ。でもね、私は不治の病で、あすにも、どうなるか判らない」

「ばかをいいなさんな」

「だってね、お栄は『累《かさね》』のように、私には鏡を見せないし、訪ねて来る人が、私を見るとドキッとしたような顔をして、そのあとさりげなく、お元気そうでなんて、出まかせの追従《ついしょう》をいう。大体私のような病気だと、当人には知らせまいと、まわりが気を使うんです。私も前に、病人にそういうお座なりの声をかけたからわかるんです。お名ごり惜しいけど、兄さんには、もう会えませんよ」としゃくりあげたという。

電話を切ったあと、雅楽はアルバムを持ち出し、四十代の梅三郎の写真を見せてくれた。じつに美しい男前である。

「この女形は、昔の三代目菊五郎《きくごろう》のように、どうして俺はこんなにいい男なんだろうと独り言をいったそうですよ」と雅楽は電話の直後だけに淋しそうに笑った。その楽屋での素顔の写真は、市松模様の絆纏を着ている。

「市松っていうのは、昔の佐野川市松《さのがわいちまつ》の好きだった模様ですか」と、真知子が尋ねた。

「そうですよ」

「釈迢空の歌に、ふけ役になるまで生きし佐野川のごとくならむとわれは思わずというのがありますわ」

「何だって」びっくりするような声で、老優が反問し、口の中でその歌人の歌を、くり返している様子だ。

「竹野さん、わかったよ。梅三郎のくよくよしている心持を、私が治せそうだ」と目を光らせた。この老優は、事件の犯人をつきとめた時に、よく、こういう表情を示すのだ。

二日後、雅楽が電話で、こういった。

「竹野さん、私は安中まで、梅三郎に会いにゆきますが、帰りに磯部に泊ることにして、あなたも行きませんか」

　私は梅三郎に昔会ってはいるが、もう何十年も顔を見ていない。いい機会だから、喜んで同行することにした。夫婦《めおと》役者の再会に立ち会うのも、記者気質《かたぎ》がまだ残っている私には望ましいことだった。

　上野の駅の歩廊で落ち合ったが、いつになく、もじりの色がくすんでいた。車中でもじりを脱ぐと雅楽の羽織と着物の色が地味である。それに珍しく無精ひげを生やしている。お洒落の老優のこんな顔をはじめて見た。

「風邪気味なのでね」というので、私は「大丈夫ですか」といった。

「温泉で暖まればいいでしょう」といったが、二人は信越線に乗っても、いつもと様子がちがい、口数もすくない。

　安中駅からタクシーで、梅三郎の家へ行った。前ぶれをしておいたので、妻女のお栄さんは、キチンとした服装で出迎えてくれた。

　すぐ二階に上り、寝椅子から起き上った女形を見ると、なるほど憔悴《しょうすい》している。市松の絆纏を着たあの写真と同一人とは思われない。挨拶を終ると、雅楽が「君も老けたね」とズバリといった。梅三郎は「兄さんだって、じじむさくなった」と笑った。

「年だから仕方がないさ、お互いに」

「ああ」

「私はね、自分が老けたのがわかるのがいやで、あんまり鏡は見ないのさ」

「おやおや」梅三郎が目を丸くした。

「私に久しぶりに会う人は、みんなもじもじしている。老けましたねとも、いえないからね」

「ふうん」

「目を伏せたり、窓の外を見たりして、私を正視しないようにするのさ」雅楽がいったが、これは明らかにうそであった。

「兄さんも、そうなの？」

「昔の光いまいずこ、さ」

一時間ほど、二人は、まことに、色気のない老人の問答をしていた。私は、江戸川乱歩の二人の老人が会って古い事件が解決する短篇を思い出していた。私まで、淋しくなる再会の場面であった。

そのあと、お栄さんが運んで来た小鉢の料理で酒を御馳走になったが、梅三郎が、「私にも飲ませとくれ」という。お栄さんが、「まア、あなた、召し上るの」と叫ぶ。「いいさ、病人じゃないんだから」といった。しばらく断酒していたと見えて、梅三郎はすぐ真っ赤になったが、機嫌がすっかりよくなって、雅楽の「旧悪」を私に聞かせようとしたり、「関寺ってあの娘さん、別品だね、ああいう子に会っていると、若返るよ」といったりした。

お栄さんが銚子を運んで来て、そういう夫を見て、いかにもうれしそうにしている。

磯部へ行くと、すぐ雅楽は持って来た電気かみそりで、ひげを剃った。梅三郎の家で飲んだためもあり、頬も赤らめ、上野から安中までゆく途中の老人然とした印象は、さっぱりと消えた。

大浴場に行って、なみなみとした湯に肩を沈めながら、雅楽がいった。

「竹野さん、薬が効きましたよ。じつに効験あらたかでした」

「はア?」

「私はね、わざと年寄りじみた顔と姿で、梅三郎の前に出たんだ。衰えたのは自分だけではないと思っただろうし、同時に、会う人が、何となく声をかけにくい、挨拶しにくいといった感じを見せたのは、昔のあの美しい梅三郎がこうも変ったのかと痛ましく思うからだということもわかったはずです。だから自分には悪性の病気なんぞなく、ただもう、老けただけだとさとった。それを思わせたくて、私はわざと、ひげもあたらずに訪ねたんですよ」

見事な解決だった。

しかし雅楽が終りにこういった一言だけは、余計だった。

「竹野さんをつれて行ったのも、われわれより十五六年下の人だって、こんなじいさんなんだからと思わせるためです」

二人は大笑いをした。

お栄さんが手紙をよこして、「主人がすっかり元気になり、私を困らせなくなりました。高松屋さんのおかげです」と書いてあったと聞かされた。

私は雅楽がちょっとした、ささやかなトラブルを巧みに処理したのを、たびたび見ている。

しかし、わざと老けこんで見せるという趣向は、はじめてで、いかにも役者らしいと思った。

シャーロック・ホームズが老人に変装してワトスン医師の目までくらませた短篇を、私は連想していた。

二つの縁談

一

劇界にジャーナリストとして四十年もかかわりを持っているから、思い出すと、いろいろな話がある。

先日京都にゆくとき、新幹線の中で持って来たつもりの本がカバンにはいっていない。所在がないので、窓の外を眺めながら、戦争直後から、結婚披露に招かれた俳優のことを思い返していた。恋愛が実を結んだケースが大半だが、意外に見合いをして夫を持った女優もいた。

もうその後に生れた子供が、親のあとをついで役者になっているのは、もちろん歌舞伎では当り前だが、新劇の分野にも二世がすでに舞台に立っている例もある。

何となく、メモに私が祝いの席に出たり、出なくても祝いの品を届けたりした夫婦の名前をかきとめて、数えたら、九十組以上になった。そして、離婚したカップルが二十五もあるのだ。

京都にゆくのは別に用事があるわけでもないが、親しい画家が個展を開くのを見るというのを理由にして、四五日遊んで帰るつもりだった。

南座の楽屋口の前を川に沿って二百メートルほど南に行った所にある酒亭の「芳子」で飲んでいると、戸をあけてはいって来たのが、沢村此次郎《さわむらこのじろう》である。去年還暦を迎えた役者で、中村雅楽《なかむらがらく》には若い時からいろいろ世話になっている、実事《じつごと》も敵役《かたきやく》もできる、腕のいい役者である。

六年前に妻女が病歿して、娘が父親の身のまわりを見ているが、この人はなぜか、資産家である。一説によると実父で此次郎の先代が神戸の布引炭酸の社長にひいきにされ、そんなつきあいをしているうちに会得した蓄財法で、財産を作ったともいうのだ。

「おや竹野さん、こんなところで、珍しい」と、私の隣に腰かけたが、女将とのやりとりを見ていると、きのうきょうの客ではなさそうだ。

そこの南座に娘の友人の女優が出ていて、ぜひ見てくれというのでやって来たといったが、いつもより血色もよく、すこし若返った感じもある。それよりも、此次郎がなぜか、異様に上機嫌に、はしゃいでいるのがふしぎだった。

並んでしばらく飲んだあと、私は、「紀伊国屋《きのくにや》、うれしいことがありそうに見えるが、何かあったのですか」と尋ねた。

「わかってしまったら、正直にいいますが、近々再婚するつもりなんです」

「そりゃアいい。私もあなたが、ずっと独りでいるのが気になっていた。おくさんができれば、美代子さんも安心して、お嫁にゆける」と私は祝福し、「それでお相手は」と質問すると、此次郎はてれくさそうに、こういった。「笑わないで下さいよ。それが美代子の女子短大の同級生なんです」
これには私も、びっくりした。もしそうだとすれば、此次郎より、ずいぶん若いはずだからである。

たしか美代子という、私が赤ん坊のころから知ってる娘は、まだせいぜい二十三四であろう。利発そうな、母親に似て切れ長の目がすずしい美しい女性になっていた。

その相手の名前は別に聞きもせずに、その夜は別れたのだが、東京に帰るとまもなく、私の家に瀧田といって日本橋の堀留《ほりどめ》で木綿問屋を開業している家の娘から電話がかかった。

それは瀧田の二女で、たまたま私の家内の姪とおどりの稽古場《けいこば》で同門になっている文代であった。つまり、そんな縁があるので、家内もよく知っているし、私も温習会《おんしゅうかい》を見に行ったことがある。一昨年は「汐汲《しおくみ》」をおどっていた。

「一度小父様に会って、力になっていただきたいんです」という声が、あんまり元気でもなさそうな様子なので、何事だろうと思った。

「父には内緒で伺いたいんです。そのおつもりでどうぞ」という。

待っていると返事したら、翌日朝の十時に来ることになった。せっぱつまって、一刻も早く私に話したいらしかった。

瀧田文代が来て、さっそくきかせてくれたのは、自分に父からいわれた縁談があるのだが、私はその話に乗るわけにはゆかないというのだ。なぜなら文代には、三年前にスキー場で知り合った当時の慶應の学生で、いまは銀行につとめている矢吹久男という恋人がいるからだ。

「はじめはごく普通のボーイフレンドのつもりで、おつきあいしていたんです。ところが会った次の年にまた誘い合ってスキーに行った時、足をくじいてしまい、病院に送ってくれたあと、父が来るまでずっとしばらくそばについていてもらったのが、身にしみてうれしくて、そんなことから、すっかり私のほうが夢中になってしまって」

そういう話をしながら、頬を赤らめる顔が、形容のできない情感に溢れ、恋をしている娘ってこんなに潑剌《はつらつ》とした魅力を持っているのかと、私は思わず、見とれていた。

「それで、あなたの縁談の相手というのは、どういう人ですか」

「小父様のよく御存じの人です」

「さア誰だろう」と私は首をかしげた。

「役者です。沢村此次郎さん」

これには私も動揺した。ついこのあいだ京都で会ったばかりの紀伊国屋が、再婚したいといったのは、この文代だったのである。

「そうかそうか、此次郎の娘の美代子とあなたは短大で」

「ええ」

「しかし、向うは、お宅のお父さんよりも年が上じゃないか」

「そうなんです。久男さんという人がいなくても、こんなに年の差のある男の人のところにゆくなんて、私は思ってもみませんでした。此次郎さんて立派な役者だけれど、そんな話が父に持ちこまれ、父からどうだといわれた時、身の毛がよだつような感じがしました。何だか身体中を、ごしごし洗いたくなりました」

文代のそういう表現には切実な感じがあり、充分納得ができる。京都で此次郎から話された時は、別にどうということもなく聞き流したのだが、その相手となった文代に訴えられると、文代の側に立って、私までが、この縁談が不潔に思われる。

此次郎はいい役者である。お半《はん》と長右衛門《ちょうえもん》よりも年のちがう娘を妻に所望するのだから、文代がよほど好きなのだろう。

しかし、文代という対象がわかってみると、私は許す気になれなくなった。

「しかし、お父さんはこの話、ほんとうに乗り気で、あなたをやりたいと思っているのかしら」

「それにはわけがあるんです。うちははたから見ると、何の不安もなく木綿問屋をしているように見えますが、私にはよくわからない事情で、去年から今年にかけて、何百万かの借金ができてしまい、銀行との取り引きもどうなるだろうと、父は途方にくれていたそうです。

父のほうから話したのか、向うがそうした店の窮地を察したのか知りませんけど、ポンと何もいわずに融資してくれたのが、此次郎さんだったんです。それも無担保で、利子もごく安かったそうです。父はもちろんですが、支配人の安達さんも泣いて喜びましてね」

「へええ」と私は呆れた。役者が困っている時に、商家の旦那がだまって財布を渡すというなら、それはよくある例だが、これはまったく逆である。

やっと瀧田の店が息を吹きかえし、問屋のあきないが軌道に乗った時、文代の父親が挨拶にゆくと、此次郎がニコニコしながら、「まアまアよかった、よかった。私も多少のお手伝いができて、いい心持です」といったそうだ。

「何というか、御礼の言葉もありません」と頭をさげる。すると此次郎が笑っていた顔を緊張させて、「いや御礼をいってもらわなくてもよろしいんですが、ひとつだけ、瀧田さんにお願いがあります」といった。

「何でしょう、私にできる事でしたら、何でも致します」

「じつは私もずっとおときが死んでから、ひとりぐらしです。娘はいてはくれますが、役者ってものは、番頭や付き人以外に、やっぱりちゃんとしたかみさんがいてくれないと、何かと不便です。そこでのち添えをと考えましたが、ふと気がついたのは、お宅のお嬢さん、年こそちがうけれども、しっかりしていらっしゃる。それに私はあの文代さんが大好きです。お嬢さんをあなたから説得して下さいませんか」と続けていったという。

これは文代が父から聞いた通りの状況を、私に伝えた一部始終である。

「それでお父さんは、あなたを向うへやる気持になっているの？」

「ええ、あれだけ親切にしてもらい、倒産しかけていた瀧田の店を立て直してくれた此次郎さんへの恩返しとしたら、文代がうんといってくれるのが一番だ。こういって、まるで拝まんばかりの様子で、私に低く頭を下げるんです」

「さっきの話の矢吹君のことを、お父さんは知らないの？」

「つきあっていることは、よく知っていますけれど、私と久男さんが、いま愛し合っている仲だとは、まったく気がついていないと思います。

いいえ、知っていたら、私にこの話をする口ぶりも、多少ちがっているはずですわ」

「そりゃアそうだ」

「ねえ、小父様、父に言って下さい。そして、私に久男さんという人のいることを、ハッキリ話して下さい。私は来年にでも、父に久男さんから話して、私を妻にしたいといってもらうつもりでいたんです」

私は、大変重い荷物を持たされたような気持だったが、そう率直にいわれた以上、文代の心持を尊重し、あいだに立って努力しなければならないと思ったのである。

二

私は文代のおどりの会の客席で見かけてはいたが、それとなく目礼を交わした程度で、文代の父親とは、口を利いたことがない。

どんな性格なのか、娘の見方は外の者とは当然ちがうはずで、見当もつかないが、とにかく会って文代の代弁をしなければならない。

電話で所在をたしかめ、訪ねてゆくと、家内のことを先方は知っていたから、突然赤の他人が会見を申しこんだのとはちがう態度で、さっそく、店の帳場の裏の洋風の部屋に通された。

「どういう御用件でしょう」といわれたので、文代の話を伝えると、いささか苦い顔をして、こういった。

「おっしゃって頂くお気持は、ありがたく承っておきますが、私どもは、何よりも、義理というものを大事にしております。それを律義に守らなくては、商人として生きてゆけません。文代が矢吹という青年とつきあっているのは、私も家内も存じております。感じのいい若者だと思っていますが、それが恋人だなんて、文代もよくもまア竹野さんに、しゃアしゃアといえたものです」

と、このへんから瀧田の話し方が、すこし荒っぽくなって来た。

「此次郎さんのことがなかったなら、文代が私に率直に矢吹君との結婚を許してくれというのを聞いて、私もむげに反対はしなかったかも知れません。しかし此次郎さんは私の店の倒産を救って下さった大恩人です。どうしてその厚意にお返しをしようと思っている時に、こういう話をいただいた以上、おことわりするわけにはゆきません。浮世の義理ということを、とっくり文代にいってきかせます。あの子もすなおなたちですから、きっとわかってくれるでしょう」

決して人身御供《ひとみごくう》だなんて、思わないで下さいよ。

父親はやっとおちついたように、こういい終って、笑顔を作った。自信満々だった。

しかし私は、瀧田より年上の私自身がしじゅう痛切に感じていることだが、この父親の時代と、いまの若い世代とは、モラルがまったくちがうのである。

昔なら、まず親のいうことには絶対に従わなければならなかった。従わなければ、久離《きゅうり》切って勘当を申し渡される場合さえあった。

しかしいまは、憲法でも、ある年齢に達したら結婚は親の許しを待たず、勝手にしてもいいことになっている。恋愛は、人生にとって、単なる浮気でなければ、結びつく男女の大前提として、国家も大いに尊重しているのだ。

瀧田の父親のいい分と、文代のいい分を、第三者に裁かせたら、ほとんどの人が文代に軍配をあげるだろう。

三十分ほど私はそんなことまでいって説いたが、父親は頑固一徹で、しまいには腕組みをし、目をとじたまま、石のようにだまってしまった。

私も何となくばかばかしくなって、あとから出されたコーヒーにも手をつけず、帰って来た。

文代が案じて、電話をかけて来たから、「お父さんは、てこでも動かない」というと、おろおろ声になって、「小父様、どうしましょう」という。

「まア待ちなさい。ほかの方法を考えてみる」といった。

それは、瀧田の店の帰りに乗ったタクシーの中で、ひらめいたことだった。中村雅楽に相談して、此次郎を説得してもらおうというわけである。

此次郎は長年、雅楽という先輩には役者としていろいろ教わっているという恩誼《おんぎ》がある。だから、それを思えば、多分考えを変えるのではないか。こう考えた。

私は千駄ケ谷の雅楽の家まで行った。頼みごとでもなければ、いつもの三原橋のすし初で会うのだが、そうしたけじめは、守らなければならない。私は長いあいだ親しくしているため、時にはそういうマナーをつい忘れることがあるが、雅楽はやんわりと、それとなく私を反省させる、巧みな話し方をする。

もちろん、若い役者、興行会社の人、しじゅう行く店の人というような、雅楽の身辺の者は、雅楽のそういうきびしさを怖れ、私とちがって、気をいつも使っている。それは、この老優が俗にいう「うるさがた」ということではなく、固苦しくいえば、人生の教師と見ているからだと思ってもよかろう。

「何事です。何となく、押っ取り刀といったぐあいですね」と、雅楽は、若い者にはとてもいえない、巧みな言葉で、私を迎えた。

だまって、私の話を聞いてから、老優はいった。

「此次郎という男に、まだそんな色気があったんですか。おどろいたな。しかし、あの男がそれほど熱心にいう以上は、美しいお嬢さんなんでしょうね」

目を輝かしてそういうので、私も困った。

いつもはほほえましく私が観察しているこの老優の美少女愛好の趣味が、好奇心のように、瀧田文代について知りたがっている。そうした心理が、手にとるようにわかった。

しかし、そんな質問に答えていては、らちがあかない。

「何とかしてやって下さい。文代という娘にとっては、先の長い一生のわかれ道に立たされている、せっぱつまった瀬戸際なんです」と、私は、美しいという返事をあえてせずにひたすら懇請した。

「それほど竹野さんがいうなら、力になってあげましょう。しかし一度、文代さんを見たいな」

私はすこし呆れたが、とにかく、下駄をあずけたので、ホッとした。

二三日経ったら、雅楽から電話がかかり、「此次郎にどう話し、どうすればいいのかというメドが立ったんですが、家に呼びつけるのも仰々しいし、こっちから向うへゆけば、おどろくでしょう。だから竹野さんと私とで、すし初で飲んでいて、たまたま此次郎が五月に見せてくれた初役の大判事《だいはんじ》の話が出た。あれを竹野さんがほめているのを聞いたら、急に会いたくなったといえば、来てくれると思う。そして、あなたのいる前で、私がいま考えていることをいって、聞いてもらいましょう」といった。

此次郎の「妹背《いもせ》山《やま》」の大判事はたしかに出色の出来であった。この役は、由良助《ゆらのすけ》よりもむずかしいというくらいで、以前あんまり上演されなかったのは、誰にでもできる役ではないからだと、私は雅楽から聞いた。

明治の九代目團十郎《だんじゅうろう》、大正の七代目中車《ちゅうしゃ》、近ごろでは先代の吉右衛門《きちえもん》のが、いい大判事といわれたが、大正以後、幸四郎《こうしろう》も段四郎《だんしろう》も手がけていないのだ。

此次郎がそれを見事に演じたのは、みとめていいこの役者の実力だと断言できよう。すし初で私がほめたといっても、それは決して、うそではないことになる。

すし初で、雅楽と落ち合って、今月は舞台のない此次郎に電話をすると、喜んで伺うという返事だった。

三

三十分ほどしたら、此次郎が娘の美代子とはいって来た。

愛くるしい娘で、これも雅楽好みであるが、意外に父親に似たのか、飲める口だという話は前から聞いていた。

「これはこれは、美代子さんに会えたとは、うれしいね」雅楽はニコニコして、二人を小さな卓の向うにすわらせる。

「御無沙汰しています」と美代子がいう。此次郎は何となく、若返ったようで、血色も先日あった時より、さらによくなっている。

「大判事はよかったね」まず雅楽が口を切る。

「ありがとうございます。竹野さんがほめて下さったとは、うれしいことで」と愛想がいい。

「大判事は私も昔すすめられたが、こわくてできなかった。あんなに腹に奥行のある役も珍しいからね」雅楽がいう。

「ええ」

「伜《せがれ》の久我《こが》之助《のすけ》と、定高《さだか》の娘の雛鳥《ひなどり》との思い合う心持を知りながら、それを許そうとはせずにいるという、それだけでも、武士の建て前と本音《ほんね》を重ね焼きにして、いわず語らずにお客にさとらせるのだからね」

私はこういう老優の表現に、いつも感心するのだ。評論家の分析と別に、人生経験の長く、情理ともに深い老人の口から出ると、何とも味のある役づくりの基本といったものが示されるからである。

「私も、それに苦労しました。前の津大夫《つだゆう》さんの浄瑠璃には、そういう感じが出ていましたな」

此次郎がいった。

「若い者に対しての気持、これが大判事のいいかわるいかのきめ手ですよ」と老優がいう。私はハッと気がついた。暗にこれで此次郎を牽制《けんせい》しているにちがいない。

しかし雅楽はうまかった。サラリと話題を変えて、「此次郎君、何となく、うきうきしているが、うれしいことでもあるのかい」といった。

すると美代子が、「お父さん、いま大変なんですよ。そわそわしているのよ、小父様」と笑う。さすがに娘のほうは、二三杯で、もう頰が赤くなっていた。

「実は再婚ばなしがありましてね」と此次郎が口もとをほころばせた。

「そりゃア結構じゃないか。君に似合う年ごろのひとがいたんだね。どこかに（芸者に）出ていたひとかい。それとも素人かね」

「ええ、それが、大分若いひとなんです」

しいがね」

「なアに、十ぐらいのちがいなら、ちっとも不自然じゃない。二十もちがったら、すこしおか

雅楽は相変らずニコニコしながら、こんなふうにいう。此次郎は、さすがに照れくさくなったと見えて、「もうすこし経って、話が正式にかたまったところで、お話しもしますし、相手の顔も見ていただきます」と美代子に軽く目くばせしながらいった。

まったく雅楽という人の技巧は見事であった。

そのあと、先日見た中国の崑劇《こんげき》の話になり、それから雅楽は此次郎にこういった。

「こんどの顔見世の出し物は、『新薄雪《しんうすゆき》』だと聞いているけど、君も出るんだろう」

「いえ、そんな話はありません。私はふしぎに昔から、『新薄雪』には縁がなくて」

「もっとも、この芝居、『新薄雪物語』という外題《げだい》の薄の字が、入りが薄いという縁起をかついで、なくなった大谷さんは、めったに出し物にしなかったからね。私は大正の五年か六年の時、成駒屋《なりこまや》が梅の方をした時に、来国俊《らいくにとし》をしたことがあるが、それからずっと昭和の初めまで、舞台にはのらなかった」

「そうでしたね、序幕の花見の妻平《つまへい》という奴《やっこ》のタテは、私もしてみたかったんですが」

「此次郎君にやってもらいたい役があるが、どうだね、私が長山君に話してみるが」

「何でしょう」と此次郎は、先輩の雅楽にそういわれ、不安そうな顔をした。こんな時、まず微笑して聞くのだと私は思っていたが、意外だった。

しかし、此次郎の表情は、雅楽がすわり直した形で話しだす姿勢に対応したものだったかも

知れない。

「それも二役だよ」

「はてな」

「両方ともいい役だよ。秋月大膳《あきづきだいぜん》」

「それから？」

「詮議場の葛城民部《かつらぎみんぶ》」

「でも小父さん、あの幸崎《さいさき》の館には、大膳が出るんじゃありませんか」

「それだから、詮議のところは、大膳の弟秋月大学として、大膳のかわりに若い役者に出てもらうのだ。つまり、半無精《はんぶしょう》だ」

「そんな前例があるんですか」

「あるとも。十五代目の市村《いちむら》さんが、歌舞伎座で二役している。この芝居の元凶という敵役と、生締《なまじめ》の捌《さば》き役、どっちも、気持のいい役だ」

　此次郎は腕を組み、杯をしばらく手にしないで考えている。

「私がこの二つの役の演《や》り方を、知っている限り、くわしく話してあげる」

「考えてみます。もし腹が決まったら、すぐにお宅へ参上します」

　それからあとは、がやがやと雑談に移った。此次郎が雅楽に小っぴどく叱られた話も出た。それはまだ妻女の健在の時の浮気の話で、娘のいる前でくわしく話すのが、いかにも役者らしくておもしろい。

「新薄雪物語」というのは、大一座でなければ上演できない。重要な役が、大ざっぱに数えて十三もあるのだ。それは、歌舞伎のあらゆる役柄を網羅しているといってもいい。

天下をねらう秋月大膳の陰謀で、幸崎伊賀守《いがのかみ》の娘薄雪姫と、姫と相愛の仲の園部兵衛《ひょうえ》の子の左衛門《さえもん》とが、謀反《むほん》の嫌疑を受ける。幸崎の館に詮議に来た執権葛城民部がとりあえず、若い二人をそれぞれ、幸崎と園部の家に、逆にあずけるが、二人の父親が子供たちを逃がし、その責を引きうける意味で、かげ腹を切って会う。まったく二人の親が申し合わせたわけでもないのに同じ行動をとるわけで、その場を俗に「合腹《あいばら》」というのである。

民部というのは恋人たちの心をよく理解し、情愛をこめて処置を行う、さわやかな人物で、巧みに描かれている。

此次郎は翌日、この芝居に出る決心を固めて、興行会社に話した。老練の役者が自分から出演しようといったので、会社も喜んだらしい。一枚、大看板が殖えたわけだからである。

しかし私は「新薄雪」の話よりも、瀧田文代の悩みを一向に雅楽がそれ以上、救ってくれないのが、奇妙な気がしていた。

稽古がはじまると、千駄ヶ谷の雅楽から「きょう私は稽古場へ行って、此次郎に役づくりの話をします。よかったら、見に来ませんか」といった。

じつはその朝も、文代がわざわざ訪ねて来て、泣きそうになっていたので、よっぽど、電話口で催促しようかと考えたが、芝居の稽古に肩を入れている雅楽に、いまそんなことをいうのもはばかられたので、だまっていた。

劇場の近くの貸席の二階で、本読みが午前中に終り、午後はそれぞれの役を与えられた役者が、先輩に話を聴くという順序である。

私と雅楽が話していると、此次郎が来た。まず、大膳について、「これは極悪非道な人間だけれど、白塗りに王子というかつらで出て来るのだから、一応大きく美しく見せるのが肝心だ」といった注意があった。

次に民部については、「目張りをきつくして、情理ともにそなわった人間が、その目をやさしくしながら、若い恋人たちをじっと見るのが大切です。好き合っている二人の心持を知り、何とか助けてやりたい、二人の仲を割きたくない、という気持で、左衛門と姫の手を扇の下で握らせる、あの場面で、見物がしいんとなるようでありたいな」

私は迂闊《うかつ》にも、この話を聞くまで、雅楽の狙いがわからなかった。雅楽は此次郎をまず民部という役の中に没入させてから、次の手を打つのだとはじめて気がついたのである。

帰りにすし初にまた寄って飲みはじめたら、「竹野さん、此次郎には、初日があいて一週間経ったところで、あなたが会って、文代さんにはゆく末を契《ちぎ》った恋人がいる話をして下さい」といった。「ゆく末を契った」なんて古風な表現が老優の口から出ると、ちっとも不自然に聞こえないから、ふしぎである。

七日目のひる、詮議の幕がおり、風呂から此次郎があがったところを見はからって、私は部屋に行った。

こんどの「新薄雪」では、若い左岐之助《さきのすけ》の奴妻平の立ちまわりもいいが、此次郎の二役が大好評だった。各紙の劇評が筆を揃えてほめているので、此次郎も上機嫌だと聞いている。

それだけに私は文代に久男という銀行員の恋人がいる話を切り出すのが、おっくうだったが、雅楽に命ぜられた通りの役割を、忠実につとめなければならない。

小酌《しようしやく》しながら話すよりも、楽屋で素面《しらふ》で話すほうがいいと思ったので、「何事です」といったちょっと怪訝《けげん》な顔の此次郎に、私は思い切っていねいに文代の立場を説明した。

「そうだったんですか。そういうことがあるんですか。瀧田さんは私に何もいわないから、ちっとも知らなかった」と此次郎はいった。しかし、面《おもて》を曇らせたりはしていない。私は内心安《あん》堵《ど》した。

翌日、文代がタクシーで、私の家まで駆けつけた。玄関に立ったその明るい笑顔を見た瞬間、私は「ああ、よかった」と思った。

「小父様、いろいろありがとうございました。じつは昨夜、此次郎さんが芝居の帰りに店に来られて、その後考えたけれど、お願いしていた文代さんのこと、やはり年もちがいすぎるし、文代さんには適当な人がいるはずだから、この話なかったことにしていただきたいといわれたそうです。此次郎さんが帰ったあと、父からそう聞きました。私は御挨拶だけして、自分の部屋に帰っていたので、あの方のそういったいい方は、直接聞いていないですけど」

雅楽の考えた通り、葛城民部を熱演している此次郎は、文代とその相手の若者の恋を、民部のような気持で、みのらせようと思ったのだろう。

性根《しょうね》をふまえながら役を演じるということは、いかに大切かともいえる。

手際のいい老優の作戦が功を奏して、此次郎が翻意、文代は救われたのである。ひと役買った私も、うれしい。

四

雅楽に私は礼を述べに行くつもりで、電話をかけた。「まアまア、めでたしめでたしですね。よかった、よかった」と喜んで、「わざわざ来ないで結構です。それよりも、きょう夜の鍛冶《かじ》屋《や》（「新薄雪」の大詰）を見にゆくから、またすし初で会いましょう。文代さんのために祝杯だ」といった。

私は時間を見はからって、三原橋の店にゆくと、雅楽がもう来ていた。きょうは、付け台の前のカウンターに腰かけている。

「来ていらっしゃったんですか」と声をかけると、私をチラリと見て、「ああ」と小さな声の返事である。

病気の時は別だが、私は雅楽の顔がこんなふうに、浮かない表情なのを、めったに見ていないので、どうしたのかと思った。

私にとにかく一杯酒を注いでも、微笑をしない。いかにも屈託ありげである。

私はしばらくだまっていたが、やがて尋ねた。「何だかおかしい、何かあったんですか」

雅楽は即答しなかったが、「縁談だよ」とポッンといった。

「縁談というと」

「さっき竹野さんの電話のあとで、私の聞き書をいつもとってくれる、あの関寺真知子さんが来て、こういうんだ。縁談が伯母から持ちこまれている、相手は前から知っている人で、私も嫌いではない人だって」

淋しそうに、老優は目をしばたたかせた。

こんどは、私が雅楽を慰める番である。

おとむじり

一

坂東美津次《ばんどうみつじ》の弟子の美津江《みつえ》は、女形《おんながた》としても将来性をみとめられている役者である。芸熱心で、中村雅楽《なかむらがらく》のところに、しじゅうものを教わりに来る。もう名題《なだい》になって六年、いわゆる腰元役者ではないが、そうかといって、そんなにいい役も与えられない。若手だけの芝居に出て、「乗合船《のりあいぶね》」の女船頭を演じた時はいかにもうれしそうで、雅楽のところに来て、竿の持ち方を尋ねたりしていた。

こんな小道具の扱いはどうでもよさそうだが、やはり握り方とか、握る場所をどこにすれば色気が出るかということがあるので、老優は教えた。

そんなふうで、雅楽のお気に入りなのだが、師匠とヨーロッパを巡業して帰国後、まもなく木挽町《こびきちょう》の舞台に出ていて、三日目の朝、泣き声で電話を、千駄ケ谷にかけて来た。「私の大切にしていた香水がなくなったんです」という。

たかが香水じゃないかと思ったが、くわしく聞くと、それはミツコというフランスの名品で、パリにいる時、名女優としていま人気の絶頂にあるパトリシア・セザンが楽屋に訪ねて来て、「ミツエさんに、ミツコをあげます」と微笑した上、レッテルに自分のサインを書いて贈ってくれた記念の品だというのだ。得意になって仲間のみんなに見せてまわり、今月は「紅葉狩《もみじがり》」の腰元で、その香水をつけて出ているのだから、楽屋の鏡台の上にのせておいた。それが、紛失してしまったと嘆いている。

「先生、犯人をさがして、香水をとり戻して下さい」とせがむ。

雅楽はそこで、たのまれた以上、この小事件の捜査を引き受けて、劇場に出かけ、そのあと、いつものすし初で私と出会って、そういう話をしてくれたのである。

「どうしました」

「おかしいんだよ、今月は、昼と夜に、腰元の出る芝居が三つ出ている。美津江は、同じくらいの年ごろの女形四人と、五人部屋に並んではいっているのだが、立役《たちやく》の部屋とちがって、女形のいる部屋は、なぜか人の出入りがあまりない。つまり、女の園みたいな感じだから、男がのぞいてはいけないような気がするのだろうね」

「そういえば、そうですね、思い当りますよ」と私はいった。「私も行ったことがない」

「つまり、仮に単なるいたずらだとしたら、それはフランスのスターに特別に可愛がられた美津江を羨ましく思い、ねたましく思った誰かのしわざだろうが、金だの高価な骨董品とちがって、警察に訴えるほどのことでもない。だから私だけで、調べることにしましたよ」

「それで」

「ほかの四人というのは、笑雀《えみじゃく》の弟子の恵美三郎《えみさぶろう》、芝太郎《しばたろう》の弟子の芝重《しばじゅう》、浜木綿《はまゆう》の弟子の浜五郎《はまごろう》、葉牡丹《はぼたん》の弟子の緋牡丹《ひぼたん》なんです。五人とも、幕明きに並んで、セリフを渡す端役《はやく》はとっくに卒業しているんだが、今月は『菊畑《きくばたけ》』で鬼一《きいち》の手をとって出る腰元を恵美三郎、昼間の『忠臣蔵』四段目で顔世《かおよ》の手をひく腰元を芝重、あと三人は『紅葉狩』に出ている」

「そうですね」

「そして、三枚目の腰元が浜五郎、美津江は野辺吹く風にさそわれてと、一人で仕ぬきをおどるいい役だ。となると、更科姫《さらしなひめ》のうしろについているだけの緋牡丹が、いちばん割りをくってしまったわけです」

「こういう配役は、誰がきめるんです」と私が聞くと、

「その芝居を出し物にしている役者の弟子が、まずいい役をとるのが定石ですね。だから『菊畑』では、皆鶴姫《みなづるひめ》の笑雀のところの恵美三郎が筆頭の腰元、『忠臣蔵』では顔世の芝太郎の弟子が同じような筆頭、『紅葉狩』では、更科姫の美津次がきめたんでしょう。だから役不足でもめたりはしないわけだ」

「おもしろい話を伺いました。何の気もなく私は何十年も芝居を見て来たんですが、なるほど、そういうものなんですか」

「野辺吹く風のところに出るのは、若手の花形と大体きまっているんだが、今月はそういう連中が浅草の公会堂に行っているので、人がいない。だから美津次が、美津江を抜擢《ばってき》したので、こんな役は私が教えるというものじゃないから、うちには来ませんでしたが、役がきまった時、

うれしそうに知らせては来ました」と老優はいった。

「それでは、緋牡丹がいちばん気の毒なまわり合わせですから、この男が美津江をねたんだということになりますか」

「私もはじめ、単純にそう思った。しかし、楽屋へ行ってみると、緋牡丹はほんとうに、同情して、さわいでいるのです」

「ほほう」

「こうなると、同じ部屋の四人ではないということになりますね」

「いや次に考えられるのは、女がからんでいる場合です。五人ともいい男で、女性のファンが多い。そのファンも昔とちがって、芸者のような女ではなく、大学や高校の女子学生がつきあっている。美しい少女を争って、気まずくなったという話も二三私は耳にしている。それかなと思った」

「この彼らは、どうなんでしょう」

「五人のうち、三人はもう細君がいる。独身の美津江と浜五郎との鞘当《さやあて》かと思ったが、それではやはり簡単すぎます」

「ほう」

「女房を持っていても、ガールフレンドとの色恋はあり得ます」雅楽は時々、こんな英語を使う。「ミステリマガジン」を毎月読んでいるせいもあるようだ。

「しかし、浜五郎は、女の噂の立たない人ですね」と私がいうと、雅楽は大まじめに、「女形の中には、男のほうが好きなのも、たまにはいる。浜五郎がそうかも知れない。あの男には、ほかの四人にない、ちょっと毛色の変った色気があるからね」

私は、そういう機微《きび》を隈《くま》なく承知している点で、雅楽にいつも脱帽せずにはいられないのだ。

「どうも、しかし、女のからんだことでもなさそうだ。そこで私は、じつは偶然劇場に来ていた大学の先生に尋ねた」

「教授にどうして、そんなことを」

「いや、それは早稲田の佐竹先生で、先生は歌舞伎が外国にゆく時、よくついて行って、通訳をしたり、向うの人たちに解説をしたりするんです」

「そうでしたね」

「佐竹先生に、こんどのヨーロッパの旅について、三十分ほど聞きました」

「しかし、どういうツボをおさえてでしょう」と私はだんだんわくわくしながら訊いた。

「行っていた役者の中で、パリのそのパトリシアとかいう女優に夢中になっていた者はいないかと質問したわけです」

「すると？」

「立女形《たておやま》の成駒屋《なりこまや》の息子の梅助《うめすけ》が、大変熱をあげて、先生に個人的に会わせてくれというので、ホテルに招いて三人で食事をしたという話があるんです」

「ははア」私にも、やっと見当がついて来た。

「美津江は成駒屋の弟子ではないし、若旦那とよばれている梅助にまで、香水を見せびらかしもしなかっただろうが、美津江が特別にサインまでしてもらったミッコの話を聞いて、欲しくなったのだと私はさとりました」

「わかったんですか」

「成駒屋の家に電話をかけた。あの親子は今月は国立ですから、昼間はまだ家にいたんです。私は電話口に出てきた梅助に、単刀直入に、美津江が泣いておろおろしている。可哀そうじゃないかといいました」

「ほう」

「梅助がおろおろして、おじさんすみません、すぐ返しますといった。もう届けてくれたはずです」

「梅助君も、坊やですね、欲しくなって、それを手に入れようとしたなんて」

「まさか当人が来て持って行ったわけではないでしょうが、罪なことをしたものです」

「結局どうします」

「三十近くなった名門の御曹司が、こんなばかなことをするなんて、私は許しません。相手は、まるで身分のちがう役者じゃありませんか。私はあすにでも、国立に行って厳しく父親に叱らせるつもりです」

雅楽は急にけわしい表情で、語気荒く、こういった。

私は、ふだんなら、こんな時、誰がしたかわからないように、そっと鏡台の上に返させて、大ごとにしない老優が、いきり立っているのを見て、ちょっとふしぎだった。

しかし、その話のあと、一緒に飲んでいると、時々雅楽の顔色が沈んだ感じになり、だまって二三分考えこんだりしているのに気がつき、「ははア、わかった」と思った。

雅楽は先月のはじめに、自分の芸談を「演劇界」に一年連載した時の筆記者関寺真知子に縁談がおこり、父にすすめられた相手が自分も好きなので婚約することになったと告げられて、かなりショックを受けたらしいのである。

何十年もいろいろな女性を知って来た人が、この年になって、孫娘のような美少女をあこがれ、胸の中に秘めておくといった心持が、みずみずしく残っているのが、雅楽をつまり老いさせない理由だとも思われる。

私は、私なりに、すっかり落ちこんでいる老優を救いたかった。

しゃっきりしていてもらわないと、困るからである。

二

もちろん、雅楽は可愛く思っている関寺真知子の幸福なこれからの人生を祝う心持は持っている。

しかし、この老優をがっかりさせたのは、真知子が家庭にはいったら、いままでとちがって、談話を筆記するといった仕事は、もうできないだろうと告げたからである。

まったく没交渉になるわけではなくても、娘や孫ではないのだから、彼女の嫁ぎ先をたびたび訪れたりすることはできない。向うからたまに訪ねて来る日を、何となく心待ちにするほかないと思っているわけだ。それは淋しいことである。

前に千駄ヶ谷の家の近くのコーヒー店のガラス戸の向うにある花屋で働いている少女が好きで、いつも道をへだててその店の見えるボックスにすわり、開店するのを待ち兼ね、その少女が戸を開いて、花の鉢や切り花の桶を、廂《ひさし》の下に出す姿を見に、朝十時に行くという日課を、たのしんでいたのを私はおぼえているが、真知子の場合は、とにかく歌舞伎を大学で熱心に勉強し、「演劇界」の芸談の原稿でも、外題《げだい》や役名、役者の芸名など、雅楽がいちいち説明する必要がまったくない聡明な少女だったから、話は別である。

感情の上でも、理性の上でも、老優は真知子に対していつのまにか、秘書とでもいった気持で接していたのだった。

しかし、真知子に私の口から訴えても、それは新しく人妻となるひとを苦しめることになるから、いえなかった。

そういう時に、私の姪が嫁に行っている家の、その夫の母親が、姪の長女、つまり孫娘をつれて、遊びに来た。

姪は三歳の娘を出産してほぼ二年経って、再び妊娠していて、「きょうは伺えません。私の様子はおばア様から聞いて下さい」という手紙が手みやげの果物とともに届けられた。

私はちょうど在宅していて、出かける予定がなかったので、座敷でこの客と対話した。ほんとうは親類づきあいが苦手で、いつも応対は家内にまかせて書斎にはいってしまうのだが、姪の幼子が愛らしいので、それをせずに、子供をあやしたりしていた。

そして、じつは大変な収穫があったのだ。というのは、ことし七十になる老女から、おもしろい言葉を教わったのである。

家内が、「多都子さんはその後も、順調ですか」と尋ねると、その老女は、「いい塩梅《あんばい》に、あのひとはつわりも軽かったし、健康だから、またいい子を生んでくれるだろうとたのしみにしているんですよ」といった。

この女性は、東京の下町、昔の地名でいうと日本橋の小網町《こあみちょう》の海産問屋の娘で、言葉も歯切れがいい。声もまるでカナリヤがさえずってでもいるような感じでよく通り、いまどきの五十代以下の東京人とは、すこしちがった語彙《ごい》で話すのである。私は話を聞いていると、このひとは自分の話を他人の耳で聞いてうっとりしているような気が、いつもする。

しばらく経って、姪の娘が祖母の膝から家内の膝に移ったら、「おや、きょうは、真理ちゃん、いい子だねえ」といったあと、私に向って、「うちにいると、母親か私の身体にピッタリと身を寄せて、甘えて困るんですよ」と笑った。そして「つまり、おとむじりなんです」と付け加えた。

「おとむじりって何です」と私は急いで質問した。はじめて耳にする言葉だからである。

野さんは山の手の方だから、耳馴れないかも知れませんが、昔から私たちの使っている言葉でしてね。母親のおなかに二度目の赤ちゃんができると、ひとりっ子に弟か妹がやがて生れることになるんですが、母親に子供が生れるときまったころから、異様に母親に甘えて離れない、そういうことをいうんですよ」という、ていねいな解説だった。

そのあと「江戸語大辞典」にも出ていないこの俗称について、私は知っている大学の国文科の教授に問い合わせた。すると、「そういういい方はありますが、いまそういった表現をする人は珍しい。早くいえばフォークロア（習俗）の上のボキャブラリとでもいいましょう」といった返信が送られてきた。

雅楽との長いつきあいでも、私は、新しく知った言葉がずいぶんある。たとえば「壁訴訟」（ひとり言）だとか、「疝気筋《せんきすじ》」（見当ちがい）だとか、「人形食い」（器量好み、いわゆる面食い）だとかいういい方を、聞かせてもらった芸談の中で教わったのである。

私も大学では国文科で学んでいるのだが、先生の講義にも、演習の教科書にも、こうした言葉は聞かなかった。しかし、知識としては知っても、私は人に向っては使った記憶はない。第一、気障《きざ》だし、注釈をつけるのも面倒だからである。

「おとむじり」をおぼえたこの日、孫をつれた姪の姑が帰ったあと、「おとむじり」の話を家内として、「小さな子供なのに、母親のおなかに次の赤ん坊ができたことが、なぜわかるのだろうね」というと、家内が笑って、「ふしぎねえ、そういうカンというか、大人とは別な子供の察し方があるのね。私もおとむじりという言葉はいま聞いたばかりですけれど、姉と年子《としご》だったから、私が母のおなかにはいった時、まだ数えの三つになったばかりの姉がしきりに母にまつわりついたものだと、のちのちまで姉に母がいって、からかっていたものですよ」といった。

私は、こういういい方を、雅楽が知っているかどうか、こんど会った時、聞いてみようと思った。

そういえば、役者でも、こういうことがあるのを私は思い出した。たとえば、急に出し物が変更され、自分の役が一つなくなり、別の役者が新しくきまった出し物に出るといった時、ひと役働く時間が少なくなったのを喜ぶ者は、まずいないのである。そして別の自分の役が、以前にした時とは見ちがえるようにいい舞台になっていて、場合によっては、「どうしてこの前は、あんなにできなかったのだろう」とびっくりしたケースがすくなくないのだ。

私も東都新聞では五十代の前半まで、歌舞伎と新派の劇評を毎月書いていた。そして自分の書いた記事とは別に、ちがうスクラップ・ブックに貼りこんで保存しているのであるが、再演の時の目を見はるような舞台におどろき、前の時の劇評を読んでみると、一例としてあげれば、「この実盛《さねもり》は、爽やかさがまったくなく、口跡《こうせき》も低く、要所要所の形も悪い。十五代目羽左衛門《うざえもん》の時に太郎吉《たろきち》を子役で演じたこの役者が、なぜ羽左衛門の芸を忘れてしまったのか」などとある。

そして再演の時には、「今回は二度目の実盛だが、人がちがうのではないかと思わせる好演で、物語、幕切れ近くの太郎吉とのやりとりなんか、思わず乗り出して見とれるほどの成果をあげた」としている。その時は、この役者は、もう一役、二番目の「浜松屋《はままつや》」の南郷力丸《なんごうりきまる》をするはずだったが、弁天小僧《べんてんこぞう》をする役者がにわかに休場することになったため、日本駄右衛門《にっぽんだえもん》をする予定だった座長が「湯殿《ゆどの》」の長兵衛《ちょうべえ》を一門だけで演じたので、南郷役がなくなったのであった。

これはつまり、ライバル意識であると同時に、一種のおとむじりみたいなもので、観客の胸にすがるという心理的傾向だと思われる。

たしか「演劇界」の芸談でも、雅楽が若いころ、役不足を師匠に訴えたら、「冗談じゃない。あんまりよくないと思った役でも、工夫して丹念に手順を考え、小道具や刀にまで凝って舞台に立てば、それだけで見物があっというようないい役になっているものだ。もらった役を、ふところに抱いた子供を育てるような気持で、ゆっくり頭を撫でたり、話しかけたりする、たった一人での稽古を、本読みから立ち稽古までのあいだにするのが肝心だ」と叱られたが、「その結果ちょっと行き詰っていた芸が、目のうろこが落ちでもしたように、カラッと道が開けたんです」と話していたのを思い出した。

この話をしている時は、私もたまたま千駄ケ谷に行っていて、関寺真知子が熱心に聞き書をノートに書きこんでいた姿を見ていたのであった。

雅楽のような「いい時代」に、立派な大勢の先輩に、型や口伝《くでん》や俳優訓を教えられた役者の今日の大幹部にもないような、深く幅の広い蘊蓄《うんちく》がゆたかな財産になっている老優の芸を構築した基本の一端が、「演劇界」にきちんと残されたのは成果であり、それには、真知子の誠実さと努力があったからだといまにして思う。

真知子のような女性でなく、普通の記者だと、雅楽の話を自分なりに崩して、要領よくまとめてしまう人が多い。それはジャーナリストのひとつの才能ではあるが、芸談としては、それでは、真を伝えるものではないのだ。

そんなことを考えていた私は、在宅の時だと夕刻、いつものように食事をする前に、日記に書きとめる慣習に従い、書斎の机の上でペンを持った瞬間、天啓のように頭にひらめいたことがあった。「そうだ。私は私なりに、雅楽の苦悩を救うことができるかもしれない」と思ったのである。

三

三月のはじめに、関寺真知子が室町泰といって東大を卒業したあと、文化庁の芸術課につとめている青年と、上司の但馬課長夫妻の媒妁で結婚、四月十日の黄道吉日《こうどうきちにち》、式典をあげたあとホテルオークラで披露宴を催すからぜひ出席して頂きたいという案内状が、私のところにも届いた。

この室町君とは、真知子が雅楽のかわりに、芸術祭の審査会できまった受賞者の名簿をもらいに行った時知り合ったのが縁のはじまりだということで、たまたまこの青年の父親が関寺家とも親しく「息子も乗り気なのだが、お嬢さんの気持を打診してくれないか」といって来たので、真知子に話すと、顔を赤らめて、「あの方なら私も好きです。万事お父様にまかせます」と返事したということも、当の真知子から話は聞いていたのだ。

その話をした次の機会に、「室町さんて、こういう人なの」とハンドバッグから、スナップの写真を真知子が出して私に見せた。りりしい眉をして目が美しいなかなかの好男子である。私はこれを私に見せたくて、きょうだけ持って来たのではなく、いつもバッグに入れているのではあるまいかと、少々ねたましい感じがしたのを忘れない。

正直にいって、私も真知子の魅力にはとらえられていたのかも知れない。よく老人キラーというが、雅楽も私も、彼女に対する時は、年寄りのつもりはないのである。

私はもちろん、披露宴には出席するつもりだった。雅楽が招かれ、メインテーブルにすわるのも、まちがいあるまい。

式にあと十日という日曜日に、真知子は私を訪ねて来た。いままでは、学生らしい黒っぽい服を着ていたのに、花嫁になる娘らしく、きょうは華やかな色の服である。

色が白く、髪がつややかで、美しくセットされ、見馴れないイヤリングをつけていた。「うれしそうだね」というと、悪びれずに「ええ」と答えた。

私はこういった。「高松屋《たかまつや》（雅楽）にこのあいだ会ったら、結婚する前に訪ねて来て、長い間お世話になりましたなんて挨拶されると困るから、来てくれてもいいが、サバサバとしゃべって帰ってくれるといいと思うなんていっていたよ」

「あら」クスッと笑った。「じつは、三つ指をついて、そういおうと思っていたんです」

「大体、花嫁の父というのが、その日の朝、晴れ着姿の娘に、そうした挨拶をされるのがいやだとみんないうんだ。私の友人で、もちろん昔のことだが、娘が生れてまもなく、この子が何年か経って、よその男にとられてしまうのがいまから不愉快だなんていった奴がある。そういう父親を持った娘は、またなぜか恋愛結婚をするんだね。その男は、娘に恋人ができて結婚したいといって、はじめは渋っていたが、結局許しはした。しかし、相手の男を、娘を略奪する憎い奴だと呪っていた」

「そんなものかしら、うちの父親もそうでしょうか」

「人によりけりだよ。しかし、高松屋は、真知子さんに対して、花嫁の父と同じ心境なんだと思う」

私は親しかった劇評家の坂東亀夫《ばんどうかめお》が、長女の婚礼の時、同じように挨拶しないでサッサと行ってくれといっておいたが、いざというその朝、やはり型通り礼を手あつく述べたのに対し、ポロポロ泣きながら、「約束がちがうじゃないか」といったという話も、思い出していた。

「高松屋さんもお元気のようですね」真知子がそういった。

「ほんとうに、いつも変りがない。このあいだ一緒に琴平《ことひら》の金丸座へ行った時、金毘羅《こんぴら》様におまいりしたいといい出した。あの石段を見上げただけで、こっちは辟易《へきえき》しているのに、どうしても行くという。まさか、あなただけでいらっしゃいともいえないから、ついて行ったけど、ヘトヘトになった」

「まア、たしかあのお社には、駕籠《かご》があって、それで、ゆく人もいるそうではありませんか」

「おかしいんだ。私が駕籠に乗りますかといったら、何といったと思う？　おかるじゃアあるまいし」二人で、大笑いした。

私がいった。「琴平までの往復、いろんな話を聞いた。金丸座でやっていた『沼津《ぬまづ》』だけでも、新しく聞いたことがずいぶんある」

「あら」

『演劇界』にまた一年ぐらいは芸談として、連載できるね。ほんとうに、話が無尽蔵なんだ」

「私が聞き書のお仕事ができるといいんですけど、あの人にも、これからは家事に専念するっていってしまったから」

私は、しずかにいった。

「そのことなら、もう気にしないでいいんだ。私の知っている女子大学の先生の教え子に歌舞伎にくわしく、あなたと同じように頭がよくて美しい学生がいてね。彼女にこれから、あなたの後継者になってもらうつもりで、近く高松屋にも、そう話そうと思っている」

「……」真知子は何もいわず、下唇を嚙んで、うつむいた。

いよいよ披露宴の日だった。はじめから、新婦は純白のウェディングドレスであった。金屛風の前に、媒妁人と双方の両親とならんで立っている姿は、いつも、誰の場合でも、立派でしあわせそうに見えるものだが、このカップルが美男美女だから、いっそう見事であった。

最上の松のテーブルに雅楽がすわり、私も同じ席に加えてもらった。雅楽は紋服だったが、ふだん渋い唐桟《とうざん》のような着物に角帯の老優を見ているので、久しぶりに三《み》つ柏《がしわ》の紋の羽織に仙《せん》台平《だいひら》の袴《はかま》を穿いた老優は、じつに堂々たる貫禄だと思った。

右隣にいた雅楽がささやいた。「私に祝辞をといわれているんだが、どうもスピーチというのは苦手でね。紋切り型の口上《こうじょう》をのべればいいという人もいるが、私はそんな月並みなことは、どうもしゃべりたくない。やはり、何か自分の芸に結びつくような話を五分ぐらいでいいから、したいと思う。それでゆうべから考えて来たんです」

私はこの老優とこういう宴席に出て、祝辞を聞いたことがない。いろいろな若手の婚礼では、雅楽は大体最年長の長老だから、乾杯の音頭ということになっていて、そういう時は、気を利かせて、前説《まえせつ》ぬきでいつも雅楽は、「おめでとう」といってシャンパン・グラスをかかげるだけだからであった。

司会者に指名され、主賓の二人目に、雅楽が立ち上った。

「真知子さん、おめでとう。泰さん、どうぞこの人をよろしくたのみます」といってから、話しはじめた。

「ほんとうに、きょうの花嫁は美しい。私も何十年も生きていて、何十回も、こういうおめでたい席に招かれているが、真知子さんのような嫁御寮をはじめて見ます」声がよく通るので、マイクがいらないほどだ。大きな拍手がおこった。

「歌舞伎のほうには、花嫁という役がありそうで、あまりありません。普通みなさんの御覧になる芝居では、『忠臣蔵』の八段目から九段目に出る、加古川本蔵《かこがわほんぞう》という家老の娘なんですが、九段目では白無垢を着て、綿帽子をかぶり、黒の帯に赤い紐というこしらえです。じつに雪のように白く、神聖な花嫁でございます。

この小浪《こなみ》の役は、私の知っている限りで、五代目の成駒屋の息子の福助《ふくすけ》、いま芝翫《しかん》の父親ですが、この若い女形のが、いちばんよかった。戸無瀬《となせ》を五代目がしているから、親子の人情というものが見ていて、ひしひしと伝わって来るんですが、あの綿帽子のかぶり方がやさしいようで、むずかしいのです。

あんまり目深《まぶか》でも困るし、浅くてもいけない。駕籠から出た時、見物は女形の顔を一刻も早く見たいと思っているんですが、それを気を持たせてすぐ被りものをとらないという段取りがあるんです。歌舞伎というのは、みなさんが日常生活でも学んでいいような動作、歩き方というものがあります。家の中を動いている時でも、不意に直角に曲ったりせず、曲る前にちょっと気をつけて、ひと呼吸おいてから曲ると、椅子にぶつかったり、机のかどに膝があたったりせずにすみます。歌舞伎を御覧になったことのない方でも、見ていただくと、何か御参考になるんじゃないかと思って申しあげました」と述べたあと、声を一段とはりあげて、「余談を長々とさせていただいて申しわけありません」といって、最後に、もう一度「おめでとう」と結ぶのだろうと予想していたのだが、その時、雅楽が新婦を見て、絶句してしまった。

滔々《とうとう》と話している人が、セリフを忘れでもしたかのように沈黙したので、満場の客はオヤという顔で見ている。

私もどうしたのだろうと思って、雅楽を見上げると、目から涙が溢れていた。

雅楽の視線を追って、真知子を見て、私はおどろいた。前例のないことがおこったからだ。

雅楽のこの話を、ウェディングドレスの新婦が、小さなノートを出して、ボールペンで、筆記しているではないか。

もちろん、雅楽はちょっと間をおいて、「もう一度、新郎新婦におめでとうと申しあげて、私の祝辞を終ります」といって腰かけた。そして、真っ白なハンカチを袂《たもと》から出して、涙をふいている。

「九段目の小浪の綿帽子」というだけの短い話ではあるが、それだって、ていねいに書けば、原稿用紙二三枚にはなる内容を持っている。私はその話を記憶にとどめておき、帰ってからメモするつもりだったが、真知子は前から、あのノートとボールペンを用意していたのだろうか。

その日、帰宅したら、家内が「真知子さん、どうでした?」と訊く。私は「じつにきれいで、小浪のようだった」といって、モーニングのまま、茶の間にすわった。

引き出物にもらった銀のボンボニエールを卓の上にのせてから、私は家内にいった。

「あのぶんじゃ、これからも真知子さんは雅楽の話を筆記するだろうよ」

「でも、あなた」

私はたのしそうにいった。「関寺真知子をおとむじりにさせて、よかった」

油絵の美少女

一

私は香川県の琴平町《ことひらちょう》にある金丸座に、東京の役者が出演する「こんぴら歌舞伎」には、第一回の興行から毎年行っている。

この劇場は、幕末にできた建物をそのまま残している珍しいものだが、長いあいだ荒れ果てていたのを、数年前に移転して修復し、やがて文化庁から文化財に指定されたのである。

昔の客席の土間や桟敷《さじき》、機構としての左右の二階の窓蓋《まどぶた》、廻り舞台、せり出しの仕掛など、徳川時代のままなので、土間にすわって見ていると、自分が一世紀以上前の見物になったようで、うれしいのだ。

最初東京の役者が出演したのは、当人たちが希望したのだが、プロデュースしたのは、町の有力者で、全町がこぞって支持を惜しまず、開演中は青年男女の有志が劇場のあらゆる場所で活躍して、客を迎える姿勢が好ましい。

私はその興行では比較的おそい日に行くことになっているが、これは仕事の都合からである。

中村雅楽《なかむらがらく》も第一回と第三回には行った。最初の時は、ちょうど「演劇界」の芸談のきき手だった関寺真知子と同行、高松のホテルに泊り、栗林公園や屋島を見物したと、あとから聞いた。雅楽は屋号が何しろ高松屋《たかまつや》だから、この土地に親しみを持っており、もう何回も訪ねていたのだが、真知子が四国ははじめてだと聞いたので、名所を案内がてら一巡したらしい。金毘羅権現《こんぴらごんげん》は、琴平にある（コトヒラはコンピラから来た地名である）ので、真知子は参拝したいと考えたが、老優をいたわり、「私ひとりでお参りします」といったら、「私もゆく」といいだした。

この石段を登るのは屈強の若者でもかなりくたびれるのだから、老人や女性のために、駕籠《かご》が用意してある。「それじゃ、駕籠でいらっしゃいませんか」というと、いつも手を振る。そして途中で休み休み、とにかく自分の足で登るというのだから、おどろくほど元気で健脚なのだ。

老優は東京でも、楽屋にはたまには顔を出す。それは舞台を見たあとのダメを出すわけなのだが、話し好きなので、注意を与えたあと、相手が次の幕に出ない時だと、そのまま三十分ぐらい雑談してゆくことが多い。

役についてのダメよりも、この時の雑談がまことに貴重で、あっとおどろくような口伝《くでん》だの、昔の役者の逸話だのがふいと飛び出す。

だから私は劇場の監事室でたまたま並んで見ている時、幕間《まくあい》に雅楽が立ち上ると「裏ですか」と念を押し、ついてゆくことにしている。

一度こんなことがあった。

もういまは四十を越した女形《おんながた》が、そのころはまだ二十代だったが、「どうも彼は、熱烈な恋をしている」という噂をその時、私も耳にしていた。雅楽は、特殊なレーダーでも持っているのか、そういうロマンスには、いち早く気がつき、上手ないいまわしで、若い役者をからかったりする。

新聞社につとめていた私だが、そういう情報までは一から十までつかむこともできないので、雅楽のわきにいて、「おやおや」「そうだったのか」と思ったためしが、何回もあったのだ。

その女形の顔を見ると、雅楽はいきなり、「君の好きなひとって、お嬢さんかね」と切り出した。鏡台の前で大先輩のほうに向き直って挨拶した役者は、急にいわれて、すぐに顔を染めた。お染《そめ》やお七《しち》のような娘役の美しさが評判になっているだけに、花がはずかしそうに、うつむいたという風情だった。

「ええ、御ひいきの方の」と小声で答えると、「君らしくていい。誰はばからず大いにつきあいなさいよ」とハッキリいった。私は「はてな」と考えたが、雅楽はすぐ私の心持を察したらしく、こう私に語りかけた。

「私たちの若いころは、色恋というと、ほとんどが花柳界の女だったんです。十代のころはお酌、京都なら舞妓が遊び相手で、いわばままごとのようなつきあいから、女の人との交渉がはじまり、そのうち、一本の芸者が対象になる。私の家内も、葭町《よしちょう》で出ていた女ですが、私には家内を知る前に、あこがれたひとがいましてね」というので、私はこれは初耳だと、大きくうなずきながら、身を乗り出した。

「そのひとは、日本橋にいて、お父さんは兜町《かぶとちょう》で有力な相場師といわれた人でした。私をひいきにして下さり、時々食事に招かれたのですが、そういう席に、奥さんとお嬢さんが必ずいるんです。何とも美しい奥さんで、そのお母さんにそっくりの娘さんというのだから、私は何を食べたか忘れてしまう時もありました」と昔を思い出した遠い視線を、雅楽は私たちに示した。

「私は思い余って手紙を書いて、二人だけでゆっくり会いたいといったら、返事が来て、母に話したら、二人だけというのは、よくない。どちらかに一人、友達がいるならいいと申しますと書いてあった。

そこで私も正直に、私と親しかった舞台装置家の野島を誘って三人で会ったり、向うも時には女学校の友達を同席させたりして、それでも、たびたび食事をしたりすることはしたんだが、そのうちに、ひいきにして下さっている親御さんとはちがって、お嬢さんにはやはり、深入りできない壁が、役者とのあいだにあるのだと感じて来ると、何となく屈辱を味わうようになり、すっかり落ちこんでしまった。

そのうちに、そのひとは帝大を出て役所にはいった人と結婚した。芝山内の三縁亭の披露宴に私も招かれたが、花嫁姿を見たくなかったので、お祝いだけ届けて出席はしなかった」と、一気にしゃべった。

若い女形は大先輩のこんな話を聞かされて、呆然としているようだった。

「だがね、いまは大幹部で社長や医学博士のお嬢さんを貰った人もいる。役者の娘も、いく人か貰っている。むしろ花柳界から来た人のほうがすくない。そういう時代だ。誰に遠慮する必要もない。正々堂々ど、そのひととつきあいなさい」といった。

女形はうれしそうにうなずき、「小父さんがそうおっしゃって下さると、はげみになります」といったあと、「でも、それはそうとして、今月のお三輪《みわ》はいかがでしたか」と大まじめに尋ねたので、私はおかしくなり、つい含み笑いをしてしまったが、雅楽も「それはそうとというのは、まことに実感がむきだしで正直だけど、お三輪のことはまた改めて話そう」といった。

そんな話があったために、女形はダメを三日おくれて貰ったわけである。

もっとも、雅楽のダメは、「こんどは私のところに話を聞きに来たのだから、きびしく注意しよう」という場合以外、「ほかの人から教わったのだから、私がいったからといって急に変えてはいけない。教わった先輩に失礼だ」という建て前を持っていた。

それに勘平《かんぺい》だの、お三輪だの、お光《みつ》だの、そういう役には、江戸と上方《かみがた》二通りのやり方、歌舞伎と文楽とのちがいといった複雑な演出の系統がある。雅楽は大正初年に定着した東京の型がいつも柱になっているから、役者でも、上方系の人に対しては、あまりいろいろいわないようである。

もっとも、おもしろがって、雅楽が「一度やってごらん」と教えたのが、まず「車引《くるまびき》」の桜丸《さくらまる》だった。大阪では女形がよくするのだが、「斎世《ときよ》の君さま、菅丞《かんしょうじょう》相、讒言《ざんげん》によって」というと、ペタッと舞台にすわり、「御沈落」と泣きおとす型が上方にはあるのだ。

浜木綿《はまゆう》が桜丸をした時、松王丸《まつおうまる》の役者について千駄ケ谷に来ていた日に、たまたま私はゆき合わせて、「そんな型があるのか」と知ったのだが、浜木綿はさっそくこの型で演じた。

東京では誰もしないやり方だったので、みんな目を見はり、劇評も、「珍しい」とほめたが、ある新聞記者が「浜木綿のはリアルすぎて、歌舞伎味を逸脱した」と書いたので、雅楽は苦笑していた。

もうひとつ、おぼえているのはこれも女の役だが「太功記《たいこうき》」十段目の操《みさお》が、「これ見たまえ光秀殿《みつひで》」と夫を諌言《かんげん》するセリフを、はじめ二重屋台の光秀の脇でいい、「お諌《いさ》め申したその時に、思いとまって下されば、こうした嘆きを」といってから、段をゆっくり降り、竹槍をとりあげ「あるまいもの」ときまる型なのだ。

これは小芝居で見たのだというが、その時は役者に腕がないのでうまくゆかなかったが、腕のいい女形なら、きっとおもしろいだろうと、英二郎《ひでじろう》に教えた。これはしかし、稽古の時に試みて、いかにもむずかしいので、とうとうこの女形はやめてしまったのを、おぼえている。

余談が長引いたが、金丸座では、東京で何度もしている芝居ばかりが演目になり、ダメを出す個所は前に出しているから、ただ「こんにちは」とのれんをあげて声をかける程度の楽屋見舞になるわけだ。

しかし、三回目の金丸座では、中村屋《なかむらや》が「沼津《ぬまづ》」の平作《へいさく》をする時、呉服屋重兵衛《ごふくやじゅうべえ》に扮する成《なり》駒屋《こまや》に、東京を発つ直前、「昔、私が重兵衛をした時、こういうことをしたんだよ」とわざわざ千駄ヶ谷の家に呼んで教えたのだった。

それはこういう型なのである。

二

「沼津」というのは、「伊賀越道中双六《いがごえどうちゆうすごろく》」という近松半二の浄瑠璃の一節で、たまたま沼津の宿場を通る旅人の重兵衛が、荷物を平作という老人足に担がせ、相手があまりにもよろよろと危なっかしい足どりで歩くのを見るに見かね、結局自分で担いでしまうという第一場が見物を微笑させるので、ここで劇場の両花道を巧みに活用する。

金丸座では、広い本花道と、せまい仮花道とが、平作と重兵衛の動きにピタリと合っていて、東京で見るよりも、いかにも昔の小屋で見ているようなたのしさがあった。

雅楽は成駒屋にこう話した。

「この重兵衛が平作のじつの子で、そこにいる美しい娘のお米《よね》の夫が敵《かたき》とねらっている男の側の人間であることがわかり、平作は自分のいのちをすてて、沢井股五郎《さわいまたごろう》の行方を聞き出すというのだから、あとのほうは悲劇だ。

しかし、はじめは、のどかに東海道を西に向う重兵衛が、機嫌よく歩いている姿を見せるのが、つまりこの役の性根《しようね》だよ。

私はそれで、その時平作をしていた松島屋《まつしまや》の小父さんに話して、あちこちの山だの野原だの、のんびりと眺めながらゆくというやり方をさせてもらった。

そのころはまだ私のよく出ていた新富座の客席が、平土間《ひらどま》と桟敷だったので、花道で桟敷にいるお客の顔が目にはいる。中には親しい人がいて、おやと思ったりする。あれは、役者としては悪くない気持なんだよ。

松島屋では、おかしな話があって、土間の桝から身を乗り出したお客が『一杯いかがです』と猪口《ちょこ》をさし出すと、あの人は気むずかしそうで、じつは愛嬌のある役者だったから、へえいただきますと返事をして、酒をついでもらって、うれしそうに飲んだので、みんな大喜び、松島屋松島屋と声がかかった。

私の重兵衛には何もせずに、平作がそうしてもらったというのが、昔のお客らしい気持だったんだね」

そばで聞いていた私が、つい口を出して、「何なら、私が成駒屋に一杯いかがですと、声をかけましょうか」といったら、雅楽が手を振って、「だめだめ、この人は、芝居をするのがいやになるから」と笑った。成駒屋は大変な酒好きなのだ。

そういう型の話のあとで、雅楽はわざわざ庭におりて、重兵衛の歩き方をして見せる。さすがに芸のある老優だから、旅人が景色を見て歩く姿が、自然に江戸時代の東海道を髣髴《ほうふつ》させたのには、感心した。

成駒屋もさっそく、自分も庭に出て、歩いて見せたが、そういうふうに、続けて見ていると、役者の年の功と腕のちがいが、ありありとわかるのである。

成駒屋の祖父が重兵衛をよくして、松島屋と一時不和を伝えられていたあと、久しぶりに共演した時の舞台は、大阪でもまれに見る名演技といわれ、記録的な大入りだったと、「演芸画報」に出ていたのをおぼえている。

そんなことがあったから、こんどは私も雅楽と同行してゆこうと思った。

すると、老優はこう私にたのんだ。「竹野さん、座席を四人分とって下さい。一階の東（舞台に向って右側）の桟敷の前の方をまず二枚、ひと桝おいた隣の隣の、やはり前を二枚。ぜひ招待したい人がいるんです」といった。

私はさっそく、琴平に電話をかけ、プロデュースしている山村という町会議員に、券の手配を依頼した。

山村さんは、「高松屋さんが見えたら、町長がぜひ食事でもさしあげたいといっているんですよ」といった。それを千駄ケ谷に伝えると、「どうも、そういう人との会食は、おっくうでね。つい固っ苦しくなってしまって、酒も料理もおいしくない。それに私は、芝居のあと、高松にすぐ帰って、私が招待している人を、二蝶という店で御馳走したいんです」との返事であった。

「そうそう、竹野さんは、その晩、つきあって下さいよ。私は、あなたがいてくれるほうが、ありがたい」と付け加える。

このへんで、私は「どういう方を招くんですか」と尋ねたいところだったが、あえて訊かなかった。

というのは、東京でも、「来週の土曜日には、幼友達の絵描きの古南を呼んで、食事をしよ

う と思っている」などと、三原橋のすし初で会った時、問わずがたりに話すことが、雅楽にはよくある。

別にこちらが質問しなくても、そんなふうに話す老優が、こんどの金丸座の桟敷を、自分たちと別に二人分おさえるということが、ちょっと妙だと思ったし、また、その相手が誰かと特にいおうとしない不自然さを、漠然と感じていたからである。

私は雅楽とはもう何十年もつきあっているので、この老優の気ごころの動きは、大体わかっている。

劇場の周辺で発生した事件の謎を推理しながら解決する時でも、結論を出す前は、雅楽は何もいわずにいる。そういう思考の最中に何か尋ねたりすると、きまって苦い顔をされたことが、たびたびあった。

私も雅楽の感化を受け、あれこれ物事を私なりに推測する癖がいつの間にかできていた。それで、今回、特別に席を用意し、会食をしようとする相手が、多分女性だろうと、まず考えた。東京の人なのか、四国の人なのか、高松の人なのか、見当もつかないが、雅楽が私に桟敷の手配をたのむ時に、いそいそとして見えたのも、私のそういう想像を駆り立てた。

その直後、今は室町姓の真知子が電話をかけて来て、不服そうな口調で訴えたのは、こんなことだった。「竹野さんは、いつ御覧になるんですか」というから、「高松屋と同じ日の四月十二日にしました」と答えたら、「それがこうなのよ。私が電話で、いく日にいらっしゃるのといったら、いまのところはっきりしないんだよというの。十二日だといえばいいのに、私にはそういわないんです」

「へえ、それはおかしいね」

「それで私が、よかったら、御一緒の日に見たいわ、といったら、こんどは連れがいて、あんまりあなたと話す時間もなさそうだというのです。その連れというのは、竹野さんではなく、別の人らしいんですが、高松屋が私にあんないい方をしたのは、はじめてで、ちょっとショックを受けたんです」

それはそうだろう。この真知子は雅楽が可愛がって来た女性で、会えばニコニコと表情が他愛もなくほころびる。そういうふうにされている若い娘としては、こんどは、それとは大分雰囲気がちがっているのを敏感にさとったのだと思う。

私は真知子の美しさや聡明さを、高く評価しているが、雅楽のように甘やかす気にはならずにいた。真知子をうれしそうに見ている老優を脇から観察すると、おかしくもあり、ほほえましくもある。それだけの話で、真知子も「竹野さんは冷静な方ね」といったことがある。

だって、私が雅楽とはり合って、真知子をチヤホヤしたら、みっともない。老いこんだと思ってはいないが、私には、若い娘をうっとりと見つめる気持はもうなかった。

そんなことを考えている時、私はハッと気がついたのだ。

「こんど金丸座に招いた相手は、高松屋の若い時に好きだった女性ではないか」こう感じると、それはたちまち確信として、私の中に定着した。

成駒屋の重兵衛が、仮花道を歩く時に、その女性が目にはいるのかも知れない。

ただし、雅楽の青年時代の対象だったとすれば、当然、年月相応に年をとっているはずだということになる。

重兵衛を雅楽が初役で演じた時、多分景色を眺めるのどかな顔で、桟敷の前を通りながら、興行のいく日目かにそこにいた娘を、見た記憶がきっとあるのだろう。

成駒屋に、自分が昔そうだったように、美しく老いたその女性を眺めさせ、自分の若き日の姿を再現させるのを、すこし上から見おろしてみたいという計画なのだ。そう思うと、私の予想が的中するかどうかが、大変たのしみになって来た。

東京から、ゆきは高松まで空を飛び、帰りは宇野《うの》までカーフェリーで出て、新幹線で帰京する手筈《てはず》だった（ほとんど完成に近い瀬戸大橋は、まだ開通していなかった）。

家を出て羽田までタクシーに乗ったが、玄関を出る時、家内が「何だか、あなた、うれしそうね」というので、「じつは楽しみなことがあるのだ」と答えた。「高松屋が二人の人を招いているんだが、その相手がどういう人かと推理していたんだよ」

「まア、あなたが向うを」と、クスクス笑っている。「あなたが謎を解くわけ？」

「いつも、私に対しても、竹野さん、きのう散髪に行った帰りに、花屋でバラの鉢を買ったでしょうといったりする。おやどうしてわかりましたかというと、だって右の親指にちょっと傷がついている。余計な枝をはさみでなく、指で折ったからですよといって、うれしそうに笑う。そういう高松屋のプライバシーを、こんどは私が当ててみようというわけだ」

「プライバシーといっても、高松屋さんは、もういい年ですよ」

「だから、おもしろいんだ。見届けて帰って来て、私は一編書きたいと思っている」

「まアまア」といって笑っただけで、家内はそれ以上、何もいわなかった。

空港のロビーには、見送りに来た弟子の楽三《らくぞう》と雅楽が腰かけていた。

「竹野さん、どうぞよろしくお願いしますよ。師匠は近頃、足腰がめっきり弱くなったようですから」と楽三がいう。

「冗談じゃない。今年も石段を歩いて金毘羅様に参拝するつもりだよ」

「やめて下さい、それだけは」と大まじめにこのいつも忠実に仕えている門弟がいったので、三人は哄笑《こうしょう》した。

三

チェック・インして、私たちはそれぞれ、小さな荷物を持ち、全日空機に乗りこんだ。いつものように雅楽はすこし大ぶりの菖蒲革《しょうぶがわ》の袋をぶらさげている。

並んで座席にかけたが、同じ飛行機にこんど招いた相手がいる様子はなかった。いれば当然挨拶に来るはずだからである。

あるいは、先方がいつどういうコースで高松にゆくのかを、雅楽は電話ででも確かめているのではないかとも思う。

着陸するまで、雅楽は腕を組んで、目をとじていた。眠っているわけではない。何となく、ほほえんでいる表情だった。私の推理はますます的中したと思った。

高松の空港に着くと、われ先にタクシー乗場に駆けつけ、列を作ろうとしている。こういう時、ロビーの椅子に一応かけて、人が散るのを待つのが、雅楽の流儀だ。

「晴れてよかったですね。それにきょうは、あんまり揺れなかったし」というと、老優は「まさに一路平安というわけだ」とニコニコしている。

「高松屋さんでいらっしゃいますか」と近づいて来た男がいる。地味な色の服を着た中年で、一見どこかの企業の重役といったタイプだ。

「はい、私ですが」

「私、多田というもので」と名刺を出し、「お車を御用意するようにと連絡が伯母からありましたので、お迎えに来ておりました」

「それはどうも。で、伯母さんは？」

「のちほどお目にかかるはずでございます」といった。そういって、ニッコリ笑う。

「そうですか。久しぶりにお会いするので、私は楽しみにしているんですよ」と応対している。

私はその伯母さんというのが、雅楽の若き日の恋人だったと、断定していいと思った。この紳士の伯母というわけだから、相当の年齢であるのは、まちがいない。

立派なハイヤーが待っていたので、私たちは予約してある高松のホテルにまず行った。

「車は琴平までお乗りになっていただくつもりです。ホテルの駐車場に入れておくことに致します。私は用事があるので失礼しますが、運転手は高田といって、親切な男ですから、何なりとお命じ下さい」

まだ午後の「沼津」の開幕にはたっぷり時間があるので、私たちはホテルの別館で、軽いランチを食べ、それから琴平に車を走らせた。

気候がいいし、もう四国は若葉が青葉になっているので、気持がいい。讃岐富士も、くっきりと山容を私たちに見せた。

町の世話役の山村さんが、劇場の前に立っていて、歓迎の手をあげる。町会議員だが、いろいろ働いている青年たちと同じように、金丸座と襟《えり》に染めた絆纏《はんてん》を着ている。

開演三十分前に、正面の木戸があいた。木戸口のある木や扉を大きくひろげることもできるのに、わざわざ一人一人くぐらせるのも、古風を伝えようとする趣向なのだ。最初に行った時、私はつい頭を打ちつけたりした。

赤前垂《あかまえだれ》をして、かすりの着物にたすきをかけた町の若い女性に案内され、予約してある東の桟敷についた。ひと桝おいて隣の桟敷はまだ誰も来ていない。

成駒屋の番頭、中村屋の弟子が目ざとく見つけて挨拶に来た。

「ちょっと顔だけ見せて来よう」と雅楽が立ち上ったので、私もそのあとにつき、仮花道から舞台にあがり、定式幕《じょうしきまく》の端をちょっとあけてもらって、楽屋に行った。

「やアいらっしゃい」「どうも遠い所から」などと、廊下で出会う役者たちも、老優に愛想よく声をかける。

ちょっといただけで私たちは席に戻った。もう、桟敷には、かなりの人がはいっていた。私はすぐ隣の隣の席を見ると、そこには、和服を着た三十前後の男と、やはり着物の娘がいた。おやと私が一瞬思ったのは、真知子に何となく、おもかげが似かよっていたからだ。

しかし、十二日と知って、真知子がきょうこの劇場に来たとしても、そこにいるはずはない。ふしぎに思ったのは、私がさっきの紳士の伯母ということで大体の見当をつけた年格好の老女とちがう、若いカップルだったからである。

「そうか、隣の隣というのが、こっちにもあった」と思って、首をまわして、もう一方のひと桝向うを見ると、前にいるのは二人とも、六十代の男性である。

見ると、雅楽も、キョロキョロ不安そうに見まわしているではないか。私はこんな老優の顔をはじめて知った。

そうこうしているうちに、「沼津」がはじまって、劇は進行し、旅人の重兵衛が目の前を通ることになる。白く塗って、目のキリッとした成駒屋は教わった通り、左を見たり右を見たり、ゆっくりと歩くが、ぬけ目なく、私たちの桟敷の前列にならんでいる観客の顔を、展覧会の人物画を順々に眺めるとでも形容したい様子で見てゆくのだった。

雅楽と私の前では、目立たないように頭をさげる。歌舞伎の演技は、リアルといわれる表現のあいだに、そんなことをしても、タイミングが微妙なので、不自然ではないのだ。

千本松原の平作の切腹の場で、幕が引かれ、三十分の幕間になった。

その時急に立ち上った隣の隣にいた着物の娘がスラリと足をのばし、仮花道をおりると、雅楽の前に来て、美しい笑顔を見せた。色白の頬に、えくぼが目立つ。

「高松屋の小父様、きょうはお招きをありがとうございました」といった。「私、多田佐枝子でございます」

「えッ」と老優は耳を疑ったように、相手をじっと見つめる。

「いえ、佐枝子の名代《みょうだい》でございます」

「ということは」

「私の母が、佐枝子の二女なんです」

きいていると、雅楽が招いたのは、多田佐枝子という女性であった。母がその娘というなら、この美少女は、つまり佐枝子の孫なのだが、「佐枝子は祖母です」といわないのが、何とも見事であった。

「きれいですね、昔の佐枝子さんが、ここにあらわれたような気がする」老優は面《おもて》をすこし赤らめて、私をかえりみた。

「こっちへは、来られなかったの」

「申しおくれました。私は村岡美耶子と申します。向うにいるのは兄です」

そばにいた男性が軽く会釈を送る。

「母の従兄が高松にいます。その伯母の佐枝子は、ぜひお目にかかりたいという気持もつよいんですが、お会いしないほうがいいと考えたようですわ」

「そうですか」すこし失望したような口調だったが、雅楽はすぐ立ち直り、あかるい笑顔になって答えた。「さすがに佐枝子さんだ。私のところに、むかし舞台装置をしていた野島という親友が描いた佐枝子さんの油絵がある。ふだんは壁にかけたりしないのだが、こんどこっちに来るので、納戸から出して四五日前から茶の間に飾り、ずっと見ていたんですよ。そして私の思ったことは、この佐枝子さんがどう変ったただろうかと」

「代りに兄につきそわれて、私が来たんです。私ではいけません？」と、いたずらっ子のような目つきになって、美耶子は笑った。

「まんまと、してやられた。あなたが来て下さったので、充分です。充分以上です。そして、私は佐枝子さんにお礼をいわなくてはね」と、もう一度私をチラリと見てから、雅楽は頭をさげた。

「うちにある油絵そのままのひとが、目の前にいる。しかも、着物まで同じだ」

私はおどろいた。この美耶子の祖母は、そこまで考えていたのだろうか。改めて見ると、バラ色とでもいいたい華やかな着物に、藍の無地の帯である。

雅楽の夢をこわしたくないという切実な思いから、おもかげの似かよっている美耶子に、若き日の自分を扮装させたその佐枝子には、親しかった中村雅楽に対する、深いいたわりがあったということになる。

座敷を前もってたのんでおいた高松の二蝶へ行って、その夜は、美耶子とその兄と四人で会食した。

美耶子は、多摩美術大で、彫金を学んでいると話した。きびきびした口調で、いろんなおもしろい話を積極的にし、兄よりも妹のほうが、酒量も上だ。雅楽はうれしそうに、杯を重ね、娘の話に耳を傾けていた。

多田の伯父さんという人の家にゆく二人を玄関まで見送ったあと、雅楽と私はもう一度引っ返して、もうすこし飲んだ。

「おもいがけなく、大変いい話を伺ったことになります」と私は心から感激したと率直にいった。

「私のほうは舞台に立って、大勢の前に顔や姿を見せている。刻々年をとってゆくのを、隠しようがない。重兵衛が平作以上の老人になったのだから」雅楽はゆっくりつぶやく。「佐枝子さんは、そこへゆくと、私の胸の中ではいつまでも若かった。重兵衛に出た時、桟敷にいて私をじっと見ていたあのひとの顔は、油絵に残った。絵がなくても、私の中では消えていない。その絵のおもかげをかき消すような企てを、金丸座で『沼津』が出ると聞いて、思い立ったのは私が悪かった」

「いい話ですね。佐枝子さんという方が聡明なのが、よくわかります。こういう話は、あんまりよすぎて、私にはうまく書けそうもありません」しみじみ、私はいった。

赤いネクタイ

一

あれは、去年の三月の彼岸の入りも間近い日の宵であった。

私は、歌舞伎座の昼の部の三つ目の「文七元結《ぶんしちもっとい》」だけ見て、百貨店の展覧会をのぞいたあと、いつもゆきつけの三原橋のすし初にはいってゆくと、カウンターの付け台の前のいちばん奥の、大体きまっている椅子に、老優の中村雅楽《なかむらがらく》がいた。

前に小鉢を置き、小ぶりの徳利と杯を前にした、その脇に、菖蒲革《しょうぶがわ》の袋が立っている。まるで、歌舞伎の舞台で毎日同じ小道具を使って芝居をしているような姿勢である。

「おや、竹野さん」

私が隣に腰かけると、老優はニコニコしている。その笑顔が、口もとを異様にほころばせて、ふだんとはちょっとちがう。

私は低い声でささやいた。

「高松屋《たかまつや》さん、真知子さんの赤ちゃんが生れたのではありませんか」

「ほう、よくわかりましたね」と雅楽はますます上機嫌になっていた。

「いま、赤十字病院へ見舞にゆかれたんでしょう」

「どうしてわかります」

「高松屋さんの顔でわかるといっただけでは、つまりません。私の推理はこうです。そこにある革の手さげ袋がいつも倒して置かれているのに、きょうは立ってます。中に真知子さんの手紙がはいっているんでしょう。あのひとは、厚手の封筒を使うので、袋が安定しますし、いまその形が外から見ても、角張っています。それから、ホープの箱の上のマッチが高樹町《たかぎちょう》の白十字のですから、赤十字の帰りにコーヒーをその店であがったのだと思います。じつはさっき監事室で『文七』を見た時、あの部屋にいる大和田君が高松屋さんは『将軍江戸を去る』を見て、二時ごろ帰られたといっていたので、その足でいらっしゃったと、こう判断するんです」

「おどろいたな。まさに何から何までお見とおしです。油断ができない」と苦笑したが、「真知子さんには会わずに、御主人にだけお祝いをいって来たんだが、女の子で、親子とも元気だというので、安心しましたよ」

前年、私も披露宴に招かれた美しい女性が、まもなく懐妊して、早くも母親になったのである。いまは関寺ではなく、室町の姓だが、雅楽の聞き書をとった縁で、老優はひいきにしている彼女を、娘のような気持で可愛がっていたのだから、つまり、初孫《ういまご》ができたようなものであろうと、私は祝福した。

「早いものですね」

「まったく」そういっている時、すし初の戸がガラリとあいて、山城新伍に似た江川刑事の顔があらわれた。

「やア」と声をかけると、額の汗をふきながら、カウンターの私たちの隣に腰をおろし、「高松屋さんに会ったのは、もっけの幸いです」といった。

「事件ですか」と尋ねると、「おかしなことがありましてね」と答えた。

事の次第は、こうである。築地の聖路加病院の近くにある「徳田」という花屋の二階にいる、その店の六十七歳の父親が、食事どきに下におりて来ないので、おかみさんが行ってみたら、何となく、ぐったりしている。

「お父さん」とゆりおこしても、反応がない。この老人は息子夫婦と別に、その部屋にずっといて、新聞を何度も読み返したり、テレビを見たりしながら、気楽に自分の時間を持っている。元来安房《あわ》の農村で花作りをずっと家業にしていたあと、戦後東京に出て来たのだが、数年前にすこし長くわずらったあと、店の一切を長男にまかせて、隠居の身となった。

勝手にふるまいたいからといって、外側に自由に昇降できる専用の階段をつけてもらったりしたから、食事の時間は別として、ふらっと外出することもある。

大声で夫を呼び、夫婦で手当をしたら、やっと気がついた。何となく、首の辺を気にしているので、よく見ると、何かで絞められたような痕《あと》がある。

誰かが外ばしごからはいって、独りでいた老人を殺そうとしたらしくもある。放っておけないので医者を呼び、一応元気にはなったが、犯人がいるのにきまっているので、警察にも通報した。

刑事が行ってみると、卓上に飲みかけた茶が半分残った茶碗が茶托にのせて置いてあり、来客があったと解釈されたが、一方、その老人が招じ入れた人物とまったく別の人物が、そのあとに侵入したという可能性も考えられる。

刑事が階段の下に落ちていた赤いネクタイを発見した。舶来ではなく、上等品だが、国産だった。裏のブランド名に「ジュン・トナミ」とローマ字ではいっている。戸浪純というのは、ネクタイのデザイナーとして著名である。

江川刑事は、このネクタイを使って、老人を絞殺しかけたのかと思った。これは、殺人未遂と考えていい事件だから、すぐに署に帰り、仲間と捜査をはじめようとしているという話だった。

刑事はそれでも酒が嫌いではないので、つまみだけで二本飲んで、「あとでまた御意見を伺うかも知れません。どうぞよろしく」といって立ち上った。もちろん、こういう時の勘定は、私たちがまとめて払うことになっている。そして、たまには刑事が御馳走してくれることもある。

翌日、また刑事から電話があったが、花屋の隠居が茶を入れて出した来客について、口をつぐんで何もいわないので困っているという話であった。

花屋の夫婦は二人ともなかなかいい顔をしており、あいだに生れたひとり娘のひろ子も、女子大を前年春に卒業、いまは両親の店を手伝っているが、美少女で評判だっただけに、病院の近くに三軒ある花屋の中では遠まわりでも、若者がわざわざ「徳田」にゆくのだといわれている文字通りの看板娘である。

雅楽はその日のうちに、「刑事にもう一度会いたい。そばにいて下さい」と私にいう。久しぶりで、刑事事件の謎を解いてみたい意欲が充分あるように思われた。

それは老優のカンで、自分が乗り出しても仕方がない時は、だまって聞き流すのだから、どこか今回は興味をそそられたらしいのである。

刑事から耳にしたデータをかいつまんで書くと、娘のひろ子が近く結婚するかも知れないという噂が町内に広まっているということ、その話に親たちは積極的ではないのだが、祖父としては孫娘のその縁談に大乗り気だともいうのだ。ただし、娘の相手の男性については、みんながだまっているので、どういう職業の人か、年はいくつぐらいか、隣近所でも一切知らないのであった。

「竹野さん、もしかすると、二階の部屋に外からはいったお客というのは、その娘さんの夫になるはずの人かも知れないですね」と老優はいった。そして「ところで、ネクタイに名前のはいっているトナミというその人の製品はどこで売っているんですか、調べて下さい」と刑事に電話をかけることになった。

すぐわかったのだが、ジュン・トナミのネクタイは、銀座では松屋にだけ置いてあるのだという。

「そのジュン・トナミのネクタイを買ってくれた人を調べられますかね」という。これはいかに何でも、デパートの売場では、わかりっこない。ただしこのデザイナーには、お得意に支持会のようなファンがいて、そのメンバーに対しては年賀状を出したり、新しい製品をこしらえた時に、宣伝がてら通報する名簿が工房を兼ねた事務所にあるという話であった。

その名簿を刑事は借り出し、雅楽に見せた。私も見せてもらったが、その中に、画家、音楽家、作家、イラストレーター、映画や舞台の俳優、落語家といった文化人の数がかなり多いのである。雅楽はしずかにページを繰りながら、ゆっくり読んでいたが、特に何もいおうとはしなかった。

刑事は、花屋の二階で、老人からいろいろ聞き出そうとしたが、はかばかしい返事をしない。乱暴な目にあったので、ぼけたのか、ぼんやりしたのかと思うが、そんな様子でもなかった。刑事の熟練した観察では、空とぼけているので、つまり自分を絞めようとした人物を、かばっているとさえ思われるのだ。

「妙な話をしますが」と刑事がちょっと口ごもるような声でいった。「このごろ、よく首を絞められかけた女がいましてね。それは男とラブホテルに行ったりする女が男と俗にいう愛戯、つまりじゃれ合うんです。女性週刊誌がおかしなことを教えるので、まるで大流行のありさまです。世も末ですな」と憮然とした表情だった。

そういう刑事のシャイな所が、雅楽も私も好きである。テレビの刑事物には、あまり登場しないタイプなのだ。

「しかし、こんどの花屋の隠居の場合は、ちがうでしょう」

「そりゃアそうですよ。年寄りを相手にそんなことで首を絞めたりするもんですか」

「とすると、どうでしょうね」と私がいうと、雅楽が「ものとりのはずはありません。私はトナミさんのお得意の名簿の中の誰かが、その部屋を訪問したのだと考えますね」

「まず、ひろ子という『徳田』の娘さんの結婚相手を何とかして聞き出すことですね」

刑事がまた「徳田」に行って、娘の両親を問いつめると、店の主人からこんな答えがかえって来た。

「おじいさんが何もいわないので、私たちは憶測していうのですが、来たのはどうもひろ子と話の進んでいる人ではないかと思うのです。その人はいわば水商売なので、私たちはあまり気が進まないんですが、ひろ子はその人が好きですし、それ以上におじいさんは、この話をぜひ実現させたくて、もう大分前から、大変なんですよ。しかし、客として二階にその人が来たということをいうと、その縁談がこわれやしないかという心配で、口をつぐんでいるんだと思います」

雅楽はこれを聞いて、こんなふうにいった。

「水商売といえば、きまった収入がなく、その日その日で、はいってくる金額が一定しない人をいいますね」

「飲食店、バーの経営者、そういう辺でしょうか」と私はいった。

「しかし、これはまた、花屋の夫婦から見て、あまりつきあうことのない連中でもあるわけで、名簿の中の芸術家、芸能人のたぐいは、すべて水商売だと思っているのではありますまいか」

「なるほど。役者も大ぜいいますね、名簿には」

「だがね、竹野さん、ネクタイ屋さんのはさすがに来ないけれど、私のところにだって、ダイレクトメールっていうんですか、温泉旅行の案内、デパートで開かれる新製品の展示会、婦人雑誌社の代理部で扱っているいろいろな品物の案内なんかが来るんだから、トナミさんの事務所は、知らなくても、勝手に人をえらんで、名簿にのせたものかも知れませんね」

こういうふうな感想を老優は付け加えた。

二

雅楽が知恵を授けた。「江川さん、これは、正面の大手からではだめだ。搦手《からめて》でゆくんですね」

「というと」

「まず名簿から、何となく、年が若い人を洗い出すんです。女子大を出たての娘さんが、二十も三十も上の男と結ばれるということはまアないので、この中の三十前後までの人、そしてサラリーマンや一般の商家といったのは除きます。リストを作ってみて下さいませんか」

結局しぼってゆくと、こうなった。

「二十歳から三十五歳までとして、画家が二人、音楽家が八人、作家が意外に多くて十二人、イラストレーター五人、映画俳優三人、歌舞伎俳優四人、新劇俳優（むろん男だけ）四人、落語家二人、計四十人」

「どうも落語家というのは、ピンと来ないね」とクスクス雅楽は笑った。「まず音楽家、俳優あたりから、考えてみますか」

「しかし、この中の一人がジュン・トナミのネクタイをしていて、それで娘さんの家の年寄りの首を絞めるなんてことが、ありましょうか。ネクタイと関係のない別人が来たとはいえませんか」刑事が首をかしげた。

「絶対にありえません。そうだとしたら、老人がかばう必要がない。歌舞伎の四人は、私の知っている連中だから考えてみるが、この中の二人は女形《おんながた》だ。立役《たちやく》では、三十二になる波六《なみろく》と、二十八の琴次郎《ことじろう》。とりあえず、この二人について、私が当ってみましょう」

雅楽が興行会社に問い合わせると、女形の一人と琴次郎は、この月大阪に行っていることがわかった。

「波六は東京だが、今月出ていましたかね」と聞かれた。

「昼の部には出ていませんが、夜の『春日局《かすがのつぼね》』に出てます」

「とすると、昼間はひまなわけだ。築地までゆくのは簡単だ」

「波六の舞台は、どうです」

私が監事室に行って尋ねると、五日前に、波六は、セリフを絶句したというのである。大体物おぼえのいい役者だから、めったにそんなことはないのに、その日に限って、稲葉《いなば》内記《ないき》とやりとりをしている時、ぐっと詰って、セリフが出て来ない。それで、内記が小声で教えようとしたのだが、まだだまっているので、仕方がないから、次のセリフを内記がいった。まるで俺が絶句したのかと思われたじゃないか、冗談じゃないと、内記の役者は怒っていたという。

五日前というその日は、じつは花屋の事件の日だったのである。

「それですよ。おそらく、花屋へ行ったのは、波六だ。そして何かのことで、老人と気まずくなったかで、昂奮して首を絞めたんだ」刑事は勢《きお》い立った。

「まア待って下さい。そういう状況だったとは限らない。それよりも、私がもう一度、会社に聞いてみることがある」

三人はきょうもすし初で、飲みながら「捜査会議」をしているわけだが、雅楽は電話ですむのにわざわざ劇場までスタスタ出かけて行った。こういう時、老人は打って変って行動が素早くなるのである。

二十分ほどして帰って来ると、ニコニコしながらいった。

「もう波六にまちがいありません」

「当人に尋ねたんですか」

「私が聞いても、即答はしないにきまっています。私は会社に、来月波六が何の役をするのか聞いたんです」

「ほう」

「来月、波六は演舞場で、『十六夜《いざよい》』清心《せいしん》、極楽寺の清心に出るんですよ」

「はア」

「わかりませんか。清心は稲瀬川の百本杭で、小姓の恋塚求女《こいづかもとめ》を殺す。その時、求女の首に財布の紐がからんで、首が絞められる。もちろん、その前に切りつけて来た刀で求女を逆に切るんだが、致命的なのは、その紐です」

「なるほど」

「大体、殺しというのは、ほとんど、定九郎《さだくろう》でも道玄《どうげん》でも、村井長庵《むらいちょうあん》でも、宇都谷峠《うつのや》の十兵衛《じゅうべえ》でも、刀で切ってしまうんだが、絞殺というのもたまにはある。ところで役者というのは妙なもので、切られ方というのは、馴れている。いわゆる手負いですね。一太刀《ひとたち》で切って相手を花道の七三《しちさん》までバタバタで行って見得をする。そして舞台に帰って来て、お前の袖とわしの袖とか、露は尾花と寝たというとか、下座《げざ》の唄で、いろいろな見得をしたあげく、最後にぐったりして死ぬという段取りだから、これは絞切り型で馴れてるんだ。ところが、絞められて落ち入るという場面はめったにないから、どんなふうにしていいか、わからないんです」

「そんなものですか」刑事は目を丸くしている。

「来月の求女はまだ若い丹五郎《たんごろう》の役なのだが、何度も稽古にはいる前の申し合わせをして、どうもうまくゆかない。そこで波六は、ほんとうに人が首を絞められた時、どんな格好をするのかをまず知りたかった」

「だって、黙阿弥《もくあみ》の狂言だから、きまった型があるのでしょう?」私が尋ねた。

「それをそのままやればいいのだが、このごろの若い役者は、実際には人間はどういう反応を見せるかを知った上で、その型をつけるようになった。これは私たちの時代にはなかったことです」

もしそうだとしたら、やはり新劇のリアリズムの風潮が、歌舞伎の古典の芸にも影響を与えているのだろう。

「江川さん、『徳田』へ行って、単刀直入に、隠居に尋ねてごらんなさい。ここに来ていたのは藤川《ふじかわ》波六じゃないかって」

刑事はさっそく飛んで行った。

店の夫婦を二階にあげて、三人を前に、波六の名前をあげると、老人は、「はい、そうです。よくおしらべになりましたね。御手数をかけて、申しわけありませんでした」と頭を下げたという。

その日、波六は聖路加に入院している友達を見舞った帰りだといって、花屋に来た。

店先に声をかければよかったのだが、若者の客が四人もいて、ひろ子もその応対に大わらわである。それでじつははじめてなのだが、ひろ子から聞いていた家の外の階段からはいって、老人に声をかけると、大変この訪問を喜んで、「正直に申しますと、ひろ子のふた親は、何となく気が乗らないんですが、私はあなたのような方がひろ子を貰って下されば、どんなにありがたいかと思っています」といった。

「私はひろ子さんが好きです。この近くに住んでいる松之丞《まつのじよう》という役者が、徳田さんの娘さんは、めったにいない美少女だといっているので、私は去年そっと芝居に出ている合間にお店に花を買いに来て、ひろ子さんを見ました。私は独身主義で、四十になるまでは結婚もしないつもりでいたんですが、ひろ子さんを見たら、考えがコロッと変りました。それで松之丞君を通して、店の御主人に申しあげ、御返事を待っていたんです」と話すと、老人は、「ひろ子はあまり芝居を見ませんが、私は歌舞伎が大好きで、波六さんの舞台もずっと拝見しています」といった。

「それから今月の『春日局』も拝見しているんですが、来月はどういう役を」と聞かれたので、波六は「清心です」と説明したあと、「いま、むずかしくて困っているのは、その清心が求女という小姓の首を財布の紐で引くところです。その時、どんなふうに苦しむのか、知りたいんですよ」というと、老人が目を輝かして、「私の首を絞めてみませんか」といった。

「まさか」と手をふると、「ほんとうにお絞めになるわけじゃありませんから、やっていただいて、ちっとも差し支えありません」と笑いながらいう。

そういわれると、相手のいう通りにちょっと試みようという気になって、波六は自分のネクタイをワイシャツからはずし、老人の首にかけ、そっと引っ張った。ところが、そんなことをしたことがないので、加減がわからず、ぐっと引いた時、老人が苦しそうに顔をゆがめたのだ。あわてて、ネクタイをはずしたが、何となく、ぐったりしている。下の人を呼ぼうと思ったのだが、状況が状況なので、説明のしようもない。

ゆり動かしたが、ぐったりしているのを見て、おそろしくなって、夢中で外へ飛び出した。

そして、ほんとうに年寄りが死んだらどうしようと、おろおろしたまま、芝居に行ったが、気にかかることがあったから、セリフは度忘れする、動きの段取りを忘れる、さんざんで、先輩には叱られるという始末であった。

もう一度、花屋へ行ってみようと思ったがそれもできないので、楽屋から電話を入れて二階にいるお年寄りに出ていただけないだろうかというと、「ちょっと工合《ぐあい》が悪くて、休んでいます」といった。「大分お悪いので」と問い返すと、「別に心配はありませんが、電話には出られません」ということだったので、まずいのちに別条はないということがわかってホッとしたと、花屋から刑事がすぐ劇場へ行き、楽屋入りを待って波六に尋ねたら、以上のような話を聞かせてくれた。

「申しわけありません。しかし、よくおわかりでした」と、老人とまったく同じようなことをいった。

「警察がえらいんじゃなく、あなたの大先輩の高松屋さんから助言されたんですよ」と刑事がいった。そういう時、刑事は、自分のことでもあるかのように、雅楽の自慢で、鼻の穴をふくらませるのが常なのである。

三

「いや、御苦労さん」と三人はすし初で、改めて祝杯をあげた。

「波六が、私はどういう罪になるのでしょうと私に聞きましたよ」と刑事が告げた。

「ほほう、それで」

「わざとこういってやりました。進んで自首したのだから、罪はまず半減、起訴にはならないだろう」

「江川さんも人が悪い」と私が笑った。

「波六だけ、蒼くなって、おしらべがはじまると、私は舞台に出られなくなりますねと恐る恐るいうので、肩を叩いて、大丈夫だよ、一件落着、私が署の誰にもいわなければ、それですむんだというと、やっと安心して、ふだんの顔に戻りました」

「しかし、警察としては、通報を受けたあと、ほかの刑事さんと捜査をはじめたんでしょう?」

「私はこういう時、とにかく、先に私がひとりでいろいろ歩いて、真相をつきとめてみる、そしてその上で協力をたのむということにしてるんですよ。こっちには何しろ、高松屋さんがいるのだから」と刑事は、汗をふきながら、得意そうな顔をした。

そういうことがあった直後、私も物好きだから、花を買うという名目を自分に課して、タクシーで徳田の店を訪ねたが、娘のひろ子は、聞きしにまさる華やかな美しさであった。

そして、何となく、いそいそしている様子がわかる。多分、波六のほうから正式にその両親にプロポーズをさっそく申し入れたのだろうと、私は推察した。

バラを二十本ほど抱えて、私が家に帰ると、家内が「どうした風の吹きまわしなの」といった。花を買って来るなんてことを、何十年もしていないからである。

「貰ったんだよ」とわざといった。「私にも、バラを呉れるガールフレンドがいるんだ」

「バールフレンドじゃないの」

どうも老夫婦の会話というのは、しっとりしないものである。

事件と仮に呼ぶなら、この波六の手によって行われたハプニングは、三月十六日であった。

そして、江川刑事いうところの「一件落着」は二十二日である。

この日は、十五日に生れた室町真知子の女の赤ちゃんのお七夜ということになる。

雅楽は、事件が解決するまでのあいだに、もう一度赤十字病院に見舞にゆき、その日は病室にも入れてもらったとうれしそうに話した。

「元気でしたか」

「血色もいいし、何の心配もない、可愛い子でね」と目を細める。真知子のことになると、いつもこうなのである。

「ただひとつ困っていることがあるんですよ」と渋い顔をしたので、尋ねると、「赤ん坊の名前を考えてくれとたのまれているんですよ。こういう時、父親がいろいろ案を出すことに普通の家庭の場合、ほとんどきまっているのだが、室町君は、どうしても私にというんです」

「つけてあげたら、いいじゃありませんか」

「しかしね、名前というものは、その子、その人間の一生についてまわるものだから、つまり、その運命を私がきめてしまうわけです。徒《あだ》やおろそかには、返事のしようがありません」

「そういえば、私もよその子の名前を考えたことはありません」と私もいった。

「そうでしょう。芸名の場合も、大体その家系に昔からある名跡《みょうせき》の中から拾うのだが、国立劇場の研修所を出た若い役者なんかにたのまれた時でも、よほどのことがなければ、私はことわっているんです」

「なるほどね」

「それともうひとつ、よくたのまれるのは、役者のかみさんが小料理屋をはじめたとか、酒場を開いたとかいって、名前をつけてくれといわれる。そんな時でも、うまく繁盛してくれればいいが、スラスラとゆかなければ、私のつけた名前が悪かったということになる。これがこわいので、一切ことわって来たんです」

「ほう」

「ただね、おかしいのは、いつか琴平《ことひら》に芝居を見に行った時、あの町に最近できたうどん屋が、私に高松屋という名前を使っていいかというんです。なるほど私の屋号ではあるが、高松はれっきとした香川県の地名なのだから、私とかかわりなしに、そういう店が開店したってかまわないだろうというと、行灯《あんどん》に字を書いて下さいというので、これだけは承知しました。ですからあの金丸座の坂の下の店は、私の下手な字の看板に灯《あか》りがはいっているわけです」といった。

すし初にその日またしても行っていると、波六がはいって来て、雅楽の前に、ていねいに頭を下げ、「いろいろ、おさわがせして申しわけありませんでした」と挨拶した。

「まアおすわり、一杯ゆこう。もう役はあがったんだろう」

「へえ、監事室の大和田さんが裏に来て、高松屋がすし初にいらっしゃるといったので、押っ取り刀で飛んで来たんです」役者というのは、こういう話し方ができるので、おもしろい。

「つまりは波六、君の芸熱心がそうさせたんだから、そんなに恐縮しなくてもいいよ。それよりも、花屋のひろ子さんは、さぞ美しいんだろうね。この竹野さんなんか、いち早く、バラを買いがてら、ひろ子さんを見に行ったんだよ」

「そうですか」と波六は私をまじまじと見る。うれしそうである。

「きれいなひとですね」と私がいうと、うつむいて、「へえ、あの店の花よりも美しいと思います」ぬけぬけというのだった。

「いいかげんにしないか」と雅楽は笑い出した。屈託のない笑顔である。

「私の若いころ、役者の妻君といえば、十人のうち九人までは花柳界のひとだった。そのあと、たまに会社の社長のお嬢さんというような娘さんを貰う役者が出て来た。そして、戦争のあとは、役者の妹、役者の娘、そんなひとを貰う役者が増えた。先日『演劇界』に出ていたので、私もはじめて、ああそうかと思ったのだが、系図をずっと伝って見てゆくと、いま、ほとんどの役者の家が、どこかで縁結びをしていることになる。高麗屋《こうらいや》の二男に播磨屋《はりまや》の娘がとついだというのは、戦争前で、これは珍しい縁組だといわれたものだが、いまはもう、数え切れないほどのつながりができているわけだ」

「はア」

「そういう中で、花屋の娘さんを貰うというのは、ちょっと異色だし、これが花屋だからいいんだね」と老優は感慨ぶかげにいう。

私も、東都新聞社の演劇記者を四十年もつとめたから、そのあいだに、たいていの歌舞伎役者の婚礼の披露の席には招かれている。新劇の俳優を入れると、もっと多くなる。いつぞや京都にゆく時、新幹線の中で読む本を持ってゆくのを忘れたので、所在ないままに、手帖を出して、おぼえている限り、誰と誰が夫婦になったかと、大体私が招かれたカップルの名前を手帖に書いてみたことがある。

その時気がついたのだが、歌舞伎のほうでは、離婚ということがほとんどない。一方、新劇のほうでは、私が招かれた三十組のうち十二組も別れているのである。

そんな話を私がすると、雅楽は、「歌舞伎の役者には、みっともないことをするなという戒めがあるんですよ。だから別れたくても、じっと我慢している場合がある。私んところもそうだ」といった。

波六が、「うそばっかり」という。三人は声を揃えて哄笑《こうしょう》した。

これでこの奇妙な物語は終る。大事に至らなかったから、つまり火事になる前に消しとめたというふうに考えてもいい。

しかし、あの日、偶然江川刑事が私たちのいたすし初に来なかったら、大分様子もちがったような気がしないでもない。

雅楽と私は、波六と別れ、いつものように千駄ケ谷の門の前で高松屋を車からおろし、そのタクシーで家まで帰った。

私はこういう話は、家の者にも、書く前にはしたことがない。しかし、この時に限って、家内は敏感に、「たのしそうね、また高松屋さんが何かの謎をといたんでしょう」といった。私はいささか狼狽して、「まアね、そんなことがなかったわけじゃない。しかし、うれしそうなのは、君もよく知っているあの真知子さんに女の赤ちゃんが生れたんだ」といった。

そんな話をして、服を脱ぎ、着物に着かえて、長火鉢の前にすわった時、電話が鳴った。

「あなた、高松屋さんですよ」という。

急いで受話器をとると、老優がいかにも、幸せそうな声で告げた。

「真知子さんが、自分で娘さんの名前をきめましたよ」

「そうですか。何というんです」

「マサ子というんだそうです。いま、電話が赤十字からかかりました」

「マサ子ですか、どういう字でしょう」

「わかりませんか」とじれったそうにいった。

「雅楽の雅ですよ」

留め男

一

アメリカ人で歌舞伎を研究している女性の学者が東京に来た。新聞社から「この人は日本の役者の誰かからいろいろ話をききたいといっているが、どうしよう」と相談されたので、私は「雅楽《がらく》さんが適当だと思う。何しろ、長い間舞台にも出ていたし、芝居の裏表、芸についての知識、何でも知っている生き字引だから」と返事をした。

十一月の中旬、快晴の日、私はナンシー・リーというその学者を案内して、千駄ケ谷の中村《なかむら》雅楽の家に行った。

熱心に質問する。日本語が上手なので通訳なしで、予《あらかじ》め用意したメモを次々にめくりながら雅楽に尋ねることが、まことに核心をついているのに、私は感心した。

その中でこういう問題が提出された。

いわゆる名門の子と呼ばれる「御曹司《おんぞうし》」は、つまりプリンスのようなものだが、「そういう家に生れなくても劇界で出世はできるのでしょうか」ということだ。

雅楽は、「実力がみとめられさえすれば、決して出世できないとはいえません。昔『忠臣蔵』の定九郎《さだくろう》の衣裳を自分の工夫で新しい型にした初代の仲蔵《なかぞう》も、名門ではありません。私と同じ世代の役者でも、あるキッカケで、名門の大幹部と同じ扱いを受けた例が三人もいます」といった。

「キッカケって、どういう時に、機会が生れるのでしょう？」

「まず、一番早く例としてあげれば、代役です。名門の子息は、どういう狂言でもいい役を貰ってしまうのですが、そうした若手あるいは中年・老年の役者に病気その他の故障があると、代役を立てることになる。その時にこの男はこんなにうまかったのかと、おどろかせる場合があるのですよ」

「というと、ベースボールの投手がリリーフでセーブしたようなものですね」

アメリカ人だけあって、野球で同じようなケースを、すぐ引用したのが、おもしろかった。

「役者の芸名にも、何回か改名ということがありますが、あれはどういうわけですか。なぜ同じ名前で通さないのですか」

「これも、もっともな質問です。大体これは名門といわれる家系の話ですが、子役の名前というのがあり、年齢に応じて次々に変ってゆきます。成駒屋《なりこまや》一門では、児太郎《こたろう》、その次が福助《ふくすけ》、それから芝翫《しかん》、歌右衛門《うたえもん》という順序で、いまの六代目歌右衛門はこの四つの名前を順々に名のりました。初代の吉右衛門《きちえもん》は、ずっと同じ名前でしたが、一般には名門でなくても、子役らしい芸名というのがあります。大人になって、そのままでいると、やっぱりおかしいのです」というのが老優の解説だった。

「芸名は、師匠の名前にある字を使うようですが」

「これは大体、歌舞伎に限らず、伝統的な文楽、邦楽、邦舞、落語、講談などにも、同じような原則があります。津大夫《つだゆう》という義太夫《ぎだゆう》の子が津の子大夫でのちに津大夫をつぐとか、落語のほうでいうと、小三治《こさんじ》が小さんになるとか、名前の流れがあります。魚の名前が稚魚から何回か変るのと同じで、出世魚と芸人とは、似たようなものですよ」

こういう問答を脇で聞いていて、私は改めて歌舞伎のしきたりを再確認したのである。

そのほか四つほどのテーマをナンシー・リーは雅楽の口から引き出し、ノートに書きこみ、喜んで帰って行った。

私はしばらく残ったが、雅楽は、「外国人と話すと、日本人があまり考えない問題が持ち出されるので、おもしろい。しかし、西洋で歌舞伎を研究する人が出て来るというのも、昔は考えられないことでしたね」といった。

この日の話の中で、代役に起用されるのが、役者にとってはいろいろな意味で、その芸歴の上に大きな転機になることもあるという話があったのだが、思いもかけず、代役が立てられるハプニングがその直後におこったのは、ふしぎであった。

十二月の木挽町《こびきちょう》の劇場の昼の部の中幕《なかまく》に「鞘当《さやあて》」が出た。不破伴左衛門《ふわばんざえもん》と名古屋山三《なごやさんざ》が刀をぬこうとするところに、留め男が登場する。

座組の都合で、その役をする三人目の立役《たちやく》（男役）がいない時に、女形《おんながた》が留め女になる場合もあるのだが、今回はいつもの留め男で、背の高い市太郎《いちたろう》が演じていた。

ところが、市太郎が風邪で急に休演したので、代役をさがしたが、ちょっとその穴を埋めるのにふさわしい役者がいない。そこで、蝶吉《ちょうきち》が代わることになった。

蝶吉はしかし、ふだん演じる役だと、三枚目が多いのだ。「源氏店《げんじだな》」の藤八《とうはち》だの、「法界坊《ほうかいぼう》」の長九郎《ちょうくろう》だのをさせれば絶品であったが、留め男のような颯爽として勇み肌の役はほとんどしたことがないのだ。

私は、蝶吉の留め男なんて滅多に見られないから、「鞘当」だけを、劇場の監事室で見せてもらうことにした。部屋にはいってゆくと、大きなガラス窓の前に、望遠鏡を手にした中村雅楽がいたので、おかしくなった。この老優も私と同じ好奇心で、わざわざ見に来たにちがいないのである。

ふり返って、「おや竹野さん、あなたも私と同じように、蝶吉を見に来たんですね。御苦労さま」と笑ったが、老優が千駄ヶ谷から寒いのに出て来るのも、御苦労さまである。

ところで、私は蝶吉の腕達者なのにびっくりした。「成駒屋」という声がかかって、この代役を知っている観客がたのしみにしているのもわかったが、三枚目の急な代役という無理な感じはすこしもなく、堂々と留め男を好演したのだ。

何となく嬉しくなって、雅楽と私は例によって、三原橋のすし初に寄ることにした。まだ午後三時だから、先客はいない。いつものように、小鉢の料理を三つずつ、出してもらって、二人でゆっくり飲みはじめた。

「蝶吉はよかった。もっとも、五十年近く役者をしているんだから」と雅楽はあらためてほめた。「やはり、いい役者を見ているってことが、強みだと思う」

「ほんとですね、三枚目しかできないとは思わなかったが。第一、セリフまわしが番頭なんかしている時とは、まるでちがいます」

「竹野さん、留め男はセリフとしぐさ・形に気をつけて、深く考える必要のない役だから、蝶吉にもできたのですよ」と雅楽がいった。

「留め男がいろいろ頭を使うと、おかしなことになる。じつは私には留め男をつとめて、ひとり相撲だったという失敗があったんです」

「おやおや」

「きょうはその話をお聞かせしよう」

私は雅楽が推測を誤ったという事実さえ、初耳だったので、楽しくなった。

以下、その日聞いた話を一人称体で書こう。

二

私が四十歳のころだったから、大分前の話だ。

先輩の市村香太郎《いちむらこうたろう》の三回忌があった。菩提寺の総持寺に行くと、喪服を着た故人の二人の娘が並んで、私を出迎えた。俗にいう「いずれ劣らぬ花あやめ、かきつばた」と並び称された美しい姉妹である。色白の女は、喪服を着ると、何ともあでやかになるものだ。

姉は文子、妹は房子という名前だったが、香太郎も妻のさだ子も、お文、お房と呼んでいた。さだ子は風邪気味で、マスクをかけているので、法要の席には姿を見せたが、来客の前には顔を出さなかった。

私は姉妹に案内されて、本堂の裏の控えの間に行ったが、文子と房子が何となくよそよそしく、ほとんど口を利かないのに気がついた。

もっとも、じつは至って仲睦まじかった二人がしっくりゆかなくなった事情が、四年前に生じたのである。

というのは、香太郎が役者として目をかけていた女形の栄四郎《えいしろう》を、文子も房子も、思慕していた。大分前に、勝ち気な妹の房子が私の家に遊びに来た時、「小父さま、栄四郎さんには、好きなひとがいるのかしら」と訴えるような目つきで尋ねたことがある。

それで私は「そういわれても即答はできないよ。しかし、誰かいい人がいるというような話は、風の便りで私のところに大抵は伝わるものだから、今まで耳にしてないというのは、まだお目当てはいないのだろう」といった。

すると、「それならいいけど」とポッンとつぶやくので「ふうちゃんは、栄四郎が好きなのかい」と笑いながら訊いた。

「ええ」と赤い顔をして、うつむく。女子短大を卒業しているのに、まるで舞台の娘役のような態度なのは、さすが役者の家に育ち、長年芝居を見ているためだろう。

私は香太郎の娘と、美貌で、若い女性の観客が熱い視線を投げている栄四郎との縁組は、不釣り合いではなく、まことにいい組み合わせだと思ったから、何ならこの良縁を実現させるため、ひと肌ぬいでもいいと考えた。

しかし、そういう話は、思い立ったが吉日というわけにはゆかない。何かいい折があった時、さりげなく切り出して、手ごたえが感じられたら、もうひと足前に出るという風にしたほうがいいのを、過去の経験で肝に銘じていた。

大分前だが、家の者の遠縁の娘をほしいという外科の医者がいたので、すぐ娘のほうの意向をたしかめ、医者のほうに翌日電話をかけて、すぐ来てもらおうと思ったことがある。

私は速戦即決を考えていたのだが、ほしがっていると聞いたその医者の返事が、気の進まない口調で、「ちょっと待っていただけませんか」というのだ。

こういうことは縁談以外のことで、時々あるものだ。

たとえば、ぜひあの人に紹介してくれといわれたとする。あまり知らないのだが、たのまれたからには、放ってもおけないので、私が方々尋ねて、先方と心やすい人にたのみ、話をしてもらったりする。

さて、先方も「会ってみよう」といっているという返事を聞き、私もホッとして、紹介してくれといって来た男に電話で「会ってくれるそうだから、私の名刺をとりに来て下さい」という。

　すると、何となく当惑したような口調で、「申しわけありません。きのうパーティーに出ましたら、その方がいたのです。それで思い切って、名刺を出して自己紹介で、すませてしまったんです」という。

　拍子ぬけというのは、まさにこれである。私にもこれほど腹の立ったことは滅多にない。その医者の時も、私はおとなげもなく立腹して、「勝手にしろ」と思ったので、娘のほうには、「何だか妙なことになった。向うはうれしがる様子もない。面倒だから、この話はなかったことにしよう。御免よ」といって、結局縁談は宙に消えた。

　ところが十日ほどして、その医者が改めてその娘の家に出かけてゆき、「お宅のお嬢さんを頂きたい」といったそうだ。しかし、娘の父親は、私の話を聞いたためもあるし、元来短気な男だったから、にべもなく断ってしまったのである。

　すこし経って、私は私が手柄顔に電話をした前の日に、その医者が手術に失敗して、病室にはいっていた骨折の患者が苦しんでいるという騒ぎの真っ最中だったということがわかったが、もうあとの祭りで、「酒屋」の半兵衛《はんべえ》のセリフではないが、「覆水盆にかえらず」じまいに終ったのだった。

　だから、こういうまとめたい話の場合、特に慎重に時期を見て、相手が平常の心持でゆったりとしているのを確かめて、切り出すのがほんとうだとさとったわけである。

　この医者の縁談で、私も娘の父親とは気まずくなったわけではないにしても、何となくあと味が悪かった。大げさにいうと、しばらく心の中にわだかまりがあって、傷口がしくしく痛むような実感が残り、しかしそれはある意味では高い月謝を払って、ひとつ物を覚えたともいえるのだ。

さて、その房子のことについて、いい折があればと念じていた時、ちょうど栄四郎が「野崎《のざき》村《むら》」のお光《みつ》を初役ですることになった。私は女形ではないから、こういう役について、教えて下さいといわれても、すぐ役に立つ話は聞かせられない。

しかし私は「野崎」では久作《きゅうさく》を三度もしていて、ある時は私にとっては大先輩の女形の松《しょう》雀《じゃく》がお光という配役になり、毎日舞台で、何となくその貫禄と芸に圧倒され続けたこともある。松雀のお光は、久作の足の脛《すね》の三里というツボに灸をすえるところで、じつにきめこまかい芝居をした。それをずっと見ておぼえているから、訪ねて来たら話そうと心づもりをしていると、栄四郎が「話を伺いたい」といって来たのであった。

ひと通り話をしたあと、酒が嫌いではない女形と私は、家の者の手料理で、すこし飲もうということになり、どうやら二人ともいい心持になった時に、「栄四郎、時にまだかみさんを持つ気はないかい」といってみた。

「そりゃァ私ももう三十二ですから、そろそろ世帯を持ってもとは思っています」という。

「どういう相手がいい？　やっぱり、おっ母さんのような」といいかけると、栄四郎は手を振って、「そういうひとよりも、普通の家庭の娘さんのほうが無事ですよ。花柳界にいた人とは、うまくゆかなくなった話もかなり聞いてますから」といった。

栄四郎の母親は、先代栄四郎にとつぐ前は柳橋で名妓とうたわれた女で、そのひとの場合は、まことに行き届いた妻君として夫のために、内助の功をほめられていたのだが、栄四郎がいうように、折り合いが悪くなって離別した役者の夫婦も私は二組知っていて、ともに芸者だった女性であったのだ。

「いや、私が今考えている娘がいるんだがね。普通の家庭とは必ずしもいえないが、役者の家の子だ」というと、「どなたのですか」と目を見はって反問する。

「香太郎のところのさ」といったら、栄四郎は大きな目を輝かして、「そうですか、あの文子さんなら、私は前から好きで、あこがれていたんですよ」という。

私は困ってしまった。妹よりも、姉がよかったのである。

しかし、まさか、「じつは房子のほうだ」というわけにもゆかないので、黙っていたら、「小父さんから先方に話して下さいますか」と膝を乗り出す。まことに積極的だった。

私はすこし考えたが、これは栄四郎の願いをかなえてやったほうがいいと思い、香太郎にとりつぐと、父親は二つ返事だったし、文子も大喜びだった。

しかし、その反面、房子は嘆き悲しんだようで、綿々と私に怨みをこめた手紙を書いてよこしたので当惑したが、これはもう、あきらめて貰うほかはないから、そのまま手紙の返事はせずにいた。

まァこういうことは、それこそ七十五日も経つと気持も納まる。房子も姉と栄四郎の婚礼の日は明るい顔で席に出て来ていたので、私も安心したが、二ヵ月ほどあとに、この房子は懇請されて、やはり女形の菊八《きくはち》と夫婦になったのである。

菊八も、女形に持って来いの姿と顔を持っていたし、若い役者の中では、おどりが最もうまいのが定評であった。私は菊八が勉強会で「紅葉狩《もみじがり》」の更科姫《さらしなひめ》を演じた時、この役がこんなに充実して出来る女形は、当節稀《まれ》だと思ったくらいだ。

菊八は香太郎の芝居にも度々共演していて、そういう時に、稽古場《けいこば》にちょっと顔を出したりする房子を早くから、好ましく思っていたのだった。

かくて、香太郎の二人の娘は、ともに女形の妻となり、めでたしめでたしということになるが、そのあと、少々面倒な話が持ち上った。

というのは、栄四郎は、木挽町の劇場にほとんど専属のように定着し、自然に大先輩の相手をするので、芸はめきめき、ふくらんでゆく。

一方、菊八はずっと若い段蔵《だんぞう》が座長のようになっている一座の立女形《たておやま》だから、義兄の栄四郎よりも、華やかな役、性根《しょうね》の奥行の深い役を数多く演じるということがあり、私から見ると決して不幸とは思われなかったのだが、「大歌舞伎」という金看板は、どんな役者にとっても、溜め息をつきたくなるような魅力があるのだ。

だから、そういう二人の女形のおかれている立場のちがいが、姉と妹との間にも、微妙な陰翳を投じはじめたのが、私には手にとるようにわかったのである。

栄四郎と菊八とが同じ舞台に立つことは、めったになかった。しかし、二十年前に国立劇場ができて以来、そこで上演される狂言の役者は、その月その月で、いろいろな顔ぶれになるので、「新薄雪《しんうすゆき》」の出た時に、栄四郎が梅の方、菊八が腰元の籬《まがき》をしたのを、おぼえている。

どちらも、この通し狂言の中では、粒立ったいい役で、二人とも好演したが、この月は楽屋で文子と房子も、仲よくそれぞれの夫の世話をしていたようである。

「新薄雪」では、私も園部兵衛《ひょうえ》だの団九郎《だんくろう》だの来国行《らいくにゆき》だのをして来ているので、この時は三人の役者に役づくりの口伝《くでん》を教えたが、女形は訪ねて来なかった。

そういったようなわけで、文子と房子とは、いろいろな事柄を、役者の家にいるだけに互いに敏感に感じ合い、冷たくなったりする時もあるのだった。

しかし、そんなことを、二人が私にわざわざ話しに来たりはしないから、遠くから見て、様子をうかがうだけであった。

話が大変長くなったが、総持寺の父親の法要の日の二人の表情は石のように硬く、私たちには笑顔を見せたが、姉も妹も、そうでない時はプイと横を向いている始末である。

私はそういう時、自分のほうから、「何かあったのかい」と訊いたりするのは、よくないと知っているから、黙っていたが、法要のあと、広間で寺の精進料理が出た時に、私の隣にすわった興行会社の社長が、その席には出演しているために来ていなかった栄四郎と菊八の話をした。「来月の『寺子屋《てらこや》』で、久しぶりに、向うにいる文子さんと房子さんの御主人が共演します」といった。

「というと、千代《ちよ》が栄四郎で、菊八が戸浪《となみ》ということになるのかな」と私がいうと、「それが逆なんです。じつは私もはじめは、そう考えていたんですが、松王丸《まつおうまる》をする音左衛門《おとざえもん》のたっての希望で、千代を菊八にさせることになりました」と社長がすこし首を傾けながら私語した。

そういう時、千代の夫の松王丸の役者が、指名をするのは、後半、夫婦が自分の子の小太郎《こたろう》を源蔵《げんぞう》に、菅秀才《かんしゅうさい》の身がわりとして討たせたという悲劇を語り、わが子の死を哀れに思って泣き、白装束になって野辺の送りをする場面で、いきがピタリと合う必要があるからだ。

「仕方がないね、音左衛門の注文じゃ」

「でもね、戸浪のほうにまわる栄四郎は、あまりいい顔をしませんのでね」

「もう二人は、役のことを大分前に聞かされたのかい」

「十日ほど前に話しました」という。

私はハタと膝を打った。

菊八つまり妹の夫が、姉の夫よりいい役を与えられた不平が、反映しているのだ。

普通、たとえば「盛綱陣屋《もりつなじんや》」の篝火《かがりび》と早瀬《はやせ》とか、「熊谷陣屋《くまがい》」の相模《さがみ》と藤の方とか、「先代《せんだい》萩《はぎ》」の政岡《まさおか》と沖の井《おきのい》とかいうように、女形の役に、立女形のする役と、二番手の女形のつとめる役に段差がある。

これは古典劇の場合、どうしても仕方がない。「寺子屋」でも、千代は立女形の役、戸浪はその次の女形の役になっている。だから大歌舞伎に出てる栄四郎としては、おもしろくない。

それが姉妹の心持の溝になっているのだと私は納得した。

三

法要から二日経って、栄四郎から「お宅に伺いたい」という電話がはいった。

待っていると、玄関から上って、茶の間に通り、すわるとすぐいった。「音左衛門さんの注文だというから、私もぜひ千代をしたいとはいいませんが、私は戸浪は初役だし、何だかどうもうまくゆきそうもないので、こんどは休ませてもらおうと思うんですが」

「そんな我儘《わがまま》をいうもんじゃない。第一、君がいなくなると、女形が他にいないんだよ」

「社長にいって、誰かさがしてもらいます」とキッパリいう。

私は、栄四郎に一応釘をさして帰ってもらったが、すぐ社長に電話を入れた。

「源蔵は時之助《ときのすけ》だったね。栄四郎が今来て、ぼやいているから、なだめはしたが、あの男も女形のくせに妙に頑固なところがある。面倒なことになりそうだ」

「困りましたね」

「いい案がある。『寺子屋』の前に、『伝授場《でんじゆば》』を出すのだ」と私はいった。

「なるほどね。昼の部がすこし長くなりますが」と社長は早速、『伝授場』の上演時間を考えて、計算しているらしかったが、「わかりました。じつは中幕は『連獅子《れんじし》』のつもりでしたが、それをやめて、短いおどりにすれば、『伝授場』がはいるゆとりができます」

「そうして下さいよ、栄四郎が役のことで休んだりすると、あの男のためにも、あまり名誉でない結果になるからね」と私は社長との電話を切った。

いまここに解説するまでもないが、「伝授場」は、戦争中に、菊五郎《きくごろう》の菅丞相《かんしょうじょう》（真道）、吉右衛門の源蔵という配役で復活された一幕である。

武部源蔵という書道の高弟が、師匠であり主君である菅丞相の腰元の戸浪と恋仲になるが、「不義はお家の法度《はつと》」といわれた時代なので、勘当される。

しかし、いちばんたのみにしていた弟子なので師匠は筆法伝授の一巻を源蔵に渡すのだが、折も折藤原時平《ふじわらのしへい》の策謀で、菅丞相は朝廷から、京を追われて九州まで流されることになる。それで、一子菅秀才を源蔵夫婦にあずける。そのあとが、芹生《せりよう》の里の片田舎の寺子屋になるわけで、この若君のいのちを守るための、必死の姿を見せるのである。

「寺子屋」だけだと、あきらかに千代がいい役だが、この「伝授場」を出すと、こんどは戸浪の見せ場がひろがるので、二幕を通すと、むしろ千代に扮する女形のほうが、羨ましく思うくらいだ。

二人の姉妹の夫で、つねにライバルとして第一線にいる女形が、思いがけなく、この機会に、「自分を見てくれ」と胸を張るのも、一般のファンには、たのしみになるだろう。

しかし私は、「伝授場」には出たことがない。菊五郎・吉右衛門のは見ているが、役者として見たというだけでは、役づくりのコツがわかるわけではない。

よくいうことだが、舞台で演じられる役の動きやセリフまわしは、観客にも「型」としてとらえることができる。今は録音や録画の文明が発達した。劇場の客席でこの機械を使われても困るが、特に監事室を借りてビデオにとるとか、放映されたテレビを見れば、役者でなくても「この役をどんな風に演じたか」は記録できる。しかし、型のほかに手ごころというか、共演者との呼吸の合わせ方というか、そういったものは、あくまでも「口伝」として、別に教わり、身につけるのだ。

「高松屋《たかまつや》の小父さん、菅丞相をおかげですることができました。松王と二役ですから、大喜びです」と音左衛門から電話がかかって来たのはいいが、「ついては菅丞相の話をきかせて下さいませんか」というのである。

これには私も困ってしまった。そこで、戦争末期の「伝授場」に出て、希世《まれよ》という不肖の弟子を巧みに演じた三枚目の芳三郎《よしさぶろう》を家に呼んで、いろいろ聞いた。すっかり老いこんでしまったが、頭はハッキリしていて、当時の舞台をよくおぼえていた。

「六代目が稽古場でみんなにこういってました。菅丞相が天神様らしくなるのは、筑紫にゆく途中の河内の道明寺《どうみようじ》からだよ。だからもちろん師匠としての威厳は必要だが、神様っぽくやってはいけないってね。それから、源蔵を勘当にするという心持がいかにも残念でたまらないから、口ではきびしくいっても、目はやさしく見ているのだよ。簡単なようで、これはむずかしいことだ。それから、勅使が来て、邸を出たあとの歩き方が、しょんぼりしてはいても、一歩一歩踏みしめて、自分のいるこの土地に名残を惜しむつもりで歩くのだよ」

別にノートに書きとめたわけでもないらしいが、スラスラとこんな芸談をおぼえているのは、芳三郎が熱心に聞いていたためだろう。また六代目が稽古場で役者たちに話すこういう芸談は、話術がうまいからつい聞き惚れ、耳に残るのだ。

もうひとつ、こういう話というのは、二枚目や若い女形のスターが、語り伝えることはあまりない。わき役の三枚目が、いつの代でも、忘れずにいる。これはふしぎなことである。人気があって、ちやほやされているので、つい右から左に聞き流してしまうのかも知れない。

私は、芳三郎の話を、手帖に書きながら聞いていた。芳三郎は「そんなことなさっては恐縮です」という。私は、向うが気がつかぬように、私に話を聞きに来る役者がそうするのと同じ気持で、じかに畳にすわって、話がおわるまでそうしていた。

とにかく、いつもは自分の知っていることを、尋ねられてしゃべっている私としては、栄四郎のために社長に助言したばっかりに、とんだ骨折をする結果となり、迷惑したとはいわないが、何となくびっしょり汗をかいたような思いがしたのだった。

早速音左衛門に来てもらって、六代目の話を聞かせた。芸熱心な男だから、ホクホク耳を傾け、たびたび大きくうなずき、大きな目が輝いている。張り合いがあった。

戸浪の栄四郎も、この役を前にした先輩の女形に話を聞いたらしい。

事情を知らない新聞は、久しぶりの「伝授場」復活と菊五郎・吉右衛門の写真を出した記事をのせている。

ちょうど、初日があくすこし前に、藤間流の若い舞踊家が結婚するというので、披露宴に招待された。栄四郎と文子、菊八と房子の夫婦も招かれていた。

ホテルのロビーで待っているところに、次々に現われ、私を見て、「おや、きょうお目にかかるとは考えていませんでした」というから、「いや、きょうの新婦は、はじめて古典の曲をおどる時に、私のところに来て、昔の役者の舞台について尋ねたり、その人間をどんな気持であらわすかということを尋ねたりする、なかなか感心な人なんだ。それで御招待を受けたんだよ」と答えた。

文子も房子も、この前の父親の法要の時の喪服とはまたちがった留袖がじつに似合う。役者の娘は、こういう場所での姿勢や表情がいつも親を見ていて感化されているせいか、見とれるほど立派だった。

きょうは、前の時とちがって、姉と妹はツンとしてもいなかった。微笑して話し合っている。

私は二人を呼んで、こういった。

「お父さんの法事の時、お寺で見ていたら、何となく、あなた方の仲がうまく行ってないと思ったので、心配したんだよ」

「まァそうですか」と、文子がいった。「房ちゃん、そうだったかしら」

「それで私も心配性だから、気になって、それとなく聞いて見ると、栄四郎と菊八という、競争している女形が、役のことでもめて、面白くないのだとわかった」

「まァ」

「だから私は会社の社長にたのんで、栄四郎君の戸浪をいい役にするために、『伝授場』を出してもらったのさ」

「まァ、そんなことでしたの。私は主人が、一幕殖えたので、忙しそうだと思って見てたんですよ」と文子がいう。

房子も、「うちのあの人は別に『伝授場』が出たって、自分には関係ないって顔をしていますわ」という。

「これからもあることだが、旦那様の役のことで、にらみ合ってはいけないよ」と私はいった。

すると二人は顔を見合わせたあと、もじもじしながら、こういうのだ。

「父の法事の時は、その二日前に、姉が私の留守に来て、私が母からもらって大切にしている名人長次のこしらえた針箱をだまって持って行ったからなんですよ」

ケロリとこういわれて、私はがっかりした。

雅楽はこの手記を私に見せたあと、「こんなことで、飛んだ早合点で、ひとり相撲をとってしまったので、私はそれから、すべて丹念に見つめ、ゆっくり推理することをおぼえたんです。今度も月謝を払いましたよ」といった。

名探偵が生れた事情を、私ははじめて知ったのである。

むかしの弟子

一

中村雅楽《なかむらがらく》という役者と私が親しくなってから、もう三十年以上経っている。

いろいろなことがあったが、私は老優が目に涙をうかべるのを見たことが一度もなかった。雅楽の役では、娘を誤って殺して後悔して泣く合邦《がっぽう》とか、娘の夫の運命を娘の舅《しゅうと》と共に泣く「酒屋」の宗岸《そうがん》とか、かなり見ているが、舞台で形として見事に泣きはしても、涙は出ていなかった。

じつは役者にも、そういう場合、涙を出す人と、芸で泣く形を見せるだけという人と、ふた通りあり、名優とうたわれた六代目菊五郎《きくごろう》は後者であった。それに引きかえて初代吉右衛門《きちえもん》はほんとうに毎日目を赤くして落涙した。

猿翁《えんおう》になった先代猿之助《えんのすけ》のところに、弟の八代目中車《ちゅうしゃ》が行って、「音羽屋《おとわや》（菊五郎）と播磨屋《はりまや》（吉右衛門）と、まるっきり泣く芝居がちがいますが、どっちがほんとでしょう」と尋ねたら、ちょっと考えていたあとで、「まアどっちでもいいだろう」といったという、おもしろい話がある。

ところで、雅楽は六代目と同じような考えであったと思われる。

だが、こんど心から泣く顔を、私ははじめて見たのだ。

それはこういう時であった。

「菅原伝授手習鑑《すがわらでんじゅてならいかがみ》」の「寺子屋《てらこや》」という芝居は、「忠臣蔵」と同じくらい著名な演目で、毎年誰かがかならず演じている。

これは京都の郊外の芹生《せりよう》の里で、武部《たけべ》源蔵《げんぞう》という菅公《かんこう》の弟子が、村の子供に手習を教えている、今でいう習字塾である。源蔵と妻の戸浪《となみ》は、菅公につかえているうち、わりない仲になったため、主人から勘当されるが、その日勅使が下り菅公が流罪を命じられて九州にゆくことになったので、そこにいるひとり息子の菅秀才《しゅうさい》をあずかって立ちのいて来たという設定があるのだ。

勘当はしても、菅公は源蔵を見こんで、筆法を伝授だけはして別れるのだが、その「伝授《でんじゅ》場《ば》」という場面が久しく上演されずにいたのを、さっき書いた菊五郎の菅公、吉右衛門の源蔵で、戦争中に復活したのである。

その台本と演出を踏襲して、今でもたまに出ることがあるのだが、この四月に木挽町《こびきちょう》の劇場で、中堅と若手の一座の興行の時、「伝授場」「寺子屋」を通して舞台にのせたのであった。

私は三日目に行って、監事室をのぞくと、いつもその三日目あたりに来る雅楽が腰かけていたので、ならんで見ることにした。

「伝授場」で、じつは気に入っている家来の源蔵を、「不義はお家《いえ》の法度《はっと》」というたて前があるために心ならずも放逐する菅公の苦悩を、獅子丸《ししまる》がじつに巧みに見せた。また、主人のそういう心持をすっかりわかった上で、戸浪の手を引いて花道をはいってゆく栄五郎《えいごろう》の源蔵もよかった。

主人と家来の離別しがたい感情が見事に示され、客席でもハンカチを目にあてている女性の見物がかなりいたが、ふと見ると、隣の雅楽が泣いているではないか。

しかもそれは嗚咽《おえつ》といった感じで、歯を食いしばっている老優の目から涙がしたたり落ちるように見えたのだった。

私は素知らぬふりをしていたが、こんなに泣いた雅楽をはじめて見て、何か身につまされることでもあったのかと思った。

その日、「寺子屋」までいて、七時ごろ二人は近くのすし初に行った。カウンターにかけて飲みはじめたが、好奇心はどうしてもおさえ切れない。

「高松屋《たかまつや》さんの涙をきょうはじめて拝見しました」といってしまった。

すると、雅楽は「竹野さんが怪訝《けげん》に思っているのもわかっていましたよ。『伝授場』を見て、私にもこんなことがあったのだと思い出して泣いてしまったんです」といった。

そのあと、まずこう口を切った。

「私には楽五郎《らくごろう》という弟子がいたんです」

「知っています」と私は口をはさんだ。「なかなか腕の立つ人で、高松屋さんの『毛谷村《けやむら》』の時、斧右衛門《おのえもん》というきこりの役に抜擢《ばってき》されたのを見てますよ」

「あの楽五郎は二十年前に、私のところから出てゆきました。私がきつく叱ったからです」

以下、その話をかいつまんで紹介する。

楽五郎は少年の頃から雅楽夫妻があずかって、内弟子として育てた。芸のたちがよく、ちょっとした役をさせても、失敗はほとんどなかった。人間としてもよく出来た男で、仲間からも好かれたし、大幹部の誰彼からも目をかけてもらうので、師匠としても鼻が高かった。

楽五郎が二十《はたち》になった頃、雅楽の妻の遠縁に当る高住さだ子という十六の娘が、遠州《えんしゅう》から上京して、家事を手伝うようになった。東京という都会でいろいろ学べばいいという考えが親にはあったようで、それには信頼できる雅楽の家に住まわせれば、まちがいがないというわけであった。

やはり気だてのいい美しい娘なので、町内の店の若い者にも人気があり、買物に出た時、付け文をされたりした。さだ子は笑いながらその手紙を雅楽夫婦に見せていた。

三年ほどのあいだ、楽五郎とさだ子は、同じ屋根の下で、ひとつ釜の飯を食べているのだから、当然親しみを持ち、仲よく暮していたのだが、雅楽が或る時ふと気がつくと、二人が雅楽たちのいる前ではあまりしゃべらずにいて、そのくせ、ほかの場所では小声で話し合っているらしい気配《けはい》がわかった。

雅楽のことだから、この二人は好き合っているにちがいないとさとった。決して悪い組み合わせではないから、夫婦にしてやってもいいと、妻と話したくらいである。

しかし、二人が手を握ったりもせずにいるだろうと雅楽は信じていた。もの堅い男と、つつましい女だから、そうにきまっていると思いこんでいたのだ。

ところが、或る日、さだ子がちょっと国に帰って来たいといったので、土産物を持たせて送り出すと、次の日、楽五郎が「おひまをいただいて二三日旅をしたい」といった。ちょうどその月の芝居がおわった時なので、「それもよかろう」と許したのだが、じつは二人は打ち合わせて、外で会ったのである。

楽五郎とさだ子が、帰りもわざと日を変えて千駄ヶ谷の家に姿をあらわした表情を見て、雅楽は直覚した。二人とも人がいいから、すぐ見すかされてしまったのだ。

雅楽はしかし、何もいわなかった。そのまま一週間すぎると、楽五郎がたまりかねて、師匠の前に両手をつき、「さだ子さんと二人で、伊豆に行っていたのです、申しわけありません」と告白した。そして、「苦しくて、どうしても隠しておけなくなってしまいました」という。泣いていた。

雅楽として、「そうか、それはよかった」とは答えられない。そこへ次の部屋から、さだ子が飛びこんで来て、「おじさま、許して下さい。私、楽五郎さんが好きなんです」と、やはり泣き出した。

雅楽はこういった。「お前たちが互いに好意を持っているのはわかっていた。夫婦にしてやってもいいと、かみさんとも噂していたのだが、勝手に二人で、私に嘘をついて旅に出たりしたのは、きたならしいことだ。私は、そういう不潔な行動は許すことはできない」

きびしい口調で申し渡すと、二人は顔を見合わせ、途方にくれた様子だった。

その夜相談でもしたのだろうか、楽五郎とさだ子は雅楽夫婦の前に並んですわり、「面目なくて、このまま、この家に御厄介になるわけに行きません。悲しいことですが、お膝もとから離れさせていただきます」といった。

雅楽としても、そういう二人を、この家に住まわせたいとは思わなかったので、すこし考えた末、「まアいいだろう。身体を大切にして、かならず夫婦になるんだね。楽五郎がせっかくおぼえた芸の道をすてるのは、全くもったいないけれど仕方がない」といった。

こうして、楽五郎とさだ子は出て行ったのであった。

「いまはどこにいるんでしょう」と私がいうと、雅楽は、「遠州の相良《さがら》という、さだ子の町に今いることはたしかです」と苦しそうな顔でいった。

「楽五郎はそのあと、毎年、年賀状だけはかならずよこしたんです。しかし所番地を書かず、謹賀新年と、自分の本名の吉村圭吾とだけ書いた年玉つきの葉書は、年末にポストに入れるので、消印がないのです。

住所をはっきり書かないということで、身をひそめてはるか遠くから私の健康を祈ってくれている、そう思っていました。

しかし、ことし届いた年賀状には、はじめて相良町本通一六高住方と、所番地を書き、妻も息子もおかげ様で元気にくらしておりますというふうな文面がありました。夫婦のあいだに男の子がいたのがはじめてわかって、ホッとしましたが、二人を私のところで夫婦にさせてそばにいてもらえばよかったという悔いは、今も残って消えません。きょう勘当される源蔵夫婦を見送る天神様を見ていて、私は二十年前の苦い経験がつい思い出されて、泣いてしまったんです。みっともなかったでしょう。許して下さい」といった。

私は何もいえなかった。そして深い感動に浸っていた。

結局、雅楽は腕があって男前でもある門弟楽五郎に、充分未練が残っているのだと思った。

二

そんな話をしているところに、すし初ののれんをあげて、「伝授場」で天神様に出ていた獅子丸が若い女形《おんながた》とはいって来た。

「きょう見たんだよ」と雅楽がいうと、目を見はって、「どうも不出来で、はずかしうございます」と頭をさげる。

「いや、なかなかよくやっている。きょうは『伝授場』で、私は泣かされてしまったよ」という老優の言葉で、獅子丸は「ほんとですか、高松屋のおじさんを泣かせたとしたら、勲章を頂いたより、うれしいことです」と素直に喜んだ。

その時、私ははじめて気がついたのだが、あの芝居の筋だけでなく、獅子丸の菅公が上手だったからこそ、雅楽を落涙させたわけなのであろう。

「何か、お気がつくことは、ありませんでしょうか」と尋ねられて、雅楽は「そうだな、叱りながら源蔵夫婦を見る目が、どうしてもやさしくなってしまう、そんな感じを工夫すれば、役がもっと奥行深いものになるかも知れない」と一言だけ答えていた。

こういう若い役者の大先輩から教えられている場面には、長年居合わせているが、きょうのダメ（文注）には、ひとしお、思いがこもっているようだった。

そのあと、私は話題を変えて、「楽五郎さんのいる相良というのは、『伊賀越《いがごえ》』の『沼津《ぬまづ》』で呉服屋《ごふくや》十兵衛《じゆうべえ》のセリフにある九州相良と何か関係があるんでしょうか」と訊いた。

「じつはことし、楽五郎からはじめて居場所を書いて来たので、改めて地誌でたしかめたんだが、その町にあった大名がのちに九州に転封されたのだという話です」というのであった。

付け加えておくが、その夜帰って日本地図と『読史備要』を見ると、相良というのは、東海道線の藤枝《ふじえだ》から御前崎《おまえざき》のほうにゆく街道にある城下町で、はじめ本多という大名が一万五千石、のちに田沼が三万石で支配していた町だという。

しかし、間もなく、私はその町に行くことになるのだ。

「菅原」を見てから二ヵ月経ったころ、私の姪の娘が縁があって藤枝の銀行につとめている青年と結婚することになった。地元で式をあげ、披露宴もその町で開くからぜひ御夫妻で出席して下さいという案内があったので、喜んでお祝いに参上すると返事をした。

雅楽とこの月も会って監事室で観劇、いつものようにすし初に行き、「近日藤枝までゆくんです」といった。

すると、即座に老優がうれしそうにいった。

「たのまれて下さいませんか。御迷惑だと思うが、折角近くまでゆくんだから、相良を訪ねていただけないだろうか」

じつは私は、藤枝と聞いた瞬間に、ついでに相良の町を見て来ようかと思った。バスでゆけばすぐのはずだから、ひと晩だけ余計に泊って、家内を待たせてひとりで行こうと考えたのだが、雅楽にそういわれたので、何となく見にゆく理由ができて、更に気が楽になったのである。

「それで、楽五郎をいきなり訪ねるんですか」というと、「いや、それもあんまり唐突だと思う。あの男は竹野さんを知らないから、不意に行っても、妙な顔をされたら、あなたにもすまない。それで、こうして頂きたい」というのが、次のようなことだった。

私はメモに書きつけたのであるが、
1、相良にはいったら、あの町にある、いちばんいいという評判のおどりの稽古所を聞いて、そこに私の名刺を持って訪ねて下さい。私の名前ぐらいは多分知っていると思う。訪ねて、二十歳前の弟子で、圭吾という父親、さだ子という母親を持っている若者がいるかどうか、尋ねていただきたい。
2、別にもし義太夫《ぎだゆう》の稽古所があれば、そこでも、同じ質問をして下さい。
3、もしそういう弟子がいたら、芸のたちはどんな工合かと尋ねて下さい。
4、それだけで、楽五郎に会って頂く必要はありません。

というのが、雅楽の依頼するすべてであった。

何となく事件を刑事が調べるように、足をはこんで手がかりをつかもうとする方法を、雅楽が示してくれたので、私もおもしろくなったが、つい愚問を発してしまった。

「高松屋さんの御指示通りにして来ますが、稽古所というのをなぜ訪問するのでしょう」

「竹野さん、私はね、私がもし楽五郎なら、師匠をしくじって舞台と遠ざかったとしても、芝居に対して、きれいさっぱり忘れてしまうことはできないはずです。多分に自信を持って芸道にはげんでいたあの男は、さだ子と相良に住んで、おそらくさだ子の家の薬種問屋の帳場にでもすわっているのではないかと思う。二人が家を出てから、縁つづきではあるが、まったくさだ子の家からは便りがなく、こっちからも何もいってやらないまま、ゆき来は途だえてしまっているから、これはあくまで私の想像です」

「ほう、楽五郎としては、しかし、お店で帳づけなんかしているだけでは、おそらく手持無沙汰だし、さぞ不本意でしょうね」と私は卒直にいってみた。

「もちろん、食うに困るわけでもなく、好きな女と連れ添って、子宝にも恵まれたんだから、普通の人間なら満足して毎日を送っていると思うが、一旦歌舞伎の世界に身をひたしていた者は、何年何十年経っても、自分の育った過去の思い出は消えるものじゃない。しかし、今更私の前に出て、破門を許して下さいともいい兼ねるだろう」

「そうですね」

「そこで、私が楽五郎だとしたら、自分の子供が幸い男だったのだから、東京にいつの日か行かせて、親のかわりに私に会い、許されるなら門弟の末席にと懇願すると思う」

「ほう」

「それで楽五郎は、多分そういう夢を現実にする前に、伜《せがれ》に役者になるための基礎として、すくなくともおどりを、それからもしいい稽古所があれば義太夫を勉強させようと考えているのではないかと思うんです。仮にお願いした二ヵ所に、楽五郎の子供が入門していて、芸のたちも悪くないということがわかったら、私としては、向うから何かいって来る前にも思案するつもりです」と老優はいった。

つまり、雅楽はとっくの昔に、楽五郎夫婦が訪ねて来さえすれば、喜んで迎える気になっていたのだろう。

しかし、世の成り行きというものは、すこしばかり面倒である。そこで親が来なくても、息子が来るなら、門を開こうとしているのだろう。「思案するつもりです」というのは、それを意味するのだと、私はさとった。

それにしても、二ヵ月前の「伝授場」以来、雅楽の中に、むかしの弟子の追憶がよみがえっていたのを知り、楽五郎に対する愛情がいまだに濃いのを知り、私はもう一度感動せずにはいられなかった。

六月の大安吉日を期して、親戚の娘が祝言の盃をめでたくとり交わし、町でいちばん大きい不二の家という料亭で、披露の宴席が開かれた。

私と家内は不二の家の近くの旅館に一泊、翌日私だけ、相良に行った。未知の土地だが、雅楽の話を聞いていたのと、町を訪れる前に調べてもおいたので、耳に馴染んで、はじめから旧知の場所に着いたような気がした。

戦災とかかわりのない、昔の城下町の街並がそのまま保存されているのが、何よりうれしい。

私は郵便局に行って、県の電話帳で相良の頁を見て、個人でなく企業体の方で、稽古所をさがしてみた。すると、「邦楽邦舞」という項目があり、花柳・藤間という稽古所が三つ、竹本という稽古所が一軒あるのがわかった。

私はとりあえず、局の近くの喫茶店にはいり、コーヒーを注文したあと、店の主人に、「つかぬことを伺いますが、この町のおどりの師匠でいちばん盛大にお弟子をとっているところを御存じありませんか」と訊いてみた。

幸運にも、その店の主人はこういった。「この先百米《メートル》ほどのところに、花柳寿美孝さんという看板が出ています。私の親戚の娘もお稽古にかよっているのですが、お弟子さんはかなり大勢のようですよ」

私は厚く礼を述べて、寿美孝を訪ねた。ちょうど昼の休みなので、弟子もいなかった。雅楽の名刺を見て、五十がらみの女性は、「まアえらい方の御紹介ですか」と丁重に招じ入れてくれた。

雅楽にたのまれたような質問をすると、「ええ、十八になる色白の子が二年前から来ていますよ。なかなか、たちもよく、私もたのしみにしているんです」

「お父さんは圭吾さんというんじゃありませんか」

「ええ、お母さんが、たしか、さだ子さんといいましたっけ」

これで充分だった。

次に電話帳に一軒だけ出ていた竹本雌蝶という稽古所を訪ねた。芸名通り、女の義太夫で、六十五六の師匠だったが、ここにも高校生で、吉村久夫という十八歳の子が最近稽古に来るようになった。声量もあるし、筋もよくおぼえているという答えであった。

雅楽の見通した通りの事実が、こうして立証された。

三

それはそうとして、私は折角行った相良の町で、楽五郎夫婦が住んでいるはずの薬種問屋の店を、どうしても見ずに帰って来る気がしなかった。

もちろん、前を素通りするだけでいい。いつもの好奇心をおさえるわけにはゆかないのだ。

又しても電話帳でさがすと、高住という薬屋が、企業体の中に出ていた。所番地を手帖につけて、私はその店をさがした。

いま時東京にはもう見られない紺の大きなのれんに、白くカギの手の中に高という字を染めぬいてある。石のおもしをつけたので、裾がピンと張っているのが、見ていてこころよい。

その脇に店の間口がひろがっているわけだから、こののれんはいわば看板のような意味を持っているのだろう。

中に三人ほど店員がいたが、楽五郎がその一人かどうかは、素顔を知らないのでわからない。立ち止ってまじまじと見てもいられないので、ゆっくり前を通りすぎると、店の横から色の白い四十代の女性が出て来た。

地味な色のスーツを着ている。これが、さだ子だろうと思って、私はすこし胸がおどった。もちろん、知らぬ顔で見すごした。

東京に帰って、早速千駄ヶ谷にゆき、相良での見聞を報告した。高住薬舗の前を通ってみたと話すと、雅楽は私の目をじっと見つめて、「竹野さんも、私と同じように、物見高いんですね」と笑った。

「私にもそういうところがありますよ」と老優は続けた。「若い頃に、私は旅に出て、浜松の小屋で、はじめて自分の出し物をさせてもらいました。忘れもしない、『引窓《ひきまど》』の十次兵衛《じゅうじべえ》です。まだ独身だったし、遊び仲間が一座にいく人でもいるから、三日あの町にいるあいだ、毎晩芝居がおわると、飲み歩いていました。すると、その時行ったある店の娘が、私と二人きりで会いたいと小声でささやくんです。悪い気持はしませんが、何かが起ってその町をスラリと出てゆくわけにゆかなくなったら大変だと思ったので、言葉を濁していると、私は決して軽々しくこんなことをいっているのではありません。私の家は栄町二丁目の葉茶屋です。固い女ですわというのです。つまり、私の口からいうとおかしいが、その娘は私を好きになって、本気で私のかみさんになりたいと思ったらしいんです」

「いい話ではありませんか。それで、どうなさったんで」と訊くと、「その時は結局、二人きりで会ったりせず、東京に帰ってから手紙を書くといって、翌日名古屋に発ちました。今思うと、可愛い子でしたっけ」

「手紙をそれで、出したんですね」

「まだ結婚するには早い、役者としてもうすこし修行をしたいと書いてやったら、よくわかりました、御出世を祈りますという返事でした。ところで竹野さん、私はそれから五年経って、また浜松の小屋に出たのです。その娘が見に来て楽屋に顔でも出すのではないかと内心期待していました。しかし、娘は来ない。それで私は栄町二丁目の葉茶屋をそっと見に行ったんですよ。中にはいらず、竹野さんと同じようにゆっくり前を通って帰って来ました。店の横から誰も出て来ませんでした」

雅楽は、いつものように私に出してくれた杯に酒をつぎながら、遠い昔を思い出すような目をした。

ちょうど老優の妻女がいて、「また浜松のお話ですか」と微笑した。いい夫婦だ。

その二日のちに、雅楽から電話がかかった。「相良から吉村久夫という名で、私のところに、あの町の地酒で前にはよくもらっていた菊根分というのを二升送って来ました」という。うれしそうな声だった。

夜、すし初で会うことになったが、雅楽はカウンターで、たのしそうに杯を重ねている。おかみさんが「何だか、雅楽の小父さま、うれしそうですね、きょうは」といった。

「竹野さん、菊根分っていい銘柄でしょう。役者の弟子が師匠の名前をもらうのは、あきんどでいうのれん分けということになりますが、つまり、苗を配って、花を咲かそうというので、楽五郎も楽三も、いってみれば根分けした相手なんです」

雅楽のこういう話し方は、声が朗々としているので、何となく詩のようであった。

「楽五郎は、竹野さんがおどりと義太夫の稽古所に行って下さったのを聞いて、私が自分をまだ忘れていない、そして自分の息子のことを心配していると思ったんです。つまり、自分はもう舞台に帰らないにしても、息子の身柄が、ことによったら私に預ってもらえるのではないかと考えているのでしょう。それで私がいい名前だといつもいっていた酒を、子供の名前で送って来たんです」雅楽はしみじみと語った。

その菊根分を一本、私は雅楽からもらった。うちで飲むと、地酒によくある特別な香りがあって、じつに芳醇である。老優が目を細くして、これを味わっている姿が目にうかんだ。

また五日ほど経ったら、雅楽から電話がかかった。「きのう、相良の楽五郎から電話がありました。私が出ると絶句して、泣いているらしいんです。どうしたんだといいましたら、伜を伺わせてもいいでしょうかと聞きます。私はこういいました。東京に馴れてない子供を一人で旅に出すなんて危険じゃないか」

「ははア」私は思わず、笑ってしまった。

「高校生がまちがいがあるわけはないにきまっていますが、そういうと、では父親が送ってゆくことにさせて頂きます、といいました。じつは明日午後、親子で出て来るんです。竹野さんもいわば二人の中に立って下さったわけです。千駄ヶ谷まで、おいで願えませんか」と雅楽がいう。

喜んで伺いますといった。師匠と弟子の二十年振りの対面という、いい役者とうまい役者が演じる場面に居合わせられるとは、めったに経験できないことだ。私は勇み立った。

午後一時に雅楽の家に着き、私は二人で、茶の間で待っていた。老優はそわそわして、自分のうしろの長押《なげし》にかかっている八角時計を、ふり返っては何度も見ている。

二時すこし前に、玄関に訪ねる声がした。雅楽夫妻がサッと立ち上って、迎えに出た。

「まア三人で、まア、まア」と妻女が大声でさけんだ。

楽五郎とさだ子、そのうしろから、聡明そうなひとり息子の久夫がはいって来た。

私にはわかったのだが、雅楽は正座して、両手を膝におき、三人をじっと見ている。つまりこの姿勢が、楽五郎と会うための形なのであった。

程のいい距離に、三人は横に並ぶ。真中の楽五郎が畳に手をつき、深々と頭を下げた。

「長いあいだ御無沙汰いたしました。かげながらお身の上を案じてはいても、図々しくお便りをさしあげるわけにもゆかず、ついつい長い年月をすごしてしまいました」

「みんな、元気そうでいいね。この子かい、久夫君というのは」

「はい、まだほんの子供でして」

「どうして立派なものだ。親まさりだ」と雅楽はわざとおかしそうにいう。

「さだ子さんも、ちっとも変らないわね」と妻女が夫の脇から声をかける。

先日高住の店の横から出て来たのはまさしくこの女性であった。しげしげ見ると、色白で鼻すじが通り、口もとがしまって、美しい人妻である。

「紹介がおくれたが、この人が東都新聞の竹野さんという古い記者でね、藤枝にゆくと聞いたので相良に寄ってもらって、久夫君のことを、それとなく調べてもらったんだよ」

「そうでございましたか」と三人は私を見た。私は何となく、きまりが悪かった。それで、かえって気楽になると思ったので、こういった。

「そっとお店も見て来たんです」

五人がドッと笑った。

「高校生に芸事を勉強させようとしているのは、できたら、将来、芝居の世界にと思っているのではないかと私は考えた。今は国立劇場に研修所があるから、そこに行ってもいいが、何なら私が預って面倒を見よう」

老優がいうと、楽五郎はまたしても、涙ぐんで、「ありがとうございます。父親が御厄介になり、こんどは伜が。うれしいお言葉でございます」といった。

この先、どういうことになるかは、その時はきまらなかったが、三人は今夜は新宿のホテルに予約しているといったのを、食事だけでもしてゆくようにと、夫妻が強《た》ってすすめたので、改めてすわり直した。

妻女がわざわざ人に手伝ってもらってこしらえた、心づくしの手料理を大きな食卓に運ぶ。

私もお相伴することになった。

さだ子も勝手知った台所に立って、茶碗や皿小鉢を盆にのせて来る。賑やかな夕食がはじまった。

菊根分のほかに、老優がいつもきめて飲んでいるすし初と同じ桜正宗が出た。

久しぶりの師弟が、さしつさされつしながら明るく談笑しているのを見て、私も幸せになっていた。

雅楽も楽五郎もさだ子も、ほんとうにうれしそうであった。

同じ畳の上にいながら、私は客席から見ている気持である。源蔵夫婦が主人の家に菅秀才を連れて来たという場面があったとしたら、こんな舞台になると思った。

明日もう一度来るといって、三人は午後九時すぎに、行ってしまった。残った私は雅楽から何度も礼をいわれた。

そのあとで、老優が私に苦笑しながらいうのだった。

「きょう、すっかり変った二人を見ながら気がついたんですがね、二十年前に楽五郎とさだ子をきびしく叱った私の胸の中に、美しいあの娘を奪った男に対する焼き餅があったのかも知れませんね」

演劇史異聞

初代市川團十郎

私は東都新聞をやめてから、月に二回ぐらいは千駄ケ谷の老優中村雅楽《なかむらがらく》の家に行って、四方《よも》山話《やまばなし》をするのが、何よりたのしみである。

「車引殺人事件」の時からもう何十年も経っているが、雅楽は少しも年をとらず、頭も益々冴えている。

先日の午後、訪ねると、日当りのいい縁側で雅楽は読書していた。いつものような外国の推理小説かと思ってのぞくと、明治に刊行された伊原敏郎博士の『近世日本演劇史』である。「久しぶりで読んだが、今更のように名著ですね。竹野さん」と言い、「今、こういう本をなぜ岩波あたりが文庫にしないのかね」と言った。

そして、「じつはきのう早稲田の演劇科を来年卒業する学生が来てね、論文に歌舞伎のことを書きたいのだが、テーマは何にしようかと相談されたんです。それで、演劇史の中にはいろいろな事件があり、その謎がとけてないものが多いから、何かひとつ拾って、推理してみたらとすすめたんですよ」とつけ加えた。
老優でなければ思いつかない考え方なので、私は目を見はった。「そうすすめたあとで、この本を引っぱり出して見ているんだが、私はもう、むずむずしてね」と笑う。

「高松屋《たかまつや》さんでは何が興味をひきますか」と尋ねると、「八代目團十郎《だんじゅうろう》の切腹は、少し乱暴だが、私がひとつの絵ときをしてしまった。しかし、まだいくつもありますよ。第一、初代の團十郎が舞台で生島半六《いくしまはんろく》に刺し殺されたということも、原因にはいろいろな解釈があって、文献にそれぞれの意見がある。藪の中というやつですよ」と答えた。

「その初代についてのお考えをぜひ聞かせて下さいませんか。私は京都の雑誌に六回ばかり何か書いてくれと言われているので、高松屋さんのその絵ときのお説を紹介させて貰いますよ」とのり出すように言ったら、ニコニコしながら、しばらく腕組みをしていたが、「さア六つの絵ときができるかどうか。しかし、まず、成田屋《なりたや》のことを話しましょう」と言ってくれた。
以下は、その翌日、再び行って聴いた話である。

初代市川團十郎は、元禄時代に江戸の荒事《あらごと》をはじめた人で、以後現代まで、宗家《そうけ》として、歌舞伎の世界では特別に扱われている名門です。今の團十郎は十二代目ですが、二代目、四代目、五代目、七代目、八代目、九代目と、六人も名優がいい仕事をしています。こんな家筋は、他にありません。

荒事は今でも行なわれ、「暫《しばらく》」「車引《くるまびき》」の梅王丸《うめおうまる》、「矢の根《やね》」といった芝居の主人公の隈《くま》どりは二代目が工夫したのが、伝統として今でも舞台で英雄の顔をこしらえ、世界中の演劇学者がその見事さをほめています。

そういう荒事のもとを作ったいい役者が、どうして非業《ひごう》な死をとげたのか、ふしぎです。

事件は元禄十七年二月十九日におこりました。その月普請ができたばかりの新しい市村座《いちむら》で、團十郎は「移徒十二段《わたまし》」という狂言で、佐藤次信《さとうつぎのぶ》を演じていました。弟の忠信《ただのぶ》は「江島生島《えじま》」というこれも演劇史上の大事件があって、三宅島《みやけじま》に流された生島新五郎《しんごろう》がつとめていたのです。

二月十三日が初日で、その日は七日目でした。この芝居は義経《よしつね》の家来の佐藤兄弟の物語で、新五郎の弟子の半六も、家来でいい役に出ています。團十郎は自分の弟子にこの役をと考えていたのですが、新五郎が「兄さん、うちの半六ではどうでしょうか」と言ったので、「まアいいだろう」とうなずいたわけです。

つまり、半六は團十郎が賛成してくれたればこそ、立派な役者の揃った芝居に出られたのですから、成田屋に怨みのあるはずはありません。私はそう思います。

この男は前は杉山半六という芸名でしたが、新五郎の門に入って姓を変えたのです。そして自分の子の善次郎は、團十郎に入門させて、この月まで四ヵ月にしかならないのです。

『武野俗談《ぶやぞくだん》』には、半六が不倫を犯し、團十郎がきびしい訓戒を与えたのを、恥をかかされたという風に受けとったという風に書いているし、又別の本には、その不倫を諷した芝居をこしらえようとしたのを半六が怒ったともあるのですが、團十郎自身だって、四十五のその年までには、本妻以外の女に近づきもしたし、そのころでは珍しくもない若衆方《わかしゅがた》の團之丞《だんのじょう》や梅之助《うめのすけ》、女方《おんながた》のみなといった同性の若者とかかわりを持ったことを、元禄六年に信心していた不動様にあげた「願文」にハッキリ告白しているんです。

願文というのは、二行三行でもすむのですが、團十郎は筆まめでしたから、長々と自分の私生活をくわしく書き、こんなことをした、あんなことをしたと反省を行っているのでした。その願文は伊原博士が、十代目團十郎を死んでから贈られた九代目の聟の三升《さんしょう》が、坪内さんを介して執筆をたのしんだ『宗家の代々』という出版物を用意する時に、堀越（團十郎の姓）の家に残っていた古文書の山の中から発見したもので、元禄九年にもう一通書いています。

あとのほうには、「もう自分は昔のような好き勝手なことを一切しない、妻とのあいだに二人の男の子――上がのちの二代目です――と、二人の女の子がいるし、両親も健在していることだから、悪心は仮にもおこさず、ひたすら劇場の太夫元《たゆうもと》（興行主）に奉公、友人と誠実につきあってゆくことにしている」という意味の文がしたためてあり、「自分の出ている芝居はいつも大入り、家族もみんな元気なのは、ありがたい御利生《ごりしょう》のおかげです。これからも信心堅固につくします。帰命頂礼《きみょうちょうらい》、うやまって申す」と結んでいるのです。

こんな風に自分を戒《いまし》めている團十郎が、仮にも他人を傷つけたりするような言動をすることはないだろうと思います。

しかし、私は二度目の願文を捧げた年から、つまり三十七歳の年から、四十五歳で殺されるまでの八年間のあいだに、何かが勃発したのかも知れないと思いました。

たとえば、言いたくないけれど、弟子にしたばかりの半六の息子を愛したいと迫ったとでもいうようなことを考えてみました。当時のそういう風俗は背徳とは思われていなかったのですが、受け身の側が、真っ青になって拒絶する場合も当然多かったのです。

しかし、半六はそんなことでなく、團十郎に急に敵意を持った。そうすると、これは第三者が陰で、半六をたきつけたのではないかと、私は次に推理しました。

まア、團十郎がお前の子の善次郎はまずくて、ろくな役者になるとも思えないと、罵ったとか、親がろくにものを教えないから妙な子供ができると言っていたとか、多分気の短かったにちがいない半六をカッと逆上させるようなことを耳打ちしたのかも知れません。あるいは「新五郎が頼むから家来のいい役を与えたが、同じ舞台にいると、まずいので、こっちまで迷惑すると成田屋が顔をしかめたんだぜ」と言ったかもわかりません。

あとのほうだとすれば、もっとカッとするでしょう。多分私はあとのほうかと思う。

私は楽屋で、芝居が終ってから殺されたということが『宝永忠信物語』という本に書いてあるのを『歌舞伎年表』で見ました。舞台裏の出来事がお客に知れわたり、桟敷《さじき》から飛びおりて火鉢で羽織の裾をこがして外に飛んで出たお客が生島半六が成田屋を殺したと口々に叫んだと書いてあります。

楽屋でということは、今でもそうですが、芝居がすむと座頭《ざがしら》のところにみんな挨拶にゆきます。半六も、虫をおさえて、成田屋の楽屋に顔を出し、こう言ったのではないでしょうか。

「私、どうもうまくできません。ちょっと相手をして頂けませんか。ここでもう一度」と言います。「移徒十二段」というのは牛若丸時代に若い家来を義経が持ち、鞍馬山で鍛えた剣術を佐藤兄弟など数人に教えるという筋らしい。木太刀でなく、立派な刀を持っての稽古を舞台で見せたのです。それも、團十郎が死んでから六日目の二十五日に役所が四座の太夫元を呼び出し、「これから脇差は銀箔を張った竹か、黒うるしを塗った竹を鞘に入れるよう」と厳命したと古文書に書いてありますから、二月十九日の舞台では実際に人を殺すことができる本身《ほんみ》を持っていたのはたしかで、半六に言われた團十郎が「さアそれで切りかかってみろ」と言った時に、半六はタテ師のつけた争い方でなく、真剣勝負をして、團十郎を驚かせ、傷つけ、致命傷にしたのでしょう。

この想像が当っていたとすれば、おそろしいことです。

半六をそんな風にしたのは誰か、動機は何かと考えた末、私はひとつの結論に達しました。それは半六が起用されたために、自分の貰うはずだったいい役を持ってゆかれた同輩の役者だったというわけです。

名前は明らかではありませんが、半六がこんな事件で失脚したら、これからは自分がいい役を貰えると思った男、團十郎がいないにもかかわらず、そんなことを考えたとすれば、それは新五郎のやはり同門の弟子で、半六につよいライバル意識を持っていた男だと断定します。その役者の功名心のために、大名優の初代團十郎、そして生島半六は葬り去られたのです。

私は雅楽の推理に敬服した。この話を聴いて、「おもしろいですね、でもよくこんな風に」

と言ったら、老優は「私にもこういう経験があるんです。二十一の時、大顔揃いの『忠臣蔵』で千崎弥五郎《せんざきやごろう》の役がついてね。ずいぶん多くの仲間から散々いじめられましたよ」と、遠いところを見る目をしながら、呟《つぶや》いたのだ。

初代山中平九郎

先日、千駄ケ谷の中村雅楽を訪ねると、また『日本演劇史』に読みふけっていたらしく、頁のあいだに何ヵ所か、朱色の紙がはさんであった。

「何か、いいテーマがありましたか」と尋ねると、「大げさに言うと無尽蔵ですね。まア明治以後のは、文献がいろいろあるし、役者の写真も残っている。それに私が若いころ、『小父さん』とか『兄さん』とか呼んでいた大先輩が直接、舞台も見ているし、個人的にも会っているのだから、一人一人の伝記は、私もそらで言えるくらいです。しかし幕末までは、資料もあったりなかったり、口づてに残っているいわゆる口碑が多いから、『おや、おかしいな』と思っても、まずそれを正しいとして、伊原先生も活字にしている。それについて私が、ほんとうはこうだろうと異説を立てる余地が、いくらもあります」と言う。

「そうですか」

「ことに元禄時代あたりは、もうまことに、雲をつかむようでしてね」と言ったあと、「寛永九年生れで、享保九年八十三で死んだのだから、そのころとしては珍しく長命だった山中平九《やまなかへいく》郎《ろう》について、今月はお話ししましょう」と老優が言った。

「何だか楽しみですね」と私はノートをいつものように鞄から出して、机の上にのせた。

この山中平九郎を、死ぬ前の年に、五代目菊五《きくご》郎《ろう》が、福地《ふくち》桜痴《おうち》さんが「葵上功隈取《あおいのうえてがらのくまどり》」という題で書いた台本で、歌舞伎座で演じています。「土蜘《つちぐも》」のような妖怪の隈をとる役を家の芸として演じた音羽《おとわ》屋《や》にふさわしいというので、一度病気で長く休んだあとのお目見得狂言にしたのです。

『源氏物語』の葵の上を平九郎が歌舞伎で演じることになり、いろいろ苦心して、能の面や伝授の巻物などを見て、自分の気に入った隈がようやくでき、ああよかったと思って部屋の鏡の前で妻女を呼ぶために手を打ち、そこへ下から階段をあがって来た妻女が、あまりの恐ろしさに肝をつぶして、下に落ちたという話が、『近世奇跡考』という本に載っているそうで、この芝居は、それを材料にしたのです。

平九郎という人は、元禄二年に、藤原《ふじわら》時《し》平《へい》に出た時、青い隈というものを考えて顔をつくりました。赤い隈は前からありましたが、それを青くしたので、不気味な大悪人という印象が強く示されたわけで、竹野さんも「車引」の時平、「暫」の正面にいる俗にウケと呼ばれる公卿でよく御存知のように、今も行われている化粧法です。

私は一度だけ、時平に出ましたが、どうもこういう役は苦手なので、それからもう、持って来られても、断ることにしてしまいましたよ。

平九郎は化粧法の発明もそうですが、悪人の役が実に憎らしくて、相手が舞台で、にらみつけられると、ぶるぶる震えたと、伝えられています。そんなに大きな身体でもないのに、堂々として見られたのは、芸がよほど優れていたということになっている。いわゆる敵役《かたきやく》という役柄を拵えたのも、この人で、同じ時代の二代目團十郎と、四つに組んで、わざと競ったといわれます。

いろんな逸話がありますが、大盗賊の熊坂長範《くまさかちょうはん》をした時、團十郎が武者修行の姿でその宿に来て、「たばこの火を貸して下され」と言う。キセルを出すと、自分のキセルを反対側に持って行って火がなかなかつかない。やっとつけるという意地悪をされたので、團十郎が幕がおりてから、部屋に行って、困るじゃないかというと、ケロリとして、「いや桟敷にいい女の客がいたので、そっと教えようとしたのさ」と笑ったというのです。

このごろはそんなことがなく、役者同士、まことに礼儀正しく共演していますが、明治までは、舞台で即興のようにこんなことをして相手を困らせる役者がいたもので、六代目菊五郎が若いころ、八百蔵《やおぞう》といっていた当時の七代目中車《ちゅうしゃ》の仁木弾正《にっきだんじょう》を、二重の高い所から細川勝元《ほそかわかつもと》の役で見おろし、「おそれ入ったか」というと、小声で「おそれ入らねえ」とぶつぶつ言ったあと、はじめて台本通り、「おそれ入りました」と平伏したという話がある。若くしてまだ芸が一人前にならない六代目をからかったわけで、六代目は湯殿にいる八百蔵の所に飛び込んでつかろうとしたのを、抱き止められたという話があるのです。

即は、「実悪《じつあく》はあまりべらべらしゃべらず、腹の中で何か企んでいるような心持でいるほうがいい」とも言ったそうで、声量もそんなになかった人らしいが、何ともたくみな言いまわしを口跡《こうせき》として持っていたとも、本に書かれています。

大体、江戸時代の役者は、『評判記』という本が毎年出版され、一座の中で格が段々と、一歩一歩あがってゆき、最後に極上上吉といって、名優としてのきわめがつけられるのを原則としていますから、妙なたとえですが、役所や企業の年功序列のような感じもします。明治以後、それがなくなったのは、まことに気持がいい。実力本位になったのだから。

伊原博士は、あらゆる史料に目を通し、『演劇史』を書く時に、その役者に対して伝わっているいい話ばかり選んでいるとも言えますから、悪いことはどこにもない。つまり、その行動は美談、歴史に残ったのはすべて優れた芸の持ち主と、そんな風に読者を思い込ませる書き方をしていられます。

平九郎が「悪人の役の開山」だという言い伝えは、弘法大師や日蓮上人が、真言宗や法華の始祖だというのと同じで、つまり山中大明神というわけですが、私には異論が、実はあるのです。

「竹野さん、これからは私の新しい見方ですが、ほんとうに、そんなに平九郎は、うまかったのだろうかという疑問を、こんど『演劇史』を読んで、私は持ちました。明日にでも、例の学生が来るから、あなたはどう思うかという宿題を出してあげるつもりです」と、雅楽は楽しそうに、手をこすりながら言った。

私はいろいろな事件の謎を解決し、大体のメドが立ったところで、ゆっくりと、その説を小出しにしてゆく話術のうまさに、いつもわくわくさせられて来た。こんども、そんな感じがあって、私は、老優の前で、膝を乗り出し、「高松屋さんの新説を御披露願います」と催促する。

実を言うと、私にはこういう経験があるのです。「牡丹燈籠《ぼたんどうろう》」のお露《つゆ》という娘の幽霊を、大正の初めに源次郎《げんじろう》という若い女形《おんながた》がしたことがあります。ほとんど目立つ役を貰ったという芸歴もなく、その時も、ほかの名門の息子がするはずだったのを、急病で出演できなくなり、起用されたので、当人としては飛び立つ思いで稽古を熱心にしました。私もお露の親の飯島平左衛門《いいじまへいざえもん》に出ていたんですが、びっくりするほど、うまいんです。第一、顔がどう見ても娘の幽霊にしか見えません。だから乳母のお米に手をひかれて、お露が出て来ると、新三郎《しんざぶろう》をしている二枚目の役者がこわくて、顔をまともに見られない、水を浴びせられたようだと、私に話してました。もちろん見物にもそれがわかり、劇評も大変なほめ方をしました。しかし、そのあと、続けて「賀《が》の祝《いわい》」の八重《やえ》をした時は、お露のようなわけにはゆかなかったのです。

その月は私も一座していませんでしたが、あくる月、上野の寺で役者の法要があって、その席で久しぶりに会ったとたん、私はお露の役が大当りだった事情を悟って、ハッと、思わず膝を叩きました。その源次郎という若い役者の顔色が、実に青いのです。血色が薄いのです。私が「どこかが悪いのかい」と尋ねると、さびしそうに笑って、「私は子供の時から色白というよりも、いつも青い顔なんですよ」と言った。つまり、そういう男だから、お露が自然に幽霊らしくなったので、芸ということではなかったんです。

それで、私はふと、きのうから考えましたよ。山中平九郎はもちろん、源次郎なんかと違って、確かにうまくはあったのでしょうが、そうかといって、無類の名人で、何百年に一人といった役者ではなかったという結論です。

竹野さんはもうおわかりかと思うが、平九郎は生れつき、こわい顔をしていたのです。よく子供をあやして泣き出される人相の人がいますが、平九郎は、それじゃなかったかと思う。

そういう顔の者は、商人になんかなれません。店先に険悪な顔で坐って居られたんじゃ、お客様が寄りつきません。

今でも、お巡りさんや守衛さん、つまりガードマンなんぞには、柔和な感じの人よりも、こわい顔が条件としてはふさわしいと言えます。

優しい人柄の役者が女形になります。私のように分別くさい顔をしている者は、「忠臣蔵」の勘平《かんぺい》は不向きですよ。七段目の平右衛門《へいえもん》でさえ、私がした時、「愛嬌がない」と劇評に書かれ、私は「ごもっとも」とうなずいたものです。

それぞれの人柄で、分担する役柄の枠が大体決まる。歌舞伎に限らず、映画やテレビでも、顔つきが役を決めます。

平九郎の隈どりで、妻女が階段をころげ落ちたのは、亭主が一層こわい顔になっていたためでもありましょうが、夫を喜ばせるつもりで、わざと落ちて見せたのかも知れないと、私は思いますね。

生島新五郎

おどりの会で、中村雅楽と会った。この日の演目の中に「江島生島」がある。戦後に六代目菊五郎と三代目梅玉《ばいぎょく》とが共演したのを見た話をしながら、「この事件は何しろ一軒芝居小屋がつぶされたんですね」と私が言うと、「この話、私は何となく世間に伝わっているのとちがうような気がするんですよ」と言った。

江島は、将軍家継の生母月光院に可愛がられた千代田城大奥の女中の中でも、格の高い女であった。

正徳四年、前の将軍家宣の命日の二日のち、正月十二日に芝の墓に将軍の代参を命ぜられた帰りに、総勢百三十人余りで木挽町《こびきちょう》の山村座の桟敷を独占して見物した。大切な日の芝居見物はもってのほかの不謹慎というので、劇場の座元、芝居茶屋の主人、数名の大幹部俳優が呼び出されて取り調べを受けたが、その役者の中に、山村座に出ていた生島新五郎という美しい立役《たちやく》がいたのは、彼が江島と特に親しかったという事情が幕府にもわかっていたからである。

まさかと思うが、風説によると、新五郎が菓子屋の大きなつづらの中に入って、大奥に行ったということが、噂に後日なったのである。これはいかに何でもありえないことで、江島と生島は、芝居茶屋の二階で酒食を共にし、その席に屏風で囲った密室を設け、情を通じたのだと思う。

新五郎の所属した山村座は永久に廃座を命ぜられる。三月五日に下された判決によって新五郎は三宅島に流され、江島は信州高遠《たかとお》の内藤藩に預けられてそのままこの地で死ぬのである。墓も高遠にある。

私も先年この町に行き、部屋がたった三間しかない小さな屋敷を見て、じつにこの江島が哀れだと思った。

雅楽による推理を、いつものように、ここに書こう。

•

江島と生島ほどハッキリわからない奥女中と役者の関係というものは、まだかなりあったと思いますね。

ふだん、城の大奥で、身分の高い女中は、「鏡山《かがみやま》」の舞台に出て来るように、忠実に身のまわりを世話するおはした（古語で、下婢のこと）を数人置き、立派なお局部屋を与えられ、ぜいたくな服飾、ぜいたくな食事と、日常、春日局《かすがのつぼね》ではないけれど、何不自由ない生活をしてはいるが、男子はお仕えする将軍とその側近を見るだけで、まったく個人的なかかわりが持てないのだから、当然欲求不満になったはずです。

川柳なんかでは、そういう女が性的な満足を味わうための不思議な細工物をひそかに手に入れていたとか、同性のあいだの濃厚な愛欲があったとかいうことがうたわれています。

とにかく「長局《ながつぼね》」という奥女中の群棲した建物には、淫蕩な雰囲気があったようです。

毎年三月、奥女中は宿さがりで、めいめいの実家に泊りがけで帰ります。この時は誰にも遠處せず、家族と芝居見物もできました。身分の高い女だから、小屋の二階の桟敷に御簾《みす》をおろして見ていたらしい。

そうして、江島にもひいき役者ができました。いきなり新五郎に夢中になったという風に考えると、しかし、まちがいでしょう。私は、新五郎の前に、江島は二代目團十郎に関心を持ったのではないかと、じつは考えているのです。

御年寄と呼ばれる奥女中で六百石を給与されていた江島としては、できれば團十郎という最高の地位にいる歌舞伎界の特級俳優と、まず近づきたかったのだと思います。

もちろん、茶屋の主人が中に立って、そういう時は役者に声をかけます。「今日、江島様がいらしてるから、御挨拶に行って下さい」と言えば、これは一応光栄の至りですから、幕間《まくあい》に茶屋に戻って休息している席まで紋付袴《もんつきはかま》の正装で行き、うやうやしく頭をさげる。

その席にある杯をさされれば、とにかく一礼して頂戴する。そのまま、そこにいることは決してありません。もうそのあと舞台に出ないにしても、「これからまた稽古がございますので」とことわって、楽屋に帰ります。

ことに團十郎は市川宗家の当主としての見識もあり、ほかのことでも万事、役者たちの模範になろうという姿勢があった。そういう態度が代々守られたからこそ、成田屋《なりたや》の名門は、十二代目の今日まで、長い伝統を持つ結果となったのでしょう。

もちろん、正徳四年より前のことでしょうが、江島についている側近の女中が、座元に「御年寄が一度ゆっくり、成田屋さんと食事でもしたいというお考えがあるのだけれど、どうでしょう」と打診したと、私は考えます。

食事をするというのは酒を一緒に飲むことで、それは打ちくつろいで、奥女中とそのころは賤しい身分とされていた役者との関係でなく、一人の女と一人の男とが、平たく言えば、しっぽりと会うといった意味を持っているわけです。

ところが、團十郎はキッパリことわったのだと思います。色恋というものは突発的におこるもので、自分の周囲にも、町の大きな商家の後家（未亡人）だの、そういう店の娘だのと、昵《じっ》懇《こん》になり、中には、大家のお嬢さんを懐妊させたという醜聞も少なくない。團十郎は弟子たちに、厳しく警告していたそうです。

「遊ぶなら、くるわの女と遊べ。素人には決して手を出すなよ。そんなことがあったら破門だ」と、こわい顔で命じた。

何しろ荒事《あらごと》という強い英雄を演じるのが得意の役者が大声で言うのだから、ふるえあがって、弟子たちは、身持ちをつつしんだと、当時の本にも書いてあります。

いかに大奥の御年寄でも、それに屈するわけにはゆかないという気概があった團十郎は、

「折角ですが、御遠慮しましょう」と言った。

江島としては、あまり、おもしろくない。言わば肱鉄砲を食らわされたわけですから。そこで、それなら私は新五郎と会いたいと言いだした。

團十郎も新五郎も当時の名優で、わざを競い合った二人です。江島は、新五郎に声をかけることで團十郎につら当てをしようと考えた。こう私は思います。

ところで、その話を持って来た茶屋の主人は、まさか成田屋がことわったから二番手があなただとは言えない。多分こんな風な仲人口を利いたと想像します。「江島様が、あなたを見て、美しく、芸も達者で、申し分ないお人です。一度でいいから、こういうお人と、親しく会ってみたいとおっしゃっておいでですが」

すると新五郎はほくほく喜んで、「恐れ入ります。ぜひお席にうかがってお相手を致します」と返事をした。江島もこうなると、名誉を回復したような思いで、茶屋に招き、ほかの者を別室にさがらせ、さしつさされつ、嬉しい宵をすごしたわけでしょう。

ところで、江島は三十三歳、豊満な女ざかりです。新五郎は四十四歳、酔って来るほどに、江島が近づいて抱き寄せようとするのを、こばむこともなく、手をにぎり、そのあと、ごくありふれた耽溺の時間に没入しました。

こうなると、江島のほうは男が忘れられない。大体役者は舞台で色恋をたくみに演じ、女をうっとりさせる技巧を持っていますから、色模様（ラブ・シーン）もサマになっている。ふだん禁欲を強いられている江島としては、もう夢中になったにちがいありません。

新五郎にしても、香木の匂いのする衣服を身につけている女との密会は、いつも会っている女たちとはまったく別の味があったのだと思いますね。

さアそれから江島は、三月が来るのがたのしみだったけれど、正徳四年にはそれまで待ち切れず、神聖な御代参の日に芝居にくり込んでしまった。現代からは考えられない、これは大犯罪だったのです。

江島も生島も極刑を覚悟していたが、月光院のとりなしで、死は免れ、流罪になった。一説によれば、大奥の女の勢力が強くなり、何かと御公儀の政策にまで口をはさむのが迷惑なので、老中の秋元但馬守《たじまのかみ》があえてこういう厳しい扱いをしたともいいます。

じつは二代目團十郎がたびたび島の新五郎に、涙のこぼれるような、情の厚い手紙を送っているのです。栢莚《はくえん》という俳号を持ち、妻や娘まで、句を詠んだという團十郎ですから、文末に一句書き添えたりもしているのです。

こういう手紙を何通も、船便に托して届けた心持の底にあったのは、「新五郎、すまなかったなア。もしかすると、私がお前のようなことになったかも知れないのだよ。私だって木石のような固い男ではない。いつ、江島の言いなりになったかも知れないのだ。つまり、お前は私の身替りになってくれたのだ。すまないなア」ということだったと思います。

それから、お染久松《そめひさまつ》、お七吉三《しちきちざ》のように、色恋の男女の名を女を上にする言い方があります。江島新五郎と言うと、しかし芸名のようなので、「江島生島」というのです。

こういう話の中で使われる老優の言葉が、今回は何となく色気がある。私はそれに気がついた。そして、役者と女と会っている姿も、目に見えるようだ。

「高松屋さんの江島生島についての観察は、何となく実感がありました」と私が言うと、雅楽はニッコリ笑って、「竹野さん、私だって木石ではない。いろんな色恋の波風はくぐって来たんですよ」と答えたのである。

五代目松本幸四郎

先週、中村雅楽の家に行くと、机の上に写楽《しゃらく》の描いた役者絵が出ていて、その中には、五代目松本幸四郎《まつもとこうしろう》のもあった。

私はこの五代目が、鼻が高くて、「鼻高幸四郎」と呼ばれていたこと、左の眉の上にほくろがあったので、今でも五代目の型で演じるいがみの権太《ごんた》や、「先代萩《せんだいはぎ》」の仁木弾正を演じる役者が、同じところにほくろを描いて舞台に出ることを知っていた。

「例の早稲田の学生が卒業論文のために、いろいろなことを考えて来るのが、なかなかおもしろいんですが、二三日前に来た時、五代目幸四郎は外国人と日本人との混血ではなかったでしょうか、と言うんだ。まことに珍説だけれど、徳川時代に江戸にそんな異人がいたわけではないから、その仮説は無理だろうと言っておきました」と笑った。

「それよりも、竹野さん、私は幸四郎がそんなに鼻がほんとうに高かったのだろうかと考えてみたんですよ」と老優は、続けて言った。以下は、雅楽の考え方である。

写楽という絵師の生涯は、まったく謎に包まれてます。何しろ、寛政六年五月から次の七年一月までの一年たらずのあいだに、百四十五点の絵を描き、以後バッタリと消息を断ってしまうのですからね。

東洲斎写楽《とうしゆうさい》については、さまざまな人が考え、三十くらいの異説があるそうです。そして、写楽が描いた幸四郎の顔が、南北のかたき役を演じた舞台を想像させるように、いかにも憎々しく、そして鼻が異様に高くできているのを見ると、結局写真のない時代ですから、これが高《こう》麗屋《らいや》の真の容貌だと、みんなが受けとったのだと思いますが、私はずっと見くらべて、この幸四郎がほかの誰よりも、立派でいい男に見えるのに、気がつきました。

そこで私は、写楽について、私なりの想像を述べておこうかという気になりました。

歌舞伎のかたき役というのは、大体、見得をする時でも、大きくそり返って、相手をしたたかに見くだす形をとるのが口伝《くでん》です。

普通の人間でも、悪人は俯いてうわ目づかいをせず、威張って、胸を張って、にらみつけるじゃありませんか。

幸四郎は時代物の光秀《みつひで》でも、世話物の鬼門の喜兵衛《きへえ》や直助権兵衛《なおすけごんべえ》でも、いつも仁王立ちの形をして、きまったわけですから、当然、鼻をうごめかし、目をカッと見ひらいた。しかし、それが元来、いい顔なので、憎らしさ以外に、一種の美しさもあったのだと私は考えます。

こんな役者は、明治にも大正にもいませんでした。二代目左団次《さだんじ》は南北の狂言で、かたき役をいくつか演じていますが、あの人の顔は一方で徳川慶喜や、「番町皿屋敷《ばんちようさらやしき》」の青山播磨《あおやまはりま》が、白く塗って出ていて少しも変ではなかっただけ、五代目幸四郎とは大分ちがってます。

ところで、幸四郎の顔が、写楽によって、描き残された場合、それは写楽がほかの役者よりも、幸四郎を理想的な顔立ちという風に、筆を動かしたのだと、まず私は思いました。

どうして、そうなったか。私は、写楽がじつは役者で、幸四郎の弟子ではなかっただろうかと、次に推測したわけです。

どういう事情で、写楽という号で絵を描いたこの男が、芝居の世界に入り、幸四郎の門弟になったのかは、むろんわかりませんが、あんまりうまい役者ではなかったんでしょう。

これは私には経験がありますが、弟子にしてくれと言われ、まア来てごらんと答える程度で、入門を許す前に、何かの役をやらせてみる、つまり試験なんかはしないんです。

むろん、声を一応聞くために、セリフを言わせてみたり、見得をさせたり、目の動かし方を見たりはしますが、弟子になってはじめ数ヵ月は、舞台をかげからじっと見て、狂言の筋や段どりをだんだんに覚えてゆく。そしていい機会に、ちょっとした役をつけて貰うという風な順序です。

ところで、そのちょっとした役が、どうしてもサマにならなかったり、セリフの呂律《ろれつ》がまわらない感じだったりした時、「こいつはしまった。弟子になんかしなければよかった」と後悔することがよくありますが、当人が自分を役者に不向きだと思わなければ、やめてしまえとはなかなか言えません。稽古の途中で、あんまりまずいので、「役者をやめたらどうだ」と叱ることはありますが、師匠から破門を宣言はできません。

芸以外の大へん不道徳な、破廉恥なことでもしたら、その時はやめさせますが、「まずいから、役者になるのは、あきらめろ」とは、言えないんです。

それで考えると、写楽は師匠の幸四郎から、やめろとは言われなかったが、自分で気がついて、門弟を辞退したかわり、付き人になって、幸四郎の側近で奉公するようになったと思うんです。

しかし、ふしぎに写楽は画の才能があった。師匠をはじめ、そのころいた役者を片っぱしから、似顔絵にしました。しかし、それぞれの顔の際立った特徴を、誇張したのです。

だから、ことに女形なんかは、自分が描かれたのを見て、柳眉《りゆうび》をさか立てて、怒ったに相違ありません。

同じころいた初代歌川豊国《うたがわとよくに》の絵は、誇張が少なく、描かれた当人も、まアまアニッコリ笑って見たのでしょうが、写楽のほうはそうはゆかない。

あんまりすごい顔に描かれて、腹を立てた役者が、誰かに命じて右の腕を切り落させたという空想の説も、三十いくつかの中にはあります。腕を切られたら、もう絵筆は持てない。だから九ヵ月ほどで描かなくなったとみれば、なるほどと思います。

豊国も写楽も、蔦屋重三郎《つたやじゆうざぶろう》という絵草紙屋が原図を貰い、版画として大々的に売り出したので、今でも、保存のいい作品が沢山残っています。

幸四郎の絵の場合、自分の身近にいる師匠だから、どんなにでも写生ができたはずで、それこそクシャミをした顔や、うがいをしている顔も、スラスラ描けたでしょうが、それだけに、かえって、きれいに描こうという願望があった。

少なくとも、師匠に怒られるような顔だけは描くまいとしたのでしょう。ほかの役者のほうは、怒られてもいいというつもりでした。

そんなことから、鼻筋が特に高く、口もとのひきしまった顔で、それを悪人の役に仕立てたということが、「幸四郎の顔」の今のことばでいう原点になったのだと思います。

竹野さんとしては、納得して貰えたでしょうか。

私は、びっくりした。雅楽は、幸四郎の顔のことから、東洲斎写楽という人間についての、思いがけない新説を提出したのである。

そして、絵を描く動機が、役者として落第したための転身だったという理由づけも、まことにおもしろい。

写楽が幸四郎の楽屋の鏡台の脇に、その顔を仕上げて、そっとのせておいたのを、高麗屋が見つけて、嬉しそうに笑って、「おい、おれは、こんないい男じゃないぜ」と言ったとでもすれば、なおおもしろい。じつは、役者はみんな、自分は天下一の色男だと思いこんでいるもので、またそれでなければ、見物の前に立って芸ができるものじゃない。

昭和二十年に死んだ十五代目羽左衛門《うざえもん》は、劇場では、お客が全部自分だけを見ているのだという自信があったそうで、先年死んだ多賀之丞《たがのじょう》という女形が、「忠臣蔵」六段目の老母の役を初めてする時、「私はどうしたら、いいのでしょう」と相談に行くと、「すきなようにおしよ。どうせお客様は、私の勘平しか見てやしないんだから」と言ったそうだ。

雅楽も今は年寄りになったが、苦味ばしったいいマスクをしていることは、現在でもわかる。そして御当人も、自分をいい男前だと信じていたに相違ないと私は思った。

雅楽の若いころの似顔絵が、昭和の初めの絵師の筆で発売されたのを、私も持っているが、当時の写真よりもこの絵のほうが、はるかに美男子である。これは、雅楽が名取春仙《なとりしゅんせん》という画家に好かれていたからだとも考えられる。

それを思い出したので、雅楽の話がおわった時に、私は言った。

「高松屋さんは、若者の時に、ずいぶんもてたでしょうね」

すると、雅楽は頬を赤くそめ、手を左右に大きく振って、「とんでもない。私の顔なんか娘たちには喜ばれないんですよ」と言った。

「だめですよ。『演芸画報』のゴシップに、あれやこれや書かれたのを私は読んでますよ」と反問すると、「ああ、あの話は、みんなでっちあげですよ。うそだと思ったら、うちのかみさんに聞いてごらんなさい」と言う。ちょうどそこへ、雅楽の妻女がお茶を新しく入れて持って来たので、私が「今、こんな話をしていたんですが」と言うと、妻女はわざとふき出すような笑い方をして、「さア、どうでしょう。あんまりこの人は、みいちゃんはあちゃんに騒がれなかった人ですからね」という返事だった。

こういう問答を聞き流して、老優は仔細らしく、写楽の絵を両手に持って、見くらべたりしている。

庭先の木に止まった野鳥がいい声で鳴く。千駄ケ谷の閑静な老優の家の雰囲気は、いつもうっとりさせるような環境である。

七代目市川團十郎

歌舞伎座の監事室で、一幕だけ「勧進帳《かんじんちょう》」を見せて貰うつもりで戸をあけると、中村雅楽がいた。帰りに近くの私たちが馴染みのすし初の店に寄って小酌《しょうしゃく》しながら、老優が語った。

「『勧進帳』は七代目團十郎（当時海老蔵）がこしらえたのですが、伊原先生の演劇史に、天保十一年三月の河原崎座の初演の時、観世《かんぜ》の家元の清孝《きよたか》が見に来たという話が出ています。家元と同行した梅若実《うめわかみのる》の談話となっていますがね」

「家元が、幕があくと、まだ役者が出て来ないうちにプッと吹き出したのを見て、團十郎がもう弁慶で出るのがいやになったという話でしたね」

「そうです。これがじつはかなり作り話らしく思われる。私は眉つばものだと考えます」と雅楽は言うのだ。

「それについて今月は、ぜひ伺いたいです」と私はたのんだ。

以下は、老優の解釈である。

「勧進帳」は能舞台と同じように羽目板を張りめぐらし、正面に松の絵がある大道具を使った最初の狂言です。

「松羽目物《まつばめもの》」と呼ばれるのは、現在「船弁慶《ふなべんけい》」「土蜘」それから狂言の「棒しばり」「太刀盗人《たちぬすびと》」

など、十いくつもあります。

成田屋は、いろいろ新しい開拓をした役者で、能の「安宅《あたか》」を歌舞伎に移し、家の芸の荒事の手法を入れたりして、自分の世界の弁慶を演じたんですが、梅若実によると、初演の初日に、きっと弓町《ゆみちょう》さん（観世家元）が見物するにちがいない、見えたら知らせてくれと芝居茶屋全部に手をまわしておいた。そして、家元がどんな顔をするかを三階から團十郎が見ていたら、いきなり扇子を顔に当てて笑ったのがわかったので、もう幕をしめてしまえ、中幕《なかまく》を飛ばして次の芝居にしようと言い出したのを、皆がなだめて、予定通り演じたということになってます。

そして、おわってから、茶屋で食事をしようとしている家元の前に行って、なぜお笑いになったのですかと言うと、いやいや決して笑ったわけじゃないといくら言っても、きかない。そして家元に衣裳はどうでしょうか、しどころは巧くゆきましたかなどと一々尋ねるので、家元も、いいも悪いもない、はじめから終りまで結構でしたよと言った。團十郎も利口な男だから、有難うございます、かりそめにも結構というお声がかりを頂戴したので、明日からいい心持で芸ができますと、厚く礼を述べて去ったというのです。

伊原先生は「その技芸に忠実にして且つ細心なりしは右の逸話に尽せり」と別に疑いを持たずに『日本演劇史』に書いていられますが、私は梅若実の話し方もあいまいだとは思うが、それよりこのようなやりとりが、市川宗家の当主と能の家元との間にあったという、言わばあまり広まるはずのない秘話が文献に残った理由が、何となく胡散《うさん》くさく思われるんです。

まず、幕があいた時、團十郎が小屋の三階から見ていたというのは、ありえないことでしょう。だって富樫《とがし》が出て上手《かみて》の葛桶《かずらおけ》に腰をおろすと、すぐ「〽旅の衣は」の長唄、そして義経、四天王が揚幕《あげまく》から花道に出て来る。そのあと弁慶があらわれるのだから、扮装して出番を待っている役者が三階にいる道理がない。竹野さんは、そう思いませんか。

「もう家元に笑われたんだから、出る気がしなくなった」と駄々をこねたという騒動にしても、座元にそんなことを言っている時間はありませんよ。

ずっとそのあと、勧進帳の読みあげ、山伏問答、富樫がもてなした酒にしたたか酔っての延年の舞、義経たちを早く行かせたあと、幕を引いて、幕外の飛び六方、大体今の「勧進帳」と同じようにしていたのですが、一幕がおわって家元の一行が茶屋にくつろいでいるところに顔を出したといっても、弁慶の扮装のまま行くはずはない。

この月成田屋は、中幕をはさんだ前後の「石川五右衛門」の主役と大炊之助《おおいのすけ》と二役も演じているのだから、顔をおとし、当然紋服姿になって挨拶に行く。まあ五分か十分で引きさがったとしても、それから次の幕の化粧と着付をしなければなりません。

今とちがって、そのころは、幕間がかなり長かった。桟敷にいるいいお客が芝居茶屋でゆっくり食事をするのですが、どうせ酒が出るから四五十分はかかったとしても、その時に、團十郎が挨拶に行くというのがおかしいと思います。

私の若いころ、明治三十年代に、五代目菊五郎が、こしらえに時間をかけました。眉の長さが左右揃わないとおかしいというんで、ものさしで鏡に向って眉を引くのに、五分もかかった。九代目團十郎のほうはいっこうに無頓着で、サッサと扮装をおわって、「寺島(菊五郎の本名)のやつ、違いな」などとつぶやきながら、待っていたという話を聞いてますが、そんなことがあしても、幕間が一時間以上になることはなかったと思います。

初日の河原崎座は「勧進帳」の前評判がよく、大入りだったというから、見物は平土間《ひらどま》から大向まで、大へんな人数でしょう。観世の家元のために、時間のかかるのがおかまいなしというわけにもゆきません。

また、この話は、そのころ能の役者の地位が高く、歌舞伎役者とは身分がちがうという事実を証拠立てる話にもなっています。

苗字帯刀《みようじたいとう》が許され、大名に召し抱えられて能役者が威張っていたころの歌舞伎役者は、士農工商よりも更に低いところにいたので、いかに江戸最高の團十郎でも、平身低頭しなければならなかった。

明治になって世の中がひっくり返って、能役者は将軍様と静岡のほうへ行ったりして、小さくなり、逆に歌舞伎役者が大手を振って歩く。そして明治二十年に天子様の前で芝居をした。いわゆる天覧演劇でやっとその地位が固まったというわけで、天保の七代目が観世の家元を丁重に扱ったのはたしかでしょう。しかしね……。

と言って、雅楽は私をじっと見た。

こんな風にトントンと運んでいる話を途中で切って、いつも老優は、気を持たせるのが癖だった。

いろいろな事件の時でも、犯人の見当が十中八九つきとめられているのに、雅楽は浮かぬ顔をわざとして、しばらく腕組みをして考えこんでいる。

そして自分が今までにして来た推理を順序立てて言ったあとで、「しかし、どうも、一ヵ所だけわからないところがある」などと言い、ハタと膝を打って、私をホッとさせるのが、うれしくて仕方がないのだ。

だから私は、雅楽を喜ばせるために、「じらさないで、早く結論を教えて下さい。私にはまったく五里霧中なのです」と言って、いつも催促することになっている。

考えると、何だか漫才のようでもあった。

では申しあげましょう。

これは梅若実の談話として史料になっていることですが、じつは、梅若さんがこうしゃべっていたそうだといって、七代目が周囲の者の口から、いろいろな人に話させたものだと私は考えます。

つまり、宣伝なんです。團十郎という人は、自分でも脚本を書いたりしたくらいだから、あることないことをうまく筋に立てる技術にも長じていた。

観世の家元が笑った、それでもう弁慶をする気がなくなった。しかし座元がそんなことを言わずにと言うから、予定通り弁慶を終りまでした。そして茶屋へ挨拶に行き、決しておかしくはない、すべて結構だと言われ、ホッとして、「おかげでいい気持で明日から舞台が勤められます」と言ったという、この申し立てが、美談のように完成されているのは、團十郎のうまい作り話です。

「四谷怪談《よつやかいだん》」の民谷伊右衛門《たみやいえもん》をした時も、浪人の姿がじつにサマになっているので、感心すると、「だって四谷の組屋敷に行って、実際のお浪人を見て来たんだから」と言ったという。これを聞くと、芸に熱心だと誰でも思います。

ちょっとした役を演じて、ごく粗末な衣裳で出ても、團十郎だと、ぜいたくな、金のかかった衣裳のように見えたという話にしても、「お客様からこう言われた」と弟子に伝えると、それがパッと楽屋中に広まる。

そういう効果をじつによく知っていた人でした。

私の知っている役者でも、芸談の上手な人がいて、伊坂梅雪《いさかばいせつ》という時事新報の記者が五代目菊五郎に聞いた自伝や、井口政治さんが六代目梅幸《ばいこう》から聞いた『梅の下風《したかぜ》』はたしかに名著ですが、川尻清潭《かわじりせいたん》さんが長年いろいろな役者から聞いた話の中には、信用のできないものがある。いつぞや、私が川尻さんにそれを言ったら、「まあ御本人がそう言うんだから、信用しておきましょうよ」と苦笑いしていましたっけ。

じつを言うと、私も東都新聞の現役記者として、この雅楽をはじめ十数人の役者の芸談を聞き書にして、演芸欄に載せている。

しかし、これが本当の話かどうかと疑ったことはない。これは私がお人好しというわけではなく、それを判断するカンと知識がなかったからだ。

「七代目團十郎」の話は、私にとって、何とも耳の痛いことであった。

四代目尾上菊五郎

千駄ケ谷の中村雅楽の家に、友人から貰った美濃《みの》の酒をぶらさげて訪ねると、茶の間に一見六十歳前後で和服の先客があった。

私を見ると「竹野さん、雅楽五郎《がらくごろう》でございます」と言う。そう言えば、老優の門下にいて後《こう》見《けん》の名人と言われた男だが、私はつい顔を知らなかったのだ。

それもそのはず、雅楽五郎はいつも、黒衣《くろご》を着ていたからである。黒い着物に黒頭巾で頭を蔽い、舞台で師匠に小道具を渡したり、見得を切る袖を介護したり、じつに鮮やかなのがこの男だったと言われている。

「四代目菊五郎のことを今日は考えていたんですよ」と、老優は伊原博士の『近世日本演劇史』の開かれた頁を指さす。

「切られ与三《よさ》を八代目團十郎が初演した時のお富の女形でしたね」

「ええ。器量はともかく、品があって、立派な役者だったと、書いてあります。この音羽屋ではふしぎな話がある。死んだのは万延元年六月ですが、その細君で三代目菊五郎の娘のお蝶という女が、同じ日に死んでいるんです」と言った。

早速私は『演劇史』を読ませて貰った。

三代目仲蔵《なかぞう》の手記で、こう書いてある。仲蔵が菊五郎の家に弔問に行くと、お蝶が茶碗で酒を飲んでいる。やがて自分の妹に、「ちょいと頼むよ」と言って戸棚の前で横になった。しばらくして中村座の座元が来たので、姉をゆり起したが返事がない。別の男が「御新造の様子がおかしゅうございます」と言ったので、妹が「姉さん、どうしたんです」と手を握ると、もう冷たくなっていて、脈もないので、大さわぎになった。

聖徳太子とお妃が同じ日になくなったという故事があるのを思い出して、仲蔵はこう記事を結んでいる。「何しろこの夫婦は、生得大酒《しょうとくたいしゅ》（元来大酒飲み）だから」

私が菊五郎のところを読み終るのを待っていた老優が言った。

「これはまさに奇談中の奇談ですがね、どうも腑におちないところがある。私には別の解釈があります」

「ぜひお聞かせ下さい」私は身を乗り出した。

まアそういうことが決してないとは、言いきれません。昔、私の知っている男が出先で気持が悪くなったが、丁度その時、家にいる細君が胸さわぎがした。いわゆる虫の知らせというやつです。

その男は横になってしばらく休んでいたのだが、間もなく急に病状があらたまり、死んでしまったのです。そして同じ時に、家にいた細君も胸苦しくなって死んだのです。これは、未だにふしぎです。

あんまり仲のいい夫婦とは思っていなかったんですが、手に手をとって、あの世へ道行をしたのだからいい話ですね。

しかし、だからと言って、四代目菊五郎の場合も、それと同じような偶然とは思われない。舞鶴屋《まいづるや》（蔵仲）は筆が立つから、この、お蝶さんの最期の様子をじつにうまく書き残してくれていますが、その場に自分もいたわけだから、この死に方は、たしかに見た通りだったと思っていいでしょう。

しかしねえ、竹野さん、お蝶さんはみんなのいるところで、茶碗酒を飲んでいた。心やすい役者の仲間だから、その連中にもむろん酒をすすめ、自分も飲んだのだろうが、こんな時に、茶碗はやはりおかしいと思う。

とにかく、お蝶さんは喪主なのだから、飲むにしても、多少の遠慮はあるべきで、まわりにいる人たちにしても、茶碗では飲んでいなかったと私は思う。みんなが茶碗でぐいぐいやったら、通夜の景色ではありません。それでは山賊の酒盛りですよ。

そこで私は考えました。猪口《ちょこ》で少しずつ、四代目と同じように好きだった酒を飲んでいるおかみさんの前に茶碗を置いたのは別の人だった、と。

その茶碗には、置く前に酒がもう、入っていたんでしょう。そして、その酒に、薬が仕込んであった、と私は思います。

他人が毒を盛ったわけではない。お蝶さんがあらかじめ、急に毒のまわる鼠取りなんかではなく、たとえばしびれ薬のように、ゆっくり具合の悪くなるといった何かを自分で入れておいた。

そして、内弟子にでも、そう言っておく。「みなさんがかなり酔ったところを見はからって、この茶碗を私の前に置いておくれ。中の酒は、お客さんには、ちょっと出せない燗《かん》ざましだからね」と言ったわけです。

私は、じつに意外な話の運びに、わくわくするようだった。

お蝶が弟子に命じる言葉も、雅楽はまるで名人の話す人情噺のような口調だった。役者だから、並の人間とは、まるでちがうのだ。

雅楽はいつもの癖で、お蝶のいかにも親ゆずりのきびきびした口調を真似て、「燗ざましだからね」と言うと、そのあと、「と言ったわけです」と私に聞かせ、ニッコリ微笑して、私の反応を確かめるのだった。

さて、その茶碗酒ですが、みんなが猪口で飲んでいる時に、いきなりこれが出たので、妙な気がした人がいたかも知れません。

だから、「おや」という顔を誰かがした時に、お蝶さんは「ごめんなさい、これはお茶なんです」と言った。口もとまで酒があるわけじゃないから、「ああそうか」と納得したわけですが、それをちびちびでなく、ぐっと飲み、妹のおとわに「ちょいと頼むよ」と言って戸棚の前で横になった。そのあと、みんなも、酒を飲んでいるし、酔ったので寝たのだろうと思って、気にしなかった。

しかし、ねむくなって、身体を横にするのなら、別の部屋にそっと消えて眠るのが普通です。つまり、そこを動きたくないほど、薬が五体にまわって、もうだるくなっていたんじゃないかと思う。

私が、薬の入った酒だと推測するわけは、それなんです。

その夜は、通夜だから、別の座敷には、四代目の納棺した遺体が安置されていたはずです。まだ茶毘に付して（火葬して）いたわけではない。そういう時に、お蝶さんは死ぬつもりだった。夫のあとを追っての、つまり殉死です。おそらく、茶碗の最後の酒を飲む前に、口の中で、「お前さん、お供をしますよ」と言ったのじゃないでしょうか。

私もよく舞台を知っている芸術座の松井須磨子は、島村抱月さんが流行り風邪で急になくなったのを悲しんで、少し経ってから首を吊って自殺したのですが、新聞の見出しは「あと追い心中」という言葉を使っていました。お蝶さんの場合も、同じですが、真女形の女房が、夫とうまくいっていたのは、やはり惚れていたばかりでなく、父親の三代目が見込んで聟にした役者の芸が、今はもう見られなくなったという悲しみも、死を覚悟した理由のひとつでしょう。

ところで、その茶碗を内弟子が置いたのなら、仲蔵のことだから、「弟子の持って来た湯呑に注ぎ」とでも書くはずなのを、そんな文章はない。

ということは、誰かが置いたという印象が全然残らなかったことになります。竹野さん、わかりますか、そのわけが。

じつは内弟子が、あとで運んでおくれと言った酒を持って来た時、黒衣を着ていたんだと思う。黒衣を着てここに置くようにと指図していたのですよ。

黒衣の後見が舞台に出て来た時、その姿は誰にも見えないものだと考えるしきたりが、芝居の世界にはあります。篠田正浩という監督が「天の網島」を映画にした時、黒衣をうまく使ってましたね。それから「夕鶴」がオペラになった時も、なくなった岡倉士朗さんが、黒衣を舞台に出した。私はこのオペラを見に行ったんだが、歌舞伎を知らない見物が、うしろの席で、隣の人に、「おやおや、つぅの家に泥棒が入ったよ」と小声で言うのが聞こえて、おかしかったのを覚えています。

黒衣は人がそこにいても見えないという意味を持っている。楽屋に借金取りの来るのが前もってわかっていた役者が、黒衣を着て坐っていた。「どうしてくれるんだ」と言われたら、「ここには誰もいません」と返事する。「いるじゃないか」と詰問すると、「黒衣はいないということなんだ」と答えたという話もある。おもしろすぎますがね。

黒衣が置いた時に、その部屋にいたのは、すべて芝居の仲間ですから、誰かが置いたとは誰も感じなかった。

要するに、こう私は思います。お蝶さんは四代目の死を悲しみ、みずからいのちを断ったのです。

そう言えば、「車引殺人事件」の犯人も、黒衣を着ていたという設定があった。雅楽が謎を解くきっかけが、その黒衣だったのを、私は思い出した。

「じつにおもしろかった。ありがとうございます」と私は感謝のこころを込めて、挨拶した。

「じつを言うとね、竹野さん、私は、この黒衣というお蝶さんのトリックを、今し方思いついたんですよ」と老優が微笑しながら言う。

「はア?」

「それはね、さっきまでここにいた、雅楽五郎に会ったからです」咄嗟《とっさ》に私は、何となく、狐につままれたような表情をした。すると雅楽がこう言ったのだ。

「あの男は、私の後見をいつもしてくれた、黒衣の名人だったんですからね」

講談社版『劇場の迷子』後記

二十七年前にはじめて、「車引殺人事件」を書いてから、老優中村雅楽《なかむらがらく》が事件を解決したり、事件とまでいえない謎の絵ときをしたりする小説を、延々と作り続けた。

新聞に連載した『松風の記憶』以外は、短編である。

ぼくは元来、長編は自分の柄でないと思っているのだが、ひとつは、長い小説だと、雅楽老人が、くたびれるような気がするからで、つねにぼくの立場にいる竹野という記者はいわば分身だが、雅楽も永年のあいだに、ぼくの肉親のような気がしているわけだ。

こんどの本にのせたのは、おもに、前著『淀君の謎』以後に、書いた作品である。

発表順にならべたが、そのあいだに、雅楽とは関係のない「市村座の後妻」というものがある。これは「別冊文藝春秋」に発表した実名小説で、菊五郎《きくごろう》劇団にいて先年高齢で惜しまれて没した女形《おんながた》尾上《おのえ》多賀《たが》之丞《のじょう》が主人公である。わざと、別に扱うことをしなかった。やはり「歌舞伎の小説」だからである。

書名は、雑誌の時「ふしぎな迷子」だったのを、「劇場の迷子」と改題して、それを使った。

昭和六十年八月

戸板康二

創元推理文庫版解説

縄田一男

その巧緻な小説作法で、いつも玄人筋の読者を唸らせている竹田真砂子に、歌舞に材を得た『七代目』(集英社)という作品集がある。

巻頭に収められているのが、猿若勘三郎《さるわかかんざぶろう》の横死を扱った「矢来の内」。物語は、勘三郎を刺し殺した俠客《おとこだて》・庄九郎の処刑の場からはじまる。少年の頃、勘三郎の踊りを矢来の外から覗いて、これぞ〝浄土の光明〟だ、と心打たれた庄九郎は、将軍や天子様の前で芸を披露するようになってから勘三郎の芸は堕落してしまったと歎《なげ》き、いわば、その〝清浄無垢〟を保たせるために、これを殺害してしまう。だが、自分が勘三郎と同じ矢来の内で斬首される段になって、はじめてその芸が命懸けのものであったことに気付かされる、というストーリーである。

つまり、ここでは、役者の立つ戯場も、死罪となった罪人が引き出される刑場も、同じ「矢来の内」——芸は命懸けであり、役者は生と死のあわいを生きる者とまで突き詰められている。

そして、これを読了した時、私の頭の中に、一つの妄想じみた考えが、ふっと浮かんだことを記憶している。それは、歌舞伎役者を生と死のあわいを生きる、或いは司る者として、これを探偵小説の名探偵に当てはめれば、中村雅《なかむらが》楽《らく》の名が浮かび上って来るではないか、というものだった。

後になって何でこんなことを思いついたのか、よく判らなかったが、だいいち、雅楽には、そんな大仰さは最も似合わない。まして、この全集の解説者諸氏が、しばしば指摘しているように、雅楽ものが、竹野記者の記す如く、『車引殺人事件』『奈落殺人事件』に私が書いたような劇場の中で起った血なまぐさい事件」から離れ、いわゆる「日常の謎」を扱うようになってからは、尚更だ。

本書には、そうした一滴の血も流れない雅楽の探偵譚が二十八篇収められている。では、歌舞伎の何をもって、雅楽ものに当てはめることが出来るのか、といえば、それは「だんまり」ではないのか。「だんまり」とは、一言でいえば、歌舞伎で、登場人物が台詞なしで闇の中をさぐりあう動作を表現した演出方法、もしくは、その場面のことをいう。更に『歌舞伎事典』（服部幸雄、富田鉄之助、廣末保編、平凡社）でこれを引けば、「山賊・六部・順礼・丑《うし》の時参りといった異様な姿の人物が、山中の古社など不気味な場所で出会い、手さぐりで宝物などを奪いあうといったもの。この場での出来事がのちの事件の展開の発端となる。のちに宝物などを奪いあった人物の関係などが解き明かされる場面を〈だんまりほどき〉という」とあり、安永年間の逼塞した世相が生んだ「だんまり」という技法ははじめはかなり、グロテスクなものであったという。

いわずもがなのことながら、「だんまり」→「だんまりほどき」に到る過程は、探偵小説でいえば、謎の提出→謎ときに到るそれであろう。但し、雅楽もので、この「だんまりほどき」を通して見えて来るのは、何らかの形で歌舞伎にかかわった人々のさまざまな心ばえなのである。

小説というものの使命が、目に見えないもの、すなわち、人の思いを書くものである、とするならば、雅楽ものは、見事なまでにそれを全うしているといわねばならない。例えばこの巻には、竹野記者が、「すし初の女主人で、女形《おんながた》の浜木綿《はまゆう》の妹のお初さん、自宅の近くの花屋で働いていた少女、(雅楽が)そういう女性に好意を持っているのを、私は長年見ていたが、その純な心持が、いつまでもあるのが、若さを失わない理由かも知れない」と記すように、雅楽の芸がプラトニックな思いを寄せる女性が幾人か出て来る。その中で最も重要な存在が、雅楽の芸談をまとめる雑誌レポーター・関寺真知子である。彼女が結婚して家庭に入ると聞いた雅楽は相当なショックを受ける。だが、「おとむじり」で彼女の披露宴に出席した雅楽と真知子のあいだに通いあう思いの、何と素晴らしいことか。思わずホロリとさせられた方も多かったのではあるまいか。

そして、更に注目しておきたいのは、竹野記者が、「いまはどうか知らないが、雅楽の年代の役者は、後輩に芸を教える以外に、人間の生き方を、さりげなく知らせる役目を果したものである」という箇所である。芸の巧拙を云々《うんぬん》する前に、自分はどういう人間でありたいか――役者も人間である以上、芸の要《かなめ》というものは、その心がけの延長線上にこそつくられていく。

これはどんな職業にも共通することだが、そこのところがスッポリ抜け落ちると、「なつかしい旧悪」に登場する、或る先輩役者のようになってしまい、それを心がけていれば、「弁当の照焼」の門造のように、「やもめ同士で、つきあうという気になるためには、たとえ廻り道でも順序が必要です」という、美しいことばを口にすることになるのではないか。だからこそ、関寺真知子が、自分の産みの親について語る時、「『うん、うん』」という、たった一言の描写であっても、私たちは、雅楽が、どういう思いで、どういう表情で、そして、どういう口調でいったかが、手に取るように判るのである。

そして、このような芸の底にある人間性という観点から雅楽ものを見ていくと、このシリーズが当然のことながら持っている、大衆文芸の一つのパターンである、芸道ものの側面に行き当たることになる。例えば、泉鏡花の昔からはじまって、川口松太郎や邦枝完二らが描き続けて来た芸道ものは、主人公の芸に賭ける執念をはじめとして、芸を取るか女を取るかといった、恋する男女の義理によって裂かれる恋、一門内の後継者争いなどをテーマとしている。しかしながら、類型化が進んでしまったため、ちょうど冒頭で触れた竹田真砂子氏や、本全集の三巻目の解説を書いている松井今朝子氏のような例外を除いて、秀作がなくなってしまった。更にいえば、その類型化がある種の〝くどさ〟を生んでしまったこともマイナスの要素であろう。

しかしながら、戸板康二は、その芸をめぐる物語を探偵小説化する、という知的操作を加えることによって、芸道ものをまったく新しいタイプの小説として甦らせているのである。例えば表題作では、かつての芸道ものならば、最大の見せ場となるであろう愁嘆場を直接描くことなくして、最大の効果を上げていることが感得されよう。

そして、本書収録の作品を芸道ものとして見た場合、私がいちばん好きなのは、「必死の声」である。ラストの絶妙などんでん返しが、さり気なく伝統の継承を伝えているこの作品で、雅楽が、『夏祭《なつまつり》浪花鑑《なにわかがみ》』の役人をした際、「引っこむ時に扇子をひろげて、頭にかざす型を思い出してやってみたんです」といい、竹野記者が「今は、大抵の人が、しますね、それを」といっている箇所に注目していただきたい。

時代劇の映画やTVで、私はこれと同じ例を知っている。今、立ち廻りが終わって、納刀する段になると、十人が十人、鞘《さや》を胸もとまで上げ、刀を納めてから腰に戻す、というかたちをやっている。そうした方が動きが大きく見えるし、だいいち、恰好がいい。が、このポーズをはじめて行ったのは、近衛十四郎《このえじゅうしろう》である。〝竹光こそわが人生〟といい、その剣技においては、誰にもひけをとらぬ近衛が、工夫を重ねて編み出したポーズなのだが、今は、これを誰が考え出したか知らずに、殺陣師《たて》にいわれるままやっている役者が決して少なくはないはずである。

そしてもう一つ付け加えれば、役者の教養というテーマもここでは提出されているように思えてならない。何故、そうかというと、作中に、映画「いのちの紐」(監督:シドニー・ポラック、主演:シドニー・ポワチエ、アン・バンクロフト、一九六五年、パラマウント)のことが出て来るからだ。役者は自分の専門外のものでも良い作品は観ておかねばならない。そこで思い出されるのが、不世出の時代劇スター、市川雷蔵《いちかわらいぞう》が、何かの講演かエッセイの中で、これまた地味ではあるが、見ごたえのある政治劇「野望の系列」(監督:オットー・プレミンジャー、主演：ヘンリー・フォンダ、ウォルター・ピジョン、一九六一年、コロンビア）を題材にして演技のことを語っていたことである。歌舞伎役者に限らず、其の演技者の教養はこういう時にこそ問われるのではないのか。だが、昨今の日本の映画関係者で、この二本の映画のことを聞いてピンと来る人間が何人いるであろうか。ましてや歌舞伎関係者をや――。

余談ながら記しておけば、今は、ビデオやDVD、CSやBS放送などで古いものも含めてかなりの本数の映画を流している。そしてこの二本は、過去七年間において、努力さえすれば容易に入手出来た作品である、とだけ記しておこう。特に「いのちの紐」の絶妙なラストを知らないなど、人生における損という他はない。

さて、そろそろ紙数も尽きてきたので、しめに入りたいのだが、雅楽を〝昭和の半七〟とはよくいったものである。その『半七捕物帳』の作者・岡本綺堂のことを記した大佛次郎の文章が、そのまま、戸板康二にも当てはまるので少し長いが、ここに引用しておく。

元来、日本の文壇文学は、西洋に追着こうと背のびした努力が目立ち、どうしたものか、主として地方から出て来た人々の勉強に任されてあったもので、どことなく汗臭く、胃弱の人間に耐え得ぬ性質が附きまとった。それとは別に明治以来、別に勤勉努力もせず、自分が書きたいことを書いて楽しんでいた人々がある。文壇から戯作者のように見られていたが、案外にこの人たちの作品の中に、昔からの日本の文学を根つぎして花を咲かせたものがあった。努力よりも遊びが見えるのは、自分の楽しみの為に書いたからで、人あたりが柔かく、芯は無類に堅儀で誠実で、思いやり深く出来ている都会人の人柄から生れたせいであった。文壇の文学をそっくり田舎のひとの勤勉努力に任せて、自分たちは文士などとは考えず、楽しんで物を作り、わかる人だけに解って貰うのに謙虚に満足していた。この一列の輝かしい星座に綺堂の作品がある。「半七捕物帳」「三浦老人昔話」「青蛙堂鬼談」など、純粋に町の文学であって、あくどい自己主張など微塵もなく、材料の味をそのまま生かすのを料理のこつと心得て、こなれよく読者に渡してくれた親切な小説である。

この一文には、大佛次郎の横浜《ハマ》っ子としての自負も見え、何やらほほえましいものがあるが、こうした都会人のダンディズムが生み出す、古きものに材を得ても、モダンでハイカラな小説は、岡本綺堂→戸板康二を経て、恐らくは、現在の泡坂妻夫へと連なっていくものであろう。その余裕に満ちた筆致が、いかに私たちの人生を潤わせてくれることか。その余韻にひたりつつ、この稿を終えさせていただくこととしたい。

創元推理文庫版編者解題

日下三蔵

第四巻には、一九七七（昭和五十二）年から九一（平成三）年にかけて発表された二十八篇を収めた。短篇集としては最終巻であり、中村雅楽シリーズのラストを飾る諸篇といえる。シリーズの変遷をたどりながら、ここまでお付き合いいただいた読者の方々ならば、職人芸ともいうべき筆さばきで綴られた人情味あふれる雅楽の推理を、たっぷりと楽しんでいただけるものと思う。

収録作品の初出一覧は、以下のとおり。

日曜日のアリバイ　「小説宝石」七七年四月号
灰　「文藝春秋」七八年一月号
元天才少女　「小説推理」七八年十一月号
なつかしい旧悪　「小説宝石」七九年二月号

祖母の秘密　「小説宝石」八一年九月号
弁当の照焼　「小説現代」八三年八月号
銀ブラ　「銀座百点」八三年十月号
不正行為　「小説現代」八三年十一月号
写真の若武者　「小説現代」八四年二月号
機嫌の悪い役　「小説現代」八四年五月号
いつものボックス　「オール讀物」八四年八月号
劇場の迷子　「小説現代」八四年九月号（「ふしぎな迷子」改題）
必死の声　「小説宝石」八四年十一月号
芸談の実験　「小説現代」八六年一月号
かなしい御曹司　「小説新潮」八六年十月号
家元の女弟子　「オール讀物」八六年十一月号
京美人の顔　「オール讀物」八七年五月号
女形の愛人　「小説新潮」八七年七月増刊号
一日がわり　「小説宝石」八七年九月号
荒療治　「オール讀物」八八年一月号
市松の絆纏　「オール讀物」八八年五月号
二つの縁談　「オール讀物」八八年十二月号

おとむじり　「オール讀物」八九年三月号
油絵の美少女　「オール讀物」八九年八月号
赤いネクタイ　「オール讀物」九〇年三月号
留め男　「小説宝石」九一年新春特別号
むかしの弟子　「小説宝石」九一年六月号
演劇史異聞　「淡交」九〇年七～十二月号

「日曜日のアリバイ」「なつかしい旧悪」「祖母の秘密」「弁当の照焼」「銀ブラ」「不正行為」「写真の若武者」「機嫌の悪い役」「いつものボックス」「劇場の迷子」「必死の声」の十一篇は〈中村雅楽推理手帖〉としてまとめられた『劇場の迷子』（八五年九月／講談社）、「芸談の実験」「かなしい御曹司」「家元の女弟子」「京美人の顔」「女形の愛人」「一日がわり」「荒療治」「市松の絆纏」「二つの縁談」「おとむじり」「油絵の美少女」「赤いネクタイ」の十二篇は『家元の女弟子』（九〇年十一月／文藝春秋→九三年十一月／文春文庫）、江川刑事のみ登場の番外篇「灰」は『うつくしい木乃伊』（九〇年八月／河出書房新社）、掌篇連作「演劇史異聞」は著者の一周忌にあわせて刊行されたエッセイ集『六段の子守唄』（九四年一月／三月書房）に、それぞれ収録された。

本書は、以上の二十五篇に既刊の作品集に未収録だった「元天才少女」「留め男」「むかしの弟子」の三篇を加え、発表順に再編集したものである。

巻末に収録した「後記」にあるように、講談社版『劇場の迷子』には雅楽ものではない短篇「市村座の後妻」が収められていたが、本書では割愛した。

「銀ブラ」の初出誌「銀座百点」は、銀座百店会の発行するPR誌で、銀座を舞台にしたショート・ショートがしばしば掲載される。同誌の掲載作品を集めたアンソロジー『銀座ショートショート』（八四年九月／旺文社文庫）には、「銀ブラ」も収録されている。

「演劇史異聞」の初出誌「淡交」は、淡交社の発行する茶道専門誌。作中で竹野記者が述べているように京都の版元である。雅楽が紐解いている伊原敏郎『近世日本演劇史』は明治三十七年に刊行された実在の本で、雅楽はその中の未解決の事件に合理的な解釈を下していくのである。前巻『目黒の狂女』所収の「淀君の謎」同様、歴史の謎に挑むアームチェア・ディテクティブという訳だが、最終話「四代目尾上菊五郎」のオチがシリーズ第一作「車引殺人事件」と見事に照応しており、短篇集の掉尾《ちょうび》を飾るにふさわしい作品であると思う。

この時期のトピックとしては、八七年から八八年にかけて三冊の戸板ミステリが河出文庫に収められたのが印象深い。『塗りつぶした顔』（七六年十二月／双葉新書→八七年六月／河出文庫）、『才女の喪服』（六一年六月／中央公論社→八七年八月／河出文庫）、『浪子のハンカチ』（七九年六月／角川書店→八八年一月／河出文庫）と、入手困難だった作品が立て続けに文庫化された。

これが縁となったようで、河出書房新社から八篇を収めた『慶応ボーイ』（八九年四月）と十篇を収めた『うつくしい木乃伊』（九〇年八月）が刊行されている。いずれも単行本未収録だったノンシリーズ短篇を中心とした作品集で、後者の表題作が八九年の新作である以外は、すべて八〇年以前の旧作であった。八〇年代以降の新作ミステリは、ほとんど雅楽ものになっていたので、実質的には九〇年に刊行された『家元の女弟子』が最後の戸板ミステリといえるだろう。

九三年一月二十三日、七十七歳でこの世を去った戸板康二は、演劇評論の第一人者であり、人気抜群のエッセイストであると同時に、長篇三冊、短篇集二十一冊を書いたミステリの名手でもあった。戸板ミステリの半ば以上を占める中村雅楽シリーズには、その真髄が凝縮されているのだ。楽しんでいただければ幸いである。

作品中、表現に穏当を欠くと思われる部分があるが、時代性、著者が故人となられていること等を鑑み、原文のままとした。

——編集部

著者紹介　1915年東京生まれ。慶應義塾大学国文学科卒。劇評家、歌舞伎・演劇評論家、作家、随筆家の顔を持つ。江戸川乱歩のすすめでミステリの執筆を開始し「宝石」にデビュー作「車引殺人事件」を発表する。1959年、「團十郎切腹事件」で第42回直木賞、1976年「グリーン車の子供」で第29回日本推理作家協会賞を受賞。1993年没。

検印
廃止

中村雅楽探偵全集4
劇場の迷子

2007年9月28日　初版

著者　戸《と》板《いた》康《やす》二《じ》
（編纂者　日下三蔵）

発行所　（株）東京創元社
代表者　長谷川晋一

162-0814/東京都新宿区新小川町1-5
電話　03・3268・8231-営業部
　　　03・3268・8203-編集部
URL　http://www.tsogen.co.jp
振替　00160—9—1565
暁印刷・本間製本

ISBN978-4-488-45804-1　C0193

江戸川乱歩

江戸川乱歩　（一八九四―一九六五）

大正十二年の〈新青年〉誌に掲載された「二銭銅貨」は乱歩のデビュー作であり、またわが国で初めて創作の名に値する作品の誕生であった。以降、「パノラマ島奇談」等の傑作を相次ぎ発表、『蜘蛛男』以下の通俗長編で一般読者の、『怪人二十面相』に始まる年少物で少年読者の圧倒的な支持を集めた。推理小説の研究紹介や、新人作家育成にも尽力した巨人である。

江戸川乱歩
孤島の鬼
〈本格〉

蓑浦金之助は会社の同僚木崎初代と熱烈な恋に陥った。彼女は捨てられた子で、先祖の系図帳を持っていたが、先祖がどこの誰ともわからない。ある夜、初代は完全に戸締まりをした自宅で、何者かに心臓を刺されて殺された。恋人を奪われた蓑浦は、探偵趣味の友人、深山木幸吉に調査を依頼するが……！　乱歩の長編代表作。挿絵＝竹中英太郎

40101-6

江戸川乱歩
D坂の殺人事件
〈本格〉

日本の推理小説の礎を築き上げたのが江戸川乱歩であるのは異論のないところだろう。その巨人乱歩の短編小説の粋を収めたのが本巻である。デビュー間もない時期に発表された「二癈人」を筆頭に、ご存じ明智小五郎が初めて登場した記念すべき「D坂の殺人事件」から、戦後の名品「防空壕」に至る全十編を、初出誌の挿絵を付してお届けする。

40102-3

江戸川乱歩
蜘蛛男
〈スリラー〉

次々と若い女性を誘拐し、惨殺する恐るべき殺人鬼〈蜘蛛男〉。彼はまず里見芳枝を空家の浴槽で殺し、切断して石膏像に見せかけ、衆目に曝した。次いで芳枝の姉・絹枝の心臓をえぐり、江ノ島の水族館の水槽に浮かべる……！　異常な〈青ひげ〉殺人犯と戦う犯罪学者畔柳博士。乱歩の通俗ものを代表する戦慄の長編。挿絵＝松野一夫、林唯一

40103-0

江戸川乱歩
魔術師
〈スリラー〉

『蜘蛛男』事件を終えて休養のために湖畔のホテルへやってきた明智小五郎。彼はそこで会った大宝石店の令嬢玉村妙子に、いつしか憎からぬ感情を抱くようになった。それも束の間、一足先に帰京した妙子の要請で明智はまたもや事件の捜査に乗り出さなくてはならなくなった。異常なまでの復讐心に燃える魔術師との死闘！　挿絵＝岩田専太郎

40104-7

江戸川乱歩
黒蜥蜴
〈スリラー〉
左腕に黒蜥蜴の刺青をした美貌の黒衣婦人。社交界の花形にして暗黒街の女王は、大阪の富豪岩瀬家の秘宝「エジプトの星」とその愛娘を狙って、大胆にも明智小五郎に挑戦状を叩きつけてきた！　三島由紀夫の脚色による映画・演劇によって、さらにその名を天下に知らしめた、妖しい女賊と名探偵との宿命的な恋を描く長編推理。挿絵＝林唯一
40105-4

江戸川乱歩
吸血鬼
〈スリラー〉
初秋の温泉宿で、美貌の女性、柳倭文子を間に挟み、世にも奇妙な決闘が執り行われようとしていた。やがて舞台を東京に移すや、彼女をつけ狙う不気味な唇のない男が出現し、怪事件が続出する。明智と『魔術師』事件で知り合った美人助手文代、それに小林少年が加わり怪人を向こうに回した死闘の幕が切って落とされる！　挿絵＝岩田専太郎
40106-1

江戸川乱歩
黄金仮面
〈スリラー〉
金色に輝く仮面をつけた怪盗が、大胆不敵な手口で日本の古美術品を次々に狙っていく。その怪人に恋をした大鳥不二子嬢を守るため、事件の渦中へと飛び込んでいく、ご存じ明智小五郎。現場に残されたA・Lの記号はいったい何を意味しているのだろうか。無気味な仮面の下に隠された素顔を明智はあばくことができるだろうか。挿絵＝吉邨二郎
40107-8

江戸川乱歩
妖虫
〈スリラー〉
相川珠子は東京で一二を競う美貌の持ち主、その兄は探偵好きの大学生だった。その平和な家庭に突然、災いが降りかかる。大女優春川月子を惨殺した「赤いサソリ」が、魔の手を珠子に伸ばしてきたのだ。神出鬼没の殺人鬼に対する名探偵三笠竜介は再三、苦汁を呑まされる。果たして、最後に笑う者はどちらか？　挿絵＝岩田専太郎、小林秀恒
40108-5

江戸川乱歩
湖畔亭事件
〈本格〉
片山里の湖畔に旅装を解いてはみたものの、刺戟のなさから女湯の覗き見を始めた男。凝った仕掛けのレンズを通して無聊を慰めてみるが、或る夜を境に屈託の虜となる。女の背中を窺う短刀の一閃――我が目に映ったものは犯行現場か、妄執のなせる業か?!　傑作「湖畔亭事件」に初の新聞連載「一寸法師」を併載。挿絵＝名越國三郎、柴田春光
40109-2

江戸川乱歩
影男
〈スリラー〉
東に人の弱みを探してゆすり、西でネタを拾って小説を書き、南に薄倖の少女を救い、北では美女を侍らせての豪遊……やることなすこと図に当たり意気揚々の影男。しかし殺人請負会社に関わったことから前途は一天俄に掻き曇り、刺客に狙われる破目に。悪党が鎬を削る活劇に快刀乱麻の腕の冴えを見せるは、ご存じ名探偵！　挿絵＝戸上英介
40110-8

算盤が恋を語る話
江戸川乱歩
〈本格〉

『日本探偵小説全集2江戸川乱歩集』『D坂の殺人事件』につづく乱歩の短編集成。大正十二年七月から十四年七月にかけて発表された十編「二枚の切符」「恐ろしき錯誤」「双生児」「黒手組」「日記帳」「算盤が恋を語る話」「幽霊」「盗難」「指環」「夢遊病者の死」を収録、執筆活動の最初期を知る一冊となっている。挿絵＝松野一夫、斎藤五百枝ほか

40111-5

人でなしの恋
江戸川乱歩
〈本格〉

『算盤が恋を語る話』につづいて、大正十四年七月から十五年十月にかけて発表された十編「百面相役者」「一人二役」「疑惑」「接吻」「踊る一寸法師」「覆面の舞踏者」「灰神楽」「モノグラム」「人でなしの恋」「木馬は廻る」を収録、短編作家時代の掉尾を飾る作品集である。挿絵＝斎藤五百枝、松野一夫、椛島勝一、伊藤幾久造、名越國三郎ほか

40112-2

大暗室
江戸川乱歩
〈スリラー〉

過ぐる明治末、客船宮古丸が難破した折、辛くも長らえた一行があった。陸影を認めや有明男爵とその家令に牙を剝いた大曾根は単身生還し、まんまと男爵の妻と財産を手中に。それから二十数年の後、義兄弟に当たる男爵の息子と大曾根の息子は運命の出逢いをする。正邪黒白の両陣営に分かれ、血で血を洗う死闘が始まった！　挿絵＝田代光

40113-9

盲獣
江戸川乱歩
〈スリラー〉

狙い定めた女をさらっては弄び、挙句の果てに情け容赦なく冥土へ送るという、悪行の限りを尽くす男を描いたクライム・ストーリー。レビューガール、カフェのマダム、有閑未亡人……魅入られたかのように盲獣の魔手に搦めとられていく美女たちの運命は？「地獄風景」併載。巻頭に原画から起こした口絵を付す。挿絵＝竹中英太郎、横山隆一

40114-6

何者
江戸川乱歩
〈本格〉

宴の興も醒めやらぬ夏の宵、陸軍少将邸に時ならぬ銃声が轟く。惣領息子が被弾し、荒らされた書斎の外には、賊が空中へ消えたかの如き足跡。父親、許嫁から老僕、来客に至るまで不審な挙措は一再ならず、という状況にあって被害者自ら素人探偵の名乗りを上げる。本格趣味に徹した秀作「何者」に「暗黒星」を併載。挿絵＝松野一夫、伊東顕

40115-3

緑衣の鬼
江戸川乱歩
〈本格〉

銀座の街頭で奇禍に遭ったところを救われ、連日の不穏な出来事を訴える可憐な女性、笹本芳枝。人妻と知りつつも探偵作家大江の胸は騒ぐ。その翌日、緑衣の凶賊が笹本家を襲って……。一月後、夫を喪い伊豆で傷心を癒す芳枝から便りが届く。募る想いに矢も盾もたまらず赴いた大江の前に、またも立ちはだかる緑の影。挿絵＝嶺田弘、伊東顕

40116-0

江戸川乱歩

三角館の恐怖

〈本格〉

父の遺言に従い「長生きした側が全財産を相続する」と決めて四十年余、家族ぐるみ対立を続ける双子の健作と康造。自らの余命が幾許もないと悟った健作は、弁護士立ち会いの下、どちらが先立っても不利にならない契約を交わそうとするが、康造は承知しない。ところがその夜、康造が射殺されるに至って、立場は逆転……。挿絵＝富永謙太郎

40117-7

江戸川乱歩

幽霊塔

〈スリラー〉

長崎県の片山里に建つ寂れた西洋館には、幽霊が出ると噂される時計塔が聳えている。このいわくつきの場所を買い取った叔父の名代で館を訪れた北川光雄は、神秘のベールをまとった世にも美しい女人に出逢い、虜になっていくのだったが……。埋蔵金伝説の塔と妖かしの美女を巡る謎また謎。手に汗握る波瀾万丈の翻案大ロマン。挿絵＝伊東顕

40118-4

江戸川乱歩

人間豹

〈スリラー〉

燐光を放つ双眸炯炯と、野獣の膂力を持つ人間豹。人と豹のあわいに生まれ落ちたか、千古に解き難き謎を秘めた怪物は、帷幄の臣たる父親と戮力協心、神算鬼謀をもって帝都市民の心胆を寒からしめる。さしもの名探偵明智小五郎も一敗地に塗れ、不逞の輩はあろうことか明智夫人に毒手を伸ばす。文代さん危うし！　挿絵＝岩田専太郎、嶺田弘

40119-1

江戸川乱歩

悪魔の紋章

〈スリラー〉

法医学の権威宗像隆一郎博士が探偵業を始めて数年。明智の留守を預かる恰好になり、脅迫状に怯える川手氏から調査を依頼される。復讐に燃える脅迫者は、三つの渦巻が相擁する世にも稀なる指紋を持つという。再三出し抜かれ苦闘する宗像博士。終盤に至って名探偵明智小五郎が帰朝、明快な論理で残虐飽くなき復讐魔を斬る！　挿絵＝伊東顕

40120-7

折原　一

七つの棺

〈本格〉

始祖ポオをはじめ、カーや正史など今古東西の推理作家はもちろん、ミステリ・ファンをも魅了してやまない密室テーマ。本書は現代推理文壇の奇才・折原一の出発点となった、全編密室ものという異色の連作推理短編集『五つの棺』の改訂増補版である。東京近郊の小都市の警部黒星光が、次々と起こる密室殺人事件に遭遇し、迷推理を発揮する。

40901-2

折原　一

倒錯の死角《アングル》

201号室の女

〈本格〉

上京してアパートでの一人暮らしを始めたOLの真弓は、絶えず隣家から覗かれている不安を覚える。そして隣家に住むアルコール中毒の翻訳家大沢は、屋根裏部屋からアパートを覗くのをひそかな楽しみとしているのだ。二人が織りなすドラマの果ては？　二人が綴っていった日記が告げる驚愕の真相とは？　著者が自信を持っておくる第一長編。

40902-9

大阪圭吉
とむらい機関車
〈本格〉
名作の誉れ高い表題作を劈頭に、シャーロック・ホームズばりの叡智で謎を解く名探偵青山喬介の全活躍譚など九編に併せて「連続短篇回顧」ほかのエッセイを収める。初出時の挿絵附。収録作品＝とむらい機関車／デパートの絞刑吏／カンカン虫殺人事件／白鮫号の殺人事件／気狂い機関車／石塀幽霊／あやつり裁判／雪解／坑鬼　解説＝巽昌章
43701-5

大阪圭吉
銀座幽霊
〈本格〉
前巻『とむらい機関車』と共に、戦前探偵文壇に得難い光芒を遺した〈新青年〉切っての本格派、大阪圭吉のベストコレクション。当巻には筆遣いも多彩な十一編を収める。著作リスト、初出時の挿絵附。収録作品＝三狂人／銀座幽霊／寒の夜晴れ／燈台鬼／動かぬ鯨群／花束の虫／闖入者／白妖／大百貨注文者／人間燈台／幽霊妻　解説＝山前譲
43702-2

小沼丹
黒いハンカチ
〈本格〉
A女学院のニシ・アズマ先生の許にちょっとした謎が持ち込まれたり、先生みずから謎を見つけ出すと、彼女は鋭い観察眼と明晰な頭脳でそれを解き明かす。飄飄とした筆致が光る短編の名手による連作推理十二編。昭和三十二年四月から一年間、〈新婦人〉に「ある女教師の探偵記録」と銘打って連載された短編集の初文庫化！　解説＝新保博久
44401-3

大倉崇裕
三人目の幽霊
〈本格〉
落語専門誌「季刊落語」の新米編集者・間宮緑は、ベテラン編集長・牧大路の並外れた洞察力に舌を巻くことしきり。牧にかかると、落ちの見えない事件が信じ難い飛躍を見せて着地する。第四回創元推理短編賞佳作の表題作など五編を収めるデビュー連作集。収録作品＝三人目の幽霊／不機嫌なソムリエ／三鶯荘奇談／崩壊する喫茶店／患う時計
47001-2

笠井潔
バイバイ、エンジェル
〈本格〉
アパルトマンの一室で、外出用の服を身に着け、血の池の中央にうつぶせに横たわっていた女の死体には、あるべき場所に首がなかった！　ラルース家を巡り連続して起こる殺人事件。警視モガールの娘ナディアは、現象学を駆使する奇妙な日本人矢吹駆とともに事件の謎を追う。日本の推理文壇に新しい一頁を書き加えた笠井潔のデビュー長編。
41501-3

笠井潔
サマー・アポカリプス
〈本格〉
灼熱の太陽に疲弊したパリで見えざる敵に狙撃されたカケルを気遣い、南仏へ同行したナディアは、友人の一家を襲う事件を目の当たりにする。中世異端カタリ派の聖地を舞台に、ヨハネ黙示録を主題とする殺人が四度繰り返され……。二度殺された屍体、見立て、古城の密室、秘宝伝説等、こたえられない意匠に溢れる、矢吹駆シリーズ第二弾。
41502-0

鮎川哲也

鮎川哲也（一九一九―二〇〇二）

五六年、講談社の書下し長篇探偵小説全集第13巻募集に応じた『**黒いトランク**』が出世作となる。乱歩編輯の〈宝石〉に迎えられて以降〝本格派の驍将〟の座を確立、六〇年、『**黒い白鳥**』『**憎悪の化石**』で第13回日本探偵作家クラブ賞受賞。鬼貫警部や星影龍三の活躍譚、**三番館シリーズ**ほか本格推理を書き続ける一方、アンソロジー編纂、新人作家紹介等に尽力した。

鮎川哲也
北村薫 編
鮎川哲也短編傑作選Ⅰ
五つの時計
〈本格〉

五つの時計／白い密室／早春に死す／愛に朽ちなん／道化師の檻／薔薇荘殺人事件／二ノ宮心中／悪魔はここに／不完全犯罪／急行出雲、の十編を収録。旧「宝石」誌掲載時に江戸川乱歩が筆を執ったルーブリック（作品紹介）、「薔薇荘殺人事件」問題篇に寄せられた花森安治の解答を附す。　解説＝北村薫　鼎談＝有栖川有栖、北村薫、山口雅也

40301-0

鮎川哲也
北村薫 編
鮎川哲也短編傑作選Ⅱ
下り〝はつかり〟
〈本格〉

地虫／赤い密室／碑文谷事件／達也が嗤う／絵のない絵本／誰の屍体か／他殺にしてくれ／金魚の寝言／暗い河／下り〝はつかり〟／死が二人を別つまで、の十一編を収録。前巻『五つの時計』とあわせ、当代切っての読み巧者が選ぶ、本格派の驍将鮎川哲也の軌跡を辿る好個のベスト集成。　解説＝北村薫　鼎談＝有栖川有栖、北村薫、山口雅也

40302-7

鮎川哲也
黒いトランク
〈本格〉

汐留駅でトランク詰めの男の腐乱死体が発見され、荷物の送り主が溺死体となって見つかり、事件は呆気なく解決したかに思われた。だが、かつて思いを寄せた人からの依頼で九州へ駆けつけた鬼貫の前に青ずくめの男が出没し、アリバイの鉄の壁が立ち塞がる……。作者の事実上のデビューであり、戦後本格の出発点ともなった里程標的名作！

40303-4

鮎川哲也
黒い白鳥
〈本格〉

久喜駅近くの線路沿いで見つかった射殺屍体の身許は、労使抗争に揺れる東和紡績の社長と判明した。敗色濃厚な組合側の妄動か冷遇の憂き目に遭う新興宗教かと囁かれるが捜査は膠着。一条の糸を手繰って京都から大阪、そして九州へ向かう鬼貫警部が香椎線終着駅の町で得たものは？　第十三回日本探偵作家クラブ賞受賞作。　解説＝有栖川有栖

40304-1

憎悪の化石
鮎川哲也

〈本格〉湯田真壁という珍しい名前の男が熱海の旅館で殺された。鞄から恐喝のネタらしき物品が発見されるに及んで、湯田の裏稼業が露顕する。当局は弱みを握られていた人間に狙いを絞るが、十指に余る容疑者全員にアリバイが成立。振り出しに戻った事件を引き継いだ鬼貫警部の突破口とは？　第十三回日本探偵作家クラブ賞受賞作。解説＝山口雅也

40305-8

死のある風景
鮎川哲也

〈本格〉結婚を控えた姉が突如失踪、遠く九州からの一報を受けて阿蘇へ赴いた妹美知子は、自殺者が姉であると確認するに至る。また、金沢の内灘海岸で婚約者と旅行中の看護婦が射殺体で発見されるが、兇器は上野駅の構内に。次第に両事件を包含する広汎な犯罪の構図が浮かび上がる。鬼貫警部が名探偵ぶりを遺憾なく発揮する雄編。解説＝麻耶雄嵩

40306-5

風の証言
鮎川哲也

〈本格〉井之頭公園に隣接する植物園で音響会社の技師とバレエダンサーが惨殺された。技師は産業スパイ糾弾の矢先だったと判明するが、スパイ当人は鞏固なアリバイを楯に犯行を否認。やがて別の真犯人を示唆する証言も飛び込んでくる。膠着していく難局に敢然と挑む丹那刑事、そして鬼貫警部が轗軻不遇の末に得た決定打とは？　解説＝小森健太朗

40307-2

太鼓叩きはなぜ笑う
鮎川哲也

〈本格〉私立探偵の「わたし」がバー〈三番館〉で目下頭を抱えている事件の話をすると、静かに聴いていたバーテンが忽ち真相を喝破する。最終行の切れ味が素晴らしい「竜王氏の不吉な旅」など五編を収録。安楽椅子探偵譚、三番館シリーズ第一集。収録作品＝春の驟雨／新ファントム・レディ／竜王氏の不吉な旅／白い手黒い手／太鼓叩きはなぜ笑う

40308-9

サムソンの犯罪
鮎川哲也

〈本格〉捏造テープと換気扇の問題「中国屛風」や麻雀狂に捧げるエレジー「走れ俊平」事件、無名作家のとんだ有名税「サムソンの犯罪」など、調査が二進も三進も行かなくなると三番館に足を運ぶ私立探偵。安楽椅子探偵譚、三番館シリーズ第二集。収録作品＝中国屛風／割れた電球／菊香る／屍衣を着たドンホァン／走れ俊平／分身／サムソンの犯罪

40309-6

ブロンズの使者
鮎川哲也

〈本格〉遅咲きの文学青年が得たF賞作家の肩書きを巡る「ブロンズの使者」で素人探偵に後れを取り、犯人が雪の密室から消失した「マーキュリーの靴」の謎が解けてたまるかと開き直る。そんな私立探偵の軍師は三番館に。安楽椅子探偵譚、三番館シリーズ第三集。収録作品＝ブロンズの使者／夜の冒険／百足／相似の部屋／マーキュリーの靴／塔の女

40310-2

鮎川哲也

材木座の殺人

〈本格〉

推理番組『私だけが知っている』の脚本を原形とする「棄てられた男」「青嵐荘事件」、鮎哲版〝ジェームズ・フィリモア氏の事件〟でもある「人を呑む家」や、私立探偵が直接関与しない異色の表題作など六編。安楽椅子探偵譚、三番館シリーズ第四集。収録作品＝棄てられた男／人を呑む家／同期の桜／青嵐荘事件／停電にご注意／材木座の殺人

40311-9

鮎川哲也

クイーンの色紙

〈本格〉

推理作家クイーンの半身ダネイ来日、レセプションに列席した鮎川哲也と歓談――両雄相見えた実話に基づく表題作で、作家鮎川哲也がサイン色紙紛失事件の渦中に。真相を求めて三番館を訪れると……。安楽椅子探偵譚、三番館シリーズ第五集。収録作品＝秋色軽井沢／X・X／クイーンの色紙／タウン・ドレスは赤い色／鎌倉ミステリーガイド

40312-6

鮎川哲也

モーツァルトの子守歌

〈本格〉

タフでなければ生き延びられない。三度の飯にも事欠く「わたし」は、仕事を求めて三千里。難事件であろうとも、神の如き洞察力を持つバーテンを訪ねれば……。安楽椅子探偵譚、三番館シリーズ最終第六集。収録作品＝クライン氏の肖像／ジャスミンの匂う部屋／写楽昇天／人形の館／死にゆく者の……／風見氏の受難／モーツァルトの子守歌

40313-3

鮎川哲也

りら荘事件

〈本格〉

スペードのAと共に発見された男の屍体。学生たちが夏季休暇を過ごす〈りら荘〉に届いた変事の報は、続発する殺人事件の先触れだった――。終盤に至って颯爽と現れるや美事な幕切れを演出する星影龍三の推理とは。再読三読によって妙味が増す端麗巧緻なギミック、限定状況における犯人捜しの悦楽。超絶技巧の筆さばきをとくとご覧あれ。

40314-0

芦原すなお

ミミズクとオリーブ

〈本格〉

美味しい郷土料理を給仕しながら、夫の友人が持ち込んだ問題を次々と解決してしまう新しい型の安楽椅子探偵――八王子の郊外に住む作家の奥さんが、その名探偵だ。優れた人間観察から生まれる名推理、それに勝るとも劣らない、美味しそうな手料理の数々。随所に語り口の見事さがうかがえる、直木賞受賞作家の筆の冴え。　解説＝加納朋子

43001-6

芦原すなお

嫁洗い池

〈本格〉

東京郊外に妻と二人で住む作家のぼくの許に、同郷の悪友、河田警部が美味そうな食材を手にやってくる。すると、妻は料理の腕に勝るとも劣らない推理の冴えを見せ、捜査のヒントを示唆する。それに従って、ぼくたちがちょっとした再調査に着手する。とあら不思議！　どんな難事件も見事解決する。台所探偵の事件簿第二弾。解説＝喜国雅彦

43002-3